卷1　诗歌总集

# 1983 — 1999

马永波　著　仝晓锋　编

中国出版集团　东方出版中心

**图书在版编目(CIP)数据**

诗歌总集 / 马永波著；仝晓锋编. -- 上海 ： 东方
出版中心, 2024. 9. -- ISBN 978-7-5473-2492-9

Ⅰ. I227

中国国家版本馆 CIP 数据核字第 2024F1Z504 号

**诗歌总集**

著　　者　马永波

编　　者　仝晓锋

策划编辑　潘灵剑

责任编辑　赵　明

封面设计　钟　颖

出 版 人　陈义望

出版发行　东方出版中心

地　　址　上海市仙霞路 345 号

邮政编码　200336

电　　话　021－62417400

印 刷 者　山东韵杰文化科技有限公司

开　　本　890mm×1240mm　1/32

印　　张　67.875

版　　次　2024 年 9 月第 1 版

印　　次　2024 年 9 月第 1 次印刷

定　　价　350.00 元

# 目 录
*Contents*

# 1983

## 古　瓶

在你里面,有一个海
夜里,那些发光的小兽
就从上面下来
伸出足一下一下试温度

石子坠入海里
小兽们都缩回了足

早上,一个男孩把你捧到窗外
石子送给了一个小姑娘
你还在梦中转动

1983 年 7 月 4 日

## 回　归

秋天总听到那个声音
在门外
忽远忽近
天空中飘着马的影子

1

土里依然很热

土地遭遇了很多

那窝土蜂就悬在太阳近旁

我去看过

草在远处断裂着

盖住了水窖

风吹过来的时候

我从外面回来

那个声音也从外面进来

像一只皱缩的手

接着就下雪了

雪盖住了蜂巢

我知道我该回去了

在很远的门里

我将温暖地坐下

让那声音

摸着面颊

1983 年秋

## 童年（一幅油画）

你只是顺着草叶的跷跷板走来

你只是从割羊草的微倦中走来

走入收割后的秋风，随便地

让童心散一座草的小丘把你覆盖

没有过多的希求
星星点点的蒲公英
便能满足你微颤的手指
没有发卡和三角巾,也不需要
农家的孩子耐得惯风沙
任头发长成枯黄的乱草

瘦小的童年
如这将谢的艾蒿
臃肿多皱的短袄
也无法增加一些应有的丰满
提着小腿在草叶上跑跳
不!一根粗粗的绳子
已把你和你的小羊
局限在一个
没有画册和玩具的格子里
可天真和乐观
却令人忽略你
秋天一样的面色

也许你还不懂什么
也不想懂
只是顺着草叶的跷跷板
走去
向一间挥动糊巴味炊烟的屋子
向一幅永恒的风景
一个遗忘……

1983 年 11 月 23 日

# 1984

## 父亲老了

父亲老了
早上点起的灯还亮着
谁也不知道父亲怎么就那样老了
那时我坐在墙角里
吃一块蛋糕
用手抠着里面的李子
我没有看他
什么也不知道

父亲老了
总要把广播开到最响
吃饭时筷子滴滴答答
狂风里的树
也滴着水
滴着水,枝干闪闪发亮

山上的云,拖走了一片树林
我没有想以后的事情
父亲从外面回来
如菊的手撩开结疤的树枝
我没有想以后会怎样

我还坐在墙角里
吃那块吃不完的蛋糕


那一天,仿佛总也没有过完
外面他编的篱笆,还是新的


1984 年


# 妈 妈

她不漂亮
这些年秋天又在额头上印下几条太阳车辙
她的头发上白花花落满了岁月
她不漂亮
她不再是那个教我过家家的年轻女人
人家说她脖子上的那道疤不知怎的
越来越大越显眼了
那是用荆条子放马时被马踢的
她一点都不漂亮了,人家都这么说


她有些发胖
下颏耷下来了
眼光常是浑浊的
也不爱照镜子了
那块有裂痕的平镜还镶着紫木框
她不漂亮

这是人家说的

这些日子她越来越爱唠叨了
说年轻时山里榛子酸梅浆好多啊
吃得不能弯腰捡野鸭蛋了
野鸭子可恋蛋呢
轰它赶它也要围着窝滴溜溜转
这时她的眼睛就会星星一样亮起来

我常怨她不给我一个姥姥
她说自己也记不清姥姥的样子了
只记得姥姥死时她一点不怕也没哭
只是一个人在外屋使劲吃干粮
早已是一座坟的姥姥啊
妈妈也会变成姥姥的
将来也会有十字花在头上开
住姥姥家时故事一定很多
多得像塞满嘴的杨梅吧
可我没有,只有一个不漂亮的妈妈

妈妈不漂亮了
但还会像小姑娘似的害羞
说爸爸那时十七岁还骑在大门上淘气
听壁角的人真多,都不敢说话
妈妈这时像小姑娘
妈妈做新娘时比爸爸漂亮
妈妈会唱歌

一边坐着烧火一边唱
门口挤满了人也不知道
妈妈不漂亮了，我的妈妈

1984 年 11 月 24 日

# 在 秋 天

在秋天
叶子的故事纷纷离去
虫鸣陷在泥土里
等待明年长出金蟋蟀

弄不清霜林怎么慢慢瘦去
只有桂香封锁躲躲闪闪的小路
秋天的林子朦朦胧胧
岁月散成雾
无聊地烘托背景

在秋天，雨一直下
一切依旧。夏日已荡无残迹
小站上删掉一组美而冗余的情节
列车的小说写过去

不想再吹口哨了，总是你先笑
然后依旧

举着花蘑伞

到两棵相望的大树中间去

1984 年 11 月 24 日

## 七路车连着的情绪

每次都是这样

好像整个城市

都来挤车了


黝黑的夏天

咬着草帽边

山民和女学生的手

吊在一根线上


五分的硬币

从手上滑过去站名

蓝蓝的车票

总盖着一个圆圆的月亮


一节车里

拥挤着所有道路上赶来的新闻

转弯处

夏天和春天挤靠在一起

而每次你总在这儿下车

下一站便卸下了我

如果有必要

如果有可能

把这长街剪成一张张邮票

以笨拙的我

寄给你一个不连贯的六月

1984 年 11 月 24 日

# 我生死相依的泥土

用黑麦田流出远古奥秘的鱼纹陶罐

用消逝的足音,我的东方太阳

用远去的我古老部族鱼血的图腾

用祈雨合唱女巫灼热的舞蹈

用挤着十万大山的村庄

井台上黎明的紫燕和槐花

用掌纹般的车辙毫无道理乱流着的水

用矢车菊车前子滚滚的洪流

我日午的静谧中用草盖住白胡子的神话

我的江河般起伏的丘陵蒙古马守卫的草原

用我升起的帆、滑冰的云和这天空覆盖下所有的牛群

羊群鹿群鹅群和被霜风腐蚀了娇嫩面容的

我姑娘追的豪爽粗犷

用所有汹涌的力量粗鲁的豪情

糅合一个你,我男子汉生死相依的泥土
我的不会流失的阳光甲板

比炭还黑,麋鹿的轻蹄也会踩出油
如同我七月的姑娘们
在木桶里用楚楚动人的脚
践踏那一串串成熟得发酸发紫的葡萄
在多汁的季节酿造我们牧人的琼浆
土地,只要有雨水和爱情就会不停地生长
也有深黄鹅黄,任你种上一缕阳光
也会兴致勃勃地结出饱满的玉米棒子
也有绛红赭红,是太阳冶炼了一万个世纪
会磨出铁,会从草帽上走来排排绯红的高粱
土地的馈赠,不只是蛋白质+空气
还有爱情,也有力量

伏在大地上,我的手指就是树根
吮吸红色泥土下的火焰
我的硬骨就是山岩
伸入盆地密集的脉管
我的胸膛是海口一般的平原
浮着盐花花发白的露水
而我的肌腱,那喷射汗瀑的力量
就是一道道起伏的山岭
在晃来荡去的天空下
我永不向往鹰族的子孙
一生的道路铺在荒凉的云上

我是泥土的另一种形式
我的血脉中有阳光更有地球深处的岩浆
我的眼睛,与其说深藏着一个海洋
不如说,是一片处女地

躺在蜜蜂嘤嘤的草丛
我离那些金甲虫和小花朵的影子是那么近
在这世界上也许只有这些和土地最近的生命
才能理解我标准土地型的爱情
那些云,那些穿滑雪衫的云,很轻很透明
它们离太阳很近很近,没一丝灰尘
可我,这条不会飞的龙,永远拒绝
那轻浮的自由,毫无意义的纯净
我相信,我会像我头上长草的祖父一样
变成弯弯山梁上
一棵黄皮肤会唱歌的树

早晨八点,我和太阳
站了个最明亮的直角

如果说我是妈妈的儿子
我会摇头,我属于大地的辽阔
我该去恋爱了,所有的阳台都停着轮太阳
我该去流汗了,穿上油腻腻的厚重工服
我该去敲响一扇扇等待的门
让世界,走进所有心的居所
带来露水、紫云英和齿轮的合唱队

我还要去做儿子做情人做父亲

你也要去做女儿做伴侣做母亲

将来我一定,把儿子们种在这原野上

让所有从未开过的花

落满他们的手臂和肩头

土地,就会有好多好多的儿女

好多好多希望

好多好多不愿飞的龙

好多好多泥土味的太阳

1984 年 10 月 24 日,刊载于《草原》1986 年第 6 期,
笔者第一次公开发表的作品

# 不系之舟

波浪传递着我丝绸般柔软的语言

传递着我在泥土间获得的优美心跳

传递着我海洋般巨大的宣言

一次次的崩塌和瘫软在沙滩上的风暴

一次次迅猛的潮涨

决定了我险恶的命运和刚性的意志

从红马群似的涌浪中高举

我明朗而且肃穆,明朗而且肃穆

仿佛不是为了告别

为了你手臂间的花朵

在短暂的回顾中蓦然丰满
不是为了告别，小桉树低垂的眼睫
彩色的巨石和匍匐的茅屋隐入黑暗
不是为了嘱托
问你可为我在青烟缭绕的一瞬
美丽地垂泪
我是不系之舟
解开缆绳一只只挽留的手臂
在你目光和足踝照耀过的地方
渐次没入大地的血脉

没有道路，只有我永恒的向往
只有我不朽的龙骨，没有道路
我把心埋在每一片柔软的浪花下面
我相信那夜之苦难的阴影不会
绝对不会永远垂落在这忧郁的时候
纵然世界是混沌初开
我也要让天展为天，水铺为水
让燕子拥一群春风静静等待
将美丽的曲线布满因摩擦而发热的空气

记忆温暖而透明
我该怎样为那明媚的记忆而欢乐啊
颤抖的光辉颤抖的阴影
那对于世界背面无人之境的向往
岛与岛，海峡与海峡
因为我而逐渐靠近

也许我的兄弟们，那些正直的红松
那些被痉挛地锁在大地上的巨龙
永不能如我一样和命运美好地搏战
它们一生都在向往啊
却只有自己的阴影指向黎明

多么沉重多么悲壮啊
历史选择了我，选择了我狂喜的激情
带着对土地的怀念
怀念那些紫丁香屋檐下脆生生的喧叫
和葡萄一起成熟的夜晚
那些黑色男人和淡粉色脚踝的女人
和我那香蕉般贪睡的少女
怀念使我的血液旺盛而年轻
只有目的，只有目的，只有目的
我这不系之舟
纵然岸边有玫瑰和栈桥热烈的手臂
有镀金的阳光、酒及港口
我都拒绝停泊

不是喜爱流浪，虽然苦难是经验
不是厌倦了桃金娘花影里的悠悠小憩
是历史选择了我，没有原因
如暴雨部落选择了纯洁的女巫
我在崩溃的乱云中轰然站起
把那一座座冰冷的站台甩在我身上吧
把那香案上一世纪又一世纪腾飞的梦想交给我

即使沉没了,也将举起标灯
划出未来的航向

仿佛和世界脱离了感觉
感觉不到寒冷和颠簸
纤绳的引导也进入不了我的意识
只有目的目的目的
只有无极无极无极
而有一天,岸重新回到我的思想
我感觉流动感觉焦渴感觉呼唤和风
我会从此停靠那花朵开满的岸吗

耻辱的记忆不会因早晨的钟声如阴影滑落
就让那怒涛永远撞击我的前胸吧
漂流漂流漂流
直到神奇的传说为我而流传
直到我那突然记起的少女
和一群阳光般的孩子骄傲地幸福
从彩色大厦中涌出
我会从无极返回有涯
滞留一个六月的夜晚
把爱交给她臂弯里的花朵
然后悄悄离去,离去
我的光荣和梦想
永远写在水上

1984 年 11 月 21 日

**1985**

# 倒　叙

明天,请你以一个新的形象

走向我飞出白鸟的小屋

走向烟囱下雪写的门牌

那姗姗而来的将是完全的陌生

我也会以完全陌生的笑容来迎接陌生的你

还是那一盏雾雨中久等过的街灯

等待黎明结束它寒冷的希望

我也会像一盏灯一样绯红着等你

直到你青草般的足音结束痛苦也熄灭幸福

而一个过程只是连接两种不同的岁月

就像列车涌出隧道溅起阳光

就像水酿成酒酒又化为水

可那变酒的水还能还原出最初的清澈吗

那化为水的酒还能被两片不同的叶子啜饮吗

我不信天空可以倒置成海洋

只相信并不是所有的道路都欢迎远足

不知为谁也无论为谁

沉重都由我艰难耸起的双肩承担

在你的微笑中会有我的微笑

我的痛苦因真实而荣光

纯洁地开始就纯洁地结束吧

怀着晨光般的心情
我将等待那一团团红红暖暖的火焰
将我的心
消融成这立春时纷纷的阵雨
让一个欢笑着奔跑的少女
蝶形地隐入
二月后充满约会的春天

1985 年 2 月 4 日

# 枇杷岛的传说(给李周仁)

## 1. 你带来所有的你

太阳已经很夏天的时候
你还在那一片
看不清的云里

你没有来
没有踩着七根弦中的任一根
有韵地
走出不够明朗的云
我也没有去
站牌是黄色的被槐花遮住了我怕迷了路

风贴着花的影子跑到中午

中午又在琴声里破碎
花朵像眼睛
和果实遥遥相望
叶子和帆渐呈棕色
夏天快老了啊,暖暖

因为寂寞是一盘围棋
左手下给了右手
用喉音,涂着你名字上的锈
走近栅栏,和葡萄丝一起弯曲张望

暖暖,已经很夏天很夏天了
不久,花朵们就要换上黄夹克衫了
末班车老是写着不好看的小说
却写不出你暖暖的名字

你是我的夏天,暖暖
你来了,夏天便留住了
让枫叶自己去熄灭吧
只要你带来所有的你

## 2. 也许我并不是爱你

也许,我不该说出这句
晦涩的话
暖暖,你的细雨
又该溅湿我摇曳的步履

你的故事打动了我

打动我心中那大片大片的季节情绪

液体的风景,在你我的面颊涨起弯曲主题

你飘落苦楝花的眼睫

认我是你的未来

我从你小巧的身影

却重温了我的过去


暖暖,这个太阳挺坏的夏天

纯情的果子溅起往事的喧响

也都是我们太像水的温柔

喜欢期待和回忆


都是那一朝留意

蔓延成我人生全部的秘密

我爱你,你身上我童年的形影

请你也爱我身上,你如约的秋季


让我们像是相对的两个"Z"

抒情在一句话的两侧


## 3. 二 重 奏


我们走进没有标题的夜

走进坑坑洼洼的小巷

月亮黄茸茸的渡鸦

衔着身后发烫的路

黑暗中人容易激动
你说这有什么,诗人嘛
于是我不再羞怯
拉起你的手,穿过误解的灯

小巷连着大街,小巷是独唱
我们是坑坑洼洼的二重奏
也许所有的二重奏都是这样吧
我们偷偷地笑,笑声变成枝上的花

不能回头,月亮还在徘徊
我们也徘徊过
那年我们同时失恋同时脸色难看
是命运,你嘴一抿,更紧地拉住我
我只是扬起头,吹出一串生疏的口哨

小巷,通往长街
一个个站牌数过去都没有停下
每棵树影里都有两对互相捕捉的目光
二重奏
在身后
连成一片晴朗的混交林

你学一声我的口哨
然后把自己吓跑
大街上
把坑坑洼洼的心跳

分送给

所有的双鱼倩影

# 4. 枇 杷 岛

枇杷岛在上帝不到的地方

请柬被拒绝

邮票被拒绝

怪脾气的台风也不能

在枇杷岛上登陆


枇杷岛上的枇杷永远不会成熟

夏花只绚烂了拥挤的音乐

从一到七的阿拉伯都爱抒情

枇杷岛,枇杷岛在遥远的海上


嫩绿椰果被海潮托起保持平衡

漂流瓶搬运远程的询问

我们穿过台风,暖暖

我们温柔地登陆了

在彼此的海岸嘴唇


自从我们来了,月亮便藏进树上的鸟巢

太阳迷途在眼睛里

而细雨总是呢呢喃喃

自从我们来了,枇杷也不再变酸

我们占领了海浪和岩石的约会,月亮和太阳的约会

用手连成一道虹,宣布主权

挥一挥衣袖
便挥断了独木舟的绳缆
便挥去了单程风雨
在枇杷岛上住下吧,暖暖
做两棵生长十叶的枇杷树
站在一个石头都能开花的季节

枇杷岛枇杷岛盛产爱情
暖暖,我们装成山鬼吧
披着荔枝叶,贪婪而顽皮
如果有一天
大海被我们摇落的枇杷塞满了
你愿不愿意邀请失恋的台风
到我们枇杷岛来尝一尝
正宗的枇杷爱情呢

1985 年 5 月 24 日

# 雪 祭

他的脸是粗糙的手掌
它的脸是柔软的毛皮
它松开他肩上的爪子
月出后,野兽也会变得美丽

他想赎回一次大醉

他的梦并不比它好

他坐了好久,没敢去摸它隆起的腹部

无数面红色的天,汩汩垂下腥咸的珊瑚


雪涂去了血迹


他想起一个搬着肚子走路的女人

那是他妻子


1985 年 9 月 19 日


# 极　地

男人走过的路上

女人就会喧哗

女人走过的路上

男人都会沉默

男人、女人都沉默的时候

黑暗开始细细激动

夜晚慢慢变得疯狂


女人孤独的时候

男人感到一种危险

男人孤独的时候

女人感到一种快慰

男人、女人都孤独的时候

女人举起一个月亮

男人举起一个太阳


1985 年 10 月 13 日


# 本　生

他的两个兄弟在哭

他们的剑柄上停着一只金乌

他的母亲在扯自己的头发

母亲曾经是花团锦簇的公主


一边是饥虎斑斓的火在轰击峭壁回声四起

一边是三太子,他是最明亮的一个

他们在峭壁上面,涂了釉彩的额头左方箭羽闪闪发光

他遍布全身的小兽一齐喧嚣起来

他心柔似水


母亲在哭,兄弟们在哭

如一块紫石,坠落悬崖

虎在旋转,人在峭壁上疾奔,血的蜂群飞出

擂打四壁的灵魂渐渐扩散成

一朵巨大无比的笑容

从最深处的静中呈现

白云盖住了母亲的黑发

兄弟们垂下强悍的头颅

遥远部落的白马公主,折断了弯弓

虎车隆隆向西,他将透过无数的梦凝视母亲

萨埵太子是他的名字

1985 年 9 月 20 日

# 本　身

山鬼打扮自己的时候葵叶就会开个大玩笑

前天的太阳吸干了玫瑰的花汁

山鬼们已经开始恋爱了

不知道那时有没有玉米

方方的牙齿啃黄了,绿蜡的叶子

卷起了金蟋蟀干燥的午睡

江水浸泡着石女,石女的丈夫是一只梦熊

他的胃里长满了树根

峨冠博带的屈子会踩着苇叶走来

说煮麦的鼎里会飞出一双喜欢玄学的蝴蝶

跳过水洼的月亮被梦成橘梦成枳

女山鬼胸前有一对儿互相拥挤的波浪

而许多水正离去,离去变成云

佛便坐在云彩里看大江从一句名偈汤汤东去

当江涛稍息,巨石们狠狠地爱着却板起脸

从不移近一步,断桨片般的手掌

把风暴调成了歌编成了舞

还是山鬼们一张一弛地走着

用棍子在山坡上戳洞洞

每个洞眼里涌出一束麦穗颗粒坚实如心脏


而黑裙的小姑娘拾起了一根结满桃子的老拐杖


1985 年 9 月 20 日


# 梦 熊

他出生的时候,地上有两条河

他坐在两河之间,父亲已化为一种坟形夜晚


河水在追逐逃逸的土

母亲告诉他,前村的屋子漂成了船


他迅速长高起来

母亲迅速矮下去

远处细小的庙宇里

乡亲们正在黑压压地祭水

木台上绿袄红肚兜的小孩一动不动


母亲身后的女子闪了一下眼

他就一步跨越了落日

身后,门轻轻合上
灯在门后开始等待

曾有三次,他的拐杖指向家乡的方向
曾有三次,他远远地对着那门说,这个女人啊

水还在咆哮,水咬住他的腿弯
那些扔下工具的手被赶向一块高地
他疲倦地躺下,子夜,他开始做梦
从自己的身体里缓缓坐起
他看到一座黑山
水在一面凶猛地攻击着
他伸出双手

黑山在一推中裂成两岸
鱼龙粼粼而下,水不再胡乱流淌

当抚摸他的伤痕的时候
母亲变成了两颗泪珠
妻子就站在对岸,洁白,不再讲话

他扑向河心,举头向星群嗥叫
灵魂冉冉飞升,天空宁静
水宁静,麦穗和土宁静

水边,还站着母亲

1985 年 10 月 23 日

# 传　说
## ——给朋友们画像

## 1. 给张云海

从竹椅中站起来
你和我们每个人都撞了下肩膀
许多话没有说
夜晚就沿我们的长发褪色成早晨

从庄子到弗罗斯特
始终很宁静
秋天离窗子很近
你就坐在窗前

## 2. 给王建民

黑马河边有一条发亮的路
黑马河里沉着一个传说
你到过黑马河
只带回一根马状的鱼骨

二郎神有三只眼
你也有三只(算上洞明的心)
走过好久好久的黑墙

才找到木板上的你

## 3. 给薛大营

你不是个蠢家伙
却不说话
当我们的谈锋碰落亲近围拢的灯火
你犹在暗处观察老马的眼睛

缩在肥大的身体里
秋天还很远就翻起衣领
半裸女人的争论在道路前方熄灭
你便赶紧坐成一束夜晚

## 4. 给 仝 红

你是夜里唯一的喷泉
当城市这面是星天,那面是暴雨
当齿轮还在火焰中旋转
你便开始,轻盈地舞蹈

后来你的地址走了很远很远
云雾起自双颊,夜色在腿弯落潮
你的声音依然是一串摇摇晃晃走向老树的苹果
是寻索水源的十根手指
按在朋友们凹陷的眼皮上

## 5. 给仝晓锋

你住在水面
整个上午钓不到一条细鱼
覆满潮雪的浮岛
就漂进你的眼里成为野牛皮的北极

阳光在额头噪响时,水底升起了沉钟
你饮干扇形的海水
把住着红色女孩的心化作钟锤
敲响星球阴影那端我们圆圆的午夜

## 6. 给 杨 蕾

在你院里有一株歪树和一座石塔
树上有个透风的鸟巢,塔里响着水
从窗前走向桌边
纸上就落满水珠和象形的鸟爪

有一天钥匙丢了
你就再没有回到庭院的寂静
我们曾一起在月光下跳舞
围着一堆香蕉皮
你说,你想结婚

## 7. 给吉尔格丽

遥远的部落有一架阳光烤裂的古琴
你是盲女,只听见过色彩
当天空降落你胸前的花朵
你不知道自己有多么美丽

水那边的部落有一株结满咒语的古树
锁住一颗不忍让母亲流泪的心
你终要回到古树的阴影中去
只传来喑哑的歌声

## 8. 给潘文峰

山居在秋暝中
你是披着蕉叶的山鬼很善良
有时由于光线你突然地动作
在每个桃子上都咬一口吐掉

有时岩洞中只有水滴穿透寂寞
你便抚摸肋下的凹槽
思念一个长着葵花头的山女
想生好多好多泥糊糊的孩子

## 9. 给 周 芳

沼泽后面的钟声响了

敲响的是六月
六月是沐浴的日子
所有的门都开着

心底的雾钟裂了
裂的是梦游者的六月
六月是远足的日子
所有的门却都关着

## 10. 给李周仁

我曾与你跳月
跳响我们的孤寂
我曾扮成雪人
为了能长久等待

跳月的人儿已经归去
门前的雪人化成了泪潭
声音被俘虏在远处
变成落不下的露水

## 11. 给申妍红

你走近一棵站满绿鸟的树
射落了所有的鸟又砍倒了树
然后坐在树梢
变成一只红色的鸟

那是我栽的树
那些鸟是我的日子
在一个命定的时刻化为焦烟的声音
映出飞走的红鸟

## 12. 陶罐：给张晨红

你曾携我于头顶
身外的声音轻轻敲打
冰雪已化，影子已碎
我被充满清纯的水


你曾把种种子夜开始的美丽
投入我腰门的开启
复埋我于地底等待酒香
冻裂在黎明结束的秋天里

## 13. 给屠本健

走遍阿西门的街找不到阿西
也渡不到城市无雨的那面
地下餐厅偏有些缺德的女人
只好和仇恨的酒瓶对饮


肩上的林荫已被粗鲁地撞散
把一支歌走成九曲回肠
向起点靠近

远离母亲

1985 年 10 月 13 日至 16 日

# 感　应

然后你说：你那样想了一会儿就很安稳地睡着了
睡眠的深处
深渊在起落，身体如一根表针
流淌在午夜静寂的崖壁

海依然很遥远

然后你说：你想象许多海浪，像白帽子在暴风雨中飘
蓝海洋在四周舞蹈
你就变成了一个七岁的野孩子
把手伸进鲨鱼头骨的黑洞，那时是早晨八点
然后你忘记了顺流逆流的烦恼
你站在石块后面
海也在石块后面
你们无言对视
灵魂发出断木的巨响
然后你说：你就站在海边
可海依然遥远

依然遥远，你也就满足地睡了，为了海不再遥远

然后你说：你生活在波涛里

生活在鲛人的珠盘里

贝壳放飞月光。人们在海上

在雾后发出声响

那里有你的父亲

那里也有你，你在水下，水下充满歌声和月光


然后波涛慢慢浸透你

然后波涛慢慢潜入你

然后你说：真好，海在你身体里


海在你心里，依然很遥远


于是那些个夜晚你就这样想象着入睡了

你在起伏

用一种海的节奏

你睡得很好，你没有变成鱼

你只是睡得很好


1985 年 11 月 12 日


# 杯　子

## 1

你站在窗前拨弄电话

你坐在桌上看见鸟飞过笑得很舒服

从不同的方位

望见自己

你坐在桌上喝水

用手指刮着玻璃

一小片水漾出来

地板很湿

你走出去又走回来

出入一扇门

打开又关上

感到阳光很痒

电话响过五遍之后

你重新走向自己

杯子静静地愤怒

一片生锈的水

转动一面圆镜,捕捉你

手指轻轻移动

获得独立的生命

背叛你的心,像一条亮蛇

鸟弓着背飞远

人都不见了

水流干后只有手套装满烟灰

门把你关出去

屋里布满泥泽

杯子上留下一对指纹

如小小的罗汉

如漩涡般她的笑

## 2

我认识你

你是那个洗杯子的少女

你的手指最细最长烧着苍白的火焰

你不说话

你不抬头看我

我看见你

便认出了你

知道你又在洗圆圆的杯子

装一个雨天

装一头奶牛

看见你可真不容易

你住在一扇门后

晚上从不看月亮

月亮太高了

云彩的梯子太软

你时常呕吐

就吐在杯里

花都过了敏潮得发红

我认识你

你是那个躺在白床单里的少女

苍白的火焰不再兴奋

一截淡淡的夏季

插入杯子的嘴里

墙是白的

你摸不到它

你躺在房子里

戴口罩的人推来一车针管

我认识你

看见你不再于黄昏时就关上那扇门

再扭亮一盏灯

坐下来想心事

把手中的杯子转来转去

对着一堆过期的杂志

你想找到一张母亲的照片

蜗牛把头偏向花蕊时

你不再想心事

你躺得很美

手指和腿很细很长

杯子里的花生锈了

我认识你

你是我爱过的少女

可你已经住到了坟里

我把那只口杯放在青青的草上

雨来了

替你不停地洗杯子

杯子变红了

我的手指动了动

你始终没有遇见我

你始终不知道

谁在为你洗杯子

# 3

想起她那阵紧张他就放慢了单车

夜晚不停闪光

他感到身上发热

就撮撮嘴角

却没有吹出口哨

月亮收起翅膀落上树枝

注视他并且起劲地闪烁

他就猛踩了一阵踏板

甜蜜过去之后

腕上的表针开始冒烟

雪地很亮

他望望身后

月亮飞起来

飘向前面又一棵细细的树

城市如同黑穴

他想起她那一阵战栗

想起白天他敲响她宿舍门的时候

有一片野麦泛青了

风从窗口吹进来

他的风衣很黑

女孩子总要梳梳头才去开门

他很礼貌

杯子里的白开水可以醉人

他们隔着头发盯了一阵

就走到塬上去

大雁塔发着白光

有些失常

天蓝得古怪

没有云来遮住他们

他们说了些什么

也可能什么也没有说

想到她凹进去的表情他就想笑出声

他们四处走走

又回到门后

再坐下,再喝点白开水

再互相望一阵

天就黑了

冬天很长

回去的路也很长

他们在校门口还冒着热气的泥炉旁

紧张了一会

谁也没有背诵诗句

月亮就飞上了树梢

他想起一条小小的影子对准他的尾灯

树发黑

雪地很亮

月亮很黄

他就时紧时慢地骑着

腕上的表针指向一片发蓝的地带

# 4

你坐在杯子和墙壁之间
空气很阴沉
阴沉的汽车
在小雪中开走
你不想出门或者关上窗子

屋子里还悬浮着体香
茉莉在水纹中心沉下去
你的手保持住体温
在世界之间

那乘汽车走的是谁呢
是一次记不起时间的爱情吗
似乎连嘴唇的碰盏都忘了
你始终坐在那儿
等待一声爆炸

杯口静静冒烟
预示危险
午夜有暴风雪
你突然仇恨起自己
脚印追逐脚印
地板被烫紫后又敷满了茶叶
墙回到原位

失去弹性

杯口不再冒烟
火山进入休眠
你戴上黑礼帽
沿着陡峭的车辙,深入雪地
像一根发亮的针

屋子里
杯子和墙壁
冷冷对峙

1985 年 12 月 14 日

# 黄 房 子

瘦瘦的草地后一堆圆圆的石头
黄色的小房子站在石头后面
新漆过的木板上
门牌在炫耀地闪亮
弯曲的乌鸦
叫亮了棕色的裸麦
割麦的人们
放下了弯刀
你踩着一阵一阵暮色
走得很愉快

你的脸金黄

你的手很结实

你是我妻子,来拾遗落的麦穗

从来不和别人在一起,衣着朴素

你爱透过窗子关心我

递给我一瓶温水

为爱那几只乌鸦

房子拱起了脊背

我和你愿意这样

饮水和安睡

院子里很干

花朵不必整齐

它们旁逸斜出

照亮白白的门槛

鸡雏一团团滚动

路上归着夕阳

麦田里的麦芒

撒向宁静的新月

圆圆的石头后

房子在透光

我们很温暖

挤在一起生活

我愿永远这样

为你劳动和消瘦

1985 年 12 月 13 日

# 情诗(之一)

隔着一张桌子爱你

隔着许多年代

新鲜的梦,呈现低潮的海水

纷纷的木花在手指下涌现

真实的海立在远处,像一块刨平的木板

隔着许多层衣服爱你

隔着唯一的海


屋顶比我们支起的头更高

明月比屋顶更高

我从各个角度爱你

隔着许多未清理的灰烬

我们同属于这扇门

随时都可能被推向严冬

屋子里是唯一一个夜晚

我们注定要离开

注定在一个时刻消失


隔着皮肤爱你

隔着夜晚爱你

隔着一阵阵风,盯视你

我在远方

隔着几张女人的脸

爱你,然后失去你

1985 年 12 月 13 日

## 情诗(之二)

你要坐下来
好好想一想
那边两块石头
和你我很像

林中有人踢木桶
葡萄还没有熟透
狐猫有条火红的尾巴
拖过白色的小路

我在你远处
喂着一些旧梦
然后扮演王子
激发你的想象

世上道路很多
终点都不一样
林中那块空地
它们在那儿开始

不要弄弯青草
蟋蟀也要歌唱
我把钥匙给你
把它磨得雪亮

我将筑起小屋
容纳一桶清水
收服那只狐猫
抛开一些旧梦

也许所有的差别
都在最初的选择
如果弄断钥匙
只好坐在屋外

风儿捻响树叶
你要快些想好
原上芳草青青
我可随意收割

今天我等你三刻
掂着两颗石子
你弄丢我的钥匙
我就叫你门前
长满黑色灌木

1985 年 12 月 14 日

# 情诗(之三)

我是那个在尾灯后面盯视背影的人
我是那个脸笑眼睛从来不笑的人
我是那个右手伸入上衣眯起眼睛的人
我是一支左轮手枪
在摩托上阴沉地思念着肉体

在一阵风中想起什么
在影院门口想起什么
我是那个坐在火山口的人
脑袋不断发光,旋转
对着弯腰拾捡火山石的游客
我是那个一旦想起什么就正正经经等待的人
直到火山变成平台
我就跳过几串月亮的烟圈
走到僵直的大街上

我是那个站在水族馆里的人
我想把那个只剩下两片嘴唇的少女捏成人鱼
然后在腹部突然爆炸
把船划到水雷区里逗弄水草样的铁网
我是那个和树抵足而眠的人
小羊们是我的情人

我是那个杀死了几扇门的人

我坐在佛国里

猛按漂满明星的马桶

我是那个不愿更换面孔的人

站在崭新的床前

等着被轻轻暗害

1985 年 12 月 15 日

## 情诗（之四）

我思念你的内衣

它像云彩一般柔软

你在下面起伏

石灰一样洁白

我回味你的体温

它比花香温柔

又像母蛇似的缠绵


我在你住过的地方守护

守护你留下的体温

我在你病过的床中摸索

搜寻你抛弃的内衣


我把手摊在桌上

木纹就开始波动

我们在夜里相遇

在水中无声地搏斗

交换完一段无声的思念
就互相抛弃

1985 年 12 月 15 日

# 情诗(之五)

我没有留下什么也没有带走什么
能够翻寻的角落都找过了却还是越找越少
每一个句子
都化作一只小鸟
在我的胸前啁啾一阵就扑簌簌飞去
留下我们

风从四面八方吹来
桌子孤零零的

在我们相遇的这间老屋
只剩下这一张桌子了
瘦狗一样孤单
你坐在对面
无声地玩弄着香烟
空间缩为一张屋顶
我们对面坐着,淡漠而寒冷

我不能留下什么
能想的都想过了,除了一些句子

我不能带走什么,它们在门后的土里发着光
我不能交出,那张爱情的凭证
如同我不能两次走进同一个夜晚
能够作为她出生证明的
只是这些句子了
爱你的,只是这些句子了

让我们离开
虽然我知道你的期待
让我们在那不定的风中
平静而冷漠

1986 年 3 月 9 日

## 自题小像

他站在阳光蓬松的下午
他已倦于在风中流动
草地上的小篮子离他很远
草地上没有蟋蟀闪烁玻璃的光芒
他感到太阳很软
带来圆圆的影子
这是秋天,也许在不远处
果子的血液溅满了天空
重重叠叠的绿叶没有出发
港湾只是喷泉外围几根铁桩
也许,在这世界上

正有人走出一块兽皮样的草地

带着小篮子走向他的背影

风衣没有扬起翅膀

他攥着手指,不让它们发芽

天空的炸药还没有引燃

棕榈们排成整齐的一排

举起绿色的快枪,对准他

他想象一个英雄死时的情景:

松树太低了还不够绿

喷泉没有舞蹈,草地中心的表很准

他按了一下自己的心

脸就变得焦黄


草地从身后围过来

在他要离开的时候,秋天结束了

红红的小篮子,装着他的黑手套


1985 年 12 月 14 日


# 三角广场

今天下午有一件心事要想

写了两首情诗看了几页讲义

许多方向的风从冬天深处吹来

左右我,围住我的头颅让它慢慢变白

人总要爱着什么才能生活

我要弄懂这个古怪的命题
端坐在一片空旷的白纸后面

今天下午有一件心事要想
有一个人要求我仔细思念她
她在远方举着一颗圆圆的心，监视我
我只好被一只蜗牛控制，随它在广场爬行
有一个人提前站在广场尽头，挥动白色
在一片三角地带，细草缠住光秃秃的地雷

今天下午有一件心事要想
我是停止，还是向前
停下，就被蜗牛啄伤
向前，就被地雷炸碎
今天下午有一件心事要想
要搞清为什么坐着发呆
冬天却走进窗口，狠狠戳我一指
白纸的广场上，立刻开出一朵残阳

1985 年 12 月 14 日

# 局部狂野

## 1. 泥 之 河

那时，草原上还没有骆驼星和苜蓿草

草原上还没有路,只有沙色的夜

那摇撼巨石的狂风无情地侵蚀着太阳的轮廓

霜的脚步盐一样浸入土地闪烁的创口

而它,就这样,越过彩色鹏鸟迁徙的群影

越过庄严沉默的冰山,流来

有毒的日光和燃烧的干渴嘶喊着

在广袤的白色原野上驰骋

星星死了,因为没有露水

树熊坐在深色的黄昏林中,呆呆张望

而它,就这样,越过遮拦的红色

艰难地蔓延着黄褐色的茂盛

冰川季的巨手虽然早已从三叶虫的领地移走

那扼杀生命的寂静却依然笼罩着刚刚闪动光泽的土地

而它,就这样,注满岩隙,注入须根

在巨野深处,唱响一支旷世的歌

它怎能不是,羚羊和飞鱼,阳光及暴雨

它怎能不是,一个民族永远不向西流的意志

匍匐的岩石微微蒸腾白汽

歌声和皮鼓响自密林深处

一只小小的手,比鸟翼还小还柔软的手

撩开项链般结满花朵的树枝

河,黄肤色的河,这是你最初和最后的深恋

那黑发明睛坐在同一座板棚里的人们

踩着同一架古水车的人们,怎能不是

沐浴你的乳汁又使你在太阳顶上欢笑的儿女

你将永远这样流过月亮、草场和睡眠

寻找在流动中形成的众多其他的自我

## 2. 瓶 喻

那么我,将为一片水取得形状
那永恒洁净的水流过千年的黄昏
流过古沙漠两棵菩提的清凉阴影
以无穷滋润打开万有之门
透明的雨溅湿鹰形头颅,如泉如瀑
天空般古老而悠久,因古老而清新
任是仙人掌上女妖多刺的歌声
也损坏不了这一股星群的灿烂
弧形黄昏降落白色宁静,如歌如泣
而硕大之手攫取痛苦揉和水中之泥
没有归来,亦没有离去
所有的只是这女人般默默的清澈
它将永远这样摇荡脚铃和婴孩的哭声
使世界空旷的使这不朽的形影
使世界饱满的是那最柔软的手
永远流动着的一片蓝色
哺育瀑布上倾听的生长
以生为欢以死为归以落英为食
稻黍般为日暮深埋入土的阴影
低垂宁和梦境而统一于我
统一于比诗赋还要柔软的一种形状

## 3. 寒 苇

然而,千年之前涌动的血潮,已流成滔滔

巨大的神话从洞窟中飘出,花雨纷飞

粗糙的焦木抖落高山及流水

古水车的歌终于停歇

磨坊变成红色夕阳在河边悠悠旋转

露重霜浓的时辰,战栗的寒苇

梦见少女从开满指甲花的河坡走下

汲走了它孤鹤般的沉思

驶向绝壁的船,在琥珀里传出鸣叫

在东方,一切都是迷人

包括痛苦也包括忧伤

老人走过来了,带着葫芦水酒

他爱这一片哲思的苇丛

他要去那遥远的海上

许多种颜色的天空落在河上

河在一起一伏,用苇叶遮住眼睛

而老人亦是一枝花期已过的芦苇

在风中摇颤,肃穆的黄昏,酒和水俱归纯净

而少女始终是使这世界战栗的歌

使你衰老,又使你年轻


# 4. 石头的火


像是没有一粒种子若无其事穿过它发芽的土地

像是石头的马停止驰骋的殷实温暖的黑暗

像是没有花朵悄悄跳上

树枝的小桥

水底的石钟发不出声音


三角袍的石头和婚姻的泥土

培育葡萄丝般的鸟鸣

在那些浑浊的水手之间

在底舱的人形里,石头的弓

柔软的血,雪峰间猛虎的武士

花朵的杯子,稻黍的宁静

黑暗的矿质的心

在无数个世纪的余烬下

发掘着年轻的,我的青铜脉搏

峭壁的洞窟飘挂着风

古老的足迹隐隐燃烧一万重的天空

终于降临了,黎明孤独的豹


只有石头,看那些回忆的石头


落叶般层层堆积的黄昏

黄昏时投入火中的鸟

掩埋了古老的剑光

和呐喊希望的死亡

春天绿色的狂欢

只不过是被改编过一万次的谎言

种子从河流出发,寻找黄色果实

深渊俯瞰过的黑暗饮干了忧郁

石钟,一直垂入,风暴宁静的深处

只有石头,看那些期待的石头

只有石头般的头颅
庄严在荒芜的波浪之中
期待它的内部响起足音

海洋,土地,天空
你们古老吧
让你石头里的年轻
释放婚姻、花朵和嘶鸣
在目无一切的空旷中
应该有的
是我鼓吹过的
东方之火

## 5. 沼　泽

连静寂也是空的
所有的叶子都是轻轻的金色
所有的叶子沾满寂静
慢慢走向一只没有船长的小木船
谁也不知道除了静这里还会有树,水中的树
沼泽一点一点被这些黄皮肤的孩子提起来
它们在笑,红色的沼泽现在薄成了淡黄
只有寂静是永远不会老去的铁
砌在树与树之间
翘起的没有船长的小木船绝望地盛起一小片水

落叶是唯一的声音
那是树孩子们在用木鞋掘着古剑下的泥
曙光旋转，没有一双眼睛刻在铁上
盲目的树孩子都哭了
它们摸出了小木船装满了落叶
装不回海上的白帽浪
就把叶子也变成眼睛
让离去和留下的都没有声音

# 6. 千叶莲花

所以，我就是你的古老，我古老的河
我就是你的年轻，我年轻的河
我就是与你同辉的那朵千叶莲花
你托举着我，用朦胧闪烁的声音
从我诞生之日，就向我讲述英雄的故事
贫穷的渔夫把婴儿交给了白沙洲的芷草
种下的星星在白昼也能发芽
轻轻地把我摇荡，轻轻，轻轻地
是你能打开所有铜环黑门的手
每一个开始都附着一瓣我芳香的祝愿
跨过一群群仓皇崩塌的黑夜
我将和你一起背对西方
我将和你一起灿烂，我母性的河
在另一个世纪清新遥远的浪花间
将有一群洁白嬉戏的莲花火焰

## 7. 遥远的爱

小麦花里干燥的北方,我不是在最深刻的爱情中
徒然地召唤你的忧伤
你那广阔的秋荒中逡巡的充满欲望的野马
木棚架发出的湿漉漉的芳香
我遥远的爱,我不是,在静夜的钟罩里
向你伸出我枯瘦的手臂,向你那最母性的腹地
最爱情的名字,祈求一个飘散槐花的季节
就在那片水流纵横的土地
我像一条地下河一样深邃地睡眠
触到大地深处闪光的种子
在千年不化庄严的雪峰之间生产丰沛泡沫的流水
不腐的流水,冷血的鱼,流逝太阳年代的热力
山峰多侧面的棱角之上,你的处女星座是午前花园
　　里露的项链
我也是一颗这样的小星,沉淀在童年古木掩映的水
　　井里
当那世界上最青春的脸
如一张枫叶在水纹里破碎,我,喊不出名字
我的守望者,黑麦田郁热的风,在预示又一次圆满
大青山口,我手舞足蹈的兄弟,你知道
在哪年,哪月,哪日
野马群的狂飙卷过栅栏和枪口,给古老添上神秘
鸥鹭飞翔的草滩上,牛蒡花湿淋淋伏在大地上
春洪漫过的地方,有一带湿湿的痕,一带花的清溪

麦田、湖泊、森林之间的北方

那战栗在白桦林中的轮子是为了什么

谁在林中敲响崭新的木桶

是什么,风吹草低现出的是什么

天空中是什么鸟在数它的念珠

是谁的鱼溯源于发情的河流

是谁,以她的葱指在草地上采集野花

放在一座逐渐下沉的小坟上

那在无垠的夜晚震颤山冈的嘶鸣

鹰笛和舞蹈又源于何处,明亮的风

岩石宁静的脸,盐的光圈

就是这些最为平常的东西

我也不敢说出它们的名字,只有你知道

只有你能听懂爬动的绿色泡沫之中谷穗的低语

只有你最清楚,我的爱,和你傍晚的游丝

催眠月亮的牵牛,和你苹果的曲线

重新修复的你每一时刻的脸

你每一张高贵的额头,每一片鸟翎

以世上最坚韧的纽带,连在一起

你的名字的重量,我的根须,岁月积久的回忆

以运动腺组成的随机形式,平衡我摇荡不息的日月

北方,我遥远干燥的土地

我敞开呼吸的一坛老酒

磨损了边角的一份古老的手稿

你拥有任何别的死者所拥有的一切

但你只有我这一张绝不是徒然朝向你的

浪潮中时隐时现的,忘记岁月的面孔

## 8. 石头的海

在你的地理上,生长着无边的眼睑

住满了火山和笨拙的兽类

无数次,我策马穿过你广阔的荒凉

淡金色的花香如一条河,逶迤于鞍鞯两侧

乡下的太阳,照着这一片凝固的水

维系着这大红袍子的玫瑰的兄弟

倾听蟋蟀的粗衣的姊妹

这一片住满石头的版图上

不能没有你们细碎柔顺的嗓音

这穿不透的沉默,代表睡眠最偏僻的角落

时常我走过这里

在空气的钟里,在马背上

在我北方的老太阳下走过这里

总听见香草深处

成熟的果子在愉快地滚动

## 9. 一朵无名的小花

在海边,在道貌岸然的石头灰袍的一角

碱的光晕和火焰无休无止勾画过的粗眉之间

是一朵悄悄的没人注意的花,羞涩袅娜

盛起一滴蜜的杯子

它蓝白相间的杯缘

它随风摇曳的细腰,都让人想起

坏天气里给了我几根麦穗的女孩
女孩一双金黄的最小的手
它的周围是无尽的灰色和土红色
蝎子在石头缝里游动,像一节链条
大蓟的种子和草鸥一起
躲进火山灰厚重的深处
只有灰色,只有红色
豹子也走远了,柔软的肉垫
藏起石海里一片宝贵的苔藓
只有季节,天气
只有这石海边缘灰袍红袂之间
一片瓦蓝闪烁的眼睑
只有那湿漉漉翘起的屋檐

# 10. 大 篷 车

大篷车停在砂石山上
离火洲很近
离天鹅湖很远

大雁和云朵在身边平行飞翔
它们的大篷车拖在翅膀上
它们叫着
草原上的男人从此再也不打老婆了
潺潺地淌过去吉卜赛
大篷车停在砂石山上

是怎样的猛火开掘出这道道深沟
布满倾侧的斜面
草原上的部落还要远征
轱辘辘载走歌舞圣泉沐浴六月回忆
砂石山开着石头花皮鞭藏起来了吗
我穿靴子睡觉的男人
轱辘辘轱辘辘选择方向,水草遥远

我把车停到这座山上等你
(我去那边草地采撷冒绿的双叶草就回来
那边有一块三角形的雪飘过来
我会快些回来,带给你一个会说话的春天)
让天空垂直降落你和我之间吧
那样我就不再惧怕皮鞭
轱辘辘忘了那支歌,生着火我等你
我会把褪褓补好
山那边……听说湖水里藏着珍宝
酥油草很肥蘑菇圈很大
车辙纵横交织,记不清水瓶里的水纹了
没有水只有火
冻水果如何在冬天贮藏
还有一只鸭子,架起锅我替你守着
把鞭子藏起来大篷车轱辘辘大雁在叫
　　大雁吉卜赛

车停在砂石山上
男人站着,男人歪着头抽烟

锅开了咕噜噜响,轱辘辘大篷车响

怎样的猛火击穿岩层

怎样的道路啊,大篷车

砂石山,火洲,天然湖


男人望了望,身子探进车里

砂石山开始后退雁鸣虚线

轱辘辘不能跳舞了,男人女人美丽而憔悴

大篷车六月回忆只有烟尘

# 11. 向 日 葵

在明亮晚风中播散芬芳音乐

叮当鸣响于澄净天空之下

是那一片金黄的向日葵

以蓬卷流苏熠耀夕阳,以绿茎催发火焰——


向日葵是那片在夕阳下默默无语的土地

向日葵是那片土地上无数碾碎岁月的磨盘

向日葵是那片逼退洪水

使一切飞禽走兽有所依附的神话的土地


土地是一个人,是那个躺在夕阳围栏之外的人

在几何形草地上羊群正以蓝色草叶制造乳白流质

淹没城市百叶窗以及婴儿的哭声

是吹奏牧笛幻想或者回忆的那一个

那一个年轻的牧人,他的脸是金黄的

他的手呈现深刻的松根,他是牧神之子
他的父亲追求过林莽中把自己用水温柔包裹唱歌的
　女子
后来成了山顶上一棵没有叶子的树.
他的母亲变成了一条河,从他的身旁流过鱼流过龙
流过一座座浪花的坟茔,里面睡着一个民族
一个民族是那条河,是那片土地
土地永远是温热的,即使冬天封锁所有的绿色道路
即使冰川如舰队从地平线昂然驶来,侵犯花朵
土地仍然是生长向日葵的那一片黑暗的底座
那一片温热流动的土地


在土地上面人类劳动,舞蹈,生息
他们喜欢看见太阳
喜欢看见磨盘般转动在四周的这一片热烈的向日葵
那些是女人
那是一个被朝圣的丈夫抛在田里
因被黑夜粗暴而走进紧张狼群
走进岩石里的女人
那是一个割草的女人
她把天空拱得隆起
下雪的时候她就走回屋里升起一盆火
她问痛苦是不是一只红嘴巴的鸟儿呢能不能飞呢
她总是笑,父亲死了她也笑笑
她只是一个割干草的女人
那是一个梦见海滩和鲸鱼的女人
她后来到山那边去了,看见了火车

又走了回来,流了一阵眼泪

那些是女人

是大地之上男人们的母亲、妻子和女儿

她们喜欢看见男人们发光,喜欢看见土地发光

喜欢唱一支古歌:祖先从远方来


在女人的歌声中孩子会成熟得更快

向日葵如无数火轮飞旋在密密的绿枪林之上

向日葵是夕阳下那一个牧羊的男人

那个割干草的女人是他的妻子

那个不相信天黑了就看不见向日葵的是他们的种子

他们生活在一条河的旁边

他们看见山顶上父亲的树就不再流泪

他们就说:祖先在我心里,祖先靠近我


而率领四季率领我们严峻高原向东方流浪的

永远是那一片夕阳中比天空还高

比历史更古老的金黄的向日葵

那一片旋转的圆形火焰


## 12. 野 马 驹


这一片风中的草原它是熟悉的

只要有风吹过来

太阳就一定能照亮它的湿毛

它就会随着小风,从一个蘑菇圈跑向另一个

让耳朵里充满草味花味木头味

对这片草原它是熟悉的
只要有风告诉它人们又在钉蓝蓝的马桩
这一片草原就是熟悉的

从卧在草窠里把头抬向冰乳的时候
它就不晓得有什么鞍子
就不懂一旦接近了人受了抚摸
终生就要咬着咬不烂的金属屈唇
野马驹啊,它熟悉的只是这片风中的草原
每天被草叶抱住狂吻
夕阳卡在山口就走到很深的草里
夜晚是温柔的
夜空下它耷拉下耳朵
它喜欢安宁的夜,没有人语,月亮的引力很大

对夜的草原它是熟悉的
对有风的草原之夜它是熟悉的
它唯一想知道的就是
为什么那些围栏里的同类总是低着头
它开始辗转,头伸到草根上蹭蹭
站起来,愣了一会

没有谁逼迫它,没有紧张的狼
蟋蟀露水一般闪耀
它悄悄走近那盏灯,灯影亲切而温暖
它闻到了母亲,那早已淡忘了的气味

后面的帐篷门揭开了
这一片风中的草原一下子陌生了
这一个草原上的月夜一下子陌生了

面对幸灾乐祸的牧人
它把头再次垂向青草,它等待死亡
为它解脱这副铮亮的鞍

# 13. 崖　葬

在那青苍巨壁之上是祖先们攒动的硕大头颅
金属的声音互相碰击,凿出一排排石棺,眼睛更黑更深
千年的天空迅速降落,降落到大江之下,蟋蟀跌进露水
那是旷野唯一的歌手,比岁月更广阔的梦的黄土

他是他父亲的好儿子
时刻降临了,雪花纷纷如日子飘下
小罐子里的水重新找到果实,酿成了酒
谁也不知为什么夜就那样来了,升起星星的灯盏
篝火映着一动不动的飞鸟
把石头堆成他的影子吧,他是他父亲的好儿子
刚刚从战争的远方归来;雪花飘到火里,火更大更亮

那滔滔而去的只是江水和布帆
祖先从远方赶来,带着百草和卦辞
不要猜度那未卜之卦,梦是无边的,宁静是神圣的
在远方,没有日月的金银,远方是死者们的故乡

她是她母亲的好女儿

她敲着鼓,在鼓上跳舞

她不知道那遥遥而来的是谁

那一群群攒动的头颅是谁的

是她在流血中突围的哥哥吗

是她幼时睡在他胡子里的祖父吗

是她想起时只记得两片嘴唇衔着一支古歌的母亲吗

而且她不知道,生命是一只烛光照着的瓶

平底双耳瓶装满神秘的水波

当她坐在父亲远处的时候

坐在父亲那块长木板上哼歌的时候

父亲吞下一口酒,告诉了她这个新鲜的比喻


没有什么可奇怪的

祭典之后,江水还在不停地流逝

鱼群和莲花在水面旋转

草裙飘远了,她是她母亲的好女儿

她是她父亲的好女儿,父亲杀死了她


那在乌云中呜咽而克制住八个方位的长号是祖先

那在波浪中浮现将影子嵌入石壁成为岩画的是祖先

一排排石棺高悬天空,高悬一万个启示

风化的绳索滑动了,前额纷纷溅起白沫

他们活着的时候注视着这条江

注视黄水淹没庙宇里的金身,注视流浪人

从远方的夜晚拖过倾斜的地平线

他们礼拜黄土,把自己最心爱的女儿

用一只竹篮浮到江里,跪卜

等待血和光滑的水兽从岸滩上直立的卵石里逃走

乌鸦是一阵一阵喧嚣的黑夜

水瓶倾倒了,水白花花地流到裂口里

午夜时分,他们靠近自己

栈道上的火光熄灭之后,江涛静息

由两块岩石组成的一对情人抓紧天空

悬棺,垂下亘古之谜

流过血的,爱过这条江的,吻过这块黄土的

都会在另一个深渊之上,俯瞰这太阳顶上奔流的
  黄水

从远方归来啊

永远在这块生身泥土的边缘


你如沉鱼,如佛,如钟

天空重新升起在你胸前

你就是我,是慌忙向后崩溃的偈言


1984 年 12 月 22 日至 1985 年 11 月 27 日


# 太阳七章

太阳者,恒常同一

当知此万事万物,皆依于彼

——《唱赞奥义书·第二篇·第九章》

## 1. 兴声（日未升,牲畜皆依于此）

乳白色的草地之上,蟋蟀停止歌吟
揉皱的琴弦弃在地上变成了柔软的河
群山微微发蓝,与村落遥遥相对的石像群在等待
道路在等待,那边:一种辰光,正在开始

羊群牛群开始渐渐波动
马在树林外面,树叶的头巾后是那些灵活转动的
　耳朵
天空就要出现了(风铃准备好了吗)
河水就要在卵石上摸出响动来了(准备好了吗)

风平浪静。只有千万双毛茸茸的耳朵在转动
眼瞳里的草地饱满了,石榴树抖下火红的希望
你们是羊,是牛,是马,是所有种类驯良的牲畜
伏下来就风平浪静,伟大是无声
群山按捺住狂喜的激情;大地轻轻震颤
在这最深的辰光,只听见遥遥的足音
和薄雾后咀嚼夜的残片的声音

打开栅栏吧,时辰已逐渐折弯
围绕一片长满草叶的石堆,露水粘牢睫毛
所有的寂静
都将化为嘹亮的一声,在一瞬间,暴露自己

它们看见了太阳

它们甩动青色四蹄和尾巴,开始欢快地踢踏


(在落潮夜色之上,是那轮永恒)


## 2. 导唱(日初升,人类皆依于此)


跪下来,摇动木铃,摇动风铃和铁铃

火红岩石谛听幸福在越雕越深的眼眶中流转

无辜草叶因被吻而猝然苍白,光在脸上哭泣

霜是灯是屋顶是河,伟大的深渊为一片风声而起伏

走出棚户,走出石窟,走出休眠期的山

不要因为激动而灰飞烟灭

克制住生命,克制住八方来风

哭泣或欢笑,毁誉或赞扬——这都是太阳的一切

歌唱吧,从一声爱开始

所有的处女歌唱吧,用你们纯洁的身体歌唱幸福

所有的男子歌唱吧,向他奉献

他是黑夜和白昼的王,是叮当作响的王

连接死亡和新生,给你们的音带以颤动的节奏

千百年来的礼赞有如午夜的篝火,收集眼泪和丰收

围绕天地混沌之柱上升又下降的那一盏明灯

黑夜被它撕碎,向时间之外流浪

在东方之火的后面是崩溃的泥泞

所有的日子只是一种光,光明是一次罪行

欢乐从泥土里显现舞蹈和颂歌,向上流动

昨天的骄傲闭紧心里潜伏的荣誉,使所有的嘴唇

赞扬和颂祷,心向天空坠如顽石

空洞的时间使情欲紧张

夜晚挟持处女的贞操突入粉红氛围

那么,面对这一切,面对这么多模模糊糊哭泣的脸

群山发红了,树抓住岩石

跪下来,停止歌唱,让风铃悬挂进唯一一次纪念

黄土在向秋天行进,所能够的只是重新去爱


## 3. 始唱(母牛聚乳之时,飞禽皆依于此)

太阳回翩而飞,草地更大更圆

妇女们走出来搓着围巾,母牛默默饲乳

露水消失,甜蜜加强

飞鸟四面八方地望着,整个上午,很静

战争从斧头里,爱情从沐浴里走远

男子们留下一支歌

石头排成一圈,围坐在草地边

草地围着一只鸟叫着,很美


他们收割头颅去了

鸟就在头顶

带来太阳潮湿的影子

天空飘满了叫声

缠绕住一棵歪树

鸥在呼喊一片大水

男人们到海上去

男人们到山里去

鸟就在他们的身影里

一些小石片立起来翘望
天空的门敞开着,羽毛散落入气流
鸟回翩而飞,无枝可依
太阳回翩而飞,飞在鸟群中间
地上,走着一些男人,站着一些女人
他们四面八方地望着
探着头,像许多只黑色的鸟

## 4. 高唱（日当正午,诸天皆依于此）

伟大的太阳在南方,那边
——它观照我
伟大的太阳在南方,那边
——它进入我的右眼居住

流溢的光芒在群山那边
——我赞美它
流溢的光芒在大海那边
——扩展,流动且变化

扩展,流动且变化,可仍旧是太阳
照亮了山,照亮了海,照亮了右眼
看啊! 许多的太阳在南方
许多的云在南方,许多的我在南方
扩展,流动且变化,交相辉映

人群肃穆,手臂和头颅
古朴的歌声升上青空
黑土携岩石与庙宇
接近那一片金黄的旷野

## 5. 答唱(正午之后,日晡以前,胎藏者皆于此)

生命必须延续,空旷的世界
不能没有哭声,不能没有采摘双叶草的手指
母亲腹地上两只白色脚印的践踏是幸福
姑娘们必须灼热地从倾斜的草地醒来
鱼一样光亮优美的身体向太阳敞开
双臂如潮湿的紫丁香喷涌向上
老人必须通过太阳门变成黑孩子以重返故里
男人要像树,像岩石一样坚硬地举止
如果那座白色源头中鱼儿已经痴呆破碎
那女人和美酒又配向谁供奉
回到屋子里去,拿起一支鸟翎
和我一起,从各个角走向我,我的门口
没有灯光来打扰我们雨水般深沉的睡眠
村口的钟已埋入树根,天空不会发红
静静旋转的只是星球外一个可能的深渊
也许所有的生活只是这切割我们的土地
夜晚和白昼同样是一堵无声的墙
圆形和方形的寂寞环绕我
我环绕你,你是谁,那给我带来种子
和银光闪闪小罐子的是谁

你愿意作我的妻子吗？你愿意变成母亲吗

两块巨石在互相紧张地挨近

从那白色源头出发的鱼就要浮上来了

摆上长木桌和酒浆，燃亮神灯

穿好花围裙，等待祖先乘木辇归来

婚礼是圣洁，流血是美丽

母亲的痛苦就是她的伟大

被风暴洞穿的心需要表演温柔

在我后面，是风，是夜晚

那么，即便岩石上缀满红色绿色的果实

激流般的死亡仍然会查封台阶

灵魂不能相信望海的石鸽，它只耕种太阳

每一道皱褶里生命飘动，随我来

我的黑美人，抿紧你那颗草莓

祖先的利爪在雪亮地逼迫我们

生命必须延续，灵魂必须收获

阳光从蜂房飞出，草地上

一只母牛正把尖角抵入泥土

它被牵过一个又一个牧场，那就是你

我的黑美人，草很肥，我的鞭子很温柔

## 6. 阑唱（日晡以后，日夕以前，野兽皆依于此）

太阳已移过中天，水面漂浮几枝睡莲

狩猎者穿着鹿皮，呐喊烧热每一片石头和草叶

野兽匆匆走过白色平原

恒河以东，果实在枝头上鲜艳欲滴

你是哥哥,那随你而来的绝不是一只小鹿
你射死了他,他是你的弟弟
你走到水边猛一回头就变成野兽走入洞穴
花朵在洞口摇摇欲坠,你是文身的一只野兽
你的弓是一句咒语,投向太阳
向上飞翔又向下坠毁
噤声的蟋蟀使天更低地更远
你解脱了,接近神圣
潮湿洞壁上你用爪子划出一些痕迹
谁也找不见你了,你已完成了
人各一次的伤害和悔恨
母亲为你痛哭成青发魔鬼
你停在天地中间
是人亦是兽,是神话亦是现实


## 7. 结唱(日初没,父祖皆依于此)


祭典总在日落后进行,夜跟踪而至
所有的青年妇女你们唱吧——
"我的年轻的兄弟啊"
所有的老年妇女你们唱吧——
"我的年轻的兄弟啊"
所有的女人你们唱吧——
"我决不能再看见他了
我绝不能再看见他了"


歌声圆满了落日,火在脚步和影子中间兴奋抽泣

当吹奏者向灼热的中心聚拢又散开

他将成为父祖,将在另外一个时辰被唤醒

走进婚礼,率领羽毛和皮鼓

举起左手镇服西方之魔

孩子就会跳跃如小鸟

而祭典总在火边举行,心被踩平

太阳是一条潮湿的河浑圆地还原为一次颂赞

打湿星座盛开的莲花,打湿每一片辽阔的记忆

河岸的舞蹈,你尖锐的痛苦是漂泊者的黎明

愿望是一声哭喊,笨拙而裸露

登临岁月的高峰,大地修复它每一时刻的脸

枫叶一亿次出发,不停经过我的港湾

秋天是一种可能,未来是土是海洋

死亡是必定的,其他都只是可能

而永恒向你们火红泛滥的

将是这沐浴后更大更亮的太阳

他说:你们出乎黑暗达乎崇大之光

仍将归于黑暗


那么这就是一切了,一切在死亡面前突然阔大的
　生命

除了无止的献祭和庆典,我们就是我们

死之外,坚强的孤独之外

是同一片悄悄接近晴空的严峻黑土

一切是神圣的,活下去


1985 年 11 月 29 日于西安

**1986**

# 你 不 能

你不能在每个早晨都看见太阳
捋捋头发,对它微笑
然后去扫地、浇花或者大声念书
看见我,很高兴
是的,你不能

你不能在三角形街心公园
擦着一把火柴,放在雪上
每晚每晚,有火光提醒你等待的时刻
你不能在那时想起,冰墙后
卖火柴的小姑娘曾经是你
你不能每次都问我会不会刨木板和写诗

你不能在假日穿越整个城市
只为在我门前点一盏灯,让我知道
你的船在行进,拖着一块可靠的岸
再一次落锚,你不会总是寂寂一笑
用手掠过我阴沉的面容
叹息我的前额过于宽阔
你的船总也不能到达
爱情鸟落在大河上

你不能每天都航向我
接近了我就是失去了我

在每个黑白交替的瞬间
你不能重新复制自己
在每次粉碎之后你却依然能够
找到废墟般的我，找到迷途的太阳
小巷里敲打厚墙的耳轮
每次每次我也不会总是呆望你
忽略你，在你系好围巾时
点燃一支苍白的烟
是的，我不能，每时每刻都爱你
无论用诗还是用微笑
也许，我所能给你的，只是
一个早晨的太阳
一段约会时的新闻
一程远行的风雨
一只手和一个名字

1986 年 1 月 4 日


## 野地车站

兄弟们，来，和我一起诞生
我不知道你们是谁，你们的名字和家
我不知道，你们沉默的嘴要问我什么

你们会问,一颗青色的月亮在铜色原野上
等什么?在时间和寂静的边缘
风,夜晚和雪粒,组成我的北中国
在它发白的叶片周围可开满卷须的花
你们会问,充满回声的静默中庄严的钟在哪里
毡帽和皮靴,三角形的脚趾在哪里
冰冻的河下有什么在涌,如同不安分的手脚
我会回答,除了我的名字和我这个人
对于我的祖国,我只能永远保持缄默
像一朵金黄的花,我的面孔每天向你们开放
在鲜鱼一样气息浓烈的人群中,我站立,行走
如一只苍白的水瓶,在南方阳光下的麦田
我会像水波一样深,正午一样宁静
心变成的图案,驶出远古的柏舟
如磁针指向你们的窗口,我不能说话
也没有时间更深地看入你们的眼睛
除了我搏动的心,我一无所有,可是
兄弟,来吧,和我一起登临岁月的高峰
绿节虫的列车已钻出隧洞乌黑的嘴
雪原上狗和风疾跑,来吧,我的好兄弟
和我一起重新生活,和我一起
下到雪谷中去,看那些泡沫的透明钟
比最高处的猎火还要孤独
在这无限之生中我们偶遇,你无须问我的姓名
明天,敲打你脚印里的积雪,在你门环上
插下一支湿漉漉的丁香的,那就是我
在夜晚最空旷的时刻来找我吧,兄弟

无论你是谁,我都会笑着告诉你
我们将在一个命定的时刻一起诞生
为了这个夜晚和这碗凉凉的乡愁的酒

1986 年 1 月 19 日

# 画家高更

(我不是可笑的,我不能是可笑的
因为我是两者:一个孩子和一个野人)


长街如聚光灯从远处射来,停在他的胸前
顺着月亮,他找到这个夜晚的标题
风在动,发如旋蓬,鸟从头上飞过
当沙粒在靴子上闪亮,他自由了
这是稀有的快乐:审视梦时他变成了孩子
波浪跃起来捉住鸥鸟,磷火点点
看绿了塔希堤的椰树,看远了海滩
看活了四处试探的影子
女人对他的挟持就不会成功
木棚里留下一堆灰烬,有个人依然在远方爱他
想起的时候风就停了,他看到皮肤棕色的笑
灰灰的,床在等待一次野餐
风声过后,他盯视太阳使五指鲜红
他会拦住过路的女孩,问太阳该向何方归去
在深沉的寂静中,他触到宇宙开花的奥秘

金红的头颅如巨星高悬,阳光筑起蜂巢

他坐在不停开谢的波浪之间,寂然不动

六枚星星贴着风旗飞逝

他只属于这块与自己同色的礁石

整整一生他都在想,人们要去哪里


1986 年 1 月 18 日


# 凡·高: 一块燃烧的麦田

他走出黄房子的时候,麦田上已经黑了

风如透明的鸟群掠过,飘向他的身后

夜晚温柔地接纳了他,树木远远地燃烧

在空气中化为无数的黑鸟

在他头上耳朵里眼窝中一动不动

星星落下,如成熟的浆果

星空巨大的旋涡,吞噬了新月

山冈的猛虎挂满哀悼的金环

从皮毛下露出椅子的尖角

午夜如同正午,深邃的洞穴在微微呼喊

他站在这里,身影里的小麦静静生长

每一刻都结出一颗湿湿的心脏

他微笑着想起塔希堤岛和旅馆里的小姑娘

空气和草味让他幸福

像一株谦逊的向日葵

他站在这片深深的麦田里

感到大地向远处飘去,脚下微微震动
平静地,他点燃了自己
明亮的一瞬,人们发现：麦子熟了

1986 年 1 月 25 日

## 画家塞尚

唯有这双逃离了岩石的手
绞扭在一起
风景,在这里生出节奏
人重新回到椭圆的壳里
用鸟喙啄击淡蓝的天壁
黏土变成无数个月亮
滚向神秘酒店一排橡木的瓶子

它们在创造一个早晨或一枚星体
用来和你讲话

关于他的一切,我们都可忽略
唯有这双岩石后面的手
它依然在紧张创造一些
果实和灵魂之间的东西
以占有我们

1986 年 1 月 29 日

# 老 黑 奴

老黑奴在每一片芭蕉叶下
都闻到骨灰的气味
他年老背弯
很小就离开了家园

他的影子呆滞细长
在箱子与箱子之间
鸟如篮子里新鲜的水果
摇摇晃晃
老黑奴听到每一片芭蕉叶都在低语
他听到天上的呼唤声

影子在大路上
田野很广阔
影子们聚到一起
互相用嘴摩擦
老黑奴想念化了灰的朋友
就把一束干草垫在身下

在每一条大路上
在每一块种植园里
在每一箱运走的水果里
他闻到自己的气味

一束干草的气味

1986 年 1 月 27 日

# 卡 夫 卡

傍晚,开始下雨了

卡夫卡的灰呢大衣

颜色更深了

手杖陷在污泥里

眼眶中的黑暗

浮现许多年前的笑纹

他走过铁路桥

向一个女孩子问好

浓雾很快就遮去了一切

他老了,否则不会这样对人微笑

雨在下,水珠从衣领上滚落

在他心里溅起一片片岛屿

写作是没有用的了

他知道雾会散去

那时他将坐下来休息

几只昆虫在一朵花上

闪闪发光,细声曼语

1986 年 4 月 7 日

# 雨布和草地

你翻出一块绿色的雨布
抚平在床上
路口闪烁的树叶间
她们走远了,嘻嘻哈哈春游去了
你终于没有出去
望着那雨布发呆
一切都准备好了
你始终没能校准时间
风吹进来
雨布仿佛又盛满了硕大的水珠
许多年前,曾有两只小蚂蚱
睡在你挽起的裤腿里
孤独也让你沉醉
等到醒来
发现自己坐在一片绿草地里
远山又细又小
裤腿里的蚂蚱在动
草帽和一本书,放在草上

1986 年 4 月 15 日

# 友　谊

平常的日子总有些时候要想起往事
想起二十岁一过你就恋爱了
不再和吓唬过我们的老树为仇
从那以后，日子就快了
切开的水果，转眼起了一层红锈
我仿佛看见你在远方翻了个身
孩子就大了
这些都让我纳闷

春天有风
夏天有雨
我们一起跑过了许多
雨中的街道
后来我们分手了
答应不再见面
这也挺好
还可以写长长短短冷冷热热的信
虽然没有必要

我们分手的日子已经很久了吧
你来信要我回去
说我流浪得太苦了
说你的妻子很可爱

当然,我们又见面了

平静的日子平静的心绪
掩饰的话渐渐减少
夜里我们出去
找找过去的纪念
凉爽的台阶
我们坐在上面
剧场里灯光暗了
人们陷入了情感
你终于高兴起来
我真想揍你一顿
这世界有好多事情
让我想不明白
好像很久以前
有两颗金色的雨点
曾在海上漂泊

1986 年 5 月 15 日

## 下午 (给杨于军)

整个下午,天空就这么亮着
不时有云朵飘来,裹着蜜蜂的嗡鸣
细风在屋檐下欢闹,红瓦片像破碎的古陶
每一片上都活动起一个穿兽皮打水的姑娘

那都是些老人讲过的故事

你知道的,都已不再古老

大理石的台阶在沉没,断柱中的年代无影无踪

除了这些,你这个把毛衣随意敲打着坐在门前的孩子

还能知道些什么呢

还要讲什么美丽的夏天呢

鸟落下七根羽毛

欣然飞走,多像一串彩色的葡萄

膝盖上漂亮的红漆越来越淡

静寂中你忽略的什么正在悄悄来临

一种情绪如红毛衣里的灰尘,不住地闪现

那就想想别的事情吧,更好的事情

还会有什么从时光里归来

想想冬天的小树想想你即将换上的红毛衣

想想雪花落上红毛衣的情景

你又换上一面新的纱窗

那时所有沉没的船队都在早上

变成莲花浮上水面

于是,整个下午都会有云飘来风吹来

你都会静静坐着不再发愁

1986 年 5 月 23 日

# 午　后

只要看看这午后的天空就够了

秋天多么晴朗,鸟儿箭一般穿过白杨

地平线上,荆棘丛在燃烧,多么炽热

仿佛为千万条明亮的海蛇所环绕

落叶和秋蝇不再使人烦恼

怀念穿过遗忘的茂密草丛

找到河滩上火红的衣衫

在一种信念里,小草放好了自己的种子

红红的玫瑰,贴在透明的钟面上

如同一个人的微笑,出现在这午后的天空

1986 年 5 月 23 日

# 火　神

女儿结婚那天,海上有只油船失火了

他迅速登上甲板,胸前的小白花一闪一闪

在舱里微笑着解下皮带,抽打那些小偷

在最后一个离开时又返回,救一个姑娘

在着火的海水里游动,直到一声爆炸掀翻了海

那时我还很小,坐在椅子里为他焦急

直到他倒在污泥里,直到他的妻子和女儿

在一阵狂风后的院子里向大海张望

直到他爬起来,微笑,弹弹口袋上的白花

那天是他女儿的婚礼,黑烟中的小白花还在一闪一闪

1986 年 5 月 24 日

# 昨　天

有风,有月光
石阶伸向绿荫深处
一扇漆黑的门
是夜晚
我们坐在门前
谈论理想

狗从街上跑过
吠叫着追赶一张标语
猫从街上跑过
看不清它的脚怎样起落

今晚,月色依然
城市静悄悄
在这样的夜晚
一定有人,忘记睡熟的妻子
想起过去

1986 年 5 月 29 日

# 女　孩　子

她一直是一个女孩子

谁也没有见过她

会有许多人爱她吗

为她去喝稀薄的汤吗

好在她一直是个女孩子

拖着宽宽松松的袍子

漫不经心地走路

会有许多人爱她吗

为她去追寻一阵微风

为她低下头去

明天,她还是一个女孩子

依然喜欢旧东西

对所有的问题都不愿回答

1986 年 5 月 31 日

# 那是,从前

我所珍爱的女人

森林幽暗的小径

已被一缕晨烟剪断

干净的果核

布满早晨的台阶

那是,从前

下雨时,白杨遮住羞惭的脸

在那无边的沉默中她隐匿了什么

玫瑰花在风中飞舞
过期杂志里的远方
炎热而又清凉

总爱在风中
寻觅一条小路
麦田上有长长的影子
嘴上沾满苹果渣
欢叫着飞跑
那是,从前

在水里敲击石子
让声音被鱼儿藏起
秋天时就捉一些小蝇子
或者约你深入漫长的野地
去看温良的大鸦
那是,从前

总是让你想起一些旧事
质料低劣的红上衣里
仿佛总有些秘密
而你是水
也终于就这样在她的手心里融化了
那已不再是,昨天

1986 年 5 月 31 日

# 读　诗

## 1

世界是我的囚室,如果我远离了我所爱的

——皮埃尔·勒韦迪

惊诧的女人啊
我不是爱你
你从你的衣服里出来
在岛上和人走私
这都与我无关

崇高的爱啊
如果我来迟了
我将重来
秘密的饮者
你的枝叶向深渊拂动
你见到太阳了吗

草丛中鸟的飞行渐渐听不见了
孩子回到大路上
赶上了活泼的烟缕

手帕包着草莓,抛入了草地
你在卵石上睡着了

一个人在等你醒来

# 2

你得有一件红外衣,一双红手套,一个红面具和一双
红袜子

　　　　　　　　　　──保尔·艾吕雅

灯溶解在水里
树还站着
我们走吧
何必为了女人

这个夏天
人人都在相信自己是孤单的
诗人们希望古代的侍女
为他去河边打水
从而开心得要死
这都是天气的罪过

我们得去街上
买只衣箱回来
把头伸进那只方方的嘴
在笑声或喧哗中
有些面孔就认不得了

可手套里还有一些鲜血
首先你得学会使用左手

至于那盏灯,还是让它溶解吧


# 3


在将到来的早晨你将是孤独的

——纪尧姆·阿波利奈尔


在你的双手滑过栏杆之前

风已回到了阴暗的孔隙

围墙下有棵树在梦游

它见过古代的天空,戴着阴影的盔

小心地等着皇帝

有一两个骑者驰过满是玫瑰的沙丘

白天的时候,曾有一队雨声

划过倾斜的屋檐


于是黄昏就这样流逝着

接着是走私的夜,在拉上提包

许许多多的黄金,在胡椒瓶里互相了解

这是和无数尚未聚拢的时辰一样的时辰

鸟儿徒劳地穿上树枝

上帝的台阶前布满了灰色的旋涡


狗吠叫了,接着几扇窗户也亮了

孩子飞跑,河里的云彩也开始动了


在新的早晨你仍将从床上醒来

想起那些镜中羞愧的处女

狗便从暗处爬起来,你不知道如何爱它


1986 年 6 月


# 夏天纪事

## 1


这是个郁热的夏天

许多人在桌上画满葡萄,忍受干渴

昏睡的河水冲走甜蜜的恋人

远航的水手,衣服上结满白盐

风暴倒向一波不兴的海洋

百叶窗外,摇晃着女人的高跟鞋和半截小腿

风中的云朵,疲倦地摘下太阳肉质的子房

上床前的孩子,忘记了屋顶和天空闪闪的交谈

时钟里的马戏团着火了

这时你将坐在桌前,画下那个渴望太阳的人

桃林里挂满了珍宝,还有春天的草上

那场淅沥不完的雨


## 2


于是,那些人就躺在床上听雨

听整个下午雨在屋檐上叹息天气

早上的灯里,昨夜的笑声还斟得满满

一次班车到南方去了

载走了戴黑纱的女人

那时你正在麦田里

在寂静中听到了古代的一场战争

刀剑和脚步杂乱的声音

还有鹌鹑沉重的滚动土块声

大洋彼岸,一个去商品中找点儿什么的朋友

在顺着楼梯哼一支歌,你听到了

那些处女掐着自己的静脉在报上求婚

男人小心翼翼地玩火

终于,一个坏脾气的人出现了

他每夜都去海滩上钉满木桩

给世界增加一点麻烦

让嗅着腥味的道路,狗一样转弯离开

1986 年 6 月

## 舞　会

舞会已经结束很久了
我们还在台阶前交谈

屋子里火焰在舞蹈
雪地上只有篱笆

把心留在原地

所有陌生的面孔在风中相逢

模糊不清的夕阳
把衣服放在了水洼后面

1986 年 6 月 4 日

# 致流浪诗人

午后,你沉思的姿态无比忧郁
于是你时时摆摆头发
像是要卸去一些重量
谁也不知道你需要什么
既然你是孤单的
我也只好站在远处

在你的身影里就有一块麦田
散生着几株金黄的葵花
鸟儿消失在炎热中
你就这样洒脱地睡在我的麦田里吧
把手枕在头下
既然你是孤单的
在你睡去,我会慢慢走近
在你湿漉漉的行囊上
我会闻到爱情的味儿和新的秋天的草味吗

1986 年 6 月 14 日

# 秋天,我会疲倦

天空像塑料布盖着草地

泉水靠在石块上休息

尘土淡漠地落在草丛

那些田间的麦捆

还在沉思

含着浓浓的阳光

我将到达那里

一道土坎,是我们休息的地方

苇草折断了

粘在夕阳上面

秋天,我会疲倦

马的眼睛也变得乌黄

它忍住了

站在热热的草里


许多事这时就会想起

想起春天那场风

夏天那场雨

蝙蝠花的影子一直在飞

想起不久将有一场大雪

覆盖这块麦田

乌鸦在车辙后滑冰

就在那里

留下花纹

那时,我们将有一座小房子
看雪花静静地落
像冻伤的麦穗,不发一言
这样的时光仿佛已千年
循着呼吸会找到嘴唇
远处黑黑的灌木
留住了我们的心
很大
像浆果
像梦,在那里开始

像梦,在那里开始
再没有等待
也没有疲倦
我将升起炉火
让它燃着
为几代后来的人

1986 年 7 月 19 日


## 巴勃罗·聂鲁达

冬天,我去找他
在布拉格积雪的街道

他站在一座房子前面
房门锁着,他在和时间交谈
因为寒冷,我躲入影院
受伤的石头失去了语言
我站在拐角里等他过去
其实我是在海边找他
他应该在我走动的任何地方
和那些受伤的石头或者
一个独自微笑的男孩交谈
那声音像你自己的面容
其实你也不用去找他
你可以碰见他穿过街道和煤矿
你也可以骑上木椅
说我爱您就请您出来
他就会大声说着什么来到院子里
带着鱼和硝石的气息
这时你要备好劈柴
布拉格的冬天很冷
英雄离去的屋子前,他已站了很久

1986 年 7 月 19 日

# 存在主义

我站在这里
我已经在这里

时间是下午
草地还是那一片
小花都不会再有名字
枪还在响
玻璃上啤酒淅淅沥沥
我不能赌输
我有一座房子
是新的

我站在这里
这就足够真实
拥有矿砂的人
在梦中惊叫
我要去找那个不存在的人
去谈生意

1986 年 7 月

# 红 瓦 片

终于又下雨了
红瓦片又在粼粼游动
很小的时候，我们在水中游过
吐过泡沫

雨中看你总披散开头发
声音隔着一层雾气

看你怎样跑上楼
哈哈笑着在门口跺脚
雨珠像灯照亮了我的下半身
你湿得很绿很绿了
低洼地的李子总是红的

我不知道你现在是否还淋着雨
把伞借人
弯弯曲曲的水流是否还从你的脚上爬过
雨中总有些声音
叫着一个名字
已听不清楚

这时我就整天不吃饭也不讲话
躺在木板上
等着你嘴里的李子照亮我泥土中的身体
很小的时候我有点邪
早上我肚子疼不去跑步
红砖垛后我触了触她绿透了的衫子
十二岁便从风中走过去了
接受了这个初秋的眼睛
像低洼地里湿湿的李子

终于又下雨了
我仍旧要回来
要很绿很绿地回来

1986 年 7 月

# 近处的手

那只伏在暗处的手

阴影的女儿

在一封信上签下名字

它代表着什么

爱情？阴谋抑或仇恨

沿着它你找到一条小臂

那皮肤一定又酸又凉

让你想起早上那场雨

以及更远一些的草地上的风

窗外的白马和红色的风标

被树林的海围住

异乡人的宽檐帽水泡一样浮上来

那只手出现在栏杆上了

它不动

你不知道它要做什么

阴影保守住秘密

杯子底的小气泡越来越少

现在那只手放在了额上

海洋一波不兴

船队一动不动

从上面你又看见了什么

气泡还在上升

有什么从阳台的花叶后落下

黏黏的，像蛇的口涎

那只手已回到原处

远远地，另一只手在马背上哭泣


1986 年 6 月 20 日


# 沃尔特·惠特曼

我和你在美国

一个农庄的下午

草地洁白柔软

远山又小又清晰

有母牛从门里出来

女孩子在墙上画出长长的白线

从前我还是个孩子

昨天我已长大成人

你教我骑马

冲过一队一队少女

教我在阳光下眯起眼睛

望那暴雨将至的草原

在祖先高大的门庭下

东风吹着马的鬃毛

这时你更像我的兄长

我们在同一块石头上休息

把手放在草里

今天我已不是个孩子

不再看天边的云彩
不再只是微笑
我要和你在洁白的草地上谈谈
谈点什么
把脚放在远远的山上

1986 年 7 月

## 题少女画像

看着你时你已长大成人
声音摸着圆圆的水罐
明天即将下雪
你早已离开此地

看着你时你已在远方
在田里愉快地劳动
麦穗在八月贴在你的腰间
儿女们高高大大
岛上的树一直在等你
岸上的船一直在等你
你的声音依然，像雪片落在罐子里

二十年你一定遭遇了很多
我知道你一定认不出我
我在早晨，你在黄昏

地窖里的酒桶受潮了
你已走出很远,一直走向海洋

在你的目光后我会写上什么呢
你前面的玻璃毛茸茸的
我要带着它去找你
模糊地想着
岛上的笑声和迎面走来的孩子

1986 年 7 月 19 日

## 深　秋

我已离开最后的女人
城里再没有谁
与我相识
秋叶在身影里飘落
沉入水洼
我的靴子在响
靴子将生满红锈
水在落叶下流动

泥地上的树沮丧得说不出话
它们忘记了季节也会改变
脚上沾满发亮的水
风不时送来林外的消息

倾倒的马车上只有缰绳
红马在林边闪了一闪
我多想有一条小巷
在一个早上，让那马静静走过
为我静静走过

城里再没有声音
阳台上的小瓶子还在闪烁
玻璃门的把手轻轻转动
同一个时刻，我将在那里醒来
让门开着

我将拍拍头发
深秋已来临
风衣代替了祝福飘在身后
路上再也见不到真正的女人
我将在落叶中走着
找到另一条路
让背影出现在开阔地上

1986 年 8 月 11 日

## 王　子

还是谈点别的吧
比如黑衣王子流落在草丛

手杖上的花纹早已模糊不清
中午他坐在树下
看树顶的叶子纷纷脱落
像满地追逐的红色蝶群
该忍受的都忍受了
马蹄后的灰尘还将扬起
他的目光将如初霜
覆盖世界的草丛
我们将这样谈着话等他
让雾充满屋子
让蝶群在雾中闪烁
炎热过后他还会骑马归来
腰间的长剑闪亮
让打水的少女看见他
让打水的少女为他惊呼
那时我们就谈点别的
比如雨季里的泥土
城邦,珠宝或者瓷器

1986 年 7 月

# 白　杨

## （一）

下雪的日子,我答应送你一屋子黄蝴蝶

我到结冻的小溪上去过
晚上我凉凉地回来
黄蝴蝶在心里落着

这些日子雪总是落
白杨更白了
我们的屋子是更暗了
你还在想那些小溪上的蝴蝶吗
明年她们还会飞来
落下,落在你的纸模型上
今年是不行了
我只好坐得远远地望你
秋天的太阳已使你很倦了
脸红红的,像个乡下姑娘
衣褶不再飘动
干燥的地方总有雪花在叫
在你心里落着

现在总该想起点什么了吧
扔在草丛里的日子已被松毛盖住
头发也落进了泥土
被我的牙咬住
从很深的地方
我依然会冷冷地回来
等你走到窗前
从黄色的灯里
飞出无数蝴蝶

在时光里模模糊糊地飞着

在我心里

模模糊糊落着

# （二）

下雪的时候总有人离去

风吹着谷中的积雪

这时你会像秋雨中残存的杏子

不再讲话

好像我刚从一个危险的地方回来

带着更多的生命

窗子早已关好

有几枝草花夹在门缝里

它们提前枯萎了

没有放好果实

这已是很久以前

很久以前

婚礼就已结束

像我们搭在门槛上的眼神

你轻轻地靠着我

身上圆圆的果实不再滚动

外面的白石如偃卧的小羊

不走近也不离去

又明亮又温驯


于是总有人变不成别人

他们就用雪写字

在屋顶留下

滴滴的水珠

水从白杨上滑落

露出树上的眼睛

这时我们就走很远

把手放好

你绕着白杨

白杨绕着我

风吹着谷中的积雪


风吹着谷中的积雪

我依然要在前面等你

让风那样吹着


1986 年 8 月 31 日，于哈尔滨


## 秋天的面影

伏在汗水里的人终于抬起了头

秋已很深了

红叶扑簌簌飞向闪光的远山

洁白的诗笺落下

镶着蓝玻璃的湖面

风平浪静

一个阳光明媚的下午

你一定沿着我的掌缘走来
让一些细小的事情
把你喃喃讲述
它们在你心里住下
夜里去采石头
于是你听到轻轻磕响的路
风代你找到远方
积雪下红色的根
你一定低下了头
远方那张慈祥的脸
又在把你注视

1986 年 10 月 31 日

# 自 传

周围都是黑的
只有他发亮
只有他跪在,春天的草上
露珠在捧起的手上
他就在露珠里
在露珠里发亮
只有露珠发亮只有三片草发亮
弧形的草坡望不清什么
周围都是黑的
他就跪在无法忽略弧度的地球上

发亮

侧影放大

越来越近

露珠也在放大

露珠裹住了他

那个孩子

在发亮的球里只是黑的

轮廓模糊

你穿过去

感到冷

抬头他还在前面

在自己的手上

只有手发亮

只有手上的露珠发亮

只有那片草坡

只有一片模糊的阳光

1986 年 11 月 4 日

# 画　意

秋天难以描画,它仿佛一件心事

从心底泛上眉梢

眉便青青如豆弯弯似藤

时明时暗的日子

如蒙上尘土的天空,绿色尽褪

其实难以描画的并非那片草上的五角枫

生锈卷曲的模样

渐冷的手指,也不难让青石

微微蒸腾白汽,由于习惯

它们站在路旁

强迫行人与自己相似

它们从来就不像一幅画

秋天从来就不像一幅画

它是一件心事,穿着宽大的衣

静静,轻轻,倚在门旁


水在草地上铺开,视野空旷

烟囱里的往事

在窗子上留下黑黑的指纹

只有风赶着上路

捎给下游的人

带水渍的消息


草帽上花香浮动

摘下它时甜高粱已成排涉过大地

秋天从来就不是一件心事

你的手指动了动,你走入一幅画

秋天深了,没有一只飞鸟

1986 年 11 月 8 日

# 男　人

你必须忍受

你必须忍受门背后的东西
你必须从侧面去看与生俱来的这个世界
女人与生俱来的弱点
你必须把女人扛回家去
钻到床下去找工具

你是男人

你必须开车去外省拉回咸鱼
或者死在路上
让想你的人高兴
你必须让那个与你相似的人
在世界某处独自痛苦
你必须忍受女人给你的孤独
男人给你的耻辱你必须

这个世界
你无法如期归来
你只看到夜晚的一面

你是男人

你必须把石头运进城市
让美折磨你
让遥远折磨你
必须回到面孔后面
在那里阴湿的街道
让靴子沾满落叶

1986 年 12 月 10 日

## 朋友的妻子

朋友的妻子她对我小心翼翼
她知道我不会到他们家里去
一起喝酒三个人
朋友的妻子
开始关心我的个人问题

这是个幸福的日子
他们一起回到了乡下
第二天早上我在路边采了一束倭瓜花
吹着口哨
他们就要走了
那样朋友会幸福
这一天我分明感到过去也变了许多

这是一个幸福的日子

朋友的妻子

走在后面

晨光中我的黑衣服上

沾满花粉

1986 年 12 月 25 日

# 第八个是铜像

他走的时候,雪还在下

下午三点,窗上布满白色花粉

皮夹克上还带着女友鱼尾纹的唇印

汽车穿过空无一人的广场

城楼顶着一副明亮的头盔

拖曳着几片云彩

貂皮女郎扶着墙走过街口

下午三点,雪还在下

没有一只鸟飞走

狗远远地跑来

猎枪还挂在车里

他倒在冒烟的车旁

大头皮鞋发亮

几根金色的鸟翎

在他的额头闪烁

# 北 京 站

你平静地走出站口

没有人等你

铁栏如一排肋骨

少女的鲜花在飘散

没有人认出你

人群散向城市各处

你冷冷地剥着橘子

时间还早

明亮的钟楼威严鸣响

使你想起一个人的皮包

曾使这个城市战栗

你很累了

你看到自己的血在灯中蠕动

这时,一定有人

沮丧地回到温暖的家

# 革 命 者

他跟跄摸过街口的时候

想起了一双眼睛和一句诗

撕烂的上衣在风中

手在墙上留下通红的印迹

战斗结束了

皇帝的军队击鼓前进

同志们倒下的时候什么也没有说

而他还是个学生,学生诗人

未曾在车站吻过一个姑娘

只想念过她的眼睛

革命者在风中扬起头

看见旗帜落下来

皇帝的鹰在天上盘旋

他蹚过碎布和断枪

拍打一扇黑漆大门

到第四下,他顺着门环滑下去

在他活着的时候

他常常念起一个诗一样的名字

现在他藏起了它和那双

黑暗中睁大的眼睛

1986 年

**1987**

# 给大河汉子

今天我又抱膝独坐
我想,我该去看看你们了
沿着随便哪条河
一直走下去

河面上该是一片白色
船在阴郁的石头上航行
夜里四处寂静
这样的日子用不着讲话
手上满是浪的痕迹

下午就这样充满着水声
我抱膝独坐
温柔地想到
也许我会爱上你们
尽管这爱有多么不易

趁冬天尚未过完
我还是到河边走走
这样随便想一想
仿佛刚刚下了一场大雪

落在河上,落在眼睛里
同样的了无痕迹

1987 年 1 月 18 日

# 回来的人

回来的人和我们一起
陪年迈的母亲
晚上在屋子里说话
这样不容易
这个摇摇晃晃的孩子回来不容易
夜里一定潮湿,寒冷
她一定摇摇晃晃
坐在行李上,脸上漆黑
回来的人终于站稳了
故土的风只让她晃了一下
她掏出带回的礼物
就靠在门上
我也只好无言地坐下
外面刚刚下了一场大雪
世界一片宁静
这些日子她将照料年迈的母亲
闲暇时常常想到
这日子来之不易
想到还有一个家

可以过另一种生活

回来的人会在窗边坐下

看雪花飘落，静静地微笑

1987 年 1 月 22 日

# 睡着的男孩

睡着的男孩脚趾鲜红

他看见雾中悬浮的石榴

不停发光的石榴

他看见石榴裂开

跳出一群吊睛白额的猛虎

从很远的地方

跳过来，跳过来

还有一个淤泥里的圣人

还有三只呜呜响的月亮

睡着的男孩一动不动

想到魔鬼一动不动

接踵出现的白衣女人

一次次穿过墙壁

风撩起她的长裙

还有一只腐烂的手

在墙角里，像仙人掌，独自开放

睡着的男孩一动不动
黑影在床下醒着,石榴落入内心
大海蓝色的皮肤一点点爆裂
睡着的男孩看见
黎明像一把被梦见的刀

1987 年 3 月 4 日

# 凡·高的椅子

一种温情
来自墙上那幅画
画里那把常空的椅子

当年割掉耳朵画自己的人
已变成一块麦田
从墙上的另一幅画里
一直延伸到太阳里面
每当秋风吹过
满墙都是成熟的金色

有时实在想不起什么
我就坐到墙上的椅子里
用用他的烟斗,翻翻他的草图
像一个造访的客人
趁老友不在
占据了他的位子,心安理得

每当黄昏,一种厌倦的情绪来临

我总会把门开一条缝

让风可以侧身进来

然后坐在椅子上

对着墙上那把空椅子

等那个疲惫不堪的画家回到房间

往画里一躺

将黄色的温情抛得满床

1987 年 2 月 17 日

# 达利的春天

一只老虎

迟早要来临

蓄满水的趾垫轻轻移动

它走过风中的洞穴

双眼放光

无声无息

它走过石头

吃掉石头的月亮

吃掉山冈褐色的羊群

吃掉蓝色的树

它的眼睛在草地上滚动

一只老虎

不知从何而来

尾巴轻轻扑打冰雪

牙齿有如正午的太阳

一只孤独的老虎

却无处不在


它的脚轻轻举上

我桌面上的白纸

如灌木沙沙作响

舌头如一道明亮的阳光

拖下桌沿

它眼睛开合

温柔望我


一只老虎

将吃掉整个星球

然后跃到引力无穷的天空

慢镜头地躺下

眼睛开合

身上所有黑色黄色的河流一齐解冻

肚子上的白毛

一下下刺激着淡蓝的天壁


一只老虎

你们谁也没见过的老虎

正在来临

1987 年 3 月 5 日

# 童年虚构的天使

童年虚构的天使
他向我弯下腰,吹口气
他让我睁开眼睛
看见黑夜早已结束,生命在我的眼中

童年虚构的天使
展开白雪和火焰的翅膀
让我看见时间里的白雪和空间里的火焰

童年虚构的天使
陪我暗暗成长
在井中植满玫瑰
让我看见礼赞生命的幻象

童年虚构的天使
在学校幽暗的走廊
推搡我,绊我
催我进入天使的前列
并高声提醒着上帝

童年虚构的天使
在我心中走动,老态龙钟
颈上披满白雪

在迟暮的黑暗中我们熄了灯

坐在破椅子上轻轻摇晃


# 杨　梅

一部上演多年的朝鲜电影

银幕上的小姑娘一直跑出了童年

如今已白发苍苍儿女成群

过着幸福的晚年

那条包杨梅的手绢

也被孙女的口红污染


可还会有许多下午

许多嫩绿的时刻

她从旧草地上跑来

向背钢枪的我一次次跑来

举起被杨梅唾湿的手绢

举起这个重复的下午

1987 年 3 月 12 日


# 水　晶　树

我想我该去深山里找一棵树

幽闭的湖刻满鱼纹

树在湖上生长,一棵水晶树
以纯洁充盈我的空虚

锥形的影子伸向湖底
像清凉的火焰
七片圆叶像七只眼睛
朝向七个方向,迎迓来风

在湖心与岸之间
不断降下白雪
只有一个拾柴火的小姑娘
像歌声,穿越这片空白

季节的轮子停在湖面上
群山渐次变白,额头染上深蓝
像一位位智慧长者
俯身湖面,围绕这水晶之树

湖像一面明镜
树影在镜中生长
我徘徊其侧
为走进那一片澄明
多少时光已经过去

世界本该有这样一面镜子
走进去便不见了
我这辈子都在等待走进去消失或者凝固

如这株水晶之树

不生不灭，无梦无醒

一段静静震颤的虚空


整个冬天，我想着这件心事

站在雪地里慢慢变白

世界不过是一面镜子

生命是一棵镜中之树

1987 年 3 月 13 日


## 冷杉树

我不曾见过雪中的冷杉树

向西的冷杉树，冷冷

有一千个明月环绕着你

有一千只眼睛环绕着你

我不曾见过你

如同不曾见过风的形体


向西的路覆满雪

直立起来堵住你的嘴

冷杉树，有一种压抑在空气中散开

我见过弯弯的鸟

诞生于时间的波涛，像微风

像穿越寒冷的语言

冷杉树，今夜只有你是静的
一千只弯弯的鸟环绕你
一千个诗人的瘦影环绕你

远远的风铃从云絮上传来
落在树枝上像月光像寒霜
有人绕树徘徊，或俯或仰
希望听到树中的声
冷杉树冷冷
今夜你将围绕我
今夜我走不出你的包围

1987 年 3 月 14 日

# 故　事

原野上那块大红石头
孤独了整整一个夏天
有时在阳光下
就会被看成一颗葡萄
或者一个逆流而上的人
遗落的一顶旧草帽

我们从城里来
雨季之前，种下麦子和花
慢慢地窗户长满了绿色的羽毛

风也热热地吹过来
我们坐下来望望远处
触目惊心还是那块石头
重重地压在眼帘上

这是个压抑的夏天
烟从屋顶散开
我们拣些无关紧要的话题
偶尔谈谈女人
眼睛躲躲闪闪
这是个压抑的夏天

有天夜里你从鸡犬相闻的村子里回来
喝得东倒西歪
第二天村里有人失踪了
都说是个疯女人

从那天起我们谁也没有提起
各自怀着心事，待在山上
风照样吹过我们的麦田
带来鸟和花
原野上那块大石头
还是一动不动
像斯芬克斯孤傲的头颅

没有发生的事继续折磨着我们
你陷在收下的麦子里
摆弄着一块阴沉的火石：

——那块石头

——那块石头

像一座旧矿山


麦子终于埋住了你

1987 年 3 月 15 日


# 黑　鸟

在一种秘而不宣的空气里

二十四时如浮云

雪峰升起又落下

四周冷冷

你迟迟没有出现


时间剥啄

啄尽我脚下泥土裸出须根

啄我眼眶空洞

为忍受最后的创伤我寂然独坐


也许雪岭外一片死光

早已淹没了你

如骑士的面具弃于尘土

又为金黄的光线焚烧

我想着你

想你也让我疲倦

白天就要过去

这一刻足够美好

足够用来痛哭

我无法像那些纯洁的菊花

升腾，坠地

坠地，升腾


道路回到原处

不可知的黑鸟

和那些暝暗中的高树

在我的意识里沉浮

也许你只是我意识幻化出的一个幽灵

那么一种孤独的信念


入夜，树枝断裂

那是你踏着一树树雪枝

向我飞来


1987 年 3 月 25 日


# 这 一 刻

水里漂满了叶子

漂满飞鸟的翅膀

我如叶，如飞鸟

生命被理解为挣扎

一阵雨从海上飘来

姿态紧张的石像渗出汗水

海上的影子漂远了

像云中的树

寂静的阴影不再回响

大海不再回响

命运的火焰投射在乌云上

慢慢涨起的波涛把我们充满

直到每一处裂缝都发出声响


你问我礁石为什么背过身

一动不动

你问我鸟和落叶的归宿吗

——那么别作声

听远方那片寂静

如一座冰山在移动

这一刻没有语言

让我们理解那深深的生命

和生命深深的不安

1987 年 3 月 27 日

## 山　中

这时候，夜降临了

雪花落在屋顶的草上

137

还有其他的什么花

一起落在石头上，水里

在梦中，它的芳香依然刺着墙壁

一年中最黑暗的夜晚

我躺在暗处

听一朵朵花悄然落下

山路上留下了僧侣的布鞋

石头凹处一片秋水，漂着薄薄的月亮

树根变红，青袍的人沿溪而上

像故去很久的祖父，背着他占卜的鱼

偶尔有鸟从雾中飞来

沾一沾泥，又飞走了

像一个念头，不再停留


薄雾走到林边

我不再认识自己的家乡

黑暗中，我独自醒来

1987 年 3 月 30 日

# 看　山

那年夏天

我们去看山

走了很远的路

路上跑过了几匹马

后来变成了石头
马上的人
为我们指路
如今他们是路边的石人
斑斑驳驳

山上有云彩
人在云彩上面
松涛泻入深谷
象形的石头里
不时有影子出来
又像鸟遁入深处
那是个奇怪的夏天
我们去看山，又看了水
夜里风大了火也熄了
我们就回到黑暗里
想着山就要砸下来了吧
山里的风搅起一个个巨大的旋涡
转瞬把我们都裹进它的气流里
我们随山飘移
像在一个浮岛上
可黑暗中出现的只是你那件红色王子衫
并不是土人的神幡

那年夏天
我们站在云彩里
手搭在一起

感觉慢慢长满了羽毛

心里不由一阵兴奋

那之后我们下来，坐汽车

再坐火车

精疲力竭

路边的石人

都已全部倒塌

1987 年 4 月 11 日

## 秋末黄昏

疲倦歇在高树

远山能看得很清楚了

只有这一种暮色

浓浓的金黄的暮色

围绕远山、高树和我


脚印还留在尘土里

像模塑一样渐渐变深

来时的路

已慢慢没入酱色的丛林


只有疲倦像一道流水

带走我像一片叶子

古老的心情

宁静肃穆的沉思
只有你,能够围绕我

我蜷曲地靠在自己的石头上
永恒的暮色
在一幅油画里停止了颤动
那岩石已变成伟大的母亲
归来,使我的目光崇高

黄昏合上了
书早已落在地上
通往黄昏的路上
走着一束活泼的烟缕

1987 年 6 月 26 日

# 痕　迹

深夜,灵感把我惊醒
她的衣服敞开
先于语言告诉我一些重要事情
我却找不到我的笔

黑影里飘落着白发
我的心像收割后的土地
只剩下了石头
我摸着自己的脚,画下轮廓

灵感的脸模模糊糊

气咻咻压迫着我

像一个多年的爱人

在我的心上

留下挣扎的痕迹

1987 年 7 月 6 日

# 秋天的空白

## 1

秋天,你又来到我的田里

像个笨拙的女人

坐在我的对面,高大,丰满

我懒散地看着

你一件件摆出带来的东西

每一个微小的动作

都重复着那份古老的心情

风一阵一阵吹过我们

土地一点一点沉重起来

秋天,你使我笨拙无言

我真不知该用哪一种表情

像两只默默的黑鸟,坐在田里

有些空虚,有些甜蜜

秋天,我们一向如此

等你走过我的身后
头上的蓝天就会模糊不清

## 2

从田里回来的路上
我看见一只鹞鹰
它直愣愣地跌向远处
土地突然辽阔起来
像一只大鸟的翅膀倾斜下去
我觉得有什么东西落进了深深的泥土
永远地留下了
可我必须离开
那只鹰也再没有飞起
回来的路上
你始终没有看我一眼
等我抬起头来
田野上已光秃一片

## 3

这些日子,我总是待在山上
土地不久就会坚硬起来
那些受伤的土豆流着白色的血
藏入土里,冬天很快就会找到它们
把它们化为白色的汁液
有时回来我躺在暗处

看墙角的土豆堆发着白光
听母亲随便讲些细小的事情
散漫地想着心事
风就在外面吹着
我好像已到了暮年
天好了我和母亲一起去柳丛采蘑
像拔起一根根生锈的钉子
隔着如烟的柳枝
母亲总在唤我
总在拨开枝条向我走来
快活,健康,充满阳光
我的身上也常常沾满细长的叶子

1987 年 10 月 2 日至 4 日

## 半坡母亲

夏天你是个高大的妇人
在低低的天空下,丰满,安详
我压抑地唱着
孤独地走向你
很小的时候我就这样走向你
歌没唱完我已经二十四岁了
我总在路上
走着,想着,唱着
我知道那尽头是一片光明的蓝色

你的微笑笨拙而温暖

你安慰的声音会糊我一脸乳汁

可我还在路上

风景慢慢变得金黄

我不再唱了

秋天跟在我的身后

我走得很快

可我闯到了麦田里

发现秋天已抢先到达那里

笑着,像一个村野的妇人

回来的路上

我老了许多

我到处看到你的身影

在田里,在路上

灰灰地晃动

可你的声音是从上面落下的

从一块石头上面

现在那石头灿烂无比

让我无法久视

1987 年 10 月 27 日

# 女 娲

看见你时你是个小姑娘

优美地停在水边

夏天像零零的圆露
从你的裙边
一滴一滴滑到了河里
你没有发觉
你一直在那里
看着莲叶,阳光
和影子里一动不动的鱼

再没有星坠如雨让你流泪了
再没有秋雨踢着落叶向你走来
阳光下,你仿佛只做了一个灼热的梦
一个沉甸甸垒满石头的梦
仿佛只在梦中
触了触死亡开花的手指
而你早已醒来
仍是多年前的自己
那个梦你一定是流着泪做的
你的手还疼吗

夏天,我远远地看着你
千年之后
你仍将这样优美地停在水边
像一朵洁白的云
停在水边

而那道强烈的阳光
早已隔开了你

1987 年 10 月 27 日

# 雨　季

雨季里的太阳是一只软软的野生浆果

被半坡人遗忘在半坡上

流水溢出村子

男人女人沾一身泥土

在沟那边打着古怪的手势

宁静的圆屋群深沉肃穆

道路从中间出来变成了透明的消息

古老的水及鱼及更远的人

都从半坡上下来

作笨拙之舞

最终他们消失于沉沉的村落，火光不兴

雨季也早已过去

只有黑暗的泥土里还一直响着雨声

响着半坡人渐远的争议声

不规则的孩子穿过玻璃

溜到街上去打量行人

1987 年 8 月 16 日

## 寒冷的冬夜独自去看一场苏联电影

寒冷的冬夜独自去看一场苏联电影

沾满灰尘的皮靴擦亮你的鼻尖引起宽银幕的骚乱

莫斯科泥泞的冬天田野上布满伤口样的战壕

妇女们鼻子苍白如冻辣椒

她们的头巾在树林后一闪而逝一闪而逝

寒冷的小店士兵们灌下冰凉的啤酒

啤酒在你胃里发酵出一种草味

然后他们扯掉身上已婚未婚的妻子跳上火车

年轻的面庞映在幽暗的车窗

孩子们如鸟撒满草丛,风刮你一身树叶

阳光瘫软的台阶没有人和你交谈

战争拖延到春天,如疟疾忽冷忽热

骑兵沿铁路线往来奔驰,黑斗篷刮得人们闭上眼睛

而电影院里女人如期怒放,你的手微微放松

散场时你和女主角成了朋友,表情崇高严肃

挎着姑娘如挎一支缴获的德国冲锋枪

你一直把她带回家去

经过这个冬天少女已成熟如同妇人

安静地坐在你的书边编织毛衣

随时温暖地回答你的召唤

你不再想起夏天,梦中不再和人争吵

任俄罗斯田野上的战壕一直爬上额头

经过这个冬天,你更加宁静

埋头于工作,像一个大战后幸存的老兵

1987 年 11 月 3 日

# 回到海上的日子

有一天我们都要回到我们来自的地方

我们从没忘记它

我们总在想它

每一次远离都是为了回来

有一天我们会不再离开

那一定是在傍晚

海累了睡成黑色

你累了却是蓝色的

我们坐在海边

看蓝色一点点从脚踝上溃落

看雪落在海上

直到自己一点点变成黑色,海的颜色

那一定是个宁静的日子

远处的生活还是新的

我们却是两件旧衣服

过去的日子还留在脸上

变成了表情

再不急于归还

那一天海也一定等了很久

像一个慈祥的老人

等两个做错了事的孩子

踢着土块走到他的身边

1987 年 11 月 16 日

# 信

常常我要写信

在我悲哀时写很长很长的信

可当悲哀落到纸上

那些词句竟慢慢把我还原

于是我把信收起来

另写一封

短短的

就说我很好

常常我要想起你

想你的时候我什么也不写

想你的时候我这里就会下雪

下很大很大的雪

连同冻在空中的叶子

等雪停了

我从雪地里回来

就会看到你的信

温暖地停在那里

1987 年 12 月 5 日

# 第二次世界大战后的德国东部

你一定在门后站了很久

傍黑时你出去了
把一绺棕红胡须留在了门上
这是一种纪念
世界显得没有什么必要了
你只是还有一些事情没有了结
泥泞的夕阳
泥泞的山区公路
你的大头鞋阴郁地
拖过水洼

第一颗星星快升上麦田了吧
那些偷土豆的妇女绕过了战壕
夕光滑下她们苍白的指尖
世界的背面
有人醒了
惺忪的卷发探出窗户

战争刚刚结束
孩子们将回到街上
妻子的水果鲜红
此刻你已越过高岗
头颅金黄

对面路上
又走来一个拉提琴的人
四只鞋泥泞地碰了碰
又并排走去

你们没有妻子

夕光里远远地响着
琴声
和
模糊疲惫的歌声

1987 年 12 月 17 日

**1988**

# 又见春天

常常我就这样静静地站着
静静地想一些细小的事情
让心思把我随便带到哪里

今天早上下了最后一场雪
黏黏的,像苍白微弱的火焰
我愣愣的影子就粘上了一层白色的颗粒
我想这就是春天了,和往年一样
想想自己还能看见许多这样的春天
由此能为残缺找出一千种理由
嘴里吐出些枯萎的果实,额头光洁

许多个春天就会这样平安地过去
不为绿色而激动
不为过去而伤感
静静的日子与我相熟
它把沉睡的道路带到我的身旁
如果愿意,我随时可以离去

河在远处动起来,水汽迷蒙
我知道有些愿望会如去年的水声

遁入猩红的鱼眼

那辆卡在冰上的马车

也早已无影无踪

而有人时常想起它

想起嚓嚓走过冰河的一队蹄声

1988 年 3 月 10 日

## 倾听阳光

三月阳坡静静地独坐,使正午意味深长

像石头使土地意味深长,长笛使柳荫意味深长

阳光密密麻麻织你的心事,把心蛀成蜂巢

琥珀的树液沿掌纹滴入内心,青色的骚动

骤起于水面,此刻,你无言等待


阳光,若有若无

古炮台的遗址如散落的花瓣

潮湿的雪飘向石块的阴影,留下蜗迹

而你很想家,想村里的女人

正倚门回忆采薇的心情

大地湿润,紧闭魔箱黑色的盖子

你倾听花朵在幽暗中升起

倾听大地砰的一声打开

泡沫溢满你身下的青石

可你很想家,一条黑狗

154

曾长久流浪于女人的经期
远远的门一开一合
仿佛多年的心情,古老,温馨

倾听,阳光引起的情绪若有若无
如流动的冰碴,渐隐于鱼的喋喋
游丝在田垄闪烁,半片锈蚀的犁刀泛出血色
嵌入你的歌曲,一只鸟,在空旷中筑巢

唇须很浓了,一片迎风起舞的桃林
你便在里面安坐,空空的林子使你安静
网状的阳光捕捞你的影子
此刻它延伸成路,对远方倾诉

不知何时你的心已充满了泥土
阳光如蜂在里面嗡鸣
泡沫填满一格一格的情绪
它变得很沉,像刚从雨的树上摘下的暖巢
弯曲细长的草茎把它穿透,它在滚动
发出一阵阵的轻雷和断裂声
你就在那响动中不复存在了
你坐过的青石,恍然已缀满绿色的果实

1988 年 3 月 13 日

# 三 月

脸色微黄的爱人

整个冬天她垂着长发

读我的第一第二第三个影子

脸色微黄像小学生

从我的诗里出来剪短了头发

幸福地看见黑苞蕾缝满了树枝

我们还会沿冬天流淌的边缘散步

在冬与春之间交谈

这样的日子

她乐于看到我沉思的脸

乐于看到走过初恋的地方我一言不发

这是些极平常的日子

我已学会把门在身后轻轻合上

再不打开

我的爱人她总在我身边

大声朗读我的诗句

直到树林穿越大地明亮的尸灰挂满泪水

直到春天的轰鸣把我们淹没

1988 年 3 月 17 日

# 北方的秋天

秋葵之手拉低了蓝缎子的天空

稻束整齐地向秋阳膜拜

鸟声如石子沉向寂静深处

秋天,我的血液即便在暗夜里

也与一个隐秘的源头相联系

鱼沿河口游进血液

在我的瞳仁中鼓浪

于是眼睛的每一闪烁都是鱼儿的游弋

石磨喑哑的小屋顶

石质的鸽子翘望远天

深深的灰色庭院

仅有的白杨落光了叶子

赤裸着站在她金色的盛装上

风在回廊消失

村里空无一人


北方涨紫了脸,使足了气力

稻谷吸饱了阳光,醉醺醺地无言

收获者的影子横跨大地成为土地的走向

马咀嚼苦味的干草咀嚼秋声

我的父兄们倚在草垛上

满足而疲倦

水罐倒扣在田头

只有几个孩子沿车辙捡拾遗落的穗子


1988 年 3 月 30 日


# 我时常望着远方

我时常望着远方

当我心中的音乐停歇

我应该看见透亮的树林和敞开的窗户

看见鸟儿飞进山顶的蓝色

阳光波动,有花在雾中沉睡

亲切的气息让我兴奋

可远方什么也没有

什么也没有我还是时常望着

生命像仅存的安慰

我时常在远方生活

在那里望望自己现在的地方

下雪了就在房上加一把干草

静静等候雪上跑来善意的蹄印

毫不理会木头上的虱子和山口的闪光

我知道日子会带来新的生命

我知道我还会回去

继续望着远方,幸存下去

1988 年 4 月 2 日


# 夜宿山中

帐篷凹进来,表明了风的重量

一只笨拙的野兽

使劲地在帐篷上摩擦

帐篷里的石头黑了,我走到外面

风擦过的山石闪出一道噼啪的火光

风原来是个胆小的动物

山色微明,林子突然静下来

仿佛对我隐瞒了什么

山道上落满了石头

有一片深于夜色的黑云从山那边弓起了腰

我回到门口,发现微弱的火堆旁

有一圈白色的小小蹄印

这时有一阵脚步

消失在帐篷后面,肯定不是先前的风

在这样的夜里没有月亮,兽也会孤单

一阵寒战通过我

又越过门口的灰烬向远处流去

有人在我梦中扫出一块空地

支起了打鸟的夹子

1988 年 4 月 24 日

# 一 片 云

我在街上走着的时候

城市淹没在镜子里

影子慢镜头地展开,头发呼救

嘈杂的声音走到阳光下

这时我看见城市上空

有一朵边缘发亮的云

停在那里,旋转着

像一只羔羊，无依无靠

在我之前一定有许多人看见它

有许多人一定没有看见它

在我之前它一定已经在那里

只在此刻，沉入我的眼底

像一只被宰割的羔羊，血沫散开

它微微地呼喊，边缘清晰

我在此刻看见它，默然

绝没有想到以后的事情

就像我看见人们什么都不想

便走过了又一条街道

听到少女们说：我们飞吧

风马上就掀起了她们的裙子

半分钟后我穿过另一条街道

我低下头那朵云就消失了

那羔羊最后的颤动

在逐渐浑浊的眼底又停留了片刻

1988 年 5 月 20 日

# 又一片云

坐在窗前，一朵云飘了过来

去年我曾把它写得很柔软

像一只小羊睡在纸上

此刻它很近

轻轻地触着玻璃

像是早先的熟人

看着我不开口

它知道我每天在纸上干的事情

它又在请求把它写进诗里,睡一会儿

于是我的眼前展开一片麦田

在金黄的火焰尽头,树林倾斜

一片云,又一片云

沾满了麦芒和花粉

高大的稻草人把脸藏在云里

于是我的笔在纸上拐了个弯

于是一个少女在我的诗里拐了个弯

像黄花没入麦田

当我残缺不全地从诗里出来

发觉孤独了整整一个早上的云

已离我很远

它就要消失了

为了在最后一刻抓住它

我匆忙写下气候和光线

那朵云已消失无踪

这次它未能在纸上留下重量

就像那始终伴随我们的东西

并不能在心中留下痕迹

1988 年 5 月 23 日

# 夏日的雨滴（听肖邦）

夏日，带着它的芬芳无所不在地飘浮

灌木丛中的夕阳截断了河流

聆听夏日，那树林中消逝的风雨

困扰你已多年

寂然独坐，你的颅腔倾斜如一件雨器

雨滴穿过你的睫毛

最后一颗被屋檐留住

多年以后它坠落在我面前

保存着那一年的光明

从此你用音乐注视我们

当人们虚伪地睡去

你坐在雨中，想到更远的时候

还有人真实地坐在雨中

当雨后世界一片宁静

我偶然打开屋门

黑暗中只有蓝光闪动

只有雨滴

只有雨滴中你疼痛凝视的眼睛

1988 年 6 月 10 日

# 悟　水

藏晚秋的蝉鸣于渐冷的衣袖
长发如夕光，一直飘出熟稔的风景
倦归的船儿泊在雪鸟的翅下
安然入眠，水声汩汩
溢出晚笛漫向墨染的枫林

撷一片半圆形的叶子
指尖沾满秋天白色的血液
抚过青石，青石内便水声潺潺
夏天在嘴角留下苦涩的清香
委屈的孩子，泪痕缭乱

河现出鱼形游入袍袖
细雨蒙蒙，诱惑你这文身男子
身影在波光之上
弯弯如孤雁掠过
惊散几朵痴迷的蓼花

风很深，风深的地方水静无声
鱼读着水波层层的书页
眼睛在船影的深处停泊
名字掀动鳞鳃
摆摆尾，带走了一条大河

1988 年 6 月 12 日

# 迎接秋天

走出半圆形的阁顶迎接秋天
一场雨过后，天空只剩下了星星
蜜蜂之水凝为琥珀，籽实爆响阳光
此刻，你的悲哀如出水的白石
灿烂，莹洁

风重新拉开蝴蝶粘连的翅膀
影子到处晃动，感知明天的饥饿
那麦地尽头一幅流云倒挂
伪装成风景，停止颤动
细雨喃喃的日子被寂静包围
蔓延在树林之间
而林子与林子之间
是时间踏芒独行的步履
蜂巢注满了雨水
沉甸甸滚动在草丛

狭长的柳叶随秋风再一次醉舞
然后湿漉漉落满窗台
静候一场漫天大雪
这样的日子，树在书中停止生长
它们去年的影子还笼罩着你
星光璀璨，牵动一片大水

独自忍受

像靠近黎明的地平线一样颤抖

模糊的晚间音乐

像水倾下失火的油船

在这时,想起久未相见的你

像想起一句未说出的谎言

无法放弃


风在我之前到达你空荡荡的屋子

于最隐秘的角落找到你发亮的眼睛

看见你把被子抱在胸前,蜷缩,苍白

那林子里射来的红光

始终停在窗前

像水中的焦虑,冰冷,可疑,不可逾越

1988 年 6 月 13 日


# 1988:纷乱的夏天

去年,我曾把夏天写得很柔软

停在离爱情不远的地方,恪守其职

今年的夏天来得突然,如一个造访者

我把它让进屋

它转身就把我关在了门外

女人快乐地失火了

白色胡同里婴儿的哭声此起彼伏

手植根于泥土的火焰

树影割痛我的腿

树最后认出了我

就用宽大的翅膀拍抚我

弄我一头黏答答的露水


这个夏天,梦突然不讲话了

女人睡熟的时候

就会有另一个女人从她的身体深处浮上来

你把女人一层层剥开,如剥开迷离的水波

想找到那躲在其中的女人

可当你失望地把女人合上

她又会慢慢浮现,如尸体浮出暗水

永恒地微笑,用紧闭的眼帘注视你

使你惶恐不安


果子击打岁月的牛额

鸟的叫声剔着城市颤抖的神经

血液沿河流飞翔

展开一片晴天的火焰

时间变成汗水渗出毛孔

雨选择行人敏感的部位落下

世界所有微小的变化都消失在你的睡眠中

像喧嚣被温暖潮湿的墙壁吸收

落日被遗忘于山谷的火堆

一个红色的木偶

独自降落到黑暗空寂的橙子林内

复原的女人面壁而卧
梦毫无声息像呼吸中藏着的大海
沉没了许多船队也没能留下伤口
她的脸深藏在梦中
光影游移不定,虚幻,不真实
它微微改变形状,以至陌生
让你吃惊

一寐千年,醒来已是秋天
影子碰翻了酒杯
星球依然带着满身废墟
转过巨大的宇宙空间,虚光累累
万籁俱寂,只有一只蝴蝶时飞时止
随一辆颠簸的卡车
在坑洼的山路上独自旅行

1988 年 6 月 20 日

# 四 季

四个季节首尾相连
是四堵彩色墙壁把我环绕
而第五季是我,是激情过后的闲暇
随便向何方走去,最终都回到原地

水使所有的事物变软

春天在白雪的尽处出现
春天太短，来不及做梦就飞出了窄窄的蛹壳
光生锈的门板倒在地上
震颤的灰尘在花丛中焚烧

以视线拉动黑色蝴蝶的翅膀
开合之间，夏天远远近近地出现
山的投影斑斑点点，在秋的边缘折起
白色百叶窗下，遗落一只萎缩的红鞋
女人落进暗影无声地呼救
直到窗子吐出一条光滑挣动的小腿

躲在屋角的眼睛听不到风声
致命的疲倦把肢体砍为三段
种在不同的地方，黑果子缠满木桶
秋声灌满了酒窖，婴儿从球果里脱颖而出
去数路上的石头

雪开始在鸦背上闪烁
愤怒使夜晚提前到来
音乐沿大河走远
城里只剩下痴呆的影子
此刻裂痕出现，雾透进来
黑暗裹着羊毛迅速膨胀

四季，四个孤独的方向
马拖走一匹老井

不知去向何方

收回视线,蝴蝶周而复始演示哲学

随季节改变颜色,无比智慧

1988 年 6 月 21 日

# 你　我

你用睫毛掸我用气呵我

用手把我擦了又擦像擦一面铜镜

你看见了谁

面目猥琐,年复一年为瞬间折磨

把雨倒进口袋,接受无数种理由

想象多风的日子,水纹密集

越坦白越是可疑

寸步难行,人头如黑水涌起

淹没偶然的高度

星星果在仰首时枯萎

你带来的光芒也同样可疑

明天干干净净只剩下果核封闭视线

烟缠住杨树

尾巴从风中窜来,把痕迹打扫干净

一队队人们走过去
影子独自回来
从那默默的行列
你又认出了谁

此刻,把目光挂在胸前
水的锋刃模糊
布满向晚天气

1988 年 6 月 22 日

## 聆听冬日

比想象更远的山中
夏日以雪的形式出现在枝头
冷冷闪烁,林木呼啸的群山
将怎样在落叶纷纷中
聆听一夜风雪在鬓边变白
冷泉凝涩,遍地果壳灼痛脚心
让你记起那片空空的树林
安置着秋天水晶般的影子
如今它们蜷缩在你心里
倾听神秘的死亡

季节关闭了所有的窗子
你的影子亮在墙上,是一座弯弯的拱桥

月亮寂寞的伴侣

陪你无言地坐到天明

那在你推门时消失在屋后的脚步

可就是时间胆怯的动物


有时你就沿河边走走

看圆石冻在冰面

奇怪自己已不记得它们在水中的样子

这样的日子没有信,诗离你很远

黑白分明的村庄也离你很远


聆听冬日,白雪在纸上闪烁

那善良的生物如何隐藏自己

灯火稀疏处闪出雪雁薄薄的金属

弯向夜晚更暗的一边

常常你想知道它们如何降落在无人的草滩

迎风起舞,直到春天的轰鸣把万物淹没


1988 年 10 月 14 日


# 来　临

今年的最后一夜

我谛听成熟的风声

感觉风穿透墙壁扫过房间

感觉整座楼已弯成一张薄薄的布景,摇摇欲坠

你也薄薄的,你就在风压扁的平面里饮酒
或明或暗的空格内,五官浮起又沉没

屏息静气,为每一阵袭来的脚步拉灭电灯
逃到房间深处,躲闪一只摸索的手
那是时间盲目的杀手挤进了黑暗
午夜它裹着黑色大氅离去
床上只剩下萎缩的影子
迅速化成血水流出镜子

岁月的美妙流逝
使所有的悲壮都成了表演,轻薄无谓
此时此地,窗外暗影中的白杨
一束被遗弃的光线,悄悄滑动
忍耐,乐天知命,将以完全的虚静无为占有我们
门口那叫卖往事的客人,面孔蜕落
俯身拾起,已僵硬成石

逃离午夜。谋杀者经过窗下若无其事
你将在黑夜中徘徊
看一扇扇窗如何熄灭
黎明带走所有熟识的事物

1988 年 12 月 31 日

# 1989

## 审　判

那声音是从上面来的
天阴下来
我坐下，把手夹在双膝中间

路还很远
一张脸堵在尽头
一束光笼罩住我，嗡嗡作响
黑暗中悬浮无根的植物

"你是谁？"我伸出手去
光线顿时散开，世界静止
"我做错了什么？"
"你写诗并且梦想快乐。"

"写诗？梦想快乐？
这难道不是为了爱你接近你
如果你真是我的上帝？！"

"不，不需要
你独异于人这就够了
看看你四周这些植物吧

它们知觉健全但绝无思想
这才是快乐的极致。”

我小心触触那些枝叶
它们立即嘶的一声烧得焦煳
我的手指火烛一样燃烧
这是骗局,我大叫起来

阳光立时恢复了明丽
一只黑狗从我身后嗷嗷窜出
逃向远处,我生出枝叶
发觉自己置身于一间陌生的空屋
在暗中有着难言的尴尬

1989 年 4 月 19 日

## 内部的冷

内部的冷是一小块黑暗
早上我才感觉到它
不动声色,诡秘,阴冷
吸附在心脏周围,蔓延开来

不能好了,我对它说
风马上大了起来
它穿过身体奔向远处

放下一件沉重的东西

此刻身体在空气和光线中停住
倾听风从黑暗中刮起
擂打皮肤的四壁
太阳血淋淋的圆鳞高挂
无力温暖我内部的冷

黑暗中摇晃的身体
像突然被风抓住的树
麻雀尖叫着变黑
小胸脯微弱地一鼓一鼓
它们熬过了严冬却要如此悲惨地死去

内部的冷也在晃动
它哭泣：不能好了
当我张开嘴
它突然跃起咬住我的舌尖

迅速失去的血肉化为风
这回好了，剩下的影子全黑了
阳光活了过来，懒洋洋瘫在街角
摇摇晃晃，我加入影子的行列
怀着无法治愈的寒冷走过默默的宇宙

1989 年 5 月 14 日

# 重读旧诗

词语构筑的森林,秋雨倾斜
意念穿过所有年代
射落层层帷幕
只保留自己的真实
危机四伏,绕来绕去的足音
踏响每一个路口

风雪迷茫,空白处出现的身影
像这个世界多余的注解
重复,又无可更改
谁曾向他讲述
声音如穿透水底的光芒
是谁,使悲痛轻薄无谓
所有的别离都成了表演

下一页,一个浪子出现在开阔地上
牵着河流走过大太阳的麦地
把影子随便吊在树上
如风干泥泞的裤子
把行囊远远抛开

载满石头和丝绸的船
经过碎石累累的村庄

目光明亮的水手满脸浪迹

他将穿过刺目的黄昏

绕过那些蹩脚的句子,成为标题


许多年后,一个与他相似的青年

将坐在他坐过的位置上,将会想起

一个孩子如何梦想过快乐

把脸贴在冰冷的墙上

他会轻轻合上这本薄薄的诗集

感动于一个孩子凝视黑夜时

幸福而茫然的神情


1989 年 5 月 15 日


## 给大玲的黑白照片

那时候日子很清晰

黑白分明

你黑白分明地活着

跑起来像个乡下姑娘

我看见你从黑林子里出来

去采白花

我看见你微笑

看见你望着我微笑

可那些日子我并不存在

你只望见了别人

那些日子过去了

那是你最爱我的时候

你一定寂寞地幸福地想过我

想我一定在找你

像找一个童年失散的伙伴

满足于这些想法

满足于自己躲得很好

等我找到了你

你就已经不是那么纯粹地爱我了

又是你看上去挺忧郁的

湿湿的头发粘在额上

在一片阳光明亮的草坡

那么就赤足在灼热的草丛中飞跑吧

一直跑到坡底,跑到我身边

然后转身,我们一起注视

那黑白分明朴素而丰裕的日子

看一个采白花的小姑娘已走出了黑林子

疑惑于林边那一道耀眼的白光

1989 年 7 月 28 日

# 逝

你不动

你坐在岸上一切都在流逝

而你不动

你的石头也不动
这一天的某个时刻
你听到石头里的水声
绝望地，坚定地，冷漠地
流逝
你将失去这流水
天空、日光以及石头
你将失去一切
包括你自己
这个日子，许多个日子
水在流逝
水一直在流逝
许多人看见过
水里的天空以及倒映的容颜
可只有你听到了流水
那从古至今持续的呐喊
听到石头的语言
看到石头
如何微微蒸腾为白汽
你知道你终将失去
可一生总得有这样的一天
用来听见流水
听见石头融化
听见你的内部
那绝望、坚定、冷漠的美妙流逝

1989 年 8 月 3 日

# 大河汉子

你见过大河上的好汉
想象过他们黎明时潦草的脸
知道沿着随便哪条河一直走下去
都会找到他们

拖动的船影
仿佛在暮色中静止
不真实的光芒
将同时照在你和他们的脸上
他们光雾中伸出的手乌黑
他们望见水下的石头
村庄,飘落的杏花,女人
他们将告诉你
石头曾漂浮于水面

夜里你会在街头遇见他们
他们认不出你
不知道你爱着他们
你将看到灯影中微微改变的脸
听到他们沙砾的语言,水的语言
你将听懂他们,并且微笑

等冬天到了,他们就会来找你

把泥泞的裤子围在脖子上

他们会爱上你信任你

只为在下雪的日子

他们看见你一个人

坐在结冻的河边

1989 年 8 月 3 日

# 关于这条河

关于这条河

你无话可说

它只是流动的水

它的意义从未对你显明

你坐在它身边

你进入它的身体

你还是与它无关

对面那座岛有好看的双叶草

到秋天,远远就能听到叶子的断裂声

风总是在吹

找到你泉水中的影子

和你的爱人那小小的下颏

只要随便走走

总可以碰见这条河

在你转弯的地方一闪

又不经意地流动

总可以看它如何结冻

如何化开

追逐尖叫的人

日子就这样过去

你久已习惯

坐在它身边

不用想便理解了一切

你将忘记顺流逆流

只有这永恒的流动

缄默无言地包容着一切

你将这样想着它坐在它身边

梦见那古老的手臂

搅起的圈圈漩涡

和满河道浮起的莲花

1989 年 8 月 3 日

## 童年的小号手

许多年过去了

队日早已结束

仿佛少年只是一支短短的合唱

后来我们分手了

答应将来再见

走进人群我就认不出你了

现在又是城市落雪的季节

你早已长大

可雪还会同时落在我们面前

像一种久别后的重逢

让人说不出什么

真想在这个时刻走进大厅

看到自己仍站在合唱队的前排

在灯光明亮的一瞬

惊喜地发现

你泪光莹莹站在门边

手中的铜号落满了雪

如一轮秋阳,铿锵明亮

1989 年 8 月 3 日

## 鼓 手

你把鼓一直敲到了大学

你长大了

你忘记了过去

我们再没有见面

我不知道你在哪里

是否还爱打着鼓

独自走那些走不完的小巷

是否还依稀记得

我们曾一起谈过理想

后来许多年过去

许多雨下了又下

许多人来了又去

后来我坐在白色的球场边

看一声哨音之后

变得模糊不清的白线

看男学生女学生高高大大去合影

想起，在最后的时刻

我终于爱上了你

可是灯光终于亮了

把我暴露在无人的街上

我看到的

只是一张更改了的脸

1989 年 8 月 3 日

## 城市与雪

下雪的日子人们起得很早

太阳的斧凿铮铮作响

到处闪烁黄色白色的光

仿佛突然被卷进一场战争

我夹在阳光和冰雪之中

手足无措

少女们热气腾腾

出入邮局

我把信揣好

去兜个大圈

孩子们的笑声在冰上滑出好远

电车突然拐弯

我路过学校

希望看到一个孤独的孩子

把手放在兜里

忧郁地望着土地

唱一支不完整的歌

可我只听见人们的喊声

电线上,屋顶上白雪闪烁

# 秋 水

我将再度向你说起秋水

说起秋水上沉静的眼睛

说起一些简单的事

一些简单的欢乐

它们简单地占有我们

一如这沉静的秋水

将使我们某个业已石化的部分变得柔软

带着水面上闪烁的落叶流动

我将再度看见那执掌明烛的人

那经过我们内心幽暗的殿堂掩面而泣的人

那把自己柔软铺在水面的人

秋水沉静,落花悄然

而远岸更远,远山精致的螺壳
闪出白垩的光芒,遍及所有年代
这秋天沉静的光将充满我们
空虚而甜蜜
让我们在一滴水中领略家园
让我的手,拂过隐现的光雾
深入宁静黑暗的根子

1989 年 9 月 9 日

# 打开河流

一个轻轻的手势
就能打开河流

宁静凹下去,疼痛扩散
小小的呐喊升起,聚成人形
这是水的创伤和幸运
没有什么能够深入它的本质

水底的石头望见天空
望见天空漂浮的石头
没有人感到水的疼痛
它把整个世界的虚无放在自己身上

如此简单且充满危险

从此你收起双手，让水流动

而河流则不再存在

1989 年 11 月 17 日

# 与冬天对峙

必须找到一种方式让冬天生存

同样冷，同样不动声色

坐在桌子和白纸后面

我听到它在空气中的酝酿


让一首诗生存同样很难

它无法进入人类温暖的生活

无法成为炉边的植物，郁郁葱葱


如果我返身走开

冬天所有的企图都会落空

文字随风飘散

将不再理解阴影的意义


而冬天就在窗外

明亮寒冷，由于自身而打着冷战

像一首无法生存的诗

急欲进入我一生的安逸和空虚

1989 年 11 月 17 日

# 选 择

今夕何夕？风吹响万木
新月以经血牵引着暗黑的浪潮
漂浮着尸体和树木，又被一场场风暴所吹打
抓住它，抓住，紧紧地，抓住任何经过我们身边的
　　事物
把它化成词语，化成燃烧的眼泪

或许我们的选择，并非出于个人的意志
就像我们的始祖夏娃和亚当
或许我们选择了什么
就被什么所占据和改写，直到面目全非
我不知道，历史流向的大海是什么颜色
也许仅仅是你，我的爱人，那一泓琥珀的清泉

秋风也追不上瘦如芦花的诗人
他在向天之路上提着自己的骨头，倒置着奔驰
白桦林和椰子树，它们随风摇曳
它们并不选择什么，它们比我们要活得长久
甚至那水中破旧的漂流木
也长过了我们手中，这条不断编织的灼热的璎珞

可是啊，那诗神的众鸟在向我们呼唤
济慈将胸脯扎进玫瑰刺的夜莺

雪莱和克莱尔的云雀

丁尼生手握霹雳的雄鹰

叶芝柯尔庄园的野天鹅和妲娜海滨的白鸟

波德莱尔因翅膀的重量

而在甲板上跛足踉跄的信天翁

快乐王子的燕子,翡绿眉拉的燕子

布莱恩特的水鸟,爱伦·坡和特德·休斯的乌鸦

闹钟里的布谷鸟,梅特林克的青鸟

诺亚和圣灵降临的鸽子

阿赫马托娃咕咕叫着歌颂爱情的鸽子

都在向我们鸣叫,即便在黑暗中!


因为,历史选择了我们

他的号角在西方吹响

落日盘旋,将所有的生者和死者

重新唤醒,混合成一面水中的旗帜

拥有一个个时刻,却从不曾拥有时间


1989 年

# 1990

## 错误的旅行

那一年我们去结婚旅行

因为这世界再不新鲜

那一年天亮得古怪

车行古道，一阵热风过后

田里已不见那瞭望的村女

金色的灰尘满天游弋

又在大路上聚成人形

经过村庄，听见小鸟在歌唱平凡之喜

古旧的容颜，水及阳光

可旅行刚刚开始，目的已然失去

人多得认不出我的爱人

慌乱中偏又下错了车

误入村庄，只能手搭屋顶

看远处亮闪闪的火车

载着人群继续旅行

同样的错误各处出现

随季节改变颜色

再不去想一座城里

还有一个冒名顶替的人

1990 年 3 月 10 日

# 冬天在空无一人的医院

在冬天冻成白玉的医院
我深入那些无人的走廊
一道长长的窗光把我的脚变成金色
布满标本的黑色大屋
鼾声如听得见的重量
我在这里一夜接一夜做过梦
试图站立着睡去

鼻尖独自发亮，相信它嗅到的尘土
爱情的残存部分，鸟的飞翔
或者浣熊逃离自身后遗弃的光滑空壳
橡皮人走下呻吟的楼梯
在拐角处停住，倾听内部的裂木之声
我每天搓洗双手，可它还是来了
像现在，我感觉自己有一个石膏的身体
从前被掏空，现在被砸碎，抛散
碎片保持着苍白的美丽

而他们睡去，像火坑里发不出光的煤核
这是最后一次，他们用呼吸把屋子涂成白色
我打开每一扇窗，都看见同一张脸
而谁的脚步能缓和我的恐惧
或者说明我为什么会在这里

我又是什么人,竟确信这屋子是一只成熟的梨
被风抛得远远?

一个人需要多少时间守望雪来改变世界
才能认识到这不过是一场梦,并且告诫自己
别去吃掉那些白色的外壳和绿色的肢体
否则当你睡去,会有臭烘烘的嘴拱你
有古怪的翅膀在你的脑后扇动

但是那被我关在外面的狗的脚印
时不时向我飘回我的哭喊
祈求着,诅咒着月亮,嗅着门缝里的光
直到屋子空了,他们来了
在自己冰冷的灰中躺下
睡得像旧时冬天的地主

可我至少能帮助他们继续沉睡
像一个母亲等待着,低语许多名字
像黑暗中含苞待放的村庄
相信大雪纷飞就是召唤死者的面孔
相信一夜风声只是一枚巨大的玉米叶子

1990 年 3 月 16 日

## 看见魔鬼

四月在你的哭声中结束了,孩子

我如临深渊
你金黄的声音锯着我的神经
夜里我开始丢失自己
绝望地想起自己的童年和父亲

你只会用啊啊的哭声质问着黑暗
高一声,低一声
仿佛饱含心酸和忧愤
一种无言的神秘笼罩在你的小床周围
夜半我突然惊觉,是谁在那儿?
俯身你的床头,巨大而模糊

孩子,我动弹不得
我们如在分隔的世界
你看见了什么我们看不见的东西
待我完全清醒,你只剩下了抽咽

你还是那么小,一片叶子就能盖住
那就让爸爸的手做一片褐色的玉米叶子吧
让你蜷在里面安睡,不再梦见魔鬼
而粗大的蜡烛将一直燃到天明
噼啪作响,宁静,金黄

1990 年 4 月 27 日

# 空虚的日子

空虚的日子你有一张薄如书页的脸

空虚的日子有人在你的床上醒来
固执地唱一支无始无终的歌
空虚的日子家具早已搬走
留下曾被木头夹痛的风
尘埃中的光线通向从前

空虚的日子没有窗也没有门
写满诗句的纸鹤破壁而出冲进雨中
笔直地划开夜色
又白白地回来,文字一个不剩

空虚的日子水滴声充满房间
大得像自己的心跳
空虚的日子呆呆坐在床头
圆圆的眼一直望着外面
空虚的日子蓝拖鞋焦煳
早晨在绿纱门外,弯腰点燃
锈铁炉上的烟火

空虚的日子季节在隔壁走动,移走春天
发黄的雨水蓄满床上温暖的小坑
一双眼睛躺在里面拒绝空虚
在这些时日,指甲下的体温开放出花朵
像希望,垂挂在窗口

1990 年 4 月 27 日

# 母亲，我看见你又站在我的眼帘上

母亲，我看见你又站在我的眼帘上
像个巫婆，你何以至此
那每一个人的夜又降临每个人三寸的心口
在一盏灯中，母亲，你的头发金黄

对你的欲念使我羞愧无言
你是我小床前变幻的魔影
我脾气暴躁的新娘，总是摧毁玩具
让嗒嗒的木马独自跑到晚上

你所看见的我早已看到，如今只是在绝望地重复
印象纷纭旋转，我找不到宁静的中心
那撕裂你的光也让我痛楚
睁不开眼睛，它那么遥远，可疑

小木盆漂走了，褐色的花朵开放
尖叫的拐角，我的脚踝缠满了草纸
光亮的疤始终贴在灰墙上
它就是我的月亮，引力让我倾倒

我依然会在深夜里哭醒，被幻影逼到角落
哭声撒了一地，拾也拾不起
你总是停下搓洗，透过玻璃看我
眼睛又黑又累，茫然得像雨后的庭院

从此我惧怕所有透过玻璃的眼睛
我希望被摘花的人带走
让你心碎,而后再不耐烦地领我回家

二十岁时我真的丢了,回来的只是一个冒名的人
他没有家,满怀怨毒,预谋把你送进坟墓
惑于你声音的照耀,他忘记了仇恨
可他已不再完整,不再记得自己过去是谁

梦醒之后有多少纸鸢飞离了你的屋顶
我在远方长大,满含焦灼
注视另一个我,如何被你指点,放声歌唱
而倘若我蓦然归来,你又将如何辨认我脸上的风霜
迟迟疑疑地走近,当我睡熟
去反复辨认我的脚踝后侧的伤痕
母亲,多少年过去了,我还躲在路旁
童年的一次头晕,使我的远方至今苍茫

路上来去的都是谁的母亲啊,母亲
我在凉水和尘土中委屈地坐下,赶走父亲
让我们一起倾听那匹衰老的木马从黑暗中站起
嗒嗒跑过我空荡荡的坟茔
当我轻轻呼唤,看清你幸福的红颜
说:"我不是坏孩子。"

1990 年 4 月 28 日

# 雪　天

那些鸟都回到我的心里居住
雪地上十分干净

棋子的堡垒后,影子在试
哨音响过,乌黑的厚唇伸向平坦的湖面

被粘住了。铁把手上还挂着我的尖叫
花又哭着倒入怀里

透过玻璃,看风扫出一块空地
支起丝网

可那些鸟都躲入我的梦里,得意地叫
光冲毁了城堡。母亲,黄米饭熟了,撒了一地

鸟迟迟不落

1990 年 5 月 1 日

# 草　泥　马

你站在雨后的院子里

一部分已经还原
露出黑暗的腹腔
和锈色的稻草
圆圆的眼睛一直望着我们

哥哥又在跑来问我
"用草和泥做一个马叫什么马?"
我不回答
不知道妈妈为什么打他
我哭了,望着你圆圆的眼睛

你同我一起长大
你的名字被人们重复得丢了
老年你在路边等我
空荡荡的嘴里咬着树叶和谣曲
我们碰碰鼻子,一起去树荫喝水

再没有人提起我们
再没有人被母亲痛打

1990 年 5 月 1 日

## 失去背景的马

时间停了,黄昏刺目
我走过一片又一片街景

那些人不动,头颅聚集着光线
没一点声音

肉体周围的风也停了
停在一个角度里
像一匹喑哑的布
书本盈怀,我远远地走过

没有人看我,尖叫还凝在脸上
没有人告诉我,我何以会在这里
被什么神秘的力量催动,又如此缓慢
黄昏,像一片空白的褐色布景

一匹马远远地走过,那么小,像映透童年的手影
它的蹄腕小心地抬起,沉思着落下
仿佛怕回声惊醒了自己
它即将消失,即将从虚空中返回

哦,黄昏,不要这样迷惘
我要再穿起
那件陈旧的衣裳

1990 年 5 月 3 日

## 绿鸟·镜子

镜子里的夏天很深

一片安静的水域里
一棵树出现了
它的果实是绿色的鸟
到夜里它们都会转动
像镜子，闪闪发亮
而它们古老的容颜
映照在黎明之中
显得模糊

水无边无际
树如在镜中
让人分不清哪个是树
哪个是影

那些鸟不叫
到冬天它们就是一种想象或者温暖
它们不叫
否则会哇的一声融化

有人试图接近那棵树
另一个地方
有人失手打碎一面镜子
树荫碎了一地

猎鸟的人涉过深水之后
夏天就深了
他的猎枪上挂满了叶子

镜子动了动
树不见了
猎人发觉自己置身于一座陌生的城市
满街行走着穿绿裙的女人
另一个人
正离开他布满碎片的夜晚

1990 年

# 红　鸟

潮沼中那只红色大鸟
站在野鸭和苇草中间
细长，单纯，难以置信
像一只鹤
影子在蒸汽之上独自挣扎
似乎要挣脱时间
一粒硕大的水珠
在嘴喙上悬而不坠

漫长的土路白得发亮
一长串红色的货车蠕动过去
跨过苹果树的少年
马上有了一张老人的脸
衣服的皱褶里鸟儿在叫

一道暗影掠过路面
红鸟远逝,像一张风中的纸
湖中只有野鸭
还在不停地旋转

秋天的路将是红的
少年更加频繁地梦见红鸟
人们渐渐听不懂他的语言
他做梦的时候
整个人都会消失不见

秋水上只有两只红鸟
在翩翩对舞

1990 年 5 月 12 日

# 赶走魔鬼

孩子,你又睡了
我看见你滑进一个不可知的深处
一个随即消失的暗门
没有什么可以量出那水的深浅
没人知道那里有些什么神秘的事物

你又去赴你前生的约会去了
你还没有完全脱离那个时间之外的世界

有时我看见一声呢喃冒上来
阳光下的浮沤一样破碎着
那是你和谁在亲密地交谈
让我如此孤单,如此嫉羡

我在为你守夜
我小的时候是妈妈守候我
窗外的大地守候她河流的孩子
宇宙守候她转侧的星星的孩子
那巨大的石头悬在庄稼和城市之上
带着满身明亮的动物

有你之前我时常做这样的梦:
你的祖父母,我,还有一些模糊的亲人
从一间屋子不断奔向另一间屋子
打开每一扇门,都看见同一张魔鬼的脸
它微笑着,牙齿很白,很善良的样子
它叫贫穷

这是真实的梦,孩子
我的手轻抚过你潜没的水面
像要抚去那无形的担忧
我要不停地开门和关门
在开门关门的风中你就会长大
就会在魔鬼微笑之前
砰的一声关上门
孩子说尿就尿

用稚气的声音喊我：
"快来啊爸爸,我抓住它了!"

1990 年 6 月 2 日

# 泥 娃 娃

## 一

孩子,你就是那个泥娃娃变的吗
不然你为什么总是望着我哭
为什么你一哭妈妈就唱
"泥娃娃泥娃娃我的泥娃娃
你没有爸爸也没有妈妈眼睛也不会说话。"

泥娃娃泥娃娃我的泥娃娃
如今你在哪儿啊
雨后的院子里
只有你疼痛的玻璃眼珠
斜睨着那最后一角蓝天

哪儿是你直愣愣笨拙的小手
哪儿是你青草刺穿的鼓鼓的小肚皮
哪儿才是你的家啊
谁是你的妈妈

我哭泣,你破碎
在雨中的庭院我们分手
你被黑暗收藏
我被不耐烦地领回家

泥娃娃我的泥娃娃
那创造了你的人如今在哪儿啊
他是否已和你一样
变成了填满泥土的梦
失去了形状
分也分不开,聚也聚不拢

泥娃娃我的泥娃娃
你在何处望我
你如何围绕我
让我眼睛疼痛说不出话
让我翻遍每一寸土地
直到慢慢还原

二

你又站在我的面前
你不说话
风一点点刮走我脚下的泥土
你不说话
也不走近

没有人看见你
没有人认出你
阳光很好，我暂时忘记了忧伤

你到哪儿去了
在哪一处水面饮水
在哪一片屋顶下
做人家听话的孩子
你走了多少路
制造了多少梦境
难道你早已忘记

我漫游四方，面色黧黑
埋在水中哭泣
那水中出现的另一张面孔
是不是你啊
粗糙的喜悦贴在我的身后

当我长大，我又看见了你
穿上凉爽的绸衫
站在橱窗里
等着被一双小手领走

你同时出现在两个世界
一个已经厌倦，学会了遗忘
另一个又在开始
以成熟凝视的重量逼迫梦境

无法确定。你已经是一切
是我的本质,那破碎疼痛的部分
在身后惊吓我
待我从琐碎的事物中回头
就凝然不动
严肃得像什么都没发生
        像什么都已发生


你不开口,一条未走的路
反复在前面等我
让芳香也忍不住迷乱

1990 年 6 月 2 日

# 父　亲

这个把一生献给光明的人
如今已进入黑暗
他的身体沉重得
像一个衰败的王国
我坐在他床边守候,这个人
我的父亲,病体沉重
输液管在响
是父亲的生命在流逝
或者回复
我不能确定

我转身去看外面的雨

亲人们还在不停地上路

他们总也没有到达

母亲在我的对面

自言自语,或者敏捷地奔去开门

我看着床上,这个人

小时是我慈爱的父亲

长大后是我倾斜的远方

现在,是我的一个孩子

他面容安静,双唇翕动

频频地梦见过去

(战争年代,马蹄窝里发黄的雨水

以及体内焚烧的石头)

也许,还有他自己的父亲,和另一个地方

那里,不知有没有又一个他

正梦见此刻

晚上雨下得大了

去给父亲送水

白色的壶,像小鸽子

咕咕咕,咕咕咕

我要不停地叫

像小鸽子。在雨中

那些经过的店铺空空荡荡

像被雨淘空内脏的标本,龇着牙

龇着牙,我找不到我的童年

找不到父亲

我要不停地叫

雨衣像一只熊趴在我的背上
我不知该去哪里
这同一场雨
让两代人无家可归

1990 年 6 月 9 日

## 母亲又到了乡下

你又到了乡下。土还是新的
被蕨根和流水纠缠
你站在空空的庭院,在绿树掩映的粉墙近旁
垂下双手。一切早已改变
斑驳简朴的图案提示着童年,那么茫然

你将独自过一些日子。习惯把飞鸟望入晚云
深夜当嘴里缠绕生长的发丝把你惊醒
月色满窗,你将起来,掩住老年害羞的乳房
独自去月光里站一会儿
显得那么小,几乎像未成年的孩子

隔着绿透的纱门,可以听听记忆剥落的声音了
一切并未改变。父亲仍在补墙上的裂缝
被石灰灼伤。他不久即会进来,打开广播

我长大了。门还在响

厨房里，是谁失手掉落了锅铲

那个孩子，是否还赖在床上

迷迷糊糊地听着，感到安宁


远远的乡下，你又回到了那座空寂的庭院

像一个影子，一个记忆，卡在我喉咙里的一根针

在晚秋的风中，在泥泞的光中，在日子的拥有和到
　达中

你在一片模糊中走动，往事如尘，在身后飘落


为什么总是这样的意象：深深的庭院，雨后

松果溅落秋光，你又在剥开乳白的棉籽

向彩虹抬起你无牙的嘴微笑

想起，这是远远的乡下，这是秋天，鸟儿都已飞走


1990 年 9 月 8 日


# 秋天：1990

我不能不想到些什么

阳光清冽而真实

死去的树叶

在一只红瓦罐周围聚集

深秋的一天

我坐在一棵树下

想到秋天我总该得到些什么

有人从树叶上醒来

整整衣领

他曾写下死亡可靠的诗句

现在他无缘无故地走着

也许是走向我

像一根稻草裹着的盐柱


浓雾一阵阵过去

我等着细长的叶子把水罐填满

以便藏入土里

可叶子很快盖住了我


1990 年 10 月 31 日


## 想到真实

其实本没有什么

其实很简单

十月的一天

我们坐在屋子里

喝酒,谈论死亡

以及诗歌


外面刮着风


园子里的树下

停着你红色的女式单车

它的前轮在转

偶尔地闪光


另一只轮子

在影子里


风吹树叶

也把雨吹斜


整整一夜


1990 年 10 月 31 日


## 秋天的死亡

死亡无法言说

我坐下来

开始吃一首诗

先撕掉多余的翅膀

再咬掉绿色柔情的脑袋

然后是横纹的肚子

蛋白质,绿色的汁水

一个危险的意念


我们海流上的房子

充满汁液的梨子
树叶,雨水,弯向黑暗的花瓣

整整一天
都坐在风上

血液汇集向一只火炉
我无法中止秋天和我自己的死亡
一枚树叶尖锐地挖向泥土
在深处,有一个链子绞动的过程被打断

死亡有着回声般盘旋的角
和一对退化了的黄色眼珠

1990 年 10 月 31 日

## 喂养死亡

漫步在深秋我已衰老
余下的事情就是喂养死亡
这温情的伴侣虚弱
常常被灯光惊吓

用纱布包裹她脆弱的脑袋
假以时日,耐心及温存
那悲秋的树木高耸

为接近天空而浑身僵直

我们一生中仅有的一次交谈
预定在一个晴朗午后
话语喃喃填满寂静岁月的虚无
有如黄叶填满大地深情的沟壑

像一对老年情侣互相拥持着散步
只把声音和树木留在路上
那光滑的动物将在荒草中辗转

1990 年 10 月 31 日


# 无酒的日子

停杯之日已是深冬
白雪随夜色深入
绢纸上灯火明灭
山庄寂静无声
石头落入十里外的深谷

这时节总有一人
从墨痕清浅处踱出
转过石径和山门
看崖上一棵孤松
以球果叩击黑暗

月色满窗的时候

案头一方青石，镇住半生心事

农具在屋角冷冷闪烁

这时无人在窗外窃笑

把一枚湿润的果子挂上门楣


坼裂的酒壶水声凝涩

剩下的事是高高绾起头发

沐于风中

是熄灭所有灯火

让血液流回自身

1990 年 12 月 16 日


# 未完成的冬天

经过这个冬天你就会成熟

明净的衣服隔开空气

袖中水流不息

经过这个冬天

一些事物重新变得明亮刺目

让你无法逼视

仿佛雪中遗弃的半片犁铧

镜子映透山野


一年的阳光总在这时突然降临

雪中的漫步渐渐有了暖意
河滩上那些木屋简陋
满屋的树叶,这些最后的蝴蝶
不会突然爆裂,漫天飞扬
绕室三匝的细小蹄印
使整座大山灵动

冬藏的蔬菜随音乐继续生长
此时熄灯而坐
便会有山月如期而来
无论想到什么,都是一片清明

远处的山口不时有隆隆的闪光
借此而来的客攀在南窗
目光灼灼搜寻于你
而你已先去
在日子的背面吟咏词根
忧郁地摆弄土地

他们不时带来消息
手中的玻璃照彻了冬天
他们来时的路上
正有一排红色的机器慢慢蠕动
而一年的阳光总在这时来临

1990 年 12 月 18 日

# 客

早上有人攀在南窗
把细致的竹影摇散
竹叶纷纷落到阶前
脱下长衣，对坐饮酒
早上的客人面庞幽暗

中午客人变得简单
说一些农事
把手浸在清凉的麻里欲言又止
一碗水清可见底

到午后脸色纷纷褪尽
聚散于庭中不语
今年他们心事沉重
落于雪中
午夜他们重新来过
在庭中听雪
听彼此离去
脚步落在风中

茶渐渐凉了
冬日的光线斜射进来
我放下布帘

已是深冬天气

今年的客人都没有来

他们姓氏简单面容模糊

我手扶花影

明月落入怀中

1990 年 12 月 19 日

## 对两只鼹鼠或人类生活的语言描述

睁着眼睛睡到十点

在暗中咕哝着翻身

爬到洞口,卷起布帘用前爪揉搓面颊

一声喷嚏把自己吓跑

中午整理粮食

大豆和花生垒在一起

落下的土推出洞外

搓着手,各个角落巡视一遍

清理洞口的积雪

把冰块藏到草里

然后整整三小时

埋头于洁白的雪地

印一些深深浅浅的蹄迹

在分行处抬起后腿

把雪化开养上一只鸭子

搓搓手打量一番

转身逃回洞中

雪里里外外下着

湿透了半生

茫然一会儿,想遍所有心事

再叹息一回,搓搓手

拣两粒饱满的豆子装入身体

下午它断断续续地睡眠

双眼轮流开合查看天色

而另一只一整天都不离开巢穴

傍晚才露了露面

嗅嗅雪和蕨类的气息

看见雪已盖住同伴的作品

就退了回去

夜就这样降临了

雪上没有一行脚印

月亮很大

1990 年 12 月 25 日

## 纸上阳光：给一位青年诗人的信

秋天的阳光泼在我的桌上

在这样的早晨不应该再悲愁

不应该辜负这美好而短暂的时日

辜负这似乎只能用心去倾听的阳光

蘸着阳光写下的字句,是为你的

也是为我的,当然也是为这个世界的
它应该透明如水晶,轻柔如草间的影子
纯粹如宝石里隐现的光芒
是的,不该再悲伤了
秋天很好,世界浑圆地高悬空中
你很好,还有我

在这样的日子,写作与否都无所谓
黄花在触到嘴唇之前即已枯萎
它们别有所爱,它们的芳香
凝结在松树的一角,向另一个季节
悄悄地滑动,哀悼着,为自己难过
可以随便走走,这样的日子并不很多
也许半个月之后,或者更短
就会阴雨连绵,连月亮也极难见到

秋天就会一场雨一场雨的冷了
包括我们流动中减速的思想
那时,我们只有关在屋子里
那狭长的白色小屋
重温酒神狄奥尼索斯清明的智慧
听窗外的柳树落叶纷纷
想起天涯孤旅,无人的野渡
和一个早已过世的朋友

在这样的雨夜,这样烛影摇红的寂静时光
杯子将疲倦得如高处残余的果子

一件疲倦的衣裳。你要推门出去
让雨打湿你大麦般的头发
洗黑你热气腾腾的胸脯
在你的舌头上刺绣
你要记住我的话，你要想起我
想起这诗的季节，我的季节
你要孤独一阵子

你要在经过那些雨夜的窗口时仰起头
得到瞬间的温暖
你要祝福那些在灯下展开的生活
然后走开，像一个阿拉伯人，一个印第安人
你要去到那间黑色的大屋
默默地坐在人们中间
听雨的话，接受我的祝福

然后回去，像另一个人一样
回到往昔的生活
你将发现一切都已改变
雨不再是雨，我不再是我
你将在黑暗中摸索着写下一些文字
到黎明它们就会了无痕迹
可你发现它们已种在你潮湿的心里
早上，那些书会自己打开
那些字迹凌乱成一团光影

你会感到自己许多年前

曾经有过这么一种感觉
那些书滑如丝帛,以一种永恒的方式打开着
你不去读它,你知道一定有人
在某个地方,偷偷在你之前已经读过
那时你就笑一笑吧
窗外的阳光一定很好
你的心一定安静得像一片新鲜的雪地

是的,这样的日子,我们是宁静的
这是一种智慧,像水
或者以坚硬刺穿我们的光
宁静包容一切,它也是一口陷阱
任何事物都沉浸在里面,化为灰色
多年以来,我一直企望自己的诗
能达到一种包罗万象的宁静
它恢宏,沉寂,什么也没有
又似乎产生一切。它是嘹亮的一声
太嘹亮了,以至于耳朵无法听见
而和谐的心灵会听到
那被放大了的万物之上宇宙宁静的搏动

一种澄明之境,从古至今
只有一个人接近了它
那就是高古的哲学诗人荷尔德林
可惜他中途掉进了疯狂的泥潭
可什么叫疯狂
从这位精神病人隐居的屋子里

整整三十五年,邻居们
只听到优雅的琴声,难道这叫疯狂

那个境界里无人居住
连荷尔德林也不得不以发疯
来保持自己的人性
没有人能在接近那个境界时不会浑身发抖
像靠近雷声的云朵,像午夜里的水井
而有一天真的抵达了
我就会把竖琴系在柳树上
那时我一定很老了,连笔都握不住
可是朋友,你相信吗
这个瘦高阴郁的老人
他的心里充满光明

我的朋友,我们都在为一个模糊的东西活着
它巨大像烟雾,它是死亡的噩梦
也是祈求永恒的冲动
早上穿鞋时,你会在鞋窠里
踩痛它的尾巴和一只绿色的蛙形小脚
别怕,我的朋友,不用怕
它是柔软的,还发出呱唧呱唧的声音
瞧,它在微笑
原来,它就是我们自己
是一种神秘的直觉
它无相无形无声无色,而又无处不在
把握这种神秘吧,因为

它就在你的内部,是你的本质


可是我们太难了,内与外的
精神与物质的。我们被夹在门缝里
诗已经断送了我们的过去
正在断送或几乎断送我们的前程
你有些退缩。我无法再说什么
你有自己的生活,你要穿上一件
合体的衣裳。人人都这样
我不忍心打扰你的平衡


可是诗,是一件从天而降的衣服
裹住你,无论大小,你都无法挣脱
这生存终极价值的追问
即是噩梦,即是世俗欢乐的终止
和无尽苦难的开始
可还是得追问啊,还是必须写作
为了有一天我们能真正地活着
为了那无时无刻不在启示着光明的存在


人们看不懂我们的文字
可对于我们,它们严谨得如同逻辑
他们的眼睛只看到魔法
而看不到花的芳香
他们拒绝注视,而不是真的丧失了选择能力
这是一种幸运,是我们仅有的财富

我的朋友,你离我这样近
可我宁愿在纸上与你交谈
在过去的日子中,我们已经谈了许多
或者什么都没有谈,一如今天
可你瞧,阳光多好,我要出去走走
随便想想这个秋天。你最好也如此

1990 年 11 月 8 日

# 1991

## 过　冬

把道路的恩赐抱在怀中，书，暖瓶，洁白的棉花
在树林后面的泥泞之中
载我过来的马车，又载走木材和鱼
豆荚的眼睛在车辙中黑黑地张望

面前是我过冬的村庄，白杨环绕
城市坐在背后，灯火皆无
田畴中一片光秃，麦茬上露水明灭
大地的爱情被收入仓中
剩余的部分在土中烂得乌黑

我要在这里独自过完冬天
围绕白杨的场院，献上火焰和舞蹈
磨得发亮的车辕在光中变冷
马颈下的铜铃落入温暖的麦草
而乌鸦蹲在垄沟中，危险得像一块钢
到夜晚会慢慢弯曲，嘎地绷断了树枝

这样的闲暇久已不再
漫步于麻雀之中，或者回到书中
剩下的时间是熄灭所有灯火，在檐下望雪

默诵一句古老的箴言,原谅了自己

1991 年 1 月 18 日

# 冬 藏

用一整天劈好木柴,码在篱边
整整齐齐像新写的诗章
一整天把菜腌好,用青石压住
大萝卜下到窖里,与土豆分开
新鲜的土培好了,暗中气息甘甜

院子里阳光久久不动
母亲在屋中煮水,父亲出入厢房
把干菜挂满铁丝
我在下面钻来钻去,追赶别人家的母鸡
母亲一声喊,吃饭了
童年就结束了,父亲在 1990 年死去

立在院中,雪落在新鲜的木头上
黄色上的白色,雪落在屋顶和我的头顶
这样的时候,母亲总在屋中
在一只纸糊的篮子中翻拣线头
叨咕我的袜子又破了
而雪在远处落着,模糊了一切

不知为什么我突然高兴起来

我知道我也会被黑暗收藏

像一只麻土豆，在暗中倾听永恒

只不过是偶尔经过我身边的一阵微风

1991 年 1 月 18 日

## 冬天最后的作物

阳光很好的日子，我站在土地中央

感觉已经到了暮年，群山渐次发白

苹果旋转着落下，溅起红色的光芒

一根手指在它内部弯曲，一束光轻轻刺戳着


过来的路没入了尘土

那些脚印被暮色充满

小河不再奔跑，一只木船

是这个冬天最湿润的部分


土豆在墙角暗暗呼吸

弄湿了漆黑的屋梁

大白菜芯飞出成双的小蝴蝶

一面有雪的树，时间结晶的声音细微而清晰

石头粘在冰上，我能听到虾在水下咔咔的叫声


是的，虾叫的时候河一定在做梦

驴子拴在屋后发表祝词
堂前红色的新娘,干净又漂亮

总之这是些阳光很好的日子
被叶子惊醒的人,脚上缠满稻草
大地最后的作物站在中央
使土地更加空旷
他将和两个稻草人一起被戳在屋角
冬天,很大的大人没有一点儿声音

1991 年 1 月 18 日

## 越冬的作物

越冬的作物立在阳坡
他们是土地的语言,能思想的植物
遥望大河咔咔地结冻
他们的脸上永远有一种感恩的光芒

当通往南山的路全部被大雪封锁
他们回到自己炉火通红的心中
粗大的手抚摸盐粒和粮食
收拢又展开,总想握住点儿什么
而农具总是在夜里丢失

这日子被一双泥泞的脚越踩越深了

回来的人说天下鸟声绝迹

板桥的霜使人迹更加寒冷

他们把双手拢在袖中细说风水

一年的树叶落满了门前


夜半听柴门一响,有人化蝶而去

化一缕凉风的悠长

这时总有面目模糊的亲人摸索着回来

屋子坐得满满的却无人讲话


上树的梯子锁入了仓房

树顶上有人咳嗽

在风中伸出食指

一冬的白雪落入怀中


1991 年 1 月 18 日


# 冬天的水

在十一月和二月之间,水冻得很结实

它提供了另一种行走的可能性

马或狗拖曳的爬犁

现在光线充足,土地更加辽阔

创伤愈合,因为水已经结冻


木桨的棕色残片落向水蟒的土堆

网粘在冰上变黑

并变得危险,透明的冰片在深水中旋转

那些秫秸篱笆小心地围拢晕眩的水


麻雀陷入远处的冰缝哀鸣

白雪落上乡间石砌的电站

水已经结冻,那些顺流逆流的日子

都沉入了黑暗中微温的泥中


守望道路的黑白大狗,鼻子通红的小羊

轮番抬起一条腿的大马

浸麻的木盆,我熟悉的褐色花朵

各自独立的房屋总是被一些道路和暗水连接


这样的日子我只能在土地上兜个大圈

回来坐在温暖的土炕上,纸火盆的火苗

映红了纸糊的窗户,听河水暗暗涌入深井

午夜白色的躯体将和它一起颤抖

1991 年 1 月 19 日


# 母亲的超度

被你超度的日子如今又来超度我了

母亲,那离开小麦和火山的人

必定黄土满身地回来,扎在水里

被追赶的雉鸡必定扎在雪中

我们能彼此陪伴的日子已寥寥可数
那年冬天我穿过横垄地去看电影
回来的路上突然想到时空是这样广阔
当一切过去你是否已是别人的母亲
再认不出这双风雪中向你伸出的手
我赶紧回去,亲切,兴奋,担着心
像是已离家五年

更小的时候每当你去了邻家
我玩累了找你
还没进门就先喊饿
你老是红着脸怪我馋人家的东西
可你不知道我只是想让你回家

直到现在你仍在笑我
你那么轻易地否认了我的爱
我和你一起笑着,感到又轻松又迷惘

现在的日子这么容易就打发了
我写着深冬的诗,啃着冻馒头
嘴里满是甜味
这是些远离你的日子
还要过很久我才能找到你
说一声,妈我饿了

1991 年 1 月 19 日

# 母亲的秘密

走完这程你就不再送我了
分手的情景真是不可想象
你已在渴望那个日子,微微不安
把一些包袱打开又系上

你已同时出现在两个世界
一个学会了遗忘
一个正在期待
黄铜的妆台擦拭一新

你变得古怪而兴奋
站在星空下你显得很小
几乎像个未成年的小姑娘

你不再说起我小时的模样
你的目光在周围的事物上短暂地滑过
像看着一个陌生人来不及带走的东西

母亲,你不再爱我
暮年有着比我更重要的事
我终于知道我该长大了

1991 年 1 月 19 日

# 下 屯

泥土中的根子总是很白
总是向深处伸延,含义却各不相同
月光下割糜子的时候
咕咕叫的狗鱼总能让我的手突然停住
回头又被密不透风的阴影惊扰

守望的时候麦田里总有些杂乱的脚步
玉米宽刃的剑,高粱红色的缨枪擦伤了空气
一场古代战争被我听见
浑身尘土的鹌鹑从鼻尖擦过
这时节空空的村庄总离得很远
就在那熄火过久而发潮的土炕上我读完了红楼
并在一场暗恋中度过了少年时代

入秋时蝈蝈随麦捆进入场院
鸟叫使大地弯曲过去
麦茬上只有一株金黄守望的葵花
我落在另一片地里,与之遥遥相对

也许我并非真的热爱
一生陷在相同的面孔中间
年复一年为收成操心
也许我只是喜欢庄稼柔美的气息

与心灵相适应的广阔而模糊的背景
也许我早已改变
并在这种美好想象中为虚伪找到理由

1991 年 1 月 23 日

# 流　年

随最后一朵花的熄灭,远方遂成为远方
空空的土地上你们双肩垂落
我清楚你们的心事
两手空空站在土地上谁不满心羞愧
那土中的光芒终究要回到脸上

现在土地冻结,你们站在冬天
黑袄的鸟儿延颈张望
你们还等什么呢
谷子在仓里,霜在路上
候鸟在响亮的风中掉转你们心事的方向

鼾声四起的田野,土拨鼠,这些旧日的地主
在体内聚集起温暖的黑暗
它们进进出出感觉良好
手叠在肚子上,很快便满足地睡去

此后大地更加寂静,一簇簇毛茸茸的小丘

荒凉得像一个个臭词

细长的大鸟在蒲草中大步行走

沙沙作响。你们的手沙沙作响


我知道你们需要这些,需要被寒冷点燃

你们等待马群狂奔而来,践踏抽动的绸子

等待一声金黄霹雳从田野升起

祖先从香料和布匹中骑黑石归来

坐在你们中间,细数流年和星辰

1991 年 2 月 1 日


## 回　忆

如果能够,我将恢复那个夏天的每一个细节

每片草叶的轮廓

阳光下晴朗的远足

正在饱满的种子

如果能够,我将重新堆起沙塔

把你囚禁在其中

却又被毗邻的沙坑捕获

(也许它就是为我们两人所设)


如果能够,云彩最好再高一些

背负起苍天,但不要飞走

不要移走星群和星群间正在到来的船

那些小房子要在夜晚降临之前聚到一起
像小羊被赶回栏中
这样,谁都不会孤单

如果阳光再强一些
我就能够还给日午
以蓝光闪闪的海面
还给空气
以夏日沉闷的云朵
还给你的忠实
以朴素的容貌
可为什么眼泪在我脸上
真实而缭乱地流淌

像一座风中的空房子
一座海流上的房子
一些花瓣在它的阴影中呼吸
一些细弱的树枝
拖曳着光行走
又把雨水弹到你脸上

如果能够,爱人
请抬起你沉思的脸
它多么虚幻、遥远
即便在最初的夜晚
我们砰然相撞
一齐在水中迸溅

亲密的耳语使脑髓发疼

我在沙滩上画出野兽的印迹

它来自童年，秉有我所有内在的美丽

（现在，海滩将荒凉如一张白纸！）

沿着风弯弯曲曲的小径奔走

或者慢慢回到夜晚

携带世上最辉煌的花园


如果能够，我愿意不再回想

让影子像云中的树慢慢飘远

1991 年 2 月 1 日


## 液体的早晨

我从深深的窗子里望见你

你的衣服还皱着

那是我们爱情的痕迹

我以一种几乎不可能的方式爱你

缓慢地变成你


蓝鸥留在了那片天空，还有如歌的阳光

金色的雨点，你喃喃的低语

无遮拦的海洋

在黑夜中恢复了自己

抑郁地卷向前去

又永远留在原地
像一种思想

我无需掩饰
当清凉的麻布晨衣从双肩滑落
我可以责备那暗中的风
我抓住你的镜子辨认自己
却只看见你留在深处的影像
在那个夏天之外隐约地走动

不久你就会回来,带着熏鱼和啤酒
头发里满是露水和蛛网
你忘了吻我,这渺小的欢乐
却能使我们共同忍受一生的平庸
我在窗边游荡,我渴望化为晨雾
这个潮湿的早晨,这个早晨中的你

你无忧无虑地哼着
只有一句歌词
"夏天的风光和美丽已经过去……"
我突然领悟,我身上的某些部分
将永远地留下
并在每一个早晨
抑郁地卷向你
又永远地留在原地

1991 年 2 月 1 日

# 离海很近的夏天

那是个奇怪的夏天
我们去看了海
我们是第一次去看海
海很大很蓝
到远处呈现出弧形
像一只大鸟翕动的翅膀
我意外地平静
我是第一次看见海
它让我呕吐

绿色的云很低
那些芳香的叶子就悬在云里
被浮石擦亮脸颊
被集市的龙虾和芒果宴请
我们看见了海
那是个奇怪的夏天
你的目光躲躲闪闪
你总是说些无关的话
那个夏天,我们在海上
躲过了六月的风暴

后来你终于不说什么了
我们泡在水中游戏

一下子回到童年
水一遍一遍送我们上岸
水渐渐凉了
夏天正从肌肤上流逝

晚上风总是很大
夜里我独自起来去看海
把你留在梦中
海边钉满了木桩
白色的小房子孤零零的
海孤零零的
它变得更冷了
一条路来到我身边
像一只来自海上的温良的狮子
我领它回去
我知道了你的梦

那以后我们回去
我们不说什么了
我们已经看见了海
我还看见了你鬃毛微微波动的梦

总之,那是个奇怪的夏天

1991 年 2 月 1 日

# 远离那个夏天的正午

其实那个夏天很美，它是一首唱过的歌
声音消逝了，却又在心尖上颤动
我在那个夏天之外走动
穿过一排排起落的黑白走廊
我已足够成熟，可以面对各个方向的风

远离那个夏天，这个正午
我独守一扇哲学意味的小窗
灰尘还在金雀花丛中震颤
光的门板倒在地上
蝴蝶粘满花粉明亮的语言飞在暗中

我用白水沐炼过的花枝装点窗棂
把 1919 年的报纸折成白色的牡马
让它被散开的花籽警惕地围住
让壁虎开亮金色的巨灯，高潮过后的蚌王
咬住吊兰纤长的手指
我在布置一个简单的仪式，一种怀旧的氛围
手放在枕下抚摸涛声

我记得我们手牵手走过海滨白色的胡同
我记得我们共同深入的幽邃梦境
我记得伏在花上喘息的阴影

我们身边密不透风的幻象与声音
我记得那个夏天,一茎多穗的麦草落在水上
我记得你手指刺破的秘密,浴盆的颜色
你爱我时眼睛的颜色
你总是有些担心地合上我的眼睛

那个夏天,那个一切都在流逝的夏天
我总是听到水在流逝
从我们手上,眼中
从沙地柏和香蒲中间
从我黑色的大梳子和日午的瞌睡之中
那个夏天留下了我们,我们的爱情
像两块出水的白石,灿烂,莹洁

依然是这样安详的正午,你在梦里醒着
像一片叶子躺在时间的波涛上
我蹑足穿过熄灭的星群,一面小窗
像蝴蝶重新打开充血的翅膀
在你的远方,变成你美丽孤傲的新娘
端坐在烛影摇红的寂静五月,等你醒来

1991 年 2 月 2 日

# 通往大海的路上

通往大海的路上,走着一群手舞足蹈的人

他们鲜艳得像六月可爱的水果
像南风吹拂的鸟儿羽色斑斓
他们要去海上举行婚礼,有的陈旧有的新鲜

通往大海的路上走着我俩
远远地离开人群,拨开细密的阳光
路旁的蜂箱流响着金蜜
树林中有萝卜喂养的天使
我们歌唱着爱情,快乐地走在大路上

我们的船在瓶子里
我们的饮料在骨头里
我们出了垭口就看见了闪光
大海在前,召唤我们前往

一列绿透的山岭,夏天的一列快车
逐渐变黄变白,拖曳树林的乌云
提供另一种可能
高潮过后的谷物倒伏四野
棉桃的手镯沉在小小的水潭

唱着去跳着去拉着手去眼睛望着眼睛前去
大海的闪光映亮了天空
一家红色的农民,守住陶土的作坊

知晓海底秘密的龙虾,多刺的草莓与青果
山毛榉和胡桃组成情人的天空

红色的水滴高悬海滨的集市
渔村中流传我们散佚的姓名
风景在风景中错动,石在石中
我们在路上,不会背过身去

我们走了许多年,我们想了许多年
我们总也没有到达黄金的海岸
有人拐入如歌的绿荫
行囊抛在屋顶,站在田里遥望
他们心绪平和,自由的庄稼种向海边

歌声渐渐疏落,又一个人离开大路
把一汪水塘望得更深
相信他模糊的影像不会消亡
我们松开双手,天上的石头亮得耀眼
通往大海的路上,走着两条活泼的烟缕

1991 年 2 月 2 日

## 祝　福

生在马年的小马嗒嗒跑过秋天
尾巴拍打阳光和白雪
它毛色鲜亮,明亮的涎水
滴湿我掌中的蕨群
忽而一阵疾跑,

光滑柔软的关节抬起

慢镜头展开

越过一道道黑白栅栏

骄傲,优雅,我站在对面

我们亲密的耳朵脆弱

在风中遍生金色的茸毛

现在雪地寂静,燃满了烛光

皂荚与胡杨插在芳香的山冈

太阳像一只柑橘缩在汁液中鸣叫

我们翻寻雪下的白草

低下头一路啃去

留下一条湿湿的甬道

被蒺藜扎破上腭的小马

偷偷掉转方向

于是雪地上出现了分离

两个孤独露出白色的牙齿一圈玫瑰色的嘴唇

向冬天的边缘移动

离春天还有三日,柔软的舌头已生满荆棘


越过马年,一群眼睛狡黠的羊儿

潜伏在梦中,慢慢靠近

焦躁的烟叶慢慢卷曲

它们踢踏,喷射出星群

像两朵娇艳的菊花突然绽放

远处田野的马厩在引力中弯曲

贮藏豆荚和燕麦

靠近童年,它们日渐缩小

像两粒不被种植的樱桃

它们将在云中会合，挨擦着睡下

像两个红色的婴孩，躺在草筐里

交付给黑夜的大马，现在它们继续寻找

越过马年的小马浑身战栗

它看见一群绑着匕首的黑羊

突然在四周散开

它跑向远处的父亲，鼻子冒烟

一根乌有的刺扎入耳骨

河流在它们的两腿间闪动

四只耳朵是颂赞美丽的头巾

它们将共同面对接踵而来的日子

巨大的马头悬挂在原野

八条黄金的大柱在羊群中践踏

对于这样的生灵，命运的鞭子也会垂下

1991 年 2 月 5 日

# 催 眠 曲

## 1

太阳已经落山

门早已关好

妈妈就在身边

快快进入安眠

猫头鹰睁开眼睛
黑夜宽广无边
星星跳上云朵
小狗还守在门前

大地是一张魔毯
绣着火山的花边
黑夜一无所有
世界和我们无关

只要合上眼睛
大地就充满星光
再把耳朵关闭
歌声会来到你心的房间

睡吧孩子
小白菜都睡了
把黄蝴蝶搂在心尖
小花猫也睡了
扯着长长的毛线

火焰在灰烬的床上
进入安宁的瞬间
大地轻轻摇晃
载我们度过流年

# 2

太阳已经落下
树林也回到水中
此刻只有风儿
还在黑暗中游荡

烟雾穿过屋顶
又在水面飘散
狗在床下醒着
背上热气浮动

大地不是圆的
它只是很长
河流和山岭
闪耀火红的忧伤

别怕暗中的脚步
是种子在深处行走
夜鸟呀的一声
关闭水上的门窗

大地依然在旋转
制造星辰间的凉风
黑黄相间的条纹
在鸣响的光中荡漾

快快合上双眼
去遇合远方的祖先
路在水底延续
月亮在歌中安息

1991 年 2 月 5 日至 6 日

# 亡 灵

有许多种方法可以到达
正午有着困倦的眼波和花朵关闭的声音
如果我不写作,你如何存在
贫穷的双脚多么羞怯

可你是谁,白色的衣服鼓荡在林梢
一年一度听取年夜的风声
那土墙上的月亮是童年的一声尖叫
波浪晕眩直到多年后的晚上

火焰和落叶围拢青色的眼圈
一块光的草地,织满我黑色的花朵
你粉红的足踝被天外的雷声追逐
那另一世界捉迷藏的游戏
你将在何处回答,让我无处藏身

透过物质的裂缝,白马和闪电逸出午夜

年复一年为你所扰，我紫藤缠身
醉于松风明月，记取你的劝告

似曾相识的人儿，你纯洁的身体
擦过我冰凉的鼻尖
水滴整个秋天悬而不坠
直到我的手指化为冰凌
太阳的圆脐把我们联结

亡魂皆冒吗？我贴近玻璃看那面的你
你笑了，分明是个女孩子
黑黑的牙齿多么香甜
从此我锁上房门，随你尽情游荡
走遍大地的每一处黑夜

1991 年 2 月 6 日

## 一个自言自语的孩子

一个自言自语的孩子使我们恐慌
他贴着墙走
开门关门，目光明亮

看！怎样的仇恨在他眼中
他暗暗地成长
耐心培养他的仇恨

他将长大成人
把那暗中的力量向我们展示

我们谈着冬天
中间是一团毛茸茸的雾气
褐色的纸蝴蝶飞来飞去

那孩子绕墙游走
收集糖纸和谎言
我们无法与他交谈
无法阻止他说出
我们说不出的话

与我们荣辱一生的孩子
满口黑牙
看他微笑的眼睛!

一阵清风吹散浓雾
他即将开口、即将说出
我们最后的秘密: 死
然后离开

1991 年 2 月 16 日

## 井

一片堕落的天空, 夜色中的白洞

午夜星光照耀的清凉

没有果树芳香的阴影
靠近多岩石的牧场

少年时我往往在深夜里汲水
一只鸟在头上叫着

井颤抖着,青砖木板的井壁很香
碧玉的甬道在深处跟随我
我听到一个大物
在下面走着
它光滑盲目的脑袋
一会儿就破水而出

它在深夜里叹息
把花蕾在水中泡开
黎明它回到远处的海中
一个锁链生锈的岩穴

我往往两手空空地回去
星光的长链吱呀作响
井在我身后独自旋转

我少年时恐怖的美
寂静,星光,那白色的震颤的秘密入口

1991 年 3 月 17 日

# 死亡之诗

## （一）

现在我写下死亡
和死亡可靠的含义
光秃秃的树木还立在大地上
它们已死去多时

一阵风，一小片时间
就能使它们瓦解，消灭
大地上将只有白色的积雪

现在我写下我的死亡
遵从我自身的规律
苍白的面容写满生的渴望

为生而死
这将是最后的美
我的孩子在雪地里啼哭
像一根褐色树枝在风中出现

## （二）

我所诉说的死亡

不是你们眼中的死亡
正如我所看到的风景
并不在你们的路上

神在风中降临
像一块破布，突然
把我赤裸的身躯裹住
最后的悲歌归于寂静

在这黑夜中还有谁在耕作
被土地吸引，隐姓埋名
在这时间中还有谁在怀想
那不曾有过的一切

回过头去吧
你们去活，并把眼睛闭上
在蔚蓝和泥泞之间
灵魂像一条河正在穿过针眼

## （三）

我可以涂改我的死亡之诗
却不能改变死亡的意义
如果不是为了弄懂为什么生存
也许我早已把死亡写下

思想着，沉沦着。不变的姿态

进入高空的寒冷
旗帜猛地绷紧
发出嘎嘎的断裂之声

满天星辰,透过稀疏的树顶
像一群惊讶的孩子
把树下的我张望
不理解在偶然的游戏中
何以生成这般严肃的思想

## (四)

草叶疯长,乳牛的血肉崩塌
满坡滚动着失控的轮子
我所爱过的人随房子一同消失
尘土覆盖旧时的道路

旋转,断裂,喷射火焰
最终跌入坡底的水塘歇息
青草压倒的痕迹,被清风抹去

我所预言的一切
我不愿它发生
我写下的一切
像海边的诅咒
注入一个词中

鹰在风中呢喃
离开它巨大的巢穴
石头排列在路上

我欲前往
进入它们的前列
高声提示一个名字

## （五）

你们所做的一切，仅仅是
为死亡添上不必要的注解，仅仅是
黯淡的晨光装饰残梦
你们的话，在黑暗中响起
像清脆的杯声彻夜不绝

黑夜升起来，这永恒的黑
把我吸引，成为黑中之黑
时间和命运的一个死结
一滴血，闪耀，又合乎规律地凝止

我说：黑色
是死亡可靠的语义
树木删削掉所有的触手
而后生存，这，难道就是全部？

更深地被吸引，进入前面的黑

埋名的神在夜耕
大粒的尘土吹过犁铧

你们去活吧
带着血、骨头和腐烂的鞋
你们怀抱的一切
将化为灰烬
而最纯的玉
在腋下出现

# （六）

不要在我身后睁大你的眼睛
不要碰乱一丝光线
只为了挽回我一个虚幻的影子

不要再哭了，否则天堂也会堕落
泪水，洗刷不掉耻辱
只加重幸存者的苦难

如果宇宙有情
在另一轮中
我们会重新成为父子
我会重拾起你的手
放在心上

如果，巨轮微微一错

我们永远相隔
生命重归尘土也无须悲哀
只要我们曾经血脉相连

不要召唤，不要跟随
这是条对你并不适宜的路
像水围困的岛屿
你要学会孤独
你要在每一个早晨升起
来到户外，露水将熄灭
晨光中，让我教给你和平

# （七）

一切并非如此
太阳出土，把羊群滚滚赶向西方
我们，与之在中途相遇
在纯粹的光明中昏黑

也许我们可以获得那种称作老年的智慧
光突然照亮灰尘累累的店铺
而主人却消失在器皿和织物之间

这需要很长很长时间，以至人的一生
耗竭激情和青年的希望
路透过模糊的玻璃窗
落入水塘和蔷薇花丛

过去只是一个结果
它将被未来所改变
在他人眼中的改变
却也是他人的改变

这是一个人最大的幸运
他忍受许多苦难,终于明了生的意义
此时生命已到了尾声

思想妨碍了欢乐并摧毁肉体
无法解开的一个结,一汪血泊
也许海洋会把光明向我们倾倒
也许我们背负苍穹,却陷得更深

也许我们可以把石头抛得更远
并慢慢走到石头落地之处
也许我们会成为石头,被一只无明的手抛掷

于是我说:老年许给我们的
将不再是纯粹的光明
将是一块温热的石头
用每一个日子的啄击
使我们日益卷缩进去
直到与之合为一体

# (八)

如果我们面对的不是死亡

只是这夏天最小的雨滴
那越过太阳的田野
将自我们敞开


如果我们的眼睛
再看不到你曾注视过的事物
灰色的云,肥大而笨拙
在无边无际的台阶上四处爬行
那么,我们将到达不了任何一个奇迹


你已经成了一个词,一滴种植我们的雨水
被我们的血脉之网捕捞
比任何绿色植物中的阳光都更纯洁
那么,面对一扇日益模糊的玻璃
我们将不再流泪,不再恐惧


如果你不再关爱我们,不再
把新生的枝叶向我们的前额抛洒
如果你的手不在我们手中
你白色的衣裳不再鼓起大理石的波涛
我们金黄的面具后将都是虚无


所以,你一定要回来,带着你的堡垒
新生的月桂与潮汐
而假若我们的死亡不是为了你的死亡
这些戈矛会被夏天量小的雨滴锈蚀
这些璎珞终会在我们的手中瞬间成灰

对我们宣讲生命吧，纵然我们已经死去
请把你的手，放在新的杀机上
为我们的生存作证
教给我们和平

1991 年 7 月 20 日至 29 日

## 在一个中午梦想古希腊的喷泉

通过一条暗河涌出神的花园
你走了很远，带着深处的阴凉
你在硕大的花朵中间升起
开放，像一块玉迸碎，落入盘中

你啊，古老的喷泉，你携带地底的黑暗和光明
还有无数幽灵渴望的叹息
更高地升起，从大理石的掌中
明澈的溪流映照石头残破的面容

唱着一支光的歌曲，你回来，你重新落入我的口中
通过一条管路到达心中的库房
那里，你没有什么可以打湿
陈年的稻壳早已腐烂成灰

你清除我体内的泥土，你摇动，你唤醒
你把我充盈，像注满一件脆弱的陶器

因为幸福和愉悦，我即将坼裂，即将开口

催动着溪流，又突然被吸入镜中
收回你的美。在你的岸边
所有来自深渊的动物都陷入昏晕
被自己丰满的存在惊呆

你穿过事物和事物，风的间隙
你从事物中间经过，本身几乎并不存在
你的笑声，传给我神灵醉后的喧哗
他们白色的车辇在石头和绿荫深处闪烁

一条红色的路直达天顶和海洋
葡萄累累的屋宇，暴露在波光之下
上与下，自由与无限
一只纸鸢在瓦上飘摇

所有寂静中的目光，所有歌中的营养
陶醉的酒浆，酽以碧波的万顷良田
谁在阴暗的住处抬头
捉住存在飘忽的衣裳

古老的泉源，一切拒绝显影的秘密，在你身上
现出峥嵘的尖角，甚至三叉戟的乌光也不能让你失
　　色动摇
你从地底上升，从魔王阴湿的居所
罪愆的集散地上升

高居于世界之上
在你的上面,是无尽的天光
下面:大地、人群和死亡

你啊,你孤独的泉源,所有声响消匿的尽头
宝藏和马驹在乌沉沉地闪光
看你涌入绿色的茎管,进入女子幽暗的宫房
轻松,有力,多么自然欢畅

在光与气中轮转。你使我谦卑
使我在红色祭坛上旋转又静止
我们在太阳之侧相遇,进入你的核心
成为水晶中的阴影——互相印证

在白色的罐中凝结,收集所有灵动之物的气脉
又在夜里哀叹着升起,化为芳香的云
围绕柱廊、门楣和屋宇
你重归黑暗和寂静
像夏日的花朵突然隐入地下
通过漫长的时间,你在我的脚下破土涌流
带着神灵泡沫的笑声,永生那不朽的清凉气息

 1991 年 8 月 25 日,载于《诗刊》1993 年第 2 期


# 梦见桃花的人梦见死亡

梦见桃花和火山的人

他的幸福在暗中沉睡
他的中午在消逝，在灰尘中
他的梦想被采集，被交到手上
还要多久？风和月亮
才能熄灭一颗热血的心
早年的风吹醒
早晨模糊走动的人

像布满阴影的大厅
假日后帷幕低垂
变得荒凉而恐怖
那里，嬉游的光变黄
低语像叹息，幽灵一般的白汽
在墙上颤抖着消失

背后的森林和来自寂静的野兽
在你的门口停止，蹲下，陷入迷误
它们的眼光制造着渊薮

不再有可以梦见的桃花
不再有波浪记住的尘土
越走越远的中午
灰慢慢落下，在山顶堆积

一具粗糙发黄的肉体
在空中倾斜，多么暗淡
夏日雍容的花朵陷入了回声

那些吃土的蛇在暗处抬头
看见古老的果实噼啪落下
从穴熊摇动的树上，上帝隐去
吃土的蛇，将把梦见这一切的人
变为纯粹的黑暗

1991 年 8 月 25 日

# 中　午

这世界的神
都休息了
天空吸去了所有声响
变得光明一片

这样寂静的中午
在阴暗的住处抬头
像一个等待奇迹的人
坐在半明半暗的门口

背后是黑暗中的家具
笨拙的老野兽
光线在它的口中熄灭
背后是一生的灰尘、器皿和织物

盛满油的水罐渗出汗液

那边,童年的小车子迟迟疑疑
像一只小羊抵在拐角
头上还贴着交换秘密的纸条

亲人们睡在更深的地方,帘子后面
他们眼睑宁静,相信这个中午
也几乎让你相信
那不在了的人
会跨过你的门槛回来
带着永恒蓝色的果实

(一个夏天逐渐倾斜的街道
父亲捧着一只西瓜
微笑着向你走来。从此
他总是那样不断地走来
走来,总也没有到达)

什么也挽救不了你!
平原在缓缓冒烟
蓝色的灰尘在山顶弥漫
回忆也不能,爱情,甚至梦想

世界只剩下一道门槛
睡着的亲人不知不觉坠入苍白
花叶纷飞,树栽入雾中
不断开裂的深渊
光影交错,像神迷乱的眼光

（夏天的一个中午

你坐在人生的门槛上

发现世代居住的屋子

只是一幅陈旧而乌黑的框架

暴露在来世的光中，嶙峋，空洞

你与门槛连体的影子投在翻滚的白雾之上

像一个怪物探询着存在的深渊）

1991 年 8 月 25 日

# 散 步 集

## 1

结结巴巴的河岸

沿途抛下三个村庄

遥远又遥远的闪光

看我漫步走过沙冈

散步给我自由的遐想

天空的蓝色稀薄

大气的骨骼脆弱

天堂，一座水里的村庄

我走过沉思的树，它们低着头

我从它们绷紧的腰身中看到幸福

一个蜷缩的婴儿
脚趾在暗中挖掘

树被挖走的地方,一口井出现
黎明的线条变得凌乱
一排浮筒在冒烟
一个人起身离开了河岸

这以后我左拐,离开束缚的形式
——立体和直线
我知道你喜欢弧形
一只驼背的鸟正沿河迁徙

## 2

那天我出门散步
沿一条惯常的道路
旧式的房屋和爱情
仍覆盖着旧时的尘土

每一点闪光后都是一个大海
一扇眼睛推开的窗,一座花园
我的亲人还在暗中安睡
他们的梦像一条绿色大道来到我身旁

今天我会看到不同的事物
光的变化,迁移的云变得暗淡

一个小女孩在白色的台阶上
画满符咒和火焰

透过脱漆的栅栏,沉睡光裸的树木
我看到她——她的身后
一座阴沉的老房子
一只蹲伏的肮脏老兽

而台阶将一直很白
小女孩画着,忘记了时间
忘记她的头上,巨大的彗星缓缓旋转

我的心,不要这样忧伤
当你一大早沿儿时的路散步
一切早已改变,那门边的小姑娘
任何召唤都不能把她唤醒

## 3

关于永恒,人们已说得太多
他们的存在被注入躯体的水枪
向上激射,可是压力太小了,水光只是一闪

——瞧,这就是我们的时代
被自己的体液淋湿了头
眼睛在尘土中唱歌
纯洁的炼金术士在塔中疯狂

而灯塔依然用它的阔脚践踏着海洋
拓展着黑暗的疆界
上午的时候有人在草坪上打网球
白色的球飞进两人之间的黑暗
（在这段时间，他们将各想各的心事）
等球落地，那人已经不在

于是我半路折回，并不痛哭
（不学遇歧路痛哭而返的圣哲）
我只是在正午的人群中停了一会
听一个孩子说话
二十八岁，仿佛能永远活着

## 4

惧怕黑夜的孩子
你的脸将被黑夜涂黑
惧怕幻想的孩子
是你的幻想带来了黑夜
你原是无法安慰的
我们不再是血肉交融
你要独自生活和思想

除了粉末和鳞片
蝴蝶将不再存在
除了灰烬和寒冷
火焰将不再存在

来自识字课本的黑暗,彩色的球
我们交换秘密的纸条
一些行将消失的星体
和星星间广阔的水流

正如同我们面对的黑夜
在你的希望中转化为光明
它也许是宁静是神圣
是一间温暖的棚屋
马在秋天的手中吃草
最后一只蝈蝈从槽边跳开

## 5

我要给你讲述希望
微微的希望在早上开始
早上我还是个小男孩
有着天真的幸福

要保持耐心,像树木
在冬天保存汁液
当太阳推开冰雪
生命在空中掘出绿色的通道

像一只穿过灰云的鸟
虽然到达不了天堂
却依然相信生命,那么镇静

所以我们要向动物和植物学习
在祖先的遗训中找到根据
在深秋之夜，请与我一起倾听
苹果在窗外落入泥土，并不是衰败

从我们的心灵之树抖落不安和黑暗
空气将乳汁一般甘美
原是从宇宙中挤出
在闪电的黎明与我同去河边
看一只船在桥下停泊
在越来越低的乌云下
睡着的船夫多么安详

我的孩子，然后，我们顶着风雨回家

1991 年 9 月 17 日至 18 日

## 学校的灯火已熄

学校的灯火已熄
门窗黑洞洞，红色屋顶上
雪片纷纷落下
学校的灯火已熄

那些孩子离去。那离去的孩子
是否真的离去？不回头，不回想

残酷地长大

学校的灯火已熄

漆黑的大房间,只有标本在呼吸

只有风在走廊游荡,透过锁孔

没有人去偷孩子留在课桌里的东西

当你徒劳地长大,学校的灯火已熄

你回来,一册珍贵的识学课本忘在那里

你摸索着,像一个小偷一样倾听

1991 年

# 圣索菲亚

空气曾经充满灯光,空气曾经歌唱

流光溢彩的穹顶曾经异象纷呈

塞冷与黑暗只能蜷缩在椅子底下

在磕碰的膝盖与长靴之间

散场后我们回家

教堂黑了,城中万家灯火

路旁的雪堆仿佛正在融化的灯笼

玻璃后彩色的空气令人屏息

已是十年……街道变得拥挤

绿油油的教堂像个废弃的厕所

陷在一片低矮的棚屋之中
那是话剧院存放人偶的仓库

一个时代熄灭了灯盏
踉跄的守门人走向喧闹的酒馆
苍白的圣像在窗口出现
带着它黑沉沉的翅膀

1991 年

# 变　化

也许一切都没有改变
除了背景,除了在厌倦的敲击之后
放弃了它的血的心
这里有着某种被轻蔑的真实:
一个来自回忆的春天,正在变黄
另一个逐渐显出色彩
像大海的光线涌出井口
也许我们只是时间偶然的果实
被切开,转眼起了红锈
而悬挂我们的树枝依然绿着
或者只是表面看到的那些:
沉默的空气依旧
还有几千里不变的距离

1991 年 9 月 18 日

# 夏日的消亡

以心为居所的花朵打开大地的盖子
她们拥有比我们更多的风景
大地在花蕊中突现，火焰变得漆黑
在多毛的叶片流淌。只有人孤单

这是唯一的奉献，盲人睁开眼睛
无法突然终止，进入落日的辉煌
树木像绒毛，在眼睛周围摆动
以心为居所，花朵打开幽暗的盖子

手提黄金的器皿，把美注入黄昏和黎明
一夜风声带来成熟的苹果
高大的女神在树下伫立
有多少恐怖向河流诉说

消亡，消亡。冰雪和火焰相携出现
突然来到你的身上。谁可以从容赴难
以加速度为生命保持一个剧烈的姿势
明天一切都消逝，荒凉从内部上升

还是回到童年的炉火，把纸蛇抛上层顶
一种冰冷沿屋脊传来
血熄灭了灰烬，心情在灰尘和发黄的光中

来回转换

虽然陈旧,虽然冰冷,虽然破败而不可拯救
却比金叶打薄的青春更长更可靠
彩绘玻璃吸收月光,道路落在风中
谁在这时起身,打开虚空之门

这之后一切沉寂如礼堂,闪闪发亮的楼梯
意志悬而未决。我们是否真的能抵达屋顶
火光闪闪遁入天空的深处
一个每天都在坍塌的城,我们体内哭声一片

像受惊的动物被拉向一只火炉
血液有着夏日的慵倦,分泌着星群
头脑清醒着变软,硕大的花朵
被一根线拉直,影子却触到泥土

荒凉的大地向纯粹的光明上升
高处冰雪熊熊的王冠,煅冶万物
熔金的树林之上白日浑浊
青苔显出天使的足迹,花朵回到魔鬼的居所

1991 年 9 月 26 日

# 秋天的父

秋天的父从花朵出发

他经过万物和万物间的黑暗

在光明中加深自己，有大量的火焰

聚拢在他的双眉


乘坐一束稻捆，秋天的父像阳光滑过水湄

他去到高处，一柄黄金大斧在背后熠熠生辉


我们的柴门总是响个不停

思念着一夜间变白的山林

秋天的父啊，请为我们劈好过冬的干柴

让日光和灰尘一同震颤，鸣叫


我们看到他有力的动作

大斧乌沉沉地闪光

温暖的炉火就这样照亮我们

在月的微光中我们的父手臂起落


子夜时分，父在阴影中滑倒

雪落在斧刃上，模糊了他的影像

雪落得人睁不开眼睛

更孤单的野兽靠在一起


我们的父就这样抛下斧斤出发

像一朵头白的花，一颗星

他不再关心我们，他去成就自己

在月亮的边缘，和众神一起舀水

斧刃上聚满嗜血的蝴蝶,三日不去
秋天的父,大地多么黑暗,大地将去向哪里
像一个探求真理的人,秋天的父跃上激流而去

你将时时回来。秋天的父
通过我们的身体回来,真实,沉默
为我们点燃炉火,然后离去
带走一夜大雪洁白的蝴蝶

等我们长大,站在暗中,手中斧光沉重
秋天的父将不再回来
直到我们依次在大斧的金光中滑倒
秋天的父乘坐激流把我们接走

1991 年 9 月 26 日

# 纸　蛇

一节节催动的纸蛇
冰冷传到末端
鳞甲翕张,蛇鼓起鲜艳的肚腹

在夜里,你与之猝然相逢
从事物广大的黑暗中
纸蛇向你冷冷注目
直立,仿佛已被自身的冷冻僵

它盘踞在屋顶上
沾满金色的灰尘
像一个蓬松的土堆

我们节节败退
直到童年晕眩的床榻
在幽暗的地板与母亲的炉火之间
是链环抖动的冷冷之声

纸蛇将孵化屋宇
它已无法被抛弃
我们无法从游戏中脱身
拆到最后一节,我们
仍找不到冷的根源

干燥,夺目,被任意拉伸
一根空心的管子充满黑暗
在我们的头顶,或床底
让我们一动不动

嘘——轻点儿
我们如何能溜过一生
到达一无所知的母亲

1991 年 9 月 29 日

# 林中午后

冬天午后的阳光
从树林的一端蔓延过来
落日此时的速度
也是生命降落的速度

暮云拖曳的林端
已是白茫茫一片
林中正变得幽暗
空空的林子
静得可以听见
天空深处的心跳

而风,就那样吹着
把遗落的土豆
化成白色的浆液
不久,土地将再次变得僵冷
母亲也将从田里回来

现在,树林完全被夕光淹没了
如在明亮的水中
像一只海葵或盲目的生物
你在林中,暗暗舒展

夜里将有一场大雪
让树林重新变得干净
仿佛从来没有人来过

1991 年 11 月 20 日

## 这些冬日的早晨

这些冬日的早晨,母亲也早早起床
摸索着穿上衣服
打开门,在暗淡的天光下扭开龙头
水在暗处流着,母亲默默地抽着烟

空气中湿树叶子的气味
是母亲又在拾来满筐的落叶堆在墙边
我用一根竹针
戳着树叶玩耍
林子那边总是一片昏暗

远远地,能听到母亲翻动叶子的声音
晚上,我们熄了灯坐在厨房里
听叶子沙沙作响,摇着摇椅
父亲不久就会进来
拿掉靴子上的树叶

这些冬日的早晨,母亲掐灭了烟头

把水桶接满

咕噜噜喝上一大口

然后对着满筐闪光的玩具

等我和我的儿子醒来

1991 年 12 月 14 日

## 消失的事物有着命运的形态

消失的事物有着命运的形态

它们携带自己的光和烟雾

我的灵魂,你曾那么激动和痛苦

试图抓住正午海上寂静的闪光

它们携带自己的光和烟雾

退入黑暗的门槛,头角峥嵘

我的灵魂,你把你从光明之上狠狠割开

开始否认那支配变化的法则

退入黑暗的门槛

一切在那里发生,同时进入静止

星空广大的庭院悄悄熄了灯盏

只有干草车影子一样停泊

一切在那里发生,同时进入静止

它们服从星空黑暗的法则

我的灵魂,你曾试图抓住正午的闪息
如今只有谦卑无尽,不激动也不痛苦

它们服从星空的法则,那些美丽的事物
使我们消失,雨落在水上
一个城市在黑夜高悬
天鹅歌唱着游过巨大的铁桥

雨落在水上,使我们消失
白雪在颈边突气收紧,火焰
那幽灵拍动河水,当我呼喊
远处的水面,纯洁的梦将自己囚禁

白雪在颈边突气收紧,火焰使黑夜颤抖
想死也没有门径,我的灵魂焦虑
携带自己的光和烟雾,来到风暴后大理石的庭院
那里,没有人再去审判,当所有的证据遗失

想死也没有门径,我的灵魂焦虑
在刑具间行走,摆弄那愚蠢的轮子和悬索
吃惊于星空的法则
消失的事物呈现命运的形态

1991 年 12 月

# 1992

## 午　后

人的一生只是一次午后的散步
从乌云翻滚的百叶窗
到阳光依然明媚的草地
相似于一场睡眠，把自己梦见

巨大的云像低垂机运的手
有一种忘却无法被预先告知
它的阴影伏在屋顶上喘息
阳光明媚，仿佛从不会消失

我曾在草地上寻找花粉
大风从云中吹出。当我回来
发现门下的河水早已远离
悬挂在火星下面

拒绝结束的下午推开落日
一生的屋宇从肩上滑落
草地上的花都黑了
肉体从花瓣中逸出
花的一生缩短为一吻

推迟发育的午后,告诉我
是谁以塔影倾斜的速度
在走动中渐落形骸

1992 年 1 月 4 日

# 晚　霞

当晚霞把一天招展
出土的光芒一柱冲天
你有许多种理由步入清凉
像一匹马,走向天堂的筵席

晚霞很早就出现,开始是在肺里
而后蔓延到了脸上
如果它燃烧,那是病中的孩子
倾泻想象的玫瑰

招展吧,灿烂的晚霞
你燃烧得太久
以致你拖曳的形体都在腐烂
却把一个孩子的孤独与一个远方相连

如今他只靠缺陷活着
拥有更多的风景,却无可挽留
正如最初的晚霞是另一片土地

允许一匹白马,把白色归还给透明

1992 年 1 月 8 日

# 黑　塔

第一层将安置一个乌有的妇女
她的长发打翻流水
在身体的空缺中重获幽灵

第二层安置一个优雅的皇帝
放弃了王位与光荣
去追寻一个幻影,一个回声

第三层上抛出的石头
在雪地上散开
空空走动,去月亮上采集

向永恒竖起的塔尖
占据了寒冷
聚拢光线,空气变得尖锐

在地下室里养狗,也养魔鬼
它们肮脏地趴在台阶上哀鸣
压力使黑暗显得坚实

1992 年 1 月 15 日

# 落　日

落日置换了我心中的景色
像一个溺水者，寻找自身消逝的痕迹
落日，把昏晕平分给一天的云彩

一小时的落日反映进客厅
羽衣的客人面貌不宁
他们白色的座位从高处滚下
一列冬天的闷罐车保持冷静的速度
在斜坡和隧洞之后
落日无边，一列冬天的闷罐车
吞食着远方，排泄出
车站，积雪的料场，云彩下的客厅
大火映红了一根针清晰的神经

如果事物转换，落日将是枢机
当夏日的光影，从面包到书页直接进入人性
整个傍晚，雪都在枕木上落下
还有我们掺和到暗处的思想
落日限制的一生，谁还能走出室外
看到落日无边，积雪在压力下渗出泪水
客厅在回首时坍塌，体内火光一片

让几个夏季在身上成熟，苦苦劳作

我们诗人,发了财,在客厅里洋溢
去躺在隔壁的女巫身边,然后是寒冷地躺着
被一个词轻易地结束

落日重重。编织的手一刻不停——
我们在这里,炉火使身体温暖而虚弱
当你们倦于思想,我们是寂静
平衡着你们的谈话
是回声,被轻易地说出
一小时的美丽,被落日反射到火中

在异常平静的空气中,落日划开肌肤
指向早年的悲痛
离家五年的人从尘土中归来
口含春天的小小鱼苗,鸟一样哭泣
他在家门前久久徘徊
直到另一个春天,池塘再一次充满

1992 年 1 月 15 日

# 蝴　蝶

蝴蝶是比一生还要长的睡眠
它摆脱缠身的物质
进入另一度存在
短暂如夏日的光芒

谁在梦见蝴蝶,终生不曾醒来

它让我想到落叶和积雪,树叶的早期
想到树下勇敢的母亲
打开黄铜的妆奁
把谁的一生等待

在心情中转换不已,蝴蝶
把空虚携带在体内
出现在谁的梦中
它不梦见任何人
它触摸到谁,谁就在飞行中消失
像幻影被镜子收回

短暂,却比我们的一生更长
当它落下,尘土黑色的鸣叫便涌上我们的指尖
当它沿一个人漫长的平面飞行
它打开的梦,比希望更黑更深

1992 年 1 月 15 日

# 新 月

新月升起之前我们是在暗中
无言而尴尬
灵魂就在我们身边

而我们尚未诞生

新月升起，万物更小更冷
在月光后面生活着一些别样的花瓣
它们越过边界而垂下
像棺材不知道自己在哪一个世界里

如果新月升起
流水将是银光闪烁
谁在这时贮藏春天的树枝
谁的希望就会落空

以多种用途的蜂蜜
涂抹我们的部件
那优雅的气候，老年的絮语
在记录光荣的耀眼空气中
回忆灵魂的历史

而月亮上永远在下雪，下石头的雪
一万公顷的尘土，很久还不落下

月亮升起来了
月亮在身体的凹陷处重获幽灵
世界更黑，我们曾经在月亮上居住
如今我们无一幸存

1992 年 1 月 19 日

# 词：蜜蜂飞舞

蜜蜂，在初秋的葡萄上飞舞
在路口的水果摊上，像穿海魂衫
醉醺醺的水手，携带一个完整的世界
指点你最甜蜜的一串

只要蜜蜂飞舞，那个世界便不会消失
它细弱的身体，收藏亡灵的花粉
它曾经只是蜜蜂，曾经被人看见
在雨后落满大风踩凹的纱窗

蜇痛秋天日渐透明的皮肤
童年比一阵疼痛更短
谁偷偷捏合牵牛花的铃铛
听愤怒的乌云在里面翻滚

谁携带一个不再完整的世界经过中午
并看见蜜蜂飞舞。"买点儿吧大哥
新摘的啊！""多少钱
可以买你葡萄上的那群蜜蜂……"

蜜蜂飞舞。它们曾经是一群蜜蜂
后来变成了一个词，贮藏在收音机里的
一种单调之音。现在回来的是蜜蜂而不是词

但它们带来了更多的词：一首诗
里面有十只"蜜蜂"

1992 年 1 月 21 日

## 写给儿子的一张照片

在他全部的童贞中出现
拥有外部的所有黑暗
为偶尔的光久久晕眩

在白菜土豆的气味中
在我们生活漫长的漆黑走廊
哪一扇门将为他打开
可靠的灯光，咝咝响的电视
和高大的母亲

他来了，一个小小的孩子
苍白的脸，无知的眼睛
不知道什么已经发生
吃惊于我们成年人严肃的忧虑

他继续奔跑，驱赶着空气的古老敌意
威胁着那些杂物的尖角，握着他的汽车
告诉我那不是他，那也不是世界
只是成年人劳碌的幻觉

他不会迷失很久,他会回来
回到我们充满阳光的生活
而我们是否有过那种生活
两种真实,哪一种更无辜

1992 年 1 月 21 日

# 1993

## 占星术士之歌

草地上升起了最后一颗星星
我已离开那座罪恶之城
我手中有尘土，心中有祝福
我已看到巨蟹宫亮起了灯盏

它的周遭黑暗无边
它泡沫四溅移过天空
收集发烫的幽灵
像打铁的巨人锻打群山

我已离开那座黑暗之城
那城中我已没有兄弟
他们把我赶出明亮的门口
因为我预言酒会变成血浆

从此我厌倦为别人的命运安排
当十二只天鹅拍打河水
愤怒使烛焰升高了三寸
我背起一袋春天的铁钉

星光更高，黑夜更高

它从大地内部上升
我的躯体日益轻盈
它熟悉绝望的艺术
直到成为纯粹的魂灵

巨蟹宫连续爬过天顶
白色的肚腹像一只飞船
它来自哪个黑暗的世纪
它是否要我留下,混迹于人间

1993 年 3 月 8 日

## 魔术师之歌

他在乡间度过了简朴的童年
那时,被人间遗忘的众神
还在群山中游荡
他手握一串木制昆虫
在群山间悠游

受了自然的启示
他长大成人,拥有古老的技艺
他去到遥远的城市
落在尘土和紫红帷幕之间

水碗里盛开玫瑰

手绢是鹈鹕投入台侧的黑暗

将美女分为过去和未来

魔术师向童年学习

群山中的飞鸟

那面目高古的神的后代

在他的镜中飞翔


他随意变成未识之神

换个角度又成了魔鬼

他预先会见自己的老年

把镜子转动

映进儿时的群山


让灰尘落地

他看见乡间的父母老迈

手握他的木制昆虫

面目高古，在群山中悠游


1993 年 3 月 24 日


# 变化之歌

玫瑰的开放也就是从肉体到灵魂展开的过程

她突破我们肉身的极限

将黑暗和芳香掺和到一起

让我们随泪水轻扬

轻浮得像一个词,像光溢出耳朵

于是玫瑰便不再存在
它到处开放又到处静止
只有"玫瑰"这个词是红色的
它在事物的转换中代替了真实
就像人的一生浓缩为一声哭喊
根的刺鼻气息,你找到的林中寂静
工厂围墙外月亮碰见的老铁工
他的死亡是一片刮落的锈

眺望孢菌丛生的木场
蚂蚁的黑皮罐红灯笼
置换了大雪和蕨群
其后是雨水催开木耳和尼姑
是雨水冲垮蚂蚁的王国
去年的蝴蝶落在蜂巢上

它们绕马蹄翻飞
围绕我们双腿中间盲目的生物
陷在黑暗中如午夜的泳者
起伏的肩头比月色更宁静

归于同样变化的法则
像大水无法挣脱引力飞翔
像水上挣扎的星鸦
像暴雨中的菖蒲

倾出淤泥和虫卵

旧日的传统,无法恢复的党派

相同的词根有发音不同的后裔

你说,"生活是一连串的记忆

是记忆之间的寂静和空白

而记忆者已不复存在。"

回声说,"生活是一项技艺

是机警和忍耐

是一连串的死

没有孩子的寂静和空白"。

1993 年 3 月 8 日

## 星座之歌

草地上升起了最后一颗星星

我已离开那座罪恶之城

我手中有尘土心中有祝福

我看到巨蟹宫已亮起了灯盏

它的周遭黑暗无边

它泡沫四溅移过天空

收集发烫的幽灵

像打铁的巨人锻冶群山

我已离开那座黑暗之城

那城中我已没有兄弟

他们把我赶出明亮的门口

我的预言会变成血浆


从此我厌倦为别人的命运安排

当愤怒使烛焰升高了三寸

星光更高,黑夜更高

它从大地内部上升


巨蟹宫连续爬过天顶

白色的肚腹像一只飞船

它来自哪个黑暗的世纪

它是否要我留下,混迹于人间


1993 年 3 月 8 日


# 1993 年 10 月 29 日,雨夹雪

雪模糊了万物和我的眼睛,老师

从你那里出来回家还来得及,家里有火

我穿过街道,想着

不会有女孩子嘲笑我,你的怒火也会平息


在干净的窗帘后,孩子们在健康成长

肥皂,浴室白得像天鹅

溶解的糖块,消失进岩石的云彩
我希望这不是真的

你越来越高了,老师,高过了雪
你的头发在变白,在一间屋子里
转动一把椅子

时间到了,却没有带来礼物
大雪纷飞,浇湿了几公里的人
人,就那么重要吗

生活带给我许多东西
却没有带给我生活本身
塞在嘴里的语言,甜丝丝的粉扑
和冰凉的识字课本。多少夜,你三岁
当两个大人睡去,在他们中间,醒着
在黑暗中,唱一支歌
冬天的光像尾巴在窗上拂来拂去

你就那样长大了
你学会了许多说法
"给我五分钱,否则让你活到明天!"
可你还会一边大声质问是谁
一边光着脚去咚咚地开门

多少次,打开门迎头撞见高大的黑夜
只看到他发光的纽扣,铜纽扣

他交给我一封装满黑夜火药的信
他一直都没有离开(他在等我什么呢?)

我们谈到诗,人们,和你口袋里的灰尘
忘记了午饭。我的朋友在六楼等我
我越来越高了,高过了雪,老师
有些人确实应该活下去,确实

1993 年 10 月 29 日

## 雪和但丁

是谁在陡峭的庭院里
黑色大氅裹满风和星星的雪花
看到我穿过车流
灵敏地躲避着,知道我在想着他
想着那古代阴郁的大理石天空

看到一个人灵敏地躲避着车流
看他成功地可恨地躲过了命运
谁不曾在童年的杀戮中体验到生命
蚂蚁的血,断头之蝇,荆刺钉住的蟾蜍
谁不曾狠砸一只脏狗,在它奄奄一息的抽动中
感到恐惧的快乐,握一把雪满脸通红地回家

雪花旋转着落下

我渴望自己的血,玻璃上的血
只有它能温暖我,让我存在
你一定看到了,老师,在你汲取过光荣的石槽边
我的命运以一辆发红小轿车的形态出现

你到底给了我什么,在你显赫的一群中
哪一个是我,哪一个远方在我的脸孔内醒来
回忆起天堂的结构,地狱的都城外
我们一起怒斥过哪一片黑暗

有人模模糊糊地对我说过
生命是一场病,是物质短暂的梦
是她腹部的月亮,短暂的阴影
是呼进呼出这肮脏的空气,可笑地迈着大步
背着一袋温暖的骨头

在回忆中,谁在回忆,谁在过街
谁在想着谁,古代的大雪
是否和现在一样纯净,如花心的灰尘

在你的大雪中前进,老师,你就是命运
风从你漆黑的双肋生出,形成漏斗
额头带血,你就是那个小时候的我
我们一致同意,为那些从未得到许可的梦而沉默

1993 年 10 月 29 日

# 对　话

一朵云在你脸上飘来飘去
我们在和一个不存在的第三者说话
你说的是德语，它把虚无翻译成命运

那朵云毛茸茸的

一定是它！是它在作怪
我们的声音陷在里面，或变成牛哞，或变成蜂鸣
无头的鸟，我们必须应付它胡乱的飞翔

让云自己去说吧：和，与，或，但是，也许
我们被虚词连在一起
像两个面具被唾沫粘住
我和你，你和云，云和日子

外面下雪了
今年的第一场雪
天，就要冷了

最好是沉默，或者疯狂地做爱
我们的头，藏在云里

"是下雪了吗？"

1993 年 10 月 29 日

# 午夜的车站

玻璃囚禁的那些人影和蒸汽
伴着凄厉的号叫扑向我的脸
变形的细长手指触电般
在僵硬的表面捕捉被神经弹出的人眼宝石

号叫是无声的。他们汹涌地从我脚边退去
雪地上的车站像一座水族馆被冻僵
像退向远处的一节透明车厢。1921年的炮队街
走过一队巡夜的苏联红军

孤立的午夜,沉入雪下的铁轨
散落的蓝光贴紧地面喘息
在潮湿的脚印上我徘徊又徘徊
像一个迟迟出现的主角
在一部旧电影里等待接头的女郎

钟响了。我在等一列早已拆毁的有轨电车
一定是时间出了故障。战争早已结束
远处结冻的田野上,只有一支迷路的无人驱策的
　马队
驮着盐和稻草,寻找栖居的地方

你终于满身热气从车站出来

一只水獭在你颈边呼吸
身后拖着一声长嗥的尾音，年轻，高贵

生活又聚拢起来
被拆散的列车重新自动组合
像复苏的多节虫，沿融化的脚印爬走
雪地上，只剩下没有铁轨的车站
我们不知道该去哪里

1993 年 10 月 31 日

# 天　使

天使的愤怒也是纯粹的
它不掺杂黑暗也不掺杂泥土
那只是一道光芒从他双翼间生出
是吁请上苍降临，验证他的孤独

在人间做一名天使可是不易
他要懂得每天的价格，习惯心算
掠过时要保持烛焰静止
不让孩子看出他背后的包袱

谁能拥有这样白色的禀赋
在这里同时又在别处
总是为别人的命运操劳

却不知道自己的归宿

因为天堂太远,远在另一个河系
上帝忘了这一个下属
留他在人间行走,负着双重身份
既不是灵魂,也不是肉体

他高不过站满鹳鸟的电线
低又触不到真实的泥土
白天的同志和夜晚的亲属
他都不被了解,像一个谜语

年深日久难保他不忘自身责任
脂肪会使他窒息不再轻盈
他到楼梯下和林间显示神力
生怕被关进疯人院黑暗的烟囱

承接来自天空的意象和大地的压力
他有苦难言。他是现实和美之间的荒芜
既没有道路回到巴那斯山
又没有钥匙打开生活之门

他只是一种存在的可能
并用这种可能来喂养自己
他知道一切都会结束
也清楚自己身躯的长度

也许他能听懂风声,像诗人
把黑暗想象成型,又挥之而去
也许他暗藏爱恋和乡愁
却羞于出口,他不熟悉我们白天的规则

天起凉风,他本该在园中悠游
在城垛口转动他的火焰之剑
本该口含清水,骨质轻盈
他歌唱便有人歌唱和倾听

如今他在我们时代的街道上行走
眼含古老的忧愁,褴褛的衣衫有如翅膀
拖过星星结冰的车间,和我们诗人为伍
他用歌唱把混乱的一天救出

1993 年 11 月 22 日

## 关于黑暗

最近,黑暗在你的诗中频频出现
一种腐蚀性的液体蔓延
将白昼的形象和主题一一蚀掉
只剩下骨架嘎嘎摇动

据统计,它多在道路的拐角处出现
在纸页边缘(纸页像悬浮在空间的飞毯)

在玩具马的肚腹里,瞳仁中
在冬菜的球茎里(还有贮藏它们的地窖)

这表明你的写作已真正进入了冬季
白昼明亮而短暂,你常走夜路
常常摸黑下楼,踢响一些破烂的铁桶
(桶里更黑,有去年腐烂的拖布和叶子)

有一次被黑暗吸引你一直摸进了地下室
像个迷路的小偷满手是灰
(据说求爱的蜘蛛就常常在房子里迷路
因为它们近视,并且相当孤僻)

"有谁比你更熟悉黑夜?"
弗罗斯特这样告诉自己
他的马不安地等在树下
黑暗在它的颈边收紧,林中有更深的黑暗

冬夜的寒霜降临到你身上
当你走过哈尔滨肮脏的大街
弗罗斯特一定已经到达挂满马灯的村庄
他的白发使自己干燥

如果白昼是骨骼,黑夜就是挂在上面的衣服
它是所有可能,也是确定性的未来
谁能靠写作将它一生推迟
犹如灯光洒满雪地和干柴

小时候你惧怕过床下的黑暗

如今黑暗在空中注视你的儿子

它与你的幻觉无关

就像一个孩子恐惧得移不开眼睛

1993 年 11 月 22 日

## 有谁比我更熟悉黑夜

有谁比我更熟悉黑夜

我曾在黑暗中喝水,大声讲话

在沉睡的房屋中穿行

在幼儿园寂静的庭院,跨过生锈的水洼


知道所有事物都有聚集黑暗的本能,然后大放光明

像灯火细长的树叶在夜气中悬浮

你曾走过小巷积雪的灯盏

贫穷使你睁不开眼睛


在过于强烈的光中树叶不能生长

它在一个边缘卷曲。灵魂烟叶一样干燥

致命的阴影在马的蹄腕上过渡到正午

那里,覆盖麦田的不是乌鸦,是天空的一阵晕眩


有谁比我更熟悉黑夜

一个孩子的梦怎样慢慢变得焦躁

他在自己的废墟上翻寻,在纸片、泡沫
和飞蛾中跋涉,神情严肃

黑夜中慢慢升起了塔尖,虚无的闪光
三年前带走了一位邻居,一位修女
如今属于我的,是鼻尖的白垩
是斧子准确的斫击
除了不可避免地成长,我们还能做些什么

有谁比我更熟悉黑夜
我曾在黑暗中呵斥,跺脚,听雨声在暗中长大
洗乱纸牌,我曾去黑夜中悠游
为命运做过许多的安排

1993 年 11 月 22 日

## 一天的黑暗早早降临

一天的黑暗早早降临
路边还有些闪光的物体
我必须向孩子们学习未来

泉水带来地下的黑暗
带来地宫中怪物的叹息
一阵阵黑暗冲开了树叶

反光的铁栅
落满薄霜的砂堆
是一个孩子在暗处应和
我必须闭上眼睛
看黑夜把一切审判

远远的街口，汽车拖着尾灯驶过
之后是寂静
是我斜穿无人的街道

一天的黑暗早早降临
它的翼下星光如卵
红色的废气在路面弥漫

我看见黑夜坐在自己的手上
我听见它咳嗽，摇晃
面对无人的广场

孩子们安全撤退
藏进一个没有狼的故事
故事门口的小灯
照亮醉汉冻僵的雪堆

你曾在垃圾箱里过夜
电影院如澡堂热气腾腾
走出脸上挂着长靴的白俄
一定是爱情已经散场

还要穿过五里长的冬夜

才能到达家门

一切已经就绪

一天的黑暗早早降临

1993 年 11 月 22 日

## 傍晚的砂堆那边

傍晚的砂堆耶边,升起了月亮

还有一个孩子,独自玩耍

他抛响砂石的声音

是黄昏的第一支歌曲

他把石子抛进黑暗

听它滚下覆霜的砂堆

他笑着拍手

他又把石子抛进黑暗

月亮坐在树枝上望着

等待发生的事情

它比刚出来时要大一些

它把黑暗弄出了声响

孩子会玩到很晚

笑着拍手,抛出的石子越积越多

慢慢形成另一个较小的砂堆
使黑暗具有生动的起伏

铁栅外的父亲你不要走开
当石子叩问黑暗,你要耐心等待
然后带走满脸黑夜的孩子
他的砂堆仍将在梦中起伏,生长

1993 年 11 月 22 日


# 遥　远

这里只有寂静和灰色的良心
陪伴我,正午的一点闪光和锯屑
没有人以莫须有的罪名把我责备
打开的书页上,也没有画上通红的脸孔

犁沟里游丝闪烁,雨打在僵硬的天线上
日子把泡沫堆上树梢
树林向高处蔓延,仿佛要将小镇遗忘
一座破败的小站是我散步的地方
我熄了灯,让廊前的椅子沉入黑暗
仿佛一阵大风刚刚刮过

1993 年

# 春　夜

寂静。滴答响的房子

黑暗摇晃巨大的马头

瘦骨嶙峋。没有风

世界也在摇晃,仿佛摇晃着

山顶上的瓶子。婴儿的哭声

远处传来斥责,"睡觉"

一张孩子的面具从深处浮起

翻转过来,露出红绳子

敲门声砰砰地响着

响着,又无力地滑落

但听不到离去的脚步

巨大的云彩吸走池塘和反光

一闪即逝的汽车给夜晚加上明亮的条纹

仿佛总有人在外面徘徊

用手电戳着各个房间,寻找我

1993 年

# 个人的极限

雪和树叶一同落在屋顶上,又是一年

我什么也不写,似乎我的疏懒

可以归结为一个神秘的原因：是神灵
不许我看到更多的事物。我曾是荷马
是博尔赫斯，此后我将是另一个人
一个老人，颤抖地，试探地
用手杖在落叶下探索
也许会有清泉破土涌流
让干渴的树林再次充满生机
但更多的可能是重重摔上一跤
肮脏的雪，电线，冰缝中的麻雀
世界越来越远了，一个老人
像一件被遗弃的破损的乐器
徒劳地延长着阴影，徒劳地等待
一块石头从天而降

1993 年


# 沮丧中写下的诗行

随着时光流逝，我又回到了
我最初见到的事物当中
在尘土和火焰中展开的倾斜的中午
那最初一无所知的太阳，你那严肃的
不合时宜的美。一个无名者
为我写下的诗行，用飞鸟和星辰
岩石，树木，我熟悉的
鲤鱼的心跳，波涛和卵石

随着时光流逝,我已丧失了那些
辛勤获得的技艺,那些神圣的
结构和韵律,不知道能够捉住什么
当时光流逝,在门廊,葡萄藤
和水池的宁静之间,当我试探地
写下这几行拙劣的诗句

1993 年 12 月 19 日

**1994**

# 在 冬 天

## （一）

所有冬天的道路通向微暗之火
冬天的心脏，丛林中羽毛包裹的诗

它带来黑暗中的心跳，带来犹豫不定的叫声
也带来了朋友，它有一万种理由停止歌唱，躲入镜中

读一张报纸走远的人将获得一顶纸帽
在梦中孵化诗句，词汇来自当天的报道

而那鹰一般的女人建造一个报纸的家
发亮的袖口擦拭污暗的铜灯

她将用火焰支撑屋宇，用诅咒写下诗歌
告诉我们，她的愿望都已经实现

在冬天的路上我们与她相遇，她粗糙的大手
命令我们歌唱，而后分散在白雪和灯盏之中

## （二）

冬天的灯盏，冬天积雪的小巷
工厂围墙外面落下了月光，那不期而遇的长者

摊开粗大的双手，他说寂静已经降临
"我不能给你们展示更深的火焰

在火焰终止的地方将是白雪。"
而黑暗像披巾在美人的颈上突然收紧

她向后倾倒，惊散了枝头的光线
她的灯笼突然烧成漆黑一片

她要在哪一扇门后消失，展现露骨之美
那小巷走过响马，也潦倒过苍白的嫖客

每一个雪堆都可能是一个人或一个灵魂，如今是谁
黯然走过，那持灯的美人在另一条巷中持续跌倒

## （三）

漂浮在门口的是冬天灰暗的气息
我看见你独自洗衣，转身抖出一片晴空

我听见你弄出的水声湿了窗帘

我听见萝卜在细沙中呼吸

除了你在黑暗水房中的声响
我们在窗帘后吸烟,归拢书卷,还有什么

能在黑夜里出现? 除了远方微弱的火光
吝惜着热情与薪柴,还有谁

在烟火明灭之间,吐出一些不连贯的话语
食物,死亡,诗句,欲望和鱼,欲望的重量

在冬天的门口出现了森林和雾气沙沙的蹄声
哦北风! 那是一群泪眼模糊的小兽欢叫着穿过

# (四)

我仍然把村庄写在纸上,犹如冬天
用有限的词汇,雪,风,黑暗,记录下我的诗歌

我仍然在梦想夏天的绿色圆木撞击着堤岸
雨使水草沉重,也沉重地纠缠着上个季节的浮尸

在细沙鸣响的岸边我仍然起身离去
从肉体中抽出思想的干柴,那成熟的时光

而一个老人的愿望是卑微的,他想摆脱道路的纠缠
到下午的阳光中,告诉年轻人,一个老人的愿望是卑

微的

犹如无法再炫耀的果树,在冬日散射的光中没有
　影子
在寂静的重压下,慢慢弯曲的树顶黑暗一片

在这样的冬天你要大步行走
跨过木头和雪堆,并抬头看见屠宰场的灯光

1994 年 2 月 19 日

# 眺　望

眺望远方的人脸上布满蓝色的雾气
他看见失群的大雁,松弛的齿轮
看见工厂的机器已经静止
黑暗的车间里,炉火渐渐熄灭
他看见一个庸才爬上了屋顶,放声歌唱
后院里,猫风一般伏蹿
拨响缩小的骷髅,腐烂的女鞋,空盒
在红水凝滞的壕沟后面
是上个世纪停工的醋厂

他看见大风吹散了云烟,而未来不远
白花花遍布茬口的田野,一端潜入了黑夜
在嗡嗡作响的高压线旁

白鹳落满蓬松的草堆

一个少年从夜露透湿的衣物旁起身

在新月降临之前,恢复了记忆


他看见草垛变成池塘,被掐灭火把的梦游人

同时在两个世界摸索

身披羽衣的梦,咳嗽着打开大门

冰冷的食堂后面,锅炉像北方的雪人

在星空下闪闪发亮

一位秘密的新娘,住进了秋天的库房


那新娘领来了虚无的孩子,盲着双眼

又从他的手中,引来了精神的大风

大风摧毁了城市,她从时间中

得到了事物的结局

躲过守夜的马灯,把命运交到我们的手上


而未来不远,老年的黄金

在暗室里咆哮,他可以放心地留下诗歌

拦住溪涧里暗红的云彩,安置飞鸟

在离开人群足够远的地方

在黄昏的阵阵鼓乐中,露水将是凉的

在宽大的门厅,看见石头露出地面

吃惊于时间暗中的破坏

1994 年 2 月 22 日

# 度过一个真实的夏天

度过一个真实的夏天,盘滞在山间的云块
染上了树林和野花的色彩
在洪水到来之前,一抹微光
已提前穿越了那一片洼地的灰暗

在洼地与峭壁之间
在耀眼的那一片荒凉的海滩
当日光加深你脸上的黑痣
我愿意让你走近,我愿意与你相认相知

当岩石填满海滨空旷的傍晚
海水没顶,鹰巢中滚动着雷声
我们的地板上满是蜗牛白色的印迹
起风之前穿过洼地的人,将成为我们的第一位客人

一个夏天转瞬即逝,黑夜的水声平缓
那是大地向海洋不停的奉献
运送泥土的南风转换暗中的幸福
一个夏天的损失将被逐渐清算

红旗低垂,洼地里一片盐碱的反光
报纸潮湿地卷起,藏匿了夏天的虫卵
踩在脚下的牡蛎,转眼成了头上的灯盏

我们是仅有的人类,在另一个世界面前

把岩石赶下大海,地下的耳朵
听见了将临的寂静,在没有瓶中信到达的傍晚
我们将收集棕色的漂木,收起模糊的日记
而当冷雨擦亮了灯盏,我们的家中白蚁成群

秋天将留给辽阔的眺望,留给沉思,握紧一把死亡的
　种子
垂直的正午,潋滟波光将映上木制的围栏
我将靠在门上喝水,疲惫得说不出话
我将有一个孩子,在波光后面安眠

1994 年 2 月 27 日


# 春天将临

在春天将临的时间,母牛擦亮了铜灯
冰凌被孩子们陈列在稻草上
正如我在门边微笑
一下子恢复了记忆

冬天的一艘破船还停在门边
当阵风吹过,过冬的雌蜂会从船的缝隙里钻出
它还有些笨拙,有些单薄
它最初的庇护是一片爆竹的红纸

蛹在泥土深处辗转
梦见雨水,幼鹰,孩子试探的手指
在八里深的山谷中,响着的
是流凌,也是边疆的广播

书卷将显得陈旧,狗的神色迷茫
它的脊背掀动夜的黑浪
谁在这时折断柳枝,谁就能生活
并用一只残雪上的雉鸡,替自己写下札记

我的爱人将清理余烬,擦洗杯盏
微微发胖,像一只产后的母猫恢复了记忆
惊讶于墙上的光影很久都不移动
从窗子里已能望出去很远

我们将在长堤上散步,买一些过期的报纸
像两个与世隔绝的人贪婪地阅读
直到铅字随一群麻雀飞过了树梢
向布满裂缝的湖上飞去

蒙着窗台的兽皮上热气浮动
院子里的咳嗽声越来越响
当我从雪堆中捧出孩子通红的小脸
我看见你湿漉漉的刘海,你眼中的光

风声越来越近,这是春天将临的时间
我顶风回家,紧紧抓住大地

正如奶水溢出桌子,树站在屋中
我们像两只久病初愈的猫,互致问候

1994 年 2 月 27 日

## 梦见诗歌

梦见诗歌,梦见永恒的产业
河边的那块沙田,又开始滚动瓜果的光芒
像金子密集的雨点在拐角闪光
像蜜獾曲折的闺房
红蚁后的灯笼,金甲虫的仪仗
是梦见伐木的田鼠越过了深渊

与人间迥异的文字一行行自动出现
像眺望八月透明的海水、花枝和旗鱼
码头伸入清爽的天气,蒙着白纸
摹写月光,像印币机复制着财富
一个昏迷已久的人喊出情人的姓名

它应和了我心中另一个更为辽远的声音
八月的乡村,一只大手
把道路向过去和未来猛地推开
另一个世界像雪上的庄园,隐约出现

或者一个老人的灰烬,梦见岁月无尽的火焰

白色的止痛片和更为微弱的命运
在午夜找到了雨水和电视里的现实
取回了骄傲的手艺,金匠黑皮的风囊
像一个高度近视的人,探首伸向货架
辨认模糊的标签和失传的姓氏

越过今世荒凉的酒窖,蒙面的诗歌
让我眼睛酸痛,看见谁的内衣
在臻于完成的时刻,把我交给黎明的遗忘
像一个私藏黄金的人,坐在人群中不动声色
而在图书馆宽阔的台阶上,你终于理解了
一个孩子的谎言,和夕阳下廊柱沉默的阴影

1994 年 3 月 2 日


## 度过一个想象的夏天

度过一个想象的夏天,树木开始有了一种
岩石的姿态,你所珍爱的灌木
被车灯反复照亮,披上了流苏
阳光滚落的高处,九月的尾声中
蜂蝶零星的战斗,单调的晴空
驱逐了最后的蝉声,它便化作雨
雨中闪亮的烟雾,果实

双手沾满草汁,站在古老的庭院

一场蒙蒙细雨让你吃惊
让你停止用嘴唇采摘有毒的浆果
看见高度锐减的飞鸟，丧失了雨中的财富
懂得疲倦不是理由
不久你会写下尽善尽美的诗歌
就像把人类最好的孩子安放在灌木丛中
留下晚餐，然后远离

时间分散了你的想象，你的手上有了犹豫
你的衣服上都是皱褶
而夏天的河上已布满红色的浮筒
半满的酒瓶像鳟鱼斜在水面上打盹
正如长期以来，我们把头颅当作道路
走在天国的旅途上，可到达的
只是时代的后院，一座熄火的工厂
把花瓣当作爱情挥洒，以为
梦想的源头，被鱼拖下水的灯会照亮未来

而未来只是一场蒙蒙细雨，粗糙的树木
投掷下波涛，是发黄的肉体横在
落叶的托盘上
而在空荡的庭院，只有寂静在清算
一个逐渐消失的人，熄灭了灯盏

1994 年 3 月 3 日

# 从昨天开始

从昨天开始,红旗飘得疲惫
一代人在雪山下消失,洪水
平息了蜂巢中的雷鸣
流放的鲸群越过春天的地平线
使你倾向了道德
太阳照耀生命
也照亮尘土
捂住发烫的额头走向生活的人
不时仆倒在尘埃
你那崇高的悲哀像一个埋首在落叶中的寡妇
等待死亡的跫音把她惊醒

从昨天开始,雨中闪亮的兵器
投掷下血和粗糙的波涛
明镜高悬,照见花朵的内宅瘟疫流传
阴影正在退缩,麋鹿卧在树梢
你已超越了无谓的言辞
敢于深入春天绿色的巢穴,要求它交出
砍断雪线的斧子,和整整一代人消失的路径
已可以在远离大路的地方造屋,种树
在田鼠的阵阵忙碌中,收获孤独

从昨天开始,秋山落满蝴蝶

高处的岩石上,幼鹰滑过,蓝天正在收缩

一柄斧子烂在深山,一捆薪柴返回呼啸的山林

当夕阳盘旋,引来地下的闪电

你是一个懒散的人,厌倦了命运的人

有足够的时间完成一次眺望

用落叶记下天堂的诗歌

那大火中的脚步,八月稀薄的海水

当秋风踢响空空的木桶,打开死亡

这唯一的路径通往生活

1994 年 3 月 5 日

## 对一个夏天的回忆

此后的日子注定如此黯淡

假日的河边,有人降下了灰色的小旗

又一片天空布满了脚印

在灰尘的地板上卸下了肩头的门扇

三十岁那年,我去夏天里走了走

和鳟鱼一起在烟雾中洗手

我想拿起点什么,我想忙完手边的事情

可我两手空空,又能做些什么

我的错误是绳上滑动的结

我怎么也捉不住脊椎里的珍珠

这时山中的飞鸟一定已卸下了巨大的光线

呼喊,看见黄昏像红色的起重机缓缓降落

那个夏天好像总也没有过完
柿子从泥土飞回树梢
牛向我们喷吐绿色的汁液
每一棵树下都站着一个人
听鹧鸪在暗中点数我们的头发
越过废弃靶场的灰白围墙
来自未来的车灯,已经把我们照亮
那蓝帽子的司机,双眼紧闭面色苍白

入夜的交谈和散步,我们已经越过
低处的村庄,越过树林和晾晒豆荚的桥梁
黑夜像高处的水库蓄势已久
把宁静藏在空阔的群星之间

三个孩子和三滴水的夏天
从那里出来,我们已经长大
已经足够坚强,饮酒和玩笑
并面对命运,写下成熟的诗歌

1994 年 3 月 7 日

# 在山中过夏

在山中度过一个夏天,你采摘浆果的手指

得到了蝎子的警告,你在它的关节里点灯
离得远远的,看入夜的山庄阴影晃动
而深夜归来的人满身泥土
兴奋,不眠,像乌鸦在窗前走动

柿子无风自落
挂满灯笼的果树一片寂静
珠翠满身的蜥蜴
在道路转弯之处
绷紧肘部,等待历史

夜里总好像有人在地里忙碌
搬开石头,寻找些什么
无人驱策的有篷马车
总是透出神秘的红光

那个夏天似乎充满了命运的暗示
在鸟声的间歇中,活着的人头发越来越少
我们一直散步到山巅,月色笼罩的水库
唱歌,谈笑,敲着酒瓶
听身后的风声大步下山

1994 年 3 月 7 日

# 冬日的行星

那些雪地上的行星像寒冷的乌鸦

它们的光焰影响了一小部分的天气

和一小部分阴影。它们影响到的那部分阴影
开始具有了乌鸦的特征,开始飞动

并逐渐从阴影中分离出来,变得明亮
像行星燃烧的煤块,从宇宙的黑色洪炉中脱出

它们和冰雪,房间,孩子一起
在空中旋转,在残败的花梗之间滑行

它们至少影响了一小部分的天气
和一小部分阴影,在一首诗中

现在有人穿过雪地,看见乌鸦
像烧过的煤块散落在四处

看见冬日行星苍白的光焰,谁在这时询问
白色的屋顶上就会传下回答

1994 年 3 月 11 日

# 山中谈话

在夏日草地的尽头,那缩短的躯体
生锈的链条一样抽动,阴影在抬头:

"在时光中人的躯体能占有多长的寂静
能从生活中,从女人的身体中拯救出多少——"

山中微暗的火时起时落。他说,"为了每一行
让命运羡慕的句子,我们需要
多么长久的劳作,并且要显得
那不过是片刻的等待,而我们的手
在桌子下发抖,眉毛越数越少越清晰——"
他的话像一阵雨散在草丛,使夏天延长了片刻

"如何从容地面对时间,并且深思熟虑
像智者面临刀斧画下最后的圆形
像花园攫住一寸泥土,取回园丁骄傲的技艺
眺望空气稀薄的天堂,或者还有机会飞上一飞
取消到达罗马的记录和中间的大部分坟墓?"

五年前我就到过那里。可我遇见了谁
除了背上的坟墓,还有什么不能放弃
夏天的虎皮,夏天腰上的淫雨
连树林都在腐烂,谁会珍视这样的过去
现在我定居的地方,落后于时代足有五十公里

"而我们是女人,我们织。我们补
我们的手指一刻不停,炉火保留了我们脆弱的美丽
我们打开雨中的库房,迎接夏日的波涛
坐在床上镇静你们的生活
让蠢人大声叫嚷。我们织。我们忙

我们要把事情完美地做好
谁能说这是空梦一场？……"
她靠在石头上，面庞柔和像古代的贞女

草地上的水银在聚拢成人形
"我们借自命运的火把终究要归还给黑暗
和寂静相比我们的声音就像毛刺
像噪声没有合法的权利，暴露了我们的存在
像阴暗的诅咒，来自无法探明的树林内部。"

那山中的红兽在下沉
旅行者用草图折起了山峦，大海变得空阔
"苍白的月亮就要升起
它将代替我们，向黑夜献媚地低语——"

1994 年 3 月 26 日

# 在你的好梦里

在梦中你从未有过年轻
也不会再变老，你停在
二十八岁的附近，你的儿子
三岁，走在你的前面
脚步富有弹性
不耐烦地
踢着路上的纸

他就要长大了,要在对面这所

几年前出售了的白色小学校里

识字,满怀希望地走向

你从其中回来的世界

暴雨和大风解决了不少事情

房屋被池塘代替

马戏团里烟雾腾腾

像着火的鸡笼一样

尖叫。再有一场雪

父亲盖的仓房

就将哆嗦着滑倒在地上

邻居们会来观看,摇着头

我从来没有帮助建房子

我躲在厨房里

看断头的鹅摇摇晃晃

像醉汉从角门出去

一头栽在雪地上

消失是预料中的事情

从前你是那么渴望离开

渴望长到,二十八岁

在陌生人当中喝酒

和美丽的女同事调情,在阳光下

大声嚷嚷,粗野,健壮

在你的好梦中

一切都不会改变

父亲在早上打开广播

"死鹤从松树上滑下,滑了两公里。"

晚上在院子里吃饭,吃冰凉的水果
和你的兄弟们抢枕头
　　现在那些梦又回来了
你的儿子走在前面
越来越远了
他马上就要消失
你知道消失的其实是你自己
当灯光熄灭,爬上山
你要活下去,孤独一人
活到能看见父亲的年龄

1994 年 3 月 26 日

# 南　风

整夜的南风吹得人疲倦
它把灰尘吹回水中
把纸片旋转的幽灵,赶向黑暗的深渊
让我像一个喜欢在风中行走的人
侧身经过一个个夜晚

大地在上升,树从土地中扭动着拔出
冬天潮湿的落叶,腐烂的布匹
一间间装满灯光的房屋
都在向黑暗的高空,上升

雪中的轮胎、铅桶、电线

肮脏的水洼，寂静的幼儿园，沉寂的礼堂

冒烟的下水管道和它们目光明亮的居民

地窖中保持呼吸的块茎，麻袋，下沉的货物

图书馆中咳呛的灵魂，线装的躯体

档案中扑腾的管理员，正在消失的护士和病人

发呆的股票经纪人，台阶上的官员，暗房中的策士

一两个驱车经过爱情的人

三五个打着哈欠走向大桥与河滩的人

人影皆无的亮灯的摊床，烤架和窗上爬行的烟雾

在南风的摇撼下，所有卑微的事物在上升

在黑暗的高处成为星宿和灯盏


整夜，南风在窗玻璃上迈着大步

在群山间轰鸣，把鸟群撒向灰蒙蒙的水面

你的窗门哐哐作响，灯忽明忽灭

你摇摇晃晃去厨房里喝酒，摸不到粗大的瓶颈

像一个大战后幸存的老兵

找不到自己的另一半身体

1994 年 4 月 4 日

# 晚间新闻

一点晚间新闻

像灰尘浮动起来

白日的卡车拖着尾灯
驶过忘川上新架的铁桥
灯光在夜色上涌动
两个老人低声交谈
而河水的声音一浪高过一浪
"我们一天都在散步
吃很少一点食物
这个世界牲口太多。"
一天过去,让他们吃惊
远处的晚间新闻
落在一顿旧时代的晚餐上
像一道花边

1994 年 5 月 18 日

## 黑暗中的雨水

我听到黑暗中的雨水,笑声
我看到倾斜的石头街道上
一支火炬突然熊熊燃烧
是什么样的翅膀在掠过

托举愤怒的笑声,让白色的杯盏
在屋顶上剧烈摇晃
是谁的叹息,让雨
暂时中止了片刻,而后

增大了三倍!

我听到黑暗中的雨水,笑声
在黑暗中长大,很快
便覆盖了大半个城市,屋脊
在雨的冲刷下挤压在一起
"大地更加黑暗也更加可怕!"

我听到你去年的笑声,雨水
在细长的茎上,膨胀成金色的葫芦
我听到你警告的声音,在空间震荡:
留意你生命中那些增大着的雨水

我听到黑暗中的雨水,笑声
窗栏上,树叶焦黄的面孔时隐时现
在阴影晃动的门厅,去年的座位
迎进了命数中的一位新人
在镀金的尸车边行走

在这时写下诗歌的人不会犹豫
雨水从天而降,注满你的杯子
你只须灭掉灯烛,屏住呼吸
那消失的一切还会回来,通过雨水
风,诗歌,通过我们身体的裂缝

1994 年 6 月 28 日

# 连通器：一道做错的物理题

来自物理学的原理，应用于
生活和爱情，在没有加油站的地方
为汽车加油：一根塑料管子
捅入幽暗的油箱，司机猛吸一口
于是从塑料桶里，混合了全部夏天热力的液体
开始上升。司机漱了漱发紧的牙，转头吐掉
这之后：汽车启动
在原野上越跑越快
奔向白色的城市，啤酒，高塔

而通常是这样，两件透明的容器
由黑色的管子连接，搁置在
不同的水平面上，经过一番交流
动荡，调解和补偿，最后
达到了平衡。液面静止的高度
将是相同的
天使们经常利用这个原理
在伊甸园缺水的时候
用彩虹，汲取人间的水灌溉

在两个诗节之间，有某种看不见的联系与过渡
把能量和紧张传递到下一节
主题由此能够

继续,或者将最初的冲动

分散,直到在最后一行消失

一阵一阵涌浪,消失在干燥的土地上


而由床上的两具肉体

组成的连通器,则是暂时的

它们随时可能被梦中的敲门声分开

这个有点庸俗的意象

却使我的血,得到了平衡


1994 年 7 月 8 日


# 倾　诉

是夏日散漫的敲击,使惺忪的花朵

从暗水中浮起,展开满天

干燥的星光,沉溺的眼睛

开始用花的骨血,向根部的黑暗倾诉

是否有人看见那季节留下的空白

由于一对留鸟的语言而充实和生动

影子睡在花丛,成了软软的花

从花蕊里伸出试探的手指

握住鸟的心跳,鱼的心跳

豆荚里的心跳和灯光一样的睡眠


两只相对的鸟和两只相背的鸟

对风的理解是不同的。往事悄悄掉转了方向
暗中过渡的手,摸到空白一动不动
而一个孩子又能懂些什么,除了凝视还是凝视
在杂陈的形体中哪一个坚持了它最初的黑暗?

草籽结上睫毛,蝴蝶打开折扇
谁预支了一生的泪水,谁的叶子变成了鸟,发呆
在翅膀的拍拂中,天使收紧了双肩的火焰
温柔地倒在花丛——什么都不要说
天起凉风,是谁在园中行走,把心
包裹在花瓣和羽毛之中?

1994 年 8 月 13 日

## 花朵开放之前天堂的门已经打开

在时间存在以前事物是同步发生的
它们从同一内在的源泉涌出又归于相同的空无
错杂的形影,模糊的边界
暗中转换的形象尝到了私通的快感
花朵努成嘴唇,它想说出芬芳的语言
而语言,只是寂静中的噪声,林中掉落的
最微弱的针叶。不断放大的回声
淹没了声源,两者互相模仿
化为一片嘈杂。寂静出现了裂痕
大理石上的夜色——这存在的裂缝

是什么造就了感光的眼睛

它从万物中浮现,反映着太阳的光华

使自身成为光源。事物互相映照,复制

实体和影像混淆,难解难分

先有了光还是先有了眼睛?

寂静只是所有声音的复合

可是花说开就开了,毫不理会

是否存在观照美的眼睛

它们是天使的一个想法

是宁静猛兽身上的花纹

或者它和天堂同时开放

或者它们只是彼此梦见,互相包容

真实于同一个时刻


## 多余的安慰

当头颅如花怒放,那只抚慰的手是多余的

它苍白,虚幻,没有实体,它的抚摸

像水消失在沙漠,无法打湿什么

而忧伤终于遍地铺陈,灿烂的裙裾

兜满花叶,果实和圆滚滚的鸟

叶子装饰的是永远疼痛的空无

孤寂的自我用外化出的一切围绕自己

乳房和葫芦交换着用途,藕节和草籽

和更多无法命名的事物取代了她的存在

她的肢体延伸到花蕊中,以此忘却自身

躯体分泌着月光,来历不明的种子
模拟果实的形态纷纷斜落
穿过茎管进入最后的花期
是谁在展示终极之美,又是为谁所拥有
一个因爱而蒸腾的灵魂,和一颗落英缤纷的心
谁的坚持更无辜,也更愚蠢
缩回身体最深的角落倾听时间
无法安慰的人用花的手抚摸自己
惊醒,慢慢肿胀又松弛
忧伤原是这般地没有来由
生命孤零零的,宇宙狭窄得像一枚指环


# 匿 名 者

在依稀可辨的暗影中,手开始成型
眼睛慢慢睁开,在豆荚和修长的
叶片中。鸟叫了。黝黑的热带乳房
向白昼倾诉,又被不安的皱褶遮挡
茫然失措的人,凭借一根线条过渡
他渡过的空白,瞬间呈现出影像
而常常是对生活的回忆取代了生活
它们互相模仿,最后难分彼此
是我们的回忆使生活丰富,变得真实
就像一首诗,被时光不断地改写,臻于完善
可作者是匿名的。他曾是荷马,曾是基督
现在是写下这些字句的人,此后他将是众生

在历史的石头城墙上流出鲜红的人血
颠倒黑白的嘴播弄着事实的两个侧面
每一个都是真实的。在地狱最深处
才有通向炼狱山的出口。向下的路也是向上的路
在更高的现实中，它们统一于烈火和尘土
思想是阴郁的，它鄙视肉体的欢乐
唯有在创造之中，两者才能和解
可谁能拒绝春天蓬松的眼睫，鲜艳的发辫
在暮年的迟钝中，唯有愤怒是神圣的
他站在风口怒吼：如果上帝死了
忍受这一切还有什么意义


# 彼岸的光芒

彼岸的光芒遥远，可疑
它使鱼群在黑漆漆的网中下沉
它使鸟儿停止鸣叫，陷入冥思
又使睁开的眼睛一无所见

鱼群衔尾游过深渊
一根蔓草串起无关联的事物
鱼，鸟，花。在断开的时间中万物丧失了节奏

瞑目内视的人有福了，他打开了灵智之眼
光从他的心底出发，涌出颅顶
他懂得唯有内心才是真实的彼岸

看见沙粒在徒劳地增多

在此处无名者,在彼处被传扬
在此处无形者,在彼处赋予本身
在此处喧闹者,在彼处化为和谐

彼岸的光芒遥远
我们都是黑漆漆的鱼
在尘网中,因欲望而下沉

彼岸的光芒可疑
翠鸟在流沙上鸣叫
背对光明的人,演绎现实的细节

# 生命在边缘

也许这一切都是多余的。宿鸟安眠,阔叶翻飞
倾斜的金钟花洒下紫色的烟尘
鱼鳞状的波动,在另一个维度化为真实的鱼游弋
细节无限制地增殖,形象不断向他物幻化
在此处是叶子,在彼处可能是花,鸟,或眼睛
有限的材料膨大为这一纷纭
沉溺在细节的人迷失了自己,在万物中摸索
在双手呵护的温暖黑暗中找回心跳
在羽翎和叶簇中找到失眠的眼睛
一个临摹整个宇宙的人半生辛劳

处理完了一片叶子和叶脉上独自旅行的水珠
一双更小的宿鸟被空白挤压在一起
又仿佛刚刚在一枚卵中诞生
它们也可能是乳房，想象中的温暖
被捧到一张白纸上。一个人过于急切
他的冲动抑止在半空，以致有些形象
刚从虚无中露出头角，便凝固了
嫁接到别样的形象。柔曼的草丝
在时间的空隙中曲折生长
解释是徒劳的。一些事物不断滑向纸页边缘
要求坠入历史性的黑暗，提前进入永恒
正如一个年轻人向天高喊——
让我提前进入死者的行列
叫声惊醒了一个少女疲倦的手
于是她在纸上画得更快。
事物在增殖。它们将背叛那创造之手
像万物起而反抗自己的上帝，获得独立的生命

1994 年 8 月 13 日

## 秘密美人之歌

面色苍白的美人，在早晨的阳台后梳妆
被我目睹，面色愈加苍白
她被冻僵了片刻，镜子举在空中
在反射中，她身后的绿墙在漂走

让出一片白：她还没有被恋爱？被暗藏？
被镜子和我的眼睛同时惊呆

当其中一个恢复了知觉，镜子已空
尘埃已落定。她恢复了教师的身份
走下铁楼梯，迎进今天的第一个孩子。当他们携手
消失在弥漫粉色气味和羽毛的幽暗内室
我恢复了父亲的角色，咽下一个非法的念头：

一整天她要面对那些无情又多情的孩子
若无其事的白昼相似于轻声细语的老年
秘密的美人在我心中梳妆，刚刚被雨惊醒
她的脸换成一万张脸飘离镜面
三三两两出入于明亮的门口，或被载往郊区
哦，在个体幼儿园的阳台下，我要再一次看见她梳妆

1994 年 8 月 29 日

# 我和马原的语言学实验

## 1. 重要的事情

秋天了，早上很冷
出门遇见一个孩子穿着夹克
被母亲领着，胖胖的，说：
"我热但不冷。"

中午我在路上再一次想起这句话感到好笑
它一定有某种重要性。我又系上了一个扣子
短袖衬衫

我忘不了那孩子说话时
斜着肩的样子

我记起了，早上
他和母亲走过后我才想起我认识这孩子

并重复式地回答他："你热呀你不冷啊？"

它一定有某种重要性。它是什么？

## 2. 比喻的暴力

马原把饼干掰成许多小块
问：爸爸，饼干像什么
"饼干像饼干。"
不对，我是说饼干像什么
那你说像什么
像月亮，三角，斧子——像死人
"胡说！"
过了一些时候
饼干碎片成了更小的碎屑
马原舔吃了它们
"马原，饼干像什么？"
"哦，什么？"

## 3. 曹植《七步诗》新解

"马原,你背的这首诗是什么意思呀?"

"是两兄弟抢豆子。"

"'煮豆燃豆萁'什么意思?"

"吵闹。""豆在釜中泣呢?""是他们抢。"

"本是同根生?""是骂人。"

"相煎何太急呢?""是打架。"

过了一会儿,我把问题又重复了一遍

马原说,"他们一个抢了一个的豆子,

一个又抢了一个的豆子。"

"他们为什么互相抢啊?"

"因为他们没有豆子吃。"

"他们都没有豆子那还抢什么呀?"

"他们种。""种完了呢?"

"抢。抢完了吃。吃完了骂。骂完了打。"

"打完了呢?""打完了睡觉。"

"睡完了呢?""睡完了种稻子去了。"

"为什么种稻子去了?"

"种豆子他们老抢。"


## 4. 一 样

早上马原又要买小食品

我说:一天只能要一样

马原说:那两天呢

我知道他的意思是
明天(明天就是两天了)
就可以买两样东西:方便面和薯干

"明天一样也不买"
我在心里说

# 5. 智慧的话

马原,给爸说几句智慧的话
也就是聪明话。好吧
"你是北京人,她是南京人。"
还有呢?"你是南京人,她是北京人。"
这算什么聪明话呀?于是
马原贴到我耳朵上神秘地说
"你是克山人咋不娶个克山人
咋娶个哈尔滨人呢?
你妈妈那么老,你怎么不那么老呢?
你刚会说话时忘了说一句话了
让你爸爸别给你取名叫马永波。"
还有呢?"眼睛可以看见东西,
镜子不可以看见东西。"
我找出纸,开始记下这些句子
马原蹲过来惊讶地说:"哎呀妈呀,
我说了这么老多啊!"
我让他随便再说些什么。他开始
审视屋中的东西:窗台,食品袋,书架,枕头

说着诸如"塑料袋是塑料袋

可我看见它是纸做的,纸是木头做的,

拼音本也是木头做的,

拼音本也可以做成木筏,箱子。"

我吃惊地望着他,他说——

"你看着我干啥,你写下来啊。"

我没有写,外面一片漆黑

没有一条有关圣诞夜的消息

只有电视里战争接连不断

马原又说:"一个黑白的人和一个彩色的人相遇

它们假设对方的地位高于自己。"

动画片又开始了,没人再说话了

一年将尽,还有黑暗中的笑声

1994 年 9 月 5 日

## 持刀夜行

一把藏刀在我装书的挎包里

刀刃上刻着鹰和太阳

我急匆匆地赶路

像个夜归的屠夫

刚杀了一天的猪

那些牺牲者的白色眼珠

仍在黑暗的某处转动

黑夜越来越容易激动

每个人都可能突然亮出一把刀

在你的肋骨上磨它两下

大侠都骑着跛驴去了长安

青色的衣领赶不上一场潇潇秋雨

只剩下你持刀夜行,想着

如果碰上散养的牲口

还是可以杀几头的

1994 年 9 月 14 日

## 欲望的形式

她给欲望涂上霜

使其具有镜子的光泽

和一枚卵的形象

于是她去到外面

亲近别人的孩子

向空气中她无形的孩子微笑

然后把乌云带进大脑和厨房

在吞下三个煮鸡蛋之后

她记下梦中所见:她的孩子

一头猛兽从美人堆中站起

宁静,苍白,在大地上漫游

避开一阵紧似一阵的落叶

1994 年 9 月 14 日

# 文明的形式

一条地道通向一个椭圆形的气泡

早上她走路的姿势有些异样

一种充实的感觉在继续。异物

昨天傍晚我见到她起劲地骑一辆单车

摇晃着。一脸沉思的样子

又是秋天了。我的腿疼

她们的发式一模一样

她们还年轻。我真有点害怕

孩子们在等着开运动会

挤成一团,只能看见一些威胁挑逗的动作

一条胳臂偶尔一闪

又没入那骚动的一团涂鸦

一个小女孩苦闷地

用下巴拄着她的木牌

孤零零的,离集体三步之遥

电梯又坏了。我急于爬上十三楼

记下这些。可我"没劲儿,上不去"。

1994 年 9 月 16 日

# 夏天最后的蚊子

夏天最后的蚊子

保存了时间的毒血

它来自窗外那广大的黑暗

却不知道,不是寒冷

而是灯光使它体内的意志

更加盲目。它迂回地接近我

红外线探测系统

因电视的热度而紊乱

无力,苍白。这夏天最后的蚊子

已被疲倦拉松了关节

再发不出螺旋桨的嗡声

但我仍是敬畏

这卑微的造物

它与一个夏天的消逝有关

它要拯救的不是自己,是时间

和它体内饥饿的上帝

使它的行动显出庄严

1994 年 9 月 21 日

## 秋天的下午听某职业中学文艺汇演

包里揣着《博尔赫斯传》和一只烧饼

操场上我站在人群外边,看一个涂口红的女生

对另一个没涂口红的女生说——

"我那个特短,一分钟就完事。"

话刚说完她就长大了,

只是她不会再次想起

这个下午,和轮到她之前那种急迫和紧张

孩子们在唱一些街上流行的歌

扩音器掩盖(放大?)了他们声音中稚弱的部分

几个年轻教师在边上散漫地交谈

不时纠正一下某个男生的坐姿

天阴下来,黑色走廊从打开的窗户里伸出、颤动

像跃向天空的跳板。阳光和水洼一块一块的

孩子们的面孔不断地从萨克斯管中飘出

一个圆滚滚的小姑娘在吩咐几个瘦长的男生

不时地笑一下,捂嘴,手仿佛要推拒又要抓取

在那些男生中间舞动。她已经唱了两首

她还要为别人报幕。当我的儿子长大

这些面孔会漂得满世界都是,抓也抓不住

我的目光向上,望着学校红色的尖顶

想象它内部的华丽,"儿子,我要看到你长大的样子"。

我站在人群边缘,被这句话感动了片刻

演出不久就会结束,孩子们

在教室和回家的路上

还会谈论很长一段时间

1994 年 9 月 27 日

# 和马原捉迷藏

"我数三个数就藏起来了,

你们闭上眼睛！一、二、三、四
……数四个数。好了！”
在不足十平方米的范围内
马原至少有两个去处：门后、床下
还有一种办法：用纸盒套住脑袋或者蒙在被里
有一次他躲在床下暗中掐我的脚
他在笑。他在门后一直笑
我们不动也不作声。一会儿
他便会自己推开门跑进来，一面笑着

许多年前，一群孩子在场院上捉迷藏
时辰已是不早。其中一个认真地藏好
说：好了。可是，没有让人心跳的
脚步和压低的说话声
他藏了很久很久，直到月出西山，村里一片漆黑
从此，他踏上一条大路，永远离开了故乡
去寻找那些本该寻找他的人
后来，父亲死的那年，他在诗中写道——
“游戏结束了。我站在暗中得不到回答。”
他向黑暗发问，“父亲，你在哪儿？”
他不知道父亲已擅自结束了游戏
在向天之路上走得无声无息

这里面或许有着某种被轻蔑的忠实
一个伤感的象征。象征什么呢？
其实那孩子并未走远
他只是藏进了另一所房子——

通江街 2 号: 一所不足十平方米的小屋
和他的儿子重复一个古老的游戏
"藏好了吗?""藏好了。"
于是他们满世界乱跑,笑着,对每一个人说着
"我藏好了,藏好了。"然而,没有回答——

                                    1994 年 11 月 12 日

# 1995

## 它

这只手写下唯一没有性别的它
写下阴影,名字,所有的她和他,镜子上的汗水
斑点与鸟群,或斑点样的鸟群
一个嵌一个的盒子,和最后发光的尘土
在它的一次呼吸中落叶满山
它写下的一切都将因出生而死去
熊熊火炬照亮流汗的石头
老人眼中的盐水,住进秋天库房的女人
它到来,它看见,它征服,大理石的爱情
而志在百万的君王,只是一副没有面目的盔甲
除了它,历史没有真相
现实没有阴影,惩罚将落到惩罚者头上
换上一千张脸都不是这一个
它是唯一真实的陈述
是城市上空的邮筒,只有鸟儿才能抵达
它照耀过的都已埋入地下
反光推开的世界无法被再度照亮
它统治的天空在海峡上空结束了
被木棉树所遮蔽,被柔情削弱
背着降落伞在炎热的城中走来走去
从死者的心灵取得劝告和慰藉

在它结束的地方,一切都依靠追忆
这只手不会再写下其他的字句

1995 年 5 月 12 日下午

# 未竟之年

## 1

那孩子像破损的黄色玩偶在两腿间悬挂
嘎嘎摇动,尖声地大笑
不时发出清晰的片语
"努力努力再努力——天天向上。"

他升向黑暗的夜空成为星宿
嘲笑他茫然仰视的父母
撒下白雪和星光
万物睁不开眼睛

这不规则的孩子暗暗成长
下定决心,艰苦地假寐
掀开胡须的发音,字正腔圆

背走一夜风雪的小贩默默穿过低矮的棚屋
把一个肮脏闪光的世界
倒在课桌上。裂缝在球体上延伸

"寒冷和寂静是唯一的形容词。"
一颗孤星照耀着海洋

我们完全错了。"让我回到过去
阅读到深夜。当列车驶过
知道一切都变了。但让我在沟壑边
回忆树叶一样的初吻
再补上我落下的这二十年路程。"

## 2

"二月将是无辜的。裹在棉絮里
不时冒出几串酸腐的话语
在节日的气氛里手足无措
我们准备过久的言辞,像气泡一般
升上喉管,叭叭地碎裂
一股窒息的气体让人发窘。"

写下的句子转瞬被涂掉
无辜的词语,和更为无辜的涂抹之手
书写赶不上涂抹的速度
使一件作品终不得完成
"一切都在进展之中
但进展是缓慢的。"

一些往事透过涂黑的墨迹
顽强地显示出存在

曾是我一个想法的孩子,现在已落在面前
他手中的一卷爆竹正在危险地冒烟
谁四处奔走,寻找门径

进展是缓慢的。一曝十寒的爱
形成檐下的冰柱。孩子不许经过
他把照片镶在眼睛里看童年
事物并不消亡,只是变成了他物,互相取代
在一个有限的时空
不会出现任何新的东西

"从火焰的尖顶冒出亡灵的话语
火焰颤抖,分叉,却并没有阴影
从火焰中离开。"
于是,一个离开父亲的孩子不回头说着"再见"
再见,就是一切都能重现
但经历它的已不是你我

窘迫的月份。在冷却的客厅
谈话断断续续。一曝十寒的爱害人匪浅
我在想:什么事物像落日,能够反复降落

## 3

三月有一段寂静交给了完整的思念
有过的交谈在电话线里空空移动
挂上听筒的夜漆黑无边

"我曾经痴迷过。现在我讨厌你。"
如何在假寐的朋友身边躺下
不发出一声呜咽,他的眼角已将我看穿

刻意的背叛或被迫如此
爱情脆弱如不堪一击的烛光
电线在寒风中震颤
如藤蔓徒劳地伸向夜的顶端
而她簌簌的宽衣声如落叶响起
在深夜的镜中与我遭遇
她能否再次感动,埋在水中哭泣

现在她已悔悟,恢复脸上的表情
"我仍在思念你。"
握住听筒的手握不住远方的心跳
我要怎样努力
才能重新谈起天堂,善良的儿女
和你那迷人的本地口音

这是一个人五月的回忆,关乎未来
挥手砌出的墙隔开空气
一夜歌哭。粗糙的舌头心一样紧缩
渐渐接近毁灭的心情
"从前我在山谷中独自培育玫瑰
夜晚躺在花下回答自己的名字。
从前我是花中之王。"

有什么必要恪守你的本地口音
入乡随俗说一些有价值的废话
在掌纹里预先消费掉幸福
一些毛茸茸的嘴拱开笔墨
谁也无法恢复三月的某些细节
你我早已不再提起

# 4

"四月有人睡在我的隔壁
他花瓣一样的身体出没于月光
比花香轻盈,他不安的欲念
始终和白色的雾气相混淆。"

赤裸的小兽在墙缝睁开盲眼
白纱一点一点从墙缝里抽走
茫然的雕像凭空伫立
睡眠美化的容颜,她无可指责
在午夜的窗前乌鸦一般走动

车灯反复照亮的矮树,黄色流苏
月亮在四方形的天井产卵,鸣叫
燕子在空中剪裁窄窄的笑容

而他的睡眠将化成雨水,风声,遍地落英
让美丽的女房东在凌晨打扫,提高了嗓音咳嗽
绝望使她变得更美,他们将静静候在水边

等待那夏天的长脚蚊滑过水面

"下一个月将是谁睡在我的隔壁
像一个家庭的两个房间平均分配着灯光
谁将不安,被雷声惊醒
看见云层里红色的闪光。"

# 5

四月是独处的月份,把人类最好的孩子
安顿在丁香丛中,留下灯光
透过日渐浓密的花叶和白雾
看见人群来了又去,无人寻找

手顺着腰肢向下,一直滑到激情的顶峰
那是谁的手,谁的腰
谁的生命在暗中挣扎,大门敞开
看见透过树丛的灯光,内心激荡,又若无其事
在梦里干着自己想干的事情

被你抚摸过的腰,此后只适合鸟儿居住
从那里传来胆怯压抑的呼吸
而睡在丁香丛中的孩子慢慢发出鸟啼
羽翼初丰,护住渐弱的灯光
倾听来人的轮廓,却辨不清他的身份

他在我腰间日益沉重

提醒我路上满是石头,爱要日新月异
他同时道破我们的心事
莫非他早已暗中把我们计算

# 6

有一日我写道:事物联系得过于紧密了
于是,我出去散步
奇怪地发现空气中已布满了燕子
它们在傍晚的昏黄中近似于蝙蝠
证明夏天确实已经到来,水将盈满池塘
水蝇将静静滑过水面

我知道每件事物都在等待其他的事物
百叶窗的板条缓缓倾斜
适应光线的变化,黄梨已及时切好
你穿着内衣挪到窗前
但似乎我无法不受事物的影响
天气,叹息,书籍插页,鸟巢
我的生活依赖它们
可在其中是否有一些是永恒的

漫不经心的夏天,你拾起一只烂了一半的黄梨
在黏稠的汁水中,一只蜜蜂疯狂旋转
这是记忆在重现。在光秃的果园
父亲扶着咯吱作响的膝盖向我弯下身,低语
早餐我们吃冷了的煎鱼。我在龙头上喝水

对于年轻人,这些就已足够

可我的眼睛已不能适应真实的光线了
只有在记忆的追光下才能复活某些瞬间
在那里似乎一切都存在,刚刚逝去的和即将到来的
一捆干草的气味徒劳地刺激着胃壁
新绿的草会不断运到,但夏天那只扫描的眼瞳
还没有将许多个光点连成一个印象:
事物还没有摆好姿态

我依然拥有一两件东西,衬衫和表
人们又在积攒硬币。仿佛就在昨天
我们还看了一场电影:一个宴会上不吃东西的客人
双手漫游,冒险选择无穷的意义
现在灯光暗了,只有我们的手在空中飞舞
互相寻找,像惨败的魔术师
五月我需要的不多,我只要站在你的面前

# 7

续写五月,五月还未过完,我如何
在一些混乱的字句中清理出一首诗
蜥蜴混在泥沙中落下,尾巴抽搐,缩短
赶往夏天的途中,我们听到了今年的第一阵雷鸣
没有闪光,像深夜不眠的邻居挪动空空的水缸
雨落在公路上,落在平原深处

五月，我的兄弟在恋爱，在找一张固定的床
口袋里装满了烟叶、纸币、毛发
而我的工作是在狂风中突然停住
在周围形成一个致命的漩涡
让幽灵般的纸片越升越高

夜色在汽车玻璃中聚集，加深
在灯火通明的入口我们将分手
不可避免的争吵，用的全是短语
在我们之间，连愤怒都不完整了

将冰凉的雨丝含在嘴里，我手足无措
事情正在发生便开始了回忆
想象弱化了现实
像棉絮裹住绷紧的钢丝
我们便在这样的座位上随惯性继续旅行

今日又闻雷鸣。毛茸茸的云
依然看不见闪光
爱你就是一种惨败
我想再伤你一次
却想不起上次伤你的理由

# 8

被五月拒绝的事物，变成了
雨中被放逐的人，雨中的果实

烟雾。夜晚雷霆的呵斥
变成了院子里刷水桶的声音
越来越响。大地是如此黑暗
一场雨冲刷着树木、房屋,多余的部分

雨后的玻璃窗留下了片片污迹
透过它究竟能望出多远,来历不明的光
是否可靠。似乎只有我们
在意接触事物的方式

女人在市场上捏凤梨的底部
嗅多孔的奶酪,吃吃地笑
她们的联想过于精确
她们还会返回,再次验证事物的硬度

这说明日子将重过一遍
用同一个身体,同一个情人
铅笔写下的诗,又用钢笔改写了一遍
雨分两次下完,说下句的已是另一个人
但是你,绝对,变不成,他

在一首诗中被剔除的句子,长成了另一首
打乱的拼板,必须使边缘变软
才能重新恢复完整
可是笑容已经模糊,分散在
许多色块当中。明镜蒙尘
我看见珠帘半卷的室内,已空无一人

她是附近的哪一个
芸芸众生的品质上升为唯一的她
被爱情催促,随时准备让你心动
刚刚醒来的脸像早上的床单
穿上绸衣,在周围反复走动
谁能看见她脸上暗淡的表情

树木,水滴,干草,沿河走动的马匹
空船,城堡破旧的倒影
它们只是真实的一个样本
只关联于一个时刻
沙洲上插满了小旗,疲惫地飘动——

在纸上恢复一个夏天是不可能的:
躲入幽暗的内室,或者将石块垒成高塔
这两者都经受不住寂静的重压
正午仍然澄澈无比,仿佛有许多孩子
躲在水底,用小镜子晃得人睁不开眼睛

## 9

在六月的尾声中,雨中的飞鸟
带走了它们秘密的种子,在远方的山冈
守望逐渐成熟的麦穗。一条黑白大狗
躲开了通向墓地的泥泞小路
在空寂无人的中午,犬吠声
报告着失踪多年的人从雾中归来

闷热的草丛,呻吟时断时续
那是躲过燕子的昆虫在重续旧情
饱满的浆果像孩子走向夏夜的深潭
暴雨过后,一些事物光辉锐减
一把黑色折扇收尽了天下的清凉
有人因幻想错过了时间

在洁净多孔的沙地,在新绿的香蒲之间
那夏天的歌手独自游荡,却从不靠近村庄
他离梦想更近。当他吹响一片木叶
鞭打其他的叶子和流水,那隐姓埋名的人
将流下热泪,两手空空站在屋顶
看见滚过村庄的乌云遮暗了麦田

他知道一些希望将永远落空
他将带着遗忘离开,眼底沉淀着蓝天
大地将空旷无言,如乌云低垂的海滨
死去的人将永远死去,攥紧空空的拳头
用取自家屋的泥土遮盖他们的耳朵
那埋入地下的乌云是否还能被听见

在六月,欢乐是虚妄的,如深夜田边晃动的阴影
窗下的交谈引起了玉米地里的一阵骚动
风转瞬就吹遍了大地。土獾从垄沟里
接近去年的巢穴,在它的梦中
农夫的锄头闪闪发亮。一排初生的牙齿
更深地咬进多汁的茎秆,木头,事物的根部

反穿雨衣的老人偷偷躲入仓房,他将证实
有人在梦里失贞,那不辨面目的神
就是昨夜的一场大雨,黎明远去的一颗大星
在六月,南风催促万物,为果实计算时间
你会爱上越过麦田的第一个客人
因为你就是尘土,故乡,六月的夜晚

# 10

在望远镜倒置的一端,那收集碎屑的人
趟过了草地,白色花瓣消失在雨水聚集之处
更难描摹的是火焰,热气抬高的屋顶
和暗中松动的链条:腐烂到白骨为止
在望远镜倒置的一端,事物细小如花粉
小到分不清性别

一阵清风,一阵蝴蝶
它们来自想象的午后松林
来自落叶层叠闷热的山中
半月与松亭,洼处的玉米地黑影闪动
清晨泉水的寒意在脸上绽开
披散的湿发拂过岩石的肩膀

这条路许多年才有一个人走过
落叶才会响起一次
幽灵在遗落的布鞋上暖手
寂静如雾气弥漫,回到深山的人

在生前就已经被忘记,如今又被忘了一回
鸟在阴影里越陷越深,变成白色泥泞的影子
叫声如石子滚出泥土

在生活中无力抵达的,在写作中依然无法抵达
落叶躺在最深的地方,被黑暗接住
你的眺望迫使飞鸟再一次出现,让水加深
让水面暗下来。文字如蝇卵落在纸上
你至多只是在咀嚼鱼的名字,真正的鱼
早已像骨架被漏下,头脑充满了泥土

而诗歌只是没有人称的回忆
是回声追赶着回声,在群山中穿行
是影子在所有光滑表面上复制自己,到傍晚
谁来把它们一一擦去,恢复事物真实的面貌
词语的网结上露珠闪烁,蝴蝶和蜘蛛现在哪里
多少次你看见孩子光滑的脊背,没入灰色水渠
蛙一样羞怯,羞于启齿向陌生人致意

在七月,山中已没有隐士皓首穷经
没有草药和紫薇,没有柴门脱臼的肩膀
倾斜在花丛。到夜里,山石吐出月光和阴影
到处叹息。从林中归来的人面目不清
他带回剪纸的月亮,带回松针暗绿的暴雨
并在梦中,反复寻找一处忘记的风景

# 11

从现在看去,那个月份已显得可疑
像一个弃置在长椅下的颜料桶
绿色的标签,却盛着红色的油漆
有雨水落在里面,或者一张
抽象的表格,一些改动过的数字
你不知道能依靠它们走出多远

一个月份消失在迅速翻动的其他月份当中
也许是一年和一生。你只能想到
或许有过几场雨和几场风
你写下"八月之光"的题目,却没有了正文
这个时代,一切都不会有下文
墙刷了一半,叙述者的话没有谓语

生命留下的痕迹太少了。但为什么
一定要留下痕迹,磨损一些东西
我宁愿隐藏起自己,开一些半真半假的玩笑
或者诠释风景的历史。这样,或许在未来
某一个布满灰尘的架子上
会留下一本书(一个尸体?)
寻找童话的孩子会惊喜地叫道:
瞧! 这里有一个正在复活

但当我们回顾历史,也只是看到

一些密谋的鼻子沾着灰尘凑在一起
不断地说着，你，我，我们
一个胸怀起伏的大人物妄想喝退波涛
有雀斑的牧羊女在昏昏欲睡的正午
梦见叶芝和满是情人的山谷
当玫瑰凋谢，它的芬芳
是否贮存在深不可测的瓶中
时间的巨轮转到相同的一格
一切便会倏然复活：花朵，岛屿，笑声
事物不增加也不减少

今天的阳光照在我的白纸上，它也曾照亮
竹简和隐士的羊皮纸。我坐在桌前
开始一天的工作，像荷马、但丁
或别的什么人，这又有什么关系
在可以望见历史的地方，写下永恒的字句
可记录的，只不过是重复发生的事情

## 12

……仿佛是在一个院子里乘凉，在藤椅上
读一部冗长的小说，喝着不断稀释的茶
突然，一阵凉风吹起，灰尘落入杯中
瞬息间已是秋天，空气中的旋涡已经消散
不久，候鸟将落满天下的道路

还有最后一点时间用于计算

整理遍地凌乱的花影
坐下来写几封信
瞭望树顶渐渐升起的山峦
一只杯子把云烟向半空倾倒
秋水摇荡每一块白色的大陆

而秋天的邻居使人不安,他们在大板棚
杀气腾腾的烟雾中争吵,无止无休地酗酒
说一些无聊的笑话
你只想独自用酒杯敲响木板
穿过越来越泥泞的市场
汽车在每一个站台停住
但并没有乘客上下

唯一可以确定的是你平安度过了那些日子
遗忘抹去了月亮、菊花、酒和山石
抹去了琴弦上归鸿的影子
而往往是这样,当我们登上山顶
面前展开虚无的风景,便会听到
更高处的雾中有人谈话
无人驾驶的缆车,像天边最后消失的星辰

# 13

秋天是从什么时候开始的:秋天始于梦中
在一间搬空了的大屋中,在报纸和潮湿的
刨花中,一只玻璃珠努力望向窗外

骤雨初歇的树林,高墙,红枫
在秋天醒自落叶的人更加寒冷
更加恐惧未来。他咳嗽着
走向背后的城市,去找一个地址不详的故人
或者爬上高高的水塔,爬向空中的鸟巢

他在梦中错过了收获,空虚,茫然
已被生活抛弃,像一束稻捆
面对冷雨和腐烂。空旷把我们
压回城市,瑟缩着聚拢在一壶温热的酒旁
在灯下敲打杯盏。在秋天
我总是独自喝得大醉,忘了去上班
想着晚年寒冷的大卫王
和他的书念少女亚比煞

寒意从心底泛起,如池塘上生出的白雾
残荷败梗仿佛一个人不经意间
写下的字句,静待时间把它们连在一起
让意义或虚无显现。在这时想起的词句
一定重如黄金。在这时,每一个微小的失误
都可能对灵魂造成永久的伤害

在秋天,我依然把梦做得又累又长
对窗外的泥泞一无所知
在半梦半醒之间,总有人溜进屋中
打亮手电,俯在我的脸上观察
然后率领万物走向细雨蒙蒙的峰顶

秋天秘奥的福音,是一阵寒战透过四肢

像一个唐朝的诗人,我独自出城
携带冷雨的杯盏,在高悬的铁桥上
在高楼刷白的骨架中,灰色的烟雾中
辨认家的位置。想城外有一座雪山多好
到日暮,站在山顶便可以看到
雪光映亮了低矮的屋檐和挂着红灯的街巷
光头的打酒人缩着肩走过,想到
城中一定更冷了

1995 年 5 月 14 日至 10 月 4 日

# 阳光之外

阳光之外依然是半明半暗的青山
在水中微微浮沉,如青螺在碧玉的盘中

束腰的女子抱着呜咽的猫闪入屋檐
远寺的钟声让拾遗者直起了腰身

衣褶里的种子和口袋里的石头
都是无尽秋天的馈赠,还有

半明半暗间的远眺,白色的酒
大雁与山石,沿溪而上的客人寻访隐士

他如何将鲛人的歌唱听成晚来的风雨
清晨的落花,隔巷清冷的叫卖之声

在阳光之外等待海市蜃楼的人怀揣杯盏
一声梵唱暗了青山,有人在细数星辰

潮气从低洼处泛起,摆脱不掉月亮的人
隐入画中的山水

火红的烟云降低了现实的能见度
飞往深圳的班机把想象提升到琼楼玉宇

谁忍心否定一个绝望者的梦想
用零度以下的白昼让他清醒

他一旦醒来便是个盲人,只能看见
石头上冷却的酒,杯底的黄叶和落英

在燃满松烛的林间散步,鸟巢已空
自上一场秋雨漫过,他的表情就不曾换过

而阳光之外依然有菊花的村落
有微凹的古砚凸起一滴颤动的墨珠

在寂静弥漫的高速公路上
最后一场秋雨正在落下

1995 年 6 月 8 日

# 临风之窗

## 一

在临风的窗下,打水的女孩
像早晨的光线,轻轻走动

你不要把她惊吓
你不要强迫她离开

因为在临风的窗前
生命是如此短暂

在清洁的木桌上,摆着晚餐
她将满意地坐下,垂下双眼

仿佛生活刚刚开始
沉思中惊醒的人,会将她看见
也听见云层中鸟的翅膀

## 二

这样的日子不会太远
临风之窗向盛夏敞开

未来是海上的一场暴雨
带来鱼群失踪的消息

在没有客人到达的傍晚
我们会想起去年的书信和话语

而去年的候鸟都已飞回
日光加深了她脸上的雀斑

如果你有时得不到她的回答
那一定是愉快的灵魂又在经过

如果你梦见雨打荷花
你会发现她睡在黎明的草间

## 三

秋天,临风的窗前
她会日益消瘦和沉默

她失踪的次数越来越多
带回更多的野花,木柴,石头

晚上她会点数它们
端详着,反复地叹息

她会在深夜突然起来看你

仿佛你是一个陌生的客人

像个小巫女她赤足走过草地
把灯点到远远的湖心

你会频繁地梦见她
梦见大雁带走了瓦上的水滴

# 四

当落叶在镜中堆积,层层叠叠
失去坚果的松鼠气愤地尖叫

更快地转动辘轳。温暖的炉火
将映出她猫一般的神情

像一个高潮后不情愿的恋人
安静得可怕

我将编织一些谣曲,一些传说
激流环绕的巨人的岛屿

微微发胖的她会解开发辫
在我转身时做出鬼脸

我会梦见蒙面的孩子
径直走进我们的房间

1995 年 6 月 15 日

# 临海之窗

转向大海的脸迎头遇上了日光
又长又宽的波浪缓缓退向天边
海洋屈服于正午透明的威力
让我们望见更多的事物
高处白色的墓地，倾斜的屋顶上
鸥鸟散步

每一场新雨都会替我们写下诗句
林间的松菇，阶上的苔痕
到夜里你就是水妖，披散开头发
等我熄灭最后的灯盏
你轻轻的歌声令海岛在梦中辗转
抖落下烟雾，月光，果实

雪水愉快地流进悬空的木槽
头顶牡蛎的野兽目光迷离，在屋后徘徊
当我在黑暗中寻找你的双手
你怀中蓬松的水鸟
大海会在沉默中动荡不息
那是南风下的河流向黑夜不停地奉献

我不会羡慕任何人，我不会再想到
往昔。没有荣耀，没有耻辱

世上再没有什么,与我们有关

蜂箱里会整日流淌欢乐的歌
四季的风带来泥土和种子
也带给我们疲倦的满足
没有天使,也没了恶魔
我们能爱多久就爱多久

1995 年 6 月 16 日

## 纯粹的工作

用一个上午,写下一个句子——
"夏天的亲人步步紧逼
在每一寸泥土,洒下热泪。"
第二天又把它划去
这些日子我写得少多了
我决心多写一些

"我看见夏天的亲人
像镜子互相梦见。"
或者"我想起去年你在希腊
在采石场沉思的表情。晚霞和牛奶……"
夏天的精力在分散——
云层上灰色的闪光,玻璃上的污渍,蝴蝶
燕翅上的水滴,高塔,海中消失的脚印

看起来事物之间没有太多关联
其间的空隙，完全可以自由穿行

又有一日我写下：事物
只是用虚词松松地连接着
在棋子码成的堡垒后
有人在不断转动纸折的大炮
"夏天的亲人步步紧逼
渐渐露出微笑和牙齿。"
是否我修改了字句，事情就会改变
甚至会推迟时间和命运
可我更关心天气，许多老人在酷热中死去
或者为自己准备一份午餐

于是一整天我都在河上漂流
或者在流沙上散步，踢着石子
仰望"云彩"，"云彩水中的倒影"
和"白色的大桥"，可我依然感到虚幻
似乎我依然在词语中穿行
依然是在一首诗中，消磨

1995 年 6 月 17 日

## 你不能看见更多的景象

你不能看见更多的景象了

你未曾如我一样悲痛过

你只是在研究晚年,你的影子会带来更多的影子
它们对梦见雪地上的鹿角各有解释

我们了解的事情多么少:是什么力量
迫使苍鹭在雨中大声讲话

对我们闪烁其词,抖落羽毛和水珠
同时用脚爪刺破软泥里的电线和虫卵

去寻找隐士。"他在上面采药,我想你
找不到他。"莫非他已摆脱了肉体,化成满山雨雾

去年夏天我们的河又多了一个转弯
有时我会纳闷,我的家人是如何恋爱的

那些树满足于所在之处,随风摇摆
我们踢着树叶,在路上走来走去

天使在无形的树上爬上爬下
我们每一个动作都是青草上的压痕

我要做的是另一个人,我需要的是另一种运动
事物重叠的部分:发黄的垫子,汗水,平坦开叉的
　　阴影

我们还会得到一些：叶子，烟雾，果实
像没有自尊的动物，在无力到达的地方生活

1995 年 6 月 18 日

## 另外的躯体

研究烟雾的人，带来了灯光和鱼
他粗糙的大手雨一样冰冷——

"你们不会遇到更多的灵魂，通往罗马的路上
都是坟墓，距离并没有改变。"

而作为诗人，我的工作就是将"不会遇到"
改成"遇不到"，然后再改回来

因为事物，只是用词语焊接在一起
广场上的铁皮乌鸦，头盔，胸甲的接缝

我热爱的是我尚未见过的一切
只有把后背靠在岩石上，才能看见

严霜正降落在屋顶，宜于眺望的秋天
打开了铁门，释放出浓雾，马群，叶子和风

对于世界他无需忏悔，对于仰望的眼睛

他又过于明亮。对于爱，人类是多余的

我们至多是在临摹他的影子，我们至多
听到了笑声，却找不到树梢上的风

秋天渡河之后，圆滑的石头露出了水面
像巨大的脚印，谁踩着它又渡了一遍

云雾山中采薇的人，没有影子
他已变成蓝色的晴空，变成烫手的草药

他的躯体腐朽已三年，在黎明的草丛
我们摸到冰冷的雨和空洞的衣袍

现在他是我们中的任意一个
我们任意一个，却都不是他

在我们的血中保存体温，一个庸才
时来运转，在大道上飞升

那剩下的人没有安慰，放声大哭
被情欲照亮，却找不到自己的身体

死者的心灵花瓣一般凉爽，为生存提供灵感
隔开两个世界的镜子，一面肮脏，一面明亮

那被驱逐的盲人，曾见过可怕的终极之美

当岁月焚烧,鸟挣脱灰烬,才能睁开眼睛

1995 年 6 月 19 日

# 诗 艺

他正提前写下晚年,晚年的诗歌
当他完成,他会坐在屋顶上看火车过去
看云看秋雨中冰冷的菊花
或者在落叶上,写下一些无关紧要的字句

经过了意气消沉的青年和劳碌的中年
他的骨头被风吹凉,敲击明月
青春会重临,早年拒绝的爱会回来
厌倦了思想,他要尝试真正的生活

世界,请原谅一个老人的疯狂
他已还清欠下的债务,用一生最好的时光
他已泄露了太多神的错误
他因此没有欢乐,也早已丧失了健康

有多少次他中途醒来,怀疑命运的选择
他忍住饥饿,只为将看到的一切
向世人传扬。如果他的言语混乱模糊
那是可怕的预感将他俘获

既非神灵也非众生,他是两者之间的荒芜
是白色的牺牲,在祭坛上旋转,颤动
可曾有人将他倾听,并随之出门
追寻云层上的闪光将一生虚度

他熟悉严霜的所有形态,像知晓秘密的龙虾
被灯光牵引到集市。他曾听到
埋入地下的合唱,他曾是荷马和但丁
是疲倦的奴隶,透过尘世窥见天堂

被盛怒的神灵追击,又为尘世所抛弃
他是失群的鸟儿,在空旷中筑巢
神的火焰,众人的石头,用骨头惩罚肉体
靠双手劳动的人终会过早死去

现在他祈求诗神,赐他昏睡的毒酒一杯
只有在幻梦中,才能重温那秘密之美
没有荣誉和爱情,也没有安宁
他无处存身,只能日日沉醉

1995 年 6 月 19 日

## 临河之窗

透过被烟雾纠缠的叶子,可以看见
河上红色的浮筒,一场久盼不至的大雨

抬高了水平面。在临河的窗前
木梯落满了花瓣,野蜂潮湿的翅膀

慵懒多梦的人模仿虫鸣
他的声音引来了飞鸟,引来了更多的昆虫

对于扑打的手它们过于弱小,只有一夜光明
它们只想在绿纱灯上,快乐地绕口令

拨开草丛可以发现带斑点的鸟卵
草中满是半成型的生命,你不要到处散步

华兹华斯将去写芦苇,而不是水仙
它们站在水滨合唱,仿佛能集体升天

我什么都不写,整日在林中游荡
希冀挖出山神的珠宝,挖出七个偷牛奶的小矮人

肉红色的小水鼠在河中旋转,下沉
当它们浮出另一片水面,会穿上光滑的衣服

和落日分头下山的岩羊衣衫褴褛
却有梦想的乌云涨破了瞳仁

林中没有隐士,只有夜枭在咳嗽
三月,龟露出水面。瘦削的苍鹭在大步行走

我的忧郁被早上的寒意暂时减弱了
我的口袋里还有花粉，我还有时间犹豫

有人把信写在树皮上。我们不在的时候
一队蚂蚁，拜访了木桌上的糖罐

白天都做了什么：采蘑菇，做爱，吵嘴
在屋后挖一条水渠，把树叶填到窖里

记忆越来越少了，未来是一场蒙蒙细雨
是从河边到屋前提水的距离

我会向你的水桶里投石子和樱桃，你会笑
你一直在笑，笑那些宽宽的波浪

月亮会尾随我们走进小屋，不声不响
河水涌进窗口很久我们才会惊醒

1995 年 6 月 21 日

## 洪水过后

从今天起，大地将没有阴影
海水在退缩，露出树木和屋顶

城中再没有义人，再无人回首

索多玛和蛾摩拉,像两个妓女躺在水中

霹雳来自山顶,它没有其他的劝告
祈祷,并不能阻止光辉的衰减

被俘获的奴隶,想做一个没有记忆的人
他曾用橄榄招待过不速之客

加百列和熊都喜欢蜂蜜
我看见蜂巢在水中翻滚,而蜜蜂在哪里

乌鸦紧挨着坐在一起,羽毛压着羽毛
表情呆滞,修道士却越来越少

当我看见愤怒的神面色发黑
我不知道谁还在相爱

当我的心中只剩下仇恨
我不知道我是谁

在不停吹拂的大风中
除了不断延长的终结,事物没有结局

我会梦见大风吹落的果实撒满屋顶
梦见另一个人,颗粒无收

在饥饿降临之前,麻雀钻出土块

像洪水,漫过碎石累累的庄稼地

从此你不能说石头中没有流水
没有人在里面敲打,没有灯

从今天起,受难和获救都只是幻觉
并无必要承担梦见的一切

大地空如祭坛,只有烟缕没有牺牲
而孤独就是你最初和最后的奉献

1995 年 6 月 22 日

# 秘密的财富

秘密的财富是一块梦中土地
它离开人世不远,却可以放心地种下梦想
没有道路和车马通向别处,它没有邻居
没有可以辨识的边界,一片树林
为它保存了冷雨,一扇柴门向远方敞开
透过纠结的褐色虬枝,大河上波光粼粼

广大的阴影,尘土,耀眼的地平线
统治漫长的白昼。烈火,马群和刀剑
与平原缔结盟约,夜晚的光辉
被月亮接管: 不存在遗忘这件事情

只有无穷无尽的变化，直到有人用歌唱
恢复那古老的秩序，和死者洁净的面容

罂粟，皮革，冷静的匕首。哺育心灵的
仍是那英雄的传说，洒在门口的
晨光和露珠。从滚滚的乌云中
谁能辨识出飞鸟，谁就能找到湮没的路径
到达回声的花园。谁就能看清
天空中焚烧的是落日还是天使

白云转眼就到了天边，使大地更为孤独
越来越大的黑点伸出四肢和轮子
碾过潮湿的烟叶，最后是在蓄水池中
翻转地漂浮着。凉爽的夜晚
每一片阴影都可能是一个人或一个灵魂
突然陷入沉默的一定是触到了爱情

在灰烬上建立围栏，开满花朵的坡地
一直延伸到室内，带着河谷的雾气，珍宝
午后倾斜的阳光。心跳和圆石贮存在仓库中
脱胎于幻想的飞鸟，向眼睑喷吐火热的气息
那胸怀起伏的诗人妄想把一切变成诗句
在诗中包含林中腐烂的木材，在另一首诗中

包含一个夏天的雨滴。他用尽了岁月
用尽了周围的事物：反光、脸孔、花园
漩涡和空气，仍没有写出那唯一的诗

流浪者的神情,招来不速之客的孩子
那唯一古老的言辞,将包含多少国土:
那忧惧,那阴影,那尚未诞生的一切

我们消耗了日光、冷水和希望,消耗了白臂膀的女人
带来的睡眠和温度。巨大的石柱
把阴影投向天边。在大地的讲坛上
唯有暴风雨在发言,在被出让的躯体上
培育未来。一块梦中土地
徐徐降落,在新的世纪,它没有国籍

它属于一个没有真相的时代,来自记载
没有道路通向它,却有人从那边回来
他就是荷马,就是博尔赫斯,是柯勒律治
从不存在的宫苑一觉醒来,带着阴影
和数不清的小径,供我们穿行
在加深的暮色中,谁能分辨他出自哀悯的谎言

1995 年 6 月 26 日


## 奇妙的收藏

每天我都希望能为我的收藏
增加些什么:硬币,揉皱的纸币,一瓶子空气
一些词语和一些破碎的句子
事物和事物的名称

杂乱地堆放在一起
有时它们会互相混淆
一些纸币失踪了,你能在纸上找到
"一些纸币被抚平后买了冰冻天使"
那是一种冰激凌的名字
常常是这样:肥皂,"喉管"
组成了——"一块肥皂卡在夏天的喉管里"
而"理智"和"工棚"则自动组成
"理智可怕的工棚",出现在一页书中
有一天我发现自己像一个小贩
默默穿过低矮的工棚


事物不断地变成词语,消失
实体的钥匙插入词语的锁孔
打开的是语言的抽屉
未完成的诗,写好待发的信,照片背后的题词
它们介于词和实体之间
因为它们需要一双阅读的眼睛
以变成完全的词语
"抽屉里没有蛇",那就是说
抽屉里没有蛇,却有蛇的副本
无害,却足以让我发冷
让我听见它吸气的声音
这和房间里没有女人有些类似
但生活并不因此变得简单
如果你的女友突然失踪
你会在我的抽屉里找到她

不过她已被拆成了不相关的部分：
大腿,脸蛋,胸,毛发
已经没有可供辨别的个性
诸如眼波的流转,和腰肢的轻盈


大地上的事物越来越少
而我的野心不是很大
下一次我收藏的是一座料场
和一个正在拆除的煤气公司
那些玩具似的红色汽车
有秩序地进进退退
我已观察了很久：它们一直
在把生锈的铁搬到最靠里的地方
那些工人还没有发觉
他们已变成了动词
一直把名词们搬来搬去
他们已不能拿到可以流通的货币


装满细沙的瓶子在窗台上旋转
我每天都梦见沙子又多了一粒
要慢慢把我埋住
从那样的梦中惊醒,我决定
让一些词语再转化成事物：
让诗变成铅字和纸币
让电报追回正在变成风景的人
把瓶子和沙子分头抛进江心
当一切停止,我发现

我也是寂静收藏的一个词语

1995 年 6 月 27 日

## 歌：献给萨福和海伦

白日的美人收拾齐整，束起腰肢
她会在门口遇上饶舌的同伴，矜持不语
在女子学校她学习箴言，沉思和行走
采集三叶草，朗诵诗歌，她的笑声
使那严肃的人又悲伤又愚蠢

这目光严厉的美人一天天成长
在风中前进，爱着我们从未见过的事物
她的美拒绝了尘世，嘲弄着我们的热血
她与谁私通，在秘密中沉浸
在幽暗凉爽的内室，她拥有多少白色的衣服

接触过这双嘴唇的一定不应是凡人
谁能揭开他的身份？到黎明
他便是草叶上的露珠，天边的一缕霞光
或者退向浓雾深处的一头波浪
高傲的她怎能向一个血肉之躯屈服

这就是她，将去经历烈火，奇迹和无数个世代
经历无数个男人，英雄和魔鬼

却纯洁得仿佛从未被触摸过。这就是她
挥霍了大海,口含灰烬的河水,骑兵和舰队
让我们在白茫茫的海上历尽艰辛

当回归故乡的明月举起我们的骨头,她依然年轻
纤足越过溪流和白色的山石,寻访隐士
她已忘记我们,忘记她曾是神犯下错误的借口
她的美使落日平静,使河水高过屋顶
时间,星辰,远征,多少鲜血和国土
都化作她的春梦一场

1995 年 6 月 28 日

# 菊 花

菊花向秋天生长,在它的叶片后有不为人知的世界
浑圆,被哺育。在第一朵菊花开放之前
大地将充满回声,长空灿烂,嘴唇上疾病消歇
早晨手握圆镜奔跑的孩子,将梦见唇边的花瓣
而我将梦见月亮,酒,白色的山石
清凉的长风一吹,孩子便会长大
他们未被触碰的嘴唇,将说出纯洁的死亡

在肉体中停止生长的植物,在外在的世界
也会无声无息。它们混同于大地上的生命
被轻易地移入阴影的花瓶。头戴龙虾的人

轻易地击退了波涛。两个平行的世界
像卷尺拉出我们的身体。它们将在新的躯体中
合而为一。菊花是火焰,然后是尘土

喝下骨头里的液体,你就能同时看见
正在出现的和正在消失的
它们在草地边缘的树林中相遇
在喷泉的渴意中,交换着身体
像水与水的摩擦。寂静降临,再次复活了
地下的合唱队:草地,一张旋转的密纹唱片

当黄金的花瓣卷起露水,铁屑和冰冷的蜜蜂
大地将是透明的:你将和一些大而黑的
茫然直视的眼睛不期而遇。海水,火焰,头角峥嵘的
生物,仿佛在一个塑料顶棚下翻腾
幽灵圆如紫茄,如多刺的黄瓜在硕大的红石上
结实累累。一辆马车正在花瓣上消逝

这是大风吹起的时辰:一切都是易碎的
仿佛不经意的工匠堆砌的建筑
在一朵菊花中旋转,越来越深,直到通过茎秆
渗入另一个世界——那从未有过的福祉
离往日不远的,幻象的彩棚
菊花轻轻一触,世界就枯萎了
它秘密的符咒在有毒的嘴唇上传递

黄昏的树丛飘起甲壳虫的微光,一直向上

排列到白云深处的屋顶,又被天边反射回来
意象在增殖,这时的写作,价值黄金
而单薄的菊花,一点点被移到纸上
谁会将它们举上富贵的屋顶
像一只只杯子盛接夜露
为醉酒的人润肺:病痛已经暗中转移

冷雨堆积在草上。第一朵花的凋零
将没有回声。在阴影扩散的花园
一个老人对花的想象到裸体为止:花瓣飘落杯中
年龄是一个假想的积蓄,增加就是减少
智者就是那酒醉之后赶走客人独眠的人
他将在山间散步,采摘肥大的叶子
停杯之日,白云边再没有菊花的踪影

而现在,菊花只是草,只是叶子
只是一个决意减肥的女子
与老年有关的骨头,干旱的明月
是和一个女子在山间露营,在溪涧边高喊,濯足
收起帐篷,向更高的山峰举步。她美如菊花
光滑如丝绸,你的女儿或者情人
你将先于她起来,在溪水中窥见往日的容颜
在潮湿的晨光中,仔细打量她动人的睡姿
她裸露在石上因寒冷而收紧的腿弯

1995 年

# 关于希望

诸如希望是虚假的,就像是
玻璃中的风景,这不只是一个
譬喻问题。雨在下,雨一直在下
这是一种事实。雨使花园
成了雨中的花园
喷泉,大理石穹顶,雕像和草地
而透过玻璃窗的是一团团
模糊的色块:树木、花朵和鸟
一个人在窗边望得太久
几乎已无法离去
在他周围的事物中一定有一些是永恒的
否则我们不会活得这么久
几乎像老年的荷马
用一个词语耗尽了大海、落日
和女妖的歌声
而我们惯常称之为希望的
是不是一个粗疏的保姆
在倒退着引领我们的时候
在门槛上跌倒了
白围裙溅上了花朵,开放
使我们无意间看见山羊的大腿
也许,我们一直在压抑地哭泣
并终于被领入了被雨改造的

隐匿了鸟的叫声的花园

1995 年 8 月 19 日

# 我看见秋天的木头

我看见潮湿的木头在秋天腐烂
我看见木头上消失的白发和水
一个孤儿已翻越幼儿园的门栅
没有面孔的人在空中相遇

寄存在秋天邻居的酒
是留给最后的酒徒的
他嗜艺成癖，在微雨的路上
回忆半明半暗微凉的庭院
他将摆脱背影里的脚印
在浑浊的白昼祭奠虚无

隔壁便是秋天，西风催促万物
刚刚还生动的树影，转眼成了一片泥泞
灰扑扑的长袍掩住蒙尘的酒杯
我看见戒酒的酒徒满面病容

雨水腐蚀着一切，一场冷于一场的秋雨
让人心更冷。一切都要求得到清算
再没有时间犹豫在门口

离去的人永远流浪
无人宽恕高墙边冷落的秋月

而秋天的木头在水边翻滚
像绝望的人不停哀号
被一根细绳拖走,横放在寂静的门口
等待一个歇手不干的人走来
坐下,在烟雾中眯起眼睛

1995 年 10 月 8 日

## 纸上深秋

在手和纸笔之间,在灵魂与飞鸟之间
是暗暗过渡的阴影

是白色的山石白色的风,水中的人
向船帮喷溅泡沫,和船上的饮者

保持冷静的距离。水底的心跳
清晰可闻。深秋,山高月小

不辨晨昏的睡者在湿重的帘下
微弯双膝,抵住梦的要害

而在新月的林中,狂欢散后的归人

捂着帽子急急奔走,保持着温度

迷途的旅人隔着溪涧高喊
回声互相模仿,像一个人和他的自我

浓雾从竹叶上滴落。植杖于水湄
痛哭减轻了心灵的疼痛,而寂静过于辽阔

没人能越过它的边界,或者为它
增减些什么。帽子将一些不断推迟的疑虑

倾倒出来:鸽子展翅飞走
乌鸦则倒栽在地上,打翻了水瓶和测量仪

可依然会有人冒雨向更高的山峰攀登
饮尽一年的黑暗,会见孤独

待山谷中的列车驶过,脱口吟出诗句
并不在意是否有隐形的听众

和眼前飞舞的星群。在平放着历史的地方
放上灯盏,书信,一点旧日的衣物

这样的日子不会太多:尘土中还残存着玫瑰的芳香
黝黑的树顶已落下阴影和严霜

1995 年 10 月 11 日

# 客　厅

它应该是朋友们谈话的地方
它应该有很小很小的杯子
和很大很大的椅子
一扇门通向洒满阳光的平台
另一扇通向漆黑温暖的卧室

阳光不能直接照亮它
黑白方格的地板
也不需要灯光
装饰空白的墙壁
那里有丝绸和柚子的香气
凌乱的树，喝剩的酒
和许多不必说出的话
客人直接落座，不用脱鞋
不用向谁打招呼

它应该属于老年，属于私生活
公开的部分，是诗人和死亡搏斗后
暂时休憩的内部广场
有纸折的麻雀散步，剥啄
有伟大先人的肖像，目光严肃
把他环绕

1995 年 11 月 23 日

# 虚构的风景

## 1

每个东西都是空间的一部分
为那未竟之物构成舞台。它们比人持久
不排斥灰尘,也不惧怕腐烂:
一个木塞,蛾子易碎的翅膀
粉末、杯子、纸浆和墙壁
我厌倦了黑暗,这是我的孤傲
当我开口说话,物闪着沉闷的光

它的只是存在,没有内脏,没有外表
没人能够移动,或把它们扔掉
银器,皮质的杯子,真丝衬衣
在阴暗的柜橱里我们摸到它们
保持着存在的庄严,殉葬者一般忠诚
所有的东西都在,讲稿,花束
只有缺席的主人去寻找他平静的外表

而那伟大的悲剧何时开场,给我们带来
发着高烧的人类,嘴上挂着气球
走来走去,摸着骸骨尖叫
吁请高天的光明,从脸上撕下表情
历史像喷嚏落在羊皮纸上

在我的开始处写着结束。每个东西
都是空间的一部分,此外空无一物

# 2

人体披持的褴褛风景。地平线上的高塔
文明高耸的象征。荒芜的铁线草勾勒出
风景的世界,或者本身就是风景
在恶意缩紧的四边形中,众鸟的飞翔
使空气起了蓝色的波动。一条巨鲸的呼喊
一圈一圈扩散到岸上。一个矮小的人物走来
挥动手臂,在暗下来的玻璃中分割了视野

每件东西都在自然地死亡,菊花随着灿烂回声
凋谢,花心裹着露水和冰冷的蜜蜂
紫藤攀上墙缘,像一只只手臂垂入虚无
而废墟上的一把椅子,显示出一场失败人生的
全部尊严……只有人,虚构着死亡的意义
诠释着,却不知道在说些什么
在切开的波浪中拾捡干瘪的草籽

抗拒着四周荒凉下去的景色
在汽车里调整收音机的音量,试图盖住
越来越辽阔的寂静。在光亮的小丘
和弹簧椅上扭动,和音乐一起达到高潮
而后沮丧得说不出话来。蓝天中漂着废墟的倒影
刮雨器无聊地擦拭灰尘和暮色

草中的蟋蟀,寒霜,遍地歌声的碎片

# 3

"注解也就是正文"。无中心的散漫交谈
我总在解释一首未写出的诗,或者
围绕它散步,像一座不许入内的园子
暗中的一股力量始终在阻止我说出
那重要的东西。它是什么? 一条彩虹的空虚
老房子里的灰尘,还是一个偶然装饰了风景的人
蜂巢中传来结晶的声音,蓝色星球悬挂在斜坡上

是否存在那样的中心,值得我们或土地测量员
终生为之忧烦,病倒在冷漠的村子里
最后无奈地结了婚,安定下来
偶尔在劳碌间歇抬起头来,望见远山上的城堡
和丝毫没有变化的积雪,想起自己
曾一度接近那些阴影和传说
而现在只有记忆通向那里
虽然徒劳,却是唯一的路径

我写下这些,并不仅仅是在向命运献媚
转椅突然停住,上帝没有表情的脸
"老板,有什么吩咐?"
一个拉长的哈欠代替了回答
我们究竟做错了什么? 倒退着出门
不断地鞠躬:"是的,是的。"

# 4

用废墟理解风景,一次好的开端
胜过一千个圆满的结束。可我总是在开始
总是调不好收音机的频率。雾中的能见度
在三天左右,这之外全是一片模糊
脑袋卡在拨号盘里,我要给飞鸟打个电话吗
问问银河的情形,是否今年又多了个转弯
污染情况如何

能够持有的都是碎片,用唾液
粘贴成古怪的脸谱,和时代的合影挂在一起
可否把它戴在脸上,去乡下隐居
像大战时的桑塔亚那,避开同类
只和永恒的东西在一起,书,树木,群山
我整日整日地思索,伴着叹息踱步
寻找生活的意义,捕捉一些什么

当我放弃努力,抬头眺望,平原已经空旷
一架飞机掠过收割后的田垄向我飞来
撒下烟雾。晚霞像落日的一摊淤血
在道路上闪烁。纸上的阴影像一首诗

像神的暗示:时间在消逝
在时间的尽头将出现那最可怕的美

# 5

钟声震荡迷雾,钟声把一天结束
惊散的鸽群重新聚集,孵化平民的屋顶
如果你的等待足够长久,便会看到一些
虽然微小的变化,譬如长椅上的色彩逐渐淡下去
暮色聚拢在霓虹灯周围,一辆汽车
在生锈,一个人在花丛中呕吐

但我已厌倦了等待。秋天的阳光珍贵而短暂
透过十月的天空,我看到天堂深处
酝酿的一场大雪……但我已厌倦了等待
如果只是为了一个无聊的庆典
或是在逐渐冷落的花丛,寻找
时间另一条秘密而潮湿的小径
它通向一座花园吗? 封闭着回声

和所有消失的事物,挣脱了引力和变化的法则
在那里我们永远捉着迷藏,回答着保姆的召唤
从井里取出冰凉的牛奶,戴着小红帽
认真地猜谜语……或是在一间暖房里
一遍遍重复简单的发音,在彩色泡沫中跋涉
没有太多的记忆,也没有未来

那是时间的一个盲区,在那里
一切刚刚逝去的,也就是即将到来的

没有任何意外打破这完美的循环
仿佛一个手握画册的人
从跳床上高高弹起,在空中的一瞬
同时看清了画册中的公主和铁栅外飘落的秋叶
落下时翻到新的一页,然后再弹起
而高空的景致自动切换到白雪和森林

或者是这样:有人砰地撞开房门
一股寒气涌来,他沾着泥巴的靴子
重重踏在地板上。我们停止了冗长的谈话
或者趁机洗乱必输的一局牌
他可以是任何人,只要结局被无限期推延
"我们干吗不好好睡一觉,醒来便是罗马。"

# 6

其实我要说的并不是这些。被分散的注意力
像灰色云层上偶尔爆发的闪光,无法连成一片
照亮意识与物质的双重晦暗。思想隐入岩石
或者变成海边的月桂树,像躲避触摸的女神
我的工作也许是徒劳的。白纸四周便是深渊
历史性的黑暗。我不断地削尖铅笔
保持精神的锐度,可当我面对

时间的荒漠,我如何保持这一份自傲
这里已经没有什么可以拯救。绿色的蜥蜴
绷紧肘部等待,一阵疾风把它掀翻了一下

历史已经远去：沙丘上的形状有所改变
但是否有圣杯和"十字军"的徽章浮现
让我们演绎出一部史诗

一幕好戏提前收场，剧中人互道晚安
雨丝落在空旷的露天剧场。在遥远的大海上
罗累莱依然在歌唱。激流围绕巨人的岛屿
漆黑的街道通向每一扇窗户，或许奥德修斯
正在街口徘徊，吃惊地望着广告牌上的怪物
和白色的大腿。有时我感到沮丧和羞愧
我没能洞悉命运的奥秘，我写下的
也许只是一出闹剧

1995 年 10 月

## 秋湖谈话

外部世界也就是内心世界，比如
松树遮暗的湖上一个人细数胡须
然后去数蓝色的飞燕草，因此看见
船头插入了沙岸：我们进入内部世界的方式
似乎有些粗鲁，但或许没人会受伤
在那里会拾到些什么？残缺的贝壳
脚印？还是一些怪异的树枝

远处的沙洲传来野鸭孤寂的鸣叫

它们像遗弃的锡罐,一只一只
隔得远远的,几乎没有光泽
偶尔有一只,挣脱一小片云影
又降落在另一片云影中
为什么你把这些:秋湖,叶子,我们
皱巴巴的耳朵,呼吸和风之间的思想
称作你的内心世界,尽管

没人会对自己每一件事物中的形状
感到满足。薄雾是从湖上
还是从你的眼睛中升起
你看不见我。我已经沉默
可你以为我依然在说
说着你想象中我该说的话
(汩汩的水声更清晰了
湖有一处出口,流到下面的一个地方?)

如何想象湖的阴影,一首诗的阴影
或者一首诗的赝品。沙地。狗。太阳亮了片刻
这有意义。你的自我是石头、草、水中的鱼
(或者棍棒、数字、岛屿)
那么你又是谁? 挣脱内心的片片云影
看见船切开了绿色的水面
听见野鸭潜入内部世界前沙沙的振翅声

1995 年 10 月 26 日

# 永生者言

当阳光照亮桌上的白纸,我又开始一天的工作
外面依然是塔楼,圆形的草地,春天
今年草地上又多了一种花,或许真正的花只有一种
其他的都来自变异。我们称之为新的

不过是局部细微的调整。自从第一个词产生之后
过了许多个世纪,词典在不断地增厚
都是为了解释和追忆那第一个,它是
"光",还是"上帝"? 没人再能记起

由于这个原因,城邦间战事频仍
不断地分化为操各种语言的种族。在凯撒的军团
我做过指挥官,我也可能在安东尼那里
他总是抱怨天气太冷不起床,其实是被那个

众所周知的女人伤了心,她总是给得太迟
直到安东尼灰心绝望,她才明白自己是真的爱他
真可笑,通天塔焚毁了,便去开凿地下王国
火把在岩洞晃动,无出处的风,阴森而潮湿

这一切人们称为历史。我在佛罗伦萨玩占星术
翻译《伊利亚特》,那是在我写下它
一千二百年之后,我已经忘了它原是出自我手

现在我已不再关心到底谁是作者
在无限长的时间里，消失的一切都会重现
我已经厌倦，甚至写作，这曾经神圣的工作

我又能说出什么呢？并且
即便存在重要的话，即便我不去说出
也终究会有人把它记在，羊皮纸、竹简，或白纸上
铅笔坠落在玻璃板上，铅笔又坠落了一次
这一次我依然没有听清那撞击声：
先是石墨与玻璃，然后是木头与玻璃
但没有关系，我总会听清它们

阳光照亮了书卷，照亮了一两行冷酷的诗句
它们是我刚刚写下的，还是一个叫博尔赫斯的人
已经写出的。我是在布宜诺斯艾利斯
还是在中国？这些都没有意义

1995 年 10 月 27 日

## 关于这场雪

这场雪带来了沉寂
带来了颤动的马达，距离和思念
在大脑的两岸上堆积白色
松软的雪片从枝头撒落
但我并没有看见鸟儿起飞前

树枝的下沉

墙,车子,倒下的树木,门,生火的小屋

雪使事物的轮廓臃肿,将无关的东西

连接成一件奇异的雕塑

或童话里的怪物

这场雪使车抛锚

使许多人迟到,空闲下来

雪减慢了生活的速度

让单车后座上儿童的眼睛更加明亮


雪在昨夜落下,无声无息

夜里我梦见无希望的父亲

奇迹般恢复了过来,只是

植入胸口的塑料总在生长

我激动地扑到他身上

母亲在一旁欣慰地笑着

斯奈德说过,雪是人世间唯一可靠的事物

像死亡,永恒,和虚无

我没有想得更多。父亲在六十岁时死去

在一个炎热的夏天。现在我站在雪中

我想到的只是几个简单的词语

树木,沉寂,路上肮脏的扑克牌

想着这才是十一月

这场雪只能停留很短的时间

1995 年 11 月 23 日

# 神圣十二月

又是寒冷的月份,无尽的旅途
自我们离开故里已经五年。五年?
兴许更长。但奇怪的是仿佛从未有过
温暖的雨,绿荫和白色的柱廊
让我们摘下帽子,用手指梳理
板结的虬发,让雨落在干涩的眼睛里
继续一场庄严的谈话。那些妇女的裙子
被风吹鼓,像灰色卷心菜
她们从未给过我们牛奶。多少面容
已经黯淡,多少港口上空寂静的星
只在越来越空虚的记忆中增添了
无用的微尘。或许雪水濡湿的稻草
倾颓的马棚,和冰冷的食槽
能暂时唤起一阵兴奋,草料
柑橘和胶糖混合的气味,使我们记起
旅行的真正目的,我们模糊的身份
你问我的名字?我已经忘了
而且那并不重要,重要的是寒冷
泥泞,饥饿和困惑
我们正在忍受的这些希望
必须具有某种意义,得到解释
就像一张纸片证明你的生存:
大声咒骂,豪饮,踢开门向树叶上

撒尿,发着高烧滚来滚去

最可恶的是无知的误解,到处是

冷漠的市镇,空如门洞的院落

得不到休息,没有热水

马的肚带深深陷入肋骨

有几次我们被当作流浪汉或逃犯

被塞进了警察局,丢在草堆上

幸好那些珠宝和吓人的疟疾

使我们没有被送到别处的监狱

或者真该归之于这个月份的神圣

和预言中将要发生的一切? 神圣,是的

就是这个词。它掩盖了处女生育的

不光彩,并使那父亲感到冷落

如今一切都显得滑稽而可疑

想想,一个赤裸裸的婴儿

他可能在任何一座村庄

任何一个马槽里,被谎言围绕

而我们就要虔诚地献上礼物

三个白发苍苍的老人,曾经富有

曾经坐在东方的花园里,弈棋论道

……除了寒冷,疾病,旅途上日甚一日的衰老

还有什么,能稍稍安慰一下沮丧的心

给我们勇气,踏上艰险的归程

　　现在那一切都已模糊,像倒置的望远镜

混淆了生死,神圣与卑贱。树木和岩石

有如绒毛。牧群,活动房屋,迁徙的候鸟

则如同黑暗聚集起的雾气。哪里是喜洋洋的眼睛

飞扬的彩色纸屑,食品店拥挤的孩子
哨子,网兜,纸袋,便宜的蜜饯
街车摇摇晃晃把人群运往不同的地区
灯泡和塑料松树,仿佛每个人都得到了新生
伏特加和中国香料的气味,更加证明了
寒冷和神圣的内在联系
使奇迹的出现变得不可避免
一个人在读到某一条消息时
戴上眼镜,提高了声音
人造的气氛和酒精使人群
更加兴奋,虽然没人能分辨出
未来的形体,是裹着披风
出现在耀眼的门洞,还是
在雪堆上插满彩旗的中央广场
伴着一声霹雳,或者电子爆竹的
鼓噪?一艘货轮终于破冰入港
载来了另一个国家的雪和云朵
它最重要的出口。如今又是
寒冷的月份,母亲们不用再藏起
自己的孩子,他们在温暖的白色房间里
来回奔驰,当钟声响起
便涌到窗前或斜坡上,仰望夜空
而我,一个只剩下回忆的老人
既无智慧又无喜悦
坐在黑暗中,分不清哪一种结局
更糟,更神圣

1995 年 12 月 12 日

# 1996

## 穿过冬天的薄暮

这是冬天的薄暮,办公楼前的水泥广场
被雪堆和塔松所围绕。通勤车里
拥挤着一张张疲惫的面孔,带有一丝兴奋
渴望着食物,不同的灯光,寒冷的休止
一个门警倚在靠背椅上摇晃,他的脸
出现又隐没。行人渐渐散去
我绕个弯,并不希望遇见更多的东西
只是让清爽的寒意抚摸我沉重的眼睑
和僵硬拉长的眼球:一下午我都在读
英国人的诗。他们写到散步
一个三十年代的老校长用不透水的鞋
拨弄每一件不寻常的东西
还写到火炉,炉边用草莓喂乌龟的小女孩
她们总是配合不协调。而在哈尔滨积雪的街道上
我想着自己来到这个城市已整整十年
十年! 我认识了几十个人,也许更多
(需要列出他们的名字吗
兴许有一天我会这么做的)
他们并不了解我,和我的诗
其实我也不关心他们
现在我写的这首诗(如果它是的话)

有点像奥哈拉,我指的是
《拉娜·特纳崩溃了》那首
但我不能告诉别人,他们也不会承认
还有我诗中可憎的陈腐,塞壬啦
博尔赫斯啦,奥赛罗啦什么的
奥哈拉在1966年死于车祸
是在深夜的海滩上。他在那里干什么
在思考大海、黑夜、死亡的关系吗
一辆汽车从身边飞驰而过
真遗憾! 又失去一次成为什么人的机会
人们隔着七重面纱和我交往
它们不会突然脱落,让他们认出
我头上的星星,或额头荆冠压出的痕迹
路灯连接起每个路口,像存在间的过渡
只是小巷中的黑暗与大街上的不同
一个是小偷,一个是在出租车中间挥手
跳开,咒骂的假大款,他的手机绿莹莹的
上面的数码在自动组合成一个天文数字
一份财富?"我跟你说的都是最本质的
我要负道义上的责任。"一个女学生
对同伴说。当我们有意擦肩而过
她们笑了起来。孤独使我羞愧
夜色中那些身裹裘皮的女人多么高贵而美丽
我想给谁,任意一个谁,打个电话
证明我还活着,或者我身在何处
是地狱的边土吗? 那么我该能遇见
那最伟大的几个诗人,荷马,维吉尔

奥维德,贺拉斯,但丁,我恨你们

甚至在地狱里也没给我留个位置

我的朋友们,在那黑色的光线中

你们还在一遍遍重复不知何处发出的口令

在白茫茫的树林和广场上悠游?

或者像我现在这样写下调侃的诗句

献给彼此,心中充满友爱之情

在疲惫中隐含着对世界的蔑视

肮脏的街道像地毯,通向灯火辉煌的

大歌剧院,而我像个凯旋者

挣脱了滞闷的一天,行走

沿途撒下思绪的碎片

幼儿园里孩子们拖长的尾音

仍在延续着,一种既不能结束

又惧怕开始的尴尬……

1996 年 1 月 10 日

## 与马原的对话

我把你的眼睛挖出来当泡踩

那我就用两个眼窝的空洞目送你过街

我把你的头发揪下来

那我就扯着它离开地球

我把你的鼻子割下来

那我就用割下的鼻子拱你

我把你的嘴唇撕下来

那我就用它组合一千种微笑给你

我把你的耳朵拧下来

那耳朵就会在空中飞行,寻找你疯狂的笑声

我把你的手砍下来

那它们就会更紧地拥抱你

我把你的腿砍下来扔到大海里

那它就会像海豚划开折磨你的大海

我把你的指甲剥下来

那它就变成月亮照耀你的无眠

我把你拆成零件扔到窗外

那它们就会在你的梦中组合成你的玩具

1996 年 1 月 19 日

# 居停主人之歌
## ——给王建民

## 1

你带着美酒在阶前盼望

一朵白云停在你门前的草地上

当夜雨断断续续,两只相对的烛芯

把光晕扩散到草窗外的池塘

青色的鲤鱼在池底缓缓搅动

漆黑的高树站在屋后倾听

黎明你不知去向，只留下
木桌上滴水的蔬菜，小鱼
和一首新诗。云雾遮住的高处
传来斧斤之声，和若有若无的歌声
循着无人打扫的松径，会找到
山坡上一眼青苔覆盖的山泉

## 2

在草屋顶上的露水消失之前
还有时间回忆昨夜的梦境
忘记客居的身份。你的妻子
只在家庭的一部分区域活动
你的书落满了灰尘，被我的手指触动
很久没有写什么了，望着南山的云彩
整日变幻。寂寞是山中的蝴蝶
是沉睡在泉水下的斧子和马
种子撒在天空，屋顶上的藤蔓
渐渐膨胀，但在浓荫下面
已无人再默然地凝望星辰

## 3

我们曾是朋友和同学，在早春的山坡
受教于同一位诗神（你总是想一把扯下
她的裙子）。如今再用诗歌去打扰你
未免残忍。你在一处山清水秀的地方

下了车，把湿湿的行囊抛入稻田
接过田埂上母亲满溢的水桶
再没有无出处的风吹开紧闭的门窗
你说这就是生活。虚无是一种事业
你以友谊的耐心，听我重提过去
岁月仿佛越过险滩的激流
明澈，平缓，开始缀上绿荫和鸟鸣

# 4

南风带来倾斜的天空，雨水洗白了
草丛中的新月和凌乱的草窝
沉默的根须向更深处探索水源
我已经失败。诗歌甚至不能
帮你超过你的邻居。如果可能
我会用椅子上的一把绿葱
纠正命运的发音。当我们颤抖着手
在风中的大路上点烟，然后
一起沉默地望着遍地的庄稼
当犬吠擦亮了灯盏，我知道
你纯朴的笑脸仍像炉火一样发亮

1996 年，记梦

# 献给陶潜的六行诗

蜻蜓突然多了起来，提醒我已是秋天

今年我对季节的变化已没有往年敏感
证明衰老已从湖上的漂木传到了胃里
道路拐了个弯,钻入沙沙响的树叶下面
衰老带来智慧:草还在无情地绿着
湖面高过了屋顶,高过了颤抖的电线

自从我们结邻已有三年,日子不短
足够了解你的酒量。晨露未干
你便上山去,去化成云雾
你需要改变。掌灯时分你又回来了
身上满是岩石和树木的味道,很疲倦
我不知道夜里你还能否读书
在经历那样变化的一天

你渴望变成乌有的愿望始终是一朵菊花
在冷冽的秋光中握成一个瘦硬的拳头
对着现实挥舞。菊花在檐下在酒里
谁把它们和螃蟹摆在了一起,像两个相似的想法
被你爱抚过的菊花都变成了词语
一线天光向它倾注,仿佛整个宇宙在汲取一种清凉

对应于心灵的四季,为何你独独钟情
这苦雨连绵的秋天?大雁带走了菊花
酒杯里积下尘埃。收下的粮食刚够酿坛新酒
就会有人拨开长草而来。稚儿不思学习
满坡寻找大风吹落的栗子
还是饮酒吧,且回忆盛夏辛劳的时光

南山上豆苗稀疏，露珠像剥了皮的小兔子
到处乱窜。必须找到它们的巢穴
挖出秋天的根。一只幼兔从坡上滚到锄边
一动不动。杂草穿透趾缝疯长
田里几株孤零的葵花，像涉水的鹤走远
可你必须工作，必须再走上五里才能安歇

写诗是不得已的事啊，近乎自娱
有时也读点儿历史，读更早的诗句
更多的时候是让书摊开，看光影
在江心游戏。有许多事物我们到达不了
那还写给谁看呢，北窗下的新葵已郁郁葱葱
它们使室内凉爽而幽暗

要有什么样的心情才能在花间久坐
在烈日和四处飘荡的尘埃中看阴影缩短
每一阵轮声都带来更多的灰尘
世上每一件事物都可以让人们离开
人心的距离像城里到田园，越来越远了
而越来越近的是重阳节，寂寞无酒的那种心情

1996 年 8 月 20 日

# 快　照

苍白，凌乱，孤零零的

仿佛毫不相干。你傻傻地笑着
在另一张中又表情严肃,站在母亲背后
草地上开满了花朵。转眼又是秋天
在割短的草丛中秋虫曼声歌唱
继续相爱。在一片枯黄中你发现
一簇蓝色小花围成的花环,中间是一堆卵石
和几根绿色的蓟草。自然的献祭——
万物在虚无之火中猛烈焚烧
铁丝网勾勒出风景的边界,耕地上
游丝闪烁。"每一事物的内部都是灰尘。"
一些人匆匆消失,为了在转换的背景中
再次出现。你六岁,戴着凉帽
胸前捧着红塑料皮的毛主席语录
父亲穿着军装,奖章闪闪生辉
二哥在另一侧,也捧着语录
斜眼望着别处。在"向阳院"里
你手握红缨枪,站在人群外围
一副迷惑游离的表情
你暗暗喜欢的不知名少女
就在人群中间演白毛女,转着圈子
那是第一次你尝到失望的滋味
而在大学的校园,阔叶梧桐滴着秋雨
石凳上你的廉价花西服皱巴巴的
草地上开满了花朵,大片玫瑰
在风中翻卷,也许是月季
还是那身打扮你出现在哈尔滨倾斜的街道上
满面胡须,好斗,孤独

背后一片紫色的丁香,细雨蒙蒙
很快,一个年轻女人出现在你身边
幸福地笑着,很快
一个戴凉帽的小男孩出现在你身前
表情严肃,握着一个变形金刚
很快,他光着身子在泥滩上挖贝壳
阳光和泥水从他光滑的四肢上淌下
转眼又是秋天,岛上的草籽
发出晒裂的声响。有时你留在家里
想象着他们母子,在水中发出惊叫
最后半睡半醒地回来
抱着湿漉漉的衣服和树枝
像一张彩色照片,突然出现在
一大堆凌乱的灰色记忆中

1996 年 12 月 31 日

# 1997

## 黄昏缓慢地降临

黄昏缓慢地降临。闪光，来自灰烬
和枝头细小的雪花。每一种声音
都变得响亮。黄昏降临或曾经降临
在某个废弃的庭院，越过潮湿的烟雾
给藤蔓阴影中的果实增添甜蜜
炉灰里的蟋蟀像一枚遗落的棋子
父亲仍在修理篱墙，手中的铁丝弯曲闪亮

但午后的宁静已经不再，火和盐
抹去了躯体上无数的昨日
当昏黄转变成黑暗，火焰颤抖
我等待我的孩子砰地推开虚掩的门
带来清新的寒气，他呼出白气的小嘴
像红色救生圈，把我从词语的旋涡中救起
救回到这个时刻——我打开冰箱
我不知道晚饭该做些什么

1997 年 2 月

## 春天谈话

"好日子快到了。""但将有一段泥泞

丑陋的日子。"不知为什么,这时我总是想起
四轮轻便马车穿过泥泞的呼啸
乌鸦,眼泪,墨水,青苹果一样
硬邦邦的少女,和那些毫无结果的
故事。天色暗下来。入夜的骚动
从街上传来,灯在厨房里晃动
像透明的果实。"我们都有些消沉
我真担心会一沉到底,再也浮不起来
好在朋友们都来看我,这让我
感到温暖。但在好日子之前
总会有一段日子,泥泞而丑陋。"
我嗑着瓜子,像一个漠不相关的人
"我们来一杯白兰地如何,不加冰
我们相识以来,九个年头已经过去
一切都将成为历史,包括这个
春天的夜晚。"白兰地辛凉的气味
刺激着麻木的感官
"我们都过于消沉,消沉——
我们身边的事物都在死去。但消沉
也许是某种隐秘的智慧,懂得
自己的局限和可能的结局,总强过
无知的喧嚣和自欺。"电视里
在播一部平庸的片子,反面主角
在另一个频道成了英雄
我们看着电视谈话,不看对方
近年我们不常见面,但也没有怎么疏远
似乎可以一直这样,直到——

"我该走了。"街上,行人已经稀少
月亮又大又圆,我第一次看到
春天的月亮是这样美

1997 年 2 月 16 日

# 寒冷的午餐
## ——献给麦可(1971—1996)

寒冷的午餐持续到暮色降临
在酒精和虚弱造成的困倦中
黑暗在加深,又是这样凄惶的早春
他们刚刚在黑暗中跳上一辆街车
向城市更黑的一端驶去
告别的声音像一团黄色的烟雾
在空中慢慢消散。去年夏天
我们为了一个不相干的人吵了一架
真好笑,我们又慢慢凑到了一起
不再提过去的事。那家快餐厅还亮着
我向里面望去,靠窗的座位
一对年轻男女前后摇晃,像在互相敬礼
我又看见你细长的手指敲着桌子
敲着,直到我完全进入了黑暗——
我总是忍不住想拨打那个号码
仿佛你仍在那里等我
四年,太多的事发生

我却总是记起我们一起吃快餐
戴着塑料手套，捏着刀，像两个凶手
（我在给你的挽歌中写过了
近来我总是重复。是衰老的征兆？）
黑暗沙沙作响。我走入影院
那里寒冷空旷，一些影子
冻僵在椅子里。一部平庸的爱情片
让我几乎流泪，显得庸俗
我看见他们在闪光的家具后亲吻
窗子上映着草地和远天
黑暗把我们连在一起，减轻了我的孤独
为什么我们从未一起看过电影
用粗俗的笑话掩饰些什么
"你总是把现实当作历史，然后
投以惊鸿般的一瞥。"
这世上与我有关的事越来越少了
但生活还不算那么残酷
还给我留下了几个朋友，并且
只要我还有一份工作，我就能
活下去，直到在人世再次看到你
（据说人老了就能直接看到灵魂）
现在被严寒催逼，我快速地穿过
肮脏的街道，积雪，灯光
不可挽回地陷入了某种结局
我还能告诉你什么呢
我总是在梦中会见死者，但没有你
梦见他们还活着，嘲笑我的无知

436

或者做一些绮梦，再一次回到

阳光明媚的青年时代，幸福，得意

像要结婚了，并因此误了去上班

春天又要到了。你喜爱的雪

如今显得肮脏。我还是那么消沉

似乎生活会一直继续下去

并写下这样温暖的诗句

"风吹着野餐篮上的沙粒

风吹着泡沫和花，在海浪带走它们之前

你还能数清它们……"或者

"冬天鸟巢中的沉默和雪"

你那么温和地沉默着，我都向你说了些什么

对了，你的照片要印在书里

但愿你能喜欢，还有我对你诗的评论

我现在好多了，谢谢你，兄弟——

1997 年 2 月 16 日

## 冬末读赫西俄德

白昼在延长，大片的光亮

漫过积雪的山岭。牧夫座在黄昏时分

从大洋上光彩夺目地升起

它将带来尖声悲悼的燕子

和磨亮的镰刀。蜗牛爬上植物

以躲避七星的火焰。而不久前

色雷斯的北风还在海岬上堆积乌云

扯下遍地马群的鬃毛,抛撒到广阔大洋

黑色的宝座上。老人和尾巴夹在两腿之间的野兽

游荡在森林之中。娇嫩的少女

依着心爱的绵羊和山羊

在火畔梦见金色的阿佛罗狄忒

洗完柔软的身体,涂上橄榄油

等待每一个迷路的行人

不知道乌贼鱼正畏缩在没有生火

也没有欢乐的家里,啃咬自己的脚尖

黎明清新寒冷,雾气从闪闪的天庭

弥漫到大地上有福者的田野

休耕地是鸟儿生活的保障,孩子的安慰

自天而降的乌云裹住了你

这是艰难的月份,对人和兽都一样

你只要为牛准备一半的饲料

长夜有助于节省。每一个树丛和岩洞

都可能藏着走失的牲畜或者神女

故事和纺车一起停止了

阴影也在延长,越过积雪的山岭

你该早早叫醒你的家人

只有工作才能真正给人安慰

在令人困倦的夏日,你才可以

整日躺在岩石遮成的荫凉里

躲开炙人的天狼星,享受一杯

比布鲁斯的美酒,听蝉声如雨

用未生产过的小母牛和初生的山羊

祭献给神灵,这样

当白昼和黑夜的长度相等

妇女的放荡和男人的虚弱

像连通器里的水面达到平衡

宙斯会带来秋雨,给最后的果实

增加甜蜜。这时你不要嘲笑

两手空空的邻人,因为贫穷

是永生神灵的赐予,常常是美德

和诗歌的代价。当冻云直立

灰色的春芽告诉你生命又走过了一年

1997 年 3 月 18 日

# 第一场雨带来前生回忆

## 1

事物的存在是一条虚线:雨天的书信

是灰色的,断断续续——

夏天的第一阵雷声在下午三点响起

像诸神在头顶愤怒地滚着石头

一个孩子在搭建"充满邪恶性的"城堡

预言中的燕子还没有归来,剪断十里珠帘

如同黑色的闪电收拢在绿色琉璃瓦下

用青草和红果的汁液浆染洁白的胸脯

雨天里鸟儿潮湿羽毛的气息
被雨压低的烟味,和肉体阴郁的习惯
延长着一个人对衰老的向往

在石头城堡似的小酒馆
他像苍白的孕妇一样沉默无言
而在行人纷纷变成雨雾的长街
他却像醉汉一样胡言乱语——
雨落在远方变成无名的孩子
雨落进烟囱则变成了鸟的粪便

大地上一半的事物已经改变!
树木的鳞片剥落,显露出正直的本色
一场雨将一个人的灰烬运送到远方
南风吹拂的河口,运送到白浪滔天的海洋
当大角星收集起雨水,向诸神贡献
燕子将变成我们的儿女,尖声悲悼

## 2

我对你的思念像这灰蒙蒙的雨天
像一些长久不用的过时的词语——
一群褐衣的麻雀涉水过街,它们
刚刚从茅草和冰缝中惊醒,对于我
现在它们是最亲近的事物,应和着
高空云层里呼啸的气流

是钢铁的羽翼划开直立的乌云
还是大雁的翅膀掠走了冰凉的水滴
这里看不到天鹅,它们还在柯尔庄园
在鼠灰色的激流上尚未飞起
只有这些泡胀的线团般的小鸟
在雷声下瑟缩,被汽车轮子溅起的

水浪掀翻。度过一生有多么艰难
现在我相信事物聚集黑暗的本能
或者它们本身就是黑暗。但我还不能
将之归结为灵魂的缺失——灵魂
说到底——"我们还是再喝几杯
直到我们能被活人看见。"

我还能思念什么?既然死亡像一道
激流,循环穿越生者和死者的双重世界
以至我们分不清自己是在哪一个世界
我的思念会在雨的催逼下一次次
复活,那即将到来的不过是遗忘的
往昔,是同一场雨断断续续

## 3

同一场雨落在城里,落在远方的庭院
倾斜的庭院通向天空,石桌上散着
豆角和毛桃——那季节的书信
碧绿的耳朵。雨中逃走的鱼

像圆鼓鼓的酒瓶摇摇晃晃
雨天的读书者满头雾水

他读到的都是雨和"雨"
他只想到古代和死去的人
他只想把女人当作酒瓶摇晃
大醉和痛哭都是灵魂在肉体中
存在的证明。他辜负了青春年华
只有继续辜负，像马车赶不上时代

他曾是伪装的希腊人、鞑靼人或摩尔人
在特洛伊城墙上磨过剑，掐死过一两个
女人的幻影，在社交功能的大理石澡堂
他做过长老，而无花果和蝮蛇让他丧命
现在他是一个生不逢时的人，他的灵魂
像雨一样，具有诸多变化的形态和解数

池塘生春草，也生蛙卵和蜉蝣
它们的前生是雨、烟雾和果实
是鱼苗躲在宁静的水下假寐
一场雨使大海淡化，使一个人
欲言又止，在充满药香的庭院
对前生的想象使白发暂时变黑

4

其实并没有人在小酒馆里继续一场

前生未竟的谈话。在哈尔滨
灵魂不可能转世，只能变为石头
就像这雨，变不成翠绿的西瓜
灰藿菜和香椿，只好变成
垃圾堆中的瓜皮、烂叶和窃窃私语

雨落在中国变成了一个正在消失的人
骑着旧自行车到处寻找事物消失的门径
雨落在清朝变成了皇帝，落在哈尔滨
孕妇放大的毛孔里，变成了一首诗
变成了一个知己三个诗人喝酒谈心
变成一张纸币被拆成更小的纸币

而诗是伪币，在火中嘲笑着肉体
从天堂到地狱，火焰和坠落都是笔直的
一阵阵大风将雨点刮入深渊——
上帝惩罚不义的人，但在高楼遮蔽的
小酒馆里是安全的。窗户忽明忽暗
但不会突然打开，让雨进来

一个孩子在悄悄成长，在母腹中
谛听着风声：呕吐是暂时的
蔬菜和鱼，生活和诗，我们都要
风雨将息，而未来将像大雨一样
继续在我们的生命中喧嚷
让我们对现实的轻蔑停止了片刻

1997 年 4 月 22 日

# 在一个雨天想起帕特农
# 和他的女儿

没有足够的材料能够想象他
或者她的美丽,以及当时的雅典
夕光照射下巍峨的神庙。故事的悲惨
在一本书中,缩成注解中简单的一行
宙斯在其中写下"雨"
于是所有的雨都是在一本书中
一个人把书揣在口袋里走在雨中
奇怪他的女儿为什么变成了燕子
而不是夜莺或者别的什么
叫声尖利,刮擦着地面
出没于白色的门廊和拱柱之间
它们常常成为某种罪行的见证者
但无论在当时的雅典还是现在
都无人能懂得它们的话语
在纸上恢复一段历史的工作
终于让位于地下商业街的建设
建筑在空洞上的城市嘲笑着真实的城市
它的人口在增加,而燕子越来越少
并日益消瘦,不是因为悲伤
而是缺乏食物和青草过滤的空气
在黄昏的水面上它们匆匆映出
窄窄的面孔,向栅栏后的地下室

投去怜悯的一瞥。或许真正的燕子
只有一个,它只在一本书中存在
其他都是来自历史的幻影
就像这座城市并不是雅典
但一场雨就可以改变它的真相
雨从天而降,带来了献祭:
大理石澡堂下面汹涌着河水和亡灵
疾速驶向大海。这时火焰应垂直于
碧琉璃的屋顶,使沉思的人保持
安宁和健康,适量的酒抑制住
咳嗽带来的思想波动——
是否越来越多的燕子变成了人
在雨中走着,忽远忽近的雷声
唤起前生回忆,于是其中一个
写下这些字句,并奇异地感到
自己骨骼轻盈,像一个灵魂

1997 年 4 月 23 日

# 有人把我当作芸芸众生

故事的结局总是愉快而又伤感
主人公回到空无一人的故乡
种田读书,那些暴雨中攀登的高山
在漆黑的夜里独自一人和巨龙的搏斗
那些舰队、骑兵和步兵

陌生岛屿上黑眼圈的女王
她们火热的嘴唇,已乘着夜色上升
成为遥远的星座:天堂寒冷、直立


在石头围住的浅水中鳟鱼洄游
雀鸟留下红果,在披满流苏的灌木上
留下自己的孩子。对时光的疑虑
是手电筒的光束,在溪水和树木之间
先是增强,然后被时间本身的推移
减弱成发散的扇面——景物的变化
反映在墙壁上,但窗户总是那同一扇窗户
一盘棋摆在石头、潮水和空虚之间
阴影和风雨都会移动它,唯有人类不能


如今没人能从他的面貌上读出
"恐怖的美"和青春的痕迹
他的神性在树干里水银一样
降低为芸芸众生的镜子
但晚年应该像撒旦怒吼、燃烧
从天堂到地狱,坠落始终是笔直的
巨大的尾巴拖曳在陡峭的山上
咝咝地散发臭气,化为万物
(那一切是为了什么? 那些翅膀
光环和火焰之剑,革命更像是
不欢而散的筵席以极端的形式在延续)
他的船离开震颤的岛屿
他的爱人纵身跃入海中

像一条鱼追随船尾的浪花
直到被震怒的雷霆化成浪花上的泡沫
或者祭品上的一道闪光,消逝在天空深处

而他从浪花中捧出的女儿,每天像晨星
倾斜在屋檐上方,额头裹着降自天庭的
闪闪雾气,她是来自过去的礼物
偶尔当深夜的天边响起隐隐的雷声
打破他东方式的虚静,这明媚的女儿
会散开头发,陪他站在窗前
忽远忽近的雷声,追逐着大地上
有角和无角的生物,把它们赶向
更深的黑暗。这时那晚年的撒旦
肋下剧痛,在宽大的长袍下有星辉闪耀

1997 年 4 月 29 日

# 历史片段

## (一)

遗忘,战争,争吵,做爱,骑自行车
早上取牛奶晚上喝,不加糖,不加水
在车上数树影,数不清,便去数窗户
在心里划方格,一划,二划,三划
强迫症,退却,进入,中间是预习课

447

死亡呛人的白灰味越来越重了
写诗,一个同事走进来,"干啥呢?"
"扯淡。"人们都离开了
这个时代的素质造就了我的孤独
孤独的人是与永恒所爱的人在一起
劳动节去沈阳办正经事
三百页的书,足够进入历史的。何必呢
历史是一个席位吗?（在一张圆桌边）
是一次冗长的宴会,谁坐得最久
谁就能看见那最终到来的公主?
一个朋友借走了采访机,里面有
另一个朋友的录音,说着痛苦与诗的关系
所有的话题在他嘴里厌倦地死去
没有死亡我们不可能在 ·起。我早就够了
够了,死亡! 还要增加多少个死者才能
满足你那膨胀的胃口。父亲,1990,
术后综合征。母亲,1997,脑出血
死是不能忘记的。我终会忘记

## （二）

历史是不以人的意志为转移的
对此我深信不疑。尤其是 1996 年春天之后
在北京,在电话上与人安全地开战
在将近午夜匆匆走进车站大厅
表情严重内心滑稽像一个大使
翻越幼儿园的围墙,把花留给

一个睡眼惺忪的女教师

（她会转达我的心意吗？）

然后是采访一个播音员，十亿人的面孔

进入了他的喉咙。（此处为行文方便

对事件发生顺序有所改动）

在小型诗人聚会上听人朗诵

在电影学院附近的小丘上坐到凌晨两点

讨论命运那"阴郁而巨大的存在"

和事物的普遍联系。爬上知春里三号

数百级狭窄楼梯却找不到朋友的公司宿舍

在北蜂窝招待所办公室的沙发上

强行蜷缩到天明。体验灵魂

在不属于他的城市漂泊的恐惧

历史反映在未来中。个人的历史

看似结束了，其实是纳入了天体的运行

没人送行的火车站，使我们的生活成为

暂时的。一切都是暂时的但同时又是历史

譬如一年后我在哈尔滨为茨维塔耶娃

（她可以替换成曼德尔施塔姆、翟永明

庄瑾、他、她、它，或者最美的一位缪斯）

写下简历——并在其中包含了自己的生活

在这个意义上，个人的历史永远是由

他人决定的。1997 我放弃了去北京写诗的念头

1997 年 5 月 12 日

# 致历史中的你们

端详着那些模糊的影像,我怀疑
我是否真的见到过他们。一个
1992 年初秋,也许更早一些
"我知道你早晚会来,但没想到
你这么高。"在新华社一间没有窗户
仓库改成的办公室里,我们谈到诗人之死
诗人的承受力问题,以及我所热爱的梭罗
他说他甚至对《经济篇》中开列的账目
都感兴趣。在去食堂的路上
我们达成了共识。他给我要了鱼排
卷心菜,还有一杯很烫的餐后饮料
在乱哄哄的人群中他更像一个人了
第二次是 1993 年,我去河南开"青春诗会"
那时我已没有青春可言。他送我到地铁入口
挥手:"踏平他们! 我等你回来。"
我向下,他向上,消失在天空之中
等我回来,北京已是秋意深沉
隔着玻璃窗,望着街上一下子慢下来的人流
他开始慨叹:"你看她们把头发弄成黄色
她们伤害了我伤害了美。真他妈寂寞。"
我们去上厕所,我让他先进去
注意到北京的厕所和别处没什么两样
墙壁被雨水冲出凹槽,墙角白刷刷的

金色的阔叶,细长的半青半黄的叶子
一起落到厕所里,落在头上
我头一次听到他在哼一支过时的歌
"某年某月的某一天……"
他说话时头不时仰起,半张开嘴
像是在回忆刚刚说了什么,更像是努力在忘记
1996 年我们又见面了,花光了他最后的钱
吃棒棒鸡。我向他要一本过期的《街道》
"这我不能给你,这是历史啊。"
以后我还会去看他,我知道
我们不可能真正成为朋友,但我想知道
历史怎样慢慢吞噬着他。现在
另一个形象出现,像一个下乡知青
"挺不好意思,我快四十了,
我不懂外语。"1992 年的成都
他告诉我和哑石,海子当年吐了他一地毯
他容忍了他失态的抒情诗。他的女人
蜷坐在长沙发上望着我们背后的墙
我只记住了她疲倦的黑眼睛
(多重眼睑被摧残的美)
那时他们的未来还在可能与不可能之间
她有圣母的名字,据说他们在华盛顿
终于"从象形的人变成了拼音的人"
还有他,与我的名字相同
已经有些谢顶,他们在疲软的中年
学会了把欠款再花一遍,尽量不动声色
·现在他们统统进入了历史,不可挽回地

将大部分生活变成了文学
预订了全部风景,而不仅仅是
一个房间。他们离我是那么远
压扁在画片上,像浆果、鸟、女人
应验了所有诗人都是女人的说法
在烟雾腾腾的放映室,烧煳的胶片
将他们的脸扭曲在白布上,流动
使他们向人群挥舞的手大过头颅
但并不突然消失。他们沙沙的声音
尖锐起来:"我是在死亡之中向你们讲话。"
我笔直站起,我致敬,同时为中国诗歌感到悲哀

1997 年 5 月 12 日


## 我爱孙小黎

实际上孙小黎一直没有长大
"我们班孙小黎可讨厌了
总向老师打小报告,星期天去植物园
认植物,大家都不想带她。"
通勤车上两个小男生在嘀咕
在最后一排座上挤成一团涂鸦

作为班长,孙小黎确实被排斥在外了
我看见她小脸发黑,鼻尖上的雀斑
一天天明显。像一根松弛的橡皮筋

在炎热的土操场上晃来晃去
孙小黎圆脸,矮小,略胖,说话很快
皮球一样在课桌间滚动,怀里的作业本高到鼻子

孙小黎噘起了嘴,批评我的责任感:
"你这个语文课代表是怎么当的
光顾自己写,也不带动带动大伙!"
我看她嘴上的茸毛和汗珠,她从未向老师
告发我数学书下藏着《丑小鸭》
老师的粉笔头从未落在我的脑袋上

放学了,孙小黎率众走在我身后
我听见她们说到妇女水库,认植物
我奇怪她是怎样再次赢得了威信
突然她尖细而好听的笑声传过来:
"哪有那么多鹅蛋脸丹凤眼的……"
那是我新写作文里的女主人公

通勤车到站了。几个女生加入那两个
小男生里面。在越来越深的巷子里
一个尖细而好听的声音在说:
"是我这朵鲜花插到了你这牛粪上……"
孩子们追逐着消失。孙小黎
你是一只鸭梨长到了榆树上

其实孙小黎你太性急了,都马上高考了
你写什么信啊,还放在我的书包里

你干吗不直接给我呀。他们翻出了它
他们集体朗读了它。孙小黎
我大病一场。你冒着大雨来找我
说道歉。孙小黎,我大哥没让你进门

那封情书我只看了开头和落款
就像干了见不得人的事。孙小黎对不起
我把信撕了又拼起来交给了校长
出于莫名的恐惧。如果是现在
我会一把将你搂在怀里。我会说
"小黎小黎我爱你,我要你插在我这牛粪上。"

孙小黎后来嫁给了一个瘸腿的军人
还是那么小,像个硬邦邦的生梨蛋
提篮买菜,穿白鞋,好像真的没有长大
其实毕业后我再没见过孙小黎
其实没有孙小黎这个人,孙小黎
你是个虚构的人,你干吗那么痛苦

1997 年 5 月 13 日

# 青年诗人

语言为行动开路。他终于痛打了另一位
水平比他低的,理由是他总缠着要求被
修改,现在他终于被修理了,不是他

垂直的抒情诗,而是他早衰的脊骨

轻轻的一拳。"只是轻轻的一推。"
他在报社给并不美丽的女同事
讲解气功,当场教训一个业余作者
(在他早年的工厂时期,他们

是一个诗社的元老)。早上他用口语
对付意象,晚上又用性对付爱和形而上学
在书店,几个大学生使他超越了现实
"里尔克不行,找机会给你们看看我的诗!"

这让人想起一个走红的诗人,他在诗中写道:
"你们要读我的诗,我的诗是智慧的诗。"
两者的区别,是口语和书面语的区别
他们拥有相同的口型和读者

他用胡言乱语使自己摆脱绝望,使他人
陷入绝望,像里尔克将自己的绝望对象化
只是没有形成诗。而这恰恰使他
更加绝望。他冷汗涔涔,嗓音日益尖锐

在本地报刊发表,向不懂诗的人谈诗
向懂诗的谈黑格尔,向懂哲学的谈电脑
(对,他开始用电脑写作,旋转的椅子
越转越高,像龙卷风钻透了天堂的基础)

他攻击所有本地风车,却与荷兰
缔结了盟约("远交近攻"或"以攻为守")
在爱上诗之前,他原是个正直的青年
妻子漂亮,儿子可爱。而诗使他变得毫无价值

1997 年 5 月 14 日

## 致青年诗人

我以忘记的速度写下诗歌
我不再关心你们,请原谅我的死亡
关于生活我没有什么可以教给你们
至于诗歌,我把它当作回忆
仅仅是回忆,是回忆的回忆
是对大脑的抄写,一张
词语结成的蛛网,所谓现实
只不过是网上露水的闪光
因此,将诗歌人生化或者
将人生诗歌化,都是危险的
前者会堕落为散文,而后者
则往往奉献给历史,几具漂亮的
尸体(这有实例可考)
本来可以生活的却没有生活
本来可以幸福的却两手空空

不要指望缺少睡眠的爱情

她眼圈发黑,使诗歌骨质疏松
培养肉体懒惰的习惯,使它可耻地发胖
(诗像鸟,与骨骼轻盈有关)
也不要同情那些老人,死亡会
收留他们。趁着嘴唇还鲜艳、柔软
亲吻吧,能吻多久便吻多久
只是别变成撕咬。要学会保存体力
给创造性的夜晚——因为
诗是与死亡搏斗,与时间争夺
正在消逝的事物……

1997 年 5 月 15 日

## 为一首没有写出的诗辩护

有些东西你不能去碰它,它会粉碎你
你一生都在逃避你所热爱的东西
你的冲动遏止在半空,化成了怪物
没有形式,却能让阿佛罗狄忒
脚踩海浪凝成的贝壳
在荷叶、鲜花与清风之中
从存在的幽暗中升起。这首诗写下了
它自己的生长。一个人只有被大风
平地拔起,才有可能让视野
超过他周围的事物,超过玻璃幕墙
增殖和复制的速度,找到最原始的

基因,把它像分裂膨胀的孢子
从发炎的视网膜上拔除。这首诗
写下了一个人的渺小,当万物
将他包围,当远方在他面前
像玻璃幕墙竖起,越来越高

1997 年 5 月 15 日

# 1998

## 半 截 诗

……岁月缓缓消失，波浪在路基处破碎

词语和细沙撒在乡村失眠的眼中

一片叶子或一只飞蛾在窗上扑闪

一些事物的消失只是为了证实另一些的不朽

当年老色衰的情人把松弛的身体

塞入一条窄小的裙子，我说了些什么

贝亚德丽采的天空把爱情

提升到命运的高度。草丛中

一枝洁白的水仙倒挂。我明白了

我一生追求的，就是在激情的顶峰

颤抖，死去，让无数的后来人

重复我的死亡，直到在历史的黎明

一同复活——昨夜，一场大雨

把黑暗堆积在绿色的树顶

我的诗写下了一个人的骄傲和痛苦

写下来不及消失的事物……

1998 年

# 冬日的旅行

没有暖气的二战时代的午夜慢车
地下工作者蜷睡在木座椅上
小偷(或特务)在对座假寐
车窗上的霜,太阳,早晨
伤风的找人广播像卡进了腐烂的石头
褐色茅屋在旷野远近出现,像隐士早祷
一片霜花在眼帘上化开:大地独自醒来

窗外,一个金色的液体星球不断升起
黑暗和雾气在退潮,留下白色的浪线
在两个相向转动的星球形成的蓝色深渊中
一群麻雀开始了日常生活,觅食,追逐
但没有足够的力量随火车飞到下一个无名小站

1998 年 1 月 18 日

# 他人的信

……有粉色暗花的信笺,适宜写情书
看不出字体是男是女。三页
"谢谢你的信……"是回信
还是来信? 这里边有个谁主动的问题

当然也暗含着一段历史，已经过去
或者正在艰难地开始。我的信
常常这样开头，"大札收悉，谢谢信任……"
如果我想有点儿文采，会先谈谈天气
阳光啊雪啊时间啊什么的。比如给哑石的
一封："冬日珍贵的阳光照在我的桌子上
照在这一页白纸上。"我习惯用白纸写信
也写诗，就像在雪地上散步一样自由
我真的写有一首《散步》，也是给哑石的
黄粱在给我的信中说，他"喜欢寒冽的气候，
十度左右，最适合写诗"。我什么都没写
在他那么说的时候，哈尔滨已降到冰点
现在则更冷了。我也在车上读过信
但之前一定已读过至少一遍
那男人翻了一页，我只能看到他
无表情的侧面。"如果有机会……"
我在给陌生人回信时，总爱这样结尾
"何时有机会来哈，一定找我。"
沈杰说她1994年来旅游过，但那时
还不认识哈尔滨的诗友，于是
我给她的信也那样写，热情而得体
全红说"会有机会再见的"，她没提
是在哈尔滨还是深圳。毕业后
我只在无锡见过她一面，在男同事宿舍
我们用床单裹住脚，她给我读
写到我的日记。南方的夏夜阴湿
而空旷。"留下我自己看吧。"

"那怎么行!"十八岁时她写信嘲笑我

"吃糖葫芦,全交大的人都看见了!"

现在我们已很少通信。她给儿子起了

"明朗"这个名字。去年,或更久

她来信抱怨高科技与人性的距离

我写去一封劝慰的长信,但没有回音

有时我想打个电话,又不知说些什么

宜凡的信总是很短,"你就像狂风中的橡树。"

1996 年我在海关大厅给他写信

那是狂风大作的一天,"我是在二月的寒风中

给你写信……"我打算写他祖父的传记

顾毓琇,一个响亮的名字。没有回音

我以为我们的友谊完了

黄粱在另一封信中谈到我的诗

"没有可变空隙的生存,造就了你诗的正向

存有的勇气……"这句话让我感动

人总是渴望他人理解自己的处境

虽然没有用。那人已读到"致敬"

看不到落款。父亲给我的信总是

"此致敬礼",军人笔直的习惯

现在他只能把信寄到我的梦里了

母亲不识字,只好向我的梦里

乱扔她保存到最后的我的识字课本

我一般不这样结尾,我一律写上

"紧握。"黄粱的一封受此影响

也用了这个词,台湾人不大习惯这样

他们用文言。那人又掏出信封

"台湾台北县。"台北县？

我只知道台北市。也许

中国台湾的建制和日本差不多，县比市还大？

我总觉得日本窄得让人喘不过气来

百米冲刺会不会掉到海里

露茜·迪安说："大英帝国其实很小。"

那些多读了点俄苏诗歌的汉语诗人

如何在上面流亡。聂鲁达因为智利太小

才去意大利流亡，而它并不比中国大

住单身时收到的一封，"我还是一只孤独的小鸟"。

地址是里乐街（根本不存在），也没有署名

"如果你愿意，你一定能找到我……"

浪漫而可怕，将我放逐在自己的城市

那人已把信揣好，又变戏法似的

变出一叠报纸，《新晚报》和《生活报》

从正在阅读的人肩上看过去是不礼貌的

我把头转向窗外。（车窗上蒙着霜

什么也看不见。）小时候我和二哥

总在窗上粘硬币，整齐的一大排

由小到大的分币，那时还没有角币

压力生热，霜化了一点然后又冻住

那些硬币早晚会滑落下来

那时，我们就会被允许去院子里

或者井边，把冰块粘在鞋底上滑冰

二哥说，如果你盯着别人的后脑勺看

那人就会转过头来。我终于没能看清

那读信人（现在该叫他读报人）的脸

如果有足够的耐心你会看见

每个人身后都跟着一大帮人（灵魂？）

一不小心你就会卷入他人的故事

写着信，读着，分离着

春节快到了。我没有写信祝福任何人


1998 年 1 月 20 日


# 我眼中和心中的舒婷

她们差不多。一个丑些

但真实而可爱，不停地讲话

说到七个艺术家在山上造房子

（壁炉被没文化的农民搭成了大灶）

其中一个诗人就要去美国了

（我觉得要有壁炉还得去英国）

"烟往屋里冒。房子里特冷。没有自来水

得去小溪里提水。我去住过一两夜

蚊子有蜘蛛那么大，都舍不得打

因为是母的。山上没女人。"

弗罗斯特早晨也去打水，耙开泉水上的树叶

溪里用不着这样，但少了诗意

我们吃西餐，猩红的大马哈鱼子

我用右手拿叉子，"我看她也用右手拿"。

"这是在国内。"波特曼西餐厅

空瓶子都摆在墙上，一个不错的意象

"在德国只能吃西餐，吃不饱

回国了，又想吃一吃。"我也吃不饱

喝黑啤。想着早晨树丛中的幽暗

狗的哭声和越来越响的水流声

"餐具是瑞士的，瓷砖新西兰的。

吕德安自己设计的图纸

……我们都很喜欢你的诗。"

这话让我吃惊，又不能怀疑她的真诚

"可我没有资格喜欢你的诗。"我没有说

它们让人肃然起敬，不像你的人

那么好接近。也许我会重新读你的诗

但不会告诉你。还是想问造房子的事

地皮怎么办，但话题早已转向

"吕德安为那房子写了一首诗，《曼凯托》。"

"我没读过，我只读到他一首诗。"

"有的人一辈子只能见一面，有的连一面

都见不到。"以后还有机会

我向许多人这么说过，但他们挥挥手

便永远从我的视野中消失了，或者是我自己

"这顿饭起码得五百元。""波特曼"

"曼凯托"，世界充满了这类土洋结合的东西

像山上房子里农村大灶式的壁炉

<br>

1998 年 2 月 8 日

# 对灵魂的一次观察

晨,6:15,杯子从窗外射进的
冬日的微光中浮上来,引起口渴的感觉
衣服像一个人坐在椅子上,纪念一个不存在的人
棉裤则是舞蹈中静止的灰天鹅
弯着长颈,疲惫地伏在地板上
厕所里的水声。哈欠抗拒着时间的到来
数着门下方百叶窗投射的栅栏
妻子的棉拖鞋经过的次数,6:25
牙膏挤出第一截白昼
嘴里隔夜的滋味。6:35
四肢回到原位,像黑夜拆散的机器
自动组合起来,但视觉还未完全恢复
楼道里显得暗。一个被摘除的门
把他拍出来。雪在林间空地上变黑
电子和空穴开始对流,内脏开始闪闪发光
霓虹灯缠在树身上,也在闪着光
熄灭成五颜六色冰冷的死蛇
心跳和脚步开始合拍。一个句子
在大脑幽暗的屏幕上浮现出来
"自检通过,没有发现情况。"
春天的流行病毒,向树梢流动
鼓胀出一个个黑色的小瘤子
不久,它们就会绽出透明的嫩芽

6：45，通勤车准时到站

如果与时代一起准时到位

不提前也不滞后，他就会成为时尚

像一个诗人。可时间总是校不准

电池泄漏了。两千年是个问题

那时该怎么办？正如参加婚礼

还未吃饱席就散了。时间从屋顶的

两个斜面融化的雪水一样分别流下

而屋檐下站着一个光头，或者一只

旧木桶重新荡起了涟漪？车上还是那些

叫不出名字的熟悉面孔，各自假寐

沿途的风景反映在波动起伏的脸上

7：10，电梯升空，门慢慢打开

又飞快地关闭，夹住尾巴的一定是没充电的

黑皮手套推开一间，游戏的阴影和

光线惊散后剩下的灰色办公室

一个套一个更小的屋子，最后来到

有许多开关但只有一个可用的

稳压电源旁，接骨木从袖子里伸出

咻咻冒烟，从正在变软、熔化的插座上

勉强与主机接通：天外没有指示

光标盲目地游弋在回收站附近

试图捕捉到尖脑壳的臭鼬，把它释放成

岛屿上的不动产。黑箱里一首诗生长

像身体如胚芽从大脑袋下弯曲拱出的婴儿

此外，我们只能观察大楼窗上光线的变化

在出租车里打发一天。当晚 5：00，他再度出现

疲倦得想哭，上车时空饭盒磕碰着车门
反方向的风景印在暗淡的玻璃上
他的体重轻了几克，减轻的
也许正是那被称作灵魂的东西——
"保持前进不需要太多的事物。"

1998 年 2 月 18 日

## 冬末读弗罗斯特

我曾像你一样，在沉闷的一天
将尽的时候，去林中走走
希望碰见一只小鸟，乌鸦也好
从枝头把雪尘向我的头上撒
但我从未有过那样的奇遇：
一只小鸟，总是飞在我路的前方
歇脚时，用一棵树把我们隔开
也许我走得还不够远，望得
也不够深。我只看见林表明灭着
另一街区的霓虹，仿佛积雪
浮在树梢。我也不曾把干燥的叶子
踢得脆响。林子进入的一端
还是白昼，而另一端已潜入夜色：
一个清冷的小站，只有货车经过那里
你的诗使我爱上了冬天和黑夜
但已没有齐膝深的大雪，胸脯鼓胀的鸟

让我在人生的中途久久停留

1998 年 2 月 24 日

# 春天最初的苍蝇

它偶然出现在屋中, 跌跌撞撞
颤抖地飞着, 像一颗卫星
自转和公转。刚刚二月
还没有雨将窗子融化, 屋子还在缩小
风, 阳光, 尘埃, 孩子欢快的叫喊
都在外面。它来自哪个角落
懒洋洋, 一边做梦一边飞行
像一粒灰尘带来更多的灰尘
或许它的体内也全是灰尘
它还没有食欲, 没有落在
未收拾的桌上。一颗温暖的心脏
放大, 收缩, 在视野远近出现
嗡嗡声渐渐取代日光灯的电流
许多个夜晚, 那令我不安的
死亡的气味, 是它的同伴
在某个永远找不到的缝隙
悄悄腐烂, 还是来自我的体内
春天最初的苍蝇, 腹中携带着
白色的种子, 渐渐坚硬起来
在傍晚的微寒中, 成为

天空第一个明亮的星座

1998 年 2 月 24 日

# 冬日的光落在干燥的柳树上

冬日的光落在干燥的柳树上
它们的叶子黄得最晚,仍在寒风中
抖动。是否可以用一些事实
兑换心中空白的感觉,比如
雪地里冒出的热气和一些失常的玩具
时光堆积在窗台上
既不是落叶也不是雪
更不是灰尘,却像冰一样
坚硬,内部充满了黑暗
它们何时才会离开,变成一群
游戏的麻雀撒满草丛
我要说些什么?坠落的感觉
仿佛一个人突然在风中停住
费力地回忆刚才想起了什么
寂静和寒冷填满了房屋的裂缝
而不是月光。亲爱的
现在我能告诉你们的
就是这些。瞧,柳树还在摇摆
房间还在缩小。这是冬天
我真想揍谁一顿

# 打 电 话

"你在哪儿呢?"这说明
人们不在惯常称之为家和单位的地方
逃亡还是朝圣? 总之是在路上
"有事儿吗?"那么说些什么吧
电话费在午夜降到最低,热情
也降到零度,上帝的电话
在黑暗的支架上震动,无人倾听
打电话的理由是一些事物的消失
像上涨的江水中发亮的东西
"我没干啥。看书,上班,
写点儿东西。找机会聚聚吧。"
那么改天吧,改天聚聚。再见
放下电话,人们继续在路上
但不是凯鲁亚克那样,去跨越
整片黑暗的大陆,寻找一些意义
(或者词语)。上楼,我接着写
"今天天气阴转晴。世界存在着。"
有人从陌生人的床上醒来


# 春

窗上的霜不见了,一张

哭过的脸。灰尘上谁的手指
写了几个模糊的字
好像是"再见"或者"我想你"
我在另一扇窗前看外面
一开始很清晰,但很快
呼吸使玻璃变得模糊
我在水汽上用英文写下
"拜拜,我恨你"。也就是
"Bye Bye. I hate you."
水管又响了。钥匙转动
一扇门重重合上,楼的颤抖停止之后
收破烂的开始用破烂敲破鼓
空空地空空地远了
镜子也脏了。树和书页乱蓬蓬的
像刚刚土浴过的鸡
浮肿的棉鞋背过脸去,像一对夫妻
一切都陈旧,凌乱
但静止,有如窗上的光和灰尘

1998 年 2 月 13 日

# 听一位老诗人诉说生活的不幸

电话听筒里传来一股衰朽的气息
像一只无形的手把我的脸扭偏
"自从那年脚冻坏以后,脉管炎就一直

没有好过,现在四个关节都强直
几乎不能动了。杜冷丁不用了
内脏全有毛病。你的生活好吗
工作好吗,孩子妻子好吗?"
我答应着,不知说些什么
"你嫂子教学,离家很远
中午也不能回来。实在寂寞了
就翻翻小本,看上面的一个个名字
现在我就靠回忆过日子了。"
年轻时,渴望年老,有经验和智慧
年老时,又渴望年轻,正如歌中唱道
年纪越小越有希望
"我一天吃药就得七八十元
军队上在想法把我推给地方
电话都不给开通。我打过几次
都找不到你。"人老了,尤其有病
和世界的联系就变得脆弱而勉强
"前年到上海去了一趟,医生们
都摇头。这么大年纪了
心肝肺都不好。现在我只能
躺在床上。整天见不到一个人影。"
我也是,见不到活人,看的
也都是死人的书。回家
看到孩子,才算活过来
"两个孩子都没工作,安排一个
得四五万元。前几年还能写点
起码写写信。现在连信都写不了

一年难得下楼几次。春天也不下去。"
现在已是春天,窗上蒙满了灰
风把树和骨头吹弯。"你还得坚持写呀。"
写诗,是渴望生活却找到了死亡
这个想法让我难过。"我想再出本诗集
让军队上觉得我还有点用,否则
把我推给地方,更没人管了
诗友们都说,如果我出诗集
只要通知一声,能凑多少便凑多少。"
我刚刚给故世的朋友出了一本
但对死者也没什么用处。我没有提起
只是听着,不知该如何劝慰
五十多岁了,二十八岁时
身体就垮了,是在珍宝岛雪地里埋伏时
冻坏的。我收到过他的两本诗集
但没有回信,可能是因为不太喜欢
"什么时候到牡丹江来玩玩。"
"……如果有机会,我一定去看你。"
我知道我不会。我说:"大哥多保重吧。"
那以后好几天,心情恶劣

1998 年 2 月 20 日

## 那些夜晚又回来了

——给妻子

已经很晚了。她把我们送上床

拉灭了灯,在厨房里准备
第二天我们要带的饭菜。没人感谢过她
我们在黑暗中躺着,像节日的前夜一样无法入睡

"没有不透风的墙。"马原抱怨道
遥远而清晰,她在唱一支街上流行的歌
"我是夜色中的玫瑰……"
滚油浇水的嘶嘶声,锅铲起落声
水管声。玻璃上一定蒙满了水汽

她望着锅里翻腾的油花,哼一支老歌
我们赤着脚溜过地板,隔着
变得模糊的玻璃张望
她依然年轻的脸映着苍白的炉火
短发掖在耳后。有一次我迷迷糊糊地起来
吃一碗热腾腾的猪头肉蘸酱油
然后再度睡去。我没有感谢她
去年的这个时候,她永远熄灭了炉火
66 岁。锅铲掉落在煤箱里

那些夜晚又回来了。当她熄灭炉火
带着歌曲的余音滑进被窝
我们装作早已睡熟。我们生活了十年
已不太习惯夸张的语言
春夜的微光从窗沿滑落
谁能懂得,夜色中那孤寂的责任

1998 年 3 月 2 日

# 日记片段

## 1

遥远的谈话闪烁如空间
从比喻开始,终止于
无法忍受的真实。换句话说
海滨旅馆的走廊里悬挂着
女式泳衣,平静,纹丝不动
我必须将它的来历交代清楚
这不是道德问题,但关乎道德
有人在乎这个,尤其是戴帽子的
老派读者。当天的报纸这样说
"今天天气阴转晴,有时多云
山峰突然出现在空中,仿佛
岛屿悬在大海上空。"但显然
斯威夫特不会这么说,因为
彩色图表和油漆桶依然并置在沙上
因为神圣的灵感而虚脱的鱼,还在喘息

## 2

我们走在去圣索菲亚教堂的路上
它离中央大街并不很远。硕大的圆顶
凌驾在建筑群上方。我曾将它

比喻为一间大厕所,年深日久
绿油油的。夜色和棉絮沉淀在喷水池中
新铺的石头广场,两分钟就可以穿过
有人却用了一生,或许更长
堆着小葱的婴儿车,与天空同向流动
是否你经过时事物改变了秩序
异乡人,别用普通话修正
我的本地信仰。"这里的姑娘真美
虽然说方言,也不尊重诗人。"
而我相信一个小贩固执的自信
胜过向上的目光加热的三角形

# 3

这说明在上帝和我们俩人中间
有一片稳定的空白,不规则的波浪
便在其中起伏。在教堂的石头阴影中
人们沉默不语。仰望,使高的更高
刻意培养的幽默感,露出膨松的肚皮
大声地说,它还能抗拒死亡的经济学
束腰的光线从菱形彩窗旋舞而出
置换明信片一样的街景
大风吹凹了折中主义,三进的院落
一个比一个更小,最后到达
无人的办公室。铁皮屋檐下
冬天白色的呼吸凝结在栅栏
和石阶上。小到用放大镜才能

分清性别的事物,被花粉精心照料
青苔从石头的内部如铁锈生长出来

## 4

城市在玻璃和灰烬上滑动
你肯定会在其中出现,你的影子橡皮
反方向擦去其他的影子
"要生存就必须要战斗。"
我和词语在纸上搏斗,它们
迫使我沉默。在词语的间隙
流出事物的碎片,像雪一样温暖
这意味着接下来我就会把雪
比喻成死亡,或者死亡的蝴蝶
仿佛驾着雪橇滑下尖叫的陡坡
群山在背上起伏,还有童年的嫩肉味
我听见雪细碎的牙齿落在纸上

## 5

在哈尔滨你见到的不是我
这个城市与我存在于不同的时间中
石头街道上的雨,淋不湿走在雨中的我
你所看到的尖顶和塔楼
其实早已坍塌,你来得太早或者太迟了
我已离开。是否真的有一个夜晚
走过百年老街,谈论着一座不存在的城市

你见到的一切都是幻影,包括我
真实的哈尔滨,只存在于我的诗中
河流像永恒在黑夜中流逝
像两粒灯火,我们分别落在两岸

## 6

想象的谋杀填补风景的匮乏
鸽子用时聚时散的飞行,囊括
所有的选择。回声找到它孤寂的词根
行进中解体的女人腰部以上一片模糊
此地淫雨不断,让人面目肿胀
水淹没了沙洲上度假的小旗
波浪在暗中吹嘘着泡沫
你知道我最近的工作
就是用词语把事物粘在一起
就是从内部把一个人取消
使他的慢性子上升为过街蜗牛的愤怒
睡前的必备之物
并露出一排纽扣似的乳房

1998 年 7 月 22 日

## 雨天吃鱼

有什么必要让透明的鱼头游进雨里

一场大雨把无数的空酒瓶堆在城市的头上
船在寒冷的港口磕碰，像醉汉
水是灰色的灌木林，摇摆着上升
是否在大理石的澡堂下有鳟鱼藏匿
在通向江边的水泥管道里逆流而上
遮阳伞下聚集着寒意。我曾说服
一个必死之人同意我的观点
有什么必要躺在海床上叹息
跃出蒙蒙水面，爬上大山壮丽的台阶
当太阳出来拱起一堆黄土，干裂
"只有天气在继续，汽车的尾灯
忽明忽灭。"有什么必要写下这些
再说，你的白球鞋已经湿了
还有烟灰，谈话的余温
愤怒的鱼结对走在上学的路上

1998 年

# 我梦见我死后的生活

我梦见我死后的生活
仍和现在一样
太阳懒洋洋地照耀尘土
巨大的红色建筑、草垛
在白色的地平线上发光
人们坐在尘土里（我认识的

我从未见过的)在谈论一些
与我无关的事,不时地提到我
一切都在重复,包括肋下的伤痕
妻儿像以前那样对我说话
我不知道他们是否得到了回答
总之他们毫不奇怪,仿佛我真的
存在一般。我不得不再一次
梦见我死后的生活,履行一些责任
为了让自己确信。但是这一次
我注意到墙上的油漆起了浮泡
开始剥落。事物还在继续到达
仿佛不知道我暗中的变化

1998 年

# 某　人

天空巨大的图书馆,一个人懒散地
合拢尘封的书卷,俯视我们
他写下的字句取消着万物
和我们的存在,冷酷,坚定
像午夜的水滴穿过烟囱和身体的缝隙
抵达,缓慢,坚定,冷酷
也许只是出于孤寂,他布置下尘土和永恒
在梦中创造了我们,让我们梦见他
在我们睡去后,像一位辛劳的父亲

打着晃动的手电,轻轻从楼上来到我们中间
是否他会盲目地,在我们潦草的
作业本上签下名字,或者悄悄地
把一首诗留在桌上,像一份早餐闪闪发光

1998 年

# 麦 可

你有足够的理由坐在我们中间
告诉我们河流去了哪里
你已深谙死亡的力量
你已拜访过我们无法存在的时光
你已动用了,需要大量勇气的事物
你喜欢的人仍然活着,没有察觉
你已挪动的东西——你用死亡辜负了我们
有时,你坐在我的家中一言不发
或者我们一同走过夏天的街道
吃惊于每棵树下都站着一匹野兽
这个城市,我们认识的人越来越少了
他们有的变得固执,有的决心忘掉过去
也就是我们。我不知道你的诗句
会在别人心中唤起怎样的形象
你的消亡,或许只是为了证实
诗歌的不朽。需要怎样的艺术
才能将一切提前,包括写作

你结束的一切，使我们免于重蹈覆辙
与其说是一种方式，不如说
是一种生活被永远取消
再也回不到现场。但也许
你的死便是一群人的死
你拒绝的事物构成了遗嘱
使许多灵魂从此终生饥饿
对此你不会在意，你会指给我们
向历史空降的人们，直接进入了
大学和选集，向正直的眼睛里撒沙子
在这世界上你再也不必羡慕任何人
因为你与那最高的，交换了
秘密的手艺，并拒绝对我们做出评价

1998 年


# 灵魂致沉默的肉体

命运不可能再有转机
我拉着你在尘世受苦
在峰顶被风吹透
许多我见过的你尚未见过
符合进化论的日子
把我们推向更远的荒芜
像一根拐杖，你扶着我
还要在人生的中途，这座幽暗的森林

再走出数里。或许我们该好好谈谈
像两个兄弟一样,互相拍抚着肩膀
但我不能这么早便告诉你
我们要去的地方充满了飞鸟和闪光
但没有你想要的沉甸甸的女人
那些被时间充满的果实,但还是
应该赞美,赞美那些还不存在的事物
那些还仅仅是词语的事物
麻雀在夏天翻开的土地上寻觅
草籽随波逐流。一场雨在石头上蔓延
当南风的肩头升起了明星
我们发现与一个躲雨的人
只隔着一棵树,并灰尘一样地微笑
这样的结果也不算太坏
如果有这样的结果的话

1998 年

## 一首诗放在桌上

一首诗放在桌上不是一首诗
不是因为它没有特殊地斜放
没有展开,或被灯光照亮
它不准备服务于任何人任何目的
把它从周围的背景中剥离出来
就像把暴风雪分成一片片的雪花

请注意,一首诗需要的多么少:
它需要比一页纸更轻
它需要永远是另一个人
把它拿走,揉成一团
抛到火炉边的废纸篓里
但在到达之前,它需要
滴下几滴油脂,在擦亮的地板上
嘶嘶作响,它需要重新展开
起了皱纹,但空无一字

一首诗放在桌上,在厨房里
我肯定它还没有被写下
写下了还没有被看过
看过了还没有被记住
记住了还没有被说出
说出了还没有被听见
我肯定因为上述的一切
它还是完整的

出生即死亡:一首诗放在桌上
即使没人写下它,它也会像一个人那样等待
此刻,厨房里一张食物包装纸
微微改变了角度,它就是一张纸,而已

1998 年

# 六 郎 庄

## 1

夏夜，一只银色的动物在远处徘徊
在星星下面踩着碎玻璃，双足扁平
滚动的臀部如同两头波浪互相碾压
彼此否定，两片汹涌的光漫过来漫过去
将阴影互相推诿，但不可以将之
与夜分离，在运动中抽象突然出现
使丰富变得更加丰富，但还未到炫目
还未到午夜，尖叫在天空越陷越深

石子击落了咬着鸟尾巴的黑暗
迫使黑暗逃向更远的黑暗：树荫，屋檐，水底
接近完美的是关于完美的思想
它不比桌上正在腐烂的水果有更多的时间
它也比不过行星中微缩的天气
它是我们的一部分，记忆的，说明的
于是，一座高地在路的尽头出现
像一只银色动物拱起了脊背

如何与我们所爱的分享睡眠，让它

变成沉重的树林,藏起呼吸透明的叶子
我们可以触摸的,似乎只有时间
移动的孤寂。我要说的并非这些
我手的具体的阴影,在土地上移动
我脚趾的具体的根须,在寻找水源
我存在,时间才能呈现,沉甸甸
而一架闪烁的飞机从我背上掠过
使夏夜的鬃毛微微掀动

## 2

黑暗高悬,像一个不甘心死去的灵魂
它还在发出白芽(那只是灯光在慢慢
卷曲)。鸡叫声像一根小萝卜
从一条田垄偷渡到另一条田垄
留下黑暗的空洞。空洞是一种疼
找不到肉体。"鸡真的跑到别人家去了。"
"你放心,她在别人那里绝不会生蛋。"

一把椅子站在屋顶上,一碗水
与月亮端平。黑暗粗糙的身体
倾斜在月亮的火山口,像一艘
失事的船,载满闪光的珠宝
一座烟囱发红,喷出鼻息
一个农夫停下手:望着周围凌乱的菜园
(低矮的工厂)。烟囱越来越矮
像软管子皱缩回生活的根部

还是回到黑暗吧。你瞧，它还在变化
在虚无或清澈中，它将影响大地
和心灵的重量。是否有更多的灵魂
从瓦缝间钉子一样射出
被黑暗巨大的磁铁吸引，像飞碟
把一座城市提升到空中，灯光飘动
像水母的丝带从天而降
蝇眼深不可测，有人正向车站走去

# 3

夏天在中途变成了暴雨，但还没有
让树林的腰部腐烂。中年的肋骨水泥一样刺目
但还没有变成一个女人的丰富
她的热力转化成：越来越小的冷饮厅
正在消失的屋顶。钢笔陷在肉里
挖掘白色的虫卵。听风声起身的人
变成了一个姿势，在地板上渐渐融化

暴雨抓住一个赶路的人，把他捺倒在地
踏上一万只透明的脚，直到他变成
一件腐烂的衣服。我们所剩无几
在现场徘徊的是一群透明的动物
其中最美的，你可以与她一同生活
在室内，她将显形，像一声惊叫
从漆黑的插座上软软地滴落

对于事物的知识就是对自己的知识
大脑是其中最为晦暗的部分。它相似于
白天的闪耀,在午后慢慢变得浑浊
至于道德,那只是一个词,一粒盐
在唇上燃烧。但是否有一个人
真的离开暗下来的屋子,走进了雨中
并在雨中慢慢融化,在绿荫中闪耀

# 4

丧失了耳朵的倾听听见了一切
它在飞翔中突然停住,空气直立起来
像撒旦开裂的蛇身耸向天堂
耳朵吸收光线,在傍晚释放成雷声
滚动,但不经过任何一处
我指的是一个人在奔跑中渐渐清晰
但却是越来越远,直到与大地平行

窗边毛茸茸的事物,听到动静就跑
像一把拖布,留下一路水渍
它们是夜晚的道具,用于飞翔
两只耳朵交换秘密,眼睛在转动
如果它们突然停住,一定是
小偷被捉住了。埋在地下的云彩
听见了天上的虚无。半截身子发灰
而灰色也是一种声音,只是不太清楚

听见的一切只是虚词,在大脑里推开两岸
他就在岸边垂钓,俯在自己的肚子上沉思
在面孔中浮现的,是入骨的微笑
一根柳枝穿过嘴角。放学的孩子
打着哑语从桥上走过。雨季
还没有降临。干燥像一片树叶
在林间移动,试图藏起自己

# 5

这时沉默的也许就永远沉默了
水渴望他的嘴唇,光渴望他的眼睛
语言渴望他的舌头,时间无法呈现
像空中之水没有容器,变幻不定
有人来找他,空出胸膛
他抛弃了我们,当我们衣冠楚楚
端坐在乡村小店开裂的木桌旁

而他就在不远处的土地上走动
用鞋尖翻弄着土块和装了土块的
塑料袋,他的影子是一截麻绳
委弃在后面,慢慢被风和雨塑造
他的客人在不远处的小店里等他
知道他不久就会回来,知道
谁会帮他倒掉鞋里的沙子
他会充满歉意地微笑

土地延伸成午后倾斜的树林
一片阳光,如湖水静静地悬挂
一条蓝色的章鱼在林中不断变形
这一切对于他只是时间的表象
他渴望一块石头碰痛他的脚趾
他渴望说话时无人听见,他的话
像沉默的空气在空中停了片刻

# 6

他像一堆零件一样生活着
他把自己抛撒到远处。远处是
田野,刚刚被翻开的黑土
闪着玻璃和锈铁片的光
他就坐在柳树下看自己
能否慢慢聚拢成一个忧郁的乡下人
站起来,奔进小吃店痛饮凉水

我在四面八方走动,到处
丢下一点儿自己(请注意
不是自己的垃圾)。我依然完整
衣着合体,像一个人一样
在尘土中走来走去,不时眯起眼睛
保持完整挺难。我度过的也许
是别人的一生。瞧,牙齿白得像微笑

晚上他还坐在那里,像一件油污的

外套。自行车的残骸闪亮刺目
一个红色的女孩骑走了车子
我喜欢看她按住裙子的样子
但她却在行驶中分解，用这种方式
不断地否定我。我并不存在
那个人，一大早就坐在树下
仿佛斜着眼坐过了一个漫长的夜晚

# 7

深夜头顶露水的野兽走过窗前
焦虑而没有气息。它们是我的邻居
吐着口水，把鼻息喷在蓬松的尘土上
外面刚刚下过雨，玻璃窗上留下了尘迹
它们越是焦急，我写得越快
我写完它们就会死去。这些家伙自取灭亡
嘴里叼着纸条。今夜它们毫无意义

有时我毫无意义。毫无意义的还有这些字句
乌鸦突然落满了一个人散步的雪地
这当然是出自想象。一滴雨穿破耳鼓
雨水是一个人甜蜜的身体，被晾衣绳拉长
但还未到午夜，未能像床单一样
展开在单人床上。收音机
躲在墙角里呜咽，声音带磁性的灰尘
回到鼻尖。绕过清水的天鹅
在铁桥下被迎头痛击

比这些更无意义。在六郎庄鸡雏走动
它们以为只要走得够快,就能变成雏鹰
就像一个坐得太久的人以为自己真的是块石头
谁真的捡起了石头抛向黑暗
尖叫从背后升起,像一声鸡啼
今夜那些野兽在灯光之外徘徊
要求我使它们存在,使它们
在白纸围成的栅栏里吐口水,相爱
我无力去爱你们。我们自取灭亡

# 8

春夏之交的地方,靠近腐烂的护城河
一棵树在沉默,它黑色的身影映衬在
孤零零的地平线上。天地之间充塞着
一团翻滚的白气。一匹马低着头走过
像是在踩钢丝。大地变得柔软
一块发酵的面包,即将被插满蜡烛
(我是指白色的树林),端上倾斜的桌面
它刚刚从教室里搬出,带着铅笔刀的刻痕和虫眼

立在田野中央。那是去年,先是一个高个子
倒退着拖着一条塑料布走来
然后是一个矮个子,穿着拖鞋跌跌绊绊
运送新土。他们依次从风中走过
试图改变些什么。树仍在沉默
拿黑板擦的孩子和打手镜的孩子

从阴暗低矮的店铺中跑出来
一下子，满街都是晃动的光斑

此处不可避免的，是多年不用的水管
开始滴出锈红的雨水。是一个人捋捋头发
把白色的早晨推下窗外的深渊
大地突然翻转，变成天空

从狭窄的过道中两个人并肩走到阳光下
犹豫了片刻，没有道别就突然
变成了一大群人。他们曾经潦草地相爱
把影子留在越陷越深的镜子里
像火焰无力地躺在灰烬的床上

## 9

此处不可避免的是事实的出现
像一把邻居借走的椅子突然回到门前
于是我坐在上面喝茶，看天气
五月尚在中途。到来的是早已到达的
像雨下了又下。这里面或许并不包含
命运之类的东西。雨停之后
潮湿的地图，把色彩与变化折叠起来

这样也好，总可以为懒惰找一些借口
在半睡半醒中寻回一些过去的感觉
其实只是一些用过的词句重新回到纸上
"灯光围住历史"——我是说台灯在与白纸对质

邻居突然推开门说:"大师太多了。"
他刚刚读完勃莱的一个拙劣译本
我早已抛弃了他,他的谷仓、眼泪、卵石
和黑暗的脚踝。"看别人我就泄气。"
我正相反。有那么多别人活着
我们就不活了吗?不知何时他已离开
也许他始终在隔壁,听音乐,叹息

抓不住的细节像狡猾的零件躲避着高潮
沙沙的潮湿倾注到纸上。头发在生长
谁度过了我的一生?收集所有骨头的温暖
事实像砖头,在倒放的录像中抽走
直到房子变成屋顶,但还没有落下
虚无支撑的结论。苍蝇从身体的裂缝中钻出
又爬满墙壁的裂缝,一动不动
迟钝而专注,像回忆,到黎明才会离开

# 10

我要说的总是另外一些事物
总是远处的树影和清晨的风
我听见光在降落前哭泣
像不肯入睡的孩子。我看见树影
像雨后的水潭渐渐缩小
直到变成乘凉者脸上的雀斑
我要说的是事物和事物之间的空
是一个人向山谷抛出石头时自身的坠落

我脱口说出了黑暗，原来它就藏在我的骨头之间
我把骨头交给了火，可还是感到寒冷
感到有灯光在我体内晃动
像一个喝醉的人东倒西歪
我要说的是，我之外黑暗一片
但也许我的身体是最深的黑暗
我要说是，道路直接撞入了树影
而一只狂吠的狗负痛奔逃

另外的事物也是同样的事物，此时和彼处
我涣散的决心像被遗忘的温暖，无法聚拢
我是我周围的一切，恰恰不是我自己
事物是一个人闪光的脚印在延伸
高塔、树木、池塘。水龙头拧紧了干渴
你有时在别人的床上醒来
当孩子还是孩子，他会在母亲
和小贩的推车间来回飞奔
汗津津的手心里捏着硬币和糖果
而现在他常常站在一边，两手空空

1999 年 5 月 21 日

# 五月的事物

——给远人和唐朝晖

五月的事物出现得有点儿突然

似乎还没有学会平衡

它被所有的乡下人围住,询问

一只红胸脯的鸟从草棵飞向树梢

离它尽可能远的事物使它温暖


列车穿过湿润的乡野

车上的人背对前方。到了一定的年纪

向前就是向后。这个道理他懂

告别之后,车站马上黑了下来

空荡荡的,像刚刚被水冲洗过

两个朋友走在回去的路上

谈论着什么,有人会在背后突然叫住他们吗


被忽略的,在车窗上反映出来

但还未到正午,还没有午夜绝望

需要多久的观察,才会出现一些什么

移动,然后消失,树、人、灰尘

细小的,然而又总是那么温暖


用不了多久,书便会翻完

用不了多久,连喝酒也要付出代价

用不了多久,雨便会像一缕白色的热气

在日渐黑暗的树顶飘浮

那些最不经意的事物,像耳朵贴在你的门上


五月的事物,远的,近的,同时出现在

移动的玻璃上。一场雨使它们融化
仿佛有人刚刚哭过。一动不动的
是水田里鱼的气息。仿佛我们
仍坐在深夜的小酒馆里,喝酒,谈诗
楼上,你们美丽的妻子早已睡熟

1999 年 6 月 5 日

## 给马原的信

燕子高飞,把一个蓝色的日子
带到波浪消失的铁路路基旁
在早春的灰色气流中
一只乌鸦衔枝穿过空中的旋涡
远处的高压线杆上有它毛蓬蓬褐色的家
它那么专注而自信,完全没有留意
仰头观望的我。它与我们无关
关于鸟类,我还可以举出麻雀
它们的黑眼睛在地上狡黠地滚动
喜鹊拖着尾巴,站在草地的空处
观望着车流。越过芙蓉里的荒地
椅子在六郎庄越堆越高
直到一个下午闪耀着在晾衣绳上
熄灭。这些都没有什么
在我的目光之外你成长
直到面目全非。但是把一些词语

排列到纸上,像我们玩的码棋子游戏

是否就是把对生活的理解

强加给你。这一切是否有意义

我曾说过时间是灰尘

哈尔滨是想象,而北京就是现实

它像细小的水滴爬出墙壁的裂缝

还是说些什么吧,比如你的功课

还有哈尔滨的燕子,往年它们总是

突然出现在空中,透过栅栏向我们尖叫

仿佛流浪的孩子发现了一片面包

这封信永远不会发出了

它像短暂的爱,毫无意义

但我的心情却奇怪地好了起来

1999 年 6 月 5 日,于北京

## 圣诞节在朋友家盘桓至晚

街上有了一点节日的气氛,充了气的

圣诞老人站在紧闭的店门前等待

红色碎屑来自半空中爆裂的气球和包装纸

白昼的街道行人稀少,只有雪铺向小巷深处

那些铁皮房子的木栅板上绿漆斑驳

仿佛主人已离开很久,去南方发展了

亮灯的门厅,警卫的黑色大盖帽扣在桌上

那里空无一人(发生了什么?)

一切都奇怪地静下来,仿佛在期待

在无限长的时间里总会有些什么发生

街道像萧条的经济一样冷落下来

在微暗的房间坐着喝茶

不停地说着什么,音乐,诗歌

性和奇迹,像彩色的口香糖被反复咀嚼

这里有相信奇迹的人吗?

中午和傍晚仿佛接连发出的两次街车

不久,黑暗便随着雾气一同飘落

"我曾有过刻骨铭心的一次,虽然只是

一夜贪欢。她是我见过的最聪明的女孩

根本没念过书。早上她拿起一本书

告诉我——所有女人内心都有受虐的倾向。"

那样的日子何其短暂

匆匆驶去的船没有留下带油迹的尾波

爱与死一样坚强。而激情

卸下了疲惫的浓彩,"今年春天

我又见到了她,在东四的一个酒吧

她向我走过来,就像一个叛逆已久的女儿

走向自己苍老的父亲。我没有认她

她一言不发在邻桌坐下,不时地

瞟过来。我越发大声地与一个商人

侃生意经。她更漂亮了,长大了一些

我在心里说,我的洛丽塔,我一直

在寻找你,并将继续寻找你

但我却不会再告诉你这些了——"

在电影学院外毛茸茸的小丘上,仍坐着他们

看着午夜两点运河上泛起的死鱼般的月光
想着这些树不久就会生叶,开花
而历史又会重演。一个接一个的回忆
在谈话的间歇,从窗帘上掠过
像街上行人的影子。切开的水果和信一起
摆在盘中。"必须找到另一条路
重新回到生活,回到街上去
在积雪中摸索,穿过堆着苍白玫瑰的
烤地瓜炉子,木柴和冻鱼……"
或许推开书房的门,我们就能看见
电脑像一位新娘,为我们准备了花花绿绿的游戏
可以随意拖动,直到日子的惯性为零
头发落在杯中。"最高的完美是单调
是彻底结冻的池塘,落叶都不曾打扰。"
有人说我的诗中为什么总是
有那么多冷冽的东西。它们和词语相似
只是一些事物的尸体,落下来
就像秋天的树下将落满死鸟
有人用它们的骨头取暖。外面下雪了吗?
似乎所能期待的,只是一场小雪
在晕黄的街灯中纷扬,从黑暗
宇宙深处的一台鼓风机中吹出
像祝福的词语:"我们走吧。"
走吧,城里没有婴儿的哭声
至于我,在穿过若干个又黑又滑
寂静无人的街区后,打开电视
将一部乏味的电视剧看到深夜两点

什么都没有发生，只有外面的光线
仍和下午一样，像伤痛久久不动

1999 年圣诞节

卷4　**诗歌总集**

长　诗　与　组　诗

马永波　著　仝晓锋　编

中国出版集团　东方出版中心

# 目　录
## *Contents*

# 献给父亲

父亲,现在是秋天,风已很凉,我已足够平静
可以静静地几乎不带伤感地想你
一张白纸也许是对你最好的怀念
我不知自己能写下什么,也许
我们可以像往常那样谈谈
那么来吧,父亲,在这初秋的美好寒意中
请坐到我的身边,请不要惊吓我
不要碰响等待你的椅子
不要让我惊慌,让我羞愧得无力抬头
来吧,在新的躯体中我们肩并肩坐在一起
像发源于同一秘密的两条河流
平静地流淌,交融,向往着明亮的海风

你去的地方很远,我梦不到它
那一定是一处秘密开阔的水面
除了水和光,没有任何事物可以依赖
悬挂在一些星球下面,在黑暗中闪亮
那里一定也是秋天,可以听见一样的天鹅的叫声
它们沉重的翅膀拍击着水面,试图挣脱时间
回来,在这星光照亮的水面歌唱
潮湿的叫声呼应着我体内的河水
一扇门打开,我将进入,
像一束纤弱的光线,升起,融入清明的眼神

1

父亲,一夜大雪纷纷铺满水面

其中我看到你的背影微微改变,有点儿陌生

死亡改变了一切,你已经是一切

无处寻找又无处不在

你已经在我内部,在言辞中,在寂静里

你回来,带走我正在努力习惯的一切

而你身体中渗出的冰冷宁静

把我们的存在带入了另一重光明


面对死者,我不惧怕眼泪和匕首

那在我们心上筑居的沉沉希望

我不惧怕黑夜,和它响彻四野逼近的脚步

我看到你最后的面容,痛苦的呼吸

看到你那么快地安于死亡,那么安详

你透过紧闭的眼帘注视着我们

几乎有些幸灾乐祸,几乎有些狡黠

你溜走了,一个淘气的孩子

趁困倦的中午溜到了外面

可你仍在这里,面带嘲讽的怜悯

注视着你最小的儿子和最大的失望

注视我的手焦急地在纸上摸索

试图抓住些什么,试图接近你

以这种近乎可悲的软弱方式怀念你

我翻弄你留下的东西,几枚勋章,两件毛衣

使你死亡的石头和你仅存的书信:

一封 1984 年给我的信,夹在我的一本旧书里

不知为什么我留了下来,还未变黄。

简单的文字！你平静而充满信心忍受过的
孤独老年,贫困和疾病
透过纸面,又在一本影集里突然暗淡
我感到羞愧,一个儿子几乎并不了解他的父亲

你没能留下什么,甚至遗言
我看见寿衣中的你,棺椁中的你
那么急迫地接受了死亡,像急于出发的新郎
我不知道那另一个世界有什么在等你
你在一个未知的深度里活着
在另一个地方工作,也许只是像我们小时候
去出差了。你会时时回来,带给我新的东西
使我的生活时时变得可疑,不真实
我不能在身后关上门
那是另一世界震颤的入口
会把我们永远隔绝
母亲整夜坐着,等待一个灵魂,一支歌
她相信你就在外面,摆弄花草
或者在锯一块新鲜的木板,为了安上纱门
她相信有些事物永不会离去:
爱人头发的香气,那成熟凝视甜蜜的重量
她一遍遍叠你的毛衣,拍打着灰尘
相信你会需要它,相信你正在回来
老年疲惫的双腿正迈过门槛

父亲,一封电报把时间切成两段:寂静和唏嘘
早上我匆匆赶回,摸黑回家,在暗中突然想起一首歌

我哼着,我真的感到你在轻轻牵着我的手
把我领向一个深度,一个秘密的睡眠
你走了,毫不顾及我,是什么比我们更深地吸引了你
你真的藏了起来,游戏结束了,我站在暗中,得不到回答

接受真实是痛苦的,彼岸并不存在
你留下了你的精神,像雨,在这些花瓣上沉思
这些你种下的花,这些暗淡的凡俗之花
小小垂直的火焰,把我灼伤
这黑暗,挫伤,开向死亡和完美的最后的芳香
阴影还聚集在它们那气息微弱的花瓣上
没人看见它们,在蓟草和菖蒲之后
在爬满门廊把门缠住的紫藤之后
园子最深一角它们宁静的死亡
一种庞大的空虚来自它们小小的身体
现在我吃下它们
为了唤醒我最初的不幸
为了理解我死去的父亲
哦尸灰的苦涩! 我吃下你
为了把我的信念植入悲哀
为了沉入我自己的身体
深深的秘密的液体
父亲的生命,儿子的生命

关于你的记忆总是太多又太少
信报箱空着,灌满了雨
无法再给你写信了,我弄丢了地址

我观察被风摔打的门窗

留在门口的水桶收集着雨波

像 1974 年我们在乡下时常做的那样

母亲在帘子后蜷缩睡去

宁静得像一个梦,一个渴望

我渴望这雨,渴望被雨俘获,被打碎,侵蚀

我渴望升起,渴望倒着死去

以便发现雨的秘密——父亲的秘密

雨敲打我的门。我打开门。没人在那儿

雨已到了遥远的海上


一场雨已经开始

它再也不会结束

也许我会懂得它就是你,我雨的父亲

整个一生都在向我靠近

父亲,也许整整一生

我都不能完全理解你,变成你

活着我们互相远离

是死亡让我们重新在一起

在你用雨丝,玫瑰

用所有死亡和爱铸造的躯体中

我们将合而为一,再分不清父亲和儿子

我将用你的思想沉思

你将用我的眼睛凝视

所有我向你提过的问题

(我已忘记你是否给了我回答)

都将重新回到我的心里,自行得到解答

而哪里有儿了哪里就有父亲
哪里有时间,哪里就有记忆和甜蜜
而假如有爱,就没有遗忘
父亲,我们将这样一起得到永恒

可为什么你要远离
在什么遥远的边缘
你徘徊、颤抖,毫不理睬我的召唤
为了谁,这挽歌这祈祷
你什么也没说,保持着秘密
而如果用我的嘴,我笨拙的舌
我血的声音,双胛之间的冰山
如果用我内部野兽的所有美丽
铸成一个词,一个
凝聚所有过往瞬间的词,我们
能否停止我们的死亡

你能否承受我给你的名字:
我的心,古老的信念,世界与言辞
你能否当游戏的中午变得空虚
让我安静地躺在你的身边
问一个又一个悲伤的问题
直到天使落在我的眼帘上
你能否悄悄走到院子里
对着阳光眯起眼睛
在紫色树影中,继续锯一块潮湿的木板
为我把每一个子弹壳装满新鲜的泥土

让绿纱门那样隆起着，弯腰拾起炉火
你能否回来，碰翻桌椅，斥责我，痛打我一次
或者在寂寞的黄昏，当我把那本旧书
读了又读，当我从书页上抬头
能够看见你，从挂满蜂巢的松树后面
携带一片蔚蓝向我走来
合上我手中的书卷，疼爱地擦去我双眼间的泪滴

可是父亲，我看见你爬上你的荆棘之梯
像一朵花开向死亡，那么安于自己的命运
并以无声的忍受深深把我责备
我看见你从大街上走过，年轻，健壮
在一群陌生人当中，大声谈笑着
我向你呼喊，可你已经过去，目光多么淡漠生疏
我几乎要跑进屋去委屈地告诉母亲

我不知该如何写完这首挽歌
如果它足够，我将不再悲伤
悲伤会扰乱死者的平静
树在黑夜中摇曳，失去了绿色
秋意深沉，我的额头上满是荒垄和落叶
身体像一口白色的水井，在午夜里颤抖又宁静
我不知该如何结束，正如我不知如何开始
也许既没有开始，也没有结束
有的，只是你和我，只是这秋天
渐深渐凉，父亲，我如何寄你一件毛衣
就是那件我在里面长大带着你永恒体温的毛衣

那件颜色褪尽袖口散线我从未归还给你的毛衣
那年我七岁,在一个黑暗泥泞的车站,你脱下来
裹住我。那一年你还年轻,深爱着母亲

夜深了,父亲,我该睡了,但愿今宵无梦
愿星光灿烂,照亮你的归路。安息吧,父亲

1990 年 8 月 14 日,刊于《诗林》季刊 1991 年夏季号

# 亡灵的散步

我悼念你也就是悼念自己的死亡
为了我将像你一样地生活,畏惧着命运
我悼念你因为在你死时我也死了
为了我永远能做你的儿子
否则增长的年龄会让你过于年轻
(但愿我能享到如此天年!)
你的死改变了一切,或者没有
或者仅仅改变了你自己
死亡掏空了存在
使名字脱离肉体成为发黑的粟壳
温暖的声音曾在其中回响
(存在与死亡多么微不足道!)
我悼念你就是悼念所有的死者
他们在我内心的山上漫步,低语
试图找到我身体的裂缝以回到人世
可你是否还能够回来,越过你亲手设置的栅栏
把你不孝的儿子审判,把我带入另一重光明
让我跟随你,穿过阴暗的祖宅,檐下燃烧的雪光
让一队队纸马嗒嗒跑回童年,车子向漆黑疾驶
经过灯光,虚伪的睡眠,我此时营造的文字
(它多么无力,触不到你隐秘的深处
太阳升起,这些纸片都会苍白!)
让我跟随你,我的妻儿都已睡熟

9

正是我逃离自己的时光

我跟随着你。这条常走的碎石小路

此刻显得不同。我随你走向郊外

像小时一样。可我不敢拉住你的手

自你走后,这些街道、钟楼都已改变

县城的铁皮屋顶常常在夜里卷曲,爆裂

自你走后,一切都变了,包括我们

像一部旧电影,突然进入了回忆

而这回忆又是多么暗淡,没有声音

我曾相信过什么,时间、生活、忠实

你改变了它们,使一切显得可疑

如今我们共同经历过的死亡

只有白色的果园

高处疲倦的果实像一件旧朝的衣裳

坠弯了月光,那些驼背的鸟被折得更弯

飘向叶子集中的地方

我希望被鸟儿携带

穿过熟悉的街景,它们像一个人离去时

来不及带走的东西,生硬,寒冷

你在其中活过,爱过

如今没有了你,它们破旧不堪

长久失水的嘴唇,变得乌黑

我跟随着你。市场上的灯亮了

人群提前开花

我们突然进入了明亮的风中

向后向上,举起双手,这多么像飞翔

挣脱陈腐的引力,水在暗中流着

我低着头,不敢看你的脸

这一切是否真实,抑或是我在做梦

这个秋天我常常丢失自己

坐在水边,看风吹走天鹅的村庄

我希望能看见自己

因为我想把你忘记

我不知道你是否看重这一切

它们微微改变,镜子到夜里都带着妖氛

你曾经凝视过我的眼睛

如今只看见虚空

而一个秋天,我在豆荚里储存眼泪

藏起你的照片,再费力地回想你的模样

我还穿着你的毛衣,袖口已经磨损

我们的体温交织在一起

还有日子细小杂色的灰尘

在一个晴天我拍打它们

它们飞了一会儿,又回到了原处

我想忘记这一切,忘记你的死亡

这样你就可以回来,重新安排我们的生活

在这些桌椅、门廊、种子之间

你的存在被磨成空壳,而你的影像

从我们中间轻轻地滑过,试图抓住什么

在你走后的这些日子,我常常在夜里惊醒

伸出手,却只拥抱到冰寒如铁的被子

你是一个人走的,无人陪伴

我感到羞愧。我爱上了另外的人

小时候我常常幻想有另外一个父亲

他在一部打仗的片子里出现,带着一支老枪

我站在花园里仰望着他,背后

钟楼戴着银盔矗立在黑暗中

我感到羞愧。现在我跟随你

经过我们暗淡的生活

七岁时我第一次去看电影

路旁的雪堆仿佛在燃烧

一部平庸的片子让我张大了嘴

中间停电了,剧场一片漆黑

我进入了情节,嘴里塞满冰凉的黑暗

后来我和哥哥们跑着回家,笑着,嚷着

你在后面迈着大步

那时我不知道生命是什么

我哭着不许你劈开那些潮湿的木柴

你顺从地停下手,走到雪地里抽烟

而一场雪让我喉头哽咽

那时我们有一座不错的院子

你用一整天劈开木头,腌菜,把土豆下到窖里

那时天总是很晴,我的手总是被门把手粘住

后来我开始低烧,晕眩

古怪的动物挤满我们的屋子却不作声

等烧退了童年也结束了

现在我跟随你。可你是谁

一只鸟尖叫,如石子叩问着远处

过去唯有你是真实的,如今你也变了

我的眼前事物纷纭,我也会突然流动起来

你能否再度出现

一枚温润的果子托在手中

让我跟随你，一瞬间看透自己虚伪的生活

我们经过的屋子人迹寒冷，店铺空空荡荡

像被雨淘空内脏的标本，显示出

怎样的躯体辗转过，因为爱与恨

如今他们倚着虚空的墙入睡，像静候归人的椅子

现在我低下头，以接近自己的心

我不知道如何对你说明

自你走后，那所旧宅我们没能留住

姐姐很少来信。我也有了儿子

一条路在他身上延续，我常常会把他当成你

我想提醒你，你走的那天正是我的生日

这是不是一种刻意的安排

你走得更快。月光更剧烈地弯过去

那里密集的蕨类叫着："不要"

盲目的池塘漂着梨子和乌鸦

不要这样离开，父亲

你还什么也没有教给我

没有指给我回去的路途

我还没有足够的智慧

学会隐藏自己，只在内心生活

我还来不及在冬天到来之前

去到动物们中间，蓝狐和红狼中间

触摸蚂蚁沉默的舌头

在豹子的趾垫中找到发亮的活水

让它们缓缓穿过我的生命，沉稳，镇定

告诉我，我是否还要重复你的命运

在哪一个躯体中,我们能重新在一起
亲密得像两滴雨,两朵玫瑰
你过去了。我突然醒悟
如果我跨出皮肤,我就会飞起
向着星光,你消失的方向
飞翔飞翔,把一切留在身后

1990 年 12 月 20 日

# 存在的深度

## 1

对你的需要使我上升
当暖流倾翻山坡
托举弯曲的翅膀翱翔
远远离开被雨变黑的土地

事物的需要如此不同
软木塞只想被拉向下面的深水
鲸鱼在山顶哀鸣,它想得到空空山体中的香草
野鸭不会翱翔,却保持水平的目力

我想成为你身上无名的部分
要求着你的忠诚,光的潜鸟
成为每棵树后隐秘的热度
使天空陷得更深

且更高地升起
像脱离云朵返回的鸟儿

## 2

我需要得多么少,一点盐和玉米就足够

一小杯黑暗就能把我点燃
我的灵魂伏在你的膝上
无论何时抚摸,我都充盈

正如一首歌中的营养,软化了山峦
在你平静的目光中安坐
太阳升上祭坛,我们在旋风中相遇
渴望被一个瞬间固定本质

事物总是在变,它们缺少秩序
光秃秃的树尴尬地站在山坡边
我在大地的木材中行走,有了新的伪装

我渴望变成你,你身上某种轻蔑的真实
满足于我们所在之处
因为英雄的时代已经结束,我们需要各自生活

## 3

对你的欲念使我无言
我何时学会了隐藏
孤独的鹰总是越飞越高
对你的欲念使我远离

太阳升起,我们就不会再度相逢
奶水晒干,成了一杯血露
我弯下身,在树木的拱门下

有不为人知的死亡

对你的欲念使我远离我热爱的一切
秋天更多的树叶逗留在纸上
树忘记了叶子长出之前的尴尬

对你的欲念使我无颜面对新的规律
空气寒冷，雨水在门下聚集
像一匹马，我在黑夜的清凉中恢复自己

# 4

多么轻松自如！大地的中午缓缓冒烟
树走向屋顶，象群逃向佛门
我小心地行走，蹑足穿过熄灭的星群
那儿，深度的存在者，收集微风和雨水

这是没有天使降临的中午，睡眠的时光
我独自醒着，狂热，不安，自满
在太阳漂白的大厅，吹着口哨
把果子投入水中

我构成了你梦的一部分
我变小了，小得足以在你眼窝中种植
液体的金属生长，钢蓝的弧影充满空间

睡眠者如水塘中的圆木转动

手坠向窗外,颠倒地看见来自海上的蚱蜢
当我回身拉下窗帘,发现一双眼睛醒着
渴望一个亲吻

## 5

必须有足够的智慧才能去到动物们中间
学习如何旁若无人地相爱,在它们面前
我们笨拙,满面羞愧
隐藏起快乐,像树憋住汁液

嘎吱作响的夜,错动的白色大陆板块
两千里的大洋之水
动物们凭借夜色而来
陌生,焦灼,狐疑不安

多么漫长的蜕化过程
我们离开寂静的源头已有多久
它们离去,咕哝着,回到来自的渊薮
一种忧伤使它们远离

当我们不断地丧失,真诚到一张纤细的网眼
是什么支撑我们抱头坐在午夜的空中
在不断漂移的大块黑暗中,拒绝融化,冰一样震颤

## 6

最初的高潮过去,蚌王有了一圈玫瑰色的嘴唇

在黏稠的黑水中喘息,被柳条串起
在我体内,一个人正在诞生,另一个正在死去
我不是任何一个。这一刻我足够孤单

我走到平台上,海在树顶上闪光
即便在梦里,海也在深深叹息
我要回到水中,我是某类水底阴暗的生物
海葵或者盲鱼,因光芒而疼痛收缩

我突然怨恨起你来,这阴郁的快感
把白色的原木推到床下,一直滚到墙角
那断裂声像月亮的潜鸟划过深水

还有更多的月亮旋转,石头的念珠
我是万物之链鲜红的一环
一个你终生居住的月亮

# 7

人类古老的工作一直进行到深夜
鞋子背过脸去,张大了嘴
冰凉的黑暗进入我们体内
阳光,刺入大洋对面湿咸的丛林深处

我被白日结束,拖进水中
欲望之马在那里吃草。我被白日结束
你的脸在我上面滑翔,俯冲

枭鸟在充满蜡烛味的房间建立它广阔的孤寂

手在温暖的皱褶中移动
种子在土地的皱褶中翻身
孤独会到来,男人女人的联盟将终结

为一个我们不认识的人相爱,生活
让他呼吸,生长,我们注视着下面的湖泊
不安地期待粉色的花瓣慢慢展开

## 8

我在森林中散步,太阳越过高空
巨大车间中的粮斗微微摇晃,泼溅出钢花
我变得耐心,愉悦,手捻花枝
我要想想今后的生活,风从河那边吹来

气候适宜爱情,光线也很充足
我还年轻,健康,仿佛阳光
长裙拖在地上草儿也会迷惘

森林像个广大的教堂,回声悠扬
像山谷的女王沿溪流追踪一个模糊的影像
跳跃的山羊攀上岩石,敏捷奔放

鸟儿将会听到我首次说出的话语
祝福到达所有忠诚的胸房

今天我得到了爱情
快快穿过草场回到他身旁

# 9

我感谢那些风中逝去的岁月
它们带走了一切,只留下我们的爱情
像海洋之枭,漫步在蓝色的广场
心儿明亮,岛屿也在洁白地闪光

快乐以谣曲的节奏舞蹈
树叶在前后摇晃
如果不是被种在那个地方
它们也会一同前往

不断变幻的事物固有变幻的理由
我们小心地行走,不碰乱一丝光影
我们来到世上,不是为了忧伤

去吧,阴郁的思想
我们简单且充满
眼睛望着眼睛走在大路上

# 10

夜风摇曳山谷下的百合
我将留下,一切本该自然而然

水鸟在湖中很快睡下

月亮吸走白日的嘈杂
又把树叶的千只船舰投在夜海的波涛
我离你不远,却不走近

溪水流过玫瑰的双膝,烟雾弥漫
绿发的林妖把山毛榉的冠冕放在我脚旁
她珠泪横流,对我又羡又妒
我们一起踮着脚,向你的小屋张望

炉火早已熄灭,锅独自哼唱
猎枪枪口里插着花,你在半睡半醒之间
云朵散开,月光照临
你年轻的脸庞显出忧伤
而我多么欣喜,把手放在胸上

# 11

作为一只鸟存在,凭借气流上升
就能看见人类的生活,脆弱,虚伪
因此它独处,影子伸向巨星的光环
触到另一种泥土

它尾翼分开,掌握着平衡
它能在飞行中做梦,一边做爱
挣脱田野的引力,越来越高
且把大地提升

而我们是底层空间的动物，盲目，固执
在身体中携带泥土，向往光明的海湾
在沙滩筑起城堡

潮汐缓慢退去，城堡在光中崩塌
我们相依相偎，不激动也不开口
听寂静在海上的云中移动

大海闪着虚无的光
星球带着我们在寒冷的空间流浪

## 12

整个中午都是你的梦境
我就在你明亮的梦境中行走
我找不到你，找不到自己的童年
十二岁时我失去了我的某些部分

我丧失得更多。旋转的木马围绕一个晕眩的中心
在我注视时有一个盲点
三月，龟分开水面的绿。这个散漫的夏天
散漫的歌声，散漫的心事，散漫的我们

我终究要找到你，在你的视境中恢复自己
先是爱情，而后是忠诚——那可忍受的真实
此后生命将不可忍受

然后是快乐,痛苦。知道自己身躯真正的重量
缓慢的液体在双腿中停留,渗到鞋里
形成巨大的水肿——我最后的疾病

## 13

我的门因林中持续的敲击而打开
某个深度,一个中断的过程继续
亡灵突然在夏日的脉搏中出现
在草地的风中,反复打断黑暗和衰败

一整天我将栅栏漆成白色
工作完成了一半就被思想中止
我将以这些未完成的东西来爱你
把自己锁在门外,在画满火焰和魔鬼的台阶上等待

夏日在远处逼真地流淌,下午的阳光在水中变冷
树影旋转,蜥蜴迅速爬过六月的道路
灰尘和心脏组成的彗星被如烟的丝柏纠缠

谁在以手影模仿童年,谁在自己的家中想家
谁在林中可怕地敲击,数着鸟声的念珠
谁在黄昏的边缘折叠,水晶般破碎

## 14

在这个贫乏的时代,一切都没有理由

我们生存,并试图寻找遁词

不是出于愚蠢和衰弱

不是为了雄心和夸耀


失去深度的年代,在一个平面上

灯光出现,排满鱼吻和人类

一切自然而然

大地上再无渊薮


我们世代居住的希望之屋,丑陋而嶙峋

只是一副烧焦的框架,我们却必须

通过它进入未来


尴尬地,它矗立在一座光秃的山坡上

一幅拙劣的布景。当我们攀登

月亮轻易地进入它宇宙的屋子


## 15


午后的阳光总是这样倾斜旋转

苹果树抖落满身的绿荫

日月的神祇,被跨过沼泽的苍鹭携带

更小的金翅雀投入幽暗的林中


有什么将在风中出现,带着没有面目的记忆而来

乡村教堂的后面,麦子分蘖幻想

醉于美酒,诗歌和爱情

我忘记岁月匆匆的流逝

透过身边的阴影张望,道路在钟声里飘荡
平原上布满洞穴,观念闪烁
如烧焦的果实被钟声摇落

与心灵相称的阳光,我们世代的荣辱
在废弃的草棚中谁将与她的马儿同在
看土地围住小小的农民,守候火红的作坊

## 16

我像早晨一样新鲜,和露水打湿的面包一起
端到你的面前。饱含牛奶的空气
在干净的树叶上浮动
成吨成吨的夜白白浪费

上午我独处,用花瓶挡住太阳
如果阳光突然移走,一定是我砰然破碎
这样美妙的时光,我不会做任何具体的事情
未曾被死亡浸透,它们不可能永恒

像一个旋转的巫女计数远古的灾祸
可除了悲哀,有什么能被把握
下午是惯常的裸睡,如此完美

垂下草帘,便来到一个不同的日子

在那里我醒来又睡去,依旧孤单
一盘水果紧张地注视着一扇震颤的门

## 17

还要五吨重的夜我才能入睡
我在别处缓慢地苏醒
用剔净的骨架干燥地行走
我入睡,保持着清醒

是否有一个人从我身体里坐起
拢拢头发,跨出皮肤
平伸双臂,茫然,僵直
所到之处不拐弯,一直穿过墙壁

她必须靠行走来学习
携带无数个自己
这里面或许有着某种被轻蔑的忠实

像一个人走向她的河流
一百个人走向她的床铺
有人正从上面醒来

## 18

一个旧词把句子拦腰斩断
伤口里有人叫我

一个旧词使我心情抑郁
它陷在过去里叫我的名字

我不回答，否则会失去灵魂
它准确得像工蜂的尾部，锋利，明亮
"是否"——它站在路上，逼我选择
这首诗是否需要生存

像空气脆弱的关节，一个旧词
叮当作响。我是否有足够的勇气
穿过它而不致受到伤害

无法更改的两个连体动物。我说。"滚开！"
它们显露一下牙齿
我们互相环绕，旋转，纠缠终生

## 19

一生把一具骷髅带在身上
这每个人可怕的秘密
随我们一起长大，水晶，木质，或者金属
它终将撑开皮肤，独立行走

它支撑着我们，直立和到达
是我们最后奉献的果实
一个白色的提线木偶，由叮当的破烂组成
左右我们一生

把手抠进我们生命辉煌的房屋
就能触到它，温暖，真实，忍受你欲望的重量
保持纯洁，它知道一切都会结束

清风透过窍孔，把它打磨得日益光滑
晚上它咯吱作响，与谁私通
作为窥视者，你的快感叫作绝望

## 20

一个臭词出现在诗中
一只鼬鼠出现在丛林
它在句子中移动，盲目，机警
牙齿肮脏，嗅着腐叶

它先把一个句子从根咬断
掘出下面的黑暗，吸食蚁卵
它的唇吻坚硬，句子倒塌之声
从纸上远远传来

我把鼻子贴近桌面，观察它如何工作
精彩有效。我把一棵树悄悄移位
它竟能跟踪而至，找到主题，一口下去

七倒八歪的一片林子，臭鼬在叶子下潜行
在月光下拱起一溜土堆
出于同样的恐惧，我们也曾如此

## 21

一颗星萎缩,海和山峦就随之消失
由此,它的质量大到无限,吞吃灰尘
形成一片危险的区域,在那里
光线消失,所有影像熄灭在寂静的门口

它小到无,事物消失于无中
于是天色暗下来,有人在郊外散步
一下就跨到空中

这样的事时有发生。空中飘满空荡荡的衣服
一张课桌在田野中央
失去了时间,和划分性别的童年的刻痕

由此我们学习,再学习,而后生活
苍白头颅如蘑菇云升起在田野
把一些迅速萎缩的球体包容于内
又在身后拖曳星球黑暗的大肠

## 22

语言——我们每天的垃圾绝望地增殖
我已厌倦,我飞速地逃离
掠过万头攒动的广场,那里
一盏红灯笼越升越高

逃离一个词，就是
逃离一个黑洞，艰难地
拔出双脚，起步，走开
像一只泥沼里试探行走的鹤

文字叮满事物的表面，吸空实质的营养
山峦坚硬的字火红，河流的字柔软
我寻找一片真实的林子，却误入一首意象虚假的诗

从云逃开从风逃开从水逃开
手脚撑起，又一个字写在空中
为无法消失自己而羞愧不安

## 23

爱，对永恒的渴求，以及死亡
是我们与生俱来的疾病，不可治愈
像一些星辰牵引它们下面广阔的水流
生命携带它致命的希望，拖动水中明亮的物体

或者它们就是本质，木偶中更小的木偶
一旦痊愈，生命也将结束
光滑而无用的乌木珠串，散落一地

爱使我们受伤，暴露脚踝的稀薄蓝色
芸香的魔法轻易混淆了逻辑
渴望天空，却在天空下面的事物中消失

热病的玫瑰占据黑夜,占据
我们躯体曾拥有的那片寂静
我们在星空下仰首,信念维系一个古老的星辰
一位阴郁的神祇,盲目而冰冷

## 24

在生活中去幻想一座花园是危险的
无论在空中还是海上,无论其中
有没有绿云缭绕的美人居住
梦想一个皇帝的优雅,整日在海上弹琴

现在做白日梦要更为安全
我很快看清了木头上的虱子
电线拖过门厅,面色微红的大风坐在树梢上

如果能有一个屋顶(它必须是红色的)
我就会忘记天空,让互相反射的屋宇
一直排列到夕阳深处

为一个黑夜我们必须交出所有的夜晚
为了能够从容地写诗,必须放弃生活
而为了一个卑微的酬劳,我们
忍受希望,像忍受一个饶舌的妻子

## 25

在生活中应该有一处开阔的谷地

人性可以忍受的一点苛政,一处缓慢的流水
树木的芳香阴郁
时间也似乎变得黏稠

夜里灯火皆无,马厩盛满干草在云中荡漾
我手提哗哗作响的钥匙
为一个不及归去的友人打开酒窖

冬天必须步行,带去盐和蜡烛
一声微微的呼喊就能引起雪崩
树叶盖住鼹鼠漆黑的家

研究不可企及的诗律,去黑夜里耕作
擦拭犁铧也擦亮灵魂
天明有大群马匹涌进薄雾
两个女友渡河而来

## 26

身体切入空气之肺,身体经过
空气缺了一块,其余的便来填充
于是形成了风,人消失
风吹到远处

劈开空气,光显现行走的人
被自己制造的风驱动,阻挡
人体旋转,冻在空中的鳄梨

落入旋转中心

空气消磨的一生,人有许多种理由
抱怨被空气所伤
人在空气中消失,光便收回

空气变得浑浊,黏稠而燠热
它跳一跳停住。飞矢不动
人,开始考虑空气的纯洁

## 27

像流水一样疏懒,疏懒,微微警觉
像流水一样消失,也消失许多庞大的事物
黑豹按住流水
像按住黑夜中活泼挣动的鱼形恋人

流水无言,把一切打湿
把黑暗珍藏在心底
让胆小的生物安心
人在水上,靠脆弱的船平衡

水开始变深,变得危险
圆眼的海豹好奇地向船上张望
试图把船拖回初始的元素

上空,飞鸟光一样撕裂,撕开花籽

叫嚣着,只那么一瞬
就把薄雾和浪花带到了高空

## 28

书中的安宁与智慧！眼睑上玫瑰的灰烬
烛光——黑夜的黄金构架
放大秩序以容纳无序
一群燕子迁徙——有着飞行中混乱的秩序

在光突然照亮的阴影里
是一头动物绝望的眼睛
书页记录下寻找的辛酸与疑惑
并不是安宁与智慧本身

更远的夜里有人读书,满脸黑夜
从采石场归来的蝴蝶
和屋顶寒霜中的马匹

我读书,倾听屋顶寒霜中降落的马匹
迎接书页的深渊中升起的目光
在我走后,阅读留下的晕眩依然在扩散

## 29

在那些岛上,石像有着风的薄裳
波涛绿色的下摆,献祭的牛犊围绕章鱼的火焰

生活，就是在那些炫目的海滩，穿着白袍走来走去
挖空树木，或者乘大气上升

宁静悠长的午后，当蝴蝶从一双红唇上醒来
太阳喝干了瓦罐里的香油，清水洗炼花枝和心灵
晒裂的船舵上，隐约可见"上帝会安排"的字样

笛声多么慵倦，石头也不再坚持
白色的采石场高悬发光
那伟大幻象的年代

分不清天使和凡人了，到处都有海伦
直到今天她都在海滩上蒙面走动
在一个严肃的征兆面前，望着大海

## 30

一种露天的开放的生活
是在沙滩上走来走去
把鱼做成蜡烛
或者手拿花枝，吟咏诗句

圆形的石头剧场，夜夜上演悲剧
马的额头正中，牢牢钉住死亡
花朵释放隔夜的蒸汽
艺术家都在采石场里琢磨历史

每块石头中都有水井
汲出彩像和流苏的清凉
爱情像紫苜蓿,一望无际

海上的光从不消失
美酒,清泉和花束从不消失
生活纯洁得像一场日光下的竞技

## 31

鸟在飞行中转变成光束
它于是进入黑夜
在潮湿的叶子中翻滚,松鼠
转变成去年甜蜜的睡眠

记忆的骨骼,被一锅蒸煮的草莓变甜
鱼融化在水中
光线使暗中的物体移动
显出一头鹿的形状

这里来了这样一个人
和一个时代的空气
贮草塔中的空气

在那里,热量积聚另一些
不为人知的变化

## 32

大海的圆光围住小小的屋顶
除了欲望和愤怒,老年,只是风口里的迟钝
一间粉刷的房子的记忆,蓝色穹顶
被风含糊的言辞与阴影充满

我们是否能够相信蝴蝶隐匿的闪电
月光浇铸一只鸤鹩
像喷壶专注于一朵发抖的花

面色红润的早晨沿大风拾级而下
为树木拱门下的秘密而吃惊
那只是一队黏虫去年的死亡

它们骗了我们。在砍伐的树林中
它们肩胛闪耀,梦见我们跳过了最低的树枝
长长的身影切过细木窗格,在夜湖上颤抖

## 33

有一个靠幻象生活的时代
英雄般的圆柱,四束光撑住的屋宇
云彩中传出开掘玉矿的锤击声
幻象在墙上裂开

如今他们穿过天空中埋葬的村庄
看到他们生存的短暂虚荣
被过于严格地对待
像喷泉屈服于自身的重量

真理从破碎的石灰槽中流出
从小小女像柱支撑的宏伟寂静中
我们离开了星际间古老的至福

如今理性用假乳武装我们
合成的食物代替等级制的清静
只有臭鼬还相信着月光
把绷紧的尾巴深深插入塑料的酸奶杯中

## 34

塔中自闭的圣者,看到
插满灯光的海洋深处,恶魔般的想象力
在无数个可能中持续变化
恶龙或石榴样的大鱼
来自人性中不可测度的领域

还有沙漠中回响的地下池塘
撕裂的鲸脂,历史铁桨般的尾巴
在鲜花广场架起火刑堆
在货架上摆满玫瑰色的鱼

就像在山墙上挂起纹路清晰的旧轮胎
那童年光线刻画的轮辐旋转
在暂时的事物中去掉了神圣

生命严肃的负担转变为绿色的狂欢
通往城市的燃烧的路上,士兵用银币
在盾牌上计算一个年度的杀戮

## 35

在一首歌中埋葬的尸骸和花瓣
在尸骸和花瓣中的营养
一个漫长的人结束
他的躯体像炸断的坦克履带慢慢摊平

在一首歌中升起或降下的屋宇
在屋宇中升起或降下的空气
一个明月滑进躯体
像一个明亮的屋子飞进黑暗

暗水之上,鸥鸟的羽毛和叫声漂浮
在鸥鸟的羽毛和叫声中
他不再是任何人

他不再是任何人,在更高的领域
他的目光落入人群,我们继续看见他乌黑的脚掌
继续听见他,把云梯更高地竖起

# 36

当夏季的航船泻下成吨的幽灵
我们燃烧的脸颊在喷泉和树林中恢复
当岛屿解开透明的绳缆
流水,在我们疲惫的躯体上绷紧

当海上的马匹直立,乌云中哀声不断
我们肩倚结上盐霜的兵器
当洪水越过我们的头顶
一片陆地在晴日中招展

当云端的天使白得耀眼
即便没有海伦,也没有特洛伊
我们的手也将再一次握满杀机
回声,在沼泽中互相砍伐

当夏季的航船还原成褐色的圆木
我们安静地散步,携带着新的生命
白袍拖曳海水,看见一艘夏季的航船
在云端远离,载满我们熟悉的幽灵

# 37

我已提前到达了一个地方
无法期待更多的东西,三十岁

再让我去学习生活已经太晚
唯有再度天真,纯洁而又无辜

大风踩凹的天空万里无云
荒凉,像存在最后的许诺
依然据有高度

缠身的幽灵依然如花怒放
在我耳边低语,趁肉体尚未完全衰朽
快折断手中的树枝,去黑夜里悠游

还有什么值得你委身
假如飞翔就是在空气中消失
假如可以陈述的只有这些
我们全都毁于时间残暴的荣誉

# 38

太阳照亮一半的庭院
也照亮昨天的云彩
而我们是否有过那样的昨天
在一个庭院里相对,阅读
或者就那样引颈站着,当一群鸟飞过

我们到达这里,不是为了像树一样掉光叶子
没有人告诉我们,在此之前
此地是否存在,混淆于一个相似的名字

石头的高屋和曲径
点点初雪映进了杯盏,隔着纸窗
或凭栏眺望,万物在江上浮沉

当所有人离去,没人再去审判
我坐在庄严的靠背椅上
熄了灯,独对满庭月色

## 39

深秋的纸花打开地狱的薄暮
花瓣割裂白骨
像铁瓦直立,摆脱体内的物质

瓦上长天像花开了一夜
像明镜滴水
天明半尺厚的雨
一朵花招展在脸上

在遗失的宝藏,和未来的礼物之间
是你的墓志铭——
一个人,只不过是一个人

沉默的灵魂,在时缓时急的水流边
建立了它的大厦
仿佛花瓶在寂静的形式中旋转
那从开端涌起的海底巨浪

也不曾把它带走

# 40

月亮是水中一次倾斜的幻视
那些束胸的亡灵舞蹈
却从不离开自己的火焰

月亮升起来,从树梢抖落空气
下面是黑色的水流
这无人到过的月明之夜
月光闪烁时,能听到小鲤鱼黑暗的心跳

可我能知道什么,除了天真,除了继续活着
除了体内晕眩分裂的光
除了月亮,我进入过谁的未诞生的躯体
在谁的腰上砍伐

我应该宽恕自己了,当明月升起
失去所有的知识,皇帝一样赤裸
占有高处的积雪,那种昏厥的智慧

1990 年 2 月 3 日至 1992 年 11 月 16 日

# 1993 年：挽歌之夏

## 一

当群山像一阵波浪,洒下绿色的泡沫
树木和岩石,是否有人被遗落在草地
在下午的光中继续死亡,和一个关于死亡的话题
而夏天像海上一列漂浮的快车

那是我们早年看见的夏天,肥胖的乘客
碾碎了八里宽的泡沫,在保存光明的大海边
当落日在尘土中骚动,我们看见又一个人
从地上爬起,整整衣服,走向生活

肮脏的群鸟,带走了邪恶公羊粪便中的酸枣
漫向更高的山顶,它们的叫声连成一片
像洪水中黑乎乎的屋脊,飘摇
预示着新的灾难,预示着寂静将临

我们沉默的邻居把猎枪抛在屋顶
他将无所事事,树林中将坐满裸体的人
像黄昏祭坛上白色的牺牲
在半埋入土的锡罐中会传出蟋蟀的哀鸣

这是我生命中第三十个夏天,在去天国的途中

我再次受到命运之狮的警告，三十年的经验
已足够判断善恶，但让我独自住在
无人的山中或寂寞的海底，还为时尚早

二

鸟的叫声抬走了屋顶和瓦上的长空
夏天更加空旷，预感在草中掀动
像红色的烟头，那发情的毒蝎
灼痛了寻找道路的手指

在午后沙沙生长的阴影中，装作看不见
树丛后闪动的眼睑，摆开蜡制的野餐
装作是在另一个时代灰色的郊外
一场谈话连接起被树林分割的寂静：

如果夏天的光影，在面包中改变了用途
打开的人性将不会被阅读，河流永不寻找
入海的门槛，树上的果实永不掉落
你的躯体永远甜美，白皙的双腿便是爱情的长度

只有寂静连接起白云，鸽子温暖的胸脯
树下的荫凉在我们血中升温——
"谁能从时间中拯救出一只恐龙
做女人是为了完美，不是让人空忙一场。"

晚潮沙沙地侵蚀着纸页，过去进入了现在的空壳

留下发黄的胎液和茸毛，那未来的雏鸟
已选择一根枝条走远，它不久便会鸣叫
长成黄色新月，在一幅废弃的旅游图上迷失

## 三

只是现在轮到了灵魂发言，它一开口
空气便沦为火焰的泥塘，热力
爆裂了岩石上的杯子，在长脚蚊的腹部
刺绣梅花，夏天的飞蝇滑过水面

在燠热中，灵魂有着难言的尴尬
尾巴笨拙地拖在暗处，在膝盖的拐角
这时它完全可以在一场谈话的暴雨后
脱掉肉体这一件爱情的衣服

于是有人大叫一声，在草地上双眼放出白光
像一匹母兽一样翻腾，汗水和尘土混在一处
形成消夏的泥塘。谁曾见过这样的夏娃
她遮住羞处的树叶在一场雨后闪闪发亮

呆笨的亚当难免被责备，背过身委屈地睡去
像一块无遮拦的石头，在正午时分开裂
像灰色的大象坍塌。他们的身影很久以后
还在一个孩子的眼中搏斗，使他从此罪孽缠身

只是现在轮到那孩子开口，轮到他

在童贞的丧失中消失,在一个震颤的入口
只是我们不会在尘世与他再度相逢
并拥有像他那样简朴的身体

## 四

于是那新月提前从水银中升起,滴下阴影
它洞悉事物的奥秘,消失的路径
在宇宙的暗室中喃喃低语,它德国式的发音
像老祖母带走青春。空空的山体中水声嗡鸣

一条透明的道路在群山间逶迤,在海上
被闪光延续。群山的圆锥体此起彼伏
草地上戴面具的人走来走去。失意的蛇
爬向鸟巢中微弱的心跳,坠落,那是梦中的事情

一长列纸箱拖过草地,向空气敞开
玩偶缝制的笑容,伤痛和指套,一个嵌一个
更小的箱子,直到小得不能打开——
那生活的最后礼物。谁把它揣在怀里,离开了

闪电随后到来,通过高压线发动废置的除草机
收割躲闪的腿,这血腥的债主堵在门口
什么咒语能停止夏天的杀戮——蜜蜂堕地
旋转。谁天真一笑,阳光就渗出乌云的翅膀

是那个用树枝画风的孩子带走了空气

以致我们笑容干瘪,他边走边唱,抽打着
草叶间的流水:"谁胆敢窥视神明的宁静,
用他凡人愚蠢放肆的眼睛?"

# 五

这难得的旧时代的安宁!幽径,树叶上的花纹
飞鸟羽毛中经年雨水的气息,书卷合拢
一支火把突然照亮流汗的脸,两个奴隶暂时避开了
　　命运
而怒气冲冲的犹大,到处寻找迷途的羔羊
耶稣的血球在口袋里叮当作响

稻草中的蟋蟀和月光,大理石墓旁
水洼闪闪地旋转,醉汉在呓语
我们跨过一块块石头,血泊和花圃
在闷热的酒窖中寻找我们真正的朋友和姓名

空气中突然出现悲秋的气氛,让人心惊
像一座山峰在空中悬停,系满乌亮的雷声
树顶变得稀疏。散步归来的人,发现
那夏天遗弃的男孩,在门口的落叶中沉睡

逃亡只是一场散步的联想。白色的眼珠
在水底相遇,盯视,滚向对方,又错开
无边的落叶蝴蝶在高喊——"美啊,巨大的美
正在坠落!"无人听见。一个秋天的冷血涌上了指尖

# 六

大气明净,万物在秋天放慢了脚步
黄昏中丧失性别的人类,布置一个新的场景:
雨中花园铁桶状的幽灵,找不到可以绞杀的脖颈
寒意在树叶下聚集,围裙兜满青果的树
站在门口,像贫寒的村妇,羞怯地等待灯光

那山中红色的堤坝越来越远了,消失在湖水干枯
  之处
垃圾满坡,醉醺醺的鳟鱼睡在啤酒瓶中
塑料袋里,蛋壳长满林妖的绿发
她的姐妹一定躲入更深的缝隙中哭泣

天气越来越尖锐,屋脊连成一片像苍黑的麻雀在
  瑟缩
草地尽头的光在缩短,也缩短着夏天的躯体
这时一只砍断的手便可以代表生活,在不能选择的
宴会上漫游,群山像盘子上冒烟的秽物

在这样的日子,一场暴雨便会让我们草草结束
抛在潮湿的地板上,像被拆散的玩具
梦见明天像一位新娘,从对面的林子里出来
带着我们本来的身体,一只熊蜂或一尾冰冷的鱼

1998 年 2 月,原载《西藏文学》

# 散　步

## 1

还有什么希望值得诉说,值得
风一样去追寻? 它一经说出
便化为灰烬。从灰烬追忆到火焰
什么样的骨头经得起这彻底的寒冷

凝结在唇边的盐粒,霜色的毛桃
夏天是一壶浓茶被一再稀释
柳色如烟妨碍你眺望美人
她内衣的更换对应朝代的更改

## 2

危险的美,带来厄运和尘土
红旗飘扬的革命,带来牺牲
一场暴雨,从街头消失的群众
在更为幽暗的室内,它的消耗

是一个人写在纸上的一生。几场雨过后
草丛和瓦砾间的颜色已经苍白
谁能把死者长久带在身上? 厨房里的灯
在这时要停止摆动,否则会被拖入水中

# 3

浪费得太多了! 这一场旷日持久的斗争
黯淡的是眼睛,明亮的是广场上的灯笼
它们越来越高,几乎成为某种象征
一个婴儿的头向后仰到不能再仰

几乎与天空平行,看到了本该在前方的事物
星星落在街道上燃烧。银行和血库
在内部交叉。出售草料的工厂。麻袋
在春天的田野上堆积,疲惫的孩子绕着它们跳舞

# 4

不要再给我爱情,我要的是凉水
早晨醒来一声大叫,阳光滚落万丈深渊
远方的屋顶和云彩相连,一个座位
在巨大的斜坡后,按惯性继续旅行

反穿毛衣的季节,孕妇的美浮现在眼瞳中
里面有个婴儿在张望,转动乌黑的小小头颅
响亮的耳光,春天暂时的红润
我们看不见地窖,就去看腐烂的嘴

# 5

强迫我们的孩子在沙坑边跳舞

给他们果冻和寒冷春天的希望
推开粗糙的星球,从肮脏的口袋里
掏出一个萎缩的失去光泽的世界

咀嚼。雪,星星,苹果。"如此小的年龄
便厌倦了梦想。"在滚动的铁环和献身的戒指之间
是一种普遍的联想。"要么给我生活
要么给我死。"可那些惨绿的果冻还在颤动

## 6

难道进入我们主题的,永远是树叶下的寒意
水中的渴,来自识字课本的黑暗
谁能和我谈谈丘陵,树木
孤零零的大海,或者城堡高大的野兽

让孤儿发言! 别拿走他手上易碎的灯盏
他尘土中的远方,让他代表我们
控诉暴躁的母亲,她用木马生火
把入秋的鹌鹑赶向海洋,用她血的鼓声

## 7

而我们的解构主义热情在婚礼之前
就已消失。在许可的范围,内衣和镜子
交换着真相,离不开一具骷髅的变化
大海和群山相互进入,峡谷张开黑色的折扇

在堆满灰烬的星座上对于水的想象是奢侈的
它横在发亮的头颅和广大的混沌之间
我们已经见过草丛中雨水洗亮的卵
我们还将见到面孔漆黑的孩子

## 8

更早的时候没有人逃离落日，两腿间的灯笼
发青的小小乳房。高大的自行车后座上
女神打开了薄暮。更早的时候是散步的人
带回卵石密集之处鱼苗失散的消息

一次散步遭遇到的身外之物
拥挤在书房或者散步者臃肿的大脑
从嘴里扯出无尽的纸条，肩膀上的落日
没人计算它与一列快车迎面相撞的距离

## 9

鼓励陌生人勇敢地去死，以便在世上
占有一个固定的地址。门铃被按响的时候
有人尖叫，有人自梦中坠落
在理想的高度，是一群摇摇欲坠空想的结局

堆在床角的炸药在走向献身的时刻
被失禁的体液浇熄了热情
一个孩子举着水壶奔跑。春天，春天

穿高跟鞋的猪庸俗的碎步

## 10

诗写到最后一行也无法停住，犹如
一个人越过了死亡。呼哨像他撞散的终点
柔软地缠在脖子上，向后飘动
在新的一轮，他却成了落伍之人

伏在地上的裁判嗅着一道淫秽的白线
鼻尖在一只女鞋前停住。踩断的线索
有人在头脑中把它缠成一团。谁是最后的赢家？
交换的杯盏使宴会和瘟疫的传播同时达到高潮

## 11

黑夜衬托出的静物，一只梨子光滑的底部
和它献身时的贞洁光芒。不能再重的重量
落在地平线上。期待燃烧就是期待毁灭
此时泪水中的一根蜡烛，比生命还长

嚼着煤渣一样乌黑的口香糖，沿着铁路
一个孩子拿起一个闪光的物件
放进他的亚麻口袋，在第一阵暮色中
像一个漫不经心的天使，穿过正在形成的宇宙

## 12

在几公里以内,事物才是清晰的?
越兜越小的圈子,越来越深的暮色
烟雾涌向阳台上的晚餐,河水的声音一浪高过一浪
和浴室里动情的哗啦声连成一片

一束纸糊的火焰向黑夜低语,纤细如天鹅
"现在有多少人在想起美国,堤坝上消失的假日。"
那去年的疾病关乎想象
却暗示了今年的遭际

## 13

儿童的尖叫和刹车声在梦中合为一体
谁能解释梦和现实的同步发生?
敲门声响了两遍我们才找到钥匙
打开的却是一扇虚掩的门

在迷宫上方倒悬的木偶,本是指路的明星
它虚假的表情因年深日久而真实
牛哞在各个方向同时响起
把一座乐园轻轻提升到黑暗的空中

## 14

而被黑暗切成两半的迷宫,对称于

过去和未来。我们的身体,恰恰
在那一道缝隙中消失,像一封
比信封还薄的信,被投递——

给谁? 我们手掌上的纹路有些已经作废
秉烛走来的只是早已定居的游客
光头上一撮灰烬。"向上的路也是向下的路。"
只是在那里我们不会再遇见赫拉克利特

## 15

一生的散步从此开始
"秋天会带来更多的叶子,更多潮湿的愿望。"
"只是下一个春天,已不是我们回到枝头。"
携带着新的生命,肉体的小船在云端荡漾

这条街与郊外的旧时代相连
还要上升到怎样的高度,才能看清众人鼻孔里的表情
"一切都将重现,包括你那过时的美。"
"我们会在天上哭泣着重见。"

1994 年夏,载《作家》1996 年第 7 期

# 夏日的知识

## 1

在一场普遍的雨中,事物显露出
词语的本质。事物短暂,而词语永存
动词——在雨中走动的人,进入热气蒸腾的门厅
在杂草丛生的院落,放下一大堆生锈的工具
那些可以互换的形容词,各种尺寸的扳手
铁锹切断了软泥中的蚯蚓,名词流光了血
微弱的管道连接散居在地下的各个蚯蚓
泥土黑暗的重量从这张纤细的网中漏下
地面上,一只鼹鼠嗅着蚯蚓的腥味
事物只是由"和"与"或"连接着
当人走过,一堆堆泡菜坛子似的雨将散落一地
水平和垂直的运动总有一个稳定的时间差
狗追赶着火车。狗在道口坐着等火车过去
它的主人在车上反向走动,像无穷逼近沸点
但永不会达到的水。云彩和远方。远方和寂静
寂静和狗。一条狗同时在各个地方走动
但只真实于一个时刻

## 2

水上升,鱼下沉,它们达到的地方手是够不到的

鱼携带着鳞片状的光,或者它周围一片保护性的
　　寂静
移动。与我们下潜的额头相碰的,只是那寂静的
　　边缘
闪出火花,鱼早已轻轻避开,像在玻璃缸中
而越是高处的水越是洁净,它一直触到
天使松开的翅膀,成为星光——星光微腥的鱼卵
在水中,星座弥合了它们之间
误解造成的空隙。它们各自释放的花粉
仿佛在血液中扩散,聚合,向鲜红的柱头覆盖
雨后,窗上的雨滴很久都不消失,像玻璃中的气泡
或者附在表面的疣。它们形成的图案始终没有改变
空气保持着它的温度。但这些依然是暂时的
在我离去后,它们是否还能维持一些时候

## 3

如果愿意,你在一天之内,不,一瞬间
就可以遍历人类的历史
石头筑成了城墙,又坍塌下来
被用于磨剑,或者嵌在
摩天大楼的骨架中,支撑一片寂静
酒神或者丰收之神的涡状头饰
在石头的沉默中隐隐出现
夜晚的灯影下,石头低垂
我打开圆形的车库门,让一辆发红的小汽车
驶下坡道,驶向入夜的生活。然后为我的大狗

捡了一块石头。你要给我看一把尘土里的恐惧？
掰开的石头曾经是插着血管的心脏
石头在广场上堆积，在用于建筑之前
它只是铁皮乌鸦夏天的坟墓
永恒在石块的焊接处折断了
我们失去了希腊火热的石头
飞鸟喷吐在树叶上的模糊气息
可我们将采集月亮上的石头
浮在冷饮厅的喷水池中

# 4

"我和现实发生的只能是肉体关系。"
灯光转暗。云朵滑过大厅的玻璃地板
滑过一张张扁平的脸。玻璃深渊中
幽灵弹唱，头角上不时冒出火光——
去生活，就是去尘世中冒险
且无益地增加你收藏的灵魂的数目
外面倾斜的石头街道上，一支火炬
突然熊熊燃烧。一个巡夜人的影子
延伸过各个星座，一一掐灭了灯盏
然后倚着稻草车睡去，只有他的手中尘土发光
电扇中的幽灵搅成了凉风
从街道尽处的码头上，茶杯形的鱼结队走来
消失在门内。闪亮的兵器在谷仓中沉睡
只有厌倦生活的人才会彻夜不眠
他转向星空，扛着梯子在平原上走来走去

## 5

雨水在夏天绿色的耳郭中嗡鸣。在幽灵带来的凉风中
心跳埋入地下,拆除的树荫又被白昼重建
你站立的地方曾是一个少女,曾是炎热废墟上的一
　　把竹椅
一个孩子翻寻着,嘟囔:什么都没有了
似乎没人在那里生活过。我们出门便忘了家的模样
树叶飘落,在砖头和稻草堵塞的水池中
那涌泉般的生活曾经到处流淌
中午经过那里。开始腐烂的废墟
把老年的气味传到胃里。现实是一根刺
进入了血液,有一个朝向心脏的走向
儿童的橡皮子弹在风雨不透的林中唧啾
小小的杯子在晦暗的风雨中旋转。面对废墟
想念火热的萨福,群岛上那些悬空的雕像
在草叶的撩拨下辗转呻吟的盲目之美
细小的肢体撒在光滑的薄纱上
而残缺不全的砖块将被运往别处的牛栏
镰刀砍倒了谷物,种子也正在身后散开
艺术家看着白皙的模特,他面对生活描绘死亡

## 6

从素食主义者到杂食动物,从诗人到平民
我在早上买菜,在晚上眺望上帝的黑暗

当它隆隆降临时，班机飞向了深圳

有三种动力推进这一过程：饥饿、欲望、愤怒

而怀抱大海的母亲欲哭无泪

波浪像迅速崩溃的谷垛披散在双肩

在海底走动的儿童，他们饥饿的叫喊通过大鲸

形成遥远的喷泉。有着皱纹乳房的男人

他的自行车链条松动，在上坡时

打滑。那是语言生锈的链条

再输送不了任何动力。事物脱臼的肘部

三十二岁的少妇机械地褪下裙衣

满腹苦水，她早上布下的镜海

用反射增添着变化，然而感觉在进入的瞬间

就已消失。从大海中升起了祭坛和澡盆

发疯的蝴蝶向水中投掷芬芳，却成全了

妄想饮干大海的母亲。闪电抽打拒绝成熟的脑袋

对一座花园的想象使一朵花孤独地开放

把根深深扎在废墟之中

# 7

燕子掠走了檐上的水滴，它们在蝴蝶之后出现

空气中突然布满了漩涡。一只小燕向低处的蛾子俯冲

在地上挫断了脖颈。金眼的昆虫在傍晚的水面上聚集

在桥墩上乱撞，纷纷跌落水中

青腹的水蝇滑过湖面，几乎不引起涟漪

它们渴望得到对岸果实上的糖霜，在树叶背面休息

木桩扎在马粪堆里，帐中，恺撒俯身在地图上

他的军队又少了一个团,蚊群和雾瘴

他铠甲上红色的肿块,只是事物暂时的疾病

只是这个帝王某种焦躁的决心。其实这都是我

路过烟雾腾腾废弃的马戏场时

产生的幻觉。蛹期的蝶贪吃而懒惰

透过茧壳的灯光也不能惊动。而蝴蝶

只靠露水和花蜜为生。正如晚年的诗人,骨质轻盈

更适于在山顶上急跑几步,张开双臂,飞起

1990 年夏天在飞来峰上,我几乎做到了这点

## 8

夏天的收藏:黄瓜,烟蒂,纸上的虫卵

黑暗中的雨水,笑声,反射在屋顶上的火焰

干葫芦里去秋的星光,情人廉价的丝袜

谁在这里漫步时在其他地方走动

谁在我的眼里是高贵的,宛如死亡

我毫无价值。我周围的一切都将比我长久

这沙滩,落日,甚至这些没有书脊的书

谁走时清扫了大地和天空,像早起的学生

擦净了黑板。连心跳也不会留下,种子里的心跳

移到另一颗心里的心跳,跳蚤和鲤鱼的心跳

还有月亮上的心跳,与呼吸分离的心跳

主啊,别让我被分离开。我毫无价值

可只要你说了,这些骨头就能活着

黑暗中的雨水,黑暗中长大的笑声,谁孤身出门

追随云层里隆隆的闪光。谁通过我们身体的裂缝

回来

通过雨水,诗歌,风声,一阵寒战是灵魂附体

而秋天的安宁将令人满意。屋瓦上布满水滴

大雁南飞,留下空阔的庭院。你的灵魂也将安息

1994 年夏,载《诗潮》1995 年第 3—4 期

# 夏日的躯体

## 1. 露天咖啡馆的落日

夏日缩短的躯体,发出噪声的耳朵
松树的香味在水中也不能融化
一场雨刷新了视野、海和白色的帆布椅子
被城市的炎热再次蒸发,但不能分两次下完
在膨胀的咖啡厅,侍者端来了冷饮:"喝吧。"
两只相碰的杯子融化了,留下冰的整体
和局部的破碎。很小很小的碎片保持了冷漠
到处有人生火有人沉默
在加油站的管子里痛饮黑暗
人有两次能在周围看见命运
幼年他没有足够的语言,老年的经验
又不允许他在大庭广众下谈说
桂花用凛冽的香气杀人,多年前出发的列车上
还坐着我们,如青虫埋在花瓣中沉睡
满觉陇的桂花和云雾缭绕的茶树,一个被改动的
　城市
我们不会遇见更多的身体,不规则的雪白胸脯
覆盖向晚的树林,或者一个手指落日的疯女
带领我们登临山冈,倾听深渊上旋转的鸟鸣
"美是必要的,"我们对侍者说,"喝吧。"

## 2. 客　厅

林中空气的震颤,在暖气片之间沉闷地共鸣
从地下室一直传到天堂。水底的影子
随敲击浮上水面。天气的变化反射进一座客厅
客人的表情阴晴不定,他们始终没有说什么
到晚上他们渴望你的床铺,你的血
"每一日我都试图理解,阅读到深夜
列车驶过,整个事情都错了。"
双手离开冒烟的躯体,接近傍晚的飞蛾
以各种姿势的飞翔,适应光线的变化
它梦见什么,就曾经是什么
水管忽冷忽热,客厅在盐碱的反光上变形
压倒一片浓荫。卧室、客厅、阳台
合成一面想象的镜子,把空间推开
"你曾经有过的,现在只能梦见!"
时辰更黑。少女尖叫,推迟着青春
"它整个像一件事情在水里完成。"
你将习惯在词语中生活,奔走
从一个词到另一个词,为事物找到一个
消失的借口。抽出空气客厅便会浮在绿色的海上
车库,摇摆着接近水面的玻璃树林
"如果不是死于愤怒,你的生活将是抽象的。"

## 3. 开　封

这是一座道德虚设的城市,在我们到来之前

几乎并不存在,在我们计划的草图上
几乎被修改成南阳,或别的某处
汽车吞噬着远方,排泄出白色村庄,带玻璃的风景
缓慢的斜坡几乎让时间倒流,让早晨的列车
退回阴暗的车库,像一把还入鞘中的刀
"嘿！迷人的异乡人,你的口音我并不陌生。"
再有三天,断草的白血就要晒干。拉直衬衣
我的爱情将从"亲爱的"简化成"喂"
把远方举到面前观察它的动静
在本地人的开封,对沿途的景色保持缄默
对未来漠不关心,或者重申
你的无产阶级立场。梯形的折叠灯在胃中伸缩
每天的呕吐,具有生活的反刍性质
命运晚点的列车,我们没能赶上等级制度的时代
穿上戏服走一个过场,锣鼓一响就断送某人的性命
而我们从后台回到白天,在大相国寺看和尚看花
暴雨。傍晚的泪水。我们一再重复的睡眠
到晚年也不会有什么结果。"御街的灯,亮了。"

## 4. 云台十日

你有一个嵇康或者刘伶的过去,带上一把铁锹
把道路一错再错,把远处富贵人家的屋顶
当作你的云彩,漆黑的独轮马车
在夜的荒野上辚辚滚动。有多少金子般的理想
被你挥洒在歧途。我见过你简朴的居所
尘土和芦苇。只是在你醒酒的石上,我不会再遇见谁

傍晚穿过闪晃的水面,降落在草叶上
吉普车驶过那些毛茸茸的小丘。在半扇门的山中酒
　　肆醒来
尘土在树顶聚成云彩。沾满白灰的苍蝇
在桌上慢慢蠕动。阳光,像一块肥肉糊在树叶上
凉水。果树。退向深山的云。"有什么样的痛苦
不能化为美丽的诗歌和传说?"地下的骨头尝到了寂静
开凿石灰石的年代,爆破的巨响几乎让天空滚落
这山里没有可以出让的坟墓,芦花的骨头都是凌乱的
把谷粒和清水含在胸中的诗人,最终呕出了米粥
夜色中的白裙子遮住两根盲目的蜡烛
我们不能比道路走得更远。有一些屋子肯定没人住过
有一处风景忘记看了。我总在梦中寻找通向它的路径
可唯一亮灯的只是一间古典式厕所,没有台阶
在恐惧的幻觉中,它就在夜雾之中悬浮
在解构主义时代,再没有什么是完整的

# 5. 大提琴之夏

雨后,滴水的树木走向一片插图中的空地
车站,一只圆号平衡着午后微风的松散音调
高音区出现的蝴蝶碰散了明亮的花粉
太阳像一堵白墙擦着鼻尖升起
"玫瑰的开放是连续的,但到处都在静止。"
下沉的闪光,随货物漂浮过无名小站
脚趾挤出软泥,青草把肥胖的蜜蜂钉在树桩的靶上!
琴箱中暗红的野兽在下沉

琴身绕过清水，伸入一个宜于幽思的庭园
双重阴影的下颏摆放在电话上，音乐在黑色线路中
蜕变成一片盲音。一只耳朵永远监听着另一只
弥漫的弓毛迫使沉默的人咳嗽着发言
他蔚蓝的喉结上升，在展开的天气里遭遇了主题
起风的下午，是否有一个远方奔到你的窗下，倒下了
像林中的道路沉闷地回响。是否幸福已经暗中易手
未来的学校，书本和寒意在膝上高高堆积
鼻尖装饰浆果的羔羊，在大提琴的血中
开始谈论牺牲的价值。在大海和群山之间
升起了孤零零的沙滩。落日。平房
耳朵飞旋。一个沉寂的时代丧失了听觉

# 6. 滴水山庄

从一滴水开始，夏天，壮大成为一场暴雨
雨雾抹去一个又一个山尖，一个液体的人汹涌到窗前
竹林内琴弦散乱，农具和棕绳越来越少
早上的新闻重播时，错误的天气没有修正
走廊的灯忽明忽灭。我倚在服务台上
和小姐散漫地交谈，像一个心怀叵测的家伙
"好像不会有人来了。雨，还在下。"
雾气沿墙爬上来，蹭着窗玻璃，做着鬼脸
每一层楼都有小姐端坐，没有表情，眼睛里都是雾
无人的会议室，讨论在继续："诗贵乎自然，就像暴雨
从一滴水开始酝酿，合于节气和心灵的规律。"
"见鬼！诗歌需要长期的忍耐和劳苦，

阳光不会突然照亮没有窗的房屋!"

主持会议的是没有面目的寂静,我的发言没人听见

你在等什么。在河南这个省份你已没什么熟人

一个朋友醉死在车辙里。另一个把琴挂在树上

去了北京,他要在歌舞厅里失声歌唱

并非为了酒的招引。谁不爱和美人生活在一起?

只是被雨冲散的骸骨不会回到尘世。谁有足够的
　　金子

再次隐居?大雾弥漫的早晨,我看不清床上的人

谁尖叫便是火车的尖叫?我离开的山庄空无一人

# 7. 练 习 曲

我所做的一切不过是练习,简单的发音重复简单的
　　欲望

不过是句子和句子。而意义,是一个虚幻的光点

在词语结成的金链上滑动,难以捕捉

从头脑里随机地选择词语,用"和"与"或"

把一个男人,一个女人,一个孩子

联结成一个家庭。它的稳定性落在纸上

阶级斗争的早晨,孩子转眼就画花了一面墙

"句子不断被事物取代,或变成行为,然后便不复
　　存在。

只有我们诗人,能让它们获得独立,可以被重复
　　说出,

直到每一个字都发出淡淡的光辉,像墓地里的
　　星星。"

你就咀嚼着墓地,星星,在淡淡苦味中散步

在一个个混乱的码头停住,却不进入任何一处明朗
　的货场

而这不过是练习,写下简单的姓氏,不停地嘲弄爱情

和爱情深远的历史意义。重大的现实像早上降落的
　石头

挡在门口。一个孩子喃喃的发音驱散了迷雾

显露出厨房,水碗里的玫瑰,警察,和我们蜷缩的
　羞耻

他喃喃着走向这一切:爱是咒语,是生存的练习

搬开白昼的石头,是唯一可以重复的行动

它赶得上死亡,却赶不上消失的肉体

# 8. 哈 尔 滨

生活的最后一站。人群和细沙撒在黑暗与灯光之间

烦躁一路抛弃自我的各个部分,也许还要二十年

肉体才能赶上超前的衣服,并重新穿上它

人间已不适于隐居。这是个阴暗的城市

脂肪堆叠的天气,从冰水中抬起头的人

脸上挂着骨头。他返身走进浓雾,不让你看见

光线在晚餐的面包里霉变,人性的发酵粉

把临近收场的狗市扩大到整个城市

眼含热泪的动物涌向中产阶级的餐桌

扯下了桌布,叼走了假发。后视镜里的过去

飞鸟,退缩为一颗种子,房屋消失在一粒灰尘之中

而我一直向前,摆脱伤感的习气

在纸上恢复一个缺席的夏天,老年羞怯的玩偶
朋友们早已坐满你的家中,准备庆祝一个
收获少于播种的福气,结果却是一场争吵
幸福是阴郁的。能预期的是秋天的泥泞
回忆,欲望,丁香丛中的雨。历史就是此地和现在
你可以从任何一处开始,而它往往却是结束

1994 年 3 月 26 日

# 以两种速度播放的音乐

## 1. 尼布甲尼撒之筵

青铜盔甲的闪光,脏脏华丽的长袍
大胡子扫落了杯盏。红海的水位在下降
而一个宴会的高潮持续到来。灼热的冷兵器
重重地落在脚骨上,大理石桌面起了一阵
紫色的烟尘。一列逃出二十世纪的快车
惊惶穿过尚未划分的田野。鸟爪形状的肉叉
可能来自地狱。鸟喙咬住舌头
贵妇人的淫笑在皮肤下荡漾。十字架上
雕像和云在颤抖,平原在冒烟。沼泽深处
弯刀在闪光。高热毁坏了多少杰出的头脑
他们所经历的风光和酒。以呕吐延长的罗马宴席
谁能从过去拯救出一个美人? 血冒出马的断颈
花朵释放的蜂群沿大河飞行,携带花粉炸弹
密谋家们聚到树下,一边吃肉,一边互送秋波
"对于头痛欲裂的人,没有什么是神圣的。"
蜜和砒霜搅在一起,青葱的肉体
为冷酷的希望而颤动,那是孩子们明天的果冻
绿叶纷飞,到处都在轰隆隆地推进
夷平一处又一处闪光。马厩在云中荡漾
湖泊在天空燃烧。迟钝变厚的舌头
伸向模糊的水池。狗不停地恫吓黑夜

直到月亮升起,微风松弛地叹息
对于生命中的繁华,一个孩子吃惊地张大了嘴

## 2. 沙与永恒

贩卖永恒的人离开之后,我的家中
沙和蜘蛛在增多:人说蜘蛛能带来好运
我噩梦连绵,一夜一夜盗汗,背上一片盐渍
早上阳光从窗沿跌落,躯体在沙坑边犹豫
儿子醒了,坐起来,看看世界没什么变化
便又无聊地睡去。"成长是一件多么可怕的事情。"
他遇不到更多的身体。他是否还愿意长大
超过黑色的树冠? 云层上,一颗大星坚持着独立
一把崭新的椅子,使一个老人绷紧了身体
在半空中停住。擦净一张没有未来的桌子
是否必要? 有些时光你无权造访
你得有一个身份。你得强迫自己和人交往
来增加一点现实感。但又有什么用
你起身歌唱,大海便在空气中蒸发
"歌唱,歌唱,直到肉体消失,直到
支持你的欲望和愤怒都已不复存在。"
柏油路像搁浅的鲸鱼,流着油脂
"别靠近窗户,别靠近生活的诱惑。"
一只水鸟拍打着重重波涛,试图挣脱引力
它的同伴在芦苇和淤泥间试探行走
随一阵涌浪向岸边的招潮蟹冲刺
"饮下这黑暗,你就能被人看见。"

阅读持续到天黑之前,儿子嘟着嘴走向角落

又一个白昼消失:那沙坑里的泡沫

# 3. 孤儿时代

让那些孤儿发言!在洪水到来之前

他们像剥了皮的土豆,翻滚

让他们反复涌入神殿,吃掉祭品

让他们进入历史,成为仪式的一部分

唉,那么多孤儿游荡,那么多牙齿闪光

他们的喉结突出,摆弄着白热的铁丝

把怜悯注入夏天发霉的面包,水舔净了盘子

一个孤儿的未来,是没有主人的空宅

后门开向不存在的街区。"我们整天都在散步

吃很少一点食物。这个世界牲口太多。"

两个老人低声交谈,河水高起来的声音让他们吃惊

现在有多少人在想起美国,或者中世纪戴面具的

　晚餐

在堤坝上,交换着单位里的新闻

中年浮肿的黑色眼圈,永远年轻的少女

在幸福中谁会注意到视野的变换,光的明暗

一场雨后,事态继续恶化。堤坝弯曲着伸入水中

肥胖的父母鱼泡般碎了,孤儿越来越多

哭泣是一生中最悔的事。幸好我们生下时并非孤独

　一人

背靠着墙,死就是我们之外可以重复的事情

在梦中醒着的鸟,犹豫地唱出接近黎明的歌

歌声带来了厄运。反抗生活的人仆倒在路上
他的灯成了野兽头上的星盏。"这个世界孤儿太多!"

## 4. 正午的编组场

我熟悉这生活。揭去伪装的绿色
露出:货车编组场。黑色的烟和白色的蒸汽
交叉挥动。巨大的车头把领袖的铁制像章
推向风景的深处,像勇士擎着盾牌向未来冲击
而面色苍白的司机,双眼紧闭,全身僵直
正午的一次散步,我和一个旧世界擦肩而过
那是用汽笛抒情的时代,艺术家都来自附近的农村
曾经用粉笔书写的门扇,脱落在郊区
在冬天海岸一样灰白的大脑
彗星的灰尘心脏和它的尾巴脱离,从两个方向
脱出寂静的包围。建筑在两角之间的暴力
在我们与它相抵时,有一条黑线通达火焰的尖顶
那是灵魂仅存的智慧。悲欢离合之后
红灯高悬的后门,黑夜弄脏了杯子
而醒脑剂是一针麻药,凉水,和黑暗小径上的狂奔
内心独白突然进入与黑夜的对话,复仇冲动的
兴奋抽泣,一盏破碎的马灯成了无辜的罪人
"烧吧,烧吧。"后院的锣声被水泼湿了
受挫的激情,鞭打良心的妻子,钻石眼泪的无性繁殖
从原子核开出的国际列车。一个词写下
把柄轻轻一转,便打开事物幽暗的内部:
在灵魂的编组场,我与不存在的别人交叉走动

## 5. 定期泛滥的河与冥界相通

树林混乱的芳香,淹没了夏天的孩子
他们的呼喊是一件越漂越远的衣裳
定期泛滥的河,每十年便要清理一堆
怎样的垃圾:草堆,半沉的
檀木箱子,扁平的马。洗发剂的波浪
从上游涌来,在岩石上爆开
地下的水系混乱,动脉和静脉接通后
心脏一声巨响,倒下的是迷宫里的人物
幽灵痛饮冥河上的泡沫,因为其中带有
人间海洋的咸味。他们渴望被轻蔑的波涛
带回人世,像狗湿淋淋拖着肚皮爬回戏院
它的后门正向水中倾倒女用提包里的零碎
净化是缓慢的。白色游船穿过高悬的铁桥
迎面驶进了太阳吹来的强风,云层上的光点
不断地爆发。这条河从哈德斯手中流出
淫荡的蚂蚁嗅着它的汗腺
晚餐将在灯火通明的黄色船坞进行
夜色在河面上聚集。捕蟹的小灯一直红着
水底爬过的影子沾满沙粒和水草
白色栈桥在空中颤抖。啤酒在浪尖上燃烧
这个季节适宜会见美人,可厕所里更黑
旗杆卷紧我们麻木的舌头:
一半是恐惧,一半是酒精的浓度
饮料的可靠性是另一个问题

黑暗随浪头扑在窗上,我的现实感
来自江上汽笛。拖船缓慢的暗影
我们,走吧——

# 6. 背景及其他

我们走吧,离开黑夜的吸引。黑夜意味着情欲
罪恶,移不开眼睛的恐惧,让人一动不动的魔鬼
走吧。政治,性,哲学,女权主义和诗歌
让我们穿上它,去后工业社会的咖啡厅
做一个鞠躬的侍者,给庄严的贵妇人献上饮料:
"质量没有问题,夫人。"在货车后为人点烟
低着头说:"晚上好,注意周围!"
注意那些瘦小走动的孤儿,他们手中生长的铁丝!
背景有助于确定你的身份,也许还有性别
失去它的人终生回不到故乡,他们不长胡须
嗓音刺耳。你的姐妹成了你的邻居
你的邻居占了你的房子。电视上都是影子
花要谢时香气最浓,在梦中杀人
像貂蝉的衣袖。鸟巢是树木最柔软的地方
失意者爬上一棵枝杈过多的松树,扎酸了眼睛
还有什么样的途径能接近云中的翅膀? 避雷针
从远方的云层聚集灼热的幽灵。一道闪电
照亮乌云的嘴脸。失去地图的生存多么孤立
二十年,周围的景物很少变化,试着学习生活
安排词语,可大多浪费了。在凌乱的背景中
吊桶起落,汲水的人去向不明。桃花明亮的泪水

四处抛洒。没有回声的礼堂开始落雪
房顶上的蛇在回答:"我们,走吧。"走吧

## 7. 西边落日下黑暗的小山

一个孩子偷偷爬向树上的翅膀,他探出树顶
惊讶于满天不灭的星斗,蓝色树影像一汪一汪的水
落日盘旋,在西边暗下来的小山之上
白云和蝴蝶在视网膜上颤抖。木偶降落在火堆
孩子将在树上睡去,守着清水中的鸟巢
把镜子挂在树上,鸟就落满了烟囱
它们放下瓦上的孩子,那远方唯一的孩子
当落日在草丛藏起它鲜红的嘴喙
从梦中溜下地,经过父母漆黑的房间,谛听风声
那些树还在原地吗? 鸟睡了吗? 云层上
车灯在闪光。城堡在自己的倒影里刷牙,吐口水
美丽的野兽披发走动。一头疯了的公羊
眼睛发红,到处寻找一对情人藏身的果园
风吹过一个又一个山头,合上泥土中不情愿的小窗
黑衣人在走看不见的钢丝,一堆堆的人没有声音
绳子从云中垂下。木偶突然嘎声大笑,倒对着你
  的脸
白母牛开出黑色的花来,说飞就飞了
一条路总也走不完,余下的让月光去走吧
口袋里的白细胞越数越少。小老头把鸡蛋
摆在路上。篮子里没放青草
鱼会在草地上跳舞吗? 圆圆的鳞成了一汪一汪的水

谁把鸡蛋都吃了,谁变成了孩子

揭开每一片瓦都有一盏小灯,鸟叼走了它们

谁带着斧子爬上了树,向死后缩小的妻子吐樱桃

## 8. 两种卡通片的夏天

两种卡通片的夏天,不断地拨台

大炮把米老鼠发射到小矮人白雪的屋顶

死去的丑角在另一个频道复活了,学会了外语

大火烧入船舱,贝壳埋入树根,土块合上眼睛

向下走的僧侣遇见流向屋顶的水,你回到别人家中

背景改变后,叛国者作为英雄回到了祖国

情人的误解在杯中保持固态,夜里去翻他的衬衣

黑白两色的楼梯,一端是地下室,一端是天文台

星星在天花板上旋转,影子在水碗里游动

蚂蚁从草叶背面翻上正面,带着一队蚜虫

去了花心酒馆。恋人倚着绿荫中的导弹发射架

笑脸转身就变了。客人临走喝光了已冷的茶

儿子比垃圾桶高了半头。高大的野兽趴在井口

我去阴暗的铺子打醋,煎鱼在锅里练习独唱

"大海啊大海,我的故乡。"海上的云就要收获了

电话穿过颤抖的堤坝打来,天堂里一片鸟语

高压线粗哑的歌唱,混入在下面游戏的

孩子的哭声。眼睛在电梯里自由落体

鬼魂在镜子里提炼水银

疯狂的迪兰到处呕吐,给每一个姑娘发电报

电流击穿了琥珀,激活了一只苍蝇对前生的想象

"我有一个危险的家。我是在警察局里。
我白天一夜都没睡。明天我不高兴。
我戴上帽子整天喝酒。"

## 9. 宽银幕夏天的骚乱

皮靴擦过冰凉的鼻尖。粗糙的世界
投影在一块白布上,失去了声音
一个默片时代的鼻子轻蔑地伸过来它的表情
烟味从幕布上飘下来,散向松林和水面
燃烧的轮胎滚过餐桌,落入室内泳池充当救生圈
惊愕像白色冰雹落下,满地滚动的眼珠肯定是特技
从幕后看过去,飞向左边的鸟是在右边消失的
一只惩罚的拳头沾着花粉缩回鼻子下面
手和枪分开。一个插回枪套之前
螺旋桨一样转动。帽子兜着草莓和蝎子
抛到镇长小姐的怀里。一只剪子伸来
剪去了花边,呈现出爱情和财富之间
简洁的心形。用减法计算活人的年龄
死者就不会变老。云雀笔直地飞起
旋转着落下。大地沉寂无声
白色的鸟巢因雨水而沉重,天空在里面收缩
鸡笼失火了。冰凉的铁丝,继续
在玩偶的蛋壳脑袋上蜷曲生长
汽车收音机自动拨台,把幸福
从相逢一直听到分手。回忆和消逝的景物
重叠在挡风玻璃上。刮雨器刷新了画面

雪花一片片落入沸腾的水箱
以两种速度播放的夏天,混淆了
物质和心灵的双重耳朵。视野开阔起来
汽车拖着油花在海上驶去,飞鸟保持黎明的静止

1994 年夏

# 散失的笔记

## 1

"那一年你见过的大海，如今只是梦中的一滴。"
加速俯冲的落日下，一只鼹鼠与一列快车相撞
"远处升起的是那孤零零的大海。"
一个蓝色圆桌嵌在胸骨里
蜡烛在海滩上爬行，尺蠖一样昂着头颅
我的血在温度计里上升，或者一个液体的夏天
在我的血管里升温。树荫下冷落起来
阔叶树吸收的噪声，将在傍晚释放成一场雷雨
散步带来的遐想和灰尘，在晚些时候
被电视的闪光所吸收。寂静，从窗外的白杨开始
传递到书房里缺席的耳朵。人地上不断有人失踪
而山上的树木却越来越多。镜子里下沉的倾听者
他听到的飞翔，是否只是血液中不曾存在的翅膀？

## 2

而最初的倾听是一无所听，从嘈杂开始
追溯灵魂成长的历史，大头向下扎入光中
我们是否能够恢复一个党派？玫瑰和尘土
归于相同的火焰。一座新楼在半空里落成
它的基础来自另一些日子的损害。大工业

火红的脾气,吹干了泪水。谁将在那里居住
谁把写好的诗又写了一遍? 一场小雨
使你看见的一切恍如隔世。一生落在纸上
被一滴墨水轻易覆盖。越来越多的酒瓶堆在头上
谁把日子又过了一遍,用同一个身体同一个情人
"谁将选择生活的完美,还是艺术的完美?"
那砰然坠地的,是空想的还是真实的结局

## 3

从傍晚开始的散步,直通向月色迷蒙的山顶
黑夜的水声徐缓,水中的心跳
被运送到南方开阔的峡口,月色
一层层剥去被大面积水草变黑的水面
你迷人的南方口音,打听一个棕黄开裂的身体
山楂坚硬的乳房。我们登上风声摇撼的梯子
蓄满灯光的水库被端向唇边,像乙醇在天空燃烧
波浪中下沉的屋顶,曾经是我们温馨的家
晚年的隐居高得不可想象。水中立起的树枝
向我们冷冷注视。下山路上的啤酒和凉意
鬼故事刚刚落地,便有飞蓬追逐我们的脚跟
是否回到生活的只是一个幻影,而海伦一直留在
　埃及

## 4

一小时的写作,覆盖的不只是一个夏天

被车站终结的散步,在又一个年度得到恢复
只是同行者已换了面孔。那刻骨的谈话是否有过?
我们中肯定有人没有回来,仍在那些群山间散步
身边空无一人。午夜的寂静被岩缝的水滴覆盖
一件硕大无朋的白裙子遮住石头上沉默的夜色
我应该回去找你。你一定还躲在路边的谷地里
等着大喊一声,跳出来抓住我,笑着摇我
深夜我们满身泥土地回来,偷偷洗好衣服
"让你独自留在那无人的山中未免残忍。"
谁的余生不断地转回那个方向? 你的女儿
在南方的水盆和船篷间长大。我回到的过去空无
  一人


## 5


大海幽灵性质的回音,海中伐木的声音必须被倾听
没有必要惩罚陷入脑髓的耳朵,那大西洋神秘的渗
  漏处
没有必要将难以忍受的真实,推迟到午后
"愤怒的天鹅胡乱摔打着骸骨。"明镜滴落下来
在大理石手掌上,来自地下的压力
和承接自天空的绿色意象,融成一片
白色的激滟波光。没有必要推开毛茸茸的光荣
从至高无上的胸脯接受寒冷的知识
在松林里长啸,或者喝退大海的波涛
我能对你说些什么……水池中的影像
转眼就模糊了。只有欲望白得刺眼,倚入午夜

微风的松弛之网。没有必要倾听早已失传的语言

# 6

亡灵在针尖的光芒中聚集,在舞台的灰尘中踉跄,
　　咳嗽
把我们引向中世纪的一幕喜剧。圆形的草地旋转
　　起来
我再次听到的,是地下无人指挥的合唱
持续到蝉鸣结束,短暂,微弱,但足以支持到
携蛇杖的人在树林边缘出现。地下升起的石头剧场
漏斗形状的秩序,统治者的威严来自退化的听力
我的怀古之思持续到一首诗的结束
还要多久的歌唱,才能超越混乱重新变成整体
喝下去,你就能同时倾听两个世界:远的和近的
蚂蚁的胃液喷洒在白色花瓣上,马车从空中驶过
鞭影和饥饿。歌唱是徒劳的。风,轻轻吹拂
肩膀上的泪水。谁的歌唱是徒劳的?

# 7

"我听到玫瑰的开放是连续的。"车站。广场。码头
许多光点连接的夏天。不是为了休止,而是暗中的转移
磨薄的价值,和街上的红色标签保持一致
在此处沉默的,在彼处开始移动
诗中故意的含混,对应于白日的真实
它方形的根与我们躯体的面积相称

至少需要一生的昏晕,才能换来片刻的清醒
可是戏没有第二场。年龄的增加没能减少错误的发生
只是多了一份惶惑。那老年的智慧在哪里
是否应该留在红海那边,用双手养育心灵
拜占庭是个回不去的地方。我们的祖先也不是鲑鱼
"把我算作一个疲倦的人,一个被买卖的奴隶。"

# 8

假想中的书房半埋在地下,四壁的空白
等待一个名字。其中的交谈是听不到的
它可以方便地改造成小酒馆的厨房
让蒸汽模糊水平线以下的视力,和人行道上的落日
蝴蝶透过铁栅带来夏天的消息,不久
燕子的窄脸也将出现在窗口。黑皮肤的读书者
他的历史感来自昨天的一场雨,他的现实感
是坐在椅子里说再见。圆形的火焰。瓶子。羊角
盛满明日黄花。回忆在书架背后簌簌地宽衣
阅读是晚年的色情行为。在整个下陷的城市里
一座书房的坚持是微弱的。"我只是一颗心,
只能去爱。"一个坐得过久的人已无力起身

# 9

你有一个说德语的过去,一个一厢情愿的未来
筑起高墙的夏天,拔掉玫瑰露出了地狱
大风呼吸,泉水迸流,钟声把一天结束

和女人的争吵在床上结束,而欢乐显得勉强
孤零零的灯笼在两腿间升起,照亮肉的海洋
用书本做压舱物的日子,在泡沫中倾覆了
架在深渊上的彩虹,那明天的和解
眼睛看到的,心灵却不肯承认
"以前你需要一个大海,现在只需要眼泪一滴。"
音色明亮的正午,沉思是天使也是人的职责
在生存都需要解释的年代,最深的交谈恰恰是沉默
在回声放大的牢房中,倾听和交谈将合而为一

1994 年夏

# 小　慧

小慧,早上散步时我又想起了你
想起你的灵魂就分散在我周围的事物中
我有责任把它收集起来,在我心里
把它带回我温暖的家。记得小时候
我总在我们小学的后操场上等你
故意找你摔跤,我们势均力敌
这时你的脸便会红起来。那时我们都爱舞弄些
拳脚什么的。有一次我练"狗急跳墙"
膝盖撞在墙上疼得说不出话
还有你的堂兄小凯。(他现在电业局
做秘书,也写诗,但已很少。)
我们三人,他是居间调停的裁判
我曾像喜欢大哥一样
喜欢过他。可他总是败在我手下
他的眼睛是细长的。你却有一双大眼睛
你像个女孩子一样好看,爱笑,小慧
后来我们都长大了。有几年你在我的生活中
完全消失了。我埋头功课
在西安我偶然遇到了你
彼此已不再那么亲密。但你托我写过情书
再后来你分到了呼兰,去一家电厂工作
在一片平原上。那里的房子都亮闪闪的
每次回克山老家我都能望见它们

现在那几座大肚子烟囱仍在冒烟

它们比我们要持久得多

小时候你爬过烟囱吗？那上面的麻雀都是黑的

我爬过电视塔，上面风很大

塔在摇晃。你在下面叫

"老师来了！"我闭上眼睛

老师并没有理我，反倒训了你一顿

说你年纪大，应该懂事

那是初二吧。我记不清了

三年前我心情沮丧地回家看妈妈

见到了小凯，我问他：小慧呢

他看了我半晌，平静地说

"小慧都死好几年了。"我也平静地说：

"是吗？什么病？"小凯告诉我

你死时骨头都疏松发黑了

留下了妻子和一个男孩

时光多快。我埋头生活

几乎全然忘记了你。可一天早上

你突然在我身上复活了

小慧，我要带你去看更多的事物

挖泥船在工作。水中传出它空阔的声响

大刁斗滑稽的肘，弯来弯去

你看它像不像一只老鹈鹕，太老了

嗉囊不住地往下漏东西

我已习惯了这座城市。每天在江边散步

有时我说："小慧，今天的散步就到这里吧

公路大桥以西就是你的领地了。"

可今天我要走得更远,我要让你看到
生活怎样改变了我们。隔江望去
你工作过的电厂的烟囱,灰灰的
仍在冒烟。我们的生存是脆弱的
我都有点儿怕你了,小慧
你不是来害我的吧
你改变了我熟悉的事物,让它们变得陌生而清新
使它们不再仅仅是它们自身。我明白了
我一个夏天的散步,其实都是为了你
在这秋天明净的万物中,一张烙上了脚印的白纸
飘落,我卑贱地弯腰拾起它
发现背面也同样印上了模糊的鞋印(是你的吗?)
细长的树叶一阵阵落下
混在潮湿的沙堆里。(有一座瞭望塔刚刚建起,
你说我们去那里喝酒怎么样? 有一架栈桥
铁栅锁着。可塔里亮着灯。
看,那银色的尖顶!)
你看到了吗? 我用肘拐了拐空气
我想引起你谈话的兴致
我不想再提童年了。童年仿佛是一个讨厌的小伙伴
我们抛下了他,他便独立地成长
直到面目全非。也许到老年
我们才能再次遇到他,并与他和解
小慧,让我放弃现在的一切是否还太早了些
原谅我爱上了那么多凡俗的东西
钱,纸上的文字,孩子和新的朋友
胜过了爱你。你不会生气吧

你又是怎么进入我的内部的
我得用多大的力气闭紧嘴巴
防止我说出你说过的话
防止我离开大路落入水中
你在与我角力。可你变小了
你停在二十六岁的附近
（本来你要比我大一岁多的）
我要你变得更小，小到可以藏进一粒石子里
我可以把你握在手中，或抛入汹涌的江心
我要忘掉你，我要活下去
小慧，今天的散步就到这里吧
我要回去了，回到我温暖黑暗的家中
有一天我会陪你散步到天边，不再回来
小慧，明天见。明天见，小慧


1994 年 10 月 21 日，载《青年文学》1996 年第 9 期

# 漫步遐想录

马原在路上看到一堆狗粪

指着说：一个坏东西。然后绕开

我们从早市上买来蚕蛹

我挑出两个活的，马原端详半晌

将它们放在桌子中央，围着跑

一边向蚕蛹叫："汪汪！汪汪！"

告诉我："蚕蛹是狗。"

然后亲了一下。蚕蛹动了动

小时候我们常去挖土蛹

拿在手里叫：东——它的尖头便向东歪

（有时也向西歪）。我们叫它：东歪歪西歪歪

在油锅里，蛹们全都动了起来

纷纷裂开，我扭过头去用铲子拨弄

一天早上我在江边发现了一只水耗子

趴在路中央，皮毛发亮，还在微微掀动

死亡驯服了它，它乖乖地趴在那里

歪着头，眼珠乌黑。后来我在一辆旧汽车的拖斗里

再次看到了它。毛色仍是水貂般鲜亮

谁能像它那样平静地死去

没有哀号，没有手足的抽动

白眼和痰音。1990 年，父亲在一张白床单下

慢慢死去。他一直在昏迷

我看着。床单翕动的间隔越来越长

直到夏季最后的微风

延续我们的幻觉。母亲奔过来拔去吊针

"别让你爸再受罪了!"然后回到门边

似在守望什么。恼人的希望啊——

到现在我还是觉得父亲还活着

在严重的时刻,我仍能从梦中

得到他的教诲。他面容模糊

矗立在一群人中。他的话越来越少越含混了

我知道他就要离开我了,因为我要长大了

一个能平静死去的人保住了尊严

他甚至有些欣悦地迎接死亡

像走向乞力马扎罗峰顶的雪豹

或者一条老狗突然失踪,没人能看到

它丑陋的尸体。江畔,人们把叶子堆成人形

烧成灰,只剩下最外围的一层黄色

也许下面真的有一个人,一个灵魂(一个流浪汉?)

其他的叶子随风和尘土刮入江中

像细长的小鱼旋转,下沉

初秋时候我用水盆淘洗江虾

水草和沙土随水流入桶中

有几尾挤向盆边(以为是一处河口?)

最后在桶里的污水中变红,煮熟了一样

我曾以此写成一首小诗——

《为进入城市下水道的几尾江虾而祈祷》


那边,一个老人在摇一棵小树

另一个站在一棵大树下,唱《三大纪律八项注意》

他的南方口音有些好笑。此时
他的同伴已几乎将小树摇倒了
他一定这样干了一个夏天
我真想去制止他。他拱着臀,一前一后
那么用力。那些老人,太迷恋自己的生命了
像孩子。他们一生的经验都废了
我又想起了父亲,那么平静地驶入死亡
迪兰·托马斯却说:"不要温顺地走入那个良夜
暮年应该怒吼燃烧,痛斥光明的消逝……"
可是不留一丝痕迹地离去有多好啊
像最后离校的学生擦净了黑板
不需要寻人启事,更不需要眼泪
那只会扰乱死者的安宁
我曾喜欢过一个文静的老妇人
她在江边跳舞,独自在一棵树下
离集体有十米远。灰色的长裙,外套
自然,又有些羞涩
(老妇人的羞涩!老年塌瘪的乳房啊!)
喇叭响着。她应该是我晚年的爱人
现在喇叭里结满了冰
我长久地观看那些冬泳的老人
在石阶上打闹。一个强壮得近乎凶蛮
往一个女人(不算太老)身上倒凉水
那女人笑着跑开,跳过一堆衣物
那古铜色的老人,便去揭开
一个同伴的泳裤,向里倒水
他们整齐的牙齿在灰暗的天气里闪着光

我仿佛已到了暮年。我是否已离开这个人世太远

我只是在说话,写下一些句子

只是在徒劳地与时间抗争

试图从经过的事物中抓住些什么——

草籽,落叶,风的叹息,雨滴

或者流凌中微弱的闪光

"我的命运局限在我所经历的事物当中。"

灰色的堤岸在弯曲延伸,散落着水泥的肋骨

白色栏杆围住了草地,恶意地缩紧

草从栏杆下长了出来

像一群孩子从木板缝里伸出手

将纸条丢到外面僻静的马路上

它们会被拾起吗?在高悬于城市上空的信箱里

摇曳,把自己反复发送给一本书中的空地

小时候我总以为,灼热的幽灵

一定住在清凉的草根里

我挖掘。挖掘黑暗和穿海魂衫的土蛹

挖掘自己的肉体,和女人肉体的孔窍

(可我找到了什么?一个皮质的屋子在进入时

破裂了。一片树叶落在一个肥皂泡上——)


大江瘦下去,四周荒凉起来

我得回去了,回去为马原准备牛奶

还要加几粒雀巢咖啡。外面

麻雀在电线上跳跃像无声的音符

这比喻有些陈旧。那两只蚕蛹

被忘在盒子里,沾上了白灰

已经皱缩，它们变不成蛾子了

一天洗蚕蛹时我猛然触到一只

硬邦邦的眼睛，从一个深处

直直地盯着我，黑，冷，茫然，带着责问

那只蛹已是一半的蛾子了

我战栗着把它捡到桶里——结束了

一首诗总得有个结尾

它结束在纸上，却在我们的生命中

继续生长，写着它自己——

1994 年 11 月 20 日，载《诗歌月刊》2003 年第 10 期

# 场 景

## 1

十月的一扇落地窗暗了下来——
落日停顿在红色的大气层和树篱之间
仿佛陷入了梦魇。掠过脑际的词语献给寂静
谈话停顿之后,我几乎忘了
刚才在说些什么。列车在树篱上方漂过
热气把落日掀动了一下。"真是无聊。"
或许该有一片草地,听雨水在草叶上
发出清脆的声响,让人恍惚回到夏日
夏天我们还没有这么衰老,在沙洲上露营
挖潮湿的大洞,赤着脚走来走去
端着酒杯,相信那成熟的妇女将送来
牛奶,当我们谈起诗歌时收起餐具
吹去野餐篮上的沙粒,并与我们中的一位
单独落在后面,在树丛中追踪天外的流星
当她回来时灯已燃亮
她带着幸福的红晕,躲避我们询问的目光
独自去园中忙碌,在晃动的黑影中
可以分辨出她的声音,而我们谈论着
即将到来的月份,工作,暴雨中幸存的东西
挑选着永恒意味的词句,月桂树
天使的火焰,"火焰净化着一切"

# 2

十月的玻璃窗暗了下来,仿佛有什么事情
就要发生:一个人气冲冲离去,门砰地关上
由于一个并无恶意的玩笑,我们看到他
穿过车流,上升,像一个蓝色的气球
消失在闪烁的夜空。或者一个可怕的思想
攫住我们的脚踝,把我们倒提起来
口袋里的硬币,打火机,钢笔,暴雨一样
打在地上。关节被抖得又松又长
但最终出现的是沉默,一件透明的
衣服,谁穿上谁就会消失不见
"这是个喧嚣的年代,你必须习惯
用肘拐来激起别人谈话的兴致。"
……巨大屋顶后升起的星空
"想是想,做是做。"我总在开一些
半真半假的玩笑,而诗歌应该是神圣的
是唯一通往天堂的道路,但此时
已暮色沉重,行人稀少
世界大得我们没法相遇,我多想在海滩
钉满木桩,刮烂贵妇人拖曳的长裙
"我喜欢完美的东西,精致、圆边的器具。"
"这没有错。可完美的只有想象
不如去追求真实。"真实,懂吗
在人间的街道上行人也在渐渐稀少

# 3

"我不得不拒绝你,我有一个重要的约会。"
但活着,除了不断地思考死亡,还有什么
重要的事。"瞧,又来了几个浪费生命的人。"
用放大镜看去,也许还是几个带洞的
"混蛋,你击中了我身上最不干净的地方。"
几个小学生追逐着。我在纸上与一个细节
纠缠。布满冰凌的灰尘在鼻尖上
冉冉升起,谁会收集它们,放入口袋
用来在暮年的咖啡馆打一串喷嚏
掩饰伤心的泪水,每当提起早年的爱情
许多窃窃私语的鼻子便沾着更多的灰尘
向你伸过来。"爬上沙滩的鱼继续进化。"
暴风摧毁了遮阳篷,船把人群、暮色和煤
运回城市。那是在去年。而现在——
每一张嘴都在说着什么,世界静悄悄的
声波融成一片寂静的玻璃,碎落
仿佛有一个人在咖啡馆写着长信
"你走了多久了?这里的暮色深了
我很想念你,留声机播放的还是那首
你喜欢的曲子。今晚没人跳舞……"
倒在地上的玻璃窗下草还绿着
"我该向你说晚安了,咖啡馆要关了。"

# 4

在假想的场景中,玻璃窗暗了下来
一个时代结束了,存留下来的
锁在纪念画册的封面上,压扁的鼻子
像浆果,会有鸟把它们摘去吗
一个观念的人和一个具体的人
在这时相遇了,彼此打量。我渴望交谈
渴望改变些什么。移动几根线条
把空气放走,至少改变一下事物排列的方式
但也许仅仅改变了词语在纸上的位置
像变魔术,一下子到了另一场戏中
喜气洋洋,以为新生活已经开始
其实只是几件道具调换了方向,主人公
正襟危坐在原处。夏天的颜料桶
落满了瓢虫,弃置在一个角落里
它曾把革命渲染在墙头,如今墙壁已空
放学的孩子打着手影,光源来自未来的学校
——十一月还会有阳光,像希望
但别告诉我你的心愿是渴望有一个愿望
一切或许并不是真的,离去的人
只是为了买一包香烟,从舞台另侧再度出场
带来街上的消息。但不会再有机会
供我们修改台词,至少安慰一下沮丧的灵魂
给它一块玻璃糖果,有着落日的夹心,微弱的树影

# 5

现在所能做的只是等待,在记忆中
搜寻一团白光,或者码头上的风信子女郎
她的怀抱湿漉漉的,散发着馨香
站台上聚着一大群人,围着一汪积水
仿佛在送别,每人手上都旋转着一把钥匙
好像有一句重要的话临时忘记说了
但也许正是遗忘让我避免了尴尬
我们到底能知道些什么? 不过是片段
和遗忘。光线改变着周围的景物
那缺席者也许并不存在
对于另一些场景,我们也是缺席者
那场景出自虚构,只因为我们没能
让那个从未存在的人出现在生活之中
电梯像落日在半空停住,跳动,那一瞬间
一定有许多灵魂如雏鸟被弹出巢穴
笔直地扎入大海,和浪花一起成为背景
你背靠石头吃着橘子,愣愣地笑着
不知为什么发笑。在后来的照片中
你越来越严肃,仿佛已预见到
生活,就像一场日暮时分冗长的谈话
意识到时间在消逝,又不得不进行下去
唯一可以预期的是在梦中
会见大胡子的阿拉伯人,讲讲鸟语……

1995 年 10 月 12 日至 13 日

# 断 章

## 1

必须有一个开始,无论在泥泞中能走出多远
最终是回到光线已经改变的屋子
还是在落叶纷纷的道路上消失
它意味着一次旅行,和陌生女子
愉快而伤感的谈话
或者围绕那些内部已经腐烂的老房子
散步,观赏着那依然华丽的外表
红色的尖顶,雕花的栏杆,有喷泉的
花园……它们曾是一个时代风尚的象征
曾经有流亡的白俄将军或修女住在那里
树把叶子洒落在它夏天隐蔽的屋顶上
凭借想象可以恢复一扇窗子的灯光
绿叶后面优雅的琴声,一个少女
有着动听的名字,在水池边玩耍
透过栅栏,好奇地张望街口驶过的马车
在草袋,纸箱,死去的树木间踟蹰的老妇人
车轮泥泞的闪光,只是出于对消失的渴望
对永远不能经历的事物的向往
我们在那些镂花的楼梯和幽深错杂的走廊中
寻找历史的出口,带着对时间的困惑
一次次穿过彩色玻璃筛下的日光

在眩晕中重新回到现实的街道

它们能带来什么启示？蝙蝠绕着尖顶翻飞

那些沉重的门扇在寂静中闭合

我们靠着围栏沉思，仿佛有一条

获救的路径也在暮色中湮没

没有任何完美的时代：吸引我们的正是黑暗

## 2

如果可能，我将这样开始

不仅仅是怀念或者背叛——

在我的周围，矗立着许多这样古老的建筑

被改造成操场的花园，晚上则成了临时货场

大卡车的前灯一阵阵扫过覆霜的铁栅……

或者，"这是一次考察光线变化

对一个写作者和梦眠者影响的实验

写作者在圆形的转椅上，追踪着光线旋转

写下诗句。而梦眠者则在一本书的阅读当中

睡去，并在梦中将书中人和她自己的经历

结合起来……"或是写下

"秋天宁静而空旷，阳光在高空闪耀

在木制扭曲的长廊中你嗑着瓜子，向动物

吐口水。陈腐的气味让你想起乡下的马棚。"

我出生在一个偏远的县城，那里没什么风景

也没有值得纪念的风俗。传言中的地震

始终没有发生。有几次夜里我裹着毯子

跑到防空洞里，担心着留在家里的母亲

不知道要发生什么。那年代流行深挖洞
冬天大雪封门,几乎填平了巷子
我们便去挖雪洞,一直通到别人家的院子
秋天父亲从农场带回一只鹌鹑
放在挖了通气孔的鞋盒里
我用一只小鸡给它做伴
在黑暗中它们摸上去几乎是一样的
但鹌鹑还是死了……

# 3

可这一切到底有什么意义,日复一日
从头脑中随机地选择着词语,在梦中寻找征兆
凭借短暂的事物临摹永恒
回忆和想象,却再也找不到回去的路途
也没有可以预期的幸福,像一本如期而至的
家庭生活杂志,散发着油墨的芬芳
带有仿古家具的精美插图,在孩子不经意处
藏着治疗虚症的广告和秘术示范
而当树脱光了叶子,是否会有鸟落满枝头
成为季节新的风景? 今年我窗前的一棵树
未能如期萌芽,几乎到了遍地浓荫的盛夏
我才发觉。在暴风雨之夜
它的枝干剧烈摇晃,到了春天
(或许熬不到那个时候)
它就会倒下,在大地上溅起沉闷的回声
那也许是个明亮的早晨,空气中布满了绿荫

现在它依然立着,黝黑,光秃,沉默
后来我发现了更多已经枯死的树木
我奇怪以前怎么没有注意到它们:
一棵杨树,几株柳树,和一棵榆树……
但也许会有一些变化,在同样只作为前提
存在的事物当中,会出现相反的结论:
一棵老树重获青春,就像一个老人
挽着年轻的妻子,带着满足的沉思
在春天的街上长久地散步

## 4

此刻撒满落叶的屋顶,猫在游逛
走向温热的烟囱根部,透过它能否窥视到
一段隐秘的个人生活?正如我在纸上
努力恢复生活的一些细节,为落叶谱上节奏
让它们越落越快,让路上的人消失
最终只是让我自己消失。写作是徒劳的
向阳的木板上爬满了瓢虫、蜻蜓、蜘蛛
和蝴蝶,噼噼啪啪坠落在草叶上
更艰难的日子即将到来。玻璃窗黯淡下来
一切都将变成毫无生气的灰白色
窗外的景物,纵然不去注意
也会出现在诗中。我无法不受周围事物的影响
它们有的比我长久,有的早已消亡
在两棵刷白的树间,季节暂时停顿了
仿佛空空的长椅等待雨水冲淡的影子

到处都是不完全的黄绿色

还要多久才能见到那整体的变化

或许在泥泞中就藏有转机，它连接起

每一个街区，却无法让公共汽车

自由穿行……可你完全能制造点什么

写一封长信："这里的天气阴晴不定

白天总是有雾。码头上散落着水泥的肋骨

沙洲边总是停着一只小船

两个戴礼帽的人在谈话

雾中传来麻鸭震颤的叫声

有一天我发现他们调换了位置

他们一直在期待的伟大悲剧依然没有开场

但也许我们正生活在其中。你说得对

生活需要的不是李尔王的狂怒

也不是哈姆雷特的犹豫——在沙滩上徘徊

或是摔碎那些绿色的瓶子。唯有沉思与行动

完美的协调，才能使我们获救

在雾中抵达一个村庄，一座废弃的车站

或一个白色的射击场……"

# 5

或许能够到达的只是词语。当我抚摸雕像

极薄的墙壁，它们给了我真切的感觉

一个词语的重量使白纸有了凹痕

我摸到的东西也许是词语：貜。"猪貜"

是用两只手分别抚摸猪和貜吗

直到它们在大脑中渐渐合为一体

哼哼着,有着花白的条纹,尖嘴摩擦着围栏

两个词组成的动物,在我的眼前

交替出现猪的拱嘴和獾的条纹

在抽空的池中,两只河马紧紧靠在一起酣睡

像两口酱紫色的水缸,有了裂纹

一个词永远需要更多未经解释的词来解释

最后是一个可怕的循环:任何新的事物

都只是词语的一次组合,超不出字母表的变化

当我每次只抚摸一个东西,它给了我真切的感觉

可当我同时接触它们,则如同用刚摸过水的手

去触电线,大脑啪的一声短路

在动物园,透过实体的栅栏,我看到的

仍只是词语,而真实的动物

早已逃逸到词语的人造世界之外

嗅着腐叶和泥土,嗅着鼹鼠和蚯蚓的家

儿子出声地读着标牌:

"动物凶猛","不许恫吓动物"……

落叶中相机的闪光。一群咿咿呀呀的儿童

在教师的引领下走来,队列不时地变得涣散

又马上被聚拢到一起,像一小队士兵被空旷包围

## 6

潮湿的街道行人稀少,天气预报有雪

却下起了雨。每个东西似乎都已静止

孤零零的。高塔,河堤,未完成的建筑

淡蓝色的浮筒捆在一起,排列在岸上
游艇连成的浮桥现在撤去了跳板
恢复成单独的船只,散漫地泊在水中
夏天它曾通向可以跑马的沙洲
船老板们也不再忙于招徕生意,而是聚在
一条船上,在膨胀开裂的皮椅上大声玩着纸牌
江对面广告牌上的字,在雨中依然清晰可辨
我一直想听听那些老人在说什么
可涛声和距离总让我听不清楚
在秋天,事物似乎失去了彼此的联系
孤零零的,各自承担着预感
在烟雾腾腾的小酒馆,一个老诗人躬起背
对同伴说:"他们不让我闭门造车
我就闭门造船,造船,这总可以了吧。"
外面的街道上,车灯突然照亮了
两个即将分手的人,他们转向未来的脸惊愕空白
在秋天,所有的事物都在告别,不只是人类
我真想把一块石头狠狠地踢入水中
要不就被它绊上一跤

1995 年 12 月 23 日至 24 日

# 词语中的旅行

## 1

最后留下的只是词语，让你完成一个
可疑的文本：一座夕光中的老房子
许多次你在昏暗的走廊摸索
凭借无人照管的火炉的微光
辨认模糊的号码
一扇门突然打开，涌出一股发霉的气味
雾气中飘荡变形的面孔
或许这就是全部，在冰冷的台阶上沉思
把烟头抛入花丛，在一朵云下
怀念另一朵云下的人
绞着手指在窗前踱步，吟出一两个词语
然后便是长久的停顿。对，停顿
也许就是最后的结果
在拉长的寂静中或许可以看到——
"她的名字和青春一同消逝在雨中的花园
那是去年，晚霞和牛奶映亮了她的脸颊
她真美，她把一切都献给了我们……"
或者，"秋天，深草中星星开始闪烁"

## 2

一个最后的词是一只苹果，一份成功的生活

蕴藏着命运和转机,完美的曲线和阴影

闪烁淡青色的光辉,或者是一条蛇

蜷缩在托盘中,吞吐着宝石

它能否出现,带着令我们惊奇的事物:

蟋蟀的低鸣从镜中传来,落雪的楼梯

通向一个平台,或更高的新月

或者一个最终显得可疑的女人

能否复活一个词语,以便拯救

一连串的事物。从未进入的旋转空间

天鹅绒帷幕,笨重的乌木椅子,水晶吊灯

窗外的花园传来隐匿的笑声

像喷泉,在石头抽象的纹理上流淌

以及肖像沉静的目光,阁楼里

堆积的账册和保存完好的蝇壳

那时间的遗蜕。可又有什么意义

我们写下的,都只是对那唯一的诗的计划和阐释

实际上我们一直在门外徘徊,猜着谜语

而风景正在园中凋敝

# 3

何处存在那意义确定的词,对应着

触手可及的事物:杯子,铅笔,光滑的腿弯

你遇到的每一个词都像一个人

透明,在车灯和纷纷雪片中

似曾相识的表情开始出现

他的手留不下痕迹,像雪片

在电线那么高的地方漂浮着
俯视街道和现场,使事物的轮廓臃肿
并将无关的东西,连接成奇异的雕塑
或童话里的怪物。而写下这些
就是让事物重新发生,一排哀悼的
纤细的白杨,天空形状的燃烧
黑色的马车摇晃着埋入土地深处

## 4

随手改动一些词语,就有一些事情发生
离异的夫妻分别带走了玫瑰和烛火
便有人无处安顿一生
旅行者在导游手册中失踪
幸福令人惶惑。当肉体消亡
我们写下的文字,是否还能
以不在场的方式实施报复
像进入大脑的一堆盐粒
我也在慢慢接近诗中的晚年
是否我该把它写得更美
对不可言说的事物保持敬畏
用树叶和雪水烹茶
或者去柯尔庄园细数天鹅

## 5

词语带着我们向不可知的结论滑行:

一块已出售的空地，抛弃着废轮胎
棉纱，拉直的弹簧，和油污的手套
但仍有许多条道路向那里汇集
带着蓝图和昏昏沉沉的游客
所有的房间去兑换这一个
剩下的总是同一张床和同一个情人
岁月那端收到的传真，变成了
一片不可读解的符号，肯定有人
将沿途经过的事物，无目的走动的人体
只有外表和没有外表的东西，掺杂进去
孩子把身边的一切都变成了玩具
在最小的画片后等待未来
用复眼繁殖城堡，或者盲眼的鬼
在走廊和梯级上摸索，到达的总是同一房间

## 6

何时我们才能直接说出——
这就是那唯一永恒的女性
苹果花一样美丽，在所有的画片上微笑
让我们赞美和惋惜
当她没有嫁给诗人而是嫁给了革命
在十月的黄昏我们起劲地谈着天气
雾气笼罩了全城。好像有什么事就要发生
是什么？一个思想，一个重要的词
还是一个窗前看风景的女人回过头来？
（请注意她的短暂性而不是她的超短裙）

当列车驶过,我们听不见别人的话语
但没有关系,在十月,我们所能言说的
只是未来的一场雨,或者雪

1995 年 10 月 11 日,载《中国诗人》2000 年秋之卷,
《诗歌月刊》2003 年第 10 期

# 致永恒的答谢辞

## 1. 混乱的开场白

我来到这里。我曾在何处
灿烂的街区,一排刷白的平房
来到时间与时间的空隙,还未公开的日子
清水的码头,在漂浮的鸟巢,浮筒
和墙壁之间,上个季节的存货黯淡下去
石灰变硬。逃不脱此时此地
实体挣扎着变成影子。在这里
一场雪和草完全一样,不依赖名字存在

金雨从最高的云端落下,依次经过鸟巢
大腿,干草,它可曾带来新的消息
或者依旧陈腐地用鲸鱼之路比喻大海
同一事物经过不同的门,到达同一凹形庭院
有多少扇门,便存在多少次
我既不在这里也不在那里:我在何方

"是阴影,对称和漫长的岁月让我迷失。"
菱形的彩窗,光线很久都不移动
自从最后一个客人离去,时间也停滞了
有了重量。不辨晨昏的镜子
吐着沉闷的青色圆圈。是否还需要拖延

辩解,抓住经过的东西,再造一片幻景

我总在另一个地方：我永远到达不了现在

## 2. 在停顿与停顿之间

在停顿与停顿之间：阴影降落

一只表在梦中鸣叫,放射光芒

尚无形式的东西,在遥远的地平线上

停下来,发现了什么。一些零星之物在聚集

将体重均匀分布在一个正在形成的观念上

阴影降落,紧张的大腿,松开的大腿

在闭合之间暗藏了变化与玄机


令人晕眩的知识像一只旋转的苹果

多么可怕：在停顿与停顿之间

一只鸟在雾中开始鸣叫,仿佛被一根

不连续的线悬挂,追随那只苹果

正向反向地旋转。在两次停顿之间

拉长的音节取消了名字

一场雨始终在下,但一直未落到地面

它变成了生与死之间一团怪诞的云雾


如何像人一样生活,游移的面孔

在未说出的东西之间隐藏了悲哀

个人的,集体的孤独。去成为别人

去搜集灵魂,安置在十字地狱

在停顿与停顿之间,阴影降落

从十字架,从寒冷的尖顶,鸟的翅膀

干燥的土地上,铁丝网,平台

绿色的枪矛栅栏,慢慢整理一个人的容貌

## 3. 无人称之物

那里无人移动雪花堆积的烛台

无人转身,面对内心更加微弱的烛火

拿起又放下一个脱离了门扇的球形把手

无人缓慢地上楼,查看腐烂的叶子和丝绸

无人下降得比水更低,低于黑夜

无人写下这些字句,它却一直存在

用不可完成的整体污染过去和未来


空气中挥发的形象,留下没有反义词的符号

像无行为能力的精神病人,各行其是

只是不能攀得比顶峰更高,因为虚无

就藏在云烟和星群之间。不可能用时间中的躯体

抗拒时间带来的一切。狭窄的房屋中

更狭小的卧室,膨胀成一个客厅

冷却下来,被许多贴近的眼睛观察


在每一个放大的瞬间发现了自身

有如梦中的文字,在看清之前混成一团

黎明的书页一片空白。被换掉的血液

改变另一个生活。永恒缓慢地进入世界

先是在梦中,后是在血管里的废墟中

启示早已写下，只是无人能在梦中读出准确的发音
写下"生活"，并在上面停留死亡那么长的时间

# 4. 隐蔽的词

你寻找隐蔽的词，海的影子，圆柱
阴影下睡觉的狗，大气腐烂的嘴唇
你寻找羊角中消失的雨，一个蒸发的词组
里面有树林，河流，失踪的十字城堡
卧室里肮脏的盔甲，粗糙的黑色酒具
你寻找一个从不存在的人，他闪烁的目光
从黑暗边缘出现，像蓝色的流苏

命运的一个实验品，从他的表情
推测命运在你身上实现的程度
但是否可靠，将你带到一个隐秘的领域：
玫瑰的多重眼睑，或者公共汽车
抛下一个正在收缩的广场，排泄出
玻璃粉末，燃烧的手套，各种尺寸的票据
在那里你将一个人长久地散步
等待长脚蚊滑过水面，带来拯救之血

一个隐蔽的词，如喉结在海上升起
为正午保存了音色。万物都是时间的刻度
由高塔，树木，行人标在地平线上
一个无法完成的院落，被大风光顾
被写作的不真实威胁，寻找着自己的躯体

透明的笼子,取消了身份,权势和利润
将仅仅是重复的变化,凝结在单纯的眼睑

# 5. 公开的独白

作为一个无名者,他有各种理由宣布自己
已提前进入不朽者的行列,高声提醒上帝
这里来了一个不速之客,他的谎言需要论证
他来自多岩石的地区,美与恐惧培育他
谦卑的品性,对不可言说之事保持沉默
他保持了玫瑰和暮色,保持了尘土在他手中
现在是让尘土发光的时辰了

天鹅洁白的羽毛遮蔽流水,在秋天降临之前
来不及数清它们。他不曾到过那里
但同样经历了精神奇异的战栗和丰富
凝视整个世界在一只酸苹果上出现
这被美触摸过的疯子彻夜不眠,把道路扛在肩上
用所有黑暗日子的酒杯敲打肋骨,不需要
庄园、城堡和夫人,他在水中的茅庵酬谢知己

现在他的目光转向过去,像一只老松鼠
拼命转动着辘轳,却汲不出清水
在倾斜的午后松林,在阳光阴影的地毯
向高处积雪的山峰举步,吟啸
为沮丧找到优美的形式,但并不会
因此赢得死亡的怜惜

在他的沉默中,你们的声音如此响亮
他有理由不想念任何人,包括人类

# 6. 此时此地

此时此地是一座牢房,没有入口也没有出口
但你已在其中。海水高过了窗口和电线
在灯柱上雕塑不断瓦解的波浪
鸟和草籽随波逐流。此时此地是你自我的形式
透过电脑屏幕不断成形又不断改变
沙丘,水银,火焰,反光,那一切没有本质之物


一面永远醒着的镜子窥视你,也让你失眠
生存,是在所有光滑的表面复制自己
再让黄昏从反方向一一擦去
暂时恢复真实的面貌。面收缩成一点
在放大镜下显示出性别:不可避免的此时此地
我们分明切除了命运冗余的关节
但网格的每一次细分都留下完全的整体


此时此地,一片无法清理的建筑工地
将荒凉向未来的城市扩散。灯压住蓝图
石头,帆布,坠落中分裂得更细小的沙粒
一天的昏晕平均分配给许多明暗不同的玻璃窗
街道摆脱每个房间,从阳台上跌成一汪积水
白色巨轮在水面升起又落下,浪花喷溅在
麻木的脸上,那清冷冷的"生活"

你在每一时刻存在,又被每一时刻取消

# 7. 在地图上

已经是十一月,事态仍没有明显的变化
北部多风的地区仍是白色在统治
寂静抹平了所有的峰顶,在地图上
相似性来源于缩小的差异。更大范围的散步
囊括了所有未竟之物,半圆形的塔楼,虚线
重复的色块,标志,衰草和箭头
目的是让人迷失。也许一支箭终于射穿了云雾


铅笔,放大镜,时隐时现的手。波浪消失在
破碎路基的尽头。事物依然无法真实起来
瓶子,防波堤,活动房屋,越来越多的人工之物
散布在石头,湖水和空虚之间
在玻璃窗上描下远物的轮廓,取消透视的距离
被忽略的细节在另一时刻,演化成
午睡,不同的区域,相邻的灯光
迫害者与受害者之间唯一真实的人性


一个人死去,为了让生者重新联系在一起
他们拥抱,哭泣,尽释前嫌
彼此纠正或补充死者生前的故事
在游戏中可以互换的棋子,向对方投射
淡淡的阴影,辨识着公正的界限
大量的泡沫混淆了海洋陆地的边缘

漂移的飞机场。未来没有着陆之处
五种颜色穷尽了气候,历史和变化
在放大镜模糊的玻璃下面

## 8. 四季存货

最终它们变成了一些清单,在牛皮纸封面的
账册中,无法更改,在梦中连成一个天文数字
像财富在记忆中闪耀。无用的剑,黯淡的镜头
泥泞,地图,铅笔,硬币上的花纹,方头瓶子
一个既无希望也无恐惧的动物,零散的句子
"男孩要是不比女孩强,那就比撒谎还糟。"
或者"一个色块浸到另一个之中,
却使后者得到了强调"

一个句子分散在词典中。两个正在分离的色块
离得再远些,是一个女人一条狗,一只鸟和一粒石子
响亮的音节漂浮在台阶上,像刚撕下的海报
"写诗就是造假币。我们收藏草稿吧,互相收藏。"
越数越少的,在反射中增多,从镜中
浮上来。我却始终没有加倍。阴影支撑着
正在坍塌的一切。一个有无数向度的点
把宇宙向我们滚来:落叶中的一只苹果

所有的东西聚集到一条街上。两个方向的街
薄如锡纸,有无数个方向的行人
绿色无花果中的蝮蛇,悄悄转动的百叶窗

暗示后来的动作将吻合光线的变化
而与爱情无关。门廊斑驳的色彩
枯萎的藤蔓……为什么总是这样结束
以致无法让周围的事物成为你的一部分
无法变得真实,因为时间,灰尘,遗忘

1995 年 11 月 10 日,载《人民文学》2001 年第 7 期

# 哈尔滨十二月

没有专为记忆准备的东西
事物磨光的肘部支在白纸上：一个北方的斯芬克斯
由灰岩凿成，被扁平的叶子和波浪所装饰
在柱廊的阴影中，在银行大厦宽阔的台阶上
守护着圆形的议会，秘密，庄严的对话
而车流和铁栅的对面，另一家方形的银行大楼
和它对称镶嵌在石墙里的青铜武士
在薄暮冬霜的掩盖下，在衰弱和激情
造成的幻觉中，再现古罗马大剧场的辉煌

但是否有一个恺撒，被再一次出卖
倒在圆形的墙边，大理石的地面
迅速冷却着血和骚动的尘埃
他的黑色背心和白色长袍上污痕点点
在倾斜街道的顶端，便是早已拆毁的
尼古拉大教堂，一个隆起的土堆
矮栅围着的一丛灌木，堆满了肮脏的雪
无轨电车的天线在上空交织，迸射出火花
伴着噼啪声，像一个强打精神的人自言自语

被称为广场的，早年曾是神圣之所
雕花窗栏，彩绘玻璃，绿色穹顶
透下永恒的白光，在一个个头颅上盘旋

如今风通行无阻,直接钻入地下商业街
诸多的入口:那生活的歧路和诡计
街道悠长,与河流保持平行
与一个人孤独的散步保持同一向度
朝向一个尚未竣工的圆形塔楼,足有三十层
哪一层住着神明,哪一层关着侏儒和米诺陶

尖顶刺穿了工业烟雾的蜃景,努力地挺起
生活中坚硬不屈的一切。圣索菲亚
周围低矮的建筑,瓷砖和天蓝色玻璃
翻新破旧的门面,像暴发户
或者由里向外翻转了的老式澡堂
水果摊上,两个鼻尖通红的妇女在讨论圣经
一个分不清旧约和新约,另一个固执地相信
只要"怎么做",便能"怎么样"
我宁可相信旧约里的上帝:他惩罚你

风拍打木制的转门。冰冷的鱼眼和硬币
粘在结冻的窗户上。马迭尔宾馆对面
华梅西餐厅已亮起了烛火。洁白的女像柱
支撑教育书店时光压扁的三楼
我从未到达那里,在阴暗的建筑背面
我从未找到盘旋的楼梯,像扭曲的辫形饰
挂在凹凸的墙上。石头大街通向码头
带着它众多的街道,小巷,挂满纸灯的院落
在老人的头脑中,仍然回响着四轮马车的轧轧声

是流亡的白俄将军和他们高大的女儿
透过玻璃车篷,隐约可见那鬈发的摆动
暗蓝的目光,正直的脊背。我一直生活在
另一个城市,这里,不过是它的假象
建筑在反光和灰烬之上,它的大街
径直通向有护墙板的房间,留声机和漫长的梦
在灯光昏黄的酒吧,流浪艺人和哥萨克炮队的士兵
搂抱在一起,磕碰着僵硬的皮靴
烛光映亮了一个个雪堆,和白雪窒息的花园

狭窄的街道拓宽了,以压缩人行道的代价
从幽暗的过去中涌出的陌生面孔
带着热气和叫喊,扑向厨房的风扇
谁能在寒冷中生活而不握紧拳头,大声诅咒
博物馆外面聚集着等待被雇佣的生命
像一个个黝黑的树桩,明灭的烟头
如嫩芽绽放。历史在脊椎上拼凑的笑容
躺在目光和玻璃柜中,它吞噬的欲望
缩成骨盆之间的一页说明文字

正午,猫便在绿色圆顶和红色屋脊之间
逡巡,拨弄着发黑的积雪,树叶,杂物
让它们响成一支歌。风雪围绕着灯盏翻飞
隆隆的列车,从旧桥驶向瘫痪的郊区:
松浦镇,在岛的外围撒下黑色的房屋,水池
丝网,一家船厂。码头上锈蚀的铁船
将在春天油漆一新,装上喇叭和彩灯

在江上游弋。冰雪从耀眼的电线上呼啸而下
迁徙的乌鸦用叫声拉开了两岸的距离

此，或彼。目光从一物移向另一物时
一定忽略了什么：过渡的空地
将有什么出现在那上面，一个陌生的孩子
偶尔来到我们的世界，眼睛里藏着一盏矿灯
在白纸上挖掘陨石，冰凌，取暖器
雪增加了存货的体积。河堤太长了，让散步者
感到寒冷和战栗，像生命，和不能结束的一场谈话
"石棺中长满了荨麻，蝴蝶和蛾子飞进飞出
清泉涌流，饮到它的便长生不死……"

呼出的蒸汽模糊了未来，回忆的形象
让眼睛感到刺痛。树木，雪地
黑白的单调掩饰了面庞和星辰
掩饰了变化，和变化中的统一：世界的缩样
被反射保存的空间，和空间的寒冷
但总有无数的人，吵嚷着，聚散着
总有阳光泼向冻僵的窗户。雕像，拱廊，门楣
藤蔓和石碑，在车灯和大厦的反光中向上飘起
和逃亡者的马车花园一起，构成第二个城市

1995 年 12 月 9 日，载《诗刊》1997 年第 3 期

# 电 影 院

首先出现的是灰尘的锥形光柱,改变着半径
伴以电机的嗡鸣,从两个枪眼似的
水泥方孔中。退潮的人声和上涨的黑暗
一两个喘着粗气的人喝醉了一般
跌跌撞撞摸索着。有人揿亮了手电
有人把头埋入双膝吐出最后一口辛辣的烟
上小学时我们集体去看电影
开演前总要唱歌,我不出声地翕动嘴唇
仿佛一个沉思者突然陷入了狂风暴雨的掌声
尴尬而吃惊。那时我暗暗喜欢着一个
高个子女孩,她来自农村,狡黠,世故
她来晚了,黑暗中她的喘息
一直到了我的旁边,沉重地坐下
一只柔软灼热的手落在我的腿上
"谁呀?"我不回答,仿佛冻僵了
直挺挺盯着银幕。手缩了回去
眼睛那么快便适应了,她找到
其他的女同学,一阵细细的低语和浅笑
而我始终不能进入情节,像干了见不得人的事
涨得发红。从那以后,她仿佛一下子
从我的生活中消失了,像一场空气中蒸发的小雨
她转学了? 得了肺炎? 我不知道
现在我已记不得她的名字和模样了

只记得她的臀部砰地落下的震动
她手的重量，和喷在我颊边的热气
县城的电影院成排的座椅
散场后我总是呱嗒呱嗒摔活动座板
一路响过去。墙上的"抓革命促生产"
"禁止吸烟"和"厕所"的塑料牌
发出迷蒙的红光。那时我们爱看《地道战》
和《闪闪的红星》，我喜欢潘冬子
喜欢《小小竹排》那首歌。许多年后
他在一部庸俗的电视剧里出现，轻浮而肥胖
那个演员他叫什么？卖花姑娘让人落泪
《瓦尔特保卫萨拉热窝》演过之后
伙伴们中间便会流行"瓦尔特拳"和这样的暗号：
"空气在颤抖仿佛天空在燃烧。"
南斯拉夫、捷克和朝鲜，是我们最向往的国家
我梦想有一位《老枪》里那样的父亲
那时我们一家常去看电影，父亲军装笔挺
高大威武，母亲刚过四十眼睛笑盈盈的
但现在从照片上看去，却意外地显露出
某种忧郁：笑意和忧郁奇异的混合
我总是羡慕她那件灰色棉猴。1990 年
父亲去世了，那个夏天格外燠热，明亮
仿佛到处撒满了卷曲的马口铁和石灰
热浪和悲伤会毁了母亲，我们想起去看电影
一家人。虚弱的母亲勉强答应了
记不清什么片子了，音响效果特别糟糕
时常一点儿声都没有。人们吹口哨，尖叫

跺脚。我说："看我的。"然后粗着嗓子

大喊一声："给点儿动静!"

母亲笑了。我从未那么粗鲁过

但那场电影终于没有看好。从那以后

那破旧冷清的电影院便远离了我们

它坐落在县城最热闹的一条街上,像个怪物

额头上技法拙劣的宣传画褴褛褪色

  有时我更怀念乡村的露天电影

场院或者队部,在草料和畜粪的气味中

树上绑一幅白布,放的都是城里演过的旧片子

有时还会中途暂停,等放映员去邻村

取下半场的胶片。好奇的孩子

便在幕前晃来晃去,欣赏自己被夸张的手和脑袋

或者绕到幕后:事物方向的改变让人新奇

星空辽阔,树木和大地的芳香,还有微风

在场子四周游荡,你看见三三两两的姑娘

挤在暗影里绞着衣襟,窃窃私语

神秘而不安,仿佛在等待什么

并不全神贯注于银幕上的情节

光线,人群,比平日更多的拌嘴机会

使它成了乡村的节日。有时你也会

和亲戚家的孩子穿过横垄地去邻村

如果是冬天,漆黑光秃的田野

便会晃起手电筒的光柱,远远地呼应

  现在我们很少去看电影。工厂文化宫

有护墙板的俄式建筑,外面涂成黄白色

有着红色的圆顶。散场时我总是一边戴紧手套

一边打着呵欠,打量久已熟悉的大厅
晦暗的镜子,有熊的俄罗斯风景画
磨光的楼梯扶手。空间既不小得
让人窒闷,又不大得让你失去活力
空旷会冻僵你的自我。黑暗、音乐
和欲望混成一体。集体的色情过程
同时又高度个体化。你不能去看别人的脸
你只能用余光去看他发亮的鼻尖
磨磨蹭蹭的小动作,只言片语不时如冰块漂来
在你皮肤上和心中引起"化学的凉意"
几乎总是在冬天你步入影院,因为孤独
或者寒冷。没有可能的相会让你兴奋
也没有庄严的夫人,在年轻人热烈的簇拥中
目不斜视。也不再有黑暗中
急促的喘息和问话。那些夜色中的事物
烤架,挂空挡的自行车,灯火通明的酒店
艰难地恢复着你的现实感,催促你的脚步
你像被催眠了一般,并奇怪地感到自卑

1996 年 1 月 18 日,载《星星》2004 年第 2 期

# 形象·一份简历

他曾经在万物中为自己寻找一个形象
前世之星,鳞光闪闪巨龙守卫的星座
悬挂在弯曲的树上,君临流水
或者群山中的一座,纯然由一块巨石构成
与记忆中模糊的面貌相似
啊,他熟悉风和流水的所有形态
却不知道自己唯一的变化:从身体中抽出骨头
支撑衰老的灵魂再走出数里

而他是否有过那样的青春,云一样洁白的眼睑
暴雨,爱情,革命。在热浪中与大海的波涛搏斗
反叛,反叛,直到向自己开战
而在回声推开的山谷,他能否找到
一颗严厉的良心暮色般的庇护
曾经激情的人变得孤僻懒散
不断地沉思着那使他改变的时光
现在他要为万物寻找合适的形象:词语

星辰,玫瑰,罗盘,卷边的地图和流水
所有古老的形象交给他,为了一个新的世界
还要加上书籍、器皿和织物。在那里
他在豹子身上睁开数不清的眼睛,头发燃烧
抽打着记忆的谷仓和投向波心的兵器

树林用颤抖迎来了盛夏的心跳
他的诡辩术使他成了一群人,所有的人
世代向他汇聚,像猎鹰围绕一面晕眩的旗帜

他是否满意:一双忧郁的眼睛
带着奇异的笑意,仿佛总在嘲讽着什么
(自己?)紧凑的双眉显示智慧和偏激
优雅——那只是尘世的羞怯,还有那
致命的疲倦,隐含着对世界的蔑视
他们彼此仇恨,只有死亡能够化解
一条虚线表示了他和生活的关系
他的绝望是不得不真实地存在

啊,他宁愿是光线,在林中和古旧的楼梯上
移动,不惊扰任何事物,宁愿
是野天鹅翅上的风,宁愿是空气
注满杯盏。世界排挤他
于是他转向书籍,在图书馆迂回的
走廊上踱步,随手打开一扇又一扇
尘封的铁纱窗,释放易碎的飞蛾
看枯木中的蝙蝠在他心灵的水面上飞舞

暮色中出现了一个未来盲人的形象
在查尔斯河畔的长椅上细数星辰
他的夸夸其谈已让他有些厌倦
但绝望(甚至在爱情中),绝望是一个
多么令人喜爱的主题,当他在图书馆中摸索

从一扇门到另一扇门,赶走恼人的
曾经爱过的女人的幻象,他的头脑
是贮满卵石的一池秋水。而远处的群山之间
醉醺醺的半人马怪依然在追逐林泽仙女

既然所有英雄的传说,神圣的巫女
和她们愤怒的眼泪都已逝去
树林中只有青年人在漫步,聊天
还有什么安慰他愚蠢而狂野的心
他只是在地图上到达过远在尘世之外的沙漠和
　海洋
巨人的山岭和白色的长河在放大镜下隐隐出现
一个旅行者捞起一件金黄的面具
努力辨认自己的表情,一支折断的铅笔
指向被夷平的科尔庄园,或慕佐城堡

那么这些词句来自书本还是肮脏的头脑
又有什么两样:无穷无尽地游戏
一个孩子坐在沙堆上,让沙粒不停地
从指缝漏下,到傍晚沙子也不会
减少,只是高耸的沙堆将变得平展
或者挖一个潮湿的大洞,塞满玩具和纸条
"我爱陌生人。这是沙子这是我
这是日子。啊空虚啊空虚,整个夏季的潮湿。"
在激动人心的年代,他渴望的
绝不是这样一个心灰意冷的未来

如今神圣的狂怒只是衰老带来的礼物
还有你伟大的理想：用海浪雕塑自己的形象
用健康,用心灵的宁静也难以让一首诗
直立,如同夜莺中笔直的斯威尼
是谁活过了他的生命,享用了他的女人
最后在床上留下茫然的他,承担欢情后的虚脱
如果他不写作,那另一个他就无法成长
就只是一个幻影,在眼睑上梦一样颤动
他决心杀死他,用一块势利的橡皮

他开始在回忆中寻找曾经存在的证据
照片,手稿,几场不大不小的疾病
故意犯下错误,从别人的反应证明自己
他出生的县城已没有一座熟悉的房屋
长途汽车连起片段记忆
而未来严肃的面貌已隐隐出现在车窗上
下垂的嘴角,身形削长,喉结突出
眼神终于获得了宁静,眺望大海
就像眺望一面书页。将人生当作不断的
彩排,当死亡拉开大幕时却沉默无语

或者在寒冷的冬夜独自去看一场旧电影
在清冷的大厅那些收集夜色的镜中独坐
戴着皮手套燃一根烟,像个过时的角色
在散场的人群中打着哈欠掩饰感情
街道像一张地毯铺向夜的深处
在枯叶和雪尘的呻吟中,带着女主角潜回梦境

有时他想告诉妻子他是谁，可又突然

想不起来了。他知道预言中的晚年已经到来

1996 年 8 月 15 日

# 眼科医院：谈话

是一条僻静的后街，繁华的

中央大街和尚志大街之间，雪地上

冻僵的一条黄色大船，红漆脱落的牌子

不和谐地出现在商店宾馆的霓虹灯

和街灯之中，仿佛一个时代结束的见证

狭窄的玻璃门蒙着黄色的棉帘

勉强可以让你挤入，并迎面撞上

一小片室内广场：挂号室和候诊室

这里曾是一个家庭的客厅，铺着红木地板

笑声和挂钟的鸣声，伴随着脚步

消失在曲折的廊道之中，数不清的窗户

镶着毛玻璃，分别朝向大街和风雨

长凳上，她的鼻翼闪着调皮的光

蓝色护士帽浮动在冬日的烟雾之中

一座迷宫。犹太人的建筑

隐蔽的楼梯和不知通往何处的门

增加了空间的幽深。客厅里巨幅的

镜子和俄罗斯森林风景

将墙壁向四面推开，让陌生的来访者

迷失，被自己惊呆。这是一楼

寒冷，空旷，人迹稀少。秋日的落叶林中

有人安静地散步，红头巾和黑色的粗布裙

开放在白桦和蜡烛之间。远山像一堆积雪

闪出蓝光。而运干草的马车陷入了
林边的池塘,为严酷生存中闪现的美景
为秋风而逗留。"不过是想象。"
隐秘的楼梯通向更狭小的房间
厚重的木门关住了留声机的呜咽
和为漫长冬天准备的梦,枝形吊灯
蒙尘的铜器,以及湿衣服的气息
楼梯转弯处手术室的红色塑料牌
一直亮着。我敲敲门,轻易地
来到一个不同的日子,一个犹太少女的
书房,她的脚缩在温暖的棉拖鞋里
鼻尖上闪耀细汗的光芒。我眼望别处
仿佛只是路过,漫不经心地说着
一本新书,朋友们的消息,和我那
单调生活中的插曲:一个朋友刚刚离去
带走了他的疾病和他温暖的大手
还有我们相会时所有的天气、记忆与争论
我并不怎么太想他,我知道在天堂里
树叶也在跳舞,由于风雨和爱
星星照临流水,他还会在那里写诗
抽烟,结交奇异的朋友
并把我们滞留在人间的名字传扬
走廊通向蒸汽弥漫的锅炉房,在狭窄的
水槽边,我们已找不到麻木的蟑螂
和它们散发出的贫穷荒凉的气味
淡淡的药香将天花板向一个光明的所在
托起。这座楼,我想一定有一座塔堡

供人祈祷,从它绿色的穹顶上落下月光
盘旋着落入心灵的沼泽。或许我可以
在那里住上一段,像一个惧怕远方的
表亲,有些厌倦了生活
那时,你的蓝色护士帽便会每天出现在
我疼痛的视野中,带来书籍、坚果
和空气,我们在窗边听风雪的呼吼
在木制长桌上打开新醅的酒
太阳像胡萝卜须,在玻璃深处延伸
探索着水源。在夜里,我一遍遍
赤足溜进一楼的大厅,在那些镜子中寻找
自己丢失的面貌,或者独自跳舞
经过你的房门时放慢呼吸。树影
像窥视者伏在窗上。在那样的夜晚之后
我们躲避老人们严厉的目光,别有用心地
谈起天气,客人,和疾病的伟大作用
或者推开所有的门,在灰尘的光中
搜寻臆想中的怪物,扮成波斯武士
用纸做的弯刀追逐海盗。你蓝色的眼睛
深藏着湖泊,倒映着雪山和塔松
散发出少女苦涩的气息。和你说话时
我轮流看你的两只眼睛
房顶上落满了雪,还会落上月光和灰尘
尖顶加热着空气,让目光变得狭窄
窗外积雪的花园,我们很久没去了
丁香和柏树守卫圆石的小径
堵塞的水池里垒着冻裂的青石,它们

来自更远的山上，在呼啸的风中
从墙中还原出来。几只麻雀转动着
天真的眼，它们是雪地上仅有的
灵动之物。你还能想象一些什么
关于一个逝去的年代，和它流亡的一家
当然，你还可以开掘出一座地窖
用来贮藏甘蓝，糖浆，深色的酒
和 1912 年的回忆。哗哗作响的巨大铜钥
刮去锈蚀的岁月，在落雪的宁静中打开
一个失落的世界：祖传的技艺
我们品尝着冰凉的糖浆，一个老人
留下的甜蜜生命，在橙色的液体中
收藏太阳的热力。悄悄地
在成排开裂的木桶中间移动
抚摸着依旧圆润的瓶子和灰白的软木塞
仿佛是那个老人皴裂的手
在布满虫眼的木质上移动。
哦！改变的时光，带走了虔诚的祈祷
一个少女的笑声，风雨中塔楼
屹立的姿容，在壁炉噼剥的火焰中
编织体温的妇女。喷泉带着地下的
幽灵，在树影与石槽中化为一片阴凉
在懒洋洋的秋日抛开书卷倾听虫鸣
也许就在那秘密回响的小径，隐藏在
无形之网中的鸟，引我们到达一个
更小的花园，在那里堆积起绿色的松枝
永恒地舞蹈。午夜的马车载来了

我们盼望的客人，风雨和远方在他的
黑斗篷上消逝，带来了草原湿重的气息
翻耕的土地黑色的闪光。我总是生活在
另一个国度，像流亡者怀想着它干燥秋天的
小径，波尔金诺和布拉戈维申斯克
怀想一串悠长的音节，一些姓名
和黑海里的白浪。它辽阔的风雪
像风琴鼓荡着我的心胸，还有
我不曾存在的表妹，应该给她一个活着的名字
安妮、奥丽雅、凯瑟琳，或是玛列娜科娃
如今她们是你，在冬日散射的光中
像梦想悄悄改变着生活
在寒冷的候诊室里，我们谈着它
在患者嘈杂的语声里，捕捉着彼此的声音
只有在嘈杂中我们才能真正说些什么
雪地里的太阳像泼出的牛奶渐渐散开
曲折的楼梯上，那些视力模糊的孩子
在爬行，一声不吭，像在与噩梦搏斗
"除了像一座迷宫，我看不出有任何诗意。"
你抱紧双肩有点儿瑟缩，在这家医院里
你工作了五年，也许更长，你还将继续下去
在曾经只属于你一个人的大厅里说话
有点儿厌倦。你已完全忘记了前生
忘记了我们曾经一同度过的亲密的日子
你完全认不出我了。"你有一个词语的过去
比你现在的生命还要长久
它在你毫不知情中延续着，直到有一个人

用歌唱中止它无尽的变化。而那时
你将从一场漫长的梦中醒来
重新辨认一切。"我们讨论着一个
孩子的病情,几本新书,而我真正
与你说的,是另一个故事——
如果再增加一点细节,它就会变成现实
我们梦想得还不够,还不能在凉爽的镜面
捕捉住每一道逝去的光波,在两个
世界之间久久徘徊,一个已经消失
另一个还未出现,在热气腾腾的
电影院和潮湿的夜总会之间
"你总是把现实当作历史,然后投以
惊鸿的一瞥。仿佛一个历史学家
在房间里观察光线的变化,让二十四个时辰
依次掠过松垂的窗帘,然后写下
一些含混的字句。或者一个穿内衣的女子
侧身在窗前,旋转着百叶窗
用光线的变化刺激情欲。"
一些事物闪烁着熄灭,一个噩梦
挣扎着从镜中拔出身子,在手术台上
聚拢起它的各个部分,转动疑惑的眼珠
在这之后,波浪仍将在堤坝上溅响
拓宽空间。但借助于遗忘
我们可以获得更多——那对称的噩梦
楼梯上两排目瞪口呆的苍白雕像
不断走动的人体影响了光线。一场谈话
像翻阅过期的杂志。我是否该和你谈谈

我有限的经历，我生命中最初的女人
她们带给我的虚无。或者那个偏远县城
白色亡灵一样的铁皮屋顶。在俯瞰全城的
西方的山上，安葬着我的父亲
小时候我们常常起大早去洼地里采野菜
头发上沾满蛛网和露水。冬天大雪封门
我们就敲墙壁请邻居帮忙
拐角的积雪总是最厚。就像现在我们谈着
即将来临的假日。忙碌的镜子
聚集着幽暗。"犹太人在这里住过
不知怎么，这让我想起另一个犹太人
在暮色沉重的空地上打磨镜片
梦想着在光明的迷宫里捕获所有的星星
想起他的哲学，和接近夜晚的寒冷。"
在假日的河边，有人收起了帐篷
把火埋入地下，像埋下一堆闪亮的铜
然后冒雨向更高的山峰攀登
在这座建筑里，我们仿佛卷入了一个
他人的故事。重要的不是那可能的流亡
高贵的血统，走廊里目光严肃的先人的肖像
重要的是这故事必须继续下去
把所有进入这座建筑的人，都变成角色
万物都是时间的表象。谁这样说过
而他们是怎么消失的？那美好的少女
在地板下恐惧地读着日记，等待
每一个路过的人。现在是 1997 年
一个少女轻盈地跳上无人的街车

向黑暗的街区驶去,在透明的夜色中
逃离又一个混乱的日子
感到假日来临前的空虚。如今
那1912年的传说已经湮没在
门廊,水池,忍冬的香气之中
在多得几乎不真实的细节中无穷地变化
在循环的水流里更新,悄悄地
把这里的一切,反射到另一个空间
被遗忘所收藏。现在宁静终于降临到
门楣和叶子上,困倦得像鸟儿的翅膀
有时在这所建筑面前,我会感到
一种古老的恐惧,我们就像两个平行的
系列,一个对命运茫无所知
一个经历过所有的变化
几乎已是时间本身。直到有一天
一个短发少女跑出来,像溜到后台的
演员,微笑,讲话(在那之前
也许我们在人群之中无数次地
擦肩而过),口袋里揣着词典
仿佛永远也不会变老。"我喜欢你
因为你让我感觉我还活着。"
阳光透过暗淡的玻璃落在你的肩上
像灰尘。这里已经没有生命
除了你,除了你蓝色的护士帽
给沉寂的空间带来了大海
我记起曾有过的旅行,随着和人们的会面
而消失的远方,桉树叶的香气

那遗忘了的飞鸟和流水的语言
我和世界若有若无的联系
肉体阴郁的习惯,不安和无常
树木在冬天停止生长,但它们的心跳
传入深深的地下,在鼹鼠的睡眠中
放大为雷声。一个无法停留的瞬间
带着所有的星体,黑暗的空间
寂静燃烧的眼睑,从我脸上
不断融化的其他脸孔……"你没有注意到
周围的变化吗?"但变化,只是相同事物的
不同组合。这片街区始终在白雪中
保持着神秘,没有街车通过这里
你必须在寒冷中走上很远。我想
再待一会儿,却不知该说些什么
报纸拍打着双膝,上面报道着
战争,股票,节日,洪水,星云和宇宙
可这些与我有什么关系。既然我必须这样
在一条小街与你告别,并奇怪地感到空虚——

1997 年 2 月,载《湖南文学》1998 年第 1 期

# 挽歌一束

## 1

当暴风雪像一条白色的围巾缠绕着脖颈
在窒息造成的幻觉中，黎明倾斜的峰顶
大地上万国展现，壮丽的塔堡在空中焚烧
那黑铁的剑已经铸成。死亡空出了一座城池
黄色的道路在群星间伸延，在裂开的幻象
和颤抖的火焰之间，在阿喀琉斯
也射不穿的黑暗之间，月桂、岩石和海浪
都不能使你迷惑，你可以一把扯下女神的裙子
而我们滞重的肉身，在那强大的存在面前
将像一道光线一样消失。如今你的变化和解数
已超出尘世的法则，如今你就是暮色
是粗糙的树木投掷在夏日的波涛之中
岁月无尽了。那是什么样的力量
使你倾心于灰烬入夜的寒冷
把石头向黑暗中抛得更远，并随之远离
那石上青苔是天使留下的脚印
我们不曾见过满身珠翠的野兽
但我们将见到草丛中雨水冲刷的马车
看！树林里到处走动着模仿死亡的人

# 2

通向你的路就是通向真理的路。灵魂
在天边永恒行进的缓缓队列中回首
那是古老的恐惧，秘密水池中水流的循环
还是屋顶上翻滚的来历不明的阴影
或者只是我们惯常行走的道路，穿过
喧嚣的市场，泥泞的街区，拆除房屋
形成的水塘。去年夏天我发现在布满碎砖
锡罐的池中，出现了闪烁的金鱼
像不祥的预兆。秋天睡莲将浮出水面：
那一再延迟的拯救。我的一部分总是在夜深人静
去探测那一片季节性的水域，它们的存在
会污染整个星球，让生者提前品尝到寂静
它们更像一幅草图，一座地基，被一盏灯压住
向未来扩散隐约的影响。或者一匹高大的野兽
挣扎压倒的草痕，翻印出希望和恐惧
大风吹过很久，都不能复原的形状
这些文字比我们更长久，它们是
鸟儿离去的空巢，在清脆的波浪中
漂来漂去，我们将在词语中
再次相遇，在纸上渡过这大片荒凉的空白
可用什么能够挽留你？命运为你保存着光荣
对未来你有比现时更清晰的目力，你的预感
像冬天的避雷针，感受着云层里的震颤
如果可能，请用你提前借自天国的目力

让我们看到未来的牺牲，是否在另一个世界
我们脱下贫穷的衣裳，用失败、耻辱和无常
贿赂那青春的女神，在天国拥有一席之地

# 3

白日的泉水，白日的青春——
大海中保持清澈的一道白色水流
不与那咸涩的蔚蓝融合。透过黄金树叶
乳液般的空气浮动在早晨的大理石上，而黑夜
不过是大理石上一道秘密的裂缝。高处的石棺
因为风的预言而开裂，飞出蝴蝶和歌声
在白色墓地下面，盘山公路向幸福的村镇
运送永生树木那广阔的荫凉
你应该在那里率领万物安闲地漫步
采摘火焰的荨麻，装点伤口
当波光映上围栏，一场新雨抬高了水面
雨后的青苔和新生的枝叶，都是你写下的诗句
当大海蓝色的幽灵膨胀着吞噬礁石
你像逃学的孩子，在破碎的泡沫中寻找光明
清风吹散了野餐篮上的沙粒，新生的女神
欣赏着自己水中的两个身体，把它们比较
或者旅程的终点是一座饱蓄雨水的橄榄园
亚热带棕色的前额，泉水沉下一柄暗淡的古镜
被白日放逐的一切形成了夜色的深浅
痛苦转化为果实的甜蜜，和烟雾中咳嗽的野兽
在那里时间取消了它变化的利润，上升和下降

宛如呼吸。不再有梦搅扰睡眠
甚至不再有睡眠,只有无尽的变化
树木化为岩石,波涛和花朵。万物没有差别
而你将不再具有我们凡人可以预期的形态
你将是夜凉如水,是泉上的光
是天上的流云,那幸福而无形的声音

## 4

你的坠落到黑暗为止了,你不能再低了
像 U 形水管中的水流,先是下降,然后升起
在树顶开出炫目的白花。你消失
然后出现,如今你已是命运本身
白日市场的肮脏光线,头顶灯盏的牲畜
目光迷离。对周围的变化无动于衷
让我们嫉妒。当我们瑟缩着从它们中间挤过
它们的肉体发动机一样在严寒中颤抖
拆除的建筑在市中心留下的空白
持续了半年,还将持续下去
我们争论着未来的形状和用途
在想象中为自己保留了一座红色的门廊
葡萄架和雾蒙蒙的水池,流过
脚踝的宁静,在那里,季节的馈赠
是一枚球果:一首诗。我们把它装在口袋里
继续漫游,在偌大的世界上无处可去
像两个年轻的动物刚刚离开森林
快餐厅玻璃上缭绕着黄色的烟雾

我们摘下塑料手套，"像外科医生刚刚做完
一场猥亵的手术"。赤裸的鸡肋和你的声音
落在纸盘里。不久前我偶然路过
看见我们惯常的座位仍在空空地等待
我咯吱咯吱嚼着鸡骨，把它们吐得满世界都是
寒冷在窗上凝聚。我保留了那只油渍的手套
"像一个罪犯，我总是忍不住回到现场
观察人们的变化。但仿佛一切都没有发生
烤箱里成排的鸡旋转着，滴着油脂
永恒的火和暂时的火，都已被一股电流替代。"

## 5

但如果我们不死，你就会继续存在
被夜间的灯光所诱惑，那曾经信仰的
如今是墙上纸糊的月亮，难道你不曾见到
那光辉的原型，当松林传出恐怖的心跳
让我们书写的手骤然停住？来自朦胧树根的人影
驱动风雪和狼群，穿过大地上
最后一座村落，黑暗是房屋中唯一的财富
是空无一人的故乡
神圣的黑暗，谁能学会分辨岩石、树木
和空气，谁在黑暗中把石头抛得最远
谁就能在它落地之前学会遗忘
谁就能生活，并将未来的艰难与内心的严肃
融为一体。芸芸众生不再能够左右他的道路
他的怒吼像雷霆击打最高的山峰

万物向他汇聚，压榨出内部的光明
那在大地上腐烂的，只是怯懦的积雪
但这是否过于天真？一个没有子嗣的人
拥有的只能是词语，无论那幸福者的玫瑰
如何向他显现。虚空中一个冰冷的座位
像失事飞机仅存的部分，凭惯性
继续旅行。你热爱的女人缩成两个字母
永远没能在葬礼上出现。我渴望
一场大雪，使冬天永远持续，像盛大的葬礼
让那最冥顽的人也学会祈祷和打扫门庭
而诗歌越来越像不均匀的镜子，嘲弄着
把我们变成巫师、羔羊和病人。
"我把写作视为接近你的唯一路径，崎岖而艰险。"
现在已经是二月，不久，你的存在
将变成黑暗中的一场绵绵春雨
让我们睡得更沉，梦见满街的少女
当燕子剪开雨幕，把我们灰暗的窗子一一敲响

1997 年 2 月 4 日

# 对 应

## 1

"我们相识已到了晚年……"一个女人
不到五十,能否算作晚年,尤其是
一个自杀的人,连青春也不会有
她把戒指随随便便送人(足足一百枚!)
谁能像她这样提前用光了生命
并从中提炼出灵魂。我依然喜欢
这句诗的调子,像是轻声细语
又像是表演。场景设在俄罗斯
白色的暴风雪之夜,烛光摇曳的
咖啡馆。一个美貌的妇人双目含愁

## 2

"但晚年应该怒吼、燃烧,痛斥那
光明的消逝……"一个满脸粉刺的
英俊青年,已经痛斥了麻鹬,痛斥了
白嘴鸦和乌鸦,也痛斥了活人身上的蛆虫
痛斥了赘肉,女人,唯独没有痛斥诗歌
和上好的威士忌。他到处呕吐
爬起来就朗诵,嘴里吐出锋利的匕首
更像个天才的演员。我喜欢过他

我发誓我曾经就是他。那时我痛斥女人
的愚蠢,并远远躲开童年伙伴的妻子

## 3

"夜晚带来飞行的事物。"夜晚就是晚年
但还未到神圣,灯光和人影突出在街道
和窗口。带来狂欢和散步的渴望
站在楼顶,仿佛手臂上长满了大风
在夜晚飞行的不是幽灵,就是夜鸟
和女巫(或许也有诗人),他们
叫喳喳地掠过柳树和榆树的树冠
夜晚带来对晚年的回忆,从午夜开始
倒看一部旧录像片,从阳台到卧室
倒退着缩小,并脱下所有长大的衣服

## 4

"晚年是风口里的迟钝……"我同意
我的迟钝和现实的喧嚣同步增长
梅特林克说无言是心灵的果实在成熟
我知道那只是某些事物突然将我占据
但丁把相爱的人放在地狱的狂风中
叶芝说大风改变了事物的面貌,他其实
是在说欲望。在风口里树枝变得尖锐
那正是春天所渴望的。所谓坚持
是把电视节目看到"再见! 晚安!"

然后滑入被子。我同意愤怒能帮助晚年勃起

## 5

我想起一个活着的青年诗人，一幕戏剧的
配角，主角是两个死者。或者他们都是道具
是死亡在展示它和历史的同构。他尖叫：
"变了！一切都变了！"他错误地认为
所有诗人都在模仿死亡，追赶一趟
烈焰熊熊的火车。他已不可能再有晚年
他提前进入了永恒，在世上活动的
只是一具尸体，被另一些嘹亮的尸体
推荐给读者。他的声音高过了高压线
虚幻，可疑，像大风把读者连根拔起

## 6

"我慢慢退回我的玉米地"，在那里收获
石头。马车驶过，拖拉机驶过，然后
是远处闪闪的国际列车，与之竞赛的
红色小轿车。灰尘慢慢落下，落在
蔫叶子上，一阵晕眩在田垄间弥漫
他们像蝗虫毁了我的收成。他们带来了乌云
却没有带来雨水。村子里空无一人
每家门口都有一只鸡蹲在石头上
一个老人的口粮，死后被儿女背走
痛哭吧心灵，你也将死于饥饿

## 7

晚年区分开天才和大师。要写好诗
还要活得长久。公共汽车颠簸一个小时
才能到达郊区的图书馆。我已很久没去了
那里没什么风景。我愿意在中途
改乘另一辆，驶向一个女友的隐私
三十岁我的晚年便结束了。现在
我体验青春第二次降临，就像基督
在历史的回旋中把虚无又加高了一层
白发将变黑，但不会再有爱情和牙痛
只有诗句，简单、清澈如白天的星星

## 8

如果可以选择，我愿意选择叶芝
不是因为他的诗，而是他拘谨地坐在
公园的一把铁椅子里，周围一片荒凉
黑暗中树木若隐若现。我不喜欢博尔赫斯
带花的瓷杯，过于宽大的西服领子
并且周围有那么多不属于他的肢体
或者老庞德飞机跑道上的木囚室
他的威尼斯。锡罐。船头高耸的贡戈拉
我羡慕王红公，和他曾是舞女的女儿
夜宿山中，想象唱诗的妓女裹着丝绸

1997 年 5 月 13 日，载《诗神》1999 年第 1 期

# 本地现实：必要的虚构

火焰熄灭了，是清理灰烬的时候了
混乱，如果从更大的一个范围看
便有了秩序。沙丘统一于沙滩
风的走向，海洋也是沙丘，液体的，
时间的。燕子密集地飞行，又散开
凭借气流回旋，升高，突然进入了
来自海上的强风，像带铁锈的雨点
展开倾斜的扇面。那些线条，直立的细线
横斜、弯曲的粗线，带有锐度
被散步的色块同化成一片响亮的和声

突然降临的新事物，在晚些时候
遭到厄运，但从未来的方向看去
谦虚地缩成了一个点，可以被建筑师忽略
而建筑则成了沙子和砖的虚构
被倒持望远镜的设计师，抽象成
浮在城市上空的省政府。杂志将季节提前
包括节日、天气、汗水。早上预报的小雨
迟迟未下，将傍晚的到来一并推迟
谁在推迟自己的一生？将火焰从肩膀
抖落，从灰烬取得入骨的寒冷

燃烧就是熄灭。在此处熄灭的在彼处

燃烧,在未来显露出影响,但并不超出
地平线和一个逐渐缩小的窗口:一连串
在电脑屏幕上推向右上角的嵌套视窗
可以方便地放大一个,拖着它到处漫游
直到现实的惯性为零。像一个老鼠
尾巴上带着夹子。但在街上没有人喊口号
没有红袖标。只有微软公司的巨幅广告
在天空上不断地推近、拉远。像一只方形篮筐
捕捉地球。有深度的事物显现在平面上

那些尚未存在的事物左右你,要求你具有
尘世的特征。一个孩子在远处瞄准你
纸板靶子在一股水柱的压力下
慢镜头拦腰折下。潮湿连接起草地和树林
以及更远的公路,寂静和一个家庭的童年:
一首尚未成型的诗改变你的生理反应
到底是谁在支配谁? 它的未来
是你的身份。你永远不会有身份
不会将你散布在人群中的形象收集起来
一个套一个的办公室将你缩小为零

无论在生活还是在诗中,有些事物
永远不会继续,继续的是天气
和有关天气的开场白,车间继续没活
通勤车继续正点。完美的一天继续这样开始
"天气真冷。""是啊真冷。"
"昨天晚上那雨下得呀,哗哗的。"

"是吗？我睡着了没听见。""雨点有这么大。"
另一个人插进来："今天晚上还有雨。"
"今天白天呢?""也有,小到中雨。"
然后看窗外重复的风景,或者假寐

晚上谈到股票,江水暴涨,一些事物的
下沉和另一些的上浮。前一天的话题
没有得到继续,而是重新开始了
"买'生活'了吗?"他们交换早上的报纸
在证券版(最近扩到两版)有他们关心的变化
我按字面上理解:"生活是买的吗?"
当晨报、时报、日报、周刊、晚报拍打
我的脑门赶走残梦,我知道内容与形式统一的
数字,已经覆盖了我们的意识。沿途的
事物,滚雪球一样裹住膨胀的大脑飞奔

本地新闻,播音员用普通话播出
那些错过的就去读报纸,没有报纸的
就去听人复述,反而更加简练
一具尸体轮流到众人的口中咀嚼,它的气味
深入躯体的各个省份。一个读者在高潮处
摘下眼镜,提高了嗓音。他们叹服罪犯的
智慧,计算他贪污的公款可以买多少辆奔驰
多少辆皇冠,想到厂长一年的"额外"收入
他们立刻成了狗娘养的。事实的普遍性来自
标准的普通话。肇事者从车祸中偷走了轮胎

公交车上人们齐刷刷起立,行注目礼
路上的人则像一个黑色的花圈,套在残骸上
提前举行葬礼。方向和距离立即成了问题
我坐在踮起的鞋跟间,我想的是
如何描述一场车祸,如何让短暂的
进入永恒的。在其中控制死亡的加速度
用语调,分行,标点。怎样使不在场的
成为在场,让时间倒回去。但里面显然
没有灵魂的位置。因为无法想象灵魂
在猛烈震动中,是依物质的惯性向前

还是依照上帝的引力向上,像潜泳的人
双手高举浮向大气层表面。灵魂是什么?
灵魂和体重是什么比例? 如果一个人
在物质的包围中手足无措,并且欣赏
这种手足无措,那是不是灵魂在作怪
灵魂是使面团发酵膨大的东西吗?
本地新闻,电波在空中穿梭,唾沫和铅字
染黑的粗大手指,塞入耳孔,挖掘
大西洋像半片报纸旋转着吸入抽水马桶
读隔天报纸的人,感到自己面目陈旧

上帝坐在电脑前旋转,熟练地将事物
转换成符号。每一实体都由对应法则
投影在另一空间。黑暗的机器内部
一颗疲惫的螺丝松动,一粒沙子颤抖
磨损着心脏。生活中不允许的

便在电子游戏中实现,这一点
电脑与诗歌作用相同。我爱这一行啊我爱啊
时代没有为我们准备一个特洛伊
但给了我们更好的:奔腾,英特尔
它是"英特纳雄耐尔"的缩写吗?


国际互联网络,将病毒的革命激情
以光速传播。云彩堵塞了每一个港口
科学中蕴藏着人类无法预测和把握的因素
人最终将被自己的创造物所左右。"看来
你对你的专业并不怎么在行。"在艺术中
含混产生无法预期的意义,是必要的
这与科学不同。"我知道,我分析报表、曲线
云南的地震和领袖的逝世,股票需要理性
这与艺术不同。"知识并不能使人幸福
股票大厅将理性的人旋转成直觉的人


"这太消极了。你的特长应该能带来点什么
稿费高吗? 是一下子把一生的钱都挣完
还是慢慢地挣? 跟他们混混! 找点儿门路。"
跟谁混? 除了钱,人们已没有共同的话题
倾听者狡猾的眼神,像一条时时要溜走的鱼
两个平面上的物体产生摩擦,一个平面
则产生碰撞。譬如两个人恋爱,先碰思想
后碰身体。冰块摩擦后留下谈话的融水
一场无聊的谈话暴露了双方的愚蠢
使一个抽象的人还原成具体的人

崇高的虚构原则统摄一切。更多的时候
你感觉不到现实,只在某些时刻它才显露
像露出木板的锈钉子那样固执,比如
分房子、涨工资、评职称、孩子入学
金钱和权力虚构了现实,你只好去虚构诗
你可以这样下去,至少落得为艺术献身
可孩子是无辜的。在个人自由与责任之间
一个泄气的皮球被踢来踢去,越来越瘪
把一切写到诗里也仍是个纸老虎
经不住风吹雨打,更经不起火烧

钱,钱,钱!钱每天都在贬值
一首诗可以卖二十元,现在只能卖十元
毕肖普说诗是老式加拿大元的一幅素描
白色,灰绿,或铁灰。我觉得它更像漫画:
隐喻和象征修正口语,抽象歪曲具象
卷心菜和番茄的价格天天在变,像天气
小贩和顾客寸土必争打拉锯战
一方疲软另一方就坚挺。但最坚挺的
还是美元。老人重叠的侧面像被反复张贴
去市场做应用题的小学生面目模糊

现实是天文数字,你是小数点
如何与之对抗?你甚至找不到它的巢穴
现实的局部就能把你压垮,比女人的局部
还可怕。持放大镜的现实主义把局部反映
成整体,持望远镜的浪漫主义则蔑视现实

一个观察者如何能看清他置身其间的东西？
对现实的态度将广场上的人群分开
塑料袋裹着鲜花的尸体飞上云层
以出口鸟粪为生的岛国脸孔蔓延到头顶
主张虚构的人本身就是个幻影，只是佯装不知

因此请允许我虚构一个真实的故事
我把它放在二十世纪一家亏损的工厂
十三楼一间临江的办公室，一个中年人
沉闷的爱情。不是在公园，也不是
在欲望的舞池里旋转，放屁，在鳕鱼身上
践踏大海，或者天堂在一个词中越升越高
这需要耗费我半小时的集体时间和个人激情
包括中间喝水上厕所造成的停顿
他在迟疑的跳棋上看似无意地碰她的手
身体里的寒冷促使他握住它，"你冷吗？"

她的手像一条温暖的小蛇反缠过来
（她刚分配来的时候坐在他的身后
不停地可怜他，还有他不合时宜的诗）
她窄小的臀部让他感到命运的吝啬
他开始升华，为他的怯懦寻找借口
"不要以为生活可以无休止地进入，
到我这个年纪，才懂得爱情不是游戏，
而是人性的尺度。"他引用别人的句子
玩味幼稚的感觉。"我们不该这样。"
她起伏的化学脸拍打他的道德感

"我们写信吧,那是唯一值得珍藏的东西。"
两年过去她还是那么瘦,除了某些局部
在增厚。他更加爱她,把她当作青春
的尾声而不是插曲,用身体培养一个
无奈的老人。他们没有告别也没有信
他更像一个导师,陪她走过青春的炼狱
把她交还给幸福的婚姻。世界夺走了
他最后一根稻草。只留下无聊的记忆和
内脏形状的痛苦。现在他写下这些
仿佛写下别人的故事,仿佛他自己并不存在

1997 年 5 月 15 日初稿,1997 年 12 月 3 日二稿,载《诗神》1998 年第 6 期,《山花》1998 年第 8 期

# 伪叙述：镜中的谋杀或其故事

首先出现的是一个人,在左下角,向中间
长大,直到充满大半个镜面,转身
碎裂声从镜中传来。背面的水银开始滴落
一个有黄色护墙板的大厅,辫形楼梯
羽毛扇,粉扑,烛光布置的坟墓氛围
必要的耐心以及一个人的死,是写下这首诗的保证
"在没有证据的情况下,内心的坚定至关重要。"
"你是指偏见和闲言碎语?"一个被计算了日子的人
在镜子深处(十米?)挣扎,水银一样变形

舞台上正在上演一部歌剧,扇形的灯光
和卷状的金色灰尘,墙上的浅浮雕
微微颤抖(石灰的。时髦的材料)
葡萄形墙饰和漩涡般的鬈发,车辇(纸糊的)
老国王下棋,王子和公主骑马捉蝴蝶
他们并不模仿各自的父亲,而是互相模仿
"公主,你偷过我的苹果,那是我树上
最大的一个。现在你打算怎么赔偿?"
"那苹果是生的,我吃了就拉肚子。"

一个小丑以尸体的形式出现在舞台一角
画成奥古斯都的苦相,嘲讽着什么
看不见的力量将他口红的甜味和寒意

渗入每一个座位。"小丑总是让人害怕，
即使是最小的。"摘掉漩涡形假发的男人
（演员或法官）对侍者说，那侍者
一副鱼一样的表情。"有个脏东西我消化不了。"
"是海鲜吧?""不,是小丑。"
事情仍没有进展。"你有线索了吗?"

——"有了,一个好主意。"丹麦发音像发条
卷回去。表明线索与"好主意"取得一致后
混乱的局面便会得到清理,那些歧义丛生的
黑暗的街道,路灯里燃烧的啤酒
从工作服里重重摔下的醉汉与警察
写下一个词"加油站",然后看见它
在雪地里变黑。没有肥胖的灰蛾
这是冬天,雪围绕邮电大楼的铁皮尖顶
哥特式建筑表明时代离我们不远

国王是谁取决于我们何时见到他。多功能的苹果至
　少可以
和牛顿、夏娃有关,将神的争斗归为万有引力
在我们这个时代,人们把麦子和牺牲连在一起
"大地烘烤的面包。"但麦地上空的乌云
和进入面包炉发酵的乌云是不一样的
"金苹果。"你是说女神们安排了这次谋杀
赤着白色的足在冰雹和火焰中奔跑,尖叫
愤怒地把雷电的金球掷向人间的筵席
竖琴的琴弦抽搐,如燃烧的头发抽打穿顶上的麦穗

以至于我们再也不能弹出准确的音调
歌唱一些哪怕最单纯最无意义的事物
比如说一只苹果，或一只鸟起飞前
树枝的下沉。"如果是您您怎么办？"
"换个牌子的白兰地。"心灰意懒：
"我需要十个小时的睡眠，才能听懂别人说什么。"
现在一个高雅的女医生出现在某一页书中
在一段文字中散发出科隆香水的体味
"要咖啡还是强心针，您挑吧。"


作为线索的苹果被带着神性幻觉的小丑
吃掉了。"我们的惩罚不带恨，只带悲伤。
由于有地狱和天堂，我们终会分离。"
"用伏特加代替眼泪是保持快乐的理由。"
"不，他很高傲我也很高傲。如果他不请求我原谅
我的爱就会变成恨。"越来越暗的落地窗下
女医生在身体里培养一个公主，而你身份不明
继续说着："基督可以控制感情，所以他有智慧和
　　生命。"
"你不想当凡人，所以你便折磨像我这样的凡人。"


"我们就像身陷深渊的盲人期待彗星的经过。"
我们摸黑来到座位上，依靠传呼机的荧光
刚好听到："那迟到的不是时尚的奴隶就是文盲。"
那是去年，我们去看歌剧，在雨天里吃小鱼
小丑在过道上爬来爬去，嘴里不时吐出
一两只癫蛤蟆——智慧有毒的形式

"撒谎是做人的修行之一。"（此句默读）

"我爱你。"午夜我们爬户外楼梯像从深渊返回地面

在尸体堆成的激情的高峰战栗。在镜中隐隐出现


"死亡不能演！"但那是我们唯一的特长

我们是演员，我们只要活着就是在演死亡

一会寻死，一会又四处闲逛，暗中要使国王良心发现

他躺在纸盒子里，忘记自己已经死了这个事实

"想到你会死会很不愉快，尤其是当你已经死了。"

"我要杀了你！"几页剧本飘落在他脸上

他叠成纸飞机掷下舞台。它飞过黑暗时是白的

经过光是黑的。"我早有预料，在各个朝代和场合都

　　难免一死。"

有所有方向的表盘只有唯一的方向可走，时间是唯

　　一的计量单位


稍纵即逝的词语。飞机经过一系列安了镜子的房间

被抽象成一束折光。第一场中出现的人物

以王子、小丑、公主、医生、侦探、我的面目

反复出现，但超不出一页白纸的边缘

落入事实的圈套。谁看见了这一切而不说出

从词语到词语的旅行，最终到达一个

可疑的文本。但死亡是确实的：一个人

被每一次讲述重复杀死。但一个词或一阵掌声

就能让他复活，展示迅速愈合的伤口："死是雕虫

　　小技。"

我出生在一个边远的县城，那里没有什么
故事发生。也没有歌剧可看，镜子和梦
只是母亲旧抽屉里晦暗无光的两个词
唯一的电影院大部分时间用来开会
（批斗会和表彰会）。我可能有过许多次生命
但大都忘记了。我可能还没有完全成为我这个人
更有可能是《镜中的谋杀》的作者，某段时间
它被翻译成《哈姆雷特》。现在我是谁，干了什么
已无关紧要。神或小丑？现在是一个词在讲话

1998 年 1 月 18 日，原载《今天》1999 年第 3 期

168

# 响水村信札

## 1

来这里已经很长时间了,总是下雨
难得有晴和的天气去看看山水
天色和湖面一样灰暗,正好医治
身体里的灰暗。像一封迟迟没有寄出的信
有些过时。但总的说来,心情尚好
没有什么意外的事发生。仿佛我已
从一场病中康复过来。在这里
时间似乎也放慢了速度,蓄积在
高处的水库中,等待溢出的时刻
至于天气,说变就变,你瞧
刚才一朵白云还停在窗口嗡鸣
此刻雨声攻占了一个个山峰,把它们隔绝起来
"下个七七四十九天才好呢!"
来自旧电影的一句台词,使这次旅行
仿佛成了插曲。谁在渐暗的天色中大喊
"来鬼了! 开口子了!"把旧时代和童年
混在一起。我是否说过,泡沫堆在岸边

## 2

雨天里的事物陈旧得更快,光辉从峰顶滑落

倾斜入水，像军舰鸟（这里没有水鸟
许多天里只有一只麻色的野鸭，在湖心
团团打转，它将在梦中发出沙哑的叫声
融化）。沙子倾倒在村庄和梦境之上
透过缝隙，潮湿像褐色的菌丝，
悄悄穿过心脏，使一切开始腐烂
包括心情。湖水像一匹巨兽皱缩的皮肤
在群山中移动。我的病已基本痊愈
只是更加想你。和这里的蝴蝶相比
我显得年轻，白色的山石、湖水和风
关乎灵魂。（我总是放不下那些死者
它们寄居在我身体的黑暗中，在背后指点我）
沉思和眺望，都显得做作。不谙水性
使我不能没入水的躯体（这有些猥亵
好在你不会见怪），我把对水的古老恐惧
与母腹中的窒息，和水底模糊的黑暗
联系在一起。我总是觉得，水下有什么
东西在运行，或者沉没的古墓中
有不知名的鱼拱起蓬松的土堆

## 3

这封信写得断断续续，像雨下了又下
使玻璃窗模糊，但是否事物也模糊了
谁向玻璃上吐痰了。风景在玻璃中破碎
缠绵的山水无尽地向远方扭去
争论，相爱，直到化为苍翠一片

这一切都没有什么意义,像这封信
我几乎没有信心把它寄出。文字
总得有些意义。"你是你周围的所有事物。"
这句话给我带来了你身后的黄昏,流水
树木和尘土。美丽总是自己的牺牲品
波浪消失在湖的尽头。我们对很多事物
看法相似。比如旅行,独自一人
就是逃离自己,暂时变成另一个人
变成风景。于是我起身去看风景
用手指,在雨水弄脏的窗上写明信片
"对不起,我不再恨你了。"这说明
有些东西正在无可挽回地成为过去

# 4

山中罂粟,散发邪恶的气息
背着笤帚的松鼠在地上走来走去
高处的亭子我已登临过数次
风吹过,谷中的玉米地里起了一阵波动
好像一只獾子正蹿过垄沟,波纹
扩散到湖面上。午夜总有些声音
让人不安,水声也大了起来
像巨兽的喘息。户外厕所
被洪水淹没了,孤零零立在玉米地那端
我写下这些,似乎是在
告诉你我的孤独。我不知道
我只能这样,一边看着风景

一边随便向你说些什么。我喜欢这样
在你身边找不到的,我曾想去北京找找
但那里没有我需要的人群和真理
我想,人心中只要有一块石头落地
在哪儿都一样。望久了山
那山便会像一个人,如果它像我们自己
我们就会留在那里

# 5

石罅和龙头上的水滴。夜与昼
日子的呼吸。早上两个人在玻璃房子里
喝酒,晚上他们还在喝,只是不知
什么时候互换了座位。这里没什么可做
你还在午夜擦窗户吗?"一条鱼在冬天的冰里
生活。"一些人坐在一丝声息也没有的
玉米地里赌博,一匹马在周围嗅着
寻找主人(有人说是寻找骑手,其实
还不是一样)。"一条鱼是一根棍子
两条鱼是啤酒冒沫。"我摆弄词语
像摆弄扑克牌。偶尔会有一些意义的
片段出现,像湖中隐现的阴影
"死去的灵魂消失在天空中。"
是像光,星星,还是像黑暗一样消失
"像黑暗——黑暗也是一个灵魂。"
船和鱼平行,上面是天空,船尾
犁出宽宽的沟壑,一直扩大到岸边

# 6

雨中奋力登山，像王红公，只是
没有身裹丝绸年轻的游伴，既是女儿
又是舞女。在溪流边垂钓的隐士
手不离计算器，计算着深度，重量，距离
雨水化成了藤蔓，化成碧绿的西瓜
化成一个斜着肩膀的人，走过隆起的田埂
在雨中向更高的山峰呼喊，声音斜飞回来
像纸折的燕子。说到燕子，我来到这里
还没有见过一只，似乎它们和麻雀一样
已习惯住在城里，在烟囱和电线上编织音符
像绅士。说到底谁又能在雨中登山呢
我试图说出些什么，但总是徒劳
本地人带着不易觉察的怜悯
指给我们枯竭的瀑布，地下森林
成群的孩子走在上学的路上
正午的草丛中，我闻到雨水生锈的气息

# 7

还是谈谈我们的爱情吧，你总不能
去拉萨那么高的地方生孩子
或者把一个湖泊端到倾斜的桌面上
火焰形状的燃烧，留下的是脸上
"玫瑰的灰烬"。梦中我在白桦树上

擦手，用叶子洗脸。但这些都不能
改变继续的天气。（它像鱼从水底
直挺挺走出，走上朝南的大路）
我们共同经历的风雨，如今像经年的叶子
一团团沉淀在湖心，它使船头
翘起，像尼斯水怪。你曾经是我的
女神，但反复无常的经期（脾气）
让我明白，不能要求一个凡人
超出自身的东西。我们都已失败
但正如我说过的那样，只要心中
有一块石头落地，人就能活下去
像风在盒子里，像谷子和头发在地板上

## 8

我的前半生完全失败了。喝酒
吃鱼，写诗，用打下的全部粮食酿酒
拨开长草，携妓归来，这方面
我比不上我的邻居。我的诗句
远未达到命运的高度，是否
有更近的路通向他人的心灵
马车辚辚的日子早已不再
滤酒的纱帽和泄气的轮胎堆在树顶
新漆的喇叭中播放着艳曲和乡里通知
冬天它会卡满石头和雪
我们到达不了自己所在之处
能否用想象填充风景的匮乏

波浪沉落在黑暗中,鸽子
用时聚时散的飞行,囊括
所有的选择。回声找到它孤寂的词根
一个在行走中解体的女人
腰部以上一片模糊。这里淫雨不断
令人愁绪渐生。水淹没了沙洲上的小旗
波浪在暗中追逐着泡沫
告诉你我最近的工作就是
用词语把事物粘在一起,换句话说
就是从内部把一个人取消
使他的慢性子适合上升的愤怒
幻想仍是睡前的必备之物
露出一排纽扣似的乳房

# 9

亲爱的(请允许我再次这样称呼你)
我不会再给你写信了,离最近的村子
也有数里之遥。冬天野兽的呼吸结冰的时候
在火炉边,我会用这些信取暖
词语,细沙,湖水,自我,数字……
聆听自然的时候,其实只听见了自己的心跳
甚至心跳也听不到,听到的
只是词语,甚至词语也听不到
听到的只是虚无在云中移动
当我离开这里,水中的树枝还会
在黑暗中竖起,令人惊悚

细沙还会撒在火焰之上,还会有人
看见山间倒塌的酒肆和半户人家
听见蛙声被卷在泥泞的裤管里
黑夜中柳树随风摇摆,而橡树
则挺直身躯。暴雨从山顶倾泻而下
亲爱的,在白杨环绕的响水村
我给你写信,想着,不久我就会回去
和你一起,收集白色的日子像收集干柴

1997 年,载《山花》1999 年第 4 期

# 白日酒吧

仿佛来到已经决定离开的地方
刚刚正午,我们好像已到了晚年
白昼的顶端放出弧光,软下来的花茎
伸入停止扩展的隐蔽空间
这里没有什么客人,光线也不够幽暗
可以看清葡萄酒瓶上的商标
冰块在杯中发出清脆的撞击声
"想象的冰山",大理石一般地流动
水晶的无数斜面堆叠起来
"每当我出现时,人们总是一下子冷下来
刚才他们还在热烈地谈着什么。"
是否有一种厌倦,从一开始
便弥漫在空气中。我不知道说些什么
在词语里待久了,会浮不起来
这时,任何事情,比如放学的孩子
电话铃声,或者一个出于恐惧
在街上大笑的人,都会如救生圈一般
随着残骸从浪花中涌出来。
"我头脑中进行的事情的中断就是生活。"
我们拣一张靠近柱子的座位
好像刚刚坐下一样,眼睛在慢慢变形
但仍然看不清你淡淡脂粉下的情绪
苦味的酒从大肚瓶中平均流入

透明的高脚杯。假葡萄叶子附在墙上
一辆生锈的解放车，各部位分开
嵌在墙上。石头在这里只是增加着寒意
在膝盖以下。少爷在吧台后独自
玩骰子，叠起来，像图腾柱
它能否比巴别塔还高。他的喉结
突出在衬衣领子上，还在变得尖锐
"可是生活呢，生活在哪里？"
可以想象的稚嫩嗓音。我并不相信
有人能从火车站直接驶入这里
就像一座酒吧从空中冒出来
两颊挂着泡沫，像一个失踪的身体
突然从还在晾晒的衣服中出现
还要多少个世纪，才能听到你在我的尽头
说出的话，仿佛粘在大西洋底
电缆上的贝类，听不见大陆间传递的信息
空间就是海洋，酒吧是其中最聋的
聋到零度，聋到骨头被冻僵
也许我们还过于年轻，还需要许多年
才能从落雪的街上走进一座白日酒吧
只是为了离开。"我不断地想着那些
非凡的情侣，狄多，克莉奥佩特拉
贝雅特里齐，也许，还有萨福
那些火热的岛屿和天堂的凉风
为什么要在地狱的狂风中不停地
旋转？《福音书》说过
通往生活的大门狭窄，道路崎岖

但爱情，也许更多地通往死亡
它受制于地心引力的作用，让人
愚蠢地倒悬。玫瑰是肉体
而百合则是纯然的香气，引导你
走上善的旅程。"我们
凑近去看墙上带镜框的风景：
"挺美，但只是赝品，值不了几个钱
尤其是里面按住帽子奔跑的人
应该在风暴来临前消失。"
你必须改变一下自言自语的习惯
你为什么不看着我的眼睛说话
来，让我再给你斟上一点
渴，有着坦塔洛斯的身体
头上是时高时低垂钓的塑料水果
"她们是一群婊子，像窗户纸
一捅就破。"阴影向内弯过去
成功是最好的除臭剂。灯光照到谁
谁就开始回忆。也许老年才会有沉醉
漂洋过海地递过来。"这酒产在
波尔多，我这里刚刚卖到九十六元
在外面的商场要八十多元。"但是否
它在空中被兑了水，抵达我们的
只是一个象征，从中可以减去
时间和卷舌音。现在酒吧里
客人依旧稀少，情侣总是径直走入
最里面的角落，阴谋家也有同样习惯
事物的出现和消失取决于

观察者的角度。"只是坐一坐。"

"一杯扎啤,一客蔬菜沙拉。"

刚刚坐下的物质主义嗓音,好像

刚刚做成一笔交易,洗过了手

可惜这是一间半埋在地下的酒吧

没有窗户看到街上的变化,雪,行人

车灯不知何时已经燃亮

"花是折下的音乐,音乐是花的盛开。

你喜欢音乐还是花?"

向日葵在墙上旋转,像漩涡

带来遥远的事物:小溪边你头簪黄花的微笑

酒和幽暗并不能让大脑关灯

在这里做梦会提前衰老

从变得宽大的衣服里掉下来

周围的变化在内心中减少成

单调的寂静。我们也许是两个圆形的回声

彼此反射,形成第三个圆圈

那里可有一个彩绘的天堂闪射?

为了不使灵魂毁灭,先得拯救肉体

从这一点看,圭多比贝雅特里齐仁慈

他以羔羊为灯。"他做完了他来到人世

所要做的一切。他开始了真正的生活

在短暂中受蔑视的,在永恒中

遭遗忘。他活着,不在任何地方。"

对于我你就是天堂。"可我还不知道

我身上的暗道通向什么所在呢。"

有没有倒置的山和竖起的洞

通向一个屋子的两个房间

通向冰与火,深处和高处

当一个人从幽暗的深渊返回

恢复水平的目力,幸福就是一束干草

一本白皮诗集用隔天的报纸裹着

在树皮做封面的留言簿上

画像,一份账单递过来

我在上面签上:下次请你吃饭

雪模糊了行人的视线,回首望去

这间酒吧我们好像从未来过

"后来我自己又去了一次。"

另一天你这样告诉我,你真是个好人


2000 年 5 月,载《诗林》2001 年第 1 期

# 局部与抽象

## 1

自从你离开我们，许多个夏天已经过去
雨打在日益模糊的窗上，留下灰尘
树林摇动，像陷在网中的绿色野兽
门阶上的灯一直亮着
参加晚会的人一直没有回来
他们还在房子边偷偷走动
一个小男孩站在门口，踮起脚
门铃声像萤火在花丛上方浮动（那是我吗?）
帆船仍在翠绿的海上远行，载着沉重的雕像
我在写作，装作什么都没有发生
但没有了你，这一切都没有什么意义
仿佛在一场灾难后，村庄堆满了碎石
人们若无其事，他们必须做些什么
手举起又放下。屋子里的人还在写作
小男孩的鼻子像一枚浆果，压扁在玻璃窗上

## 2

秋天白色的城中下着愁人的秋雨
在骨架般刷白的楼群下走着怀孕的妇女
有人坐在半空中写信

突然看见燕子苍黑的脊背正在衰老

看见麦当劳靠窗坐着的人已经调换了位置

空气像干玉米叶一样沙沙作响

白色巨鲸冲上港口,牵引着深海的灯光

白色的时间冻结在白色的墙上

不久,真正的白色就会降临

而苍白的妇女将在发芽的土豆上产下红色的孤儿

## 3

黑暗早早降临,还有这无声的轻雪

用不了多久,街道上将一片银白

只有下水道的井盖潮湿黝黑

冒出热气。远处的街口

玻璃柜中的水果闪现鲜艳的色彩

摊贩们裹着围巾,跺着脚

等待着灯光,温暖和食物

一卷无聊的坏诗使心情指节一般苍白

雪和文字都不及这黑暗准时而可靠

幸福的一天像一只水果被慢慢切开

## 4

路边的汽车上堆满了雪,显得臃肿

更远的村子里,黄色马灯摇动一个夜晚

牲口偶尔的鼻息,煤箱里也落满了雪和豆荚

那里我已没有什么亲人

他们在更远的乌有之乡,穿着旧衣服微笑
一只冻苹果在口袋里变软
发出酸味。但饥饿已经离开了我
对于梦中发生的事我们所知甚少
梯子在光中沿对角线延伸
结冰的灰色天空倾泻而下
树林那边,浮动着新完工的玻璃房子
幸福的人热带鱼一样游来游去
这样微雪的傍晚一定有一些我看不见的人
这样走着,走很远,给早已不在人世的孩子寄一
　　封信

# 5

雪落在谷仓上,篱笆桩戴上松软的帽子
在一切的背后有我们未曾经历的生活
树林后透出的灯说明世界存在着
子夜时分,我愉快地在硬卧车厢中醒来
窗外挂满又大又亮的星斗
仿佛炼金术士拉开一张蓝色的幕布
露出形状各异透明的试管与烧瓶
我费力地回忆颠簸中的梦境——
仿佛一个头次出门的乡下少年
坐过了一站。雪越来越厚
蓝色的信号灯伏在铁轨上喘息
从北京到哈尔滨,睡眠缩短了时间

# 6

太阳在雪山上只露出一角

更高的建筑仿佛凭空而立,没有基础

白色和单调像云彩统治着城市

所有的呼喊都被吸收在海绵一样的孔隙中

连单调也被耗尽在脚步中

几十公里外乡村的一架马达,如一条喘息的鱼

推动着空气。线条在坠落

有人在吗?陆地在前进

(在一只半透明的瓶子里)

陈旧发黄的光线插在窗口,干枯的花束

很久都不动。我们的全部想象和生活

在五公里左右。向前向后都在这个范围

# 7

黑暗的院落。我像在外面玩累了的孩子

在橡皮桶里撒尿。父亲和母亲

坐在窗前的床上,仿佛一夜都没睡

他们说:"在黎明的黑暗前,

还是要把门窗关好。"我合上窗页

使劲拉着门把手,仿佛外面

有什么东西正在拉门。恐惧

院子又大又黑,灰色的木栅栏下

邻居的脏水淌过来,那里种着

父亲晚年的花。我刚刚失恋
打算去姐姐家住一天。裤子皱巴巴
从外面回来,看见父母仿佛夜晚羞怯的玩偶

# 8

你观察世界,我观察词语
我们在一扇窗子的两面
但光线并不能将我们同时照亮
(或者照亮我们之间那玻璃的深渊)
像一位年迈的教师,你看着世界
在落叶中蹒跚,不时捡起些什么,发出欢呼
在你这样做的时候,火焰正在变成固体
城中已没有一个熟人,我正在到处找你
街道越来越暗,越来越陌生
世界在你眼中消失
囊中羞涩的学徒抛出十二月的雪
在树下大叫,有人走上盘旋的楼梯
白昼,烛光颤抖的膝盖爬向高处

# 9

寒冷使他一觉睡到十点,而不是爱情
马可·安东尼,耽误了一场关键性的战役
他的士兵蒸发了:不到四点窗外便暗了下来
屋子里可能更暗。几棵柳树静止在宇宙边缘
闪闪发亮,仿佛大雨将至

轻微的感冒,将这一日从工作中救出
门前的灯还是许多年前燃亮的
我们的血在他的身上流尽,他本来可以活下来
在凉爽的大理石宫殿眺望大火
现在还是初冬,空间的海一片迷蒙
像剔除了爱情的大脑。似乎不会有人来了
但其他的脚步声从甬道响起,越来越清晰
直到门被重重劈开:永恒又延长了一天
我写下的一切将随他的血而消失
让克莉奥佩特拉守着那篮蠕动的无花果

## 10

旷野中的呼喊像石头微微动摇。风吹乌鸦
现在没有什么变化,很久以前的光线
还停在枝头。一张白纸等待
雪花再次落下。在院子里刷结冰的木桶
仿佛又是冬日微暗的早晨,火星闪亮
在覆霜的木头上方。需要多长时间
才会有什么出现,斑点在眼角颤动
鸟,人,狗,或者数字,花和岛屿
纸上仍然什么也没有,树祈祷般立着
像光线,能坠落的都已坠落
包括坠落本身。冰冷的白色裹着大脑飞奔
孩子的留条:"我们在哪里都是成人。"
一首诗开始,一片雪地刚刚显得凌乱

## 11

我看见桥那边菱形的太阳
比傍晚的冬雾还要暗淡苍白
脚步声充满了天空
像一个放学后晚回家的孩子
有人在路上向我亲密地低语
树光线一样立着。已是十二月
雪上仍没有痕迹,灰色的县城
门户紧闭,好像春节快要到了
学校里空荡荡,只有旋风在收集纸片
也许还会有三两个同学
骑着车子赶上你,超过你
打着招呼,他们先于声音消失在雾中
在桥那边,迅速消失

## 12

在布满碎冰的天空,鸟儿赤足散步
从羽毛中筛下灰尘。当然还会有阴影
围绕着树木交叉倒下,形成
变化的图案。无人从那里经过
一个城市从地铁中冒出来
它的台阶以递减的速度向高处折叠成白昼
刺眼的头痛,突出在荒凉大海中的山岬
雪下,一支铅笔继续画着一根线条

终有一天它会绕成一只笼子,把鸟关住
鸟眼冷冷,滚动在薄如锡纸的街景上
它们惯于在下午的边缘觅食
讲稿留在灰扑扑的讲台里。是啊
从更大的范围看,完全可以忽略的是天气

## 13

一场雪使事物呈现出暂时的连续性
连续的白也是否定自身的白:
当人出现后,便中断——脚印,车辙
说明有人早已到达了抹去的地方
"死在无地。"所有加起来的白
也高不过一个,从正在缩小中上升
亮灯的不规则方厅和两个彼此倾听的卧室
钟表在对方的屋中滴答,人在暗处假寐
探照灯伸入屋子的各个房间
证明生活是别的东西,各种各样
装饰过的墙壁中断了另一种白的连续
窗台上的残余中留下一只分趾的足印
也许在很远处(另一个世界?)才能找到另外一只

## 14

长于冬天的雪集中在一个石膏窗中
从它的发音中减去了些许寒冷
伪装成鸟儿翅膀的闪烁,仿佛

一个白色裸体的许诺,在篱笆交叉的
阴影中。雪下了又下
街道埋在雪下,灰尘与新月一同变幻
空旷的屋子充满了时间的溶液
午夜的滴答声格外残酷
一个人在半空中回望,他的前半生
可能短于一条还在缩短的街道
再也恢复不到改造前的模样
瓶子慢慢爬到身上。雪的回声比砒霜
还要灼热。但已经晚了,土堆已开始融化

## 15

季节重又给每一个房间带来礼物
光亮久久不动,缓慢得几乎成为
它所照亮的事物本身。再慢一些
你就会成为虚无。起身打开窗户
一个处女在发怒,但无害
仿佛鸟又落满了光秃的柳树
这是一个在梦中走向土地的人
他的脚趾鲜红,一本打开的书
抛在手边,仿佛仍有时间读完
你的行为是一扇打开的门
还在震颤。噪声穿过耳鼓
在内心消失。傍晚他会醒来
什么也不想做,看着窗外
死者目光占据的风景

充满含义和暗示，又模糊得
像玻璃深处摇动的手势

## 16

或是改变自己，或是改变世界
否则你无法歌唱。在你停止之处
没有方向。马在自己的影子前踌躇
仿佛面临一个深潭。四月即将结束
残梗和碎冰仍布满明亮的视野
事物都浮到一个表面上，让你转身时看见
消失的部分。咳嗽回到夜的根部
欲望减少成白色才能成为欲望
像一个问题，马头悬挂在树林边缘
从解冻的土地中传来的鸣唱，太早地
混入线圈的嗡鸣。荒凉蔓延到早餐桌上
只有在房子深深的阴影中，才可以回忆
旧时的情感，但已无法将好的和坏的
分开，它们像毛细血管沉浸在水晶中
巨大，不规则。那些歌者深陷入自己
鲜红的胸脯，在歌声和荒凉中隐藏
直到闪亮的雨丝在高空垂下嘶嘶作响的笼子

## 17

在色调暗淡之后，有人倒提画笔赶来
把它们临摹成书中的黑白插图

仿佛风吹雨打的叶子，欲望的重量

被简单的心灵压缩成同一件包裹

但多于呼吸，它是一个人

在黑径前行时壮胆的哼唱

知道有人听见，但不知道

谁会在路的尽头等待，穿着你过去的衣服

把发芽的种子撒在你衣服的

皱褶里，那里只有体温和灰尘

能够生长，只有盘曲的发丝

穿过灰色的大脑。忍受着

重新开始的一切，围绕一个移动的中心

生长的无数同心圆。没有耐心

和足够的感觉来混淆周围的进程

你听见的正在消失，变得光秃

一个鸟群散尽的打谷场

## 18

我不得不把你叫作它。你或许

是个女人。我本来从田里拐出来接你

却误了天气：深草中一束折断的阳光诱惑了我

回来便见你挂在篱笆上方

点着头大声评论。林中飘满水珠

石块聚集在树根上。奇怪

看见你之前我怎么没注意到这些

它们更像演习中的仿真物

是一个样本：或许是你的一个戏仿

你那么松弛,那么白,像纸

一捅就破,这证明你确实是个女人

但我没有发现你背上有线,你仿佛

直接挂在了空气分子上。你是一个手势吗

你似乎可以抓住风向,打着旋:

这么说,你是一只风筝了

骨头弯曲着伸入新的事态

本来你可以是胖乎乎的飞机

裹在暖洋洋的云彩里打鼾

这是春天。每根树桩上都站着一个人

只是高矮不同。我知道你想干什么

只是我不说。你的闪烁是侧着身的

篱笆断了。白昼在继续

我已经忘记了你。也许

这是最好的结局。你还在那里吗?

1999 年 12 月,载《花城》2009 年第 1 期

# 再卑微的存在也妄图建立
# 自己的秩序

我们活过但对生命一无所知
我们经过一切,但事物依然保持着神秘
一扇门在无形的远处砰然关闭
霓虹熄灭,在冰冻的窗上
刚刚成形的云彩慢慢蠕动
水泼在发呆的雕像上

雪地上很干净,还没有什么走过
过了一会儿,一只狗狗跑来
在几棵杨树和几丛灌木之间
以发黄的气味划定了它的范围
不久,将有人的脚印,重复着
循环的日子,将寒冷继续到
不可避免之事的发生
从幽暗的室内浮现出一个时代
苍白茫然的面孔,在火光
也不能照亮的深处,从凌乱的书堆中
倾斜地探出,仿佛溺水者
被突然惊醒。而雪后
一个人走上阳台,仿佛
从混乱而黑暗的历史的客厅
走上前台,沉思着一片灰色的寂静

这里没有可以隆起为山丘的东西
雪抹平了事物的差异,填满了寒冷的
裂缝,让生锈的自行车膨胀成摩托车
谁会重新骑上它,把音乐打开
驶向亮灯的生活?或许
会有一个暂时停止的片刻
一个我们能够抓住的地点
像一具温暖的肉体,从词语的海洋中
以未来的确定形式,露出水面
让我们抓住它,攀缘上去
在这样的海中,每一具肉体
将是一座座孤岛,把水流以漩涡的形式
组织在周围,那样,我们莫非已经变成
歌唱的水妖,诱惑着水手
蜡封的听力。或许有一个奥德修斯
直挺挺地经过,带来战争结束的消息
他的航船满载着死尸和寒冷的兵器
向落日之外航行,向一个永恒的圆圈中
消失。会有海鸥跟随他吗
会有伪装成絮语的女神
把金色的足尖踏在他褴褛的帆上吗
唯有回忆,在他被雨麻木的脸旁低语
让他不时地惊醒。这是在哪里
脚印不可逆转地通向
火光熊熊的锅炉房,告诉我们
这是一座无人看守的城池
已经被寂静所攻陷,已经

被幻想涂上了古怪的颜色
那胡子拉碴的司炉工
沉睡在炉盖上,血涌向冰冷的炉灰
而时间涌上苍白僵硬的指尖
指向一个无人涉足的花园
栅栏上落满了雪,仿佛蛋糕
在泡沫中呈现,还来得及
添加上一个人的名字,爱的名字
在红色绿色的胶体中
把祝福凝冻起来。我们可否
围着它跳舞?在冰冷的厨房中
在塑料布捆扎起来的冻带鱼旁边
庆祝些什么。我们可否
暂时忘记一切在房间外面发生的
活动,尽管那些活动上面
撒满了彩色的纸屑,仿佛
一个游行的队列刚刚走过
喇叭响着,喇叭里也灌满了雪
提醒我们,这是在另一次
这是在另一个地点。我们
同时在此地和别处
同时在自身之内和自身之外
这是否给我们的生存
带来了另一个永恒的维度
让我们进入一个新的关联
与上帝的关联,并在肉身发臭之前
获得拯救。死者幽暗的国度

在逐渐扩大,侵吞着大陆

家园,像海洋和沙漠

既在人世之外,又时刻将它的

阴影投射在火柴棍的城堡之上

我们在城堡曲折的石头走廊里

在复杂的机关和门后面

寻找着公主,寻找着温暖的垫子

点燃火把,让它晃动的影子

和我们被放大成怪物的上半身

在走廊深处晃动,警告着

有什么新鲜事即将发生

而在无人到达过的地下室

金发毒龙看守着珍宝

把爪子寂寞地蜷缩起来

仿佛一只温顺的家猫

以便在你逗弄它时不伤害到你

少女般的手腕。或者在最高的

四面透风的塔楼里,在沉闷的

大钟顶上,闪烁着一点微弱的光亮

仿佛一只蝴蝶奇迹般地在冬天存活

随着钟声震颤,但并不脱离

青色的钟的表面,甚至它已经

渗透进了钟的内部。或许那不是

蝴蝶,而仅仅是一只发黄的蛾子

有着茫然、僵硬而突出的眼睛

接收着我们感觉不到的波动

从那里俯瞰下去,便是锯齿形的

城堞,但没有发光的剑守卫

各个无人的隘口。一支虚无的大军

在下面休息,倚着碎裂的兵器

也没有敌人,从田野的中心

像灌木丛一样涌出,占据了

所有的水坑,一直蔓延到

镜头前面,突然一闪而过

或许把光滑的镜子架在城上

用反射燃起的熊熊大火

布满逐渐空旷的田野

像入秋的农民焚烧残株

为了让土地再一次肥沃

以撒下必死的种子

他们的身影晃动在所有路口

在黄昏他们若有所思,他们

穿着旧式的棉袄,有一颗遗留的种子

在他们粗糙的手心里捂得滚烫

他们将把它带回家中,把它留在

同样温暖的土炕上,等待时间

从炕席的缝隙里抽出嫩绿的叶芽

仿佛那唯一的希望不在田野上

而在这脆弱的根芽上。但那是

什么植物,在烟雾蒙蒙的房间里

展开它的枝叶,以隔夜的茶水

和断续的谈话为生,顽强地

撑开一片绿荫,遮盖住我们贫乏的思想

我们最终把它移动到

人迹罕至的某处，如同把风景

从窗上取下来。它所到之处

风景必被抹去，被替换和更改

仿佛命运如此轻易地被驯服

仿佛我们能坐在下面，在夏天

和秋天的炎热中，思考不再开花的秘密

仿佛它是田野的中心，是巨人的酒杯

盛满了经年不化的雪

谁会饮下它，饮下这起泡的贡献

像火山熔岩一样溢出生活的桌面

以累累垂垂的筋络表现出牺牲的

绝对性。是的，我们需要的就是这样

不可替换的确定性，知道我们不是

仅仅在这里，而是同时在别处

在一扇门后，进行一场无休止的游戏

并同时意识到它是严肃的，严肃得

如同我们同时置身其外，从一个适度的距离

打量我们形成的圆圈。我们就像这样

在我们自身之外，而他人又在我们之内

因此我们的时间会增加，会被赋予意义

尽管我们还不清楚那意义到底是什么

对游戏的思考使我们立即置身于

一个花园中，那里的阳光反射着

冰雪的色彩，在冰激凌的喷泉中

鸟鸣和松树的鳞片一同剥落

回声混淆着所有的感官——

首先放弃的是视觉，然后触觉

也变得混乱,唯有耳朵还张开着
螺旋形的天线,让越陷越深的疼痛
一直涌向大脑空洞的房间
伴随着一阵漏斗状的轰鸣
渗漏到更深处。但这样的时刻
稀少得如同思想本身,在雪覆盖的林园
鸟鸣也稀少得和心跳一样
我们寻找到的不过是松鼠的忙碌
在树后和草丛中的跳跃
把空壳撒在小路旁边,或者重新
捧起它,好奇地看上一看
它蹿到树上,向同样好奇的我们
撒下一片片雪花,簌簌地
落入我们的衣领,那冰凉顺着脊骨
蜿蜒而下,一直到潮湿的转弯处
它成为又一个思想——我们一边散步
一边思想,我们把周围可见的一切
聚拢在身边,形成一个可以随身携带的
透明的圆圈,它的边界吸收着一切
又释放出无形的压力,让周围的事物
微微改变形状,仿佛潮汐
从大海恐怖的深处把一些未成型的
陌生之物带到荒凉的岸边
我们微微吃惊于不知名的生物
居然有着那样无辜而嘲弄的眼神
当我们从它们身边绕过,继续
向峡角的灯塔漫步。月光

会把它们重新掩藏在泡沫中吗
我们返回的时候会再次经过它们
并认出它们,把它们携带回
我们已经拥挤的房间,在装满灰尘的
瓶子里面安置它们,像安置一个
陌生人送来的礼物,然后把它们遗忘
仿佛从来没有存在过一样
而从那样的时辰上撕下的一片光亮
无人会说它是个奇迹,因为已经完成的
希望,再次将潮湿灌满我们的脚印
冲动在半空中结束,因而形状怪异
这预示着所有未完成之物
将在我们的面容上盘桓片刻
把遥远的光影游动在发皱的表情中
仿佛一片浅水,突然被暗潮惊扰
出现波动的细纹。没人注意到
我们已经返回最初的开始
它纯净而冰冷,完好如初
没有人在我们出发后触摸它
像触摸雕像的目光,它哄我们
上床,让我们睡去片刻
相信热气正在屋顶下聚拢
我们的血液在秘密的循环中
将遥远的出生和并不遥远的未来
接合成一个闭合的线路,它会让火花
闪耀又闪耀,让彩色的小灯
依次亮起又熄灭。我们穷其一生

都试图让开端和终结合而为一
就像喷泉循环的水流
不消耗它任何的美和力量
在金黄色的大厅中
为尊贵的客人带来凉意
那是一个无法返回的房间
但我们已把自己事先锁在了里面
上升向窥视孔的眼睛,奇怪地
转动着背光的一面,那在旋转中
永远不会正面对着我们的黑暗
喂,有人吗? 里面有人吗?
没人回应,电话在黑色的架上震颤
它是老式的,有拨盘的手势
模糊地卡在某一个数字里
在催人入睡的玄思中
取消了一切行动的欲望
把实践一种新玩法的冲动
遏止在羽毛蓬松的枕头下面
抽泣是微弱的,像消了音的枪声
在隔壁房间,应声倒下的
是微笑的雕像。何时我们才能
结束这厌倦的游戏,何时起身
向花园里张望,现在它落满了雪
仿佛回到童年,在游戏终止的瞬间
突然看见死亡的面孔在空中隐隐出现
万物各自归家,空空的小巷中
只留下线条和擦痕,与事物分离的

痛苦让我们失去表情，等待
那巨大的无名从我们松弛垂下的手边
缓慢地通过。它把我们带离我们自身
带到倾斜的远处，仿佛一个拾垃圾者
带走我们灰色的碎片。我们如何
在窥视水面的同时不留下自己的面影
我们把手心发热的卵石投向这清凉的深处
惊扰起那影像，我们把祖先用柳条编织的吊桶
垂下大地，仿佛生活正在前面的院子里
喧闹地沸腾起一个节日，一个
我们在其中只需要扮演自身的节日
然而夏日的光辉不可避免地
向成熟的谷地倾斜。我们聚拢起
自己的碎片，黏合成一个形象
一个没有表情的艺术品，我们围着它
庆祝或者哀悼，它高高地超出
我们的屋顶，代替了烟雾掩藏的天空
使寒冷的道路交叉在它的胸中
统治起一片起伏的建筑
我们回到这些带尖角的阁楼里
在菱形的窗户里面，向外望着
期待另一场新雪从天空的搅拌机里
落下，刷新风景
我们从眼睛的角落，摸索出破旧的玩偶
向空中鲜红地挥舞
然后从对面的窗户中收集夕晖的返照
在逐渐结冻的河上，驳船

向城里运送着消息和煤炭
在被风镂空的铁桥下
乌鸦逆风飞行,撒下烧焦的影子
一个无人能返回的故乡
早已空无一人,一个无人能辨认的时刻
早已不再是可以无限延长的现在
如果它是一个裂缝,在刚刚成为的过去
和即将到来的将来之间
吞噬着冰川上的探险者
历史将被取消,历史也不过是
一张投递给虚无的纸条
写着因匆忙而无法辨认的符号
我们将永远滞留在那座冰川上
等待着直升机,或者冰川融化
可往往是这样,我们对时间的感觉
仅仅源于活动的匮乏
仅仅是厌倦,时间如蓝色液体
涌上来填满这裂缝,并将目光
保存在透明的凝视中,保持着一个方向
因为所有的方向最终都仅仅是一个方向
保持在一个紧张的姿势中

但在布满雪地的脚印上面
徘徊的是命运本身,它的游移
它的激动,它嗅着浮雕般的足迹
也嗅着空气,它坚持对一切做出
合乎规则的解释。缓慢地

结果出现了,但令人怀疑

一个温暖光滑的卵,还没有孵化

我们把它举在阳光下,可以看见

血液在微弱地循环,进化着

恐怖的肺叶。尽管无人相信

但它给我们带来安慰

和继续下去的权利

让我们模仿它,模仿不可知的时刻

期待着视野继续改变

你就能看见道路越来越宽广

看见树叶、飞蛾和骷髅在同时舞蹈

在你的血液中世界开始像黄昏一样无边

同时又像老式的煤炉一样狭小

你用左眼看到灰暗的毛衣

用右眼看到儿童的天真

布满镜片的房间,连声音也在反射

一只水晶球举近又举远,树影和面影

在光滑的表面弯成弧形

仿佛一只手突然抓住了远物

并随之流动,将面积不断地重新分配

但并不超出表面而独立存在

一支铅笔在鼻梁处标出注意的焦点

又用无形的橡皮筋

将双眼和鼻尖组成的三角

拉到房间外面。金鱼眼的护士

胡乱拨弄着一个孩子的脑袋

让它在各个角度发射愤怒的目光

（停电了，楼梯拐角处燃起了蜡烛
布置起夜总会的坟墓氛围）
没有人类的眼睛，事物会自己呈现
我的左眼模仿了右眼，但在目击时
总有一个时间差
在这期间事物的变化，归咎于印象
部分的重叠，这有点像蒙太奇
导致白昼也有了多重的影子
按照房间大小分配的光明
并不对称于心灵，它迫使窗户
吐出各种几何形状，小药瓶一般干净的儿童
进进出出。太阳变得像厚厚的瓶底
涂上了油彩。一个镜头旋转着伸长脖子
窥视，幽灵显现在底片上
颗粒粗糙。有可能混淆的易碎的视觉
堆积在暗室内，像过期的瓶子
最好的效果是将骷髅和微笑重叠
在一起。一个只穿亵衣
裹白大褂的护士，把你领进黑暗
她的手冰凉，出着汗。走廊尽头
一件僵硬的黑色短裤，拒绝阐释
而楼梯指导你引向光明，落日融化的糖果

我们最好是在这里开始遗忘
仿佛生活注定如此，许诺给我们
落叶和思想，像一片秋天的树林
充满了无名而快乐的动物
看它们从寂静中涌出

看它们缓缓穿过我们

仿佛我们从未存在过

仿佛我们提前来到了现场

仿佛我们是一幕伟大戏剧的主角

但因为迟到而错过了精彩的一幕

以至于我们只能呆呆地看着它们

在天堂般的缤纷色彩中舞蹈

过去的经验不再召唤我们

回到温暖的洞穴，或者

在逐渐熄灭的火边高声朗诵

我们不再希望在里面，不再希望

公正的感觉，有没有可能

在转身离开的时候，知道

这就是和实物一样巨大的戏剧

而且只要那些动物，宁静的猛兽

为落叶眯起眼睛，你就能

再次与它们一起生活

这就是爱所能引导我们

到达的撒满碎屑的桌边

在倾斜的田野里，被最为纯真的生命

所照看，告诉我们

我们的爱都是模仿的

渴望被款待，渴望把下颏

搁在桌面上，也许食物和名声一样

含有缓慢的毒素，既然没有一个主人

催促我们，既然我们得独自决断是去是留

2006 年 12 月 12 日，原载《山花》2008 年第 9 期

# 新生（诗剧）

## 【序诗】

从我的塔中看出去

是平原，城市和山峦

我看到这世界的图景

狼藉的森林中

忧伤的男子走来走去

在一朵云上，新的杀机暂时远去

烛火摇曳的头顶，金黄的器皿

无论它们来自坟墓，还是家屋

我们珍爱着，像水无法脱离自身

旧的道路被灰尘变白

新的建筑矗立在大路上

我们所坚信的一切，是否

已远离我们，以致

心儿熄灭，血涌向冰冷的炉灰

现在我写下这世界的变化

塔中的光线变得幽暗

我的眼睛变得光明

现在我走下旋转的楼梯

走向我的水和食物，更深的地方

蒸汽和作坊

## 第一幕　花　园

**炼金术士：**

自从那一年的秋天我迁入这座园子

不知从哪儿,也随着搬来了这么一群乌衣的鸟儿。

默不作声的白天是看不到它们的,

只有月明之夜,它们会飞起来遮暗月光。

它们使我放弃了一些想法和一些行动,

它们带来一种不祥的预感。我不知道能发生什么。

那是些寂静得让人屏息的日子,

我常常在做完每天的课业——

研究典籍后,熄灭电灯,而继之以一支红烛。

凭窗而坐,巨大的影子怪异地在窗格上晃个不停,

风局促地从甬道中吹过来。

烛泪一滴一滴落下,落在花叶上,手上。

往往在这时,我看到一具空中倾斜的身体,

粗糙而黑暗。在林子上方,那么斜着不动。

我先是吃了一惊,而后又会感到,

那只是被乌鸦遮住的月亮。

它刚刚在李白的酒杯中浸泡过,

或者它干脆就是李白脱下的那只靴子。

可我听到了些什么呀？人声。

我不知道是从月亮还是从鸦群中发出的——


**精灵一：**

自从我造了这座花园,已有许多年过去了。

我记得它是放置在岩石上的。

岩石是历史，可以负担一切。

更何况我的园子很轻。

让我们看看自我走后它有些什么改变。


**炼金术士：**

我悄悄看去，外面，两个白色的身影，

正沿着网络般的小道走去。他们是谁呢？


**精灵一：**

这是个对称的园子，中间是一眼池塘，

以其为中心，分布着两个互相反映的部分

它们在池水中互相包容，合为一体。

那原是我冶炼灵魂的处所，

现在大概已经干涸了，

因为自从钢铁侵入我们的肌体，

已没人再关心灵魂了，来找我的人已经很少，

我只好把池中的元素释放了。

那里有一座桥，洁净的灵魂会最终来到桥上，

观看灵魂像波澜，如何一层层扩散着前进，

直到与躯体在桥下的阴影里相会。

关于这座花园的结构，我从未向人提起，

人们只看到其中的一半景色，

那对称的一半始终在幽暝之中。


**炼金术士：**

我感到惊奇，又有些恐惧。

这时我已看不到他们。

在池塘的那边,漆黑一片。

可我能听到他们的声音,

其中一个始终是沉默的。


**精灵一:**

请注意这些看似无规则的小径,

它们象征着时间,也许就是时间本身。

在某些时刻,比如日午太阳直射时分,

隔着树丛,你可以听到自己多年前的脚步声。

这些小径将一直伸向未来,也许过去,

并改变一个人生命的行程。现在

我们那个误入歧途的客人正走在这样一条路上。


**炼金术士:**

误入歧途的客人,是指我吗?

因为园子里只有我一个人。

我试图隐藏起来,可这时鸦群突然散开,

像纸灰飞扬,月光朗照,

花园显得更加神秘了,

树木、石头变得很小,

像银制的摆设,有一种恐怖的美。


**精灵一:**

这是一座自我相关的花园,

而其整合后的整体,又与你所来自的那个人世相对称,

是镜子,是回声,或者是物和声音本身,

而那个人世才是回声和影子。

仅凭其自身而无参照,是难以断言世界的真伪的。

于是,我设计了一座这样的花园,

以揭示事物的真相。

在这里我冶炼万物,直到它们释放出光明,

可是数万年过去,世界变得愈发混乱,花朵殷红一片。

我有些失望。于是我回到了我的导师身旁,

守着我的鹰和狮。

现在我把它留给你,以及人类的未来。

何时你参透其中的机奥,

花园将真正向你开放它的整体,

那时,黑夜将是纯粹的光明。


**炼金术士:**

现在花园里完全是明亮的,

虽然我仍然看不清说话者的脸,

甚至他的影子也已消失,

可我感到我,以及周围的一切,都在起着变化,

有些愉悦,有些甜蜜。


**精灵一:**

现在我已提示过你,

我并非无缘无故地引领你穿过尘世的密林,来到
    这里。

你的苦工也并非完全无益。

你将时时感到我的存在,

并不断地恢复勇气。

**炼金术士：**

也就是从那一天起，

我成了一名真正的炼金术士，

决心在羊皮纸、水晶球、黄铜器皿

和蒸汽与火焰之间度过一生。

我记录下世界的一切变化，我的变化。

我相信这园中，还有许多我未到过的地方，

还有许多我永远找不到的人，置身其中。

**合唱：**

现在花园光秃，阴沉沉地坐在岩石上

白杨和黑榆痂瘢累累，那痂瘢在我掌心变得通红

大气的阴影在我手心化为白汽

我的双眼挖进树皮，寻找一个沉睡的婴孩

池塘干涸，它曾是我收集回声的井

一个深湛的记忆，而记忆在一个早上离去

此时的天空多么疲倦，像一角衣裳

石头背后一片积雪，一角青檐

那些芍药和芸香，以魔法阻挡我的逻辑

严谨，清明，那些鲜红的玫瑰

血在它们的花瓣中焚烧

那些空心的芦苇，吸饱了黑夜，像电线

插入淤泥和虫卵，我想起这花园曾经的繁华

夏日蒸云霭霭，香风阵阵的美景

如何让人餍足，现在苍白横陈

不再旋射出五彩的光束，不再歌唱

一场大雨，冲刷树木和房屋

## 第二幕　黑塔

**炼金术士：**

毁灭即再生——物质每天通过我变成他物

留下了光,水中的黑,水晶中的阴影

在我口中物质的光熄灭,星星消失在寂静寒冷的门口

而门角后一堆闪闪发光的垃圾

每日每日我把万物揽在掌中,观察它们的变化

记录下树叶生出绒毛,绒毛褪尽

少女变成少妇的过程

(那唇边贞洁的绒毛啊)

记下叶片后的黑暗,濡湿黏稠的液体

绿龟如何分开三月的水面,鹤立上朱栏

记录暴雨和吐露金砂的页岩,巨大的白根附在我

　　身上

记录雨云的浓度,它们是天堂厨房泄露的蒸汽

把花在血中冶炼,直到花瓣和生铁一起弯曲

直到海中锋利的盐在水中化为甘甜

我记录下万物的变化,我的变化,世界的变化

在暗淡的光线下我的眼睛变得漆黑

万物点亮自身,在气流中浮沉

树林在春天悬挂,大粒的尘土吹过我的脸颊

石头裂开吐出鲜红的核,石头炸裂

蜜在河上流淌,万物上升到高处目光明亮

无花果突然出现在庭院之中

树影旋转,时间沾上了白色的花粉

时间是循环的,因此我们重新遇合祖先

多年前的自己,在暗中静坐,有着难言的尴尬


**奥丽雅:**

一张白纸记录下思想,大师飞翔的侧影多么黑暗

这些获得永恒的人在纸面一闪而逝

白纸记录下他们的思想或承载着虚无

白纸是历史,是我们生活的全部

在它下面是无边的海,是目光炯炯不规则的生物

也许是虚无,也许我所居住的塔楼并不存在

也许我手中的火光即刻就消失,一切灰飞烟灭

而梦想是无限的,永远是梦想

辉煌的花园从海上升起,绿云缭绕

是梦中的白马和桃花

是大戟直立,是毁灭,再生,再生又毁灭


**炼金术士:**

而我看见一个女孩手中的沙

她与我站在童年永恒的幽暗中

说:"一开始总是黑的。"

于是世纪开了,世界在一粒沙中发出白光

照亮破败的楼梯,一个我不认识的女孩

下身浸在黑暗中,她说:"我将引领你经历永恒的
　　滋味。"

永恒——这温润的果实高不可及,如何向我显现

我伸出时即已石化的手如何占有一片寂静

这是一次童年的罪——我们头顶金黄的麦秸

被突然发现,一声惨叫在心里烙下红字
也许世界是在童年的草棚中开始的
也许我们转身就发现天使,有着父亲的脸母亲的
　目光
也许我们走出那间草棚,童年就随风飘逝
也许一个女孩无知而圣洁,如何引领我上升


**合唱:**

矛盾,破败,冲突,斗争
一次重于一次的打击,死了又死
委顿在尘土,又从尘土出发
旧的建筑倒下,我们被赶到路边
新的房屋又矗立在大路之上,被旧的尘土慢慢覆盖
总是这样的衰与荣,总是这样的罪与罚
花朵开放,又尖叫着奔逃
永远是空,是空白和空白
是巨钟刮翻的屋顶,平原上晃动的洞穴
是小小野兽守护的秘密的死,永远是死亡和死亡
是绷紧的鼓,散漫的流水
来自我们最深处的黑暗说:
跟随我吧,你将获得智慧
于是黑夜许诺给我们一处河湾
于是我们向黑暗学习光明,潜入前面的水流


**炼金术士:**

而我已厌倦了知识,它并未给我那种清明的智慧
我的心灵充满了烦恼,像一间堆满杂货的屋子

现在是秋天,落叶追逐着落叶,潮湿落在潮湿上
农人都回到他的家中,温暖的炉火,黑色的孩子
一间清水和瓦罐的小屋,热气浮动
而我是什么呢？我又做些什么？我又在哪里呢
也许永恒只是短短的一天
只是这秋天最小的雨滴
越过太阳的田野,掰开内脏
一匹骆驼在天空越陷越深
我再看不到"大全"的闪光
灰色的云,肥大而笨拙
在无边无际的台阶上四处爬行
再没有任何奇迹可以到达
我看到屋宇后更大的屋宇,庭院,连环的地窖
地窖上面又是屋宇,又是亟待清理的庭院
又是西风,昏迷后一生的昏迷
而我已倦于思想,一切并非如此
太阳出土,把羊群滚滚赶向西方
我们与之在中途相遇
在纯粹的光明中昏黑


**奥丽雅:**
也许我们可以获得那种老年的智慧
光突然照亮灰尘累累的店铺
而主人却消失在器皿和织物当中
这需要很长很长时间,以至于人的一生
耗竭激情和青春的希望
面对一扇日益模糊的玻璃

让目光落入水塘和蔷薇花丛

过去只是一个结果

它将被未来所改变

或者只是等待他人的改变

这是一个人最大的幸运

他忍受种种苦难,终于明了生的意义

此时生命已到了尾声

思想妨碍了欢乐并摧毁肉体

无法解开的一个死结,一汪血泊

于是,老年许给我们的

将不再是纯粹的光明

而是一块温热的石头

用每一个日子的啄击

使我们日益蜷缩其中

直到与之合为一体

那么,我们面对的将不再是死亡和永生

而只是我们自身的幻象和软弱

在我们脸孔内惨遭杀戮的

不是神明,而是这秋天最后的雨滴

我们金黄的面具后全是虚无

那么,又有谁接过我们手中的石头把它抛得更远

并慢慢走到石头落地之处


**炼金术士:**

那个夏天:树木,雨水,疲倦的尘土

绿荫埋入泥土和瓦砾,太多的火焰翻耕泥土

塔楼外的庄稼一直种向海边,遮住视线

这时只好听听夏天的牛车吱吱碾过田垄
多快,转眼风就带来了鸟群,转眼秋天就收走了租子
塔中重新变得幽暗,满楼的蟋蟀和月光
转眼又是秋天,一场大雨向我索取贡献

## 第三幕　漫游

**炼金术士:**

那时我还小

是在光线幽暗的乡镇中学

我的同桌,一个猥琐的男孩

望着我说他要结婚

并递给我一份文书

显然,如果我接受

我就会受邪恶的挟制

我很愤怒。因为我也是个男孩

我把他拎起来

摔在过道上

我走出教室,外面很黑

回头我发现

地上只是一摊烂得发黑的棉絮

我向家潜去,穿过柳丛和道沟

我听到人们追赶我的声音

家在一座被未种植的田野包围的孤零零的大楼里

母亲、姐姐、老师早已在那儿

他们怜悯地望着我,不说话

那个少年已经死了

下面,车上跳下的士兵正在散开

后来我藏在一辆送孩子的车中逃出了小镇

从此和一帮朋友在西部流浪

我们住在一座有尖角阁的木楼里

在镇子边上,对面是从未有人出入的红色大楼

我总要时时提防他们的追杀。冬天

我就教孩子们借助楼角的煤堆跑上稀疏的篱笆

夏天我们去找一条童年的龙,它能拯救我

它一定长大了,一定藏在溪谷的草中

露出红色。我们没有找到

坡很滑,长满了潮湿的胶皮

又是许多年。我老了

有一天我突然出现在一个实验室里

穿着白罩衣,我遇见了那人的父亲

我还想掩饰,说我老了

头发都白了也认不出人来了

这时那人出现了

他们把我带到桌边,什么也没说

似乎还有些不安和愧疚

桌上摊着一本连环画

是他们画的,似乎还未完成

正翻开在这样一页:

我向西走,左肩上飞着一条龙

接着的一幅被擦掉了

还未及画上

就被我的归来打断了

我终于明白了

220

他们就用这种巫术

控制了我的一生


**精灵一：**

漫游过炎热和疾病的南方

你接近西方天路上最后一颗星辰

在那里你觉得冷

星星的尖角擦伤你的臂膀

海上浮着星辰，明灭的石头之花

光线划过千里的大洋之水

你幸运地穿过两块不时碰撞的巨石

海妖的歌声也不曾把你迷惑

越过鲜花草原，你看到一个圣徒

在淤泥中辗转，吁求着上苍

蜘蛛般的大象，石榴样的鱼

泥沼后面，一座城的阴影像不断膨胀的怪物

人们都住在城外，居于土中

城中一色封闭的石头屋子，无窗无门

四眼枯井供观光的人们出入

地下满是通道和生锈的管子

不通向任何地方的楼梯，却被磨得油光光的

城中极少的居民，在街道下活动

他们半盲半瘫，却能软塌塌地爬进爬出

他们已忘记自己为什么要不断地蠕动攀爬

为偶尔落在地上的面包屑争斗不休

他们也只是偶尔到城中转转，仿佛要寻找些什么

或许是祖先遗留的一笔财宝，一件秘密的魔法

从各种迹象来看,似乎是一场突如其来的灾难:
洪水,火灾或尘暴,也许还有瘟疫
一下子摧毁了城内人民的记忆和思维
周遭灰色的城墙高大而冰冷,没有一座拱形的城门
这座无名的死寂的城似乎与世隔绝
它的影子还在不断地缓慢伸延
吞噬着远方,绿野和市集
城外煤渣一样平展的地面上布满孔洞
当城上不散的云中发出隆隆的声响时
每个洞口都会颤巍巍升起一只灯芯草一样的头来
越接近城池,孔洞越稀少
由此可以推测,地下一定有暗道与城中的四口井
　　相通


**精灵二:**
再往西,崇山峻岭之上,光照临一切
光创造着一切。光明在聚集
从逐渐发红发热的花瓣
从朽坏的绿色小桥
从飞鸟的背上,水波之中
从仰望着从空中穿过的动物们的眼中
聚集,焚烧,在光明宁静的中心
一种透骨且愉悦的冷在扩张,电波般辐射
于是,你看见一部大书缓缓翻开
它的一页浸泡在光明之外加深的黑暗中
那里无数黑色的花朵在旋转,微微呐喊
试图攀上洁白的金属般的书页

书的另一半已被光锻冶得近乎透明金黄

像一只巨翅伸向光明的极处:

那里,无数宽宽的白色石级叠次展开

升到云雾之中,浓密的雾中歌声依稀

而同时,就在那最初一级之下

同样蠕动着无数黑色的花朵

不,是人的头颅,五官扭作一团

碰撞着,窜越着,上下浮沉

咕咕地冒出灰色刺鼻的气泡

你好像到了一个古代巫师的作坊

一切都在燃烧、发射光线和气味

空气像开了锅。黑血四溅

大书一动不动,纤尘不染,聚集光明

书页仿佛薄纱,轻轻掀动

一个伟大的婴孩在下面安睡

他红色的脚趾垂向深渊

他还没有学会悲伤

他的笑声将改变世界的颜色


**精灵三:**

这时,在更深的黑暗中

走来了一队悲伤的苍白的人

一个黑色披风的骑士在前引导

他们已顺利通过了三处隘口

第一处他们抛弃了亲人、财富以及荣耀

第二处他们失去了朋友,彼此开始仇恨

第三处,一个巨大的喷火怪在山口摇晃着升起

喷出硫黄的火焰,形而上的锯末

灰渣,动物汽化的残肢

一团团的烟雾中还夹杂着针一样的蚊蚋

妖物鼓腹如雷,只能在它闭上一只眼

休息的间隙从它腹下尽快跑过

这群人低着头。他们曾是高贵傲慢的

他们曾是公子淑女,环佩叮当的贵族

商贾,办公室里创造历史的英雄,行政长官

他们本是来度假的,在渡海时换了导游

是这位沉默的面目不清的导游

领他们经过一面明镜

来到这样一个全然不同的境地

在这里,他们失去了一切

饱尝颠簸、贫困、屈辱的滋味

最后还原为赤裸裸的人

终于与那些卑微的人结成了兄弟

可这时,那个黑衣骑士早已消失

把这一群无家可归的人抛弃在荒野的雾中

杂沓的脚步和惊怖的呼喊响了一阵

雾散了,原野上什么也没有

鲜花照样开放,鸟照样歌唱流水和家园

没有一丝人类存在的痕迹


**炼金术士:**

永远是巨轮的旋转,是旋转边缘雨滴的飞行

是向中心聚拢的黑暗宁静,是童年过早的结束

永远是无法抚慰的冷,是泥地上不明去向的腿

224

春天的风带来细小的黄花,夏日闷热的树林

盛开灼热的白浪,秋天一场大雨劈开内心

是什么向我许诺——你终将获得真理

是什么向我耳语:放弃尘世的道路

或者沿任何一条路走下去就能到达清清天宇

是谁,把绿色的牛,灰烬中马匹闪闪的眼波

把雪线与斧子,乌木和大盾之血

充满我局促的居所,是谁

让我离开大路又在天上行走

万物从外部向我张望,万物在我内心张开眼睛

我看见了黑暗,水中的阴影

被秋天的敲击分散在水上

我看见心悬在它的血枝上

挣扎着,挤压一只剥皮的兔子

我看见世代的血浆在玻璃中奔突


**合唱:**

自从你改变了生活的目标

自从你离开家来到山上

自从你一路抛下重负

变得处子一样清明

已有多久,爱不曾温暖你的心

已有多久,黄蜘蛛纠缠着屋子

你怜悯人世的一切

自从你改变了生活的目标

世界也改变了它的面貌

不断分裂的光,来自童年的黑暗

已有多久,你的背后灯火皆无

当杯中结满冰雪

已有多久,烛光熄灭

只有你的骨骼支撑着寂静

你到达了一个地方

一切在那里发生

一条通向真理的路

与我们每日踏上的是同一的道路

而你不可回去,绿荫在每一个转弯处更加清晰

现在你听,风声正携带泥土和虫卵吹过

像一个埋名的神坐入黑暗

## 第四幕　炼金术士论时间

我坐在这里,我还坐在这里

窗外景色的变化并没有改变

我所处的这个微渺的位置

伟大的蓝色依然笼罩在万物之上

像一个不变的微笑

如果没有事物形相的变易

我们将感觉不到时间

尽管时间依然在钟表上

以精确的刻度存在

时间是变化,是运动

时间与季节的变换

取得了方向上的一致

于是,从秋天起

落叶的声音将在深夜里铿锵

内心将在与外物的契合中

因期待而颤抖

在金黄的衰败与冬天的荒凉之间

是一片无人涉足的滩涂

等待一场雪落下,填充

这一片渐呈灰色的荒芜

雪站在万物之中,因此我们爱它

可时间依然没有被遗忘

可我们还在继续变老

尽管在宇宙的剧场里

我还坐在这个靠窗的位置

面对的还是同一的方向

桌子上的灰尘越来越多了

它们在我体内堆积起来

它们告诉我:万物的内部都是灰尘

万物只有光滑的表面

是早已被蛾子蛀空的橱柜

夏天曾挂满飘逸的华裳

时间的脚步还会

在寂静午夜的小闹钟上

数着我们的白发

时间既不可遗忘,又不可逆转

像一支射出的箭

提前把我们钉在未来这棵老树上

似乎再无法坐穿这个透明的牢狱

所有的犯人早已消失不见

时间的开始也就是历史的开始

而历史是变迁的遗迹

历史终结之处,时间不复存在

它以种种变换的方式

侵蚀我们,使用我们

它设立界限,甚至使邻近的街道

成为禁区,让书架上的书积攒灰尘

让伸进去的鼻子发出响亮的呼声

有些门关上,便再也无法打开

有些书从未翻开,也永不会翻开

于是我们沉醉,醉于爱情

抓住爱情的衣角,像孩子一样

彼此紧抓住对方的肉体

以为在时间的汹涌海洋上

那是一块坚固可靠的石头

可以据此等待远方的船帆

我们把头埋入彼此的怀抱

以为风暴就此平息

我们互相许诺永恒

而时间,在暗中嘲笑着爱情

挖着爱情的墙脚

我们谁也救不了谁

于是我们转而寄托于物

沉醉在美酒之中

徜徉林下,泛舟五湖

恍然而醉,恍然而醒

俯仰感叹,让万物之中

那缥缈而不绝的浩然之气充溢心胸
我们试图在万物光滑的面目上
印下自己的影子，正如童年
在夏天炎热的草丛
趴在清凉的井口
看到深处发暗的井水
也同时看到自己荡漾的影子
于是，我们投下一片草叶
或一枚手心焐热的卵石
搅乱那影像，然后跑开
又去阳光晒裂的葡萄架下玩耍
而游戏也在流逝，变得没有趣味
我们看到邻家姐姐在阴影中亲吻
童年结束了，万物开始与我们分离
我们须得等待什么
以便再次与万物合一
意识越是发达的生物
与事物的距离就越大
看，那些安详的动物
从幽暗的森林漫步而出
随身携带着整座森林的
幽暗气息，它们在阳光下
并不与所来自的背景分离
它们将存在携带在体内
它们的宁静散发着永恒的气息
即便垂死，也既无期望又无恐惧
而人却在等待结束时惧怕着一切

因为人已经与存在分离

他在万物中的冒险毫无保护

他反不如动物来得安全

一个刚刚逃脱了死亡的动物

马上就又去吃草游戏

好像转眼就遗忘了刚才的奔逃与追逐

它们安于生命和死亡

只有人在惧怕，甚至在死亡

尚未来临之前。可是

也只有人，许多次死去又重新站起

因为他从骨子里了解死亡

因为死亡本是人之创造

也只有人才能真正地死去和真正地永生

如果没有对时间的意识

衰老将不会开始

但智慧也不会开始

乐而忘忧，这是遗忘和沉醉的智慧

但是我们所沉醉的东西

也处于无所不在的漫溢的"逝性"之中

在沉醉后的清醒中

星星从头痛中更清晰地划分出

上帝的永恒时间

与受造物的短暂时间

我们颇有些像恋爱中的人

彼此抓住，在人与人之间建立起

一种貌似恒久的秩序

我们的目光从不超出

在人与人之间建立功业的思量
从不超出他人的意见
我们的目光是平视的
我们看不到这一切之上
笼罩着天空永恒的蓝色
对我们来说,那不是许诺的微笑
而仅仅是空气和空无
时间最初进入意识的领地
是最令我们震惊的童年
它把我们自身与万物分离
使我们对生命有了怀疑
对死亡有了兴趣,尽管是模糊的
我们感觉到分离与撕扯的痛苦
我们的一生都试图回到
童年时与万物亲密温暖的关联
那时,每一棵树,每一座房屋
每一个角落,每一场阵雨
都是人性的刻度,万物如容器
充满了我们的体温
可是突然,我们发觉物就是物
我们的目光无法穿透
其光滑封闭的表面
物和我们无关
我们孤零零从万物中站出
站到虚无之中。恐惧由此开端
成年后,我们在社会上安身立命
来遗忘这种断裂,我们彼此安慰

用所谓"事业"来遗忘自身
然而,时间如水滴
在意识松懈的午夜时分
滴滴答答提醒着人生的残酷
和生命的短暂。时间
使我们生存的完整性有了裂痕
遗忘再次成为不可能
我们在透明的牢狱里转着圈子
时间以厌倦的主题进入我们的意识
我们仿佛从来没有活过
生活仿佛从来没有开始
作为经历某个事物的先决条件
时间本身成为意识的内容
经验的匮乏使我们经验这个经验的方式
突显出来。这就是返观自照
常人沉醉于遗忘时间的共在状态
可总有一些不甘的灵魂
意识到自身和万物俱在流逝
而挺身反抗时间对意义价值的毁灭
在矢石交攻中站出自身
把自己如一块石头般投出
然后又走到石头落地之处
这向死而生的谋划
在拜占庭化身为枝头歌唱的金鸟
几乎所有的伟大人物
都以种种创造性行为
追索永恒的踪迹

虽然我们有限的直接经验

不能把握绝对真理

但也只有通过它们

努力使我们的知识完整

才能接近流逝中永恒的静止点

重新返回果子永远新鲜的伊甸园

失去的时间寄寓在物质对象之中

我们依然可以通过记忆

将其释放,重新在复活的往事中

辨认出自己的容貌

从而使经验成为纯然的形式

成为冬天的树木和大地

或者将可见之物转化进不可见的内心

建立起更伟大的廊柱和雕像

寄宿那无家可归的永恒性

然而,能够践行这种创造

将时间凝定为形象的人寥寥可数

庸庸凡人当何以自处,没有答案

摇篮依然悬在深渊之上

仅仅依靠创造性的劳动

还不足以战胜时间

因为无法以时间框架之内的一切

来反抗时间的暴政

为第一根白发而吃惊

为事物的变迁而迷惘

为欢宴易散而黯然

总胜过遗忘时间的自欺

这是智慧的开端

智慧总是不断趋近的过程

不是一个终点

不是一次性的解决

就在这路途当中

有望接近群山中闪耀的星光

它混在白雪冰冷的纯洁之中

同样在这路途当中

我们接近了自己的灵魂

沉重的肉身不复阻隔

万物与灵魂的联姻

我们渐渐轻盈了

我们渐次由肉体而展开为灵魂

这样,当我们在黑暗中犹豫的时候

能摸到一只温暖的手

我们彼此看不见

我们却能听到,旁边有脚步

响在同一个方向上


## 第五幕　传奇


电梯跃上摩天大楼顶楼

从那里可以俯瞰全城

一排闪烁的按钮控制窗户的明暗

每打开一扇窗,便可以透视一个人的生活

如果愿意,甚至可以让那个人的命运

加速或者逆转,直到人人都变成疯狂的陀螺

在旋转中虚脱、栽倒。她看见一个人十七次富了又穷

最后在一座孤岛上写了一本《漂流记》

给岛上的火山取名字,后来回到故乡

还带回一个红发的野人,如今

他用过的树皮和匕首摆在展览馆的玻璃下

她看见一个女王在情人脚下仆倒,哀求他不要离去

并许诺以整个王国相赠,而他还是扯起了风帆

女王绝望中举火自焚,一道白光像不甘的灵魂

她看见穿白衣的女诗人和她的女弟子们

在青青的山坡举办讲座,半人半兽的潘神也垂下笛子

而在远处喧哗的城中,人们议论要烧死这个女人

一个同性恋。而广场上真的架起了铁柱

堆起了薪柴,首先要烧死一个胆敢

说地球围着太阳转的家伙。石中剑

被一个似曾相识的青年拔出,一个王国

也随之崛起,在倒塌的城市上新的建筑在生长

荒草湮没了所有路径。但这一切

都已不再新鲜。一切都可以在神奇的

科学魔法中得以实现,唯一不再出现的

是那片童年的草地和刷了绿漆的秋千

无论她怎样揿动按钮

调整天线的角度,旋转满屋闪闪发光的镜子

那个少年再也没有在窗上出现

仿佛历史上从未有过这样一个人

这样一个早晨


而同时,在世界的某处,一个

长大了的少年,正在胜利中驰过

一个又一个城镇,身后飘扬着

猎猎迎风的王旗。而魔法师已隐于林泉

他摆脱藤蔓的前额,不时闪现出这样的景象:

一个似曾相识的女子,坐在布满镜子的房间

玩着小孩子的游戏,她手中镜子的反光

让他睁不开眼睛。可他知道,他们之间

隔着的不仅是梦境,还有命运和时间

又是许多年过去,亚瑟厌倦了王位和荣耀

他想起少年时的一个心愿

做个吟游诗人,走遍万水千山

他知道,他所经历的战争、苦难、胜利和爱情

不过是那个不知所终的老人的一场魔法

他还没有真正还原他的自我

而唯有那个寂寞自遣似曾相识的女子

才能破除这些迷障,使他真正知道自己是谁

他走遍了酗酒的城市和芳香的村庄

探索有巨人的城堡和没有僧侣的高塔

他在金鸟鸣唱的东方的花园接受过馈赠

也跋涉过住在沙中的软体人统治的不毛之地

他会见过饮过鸩酒的智者的幽灵

海中善于变化的穿星袍的老人

一到早上便化作满山云雾的中国哲人

请教过未受洗礼在地狱外徘徊的

最伟大的诗人,聆听过使火焰颤抖的影子

以及所有一切海洋、天空、陆地的生命

他学会了世上所有的语言,但对于世界

他仍是个陌生人。他终于厌倦了自己
永生的生命，他已隐隐了解到
其实这一切（包括他自己）
都只是幻影。更为奇怪的
他慢慢有了自己就是默林的感觉
他不知道那从不变老的老人
是何时从他眼前消失
进入了他的内部。也许
他们本是同一个人的不同的自我
他的以前和过去，本应处于不同的时段
却被命运赶上舞台，像一个小丑曼声歌唱：

"这工作曾经神圣！把星星注入
不肯合拢的眼帘，或者相反
唤醒灌木丛包围下沉睡的公主
用一根柳枝打败金发的毒龙
人们信任我……而如今
我只是乡村舞台上的一名小丑
但只要还能抓住词语，我就能
再造一片幻景并在其中生活
让枯萎的玫瑰在水碗里复苏
像一只老掉牙的松鼠
拼命旋转着干裂的辘轳
在密集得无法重复的演算中
能否出现意想不到的结果——
一个在寻找长生药方的路上老去的人
突然重获青春，我所创造的一切

包括我自己,都渐渐消失在记忆中
虚构的和真实的正混合成一片
模糊的风景……而这些字句
到底是出自我手,还是另一个人
在漫游中的自言自语?"


我不知道这是什么地方。仿佛是一座岛
也许是半岛,因为我从没有走出太远
去探索灰岩与石楠的边界。经过漫长的漂泊
能有一块稳固的岩石已是福分
这一段日子不会载入历史,它只属于我们两个
但我们何时能够再见? 我的箭
仍在树干上颤动。这里十分寂静
大海的喧嚣被茂密的树丛挡住
上方,高耸红色的火山,积满了水
有一天发现里面又长出一座白色的山尖
岩羊在跃向断崖前,蹄子总要
反复交叉几下,但无须助跑
它们有着羞怯而温顺的细长眼睛
我曾给它们起过名字,只有在数它们时
我才会模糊地记起些什么
仿佛也是在这样的一个地方
有一个女人在织一块毯子
但织完了又拆,就像太阳
每日玩着光与影的游戏
十年过去了,或许更久
战争结束了,至于胜利的是哪一方

我已不再关心。我看见我的士兵们
骑在圆木上顺流而下,胡子像焦躁的烟叶
其他人在哪里?那些被信天翁诅咒
被银色野猪咬伤脚踝的人
他们的兵器沉入水中。我是否真的到达过
那火热的城墙,开满苹果花的草地
谁能想到,牙齿攻克了城堡般的白牛
却带来了愤怒的风,拨弄我们颠倒的脑浆
我的话无人相信,他们用蜂蜜糊住耳朵
继续在甲板上歌唱,让酒在大海深处
腾起紫色的烟雾。我还能告诉你些什么
一切并不像真的发生过。时间的溪水
注入无出口的池塘,但并不满溢
命运使我不再变老,那些贪欢的客人
却会一日日委顿,我不用担心你会爱上他们
可我又是谁呢?历史的一个注解
正文是一块毯子,从来没有织完
在梦中我总是想看清那上面的花纹
像一只老蝙蝠那样焦虑,尖锐
时间和命运消磨了我的雄心
不再有移动大地和苍穹的力量
那守护宝藏、贪睡的蛮族
未曾听闻我的名字。我看见并了解了
人的诚实与风俗,气候,议会,政府
我已成了我遇见的一切的一部分
而停下来生锈是多么乏味
如果那就是生活,我不能停止我的漫游

再一次离开静止的石楠,光秃的灰岩
在日落之外航行,超出那不断液化的思想的边界


这是从死者那里继承的风景,这是又一日
他的靴子上沾满泥土,琴囊里
落入了金黄的叶子,又累又渴
他在一所白色的别墅前停下
发现纱门外露水打湿的台阶上
放着刚刚送来的一瓶新鲜的牛奶
他犹豫了一下,从口袋里抖出
最后的一块金币(其实这金币
就是她鞋上脱落的一小块泥巴
经过漫长的岁月凝聚而成,他不知道
人们已不再直接用金子做交易
而是改用各种颜色的纸币
纸比金属还坚挺,尤其是绿色的)
他正要拿起瓶子,门慢动作地开了
一个手握明镜的小姑娘出现:房子变成岩石
在注视中缩小,波动的草地提示你
这是最后一章。你的领地赫然显现
城堡,城堡上的云中城堡
巨人在那里沉睡。图书馆里
草叶状灯光装饰一两句冷酷的预言
小偷提供情报,雕像每日收钱
而市场多多益善,盖在城外的荒野
周围点缀着哼哼唧唧的肥猪
画面中充满了鸟怪,龙族,骑士,铁皮人

僵尸,泰坦,美杜萨,半人马
它们可以在形如烟囱的工厂里成批制造
关键的是足够的钱,硫黄,水晶,木柴和煤
喝甜水可恢复部分法力:
闪电和祝福,元素风暴和刺血
现在,岩石周围布满密密的玫瑰丛
未经探索的区域仍是黑夜,裹在
羊皮纸里。说话和睡觉可增长智力
可你已经疲倦,通过嵌套的窗口看去
所有细节像砂纸上的颗粒,粗糙,晦暗
同样的故事可以一次次重复
在另一个夏天,你可以取一个相似的名字

## 第六幕　牺牲

**炼金术士论自我及其形象:**
没有可作为标志性的事件发生
但如果拉开时间的距离,谁能保证
在看似一无所有的生活中
灵魂在穿越各种堆砌的惰性细节时
不会闪射出些微的光影
石头投入水中的事儿很久没有发生了
石头会惊扰到那"羞怯的自我"
它总是对他人和世界抱有微妙的歉疚
并试图越来越深地蜷缩起来
它依然是那个无辜的充满恐惧的孩子
它会把自己藏起来,像一个做错事的孩子

把脸藏在母亲的怀里
紧紧地贴着母亲的蓝围裙
闻着那上面饭菜变异的味儿
自我开始戏剧化,它在和自己游戏
必须把自己的各个省份的叛乱暂时镇压住
将零零碎碎的自我和肢体慢慢聚拢
组合成一个"形象"——一个教师
世界被关在窗外,噪声的芒刺
时时透过厚厚的窗帘脱颖而出
中午,金黄的阳光不请自来
像迷恋自驾的美女教师躺在床上
一到下午,屋子里就迅速暗下来
打开所有的灯才能看清字迹
让我能够在自我的废墟上
构建一个更加眩惑的迷宫
在出门前,再把自我的"形象"恢复过来
像"我"一样地走进世界中去
否则我会立即被充满形象的世界辨认出来
而迷宫正好可以让自我躲藏起来
自我不甘于被"形象"所麻痹
自我坚持它不可让渡的权利
它不想和"形象"及其网络作等价交换
"形象"站得远远的,和冬日天空下
青铜巨像一样,僵硬而冷漠
它组织起周围的风景和事物
形成一个具有某种统一性的结构
编织起梧桐树叶和黑暗中的星光

编织起阳光和退缩的白色火焰

编织起风和风声,大地的震颤

和神经裸露的电话线的震颤

甚至,它还把浮士德博士

那阴暗低矮的中世纪的穹顶

和一个顶替我名字的

中年文学教师的卧室兼书房

叠加成一个小型迷宫——

每一本书都是迷宫的一条走道

回荡着幽灵交错的脚步声

每一本书都结满了灰尘

颗粒粗糙的灰尘和心脏

都具有在搏动和闪烁中熄灭变黑的性质

而在迷宫某个深不可测的角落

某个死胡同(这样的死胡同是迷宫的本质)

日夜回响着牛头怪口水淋漓的叹息——

它是无辜的,它没有父母

杀死它,或是释放它,谁能决定

迷宫上方掠过更加难以觉察的叹息

太迟了……阿里阿德涅收回了线团

线团上血迹未干,忒修斯的血还是米诺陶的血

无人知道,因为在英雄时代

还没有干净如婴儿的白色医院做出鉴定

海上,黑帆扬起。船上没有一个人

逃脱或得胜的,只可能是"无人"

又是谁见证了这一切,记录了这一切

将一个普通日子的叙述暗中转换成了隐喻

没有回答,迷宫中一片寂静
甚至迷宫本身,已经崩塌,消失
而一张巨大而模糊的脸迟迟出现

**精灵一:**

在闪闪发光的河上
蓬松的狮采集着雨
它移过火堆
轻柔地,轻柔地
带来内心形象
在发亮的河上
长满脚爪和肉
这雨的狮子绿发披垂
它移过我们的手
轻柔地,轻柔地
带来潮湿
柔软的趾垫蓄满了水
发亮的水
蓄满了种子
灼热的种子
河面像熄灯的庭院
像庭院,父亲的庭院
雨后的母亲绿发披垂
蓬松地,蓬松地
移过我们的火堆

**精灵二:**

你曾经守候黏土的嘴唇说出秘密

黏土在河岸崩塌

你曾经守候岩石

岩石化成了火浆

你曾经守候高处的果实

可它并未教给你新的知识

你守候岁月,把每一月的星辰刻在你的手杖上

自从它们使你接近了目标

现在你守候内心,看到混沌

看到世界的嘴脸

雾气中挤满蹄子和犄角

双臂高举的圣者在鱼脊中下沉

唯一真实的路在我们内心

拿着自己的骨头

在天空倒置行走


**炼金术士:**

永远是白昼的光,永远是尘土,是渴欲的水

永远是光明后的黑暗,黑暗后的光明

是水中的黑暗和光明,永远是被蔚蓝灼伤

永远是道路,房屋矗立又倒塌,留下白色的灰尘

永远是玫瑰的火焰冒出颅顶,肺叶,白银和腐朽

永远是蒸汽,呼吸,模糊自己的屋宇

蛇在暗中爬动,把一切化为食物和血液

夜里下了一场雨,空气清新寒冷

我离开我的书籍,光线变得幽暗

光线变得幽暗,而我的心变得光明

永远是这样的白光和雾气

是书脊上光阴逝去的影子，大盾坼裂

永远是血沫中吹出大神的花朵

是休止，消亡，凝聚寒冷的花蕊

我走向更深的地方，水，每日的宿命

而我的心变得光明，我的双眼通红如炬

我走下破损的旋梯，下到事物内部广大的黑暗

来到细密温暖的孤寂

是领了谁的命，我幽禁自己已如此之久

在一座行将崩倒的塔楼中埋首

是谁，使我俯身书中，在器皿和蒸汽

在铮铮作响此起彼落的链环，柱和圆之中

把一生消磨，是谁

把物质交到我手上，让我提取其中的光明

在猛烈的火焰中把善恶晶析

明晃晃的金子炫瞎我的眼睛，而心变得光明

杯中的血突突地发泡，腥臊而倾斜

在大地黑暗的中央，我劈开黄玉为了看见自己的心

我劈开自己的心，把雷霆悬挂

我看见了细致的黑暗，向外凝视

我穿过物质，物质穿过我的心带出光明

我看见雪落下来，雪下了一个冬天

从塔中望去，我看见苍白的村庄

大风卷走通红的羊群

我看见尘世的道路被雪覆盖

再没有一行脚印通向这里

再没有人在花间沉睡，头倒向阴影

神灵的足迹熄灭，我得不到任何意旨

而时辰就要到了,黄金将炸开事物的奥秘

是否神也将我遗忘

是否这一切只是神的一场梦

此刻,他已在花园和喷泉中悠游

永远是白色,是泥土中金黄的球根,是泥土

永远是局促的风,是漩涡,是将熄的烛火

永远是雪花,掩埋尸骨,芦花,明镜与海水

我看见一个冬天,又一个冬天

呼喊在堤坝里颤抖,除了我的塔楼

将不存在黑色,月光下它的投影

像木刻,像雨腐蚀的树枝,粗糙而寒冷

没有水了,水在木纹中结晶

光在水中变得冰冷

像一把无法旋转的钥匙

难道这就是我的命,腥红的命

塔中变得幽暗,而我的心变得光明

押上一腔热血,而我的心变得光明

(炼金术士感动地抬起头,停止了他低低的吟哦。塔
楼内光线倾斜,烛泪如琼脂滴在书页上、袖口上。
他知道已到了贡献的时辰,他将投身熔炉之中,因
为物质已经穷尽,他必须献身以祭光明。现在他
走下旋梯,想着童年的罪和这一生的罚。蝙蝠尖
叫着撞在墙上血肉模糊。炼金术士走向黑夜的深
处,一个红光隐现的所在。)

**合唱:**
神秘的王神奇的物质留下灰烬

神秘的歌手已垂垂老矣

平原伸展,少女延伸,占据玫瑰的中心

我们跟随你,我们成就你

怀抱激流的人啊,垂垂老矣

有什么从你心中醒来

在暮年看见海边的天使,看见希望光焰万丈的翅翼

在暮年你的塔楼倾颓,黑暗也随之倾斜

烛光照亮你年轻的额头

是否你听见苹果落入泥土,种子在深处行走

除了你,还有谁在深秋被种植

除了死亡,除了火,除了你

从万物出发的人啊,我们跟随你返回自身

从自身的黑暗中锻冶出光明

我们一起经历物质的极限

水的模糊锋刃,到达高处又回还

神秘的王神奇的物质之王

有什么从你双肩生发,我们的眼睛不可久视

闪闪发动的机器制造雷霆

你啊你啊不要把我们抛弃

我们跟随你去成就自己

快快来到你的作坊,蒸汽已模糊我们的脸

蛇已在暗处抬头,快快走向你的水和命运

我们跟随你,当神灵也把你抛弃

(歌声消残。大地上只有冰雪。)

1991 年 10 月 14 日至 2015 年 8 月 9 日

# 与一位女诗人的通信

## 0. 感　谢

亲爱的朋友,感谢你的父母
让你的生命如此美好
世界,也要感谢你的美善
有你的世界不再虚无
我要忍住不去看你
请容忍,我这小小的骄傲

2008 年 12 月 28 日

## 1. 在　北　方

在辽阔的北方读你
好像更能看得清晰
人生也太辽阔,让人们无法真正地相遇
在同一条路上走着的黄昏
身体里交织着众多方向。谢谢你。

"刚才睡着了,稍不留意神便走远
你的信息是神的提醒
我不能指望比这更好的礼物了
用南方傍晚渐次亮起的所有灯盏祝福你"

当他回到南方,在同一座城里

同样的四点钟的昏黄中

他们却再没有互通声息

似乎有越来越密集的老房子

和越来越汹涌的人群,出现在他们中间


又是秋天,在更冷的山中

他独自在潮湿的落叶中散步

透过日渐稀疏的树顶

看见那颗大星早早地起身

到地球这个小井里汲水

这时,他只想说,谢谢你,谢谢白色的烟囱


## 2. 紫 金 山


亲爱的,天冷了

你的茶也凉了吧

那壶从夏天起就烧着的山泉水

还没有烧开?

阳光很好,我没有想你

我还在山上砍柴


放心,我们和阳光

和这个冬天,都在那里

灶灰里埋的土豆还带着自家的泥土

都软熟得拿不成个儿了

水壶也一直响着

事物和创世之初那样

还没有显示出高低与明暗

他停下手,分明看见

越过起伏的斑斓山脊

有蓝色的微笑印在了更远的树梢

2008 年 11 月 12 日

## 3. 感 恩 节

满街纷飞的落叶和明亮的风

却有莫名的欢喜把我充满

拎着几本旧书和书中温暖的灰尘

仿佛走在小时候放学的路上


暮色还在加深,那挑担子的妇女

篮子里的小鱼码得整整齐齐

不知道她将走上哪条小巷

在哪个角落安顿好自己的疲惫

小鱼闪着钢蓝色的冷光,变得越来越硬


日子平静,节日突出在水面

可以让水鸟歇歇红色的小脚

可以让航船微微转动方向

可以让我,仿佛永远走在回家的路上

仿佛你就在家中,坐在我的亲人中间

沿途的灯光像芳香的羽毛

抚慰着因寒冷而缩小的毛孔

让我甚至忘记了感谢那延长的暮色

感谢被暮色延长的误解

它们让我开始理解了自己

开始靠近你,并且羞怯地微笑

2008 年 11 月 27 日

# 4. 落叶时节

和我比老,你还得再收集一些寒冷在骨头里

"老"是一块含不化的硬糖

卡在我们变细的喉咙里。谎言纸糊的灯光

最细的手指就可以戳破的温暖和尖叫


源头清澈起来,越高越冷了

源头把自己重新藏在云雾和冰雪中

山退远,就像帽子下消失的一个人


不能要求每一场雨都带来收成

一个字却可以把同一个句子反复打断

童年青色的脚踵,中年硬邦邦的腰

老年发烧的额头,都是过河的窄桥


趁辛辣的落叶按住小精灵的眼睛

我们看看八功德水里的鱼就回去

它们在七彩的落叶下面睡着
那些叶子很久才会沉下去


# 5. 冬日阳光


早上又是阴暗寒冷,整个上午
我都在与那个更冷的史蒂文斯纠缠
试图从他含混的口音中榨取出意义
尽管这意义依然是局部的,更多关乎天气
像一个偏远的县,而不是一个省


他理性地向我谈起非理性,诗歌中的和宇宙中的
仿佛宇宙是一团炽热的乌云,不断地改换形状
然后浓缩在我们的脑壳里,闪烁着冷却下来
他说我们在写一首诗的时候是同时在写两个东西
一个是真正的主题,一个是有关这个主题的诗
比如现在,阳光突然照亮了我凌乱的床
没有叠起的被子还残留着粗糙的气味


如果在这样的阳光中给你写一封信
就是同时在写一首有关给你写信的诗
如果后者更为重要,给你写信这个真正的主题
就会和透过窗格的阳光一样变得不连贯
是给你写信,说我在阳光中想着你
还是写一首关于给你写信的诗呢
不说我在想着你,只说阳光很好

可是晚了，阳光已经从窗口消失
就像一个被蒸馏过的影子
屋子里重新暗下来，仿佛从来没有人来过

2008 年 12 月 13 日

## 6. 一年过去

今年的无花果又被鸟吃了
其中肯定有去年那些喜鹊
从嫩枝根部鼓胀起来的无花果
和学徒吹制的绿玻璃灯泡一样
形状不甚规则，我从没吃过新鲜的
干无花果并没有性器的香味
因为我不认识劳伦斯，亲爱的
我认识你，呵呵

花大姐躲在淡红窗帘的夹层里
几天都一动不动
另一只无名小甲虫躲在
装了两根黄瓜的塑料袋里
有阳光的时候它就支起细腿
左右摇晃，喝醉了一样
夜晚在那里积攒着哈气

又过了几天，它们都不见了
天冷了，我又穿起了去年的衣服

去年,你的衣橱里都是风,去年你在哪儿呢

# 7.豆 菜 桥

一年,或者是两年前

是冬末,抑或初春

我们在咸亨酒店旁喝茶

我送你"惠特曼"

你送我"小糊涂仙"

我们乱走一气

找一个最小的酒馆喝啤酒

在靠门的桌子,你硬要背对着

那扇不断开合的门

人影冷清的车站

你坚持等我上车先走

寒风中我哈哈笑着

碰了碰你的肩

我有点喜欢你,有点

你的肩膀是硬的

你的裙子也是硬的

我怎么也想不起它的颜色来了

2010 年 3 月

# 8.冬 至

白昼在延长,它的火花闪耀在幽暗的森林之上

它将一直延长,一直延伸到我的家乡
那片只有天狼星像小狗颤抖蜷缩的冻土
一直向北,一张沙沙响着融化的地图

在北方,这是能够期待天边出现巨大事物的日子
斑驳的雪,冻饺子,白色的热气
我蒙上水汽的窗子,用快断的细绳挂起着
有又白又硬的手指写下便条
"我来过。我不爱你了。春天再见。"
或者是:"我不能爱你,我得把窗子涂黑,趁着阳光。"

我不能爱你,我得把窗子涂黑,趁着阳光
而阳光正在延长它的火焰,像一支喷枪
在舔到猪毛时倒卷回来,亲爱的,你不可能想象
这种场景,冻得邦硬的猪头摆在院子的雪上
燎黑了,发出焦煳的气味,旁边的雪也化了一圈

我不能爱你,我得把窗子涂黑,趁着阳光
因为白昼在延长,因为有了你
生活还是生活,没有了你,生活仅仅是生活
我得趁着阳光,弄清这两者之间的区别
在雪中的咳嗽声,一波波漫到窗口之前

2008 年 12 月 21 日

## 9. 冬 雨

一场雨让季节稍微恢复了一点体温

它的挽留，也许
只能让温度降得更快
就像一个失败恋人的哭泣
让那另一个不耐烦地踢着湿重的落叶，走远

亲爱的，真是幸运
我们不是这样，我们在各自的房子里
听同一场雨落下，把白昼的灯和絮语轻轻关上

这雨还会继续，因为所有的雨都是同一场雨
它让狄多的柴堆冒起青烟
它也敲打着埃涅阿斯的甲板
让船帆更猛烈地鼓起，向着落日之外

亲爱的，真是幸运
这不为任何时代而准备的雨
从我苍黑的屋顶，一直走到你的屋顶
（它最好是红色的）
只用了一首诗的时间

2008 年 12 月 28 日

## 10. 一张张床越来越空荡了

一开始有三个人躺在结冰的河上
中间的小脑袋深夜不停地闪烁
像一个不知疲倦的发条玩偶

歌声消歇,河上就只剩下了两个大人
他们在孩子空出的地方种了一棵橡树
生长缓慢,围绕着树身搭起一间屋子
只留下一扇雪花石的窗户用于守望

河面变得空阔了
树和屋子一起跳舞,生长
直到有一天,他们终于睡着了
暴涨的河水趁机涌进来
把他们越来越远地冲散
像是把河的两岸不停地推开

他们无法把淤泥弄上床
他们之间什么都没有
只有隐喻,一个带松紧的白色的洞

2009 年 1 月 9 日晨

# 0. 对　话

**男**：真好玩！没人知道这些诗是写给谁的
世界好奇地问我,我说你是虚构的
世界满意地走开了
感谢世界会心的沉默

**女**：其实诗都是写给秘密读者的
一首诗是秘密的接头暗号

在人群中发现同类
诗的救赎力量不言而喻

**男**：可你知道它们只是献给你一个人的卑微的礼物
它们像小鸟，有时由于急切而飞过了头
但总会飞回你身边
鸣叫，请求降落
它们红色的小爪子会弄痛你的手心

**女**：诗的光芒来自内部
更简单，更本质，更接近存在
因而更具爆发力，也更能打动人心

**男**：那么，打动你坚强的心了吗，我的女勇士
世界的心打动与否，我并不在意

**女**：可我并不存在，或者是你
两者并没有太大的差别
这些诗，也许是树木的悸动
我们并不存在

那是在初冬的树丛前，我无意中听见
一对幽灵在长椅上轻声叹息
等到月光盛大起来，他们起身离开
慢慢行去，我仿佛被施了魔法，动弹不得
目睹着他们苍老的身影没入荆棘

2008 年 12 月 28 日

# 听雨是一种最好的禅修

## 1. 果戈里大街的雨

街还是那条街,雨还是夏末的雨
刮雨器刷去一层层往事的蛇蜕
让未来时而清晰时而模糊
我们的谈话也时断时续
时断时续的时候雨就替我们说话
雨在车的天窗上演绎自我与他我
融合成一股弯曲水流的过程
像一个帝国吞噬另一个帝国
最后在缝隙里消失。这条街
你只要喊一嗓子,会有无数个我们
站出来叫大哥,大哥大哥有事啊
咱们有毛病吗? 没。那好,继续
黑夜掩饰起我脸上的放射线
让你成熟而纯真的美更加耀眼
雨后的水流顺坡而下,在路边分散
又是幸福的一天,你是个好人
你要穿过整个城市的黑暗
去独自睡下,你和你的猫狗打招呼
你和车库浓缩的黑暗打招呼
你先解决它们的具体循环问题
然后你寂寞地上楼,向三层楼的空

打招呼，你很美，那你也得一个人睡下
这是最美的，也是最伤害世界的
只有我抱着肩膀，不需要表情地
看着你睡，像我丢失的一个孩子

2017 年 8 月 7 日凌晨一点半

## 2. 在哈尔滨听雨

在哈尔滨听雨，最好是在下午
时间拉长，像落地窗上雨滴的轨迹
向下一路吞并其他的雨滴
弯弯曲曲，最后加速流出画面之外

最好是夏末，秋天尚未越过黑森林
尚未从黑海边流亡者压低的帽檐上
刮下一点点暗淡的稻草色，太阳的金蜜
尚未在蜂巢中凝固，还在发出脆响

或者是独自在黑暗中，倾听世界
一直落下来，在寂静的等待中，落向
一只在天空之外张开的无形的大手

这时，窗外的黑暗将变得透明
而室内的黑暗会加深，仿佛一个人
坐得太久，已无力起身
回忆仿佛壁炉里去冬的灰烬落在身后

雨将哈尔滨恢复成一座满是雕像的废墟

雨从阿列克谢耶夫教堂,从不凋的秋林

从跑着木头车厢的有轨电车的果戈里大街

从苏联红军纪念碑,从沙果树

将不堪重负的枝条低垂的犹太墓地

那麦穗花环的石雕,从中华巴洛克

背面院落里的红灯笼

一直落向辽阔的松花江北岸

在没有年龄的缪斯的面纱上

留下黑色的泪痕

2017 年 8 月 3 日

## 3. 雨后的深夜

雨停了,黑暗也停在半空

临街的窗前,独自陷在安静的黑火药里

听先前被雨盖住的车轮声重新响起

带着积水沙沙的泼溅声

在你窗前达到音量的弧形拱顶

仿佛闪射出嘲讽的火花

嘲讽你的寂静,像冰雪覆盖的星球

痛苦似乎并不存在

这些带着雨水的五颜六色的光滑甲虫

不知从何而来,又消失在哪个角落

午夜,车声密集,然后逐渐稀疏

到黎明才沉寂下来,如同水洼

透过巴洛克般繁复的藤蔓

黄色遮阳伞下,亮灯的烧烤摊前

水汽弥漫,路边的人语声清晰可闻

他们在高声说着再见,这是午夜

面孔漂浮在树叶之上

死亡戴上纸面具开始游行

吞吃你的人民,可你毫无恐惧

在深夜,你不知善恶,你是存在的耳垂

在深夜,活着,像死一样坚强

2017 年 8 月 3 日

## 4. 外面下雨了

外面下雨了

有人开始奔跑,有人在悬铃木下仰起初恋的小脸

有人在埃及的沙漠,脸上多了一些尘埃

有人突然爱上了一些,低于膝盖的东西


尘埃落在迦太基,落在狄多的鼻尖上

尘埃是愤怒分叉的火舌

说着始终不变的事情:眼泪,时间,雨


在外面,在古代天青色的叹息中

在我的窗上,雨珠追赶着雨珠

欢快地拥抱,融合,留下灰尘的印迹

外面还在下雨吗

不知何时,我已经来到了树下

2007 年

## 5. 雨夜无眠

午夜开始下雨,我舍不得睡去

每一阵时缓时急的雨

都仿佛我自身的部分

在一点一点落到黑暗深处

一直向大地的深处不停地落下去

总也落不到底

路灯似乎都溶解在雨中了

只有雨在窗口偶尔闪亮

像一些细小破碎的身体停留片刻

它们是从乐园堕落的天使

用整个夏天才能落到地上

并继续和我一起落向

比夜晚更黑暗的大地深处的岛屿

2017 年 5 月 12 日凌晨三点

## 6. 夜　雨

雨曾经是所有的东西

我的小房间被雨包围

我的屋顶苔藓闪亮

我被封闭在一种膝盖强直的友谊中
更多的雨朝我的窗口围拢
它们朝里倾听，我朝外倾听

突然想起一个名字
却不知道它属于谁
有人在遥远的雨夜的渡口
曾向我们亲切地提起

仿佛半开的窗子飞进一只
冒着热气的野蜂
围着灯罩盘旋时的那种寂静

又仿佛阿波罗的残躯上
纷纷落下战栗枯干的玫瑰花瓣

2017 年 4 月 4 日午夜

# 7. 雨夜孤灯

雨不是下在今夜，雨早已落下
它是前朝的灰，来自比人世还远的江湖
即使所有的雨都是同一场雨
即使我们如废黜的君王坐着不动
它也赶不上事物消失的速度

但消失的也许是词语和雨本身
这要取决于雨中归来的人带着谁的面孔
历史被浪费了,也许只是阴暗的树丛
飞出一只初生的无名的白鸟

那就让灯一直燃着,在黑漆漆的网中
无声地下沉,因为所有伟大的战争
都是在寂静中进行,戴着麻木的面具
直到微弱的雨声在灯里延续
直到那人起身加衣,在窗玻璃上看见
自己有了个灯的脑袋
和一个正在消失的雨的身体

2017 年 4 月 5 日午夜

## 8. 冬　雨

雨带来了黑暗
这下午晚些时候的雨
像黑猫在硕大的落叶上迈着步子
让江心漆黑驳船上的沙堆膨胀起来

它把寒冷推迟到骨头
让迎面而来的生灵举着自己明晃晃的骨头
整夜游荡在黑暗的校园
在树叶中间隐藏起脸庞

而在房间深处,那辗转的月亮

像入睡的情人,把她黑暗的一面朝向我们

2007 年

## 9. 冬雨中的书写者

油漆斑驳的门廊,灯还亮着

灯好像一直亮着

老式的风灯,像一句话挂在那里摇晃

屋子里他在写作

一棵树在林中生长

还有林中酝酿的风雨


夜色围困着这座孤零零的房屋

屋子里还保存着温暖的空气

黄色的蜘蛛网还纠缠着角落

他还在写作

大地上,一阵阵疾风

把斜着肩膀的雨点更远地吹散


他放下笔,以手掩面

外面风雨大作

他等待风雨把房顶掀开

把他赶出屋外,赶到林中

2009 年 1 月 31 日

## 10. 卧听春雨

春雨落在漆黑一片的县城
落在没有亲人的世上
落在西边的山冈，它和县城之间
是大片田野和零星的村舍
落日盘旋，很多年
爸爸妈妈都不说什么了
他们像两只寒号鸟站在雨中，望着我

露水刚刚诞生的早晨
爸爸总带着你去西边挖野菜
自行车飞速驶下斜坡
与对面骑车的粗汉迎面相遇
就在即将相撞的刹那
爸爸抬腿一脚将对方踹翻

你爱过谁，谁爱过你
这南方的春雨，在黑暗中下着
如今你只爱这春雨的淅沥
在无人的梦中，和秋天没有什么分别

2009 年 2 月 19 日

## 11. 微雨的中午对最高真理的觉悟

这场雨使中午如同黄昏一样昏黄

雨是什么时候下起来的,无人知道
也无人知道在雨中回来的
是什么样恐怖的无名
我靠在窗前读一本枯燥的《导论》
里面说,存在着一个精神点
在那里,生与死,过去与未来,成为同一
光线暗弱,我合上书
让一场秋天的冷雨停息在书中
随便向楼下望去,打着伞走过的人
只有两只脚,一只喜鹊展开翅膀
从行人的前面掠向树丛
如果没有我,他们之间不会产生任何关联

## 12. 外　面

在词语中待久了
突然听到雨声
恍然间以为是从书中传来的
于是我走到外面,不打伞
想让雨把"我"这个词语淋透
然后又回到屋中
继续通过越缩越小的词语
看外面,或是走到窗前
雨,真的下过吗?

2010 年 3 月 23 日

# 13. 江南春雨

雨下了一夜
雨从长江北下到了江南
连接起静静行驶载着煤炭的拖船
雨让你睡成最低处的泥土
雨带来了落红,也让有些事物更为热烈
正如雨中人的面目阴晴不定

雨落在民国灰色的瓦屋顶上
敲响了名媛们寂静的绿纱窗
雨从沉重的珠帘下跳进来
让昏暗的红罗帐后蜡焰跳动

雨沿江而上,从燕子矶下到了采石矶
在暗绿的酒樽上传递
雨落在城墙上,台城的柳无情地绿了
灞桥的柳也无情地绿了
已经很难被告别的人轻易折断了

雨落在宋朝的客舟中
你摘下帽子,和舟子闲话
在唐朝的僧舍,在檐下的黑暗中
把钟声听得越来越冷

其实你是在钟山南麓听雨

在孝陵卫,雨让空空的坟墓下沉

其实雨落在罗汉巷,落在我漂泊的中年

像一个个词语在黑暗中闪烁片刻

仿佛来自秦朝的禁书

无人能够大声说出——

所有的雨都是同一场雨

只是雨中失踪的人再也用不着姓名

2016 年 3 月 8 日

## 14. 今年的第一场雨

下雨了,雨使很多事物陈旧下去

这是今年的第一场雨

在朕的江南

它年年向我许诺同一样东西

它从江北带来了寒气

它带来黑暗

我的亲人在黑暗的雨中归来

不说话,不脱衣服

他会蜷缩地睡在自己过去的身体里

2016 年 3 月 30 日

## 15. 清明后雨水不断,枯坐听雨,
## 感而赋诗

下了一天,雨还在下

仿佛云游的老僧又回到了寺里
把洋铁桶里的水倒掉
装满红红白白的蜡烛

雨照例带来黑暗、寂静和微寒
雨中回来的事物
都多了一些隐隐的恨意
坟墓里也许一直都是空的
或天堂或地狱，死者才是专业的

山中无名的坟墓在下沉
凹陷，直到充满了雨水
一个透明的房间逐渐亮了起来

也许会有赌气的蝌蚪潜伏着
等待你走过
突然伸出无数只黏糊糊的小手
把你业余的身体一把拖下水去

2016 年 4 月 6 日

## 16. 在南京听雨你得去金陵

听雨，好像是很久以前的事儿了
那时天空就是一张小小的荷叶
下面缩着一个小野猫的脑袋
偶尔纠结一簇柳叶鱼的闪电

很久以前和的稀泥已经干裂

糊不上墙,更不能用来美容

不如去梅花山听雨

总会有相貌平凡的三姐妹

紧挨着坐在梅树下读经

读着读着,梅花就落了满山

山里就空无一人,只剩下了雨声

只剩下灵谷深松,用松针凝聚雾气

在九曲流觞中集结蝌蚪的大军

听着听着,寺庙就空了

和尚弯身退向更远的深山

蝌蚪穿起皱巴巴的迷彩服

发出喝倒彩的泥泞之声

听着听着,长江上的雨

就用虚线把唐朝来的客舟

和运载阴影的拖船连成一队

忽隐忽现等雨来的朋友们

把云彩的幕布不停地开合

在后台堆积起雷声的煤球

暗暗交换嘴唇和泥沙泛起的漩涡

及至半空里噼里啪啦

谁人抛下五颜六色的泡菜坛子

拖长腔,捂着樱桃小嘴骂人

才知满地碎片,都是很久以前

生锈的酸雨浸泡出的扭动的语言

2015 年 5 月 2 日

273

## 17. 雨夜独酌

在金陵,独饮故乡的酒
每一滴雨都会变成酒,没有影子的酒
每一阵雨声,都是时缓时急的话语
我回应以沉默,深知这样的夜晚
还会一再重现,不可多饮

每一杯酒都是所有的酒
每一场雨都是回忆,更多的雨的回忆
来自古代,来自秦淮河边的小楼
来自红色的纸灯笼,暗中停泊的画舫
和一个女子倚栏的等待

而我终归是无心的浪子
在酒里遗忘,那烛影摇红的夜晚
在酒里回忆,那前生所有的酒事与花事
也是在同样深如泥土的夜晚
在暗淡的乡村野店,回忆起
那更为久远的旅途上的夜
遥远的秋天的雷声与寥落星辰

2015 年 9 月 30 日

## 18. 古寺秋雨 (赠沈水波)

雨从下午一直下到傍晚

下到灯光亮起,溪水的声音远了

成串的红灯笼摇晃在檐下

我们有时忘记了说话

向门外的暮色中望去

仿佛随时会有香客出现

羞怯地站在门槛外的黑暗中

两个老姐妹,手拉着手

雨就那样落向更高的山中

在三隐潭上化为雾气

我们到底说了些什么

都早已忘记,只有这雨

一直在持续,在说着什么

夜晚的雪窦寺似乎空无一人

只有黑暗的僧舍,泛光的庭院

辉煌敞开的大殿后

耸立的更加黑暗的山影

凉意聚拢在脚边,而尘世不远

廊下夜话的人偶尔停下

看见高空的黑暗逐渐透明

飞过几只飘摇如纸片的白鹤

2015 年 11 月 3 日

## 19. 雨中想起里耶的雨:致远人

与五年前的雨相比

我们的身体又陈旧了许多

我们驱车在湘西的群山中穿行
似乎就是为了雨后山谷的幽深
看湍急的河水离开古城后
马上慢了下来,也阔大了很多

我们在河堤上散步
云雾变幻的对岸传来声声牛铃
我们很少说话,像河水一样
只是偶尔在遇见阻碍时才发出声音

河堤下古老的石头街道
连接起一座座老房子阴暗的寂静
你漫不经心地提起昨晚的旅馆
从三角形天花板上
午夜倒垂下一个无形的鬼
朝你吹气,你不理它,继续装睡
你有时会突然变得神秘
就像河流突然转弯和静下来

雨不知什么时候大了起来
我们加快了脚步
一只母鸡静静蹲在街道中间
任雨水淋在身上
我们经过时,它还是一动不动
突然,从它短小的翅膀下,爆炸一般
奔出一群鸡雏,四散开来
无声无息,干干净净

2016 年 4 月 16 日下午于上海

## 20. 谷雨后的雨

谷雨之后，雨水不断
我去郊野散步，花都不见了
或是藏到了植物的腋下
雨化身万物，它播种透明的种子
它们将获得绿色的身体
那些落回池塘的雨
敲打着鱼儿动荡的屋顶

我把外套顶在头上
微雨中垂钓的人
和石头上独立的大鸟
等待着事物在雨的间隙出现
等待着自己的前世今生
我看着自己的尿流迅速消失在雨中
我用树叶子洗手，若无其事
雨水使我的湿衣服变得沉重

绿色盈窗，大哥来取伞
我们在变暗的屋子里说话
偶尔听听外面的雨声
说起小时候，檐下斜斜支起的窗户
刷着蓝油漆，我用檐溜洗手
从门缝里往院子里撒尿
把会唱的歌全都唱一遍

下雨时仿佛总是我一个人在家
屋檐下的水缸里总是绽放着涟漪

雨水敲打着红屋顶,腾起雨烟
它渴望加入屋子里的谈话
渴望像子弹在寂静的身体里越陷越深
当我们沉默下来
突然发觉屋子里有点冷
于是我们起身,披上旧日温暖的衣服

2016 年 4 月 20 日

## 21. 富春雨

富春江,流淌的该是不变的春天
站在江边的人,都是春天的邻居
他和微雨,燕子,和反复凋落的蔷薇
和郁达夫崭新的老房子一起沉默
他坐下,就是出发去海上读书的码头
他走动,就是拉开黄公望山居的静
就是早晨的慵懒拉开丝质的窗帘
或者拉开一把生锈的卷尺
把自己与时代的速度细细衡量
或者干脆就是立波和苏波的白帽浪
将春潮的阴暗藏在波谷中间

有白鹳随波逐流,向钱塘,向东西南北各海
一波波暗潮汹涌,将春天的泡沫

向大海运送,浇灌那远方的阴暗

就像我们共同的中年,随心所欲

为自己设立随时可以解除的规矩

随时和万物建立短暂的关联

又随时像收起卷轴一样,收拾起残局

而当绵绵春雨演变成潇潇夏雨

江边的大柳树如同绿魔鬼从天倒垂

在半空忍住绿色,也让我们

忍住词语中的细雨,从眼睛里

释放出隔夜的雾气,向江上缓慢扩散

2016 年 5 月 8 日于归宁列车上作

## 22. 微雨中的江游

事物随着距离的消失而消失

但我们依然无法成为

任何事物的一部分

雾分开,翘起的船头向空虚深处延伸

如何与空洞做爱,并弄出动静来

这是一个性命攸关的问题

船尾的马达震颤,发热

像一个激动的新鲜的身体

船身压出的犁沟慢慢向两岸扩散

白色雨珠播撒其中

同样没有结果,水消失于水

身体消失于身体

两岸的青山一重重打开屏风
万物的筵席马上冷落下来
船在不知不觉中转换了方向
我们也更换了姿势
尽管风景还是同样的风景
雨还在下,这条新安江
也可能是兰荫江、富春江
长江或任何一条江,或者并不存在
我们也可能并不是我们自己
而是无法串联出意义的一些词语
或者不知该如何收场的雨

2016 年 9 月 20 日

## 23. 雨 中 曲

有些东西是手指与触摸的距离
黑暗和雨在船篷上堆积了一夜

有些东西就在雨水打斜的荷叶下醒着
睁着发硬的眼睛,悬在空洞中

有些东西本身不是安宁
却带来安宁,像水面动摇着上升

我们躺在潮湿中,把灯留在外面
就在不远处,我们形状未知的梦缓缓划水而来

听,啃着船舷的是绿色酒瓶的嘴
我们感觉自己在慢慢变成白色的空洞

到黎明,有些东西只是自己的影子
我们对着它们抛下词语的钓钩

2001 年 3 月 18 日

## 24. 立冬日的雨

海面灰蒙蒙,一片混沌
天海相接,雨使黑暗提前降临
屋子的方头船在起伏
一个房间在船头,亮着灯
一个房间在船尾,吊床摇摆
锡灯压着倾斜的海图
底舱里是一捆捆的书做压舱物
绳索,刀子,帆布,水桶
和一只拖着翅膀的信天翁
也许还有一颗老朋友的骷髅头
发出轻微的拖着脚步的声音
风吹凹的船帆反弹回来拍打着微微摇晃的桅杆
前桅和后桅的帆都落在了一起
桅顶的一盏孤灯代替了瞭望者
我不时地放下笔,倾听
或是到甲板上望一望风向
一头白鲸从舷墙上一掠而过

在远处升起一根孤零零的铁皮烟囱
船员们都不知去向
或许加入了丛林探险，去了内陆
只有我一个人不时地看一眼罗盘箱
拉一拉绞盘滑轮，又坐回到桌边
任我的方头船拖曳着黑暗的雾气
擦着世界所有的海岸飘过

2016 年 11 月 7 日

# 凉水诗章

## ◎午夜的散步

水滴从高处的树叶落到低处的树叶上
密不透风的草丛纹丝不动
偶尔,草窠扑簌簌分开又合拢
是鸟沉默地飞奔到更深的草中
倾倒的白桦让夜色不时闪亮
而黑暗越来越浓,像罪恶吸引着我们
这时,总该听见你的心跳了吧
黑暗在后退,低语着窥视着
黑暗中仿佛有无数双眼睛
你的手发黏,像一条沾满唾液的鱼
想象中猎人的小屋火光闪耀
在发潮的皮褥子上,主客均已沉默
只有湿木头的火让脸孔时明时暗
但我们中途返回,微醉中回头望去
黑暗从树根里冒了出来,从高处漫过来
这情景,总让人想起《地狱》的第一章

## ◎松　下

孤松。石径。潮湿的草地
木凳上满是松针和积水

刚用纸擦干净，风又从树梢

刮下一汪水来。长凳上躺一下吧

开个会，讨论一下严肃的问题

当然还有爱情，这"人性的尺度"

阳光在鸟儿弓起的背上滑落

蜂巢里蜜在滴响。我还要关心什么

那"昨日之悔和明日之畏"

都如斧柯在花丛中腐烂、还原

阴影落在眼睑上，远远的山路上

敲石子的人也在灯下敲过棋子

松风带来树脂的清香，做个梦吧

醒来，已是一生虚度


## ◎蝴　蝶


山中寂寞的蝴蝶，薄薄的

像一小片凉水落在雨后的砂石路上

它们展开黑色的翅膀，无声地滑过

阳光和阵雨，滑进更幽暗的林中

它们曾经落下，落在我杯中泛红的酒渣上

我们是否来过，在空空的山谷采集蝴蝶

把它们微弱的呼喊装在透明的瓶子里

蝴蝶又在飞过，杂着几只混迹的蛾子

总是那同一只硕大的黑蝶

飞过松树的树顶，拖着阳光的金线

它随着石头落向山谷，但总也听不到

那落地的声音。蝴蝶飞过之后

我们已不在原来的地方

## ◎林中小溪

忽远忽近的水声把我们诱到
这一片闷热的林中,一座腐烂的木桥
把我们从白昼渡到野花的膝头
枝叶掩藏的小溪清澈见底
从容地流过我的脚面。"刺骨的冷
将变成火焰一样的烧灼……"
我只能尝试着走出五步
时高时低的水声测试着溪床的坎坷曲直
水底游动细小如针的黑影
溪水在转弯处冲击出一个小潭
就在我们打算沿溪走上一里的时候
潭水上一阵嗡嗡的黄蜂让人却步
它们围绕水中一根断桩不停聚散
仿佛在争吵。这时,最好从上游
漂下来一件村女杏黄的衣裳
和一顶插满野花的草帽
对于溪水通向哪里,我们一无所知
正如我们对事物的爱,只是冰冷的火焰

## ◎晨　雾

晨雾在森林上方缭绕,这树木的呼吸
时浓时淡,它在树叶上凝结成露水

滚动着,融合成一枚硕大无朋的露珠

把森林包裹在绿色的梦中

鸟儿还在沉睡,草丛中鼾声一片

口袋形的蛛网中,只有露水

和半片蝴蝶翅膀在闪烁

露水使阴影更深了,林中

到处是安静的水滴声

远处的山坳里,晨光已渐渐如沉渣泛起

铁皮屋顶上湿漉漉的,炊烟湿漉漉的

不知要过多久,昆虫才能从叶子背面

翻上叶面,晾干翅膀,沙沙歌唱

## ◎露 水 雨

你顽皮地跑到前面,等待我靠近

你突然踢了树一脚,哈哈

扁豆大的雨点洒了我一头

为什么偏偏是你,而不是一只松鼠

从一根树枝蹿上另一根树枝

或者无故受惊的鸟突然飞起

用带花斑的短翅,碰落这一阵稀疏的雨

雨点落在路上,像卵石镶在沙子里

草丛也一阵瑟瑟,然后

林中的寂静水一般愈合

偶尔有阳光旋转着透进来

请屏住呼吸,如果有隔夜的露水

落在头顶,那是树在梦中流下的泪

它梦见了因露水而沉重的空空鸟巢

## ◎林间空地

有这样一处空地,像一处舞台
我们站在上面,观众是静默的树
和昆虫坚硬的上了釉的眼睛
大片黄色紫色的野花掩没了我们来时的路
亲爱的,我们所有尘世的衣裳
此时都是多余的。我的手陷在你的腰里
我的手触到了你身体里的隐痛
在人迹罕至的林中,爱也是多余的
它只是一个动作的多种节奏
起伏的是溪水忽高忽低的喘息
一只蜻蜓飞来,在你晕红的枝头逗留
吸食盐分。天地一派肃穆
两只高潮过后的虫子一动不动
直到野花开始喧哗,大地重新旋转

## ◎月下池塘

月色和雾气混在一起,把景物缩小成
青草围拢的池塘。池上木屋里的灯
改变着颜色,溪水汩汩地汇入塘中
又从石缝中逃逸,带来清新
再过一会,连水声也会停歇
连树梢上的微风也会停歇

当池上的灯渐渐合上眼睛
小鱼喽喋的声音大了起来
有的不时跃起,顶着水花
装饰在黑暗边缘。我们倾听着
偶尔交谈几句。烟头烫伤了水的皮肤
谁在意呢? 鱼肯定躲过去了
水中充满了心跳和狡猾的口水

## ◎秋 千

秋千高过了树顶,垂着咿呀作响的
星光的长链。闭上眼睛,任长发飞扬
秋千的吱呀声响彻童年的群山
高些,再高些,摆脱大地的束缚
你的血液忽高忽低
你的耳中灌满了风声
秋千高过了午夜,高过了星光
两极短暂的停顿是生死两忘
荡着荡着,秋千上就空无一人了
荡着荡着,黑夜中就空无一人了
秋千自己荡着,星轴似将断裂
满头白发的我,站在星空下
任空空的秋千从眼前反复经过

## ◎黄 昏

黄昏从纠缠的枝叶间透过来

周围慢慢变得湿润,仿佛水墨

在宣纸上漫开。芳香的雾

凝成了山石,隐约的小径

几座歪歪扭扭的小房子像破帽子

被无形之手按在地上。归巢的幼鸟滑过

树下的虫声戛然而止,让人却步

水墨继续流淌,在风的凹处

汇成一眼池塘,水声越来越大

暗黄的背景下,炊烟白色的细流

始终清晰不散,在屋顶上舞蹈

天空一片迷蒙,就在山径的转弯处

散步归来的人像一个潦草的签名,难以辨认


## ◎山中醉酒


这似乎是不相宜的,一个温润的躯体

慢慢澄清,如流泉被利石分割

被抛撒在周围,被细细玩味

我看见旗帜倒在草地上,被雨践踏

雨也落进了余烬尚存的烟囱

在我们共同经历的事物中

一定混入了不和谐的细流

但我无法相信,我看到的一切

不过如此。总得有山谷储存回声吧

让呼喊把我们带到那里

在一个边缘上像翅膀一样闪烁

或是靠着年轻的白杨,像鸟儿

被弹性的树枝发射到空中

山民过期的啤酒燃起了头痛

和松树固执的想象

哒,谁要你来扶我

看,月亮也升起来了

## ◎恍　惚

没有爱,这一切仅仅是孤独,甚至恐惧

墙上的石头回到了呼啸的山中

增加着仰望的高度,而山体中金黄的矿脉

正在黑暗中辗转,力图摆脱流水的纠缠

柴门半倒,几乎已开始变白

而草丛中的枯井里突然闪耀起星光

晚年的隐居高得不可想象,当你独自下山

必须有另外一种风声充溢在胸中

你必须能对黑暗和灯火同时说出

仅仅有爱是不够的。于是

我们从松树下起身,整理好衣衫

针叶堆中一双空洞的眼窝在把我们注视

一只野兔或松鼠的颅骨,灌满了晶亮的流沙

## ◎瞬　间

这个瞬间如一粒沙子落入水中

消失在其他的沙子中间

你先是看见水面和水底的双重波纹

然后是树木的倒影渐渐清晰

黄昏辽阔起来。在你之前它一直如此

天空缓缓旋转粗糙的群星

你还要恐惧什么，你就是沙粒

风和星空，你一直是部分

也是那永恒存在的整体

水声使黄昏的山谷向明月之杯倾斜

你可以听见沙子渗出石头的声音

人世的灯亮了起来。生命孤零零的

我们离开后，黄昏将继续

我们从永恒中抽取的这一束湿润的枝叶

沉甸甸的，带着树脂的芳香


## ◎ 交　谈

清风徐徐吹开了晨雾，这是又一日

我试着和你们交谈，试着

把自己想象成你们的一员

我的语言犹豫、生疏，如花粉

粘在鸟舌上，如颤音从石缝中传来

我必须找到它，找到它吐露的金砂

在一场雨后，我必须把路上的石头

放回原处，或是一脚踢下山谷

这是简单的，但无法重复

一种无法找到动作的心情

与未来保持了一致。如何能复活

早已失传的语言。当晨雾散去

昨天又是一天,是无言也无心跳的七千年

## ◎林中蜂蜜

有七排芸豆架的林边
也有七排白色开裂的蜂箱
仿佛遗弃在草丛,听不到些许嗡鸣
大片野花中也不见一点蜂儿的踪影
我向林中探身,约拿单一样无知
只有偶尔的鸟鸣,从枝头滴入衣领
养蜂人已不知所终,也许怀揣钞票回了南方
向林中再走几步,就可以看见秋天的背影
和她白桦的颈项。看,一个金色的星球
就悬挂在她的额下,缓缓转动
最后的甜蜜滴入火热的喉咙
我看见蜜蜂僵硬地蜷在花心攥紧的拳头里
不久以后,那同一群蜜蜂
将随着公共汽车旅行,在玻璃上留下花纹

## ◎村　庄

光影游戏的平原上
大河每转一次弯,便留下
一座村庄,被水环绕
也环绕着炊烟似的白杨
田垄像折扇轻轻打开,倾斜
蝉鸣削弱着闪着沥青的路基

在人间隐居需要多少黄金

白色的果园，一块青一块紫的乳房

鱼儿搅动的池塘，蜂箱和寂静

都不是为了你。大地逐渐金黄

风像守望者的衣裳一样透明

当汽车如一头飞奔的老牛把道路撞弯

## ◎登高远眺

临风危坐，平原在无云的天空下展开

成熟度不同的稻田一片斑斓

城市和村庄，深深地藏入大地的皱褶

河流静静流逝，携带着丰满的鱼群

日月星辰，仿佛都围绕此刻旋转

仿佛朝圣者围绕着高塔

仿佛一个无名的人在日夜书写

为了从梦中醒来，把自己看见

风雨从晦暗的石头上流逝

祖传的哀愁，像头痛在持续

当手中的树枝折断，我知道

我对它的伤害同样偶然

我是否还来得及接受同样的颤抖

当荒草已把来路掩没，太阳

在群山的台阶上又跃上一层

## ◎峭壁上的蝉

有片刻，我以为你就是那只

童年锅灶下的那只蟋蟀

像黑亮的棋子埋在柴灰里

或者是那只蝈蝈，支起大腿

警觉地斜睨着移动的麦穗

阳光如汗水垂直坠落

你倒置地附在峭壁上

在铁索所不及之处间歇鸣叫

仿佛一边沉思一边歌唱

你的同伴都隐在石缝中应和

当我拐过石径，当我回到远远的城中

那片峭壁依然在将临的秋雨闪亮

让人担忧明年，我是否还能

在一阵晕眩中把永恒的你认出

## ◎平原上的旋风

蔚蓝的天空倾斜在崖壁上

大地七彩的棋盘一望无际

偶尔的闪光从河流拐弯处泛起

偶尔有烟雾从白杨环绕的村庄蒸腾

一切都像在梦中一样变得缓慢

突然，一个烟柱不知从何处生出

旋转着越变越高，仿佛一个魔鬼

大笑着奔跑。不同颜色的农田

被它混成同一种灰黄

它抠入大地，掘出树木吸水的根须

把土块和黑暗一同扬起

屋顶和火车都在颤抖,包括
我抓紧的这一片峭壁。真怕再睁开眼睛
世界已经消失,像消失在旋转的漏斗
可是我只看见旋风
像一个挽起裤脚的乡村少年
大头向下扎入了河心

## ◎乡村知识分子

你是乡间的知识分子,朴素而狡黠
你懂得根须沉默的力量。你的书架上
都是过期的杂志和日历。你人缘很好
你会跑夜路给邻村的牲口看病
你给村民们代写文书,字句铿锵
你新盖的瓦房宽敞明亮,朝着大道
你种下草药,也种下诗歌
没有刻意,一切都是自然而然地生长
包括你的酒。酒后你手上的疤痕
和你嘴里的语言一样亮起来了
我相信,我们走后,你还会
回到乡间沉默的事物当中
仿佛你曾经在夜晚的田埂上
遭遇过没有面目的来者

## ◎他们等待月亮升起

他们等待月亮升起

等待野餐篮里的沙粒变凉

他们坐在山坡的树丛下

他们在黑暗中

远处的山谷传来溪流的声音

和走远的同伴的说话声

他们总是落在后面

等待月亮升起

门廊上的灯还亮着

半蛾半蝶的昆虫飞着

他们的生活变得寂静了

## ◎秋日的闪电

闪电击打漆黑寂静的平原

击打着茅草屋顶和庭院里

黑亮的葡萄。外面肯定在下雨

雨水落入的是另一个庭院

悄悄增大着河流展开骨节的声响

这是秋日的闪电，让人温柔无畏

躺在荷叶般飘摇的屋顶下

什么都看不见，除了永恒的黑夜

灶下的火还在呼吸，忽明忽暗

谁在这时候醒着，谁就会看见

那来自未来的苍白、狭长的脸颊

那沉默的无名，在葡萄架下出现

## ◎古　镜

请允许我动用一个陈旧的身体：
湖是我遗落山间的一柄古镜
镶嵌着日月星辰，也许深夜
神祇黝黑的脚会踏上陡峭的山径
把它拾起，拭去露水，映照自己
或许她失手打碎了它，于是
正午一片闪光，透过幽暗的松林
看见高处白色的墓地裂开
逸出蝴蝶和歌声。宁静的湖水
是否也沉没着同样的墓地
不知名的鱼，拱起蓬松的土堆
在水下，我这沉甸甸黑黝黝的灵魂
也在网中下垂

## ◎湖　与　夜

夜晚从比喻开始：月影似换气的鱼
躺在水面上，尾巴因为引力向黑暗处弯曲
一首诗也是这样，它和夜和湖一样
寂静而宽广，当星星将夜晚收起
它收起自己的无限。久违的蛙鸣
像二十个老妇搓洗泥泞的衣服
我看见倒塌的山间酒肆和半户人家
我看见午夜垂钓的人反穿雨衣

然后我看见暴雨从山顶急泻而下
我睡在动荡的屋顶下,鱼睡在
安宁的水底,有人摸黑上来
像鱼泼溅着水声,像心跳升到树端

## ◎中午的土路上

中午的土路上,一个老妇踽踽独行
在两个若隐若现的村庄之间
灰尘在汽车后慢慢弥漫到林子里
两个褐色的村庄几乎一模一样
这使道路丧失了方向
但她踽踽独行,拐杖戳着事物的裂缝
我疼痛的心脏。她要去哪里
大地缓缓旋转一张密纹唱片
大河闪光,通天的大路也在闪光
那老妇像唱片上经年的一粒灰尘
沿离心力抛出,她仿佛已是
时间本身,固执地追随着我们旅行

## ◎崖　葬

远远的,那片褐色的悬崖
下面是平静的河水,朝南的崖壁上
有许多半圆形的岩洞,类似于陕北的窑洞
每个洞口都立着一块碑
河水拐了一个弯继续向城市流去

而村庄就蘑菇一样散落在河湾的草丛中
不远处一个废弃的采石场
像山的一个灰白色伤口
那些被阳光照亮的悬崖
和阴暗的松林交替出现,越来越多
河水始终平静地映照着它们
把生和死隔开,又同时把二者灌溉

## ◎朗　诵

我朗诵。"我们不知从何处来。"
我们攀登铁塔,扶着满是露水的梯子
我朗诵。"我们不知为何来。"
雾气在周围缭绕,如呼吸模糊了视线
我朗诵。太阳在升高
空气越来越湿润,裹着树梢
我朗诵。"我们曾经来过。"
回声把山谷推远,蛛网上光芒闪烁
我朗诵。太阳在驱散晨雾
半圆形的彩虹把我们投影在圆心
我朗诵。林子越来越亮
深处的小动物都不作声
"我们是否到过那里?"
下山时我还在朗诵,但声音越来越低

## ◎想　象

需要想象,才能真正抵达

这有片阴暗的森林。啊,神圣的阴暗

宛如在黄昏的教堂,空无一人

只有黑色的十字架在窗上竖立

需要想象,才能再走出数里

仔细分辨树上的标签

把黑桦和云杉反复指点

松鼠如一颗生锈的雨点掠过树根

需要想象它绒毛里的温热和枝头的光影

需要想象才能够真正看清

鸟儿留在叶子上的花纹

才能看见我们在越来越浓的阴影中

盼望到达别的地方

事物仍然无法真实起来

所以我们又走了一阵子

直到累了才返回


## ◎隐　居


有谁愿意陪你住在这么不方便的地方

连手机都没有信号。再说

还得花一笔钱买房子,买园子种菜

适应山里说变就变的天气

但我还是喜欢那向日葵排成的栅栏

褐色潮湿的小屋。能望见人家

靠近阴暗的老林子。一条发白的土路

连接起支渔网的河滨与后檐的寂静

或许你可以常来坐坐,像个客人

一起走走,忘掉许多不愉快的往事
让事物的消逝慢下来

## ◎迷 途

秋天的时候,我还在为你写诗
写得无声无息。你早已离开原地
乘另一趟车回到了城里
我还在山中和流水、树叶、蜂鸟纠缠
以为你还在我身后,林间的光线一样
悄悄移动。我想采集更多的野花
装饰简陋的梦。树脂滴入水中
野花的喧哗一浪高过一浪
我忘记了时间,忘记了
我们不过是匆匆过客
我不知道下一趟车是几点
我坐在枕木上,野花伏在膝上
林子里突然静下来
这片荒凉已很久无人造访

## ◎时间之流

词语是时间之流中的石头
当我这样想的时候,车窗外
马上出现了河流,河床上
布满或大或小褐色和白色的石头
它们使水流缓慢下来,或者相反

让流水发出更大的声响

石头仿佛在对流水呼喊："停下来!"

喊声被吸收在石头被流水蚀出的孔洞中

流水在继续,像一种传统

只不过变得散漫、分叉

但不久就重新汇集起来,宽阔而明净

于是有小船出现,有渔网支起来

有因为远而慢动作的人在讲话

列车在一个个方言的小站震动

它们是旅程中的石头

让我们暂时停下来看看风景

## ◎整个是寺庙的湖心岛

远远的,寺庙的红色围墙

隐现在绿丛中,代替了防波堤

游船犁开灰色的水面,绕岛一周

找不到碇泊之处,只有佛号隐隐

把小岛笼在闪烁金光的阔袖之中

风铃,叶簌,一层层涌向树梢的飞檐

岛上似有高山,有鸟群

在白色气流中回旋,有人

向更高处的拜月台攀登

而那里早已是肃杀澄澈的夜半

还是远远的,岛在水的中央沉浮

如一颗佛珠变得晦暗,只有阳光

在船尾拖曳的油花中幻出虹彩

## ◎在僧舍的台阶上

独坐在破旧的台阶上,还要想些什么呢

阔叶飘零,四周瓢虫乱舞

阳光在高空盲目闪烁

天蓝色的油漆桶倒在墙角

悬崖边被拔起的葵花发出纸灰的气息

身后是虚掩的门,无人诵经

窗台上的洗涤剂瓶子

和两把开裂的塑料椅子

说明这里有人生活

抬头就望见尚在修缮的庙宇

更高处,是夜晚用星斗写下的天书

落叶越落越快,阴暗的青檐下

一抹夕光装饰光秃的佛头

满地的树叶哗啦作响

也许是一只松鼠潜伏着靠近


## ◎转　弯

红色的砂石路两侧,草木茂密

少有折断,也没有人的痕迹

也没有岔路通向别的道路

风在夜晚留下柔软的浪纹

我尝试着走过一条

它很快消失在榛莽之中

树丛下静静地流着溪流
有的如细蛇蜿蜒过路面
道路只有一条,伴着忽明忽暗的天空
我和你落在后面,你的手
被一只无形的温柔的巨掌递到我手里
冰凉,小得像一片叶子
我们偶尔说话,路上只有我们
道路每转一次弯,前面的人就看不见了
我们知道他们走在那里
能听见说话声,但始终听不清
说些什么。他们是我们的朋友
在路的尽头我们会看见潮湿闪光的脸

## ◎消　失

一群人走在无人的山中
这是初秋,阳光垂直的火焰
树叶上浮动着水气和鸟的呼吸
有早黄的阔叶不时飘落
落在绿色的叶丛上,道路上
有的像祈祷在空中停上片刻
这些都没有影响这群人的脚步
道路是缓坡,几乎看不出
是在山中。水声时远时近
时而从幽暗的林下闪烁出粼粼波光
又滑到另一片更为幽暗的林中
一群人在山中越走越远

他们的声音随着风声起伏

他们的衣裳渐渐透明,染上了苍苔

他们忍不住消失了,和夏天一起

消失在寂静之中,等到发觉

他们已经在山外,在更大的世界中消失

## ◎山间溪流

从不知名的高处,从树根下的泉源

这些平静的溪流,冰冷刺骨

从手腕一直冷到肩膀,告诉我们

纯洁的是冷的,而我们身边

温暖的少妇,紧抓住我们的胳膊

这些散漫的溪流,不留下任何的影子

逆我们而去,平静得仿佛没有在流动

各种杂色的叶子落入水中

溪流时隐时现,经过泥地时就变得幽暗

或者像塑料布展开在青石上

清晨打水的人用不着拨开水面的树叶

它们都沉积在水底,一动不动

我们把啤酒镇在水里,一块扁平的石头

还没有侵上青苔,我们就在那里躺下

等着啤酒瓶中绿色的火焰慢慢冰冷

## ◎龙 胆 花

每隔很长一段路才能采到一枝

这样的蓝花，不知不觉
我们已经收集起一束
足以插在花瓶中，或者对着镜头微笑
无疑，它们将在比山谷更大的
雕刻着褐色山水和隐士的花瓶中
留下淡淡的芬芳，就像每一个灵魂
都混合在一个大的灵魂中，悬挂在云中
我们把这些花暂时插在皮包里
把拉链拉上一半，倾听大风
让更多的野花投向山谷的怀抱
明年，它们的寂寞依然会摇曳在路边
明年，我们却不会再经过那里


## ◎佛　雾

有炊烟的傍晚，不经意之间
起雾了，雾起自河源和你的眼睛
那里，一切呼唤都有回声
它在半山腰上绵延，很久不散
它使山色更青了
它甚至流出了潺潺的响声
直到黑暗把群山与村庄连为一体
这时，沿着任何一条小路走下去
都会遇见一个在山上游戏了一天的人
他的面目藏在雾里
看不清他轻盈的身体
只能听见水滴打湿无数翅膀的声音

我们也渐渐看不清自己了
到深夜我们还在流动
并在每一片树叶上留下潮湿的经文

## ◎火　畔

潮湿的木头冒着烟,和酒精一起
制造着午夜的高潮,我们把酒瓶立在地上
火光反映在通红的脸上
舞动的影子把火堆团团围住
周围全是黑的,沉睡的小村
村外沉默的黑黝黝的群山
天空中也没有沙果样又硬又小的星星
月亮像刺猬一样缩成一团
裹着寒冷的云雾的毛刺
一切都进入了黑暗,只有我们
这一团孤零零的火还在狂欢
有人跳过栅栏,偷来更加潮湿的木头
和十几只用来喂猪的苞米
有人越过了火堆之后
火光渐渐微弱下去
那在灰烬之前逗留的人说明
只有死亡最懂得生命

## ◎夜宿山中

风挤着薄薄的墙壁如巨兽白色的臀

屏息等待它不满地咕哝着离去
在潮湿的栅栏上留下破烂的灰雾
在远处黑暗的玉米地里拨开浪头
然后是寂静从树梢和叶片上滴落
鸡鸣在夜色中闪亮，如啄出的火星
这时，山上的树林更加静穆了
仿佛祈祷的僧侣垂首
它们一定在夜里经历过什么
河水依然闪着光流去
水声催人入睡，带着大地向前
夜露抚慰着星空灼热的眼帘


## ◎秋　葵


被斩首的秋葵，头颅沾着晶亮的露水
拥挤在篮子里，睁着无数的黑睛
它们是施洗者约翰曾经在秋风中布道
把雪亮的风声从屋脊传过平原
此时，莎乐美停止了舞蹈
以村姑的形象静静地站在高粱地头
在道路与田野之间，她的脸上
几乎没有表情，她仿佛在那里
站立了几个世纪，仿佛历史
仅仅是她眼前模糊飘荡的游丝
马车还停在不远处，它将载走
大地的爱情，和一两只胆怯的蝈蝈
就在这个瞬间，她垂下的镰刀上

反映着远方出现的冬天的白光

## ◎还要再走一里

溪流越变越细了,路面也变得潮湿
村庄像破草帽被抛入了山谷
道路两侧,林木茂密成荫
溪流消失在石头下和闷热的草窠里
可是水声还在前面,闪烁不定
我们还要再走上一里
山风渐凉,河的源头是在冬天
是一片亘古的石头一样的雪
或者沙中一个冰冷的泉眼
没有照过影子,需要拨开长草才能寻见
再走一里便是冬天,我们一身泥泞
回来的路上,不断地有这样的泉流
从树根下、沙子里和落叶中闪现出来

2001 年至 2006 年

# 那些乡间的事物

## 1. 鸽 子

它们悄悄孵化红瓦的屋顶
它们安闲散步,鼓胀胀的胸脯
像乡村妇女,温暖了多少冬日
或者它们是老派的英国绅士
背着带花的翅膀走来走去
互相遇见时点头致意咕咕叫

在童鸽的挤压下,这些大胸脯
就会输出鸽乳,妈妈说
头三天,母鸽子给孩子吹气
就能活着。我认为是在喂唾沫
童鸽不几天就长到小鸡崽那么大
没有毛,拖着大肚子,翅膀发黑

每天,随着二哥的一声巴掌
它们呼啦啦飞过泥泞的场院
把天空飞得略微歪斜
又掠过杨树梢,纷纷落回屋脊
它们代表和平巡视着乡间的一切
院门口,谷垛旁,胡同里
乡村街道中央,穿靴子的大脚之间

常闪现那些红色的小细腿

在泥地上留下寒冷的脚印

而秋天的圆圈是鸽哨画出来的


其实它们鼓溜溜的胸脯里

装的不过是普通的玉米粒

关于它们,我至今还记得

少年淘气的弹弓和石头子

打在它们胸脯上发出的闷响

仿佛凭借空气将疼痛和惊讶

一直传递过来,在我的胸腔里放大


2016 年 3 月 10 日


## 2. 大 泡 子

春天,大泡子像口烧着慢火的黑锅

冒泡了,但冒泡并不总是意味着有鱼

还没有换气的泥鳅,把胡须

露在尚显迟钝有些发绿的水面上

大泡子有时也有死猪

鼓胀着肚子半沉半浮

很多天都不消失,也不腐烂

很多天都吸引着我,谁也不告诉

独自个儿在放学的路上绕远经过

怀着既厌恶又兴奋的心情

长久地看着它,探究它的来历

端详它的鬃毛和绷紧发青的皮
还有一排提子般硬邦邦的乳头
它使大泡子成了深不可测的谜
这时候往往芦苇还是枯黄的
岸边有零散的石灰,不远处是淀粉厂
我光腿穿的棉裤,因为练功踢腿
裤裆开了线,春天的风很硬
从脚踝和开线的缝隙钻进来
一直向上,摸泥鳅一样摸着
我正在发育的充满疼痛汁液的身体
那是春天莫须有的手和莫须有的温柔
伴随着大泡子逐渐浓烈起来的酸臭气息
而死猪是什么时候消失的,无人知道

2016 年 3 月 25 日

## 3. 老家更静了

老家真静,留在老家的人面目高古
辘轳井也扎根在老家的土里
井壁生绿苔,井水低下去
不再能照出我们变形喜悦的脸
也不再有人向井中呼喊,听回声
释放出一串燕子。我们都不在老家
我们偶尔回去,身体四处漏风
就像年久失修的旧宅用阴影撑着
老家的人也越来越少,闲话桑麻

那是上一辈子的事儿了,野老已殁
通往邻舍的路径已经荒芜
留下来的人,他们多数认识你
喊你的小名,你却尴尬地想不起
对方的名字和曾经的游戏,你微笑着
他们的热情,让你莫名地有些烦恼
村路上没有热气腾腾金黄的马粪
牛粪,让你把小脚伸进去暖暖
也没有不会受到责怪的车辙
小木车已经歪倒,轮子开裂
老家真静,天黑得也早
你吃了就睡,不再捅咕词语的小零件
也没人听你讲讲人生大道理
又是清明,父母的坟头青气升腾
你想像童年那样,晚上陪母亲撖两盅
把流油的咸鸭蛋黄喂到她嘴里
可你只是把鲜花和供品摆好
把整个大地和自己摆好,只是
从母亲的烟盒里抽出一根点着
你没有说什么,父母也始终沉默着
你直起身,望着低低的天空下
树木扶疏闪着黑色光芒的田野

2016 年 3 月 25 日

# 4. 放 风 筝

这些被叫作八卦或是屁帘儿的风筝

313

大多是平面的方块或八角形
竹篾为骨,用面粉做成糨糊
糊上牛皮纸,白纸,报纸
或各种彩纸,一定要绷紧
还要拖着一条彩色的尾巴
二哥会偷偷地在仓房里鼓捣
我们总是偷来母亲的线团
拧结实,缠在木头摇把上
或是从爸爸的行李绳里拆出一股
二哥他们下到干涸的西大沟底
我往往站在沟沿上瞅着
我连小兜风都糊不好
刚飞起来就破,我就看他们
斗风筝,看谁的线先被割断
常常两只会缠在一起打旋儿
两人就会朝相反方向猛跑
扯着线绳一放一收地抖动
等风筝在空中基本稳定后
二哥偶尔会小心地让我试试
我能感觉绷紧的力量从天空
传递到我手中的线轴和胳膊上
那是一种陌生而可怕的张力
似乎要把你像一张网一样拽上天去
那是春秋时节,风从别的地方吹来
吹鼓了我们带补丁的灰衣服
天空中便飘满了大大小小的形象
风过之后的树梢或高压线上

便会缠上很多断线的风筝

逐渐被风撕扯得只剩下骨架

而我总是想放飞一片真正的青瓦

把线系在黢黑坟头的果树上


2016 年 3 月 28 日

## 5. 打　水

那些木板井壁的辘轳井

我们叫作笨井,阳光把铁摇把晒热

粗大的麻绳,柳条或黑皮吊桶

雨水直接落入井里

但从来没有人冒雨去井边

冬天,井台上结了一圈的冰

打水就成了件危险的活儿

你听着空桶触到水面的声音

感觉着井绳上的拉力,你要握紧摇把

总担心会有个圆咕隆咚的怪物

被你一起拖上来。井水涨落

一个神秘可怕的怪物在呼吸

好在井水总是清凉如同花束

从掰开的身体你喝出了甜味

你参与了整个大地的幽暗

这些水井已经消失在大地深处

木板灰白开裂,荒草没膝

不再有人向里面投掷石子

也不再有牵牛花爬上井台

将晶莹的清露向井中滴洒

不再有清晨的母亲怕伤到花枝

转而去溪中打水,荡开落叶

2016 年 3 月 30 日

# 6. 塔头墩子

北方的苔草沼泽,凝涩的酱油

像经年枯草熬出的草药汤子

浸泡着这些入夜的单层宝塔

它们高出水面,多至一米

却扎入泥沼深处,可达丈寻

那些灰脉苔草、细叶蚊子草、地榆

毒芹、黄连花、柳叶鬼针草

小叶章和驴蹄草,死亡,腐烂,再生

直到和泥炭紧紧凝结,堆积成块

这不可再生的活的植物"化石"

甚至万年才能形成一小块

像不屈的头颅密密麻麻冒出水面

踩着它们在沼泽中放牧是危险的

这些鬼沼水深没腰,号为大酱缸

苏联电影《这里的黎明静悄悄》

那红军女战士就消失在这样的幽冥

塔头直径二十来公分,间隔不等

站上去会晃晃悠悠地往下沉
等你挪开,又会恢复原状
你要瞅准下一个墩子再起跳
一旦踩空打滑,或是蹦过了劲儿
就会惊醒三伏天也冰凉透骨的水

塔头飘拂着东北三宝乌拉草
不怕旱涝,火烧,更耐严寒
它们深深地扎入水中,将泥土聚拢
它们被晒干,被货于市
我光裸的小脚就在黑黑的鞋窠里
如小鸟做窝,依偎,脚趾缝发痒

那些死去的草根整齐而干净
如死者梳理得光溜的灰褐色头发
春风一吹,满地头颅就会松软发青
就会有雀鸟营巢,黑亮的大蚂蚁出没
夏天金灿灿的黄花菜点缀其间
阵雨催生出五颜六色的小蘑菇
紫色的都柿,一嘟噜一嘟噜
被秋天的嘴唇吸吮,在爸爸的
军用铁皮茶缸子里挤压变形
偶尔,还能捡到带斑的野鸭蛋
孵蛋的野鸭子轰也轰不走
在周围团团打转,绿头绿翅
或有丹顶鹤长久地伫立,优雅地飘落
水下潜游着鲤鱼、鲫子、花鳅和鲇鱼

锋利的平板铁锹,被泥泞的大脚一踩
锹头闪亮,便深深沉入塔头
晾干就是垡子,或长或方
盖房垒墙砌猪圈,石片为墙基
一层层码起,到半人来高
材料全部是自然所赐,散发出清香
墙体又轻又软,很快就能砌完
墙缝里外抹上黄泥,结实又保暖
老鼠喜欢在上边打洞,远远望去
就像是一座座紫黑色的城堡
散碎的垡子可做花土,最过瘾的
是用垡头子揍人,扑地拍在头上
拍得满脸是土,让对方抬不起头来
还不至于像大砖头子会把人拍死
可我很多年不和任何人打仗了
如今只在语言里和敌人安全地开战

2016 年 4 月 2 日

## 7. 榆 树 钱

北方多榆树,暮春时节
树干黑乎乎,枝头尚未发芽
忽如一夜,大大小小的树枝
都串起绿色的铜板,是谓榆树钱儿
这一树繁花,风一摇就落了满地
曾裹在金黄的玉米面中

用铁锅贴出底面焦煳喷香的大饼子
像熨斗教我忆苦思甜
戒掉这种甜,从前也没什么不好
路边,河堤,田头,篱落旁和院墙后
到处闪现它们的身影,像货郎
诱惑着纸窗后假装读书的你
踮起脚尖,拉低树枝
就能补充童年短缺的糖分
不同于草根、玉米秆和高粱秆
它们滑滑黏黏的甜,透着清香
一只手把住树枝,另一只手
不怕枝上的小结子磨得手心又红又痛
一撸一把,塞到嘴里大口咀嚼
或是先装满口袋再慢慢品尝
或者咔吧一下掰下个大杈子扛着
边走边吃,还一个劲地尿尿
吃榆钱的日子也就那么几天
不久,就会有后发的嫩叶裹在里边
榆钱存不住,很快发黄变干
装在筐箩里,唰唰响,低度的甜
全部消失,就用钢丝枪串一串
和小伙伴们互相发射,追逐
北方的春天缓慢,风大灰尘多
我曾把榆钱放在水里洗了洗
一盆滑溜溜,怎么也捞不起来

2016 年 4 月 4 日

## 8. 早市上的鸡雏

那些毛茸茸的鸡雏、鸭雏、鹅雏

拥挤在圆形平筐里，或黄或黑

一有手伸过来，就全都潮水一般

涌到另一边，空出半筐倾斜的沙滩

你手里握住的仅是剧烈的心跳

想起小时候放狠话："小崽子，

把你蛋黄给你捏出来，叫你嘚瑟。"

想起妈妈亲手用大笸箩孵小鸡

用棉被捂着，放在温暖的土炕上

经常用手伸到被子下摸摸温度

晚上会拿起蛋来，对着灯照

一片混沌，不透亮，过了些日子

混沌开始微微透亮了，变得有深有浅

慢慢地，蛋壳里有的地方空了

有的地方实了，不久，夜里

就能听到鸡雏啄蛋壳的声音了

起初很微弱，带有试探性的

蛋壳出现小孔时，我总是有点着急

想帮它们把壳剥开，妈妈总是不许

蛋壳终于像砍掉小半个脑袋的暴君

黏糊糊的鸡雏，终于栽歪地爬出来

丑陋，光秃，可怜，挣扎着，甚至让你

有点起鸡皮疙瘩，想都倒进大粪坑里

所有对生命的渴望和留恋都让你恶心

可是不久,面对一筐箩黄毛球

滚来滚去,叽叽喳喳,轻啄你的手指肚

你就开始稀罕了,我会选出个好看的

把它放在跨栏背心的胸前,用手兜着

它毛茸茸的心跳挨着我的心跳

它硬硬的小爪子蹬得我皮肤发疼

鸡雏们很快就能跳过门槛

在外屋地的木头桦子和水缸后面乱钻

还偏偏喜欢在儿童的腿间绊来绊去

曾一脚被二哥踩扁一只,我们拿脸盆

把它扣在凉爽的泥地上敲

说能敲活过来,一阵叮当之后

慢慢揭开盆,鸡雏还是一动不动

瘫在那里,小爪子通红地支棱着

我已经太多年没有见过它们了

鸡雏们随着春天的推进而出现

散发出臭烘烘温暖的气味

微微有些辛辣,有些好闻

它们的长辈就在不远的另一处摊位

安静地拥挤在筐里,像知天命的学者

只有被揪住翅膀拎出来才会惊叫几声

可一回到筐里,又会马上安静下来

鸡雏在迎风成长,长成自己父母的模样

春天也即将过去,大自然的新绿

那些鹅黄淡紫,也很快变得沉闷无光

2016 年 4 月 9 日

## 9. 平原上的旋风

"旋风旋风你是鬼，三把镰刀割你腿。"
是割鬼的腿呢，还是人的腿
这童谣让我一直挺困惑
且在下乡割麦子，戴手套割黄豆时
总担心用力过猛，会从左下方向上
割到自己的左腿，于是有时我的左手
就会较为用力地握住庄稼秆
乃至把一小束带着土薅了出来
就像是一窝鬼，抱着那点土不放
鬼有腿吗？鬼或许就是一条没有脚
却在悬空行走的空荡荡的蓝裤子
说起裤子，二哥从小就怕裤子
尤其晚上，家里不能挂裤子
有回他睡毛楞了，半夜鸟悄儿地
站到爸妈睡的北炕上，黑黑地
站爸爸脑袋边上，不动也不吭气
我听爸爸小声让妈别动，进来小偷了
爸要把小偷揪住腿掀翻按住
这个精通格斗，参加过三大战役
从东北一直打到海南岛
立过好几次战功的笔直的军官
在家里枕头下也总是压着他的六四手枪
结果虚惊一场，二哥开口说话了
"我要尿尿。"这些和旋风有什么关系

管它呢，我想起这些，就记下来

就好像背着手拿把生锈的镰刀

有待来日，见到鬼时，斜着挥上一挥

2019 年 4 月 11 日

## 10. 放牧的瓢虫

北方到秋天才会有瓢虫

随着突然喷吐烈焰的秋阳出现

背部裂开，薄如轻纱的翅膀

如同桨片朝两边划出

突然飞进你脖子里，抓得你生疼

早晨它们密麻麻堆在窗户上

窗户纸凹陷，似要破裂

得用扫帚把它们连灰带泥

扫下灰白的木头窗台

夜晚，黑暗中它们阵雨一般

打在引擎盖的盾牌上

让热腾腾的水箱颤抖不已

"花大姐，花大姐，

只有骨头没有血。"

顽童们一边追，一边唱

这种俗称花大姐的东西

喜欢放牧蚜虫，拍打它们的屁股

蚜虫就会挤出一滴甜蜜的汁液

还刚刚是四月，只有一只花大姐

橘红色的，微微发亮

孤独地出现在黑树皮的荒原上

像一辆冷静的小汽车

或是一个缓慢移动的

闭合了圆屋顶的天文台

那些淡绿色的蚜虫

散落在粗糙的皱褶中

只有芝麻粒大小

像亚伯拉罕的羊群

不知道从哪里来

又要到哪里去

2016 年 4 月 11 日

## 11. 挑　水

扁担忽悠忽悠，两只大水桶的底儿

有时会碰到地面，肩膀骨头生疼

扁担再继续忽闪，水就会洒出来

让灰白的村路多出几块深色的补丁

水桶里放一块干净的木片

能够减少水有节奏的泼溅

来时的空水桶是干燥灰白的木头

你可以从左肩在前，换到右肩在前

只须让扁担不离身，贴着后颈一抡

这是你喜欢的把戏。那时的井水

是在土里冷却的太阳的秘密

你中途停下,扳住水桶,喝上一口
这样的机会不是很多,到了县里
就改吃机井,凭水票,去南街水站
家里挑水的活都是大哥一人承担
他矮小的身材,却走得又稳又快
不让一滴水溅出来,水缸很高
我要踮脚才能扒到缸沿,把头探里
嗡嗡地喊话,觉得自己成了威严老者
可是每天,水缸很快充满
漂着翠绿的黄瓜,镇得冰凉爽脆
水缸所在的门旁散发阴凉之气
泥土地面上有灰色潮虫缓慢爬行
它们成了我儿时的科研对象
像小船翻白,蜷缩起众多小爪子
七八岁的冬天,我自己去挑水
把桶放在冰上排队,过来一个小子
比我大几岁,一脚把我的桶踢翻
放上他自己的桶。我哭咧咧地回家
空着桶,找大哥,大哥二话没说
直奔南街,二哥也蹿了出来
我和母亲一看不好,赶紧追去
就见大哥把尚未离开的坏蛋
拖到胡同里,对方发觉不妙
一边把棉帽子耳朵放下来系住
以此来减轻大拳头砸在头上的
冲击力,一边向外拼命逃窜
正赶上二哥飞奔过来,照脸一脚

踢破的伤口里进了泥巴

医生都未能清理干净,肉长死之后

留下一块黑疤。而那些水井

都已经全部消失在大地幽暗的深处


2016 年 4 月 13 日


## 12. 采 野 菜


我妈说我,剜到筐里就是菜

那些灰菜和苋菜

我们成麻袋采来

和上玉米面喂猪

我爱看刷得确白的猪

鼻子埋在木头槽子里

从稀得溜的猪食底下吸溜干的吃

咕噜咕噜吹出水泡泡


那些苣荬菜婆婆丁

蘸妈妈下的黄豆酱吃

黄昏把桌子摆在当院

爸爸从屋里拉出电灯

菜式不多,却总是让我激动


最难忘爸爸用自行车驮着我

清晨穿雨靴来到郊外

上坡的时候我就先下来

坡下一望无际的田野

田头和路边,高高的杨树欣欣向荣

褐色村落如蘑菇散落其间


成片的灰菜就在路沟边

怎么采也采不完

多汁的野菜发出清脆的折断声

手上满是露水和草汁

偶尔有藕荷色和黄色的小花

也被装进了口袋

麻袋不能塞得太紧

野菜会失去新鲜


妈妈总是说我,剜到筐里就是菜

这回她说的可不是野菜

是说我找的那些小对象

全都像那些小草花

混在猪食菜里

像猪身上开花,跑得飞快

2016 年 4 月 18 日

## 13. 暮春雨后晨起山中听水

太阳的顽童用手电筒在林中搜索

一无所获,便把它开着

留在了树顶,像舞台灯光

透过渐渐浓密的枝叶

散射出薄雾的光束

溪流的声音大了很多
鸟鸣和露珠一起滚动在绿叶上
你站在古老残破的石桥上
看不见流水，只能听见水声
这山中有很多条溪流
从无人的高处流向无人的低处

偶尔，一阵太阳雨飘过林间
雨声暂时掩盖住忽高忽低的流水声
寂静的网兜住一些清凉的身体
阳光不会同时照亮每一片叶子
树也在倾听，听着天空
也听着脚下的溪流和大地
你和树同时置身于另一个寂静的世界

你没有听见时间的流逝
也没有看见无数代听水的人
消失在光明的下游
流水仅仅带来一个个往昔的你
那些来不及看清的事物的肖像
无声地重叠，变形，融化
你听见了自己的消逝
而在群山之上，春天黄色的气流
拖曳而过

2016 年 4 月 18 日

# 14. 春　溪

水流变慢,放宽处
游鱼数头,细小如柳叶
与自己的影子平行飞行
如同主机和僚机
使自己的军队凭空多出一倍

小龙虾伏在水底不动
暗暗成长
如青色潜水艇倾听我的寂静
我用手影把它们惊起
它们弹射,翻白,尾巴绷紧
在水中搅起黄色烟雾
隐身于腐叶之下

风过,叶落,涟漪扩大了寂静
草虾惊跳
光阴不动
我不动
蝌蚪全都不见了

万里外的北方
一条条河流渐次腾起烟雾
无数的蝲蛄虾爬上河岸
像烧红了的救火车

一排排,一队队
停在草丛

黑白翅膀的鸟
从溪流这边,从我的身影里起飞
投向对岸的幽暗

2016 年 4 月 18 日

## 15. 冰 凌 花

北国三月,冰雪尚未消融
山脚,林缘,路弯
无视寂静荒芜的权威
冰凌花破冰而出
举起太阳的棺椁

这阿多尼斯的黄金酒樽
在地下沉默了多年
将初春寒冷的气流酿为新酒
充满整座山谷整座树林
为众神献上复苏的祝福

它又像是一枚铜纽扣
为哺乳的母亲系上衣襟
在它周围,寒冰在逐渐塌陷
如同香槟酒中泛起了白沫

露出大地潮湿发黑的柔发

或许它是在地狱的烈火中
锻造而成的一盏铜灯
微微发亮,密集的灯丝
便是春天的导火索
它从幽冥深处旋转着升起,静止
等待,直到将黑暗的火药瞬间点燃

2016 年 4 月 20 日

## 16. 打 干 草

入秋,军用水壶和饭盒被晒得微热
金鹿和大国防加重的车圈和辐条
切割着太阳,从露水沾衣直到正午
才坐在草堆或干净土坎上
吃沙砾般粗糙金黄的大饼子咸菜
望望周围风景,田中褐色的孤冢
打下的剑草一片片倒在草茬上
渐渐变干,有的黄有的绿
天起凉风,开始打捆回家
拽出一绺草,边拧边拽
草绳慢慢从草堆里生长出来
或是用几根长蒿子拧在一起
厚铁的车后架绑上两根粗木棍
担上十几捆草,能禁住三百多斤

我的草捆却常常如波浪崩散

一路上哩哩啦啦,落在湿牛粪上

它们摊开满院子成熟的阳光

院子里便会弥漫起草的清香

夹杂着带刺的黄花和蒿子

白色的血液凝固,厚度渐渐变薄

我常常光脚踩在柔软的草上

从野外随草捆一起回家的

几只小黑蚂蚱,便会沙沙地飞开

几天过后,就只有死亡刺鼻的气味

那些蚂蚱也早已飞向另一个秋天

而带我打草的父亲那双泥泞的黑胶靴

又在跨过一个又一个草堆

镰刀闪亮,向我走来

2016 年 4 月 22 日

# 小 记 叙

## 1. 邻家姐姐

那时没觉得你这么胖,这么丑
小小的眼睛似乎总在寻找着什么缝隙
我们是邻居,隔着另一家绿色的黄瓜架子
能看见你晾衣服的姿势
风从更远的北方吹来
从贝加尔湖吹来,吹着一个北方少女
伸高手臂时露出的发烫的腰身
那时我多么爱你
那时所有的少女都是美的,一个模样
站在一个神秘的边界上说话
我总是跑到河边,或吊在门框上
我能像黄瓜那样吊上一个夏天,长出弯度
一天你突然要带我去饭店吃饺子
不知道为了什么,大人们没有拦阻
下饭店像是出远门,我是第一次
你让我坐在那儿别动
你掀开帘子消失在后厨
能一直听到你的说话声
帘子隔开了我们
蓝油漆的平房里仿佛只有我一个人
我在那里不知坐了多久

仿佛那盘饺子一直没有端上来

另一个世界开始出现

你的声音听不清楚,似乎和我有关

它让我有些兴奋,又窘迫不安

而我们的疏远也像那一天一样突然

你不再上班,你疯了

我还会吊在门框上向你家院子里张望

横贯院子的电线上一直晾着衣服

风从更远的地方吹来

县城的蓝天像少年心事向远方痉挛地延伸

现在,当我已经不爱你了

却清晰地记起了你的形象

如同被放大的肖像

挂在一个越来越模糊的房间深处

2012 年 4 月 25 日

## 2. 前 八 村

洗净的黄瓜放在大水缸里

清凉的井水来自地层深处

冷水浸泡的黄瓜水灵又爽口

我会扒着比我还高的水缸

去看碧绿的黄瓜在阴影笼罩的水面上翻滚


现在,村子里的年轻人大多外出打工了

留下的多是老人和妇幼

村子里空荡荡
只有几只鸡在村路上来回踱步
带着思考的样子,偶尔叫上几声

傍晚去大舅家院子里摘树上的樱桃吃
刚刚被雨洗过的樱桃通红,干净
北方的樱桃,只比黄豆粒大一点儿
只是个大籽儿包着薄薄一层果肉
一开始稍微有点酸,吃一会儿就不酸了
乡村雨后的黄昏,站在树下边摘边吃
把樱桃籽随便吐在树根下

抬头,能看见村外的大杨树簌簌颤抖
屋檐下的麻燕子窝里
传来小燕子咻咻的烧火声
老燕子看见有人站在门口
就停在晾衣绳上不安地叫

家族墓地在一片泥泞的黄豆地里
回村的路上,可以醒目地看见父母坟前的
黑色大理石碑,缠着红布
好像是爸妈在张望着自己的亲人走远
随着车越开越远,那黑色的大理石碑
显得越来越高,高过了那里的一切
田野里的风在吹,吹过辽阔的大地,一直吹到来世

风一吹,杨树叶子就翻出背面的银白色

我和姐姐走在泥泞的路上,扛着樱桃树枝

我们偶尔说话,仿佛父母还在那一片田野里站着

望着我们,无论我们走得多远

他们都能看见我们

只是他们不再和我们说话了

夏天很快就过去了

这已是一年前的事情

2012 年 4 月 28 日

## 3. 那两只小手

你留在了幼年时代

连同寄托父母祝福的名字

小时候我们总是拿名字逗趣

大姐是芹菜,二哥是酱缸,你是罐头瓶子

永远平安,你做到了

除了一口牙齿同你一起光荣下岗

从小练就的铮铮铁骨还在

这战士的顽强支撑你上山栽树

下坑挖沙子,进城装废铁

尝尽炎凉苦辛,你却从未长大

从克山、长春、哈尔滨到银川、南京

还是那一双厚实的小脚丫,那双倔强的小手

罐头瓶子样方正的小脑袋瓜

一路南征北战,多少次

那双小手果断出手,如狂风暴雨

痛击欺负你两个弟弟的强敌

直叫他如风中垂柳跪地求饶

又是那两只小手,在鬼龇牙的冬夜

拾粪积肥,完成学校的交粪任务

让院子里的黑暗垒起幸福的模样

替妈妈干活最多的

替弟弟打仗回家挨爸爸揍的

不讲吃不讲穿心如明镜又沉默寡言的

抽最便宜的烟打拳练气是唯一享受的

最怕熬夜又不得不坚守更夫岗位的

五十岁开始写诗让词语羞愧的

不是你,是那两只从未长大的小手

完成了这一切的责任

保障了你灵魂的自由与尊严

它们依然宽厚温暖

只是已很少落在我身上

像小时候帮我剃头

在黎明前的黑暗中带我练功时那样

我们的手偶尔碰到一起

就像两个礼貌的大人一样谦让

年近六十的大哥,平平安安

被生活享受着,年过半百的三弟

波波折折,享受着生活

一切依然如故,只是你的眼睛

已没有对世界的好奇和对幸福的期待

只是你从未长大的那双小手

依然紧紧地攥着,随时向世界

和这永生的虚无，发出雷霆闪电的一击

2015 年 1 月 14 日

## 4. 有哥哥真好

有哥哥真好，而且是两个

大哥说话少干活多

二哥光说话不干活，而且小细脖

现在他们天天干活，满面风霜，一声不吭

那时天更蓝，日子更慢，人更少

河水更腥，泥鳅更多，大人更有趣

那时我们是六个人，天天回家

爸爸高大，妈妈小巧，姐姐文雅

那时我们脖子像黑车轴，满脸纯真

有哥哥真好，大哥带我打拳

斜月西照又行拳，出势跨虎是真传

我们一起胖揍欺负人的小流氓

二哥从不带我玩儿，在伊春

我要跟着去看他和同学糊风筝

他转身一飞剪，我脚踝血淋漓

但是二哥喜欢带我偷自己家东西

冬天的院子，我打掩护，他下地窖

大苹果又冷又硬，一咬一打滑

我俩躲在仓房后面，灌一脖子雪

有哥哥真好，他们总是大我四岁和六岁

我紧紧跟在后面，大步流星或趔趔趄趄

338

这辈子他们别想把我甩下

就像小时候,他们谁都不带我玩儿

他们有大人的神秘,他们就是我的小世界

2016 年 4 月 19 日

## 5. 青年节写写过去,过去
## 我们都是愤青

俺曾经也是个愣头青甚至愤青

十七岁,西安交大的梧桐校园

独自游荡,恰有一对小情儿

手拉手兜过来,咱性起不让路

直接把那俩小手从中切断

又有一次,迎面一排四五个

像是拉着一张无形的网

要网住路上遇见的任何东西

俺一肩撞过去,那小队伍

马上解体,"瞅啥!"麻溜滚蛋

连口气都不敢喘匀和喽

那是 1981 年秋天,刚入学不久

路上被八个辽宁的男生拦住

一色排开,为首的粗短身材

"听说你会点武。"咱立定如山

"你们一个个上,别一起上,

一起上我整不过你们。"

哈哈,行啊,握手握手,都东北哥们儿

一日正午睡,翻来覆去睡不着
同学夏志华,湖北人,脑袋圆
在走廊走来走去,反复经过
俺敞开的宿舍门,念叨什么是科幻小说
俺起身出来,右掌照他左脸就一巴掌
"这叫科学。"反手再抽他右脸一巴掌
"这叫幻想。"回屋马上睡着了
剩那可怜人呆在走廊,半天不响
与仝晓锋仝红去西北政法还是陕师大
看露天电影,用砖头摆起来占座
与两个也姓马的不知怎么冲突起来
后来知道那哥俩叫作马龙马虎
是西北一个有名武术家的儿子
都抄起了砖头,双方又都忍住了
回来的路上,小仝红讽刺俺个没完
晓锋则一声不吭,鼠眯了
一个唐老鸭一个米老鼠
食堂的圆桌,中间一根粗铁柱
柱上生出一转圈的小圆凳
可以拉出来坐的,有人踩了脚印
于是俺老人家也把一只大脚踏上
站着准备吃烂糊白菜大馒头
过来四五个民族班的小子
生得高鼻深目,腰挂短刀
一个还盘着铁鞭,骂骂咧咧
指责俺老人家踩脏了他们的凳子
旁边空桌子有的是他们不去

好家伙,正好有个长条木头板凳

俺顺手抄了起来,十七岁怕谁啊

瘦高,力大,臂长,拳重,不爱洗澡

头发脏得打绺,和印第安小辫一样

双眼发绿,直勾勾,如来自北方的狼

双方对峙片刻,俺同班同学魏征

看见这西洋景,一旁呱呱鼓起掌来

俺这一凳子,差点就奔他脑袋上拍去了

危机终于解除,还得感谢俺好同学的

那时莫名地憎恨很多东西

比如顾城写两种颜色的小破诗

通宵刻钢板,推滚筒,印星火社刊

临毕业时与张晨红一起主持朗诵会

她嫌俺太高,就站在舞台另一边

她姐特意从兰州医学院赶来看俺

咱也没惯着她那个,过道上都是人哪

底下一顺水坐一排什么宣传部

校团委的那些个混蛋,直眼看俺

俺米黄色风衣小领子竖竖着浪诗

浪那首已经散佚的《不系之舟》

宜凡后来写信称俺那是风云男子汉的心声

俺还用手直指台下那些个白板死脸

浪了首什么他们明天可能就死

就会断子绝孙的破诗

好像是一个叫作徐邺的家伙拿来的民刊

朗诵会结束,俺和张晨红也散烟了

她姐还说可惜了了,她爸妈开始不同意

说诗人都不可靠,偷偷来学校

看俺打球,之后就不反对了

可是晨红不干了,说俺把长头发剪了

就不像《上海滩》里的许文强了

据陈刚说,人家是军区司令

家有小楼住着,门口有站岗的杵着

如果俺俩成了,俺就留西安了

这些都是多么有趣又荒唐啊

因为老写诗,俺被发配到车辆厂

在火车汽笛和交替挥舞的黑白蒸汽中

打发了十八年的青春岁月

继续憎恨很多人和事物,尤其是诗人

埋头生活,皓首穷经,译稿盈尺

现在俺不和天斗,不和地斗,只和自己斗

发誓要把自己打倒,再踏上一万只脚


2016 年 5 月 4 日于下马坊驿站

## 6. 谈谈理想


小时候,因为太老实总挨欺负

做监狱典狱长的父亲就开始教我们

擒敌拳,后来永平大哥带我练

寒冬腊月也把我拎到院子里

前踢到额,倒打够到后脑勺

斜挂够到太阳穴,外摆整个扫半圈

旋风脚,二起脚,旋子,扫堂腿

拳法自不必说,尤其我的摆拳

胳膊长,力气大,左右开弓

直削得小崽子们抬不起头

只能拼命用细胳膊护着头脸

俺便腾一只手掰开他们的防护

照脑袋上猛削,谁让你老欺负老实人

不过一般不逼急眼俺是不动手的

而且遵守父兄教导,尽量别用上勾拳

打下巴子上容易出事,就用摆拳

打不死,还如狂风骤雨

让敌人如风中垂柳婀娜多姿

人不犯我,我不犯人

一旦出手,管叫他有来无回

结果,三年级开始练拳

不到两年,所有欺负过我的

都被打倒在地,从胡同这头

翻翻滚滚打到那头,帽子也给他打丢

大哥当兵之后,通信里我还信誓旦旦

要学好武美二术,每天早上端着小碗

爬到仓房去画日出的云彩,画风

逮住谁给谁画素描,一动不许动

母亲家务很多,时常被我缠得不耐烦

有时没啥画的了,就把被子铺开

照着画上面的大花,翻卷折叠

来客人了,总得去院子里嘚瑟嘚瑟

单刀,棍术,长枪,都演练一番

最骄傲的是晚上手持红缨枪

去接下班的大姐,大姐长得太招风了
一米七的大个,长发,性情文雅
我一个人去接,长枪头乌黑,不开刃
拳法除了长拳,主要是蔡龙云的华拳
大哥抄写的拳谱,动作分解,歌诀
可是这武美二术,没一个坚持下来的
大学时还自学了龙虎双形和太极
毕业后就再也不比画了,也不画了
至今仍是个善良常被无情利用的书生
高高大大,却依然老实得让人生气
八十年代流行学好数理化走遍全天下
读了个计算机软件,从没想到
自己会成为诗人,更从不敢想象
这辈子会跳出车辆厂那火坑
离开哈尔滨,漂泊到死老热的南京
一个整天不说话,自己鼓鼓捣捣
能从早玩到晚,丢了也没人注意
邻居从没见出声地哭过和笑过的
黑眼仁整个儿浮在眼白中的
让坐哪儿就坐哪儿一动不动的小男孩
会走上光荣的人民教师的讲台
而且一讲就两个半钟头
人过半百一事无成只写了点破诗
还敝帚自珍当个宝贝疙瘩满脸严肃
如果说还有点革命理想
那就是下辈子绝不做百无一用的书生
而是要满脸横肉,大开杀戒,鸡犬不留

344

然后再老哥一个靠着墙谈谈理想

2016 年 10 月 2 日

## 7. 储 秋 菜

那时候,每个单位都会放一两天假
让职工买秋菜,马上要过冬了
那几天,家家都像备战一样热闹
马路边常常摆满了大白菜
有的买好就放在那里过夜
只是为了吹吹风,掰下来的
老菜帮子,到早上满地都是
白菜一般会码在院子里,窗台上
一层层整整齐齐,它们散发
清凉的甜味,有时母亲会让你
掰出一个白菜心,蘸糖吃
我会帮着从门口的车上往家搬
双手先捧住一棵大的,然后
从手腕开始,让大人给我一棵棵
往上摞,摞满整个手臂的长度
一直到前胸,再用下巴颏卡住
院子里总是洒满金色的阳光
屋檐下两口大缸刷得干干净净
准备腌菜,摆一层菜,撒一层大粒盐
最后压上一块大青石,其他的白菜
连同土豆红萝卜胡萝卜和大葱

也许还有苹果,下到院子的地窖里

那里温暖黑暗,出口盖着麻袋

和木头钉的小门,有梯子伸向黑暗

父亲从黑暗中升起的身形异常高大

每个地窖都那么神秘,新鲜的土腥味

似乎彼此相通,一直通向另一个世界

整整一个冬天,哪怕雪盖住院子

那些白菜渐渐浓郁的气味

和父母哥姐忙碌时的各种声音

都像是一种不变的忠诚的保证

生活会一直如此,没有人会离开

2016 年 12 月 8 日

## 8. 家族肖像

童年的时候,在平房的墙上

父母结婚时那两口红木箱上方

曾挂着爷爷奶奶的黑白半身画像

笔触非常细腻,他们目光柔和

俯视着我们的生活,我们来来去去

似乎没有觉察到他们的存在

我有时端详他们,仔细比较

看不出我和他们有何相似

而且看久了,戴黑礼帽的爷爷

目光中就会多出一分狞厉之气

奶奶的目光就会闪现一丝忧虑

于是,我故意把抽屉狠狠推进

橱柜的身体,里边收藏着泥球

一只鸟细小的骨头,种子,糖纸

格尺,钢丝枪,和现在想不起来的

其他宝贝,而当一家人吃饭

他们便恢复了正常,细眉细眼地俯视着

以觉察不到的方式参与我们的生活

我没有见过奶奶,那个年代的女人

似乎长得都是一个模子

爷爷我还记得,瘦高,不爱说话

用柳条编水桶,投下阴凉的笨井里

我曾把小脸扎进那沉重的水桶里

头一回品尝到了"凉凉的甜"

后来不知什么时候,墙上的肖像

都不见了,换成了一面

角落上有只红凤凰的大镜子

但很长时间照镜子的时候

我都感觉有温和而严厉的目光

从它背后透过来,好像要和我

说些什么,在屋里没人的时候

2017 年 4 月 6 日

## 9. 菜　窖

小时候住平房,外屋就是厨房

地中间有个地窖,用来放菜

还有坛子什么的,有一回

母亲突然叫起来,说窖里有"东西"

父亲把我们推回里屋

用手枪向窖里开了几枪

枪声非常响,震得玻璃嗡嗡响

等硝烟散了,父亲去察看

里边什么都没有

后来不知什么时候

外屋的这口地窖就被填死了

父亲在院子里另挖了一口

很深,得用梯子下去

夏秋季节,窖里阴凉

散发出浓重的土腥味

秋天时我帮父兄把土豆萝卜白菜

下到窖里码好,完工后

会有冰凉的白菜心蘸白糖吃

偶尔也会允许下到窖里玩

四壁漆黑,只有窖口投下一个光圈

人小的时候都喜欢把自己藏起来

像一个东西,好像那样

就和事物的神秘合为一体了

窖里也没什么好玩的

就是在那里待着,坐在白菜堆上

手电会显得特别亮,时开时关

有的窖里还会进耗子

天冷的时候,窖口盖上

蒙了麻袋片,窖里除了秋菜

还有苹果，我和二哥下去偷苹果

发现有的土豆满身长长的白芽

扎进土里，散发出邪恶的气息

窖里的空气热乎乎地窒闷

父亲高大的身影总仿佛

会突然遮住窖口那方形的光

把我们封闭在童年的惊慌中

我俩赶紧上来，躲到仓房后面

啃苹果，二哥牙快，便急着催我

牙齿在苹果上打滑，雪灌进脖领子

而那些地窖早已恢复成了坚固的土地

2017 年 5 月 5 日

## 10. 细节是魔鬼

有时你会突然想起一个人

想起和他有关的一两个细节

比如，诗人林柏松大哥

年轻时在珍宝岛爬冰卧雪冻坏了脚

一辈子也没治好，去年

终于带着他满身的病痛走了

有一年他的诗集研讨会

我和元正雪峰等去了牡丹江

柏松大哥的病让他不能坐着

只能站着，他没有去陪领导那桌

而是一直站在我身边和我们吃饭

比如麦可，从坡顶的街道向我走下来
食指拇指间捏着一本书的一角悠荡着
两米高的身躯，和个大侠一样
问我咋啦，而我只是心情不好而已
我仰脸跟个小孩一样看着他
顿时觉得世界上的事没啥大不了的
而其实我比他年纪大了很多
再比如雪峰兄弟，世纪初
他在自己家给我们做鲇鱼
胳膊被油崩得全是大紫泡
和爬着几条蚯蚓一样
雪峰下班时总要到
元正在孙家站的芬芳食杂店
哥俩聊上一会儿，元正炸的花生
雪峰觉得好吃，就往西服口袋里
揣上一大把，西服很款式
他也不怕沾上油，有这样性情的人
注定是我兄弟，绝对跑不了
再比如元正，有时很晚了
大冬天我步行五六站路去他食杂店
总能找到他，我们也不多说啥
他抓把瓜子往小炕上一撒
再给泡杯茶，我就在炕上一歪
有顾客他就忙，得空我们就聊几句
也没啥正经事，这样一个
你随时都能找到的朋友
他总是在那里存在着

这种安稳之感比什么都宝贵

麦可柏松雪峰都已不在人世

元正的食杂店也早都成了历史

只有这些细节不会消失

他在很远的九三农场谋生

这七八年我只能在假期见到他一两面

2017 年 5 月 13 日

## 11. 放学回家

小时候放学回家,如果没看见母亲

我的第一句话就是问哥姐

妈呢?有时二哥也会这样问我

我们习惯了一回家就看见母亲

在忙着做饭,或是在门口静静地抽烟

母亲没在家,二哥和我便会

赶紧去邻居家找,西邻是张姨家

东邻是李大娘,再过去是老郝家

不外这三家,一般都能找见

那时邻里关系密切,板障子上面

会开有小门,用铁丝钩挂上

不用走大门,彼此就能串门

偶尔碰见家里没人,蓝油漆的门锁着

只有高大的土豆花静静地站在屋檐下

我就一阵恐慌,好像和苏联开战了

或是家里人都搬走了,把我丢下了

只要母亲在家,就是平安无事

就可以安心写作业,等待父亲下班

带回来子弹壳和西瓜,奇怪的是

从没有人问,爸呢? 好像有妈就够了

2017 年 6 月 3 日

## 12. 冻梨的滋味

年三十或是大年初一的晚上

我会揣一挎兜小鞭或是瓜子

跑出去和小伙伴们玩儿

有时也打着纸灯笼,小鞭放没了

或是灯笼里的小蜡烛灭了

才会回家,那时往往都是半夜了

有一次我回到家,穿过积雪的

点着冰灯的院子,房门大开

屋子里灯光明亮,但一个人都没有

后屋红油漆的柜子上,用铁盆

缓着冻梨和花红,盆子里的凉水

已经结了冰,冻梨已经软了

我抠出来一个,它呈棕黑色

冰壳里留下一个椭圆形的坑

梨子松软而粗糙的皮裹着冰凉的甜味

微微的不安如同颤动的灯光

父母一定去邻居家玩麻将了

我没有去找他们,而是留在家里

房门和院门都敞开着,夜突然是那么静
硝烟和白雪的气息飘进屋子里
我使劲吮吸着冻梨,直到梨核变得枯燥
在嘴里泛出苦涩而孤单的滋味

2017 年 6 月 3 日

## 13. 爱 学 习

中学时我的文科就比理科要好
总体上还算不偏科,语文生物
外语化学政治,都是我的长项
最头疼的是物理,因为教物理的
任线裤,在课上不点名地嘲笑我
说,别看你班有人语文好
照样啥也考不上,物理连常识都不懂
他是想把我打压下去,让他班的尖子
能超过我,问过他一次题
得到的只是嘲讽,此谓拔尖运动
结果我更不爱学物理了
我们这个班是 1981 年高考
高中只读两年,是全县最好的学生
选出来组成的所谓快班
我几乎总是在第一或第二名
语文老师战继贤总把我的作文
当作范文,刻钢板印发给大家
朱四作文不行,过年时

我们几个在他家院里眺望

河西白杨树和高低错落的红灯笼

我出口成章,他和二力就赶紧记

崇拜地说我啥都会,现在这两小子

混社会混得好了,就不理我了

中学时数次参加地区语文竞赛

我都是第一,有一回

往常总得第二的一个女生

超过了我,据说我回家哭个没完

得到鼓励其实更早是在初三

我生病请假,第二天上学

发现我的作文被老师抄黑板上了

从此我就变本加厉,一直到高中毕业

甚至上数学课我也用本盖着看语文

盼着战老师上课,他一只眼睛

好像有点问题,很瘦,朗读很好听

一开始数学我比较打怵,数学老师

徐桂美有次把我叫到办公室

问我想不想考重点大学

我傻了吧唧问,重点比别的好吗

当然好了,我就说,那就考重点吧

徐老师就说,那你数学得用点功了

就这样,高考我数学打了九十三分

语文反倒没考好,只得了八十五分

我大姐秀琴告诉我,从小

我就对知识有种贪婪的渴望和好奇

她和永平看书,我那时六七岁

还没上学,非得要看

他俩嘀咕我能看懂吗? 我就哭

他俩看我怪可怜的,就把书给我

也不知道能不能看懂,反正不哭了

趴炕上翻,那时又不识字

怎么能看懂呢? 邻居李家二哥明山

看《水浒传》,我问是说啥的

告诉我说是写鬼的,我就想

水壶还带转的,八成里边真有鬼

不知从哪里听说纪伯伦这个名字

就觉得好玩,

就老念叨,自己还哈哈大笑

别人不知道这小孩咋回事

小学时放学回家总是写完作业才吃饭

早上醒了就看书,母亲就骂

扒开眼就看,有回把我书撕吧撕吧

扔院子里,沾得都是烂泥

我记得是母亲怕我把眼睛看坏

永平记得却是母亲在炕上絮被子

我趴旁边看书看高兴了乱踢腾

踢得棉絮乱飞,母亲生气了

作为克山县最好的学生

我的高考惨败,少得了至少三十分

不敢在家待,去城东大姐家躲着

会林子和谁给我送录取通知书

着急都踩阳沟里了,鞋上全是泥

进西交大后,发现班上十来个

教工子弟都比我分高,受了挫折

干脆不学了,写诗,搞文学社

和仝晓锋到处朗诵,晃来晃去

终于成了不爱学习的人

整天摆弄毫无意义的词语游戏

一事无成,只成功地成了一个失败者

2018 年 2 月 24 日

# 14. 吃 东 西

上小学时有回母亲做饭晚了

我没吃上饭就气鼓鼓地走了

那是唯一一次没吃上早饭

晚上回来,母亲歉疚地安慰我

我也不知道自己为什么生那么大气

小时候缺糖,所有有甜味的茎秆

都被咬个遍,树枝里边那层绿皮

叫作玻璃翠的一种花,各种草根

最爱偷吃维生素,先甜后酸

打蛔虫的塔糖成了一大盼望

有时上学路上无聊,就裤兜里

揣几块大盐粒,走路时含一粒

大学时去逛街,口袋里会揣块粗饼

一边走一边捏一小块扔嘴里

仝红过十八岁生日,去她家

吃外头裹着面做的鲫鱼

我想先把面皮嗦掉再吃

仝红就大惊小怪一个劲笑话我

鲫鱼刺又多又细，好在仝晓锋

解了我的围，他嗖嗖吃得贼快

还说他是半拉回民，擅长吃鱼

在李周仁宿舍吃橙子

咬大劲了，汁水差点呲眼睛里

周仁哈哈大笑，她去交大找我玩儿

因为身高比例实在太悬殊

去食堂路上她就拉着我手

一个巨人领着一个小精灵

大学四年，食堂的菜只记住个

烂糊白菜，和免费的玉米面糊糊

小时候不吃面条和粉条

老觉得像大鼻涕，大学毕业后

住单身，反倒喜欢起面条来

因为一只碗就能装下，方便

马原出生后，有很多年

因为吃饭生气，总感觉耻辱

冬天在大走廊，天天抠土豆芽子

耐心地用汤匙柄，把一个个

麻点都抠掉，抠成很深的小洞

现在在大学教书，还是吃食堂

每天吃啥成了一个 to be or not to be 的

大问题，常常纠结得像个哈姆雷特

于是乎总结，人生最大的耻辱

是因为要吃东西才能活着

而不是喝西北风,或者东风压倒西风

2018 年 2 月 25 日

## 15. 做 家 务

六岁前家在伊春,带院子的平房
院墙是用木头整齐地摞起来
再用方子做立柱固定
半人来高,近米宽,可以在上面
走来走去,新鲜的木头味
墙那边别人家神秘的生活
也许还有屋脊外隐隐的青山
构成了儿时梦想最初的结构
不记得见过父亲垒墙,这芳香的堡垒
似乎一睁开眼睛它就在那里了
也不见大人盖门斗,刷成绿色
三角形顶端,带玻璃窗,不大
有裸灯泡照着下雪的寂静
有时早上起来推不开门了
原来一夜大雪,风把雪赶到门脚
把门压得紧紧的,就推开个缝
用小铲子掏,院子几乎填满了
半人高的雪,就一路掏洞到大门
这样的雪洞往往能保持好些日子
从胡同里一直通向大街
每家门前都会有个出气的天窗

358

透下水晶般的阳光,我们钻来钻去
透过细木格的蓝油漆窗户
木地板发出暗红色,我和母亲
坐在地板上打蜡,发给我一小截
洋蜡头,转圈蹭,然后用干净抹布
擦得能照见人影,穿袜子直打出溜滑
有时发大水,地板缝里就往出冒水
我用小塑料盆帮着往门槛外舀水
水还是很快就没过了小腿
各种颜色的小盆便漂浮起来
也不知道害怕,倒觉得兴奋
后来到了克山,还是住平房睡土炕
炕席总会给稚嫩的身体留下小刺
母亲做饭我拉风匣,总觉得有小耗子
在里边来回跑,很可怜
呼哧呼哧,灶下的火时高时低
引火是个技术活,总是掌握不了
母亲和大哥会用多脂的松明子
或一张纸,漆黑的炉膛就腾起红光
刷碗对我实际就是个玩儿
在做饭的大铁锅里放上碱水
像洗净一个个想法,从此收拾东西
往往也是对内心秩序的整理
捣蒜,把白生生的蒜瓣塞进臼里
用手捂住臼口,用小擀面杖
贴内壁先把大部分蒜瓣压扁
不然会蹦出来,臼里越来越黏

辛辣的气味扑鼻而出。储秋菜
也是乐事,冰凉的大白菜
院子里码一堆一堆,整整齐齐
准备下窖,或是腌酸菜
帮母亲捣自己家下的大酱
棕色大缸立在屋檐下,用白纱布
盖着,隔段时间就打开捣捣
把上面的硬壳捣碎,像诗的形式
浑融于颜色更浅更新鲜的内容
不能让雨水渗进来,会生蛆
最不爱干的是倒垃圾,弄个土篮子
垃圾贫穷的内容让我难为情
秋天糊窗户缝,用面粉做糨糊
旧报纸撕成条,糨糊总不好使
随着窗户的封闭,金色的阳光
也就只能在屋檐下站着了
像是闹掰了不让进屋的小伙伴
劈柈子,撮煤,扒炕,盖仓房
都是父兄们的事儿,似乎总是
土地发潮阳光明媚的春天,看他们
夹板障子,灰色的木板和新土
沿根部再点上一溜葵花籽儿
新葵如苗条的邻家姐姐,陪我长高
等葵盘渐满,时光之轮又转过一圈
我那童稚的脸也丰满了一圈
并悄悄罩上成熟的忧虑

2018 年 2 月 22 日

# 16. 生　活

生活，这是个生死攸关的大问题

每个人都在生活，只要还活着

相声演员有说学逗唱的生活

教书匠有皓首穷经唾沫四溅的生活

工人的生活里有钢花飞舞

有漂亮的天车女工，打打闹闹

农民的生活有地头开会

秋收冬藏，挖田鼠洞掏出一堆堆

黄豆，让田鼠一家用麦秆上吊自杀

干部有干部的生活，有厚黑学

一个套一个明亮的办公室

你怎么也走不完，也找不到

盖红章的那顶帽子，它会飞

像赫尔墨斯脚上带翅膀的靴子

作为诗人，我们没有自己的生活

虽然我们活着，也吃也睡也骂人

比如我，我的生活基本就是

在书里生活，不是学以致用

而是研究怎么样做一个无用之人

且写这种无用之美，讲授这种

无用之思，且以玩弄词语的肉体

为最大乐趣，比如有写诗的

打电话过来说，老马来我酒吧朗诵诗

有兴趣吗？没兴趣，我只想抽你们

老马我知道你想抽我,这个以后再说
什么以后再说,我现在就想抽你
再比如,九十年代去一家编辑部
和主编讨论诗和生活的关系
主编大人说,别人的诗关心生活
我说,都活着,谁不关心生活啊
结果好几年,主编不关心我
同样关心生活的诗了
诗不是来自满满登登的生活
创造力往往来自生活的单调
那些满世界乱跑的,属于狗腿子
且没有主人,连伪军都算不上
我从没厌倦生活
我只是厌倦了别人的生活
诗来自生活,又绝不高于生活
它反过来成了生活的一部分
像一架纸飞机,可以切开
房间的幽暗,飞到别人家的阳台里去
所有的诗当然都来自生活
否则它还会来自死亡吗? 没有人
能死里逃生,带给我们消息
除了基督,像《白鲸》里的以马内利
作为人,我也许有过,一个工程师
一个图书编辑,一个大学教师的
几种不同的生活,而作为诗人
我生来不是为了享受生活的
而是为了获得生命,这才是

生死攸关的问题,它使我正在经历的
暂时的生活,有了永恒的意味

2018 年 2 月 26 日

# 17. 没 意 思

五六岁时我时常跟在母亲身后磨叽
没意思没意思,母亲便没好气地说
谁家有意思上谁家去
那时的没意思也许只是小孩子的寂寞
只是存在这个大坝上一道小小的裂纹
很容易被野心勃勃的黄泥工程
自己可以坐在里边驾驶的大飞机
被怕雨淋而摆在草编鸡窝里
敌我不分混在一起的泥巴军队
被功课、拳法和木头大刀所填满
可从意思到意义始终通着一条暗河
比如冬天午夜,家人都已睡熟
便会有半尺高戴花帽红红绿绿的小人
像唱戏的从门缝里冒出来
分成两队,在屋地中央交叉绕行
然后抬出一把龙椅放在圈子中间
他们吹吹打打,嚹嚹嘤嘤
却始终不见有谁坐上那把椅子
我装作睡着了,用眼角眯缝着看
但总是不知不觉坠入黑甜之乡

有段时间，对中学课本的知识

发生了严重怀疑，既然都是人造的

还不如自己研究个究竟

这浮士德的知识悲剧一直延续下来

对知识可靠性的疑虑带来更多的知识

更多的书，失望和晕眩

我想找到一种表达这疑虑的语言

翻遍了所有的书都一无所获

世界的真实和生命的真相

也许一个残酷一个冷酷

真理也许是人类承受不了的

所有的书都是为了掩盖住它

用东拉西扯，用王顾左右而言他

用所有发明的娱乐，只为了盖住

真理那落雷般的寂静

而诗歌不过是把有意思的写得没意思

把没意思的写得有意思

有意思没意思，也都是意思意思

2018 年 2 月 26 日傍晚

## 18. 我的高考

我是 1981 年参加的高考

高中那两年，我大概是年级最好的学生

实际上我并不是特别用功

花在写作文看闲书上的时间比较多

人小的时候会受很多影响

我的语文老师战继贤经常鼓励我

把我的作文当作范文

所以我特别爱上语文课

有时上数学课也用数学书挡着看语文书

我的物理一直没学好

原因也和老师有关

那位物理老师我们都叫他任线裤

名字后两个字到底是什么我不知道

有一次我去问他问题，他不但

不好好给我讲，反倒说我没常识

到我班上课还念秧——

别看你们班有的人语文学得好

照样啥也考不上。我就觉得

他是在说我，当时校园流行拔尖运动

就是打压其他班级学习好的

我对数学的感觉还比较好

也是和任课老师有关

数学老师是个女的，不记得姓什么了

离高考不久的时候，她把我叫到办公室

问我想不想进重点大学

我这人在有些事上很迟钝

也确实像物理老师说的，缺乏常识

我居然问数学老师，重点比普通的好吗

老师笑笑说，当然。我说，那就进重点

我这么说绝没有骄傲的意思

纯粹是出于某种懵懂幼稚

后来的结果是数学打了九十三分
现在想起这些,觉得世间事都很偶然
当时班上有个上年级下来的女同学
名叫安雅,是文艺队拉小提琴的
那年代我们都很封建
不和女生说话,对文艺队的有偏见
老觉得他们不正经
那时书包都放书桌膛里,不背回家
晚上有时得在学校学习到十点多
有天早上我一进教室,发现大家
都在嘀嘀咕咕交头接耳
我在书桌膛一翻,一封信露了出来
有七页半,吓得我只看了个开头
什么龙啊凤的,然后赶快看了看落款
这封情书可把我吓坏了
我课也不上了,直接跑回了家
到胡同时把信撕了,扔在阴沟里
回家把这事告诉了父亲,原来
同学们嘀嘀咕咕是因为我的同桌
也姓马,他翻我书包里的学习资料
发现了信,趁我不在,当着全班的面
给朗读了一遍。我感觉自己成了流氓
父亲出去,把信捡回来又粘上了
此生收到的第一封情书
愣把我吓出一场病
背的公式单词统统忘记
整整病了一周,没去上学

脑门和脖子上都是母亲掐的红檩子,为了帮我去火

父亲急了,居然去找了校长

安雅听说我病了,由另一位女同学陪着

来我家想给我道歉,大哥拦着没让她进屋

我脑子一片混沌,智力瘫痪

本想不考了,后来硬着头皮去跟着考试

进考场前刘会林塞给我两颗大长粒的维生素

那时维生素很稀少,头二十分钟

我连题目都看不懂,干坐着

后来不知怎么缓了过来

基本是在无意识状态把卷子做完

也根本没记住哪道题得的什么数

出来后同学们兴奋地互相对答案

我也没法对,因为怎么答的不知道

几门课都是这样稀里糊涂瞎答

最后也没法估分,便开始瞎报志愿

第一个就是大庆石油学院

我以为自己连个中专都考不上了

一位副校长知道了情况

特意跑到我家,帮我改志愿

说指望我出菜呢,发挥再不好

也能上个中不溜的学校

于是就填了西安交大,同济,南开

这些中不溜的,我依然情绪沮丧

眼看着同学们一个个来了录取通知书

自己迟迟没有消息,便躲到大姐家里

有一天刘会林和另一个同学跑去

给我送通知书,跑得鞋都踩泥坑里去了

结果我以第一志愿被交大录取

是计算机科学与工程系软件专业

县里在十字街口贴了红榜

我是第二名。如果没有那封情书

我肯定能进清华北大的化学系

那样,可能我就不会写诗

而会和其他人那样,有个成功的人生

而不是一事无成,只会排列些没用的词语

至于安雅,后来她告诉我

她一直觉得她把我毁了

直到知道我还对付活着,才有所释怀

前些年她时常从非洲发短信

说她门前的红花有脸盆大

看见有大鸟飞过也要告诉我

那时我正为了博士毕业找工作发愁

哪里有心情和她谈花啊鸟的

我就把她号码删了

这就是我高考的记忆

它改变了我的人生轨迹

那个严重而可笑的插曲实属命运使然

2017 年 6 月 6 日

## 19. 父亲节写给自己的诗

计划生育让我这辈子只能做一回父亲

没有机会让你获取经验

自己还是个晕头转向的孩子

大玲刚怀马原那时,我总是恐慌

忧愁以后的日子,总觉得孩子可怜

生在一个贫穷之家可谓天生的不幸

好在大玲乐观,我给她剥瓜子

说吃瓜子胎儿头发黑,纯属扯淡

我还会蒸带鱼,大玲挺着肚子下班

天都黑透了,有一回一进门

脸上哭得一道一道的黑,原来

是被公交车女售票员薅头发用脚给踹了

我这火噌地一家伙就上来了

带着她就找车队去了,调度说

下班了家里没电话,找不着人

要是找到那女的,我非踹她个半死

大玲高大有力,如果不是怀孕

一般人还真整不过她

贫贱夫妻百事哀

在大走廊的黑洞里马原也长大了

不但没冻着饿着,反而高大健壮

一脸善良。上幼儿园那会儿

大玲早起带他到城市的另一端

哈尔滨冬天很冷,马原三岁

早上我就在床上轱辘他

轱辘几个个儿,他就醒了

然后装在一件红羽绒服改的棉猴里

棉猴下端缝死,手插进两个兜里

正好能把孩子抱住,我们命名为抱猴

在黎明的黑暗中我把他们娘俩送去车站

马原最先学会的不是叫妈妈

而是叫爸爸,是我抱他去打针

把他交给护士时,他突然一连串地

叫爸爸爸爸,望着我,但也没哭

每次我出门,马原都会发烧

后来是管所有会动的东西都叫"牛"

被逗急了会冒出来一句"打你"

有些人天生就不适应社会

我就是典型的,为了回避现实

于是乎写诗,越写,现实越残酷

自己越缩回内心,整个一恶性循环

至于作为父亲,我自认为是不合格的

啥社会事儿也办不了,只能干瞅着

所以常自称窝囊废,现在马原

已经自立了,工作生活都算安稳

我也幸亏上帝保佑,没有被生活的海洋

彻底淹没,也没有因写诗而堕落

发疯,自杀,杀人,穷困潦倒

心理变态,磨磨叽叽,蝇营狗苟

这就算不错了,还能咋的

下一步就是等着从父亲升级为爷爷了

感谢人民,感谢党,就说这些


2017 年 6 月 18 日晨于宝宇马原家

# 20. 玫瑰中学

我住新开街大走廊宿舍的时候

它还叫作第十三职业中学

马原有时在校园里玩沙子

我趴窗台上就能看见他

他自己哈哈大笑,不知道天就要黑了

那是九十年代初,秋天有毕业演出

我会长久地看着学生们表演

想着马原也会长大,和他们一样大

穿校服,表情严肃,站在队伍最后面

这座大门开向上游街的老房子

我一次都没有进入它的内部

它的对面就是马原上的洋洋幼儿园

我曾写过一首《白日美人》的诗

洋洋一直没有结婚,全部身心

都扑在孩子们身上,也从不出门应酬

洋洋妈时常忧虑地谈起她脱离社会了

洋洋常说,马原多好玩啊

前几年我遇见洋洋妈

在已经衰落的幼儿园看见了洋洋

她已经不记得我和马原了

一点都不记得了,她脸色煞白

应该是常年不出屋的缘故

那条街不知从哪年起种了沙果树

一到秋天,路边青青红红很好看

而解放前曾经名为玫瑰中学的这座老房子

也早已变成了市教育局

被马原叫作黑洞的我们曾经的家

也早已彻底消失，连同那些年

白日幽灵般晃荡到我家的诗友们

他们常常拎着一条冻鱼

进屋就上床，在窗台上坐着

半天才说上一句半句的

而在黑暗中常常会有小清雪落下

2018 年 2 月 19 日

## 21. 哈厂浴池

1986 年我毕业分配到哈尔滨车辆厂

它隶属于铁道部工业总局

现在铁道部是否还存在，我不清楚

这家原中东铁路总工厂

简称哈厂，厂报叫作《三十六棚》

意谓以前这里是松花江边的大野地

跑着兔子和狼，一片棚户区

在全路三十六家车辆厂中排名末尾第二

我在这里度过了十八年最好的时光

从一个不知道说什么就只好

对人傻笑的青年，长成了一个心事重重的中年人

那时一起分配来的大学生们

互相开玩笑，路上看见一个鸡皮鹤发的老太太

我就会对陈卓说，这就是你的未来
绝望笼罩着我们，似乎这辈子怎么度过
怎么退休，都一眼可以看到头
赶潮流跑到广东的杨于军回来看我
一个劲地叹息太可怜了太可怜了
我先是住一号门外的单身宿舍
马原几个月大时
屋里有烟道从一楼食堂通上来
热得马原浑身都是红痱子
后来单位把宿舍隔开，一边是单身
一边住结婚的，两家一屋
中间用纤维板隔开，我还刷了白油漆
床是同事帮我用角铁和木头钉的
马原晚上一哭，隔壁新婚的一对儿
就唉声叹气，后来马原和大玲
去娘家住了半年，一整个冬天
就我和诗人王小蝉两个人住
他那年状况不好来投奔我
我俩蒸馒头，面发不起来，硬得能打死人
有一次他和后来杀人的阿橹喝得烂醉
回来踹门，说和我气场犯冲
在我身边写不出诗来
那几年洗澡是个大问题
车间有认识人的会去车间洗
据说水大，又热乎
我几乎不认识谁，只好去浴池
一座黄色二层楼的老房子

耍自己用盆带着拖鞋,排队
自己带存衣柜的锁头和钥匙
冬天特别麻烦,那时都穿棉裤
洗完出来穿裤子很是费劲
那些年的冬天似乎也比现在冷
浴池里什么样,我已完全不记得了
那时偶尔能碰见几个漂亮的女同事
披头散发出来,孟冰冰和吕春丽她们
也不打招呼,她们似乎不是她们了
新世纪初工厂息工,那座浴池
也早已废弃,窗玻璃上还留着
直板卷发的字样,冰冰买断工龄了
春丽死于癌症,我时常想起她们
车辆厂也早已改名,从一万几千人的
百年老厂,裁员剩下两千来人
搬到了先锋路,空荡荡的
前后几届进厂的大学生们基本都走了
现在只有诗友王嘉丰还在那里工作

2018 年 2 月 19 日

## 22. 想起一个过去的同事

我刚进车辆厂是在产品开发处
计算机室,后来改为设计处计算中心
室里十来个人,主任是个天津知青
工农兵大学生,口音很重

叫刘树森,中等身材,圆脸小眼睛

看着挺和气,实际上很会算计人

我是厂里唯一一个计算机专业本科生

有天快下班时,他扔我桌上一本软件说明书

"小马,你就不能给我争争气

把它译出来,明天给我拿出来。"

当时年轻,不知道这是在刁难人

熬个通宵译成了汉语,他又说

你还真译出来了。其他就没话了

那时因为写诗,不少人去领导那里说坏话

实际上我的工作始终保质保量

每周三政治学习,此人经常

把我拎出来当反面典型,比如讨论

主客观问题,他就把伯克莱踢石头的事儿

拿出来讽刺我。那几年在他的折磨下

心情十分压抑,有时恨得我

想趁政治学习时暴起用椅子砸死他

后来他步步高升,居然调铁道部去了

负责全路几十家工厂的软硬件采购

贪污太多,最后跳楼自杀了

现在想起来,我对这个下了地狱的人

只有淡淡的怜悯,而我拼命学外语

翻译作品,还得感谢他

因为上班不让看别的书

学外语他就管不着了,人生成败

不只在今世,灵魂得救才是最后胜利

那些贪官都在地狱里

他们才是失败者,不值得羡慕

2018 年 2 月 19 日

## 23. 车辆厂大院

车辆厂搬迁后,原址成了爱建滨江
一个高档小区,那块被贱卖的地皮
埋葬了我十八年的大好时光
但现在想来,几乎又没有什么记忆了
似乎那十八年中没有任何值得
记录的事情发生,起初住单身宿舍
一楼有个学习室,一个大姐有回说
"你还真把诗当回事了。"
她的名字我早已忘记
只有这句话留下了,它让我吃惊
原来我视为生命的,别人只当成玩笑
诗歌从来不是可有可无的点缀
它承载着真理,现实的苦难
和人心的荒芜,它是最真实的历史记录
我所在的计算中心在十三楼
外屋很宽敞,南侧和西侧都是
巨大的玻璃窗,里屋是机房
我的办公桌紧靠西北角
抬头就能望见松花江公路大桥
桥上汽车玻璃的闪光
和毯子一样铺在桥上的平原

就在那里,我翻译了美国后现代诗歌

写在废打印纸上,稿子有一尺厚

有时忘记了太阳晒,背心湿透

就在那里,我整整一个冬天

整理录入麦可的遗作

用二十四点阵的针式打印机

嗞啦嗞啦一行行打印出来

同事们都喜欢去别的小组串门

尤其美女多的标准化组

大多数时候就剩我一个人

下雨时最开心,雨下冒烟了

大楼被暴雨哗啦啦的寂静包围

我一个人眺望世界

仿佛柱头修士在他孤零零的圆柱顶上

已经过世十年的韦尔乔

曾经有年冬天来过

他说大院里都是雪,是那个冬天

他最开心的事儿,我在工厂里写诗

远处就是散布的各种车间

轧钢车间的大气锤哐当哐当

蒸汽嗤嗤响,天车滑来滑去

修造的货车在铁道线上来来去去

我有时下车间,各种形状的钢铁构件

和人喊着说话,车间远的得走半个小时

现在那片地方只剩下一个火车头

一个水塔,和一个从地底下挖出来的

金灿灿的塑像

我再也想不起办公大楼的准确位置
一切似乎都从来没有存在过
包括我这个人。可我还会
固执地梦见它,梦见它周围的小胡同
梦见我迷失在包含绵延山河的大院里
怎么也走不出去,或者是出差回来
怎么也找不到自己的办公桌
而同事们似乎根本就看不见我

2018 年 2 月 19 日

## 24. 饭 盒

在车辆厂上班那些年
记忆较深的是带饭的事儿
一个铝饭盒,因为用得久了
磕碰出一些小小的凹坑
总是刷不太干净,用橡皮筋一勒
无外乎米饭和最简单的菜
咸鸭蛋,鸡蛋炒柿子,带鱼什么的
夏天还好,冬天麻烦
不能有汤,会洒出来
用旧皮提包或者布的三角兜子装着
有时泡里点开水,单位楼上
安排了一个锅炉,一个大铁桶
大家都去那里热饭,谁的饭盒
摞谁的饭盒上边,就得考虑考虑了

去晚了还没地方放

时辰一到,用棉手闷子拿出来

同事们互相帮着热饭和取饭盒

有时大家坐一起,那时家庭条件

就显明出来,有时还互相串着

尝尝彼此的菜,大多也没啥特别的

那时武俊德总逗吕春丽

说她老公给她喂得白胖白胖的

春丽就用笤帚疙瘩满屋拍老武

有时我们边吃边甩扑克

或者先赶紧吃完,饭盒往窗台一放

趁午休打上一圈,有段时间

基本是我和朱军或姬奎利一伙

女同事吴亚杰和孟冰冰

或是吕春丽一伙,我的牌技挺臭

玩的是什么名堂也记不起来了

那段时间,通过玩扑克

同事们处得不错,都挺开心

盼着午休,主要也是有两个大美女

一起摸扑克说说笑笑挺有意思的

上班铃声一响,马上收摊

各自去洗饭盒,叮叮当当

下班往自行车后座一夹

勺子在里边咔啦咔啦直响

慢慢悠悠骑走,或者叉腿站路边

和遇见的很久不见的熟人聊上几句

后来不知从哪年起,大家就不带饭了

饭盒换成了盒饭或回家去吃

也不打扑克了,日子便无趣起来

2018 年 2 月 20 日

## 25. 报　到

1981 年我从克山考入西安交大

父亲陪我到了齐齐哈尔

从那里送我上了去北京的火车

我从未出过远门,除了小时候

全家一起回过几次绥化老家

与克山县相比,齐市是第一个

我到过的城市,夜色中的吊炉饼

是我认为最好吃的东西了

实际上可能就是北方常见的大烧饼

父亲早年做铁道兵时的朋友

在北京接到了我,在他办公室

睡了一夜,又转去西安的硬板火车

那时火车特别慢,我是靠窗口的座位

秋天依然很热,从开着的窗

风正好吹着我的白衬衣上部

多少个小时到的西安记不清楚了

只记得一路我都没动地方

也不吃不喝,结果白衬衣成了灰色的

学校有接站车,满街巨大的梧桐

一位姓高的女同学是教工子弟

在宿舍楼前负责接待登记
我居然以为她是老师,也管她
叫了老师,也许城里人长得成熟吧
这种幼稚让我一直记忆到如今
不知怎么,我安静的十七岁
居然能吸引一些奇葩的"坏学生"
东区一个西安本地姓邵的新生
不知怎么找到我所在的西区
来和我结识,写了不少歌词给我看
当时买饭票是生活委员统一给买
不知怎么把我落下了,态度还很生硬
我就和这个邵说了几句
他二话不说操起厕所带皮碗的抽子
就给那生活委员一顿捅
不欺负老实人有罪
可性格是天生的,磨炼不出来
受再多苦也没用,除非蹲了监狱出来
或是信仰之功,性格才会大变
邵后来因为什么事被开除了
刚入学,也没谁知道我写诗啊
他怎么来找我,始终是个谜
就连仝晓锋怎么出现的,怎么认识的
我也不知道了,我性喜沉默
对滔滔不绝者天然有点反感
晓锋恰恰是口才杰出之人
给我的第一印象并不怎么样
感觉像个比较滑头的二混子

可是友谊也是天定，逃不掉
我们互相出现在对方的瞄准镜里
绝非偶然，1986年毕业时
因为写诗，我被发配到哈尔滨车辆厂
晓锋是教工子弟，有门路看到
我的分配方案，火急火燎跑到
我宿舍楼下，一个劲说完了完了
我这厢却还在写诗，没事人一样
我对自己命运转折的大事
始终有点糊里糊涂，随波逐流
但凡凭我本身解决不了的事情
我都有点听之任之，任人宰割
这辈子只会学习，做作业
百无一用，窝囊废一个，完犊子
啥社会事儿也整不明白
根本无法适应中国社会
能跟头把式活到现在已是奇迹
去车辆厂报到是发小朱四陪我去的
整个哈尔滨就认识他一个人
这小子从小精明，和我完全两回事
他后来和我说，我老和人傻笑
我是因为不知道该说啥只能微笑
宿舍没安排好之前，我在招待所
住了一两天，行李就是一玻璃丝袋子
那犹太老会堂的暗红色木地板
房间宽敞如同战地医院
现在它已改名为音乐厅

还有弯曲的楼梯和彩窗
光透进来简直如同圣乐
报到时领我办手续的人事处的
薛万华干事,用自行车驮着我
去一些单位盖章,还说就是他
去交大要的我,一个很温和的兄长
那些年抓劳动纪律,厂门口
有录像,有回把我给录上了
也是薛给说情,没处理我
不过,任何一个人在不同人群那里
给人的印象殊为不同
评价甚至完全相反,比如这个薛
在另一些入厂大学生那里
就成了坏人,厂子完蛋时
有些人要走,据说就是薛不放手续
所以,人世间对人品的判断
皆是从和自己的利害关系出发
看对方是不是对自己好
这好也仅仅限于功利,这是非常
局限的,对你好的不一定就是好人
判断人,最准确的尺度就是上帝
看他的行为是否符合上帝的公义
摩西十诫和圣灵的九种果实

2018 年 2 月 20 日

383

# 26. 煤 油 炉

一尺来高,方桶形,刷着绿漆

摆在走廊自己搭的木头台子上

台面上垫一张厚的白不锈钢板

大玲可以从单位领火油

是烤旧电机用的,好重新下线

她在机修车间,线圈很重

手腕子累得鼓大包,我老得给揉

煤油炉是八十年代末在秋林买的

当时就很少有人用了

大玲因此还受到单位同事的嘲笑

她却暗自高兴,每个组火油有限量

别人不用,她就够领的了

别人家烧煤的就偷单位的地板块

她所在的企业离车辆厂

正好在哈尔滨东西两端

火油属于易燃物,很不好携带

大走廊里沿墙每家摆一个煤油炉

各式各样,五颜六色,蔚然成风

我家买的是最好的

黑色旋钮一拧,一圈火捻子

就和蜡烛芯一样升起来

可大多时候火还是大不起来

那时主要是做面条,两个人

一顿能吃一斤,卧里几个鸡蛋

火上不来,面就糗了,坨成一团
我就反复拆卸,换捻子,弄一手油
煤油得到处去弄,我曾看见一个
一同分配来的大学生,从车间
要了一塑料桶煤油,却害怕
大门口的门卫抓,就贴墙根
把油都倒了,因为舍不得那桶
这种炉子烙饼、煎鱼都可以
傍晚时,昏暗的大走廊里就闪烁着
生活的火苗,和一张张年轻的脸庞
大家还边做饭边聊聊天
邻居家小孩有小李慧、小茉莉和大龙
小李慧长得跟小木耳似的
时常拿板凳坐她家门口
大玲就塞给她一块大饼干
一只小手都拿不下,坐那里吃
小茉莉有张白胖的大脸,闷乎乎的
大龙四五岁,他妈礼拜天总去教会
一骂人,大龙就说,你不能骂人
你还信主呢,教会不让骂人
大玲问过她为啥信那个啊
大龙妈说,你看我家多困难哪
自己下岗了,大龙爸是打更的
大龙家里边那家条件挺好
一整就切红肠吃,满楼道香味
大走廊的好处就是谁家做啥全都知道
大玲做包子,一会儿有只小手就拿一个

一会儿就拿一个,一锅就空了
我家里边有个大姐一做大碴子
就招呼这帮小孩搬着小凳
带小碗去吃,她爱人外边有人了
老揍她,那大姐长得其实挺好看的
后来单位给发煤气罐了
大玲再也不用领火油了
诗友嘉丰给我在车间焊了个铁钩
把煤气罐挂自行车后座上
我推着去很远的二号门去换气
终于告别了煤油炉时代

2018 年 2 月 20 日

## 27. 单身宿舍

车辆厂宿舍在厂一号门旁边
三层的红砖小楼,我住 310 室
舍友余吉成家在阿城,总通勤
另外有两个车间工人,一个姓杨
他俩一喝酒就骂,说是他们工人
养活了我们这些大学生
我也不理他们,把本子垫膝盖上
继续写我的诗,1989 年 5 月底
我和大玲参加集体婚礼回来
同舍的三个哥们挺够意思
到别的屋挤去了,我俩把床一并

算是婚床,我们吃食堂

那时出差得把地方粮票换成

全国粮票,我的户口是集体户口

我俩没有口粮,母亲就从克山

给捎白面豆油,还有黑面

这些大学生在宿舍里用电炉子

和酒精炉,一到做饭就跳闸

大玲怀孕了,我给她剥松子

蒸带鱼,有两回我出差时

诗友中岛去找我,大玲托我同事老武

给打的饺子吃,王小蝉也去过

父亲到哈尔滨看病,来宿舍

大玲给烙的饼,做了鳕鱼,炒鸡蛋

父亲只吃过儿媳妇这一顿饭

还说做得不错。我和大玲

谈恋爱时,第一次回克山探亲

父母已搬到农村养鸡

租的房子就能望见公路

我们一下长途汽车,父亲就穿过

冬天积雪的地垄沟来迎我们

乐得呵的,他们住的平房有个墙角

裂开个大缝子,里边长满了霜

父亲睡觉得戴着棉军帽

1990 年父亲过世之后

半身不遂还没好利索的母亲

来帮我们带孩子,脚走不了直道

用一只手抱着马原

后来宿舍整顿,搬到半拉屋后
母亲就回克山去了,310室之后
我们又搬到新开街大走廊
母亲又来待了一个冬天,帮带孩子
母亲待不住,老念叨回克山
我们就买一堆小食品,扔一床
亮闪闪的,母亲就和马原挨样吃
母亲还爱吃地瓜红烧肉和酥皮点心
还爱吃桃,她一说要回克山
我就给买大桃,后来这招也不好使了
母亲说,自己回家吃小桃去
后来母亲再也没能来过

2018 年 2 月 21 日

# 记 梦

## 1. 深夜不眠的母亲缠着线团

房间里很快就堆满了棉线

各种颜色,像蓬松的长条爆米花

好像我出生时房间里就堆满了东西

隔着这些柔软的墙壁,母亲

听着她的小宝贝是否在睡觉觉

而我像一根线轴一动不动

闭上眼,听着母亲是否还在那里

担心着困倦的她会拿起那把生锈的剪子

线越收越紧了,房间里越来越冷

没有了儿子,也没有了母亲

只有一根缩小的骨头,缠着一道血痕

## 2. 亲 人

半透明的黑暗中,姐姐站在地上

离我睡着的热土炕不远

她一直在包饭团,小心地

把白菜叶的老筋剔掉

土豆泥散发着贫穷的热气

她把白白的土豆泥包好

却不给我吃,我想哭

又怎么也哭不出声

北方冬天的平房,屋里很冷

一个角落里传来熟悉的咳嗽声

原来二哥也在,还有姐姐的女儿薇薇

年纪似乎只比我小了一点

她不停地说:"你们不和我玩

我就找小道士跳舞去。"

于是我们出去,我在一边

他们三个在另一边

踢一只已经旧得很软的篮球

这时大哥也来了,他终于

把球踢到了水洼里

房子之间的空地大得像广场

满是水洼。没有爸爸妈妈

那些老房子和老胡同早已不在了

只有土豆泥喷香的热气

还在晕黄的白炽灯下缭绕

## 3. 母 亲

是一个中午,同样也是秋天

邻居家种的豆角结满了我家平房的窗户

我们用玻璃丝袋子把豆角摘干净

剩下的藤蔓和牵牛花混在一起

在窗上形成绿荫。我就要上班了

还是在工厂,工厂在西边的山上

我请大哥与我同去,说他可以在田野里

采东西玩,他不去,他坐在小凳上
面前摆着录音机放青岛音乐,看小说
我从后门出去,看见街道退远了
原来的人行道改成了后园子
土质低劣,煤渣很多
母亲正蹲在那里仔细地种小白菜
我踩着垄沟来到路上,去上班
醒来,好半天不知道自己在哪儿
外面正是初秋,已过了种植的季节

## 4. 双　亲

和什么人一顿乱打之后
绕很远的路回家
没有院子的平房
钥匙在门上插着
房子里灯光明亮
是冬天,母亲起身招呼我
我问,怎么钥匙插在门上
答,是父亲开门时弄弯了
父亲在房子更里面
似乎在准备过年
他没有说什么
他们似乎过得很好

## 5. 圣诞节梦见父亲

高大的父亲,正与朋友在一起

脸上有泥,我心疼地跑过去
用白色线手套为他擦拭
一边骄傲地说,我爸是英雄
战斗英雄,然后欢快地跑开
叫着,游泳去喽
正是冬天,满地冰雪
人们在诅咒着什么,半天不动
我迷路了,怎么也找不到那家
叫齐傲志的泳馆
两个同乡让我坐拖拉机去
我根本就不会游泳

## 6. 父亲的马棚

我在父亲的马棚里到处撒尿
屋地是斜坡,只有未成年的黑暗晃动
许多亲戚,说脏话的两个表妹用唾沫润湿钉子
模仿木匠,磨坊的风车挂在墙上静止成扇子
父亲裹严大被,混在人群中离开自己的马棚
我表姐那么大的未婚妻穿着宽松的马裤,装瘸
我偷窥她下坡的运动员的宽后背
在黑暗的墙上摩擦肋骨
然后在梦中仔细地辨认自己

## 7. 父 亲

大雨后和父亲走在湖边

一尺深的泥泞

我们把青草踩倒,才能继续走下去

很多亲人在村里等我们一起过节

黑色的泥里混合着稻黄色的牛粪

泥泞的声音一路陪伴我们

我们不说话,胶皮靴子发出牛的吼叫

那些泥土的房屋更矮了

门窗像拉开一半的抽屉

我和父亲像父亲和儿子那样沉默着

我们身后,那些青草又慢慢立起来

滴着黑色的泥

## 8. 巨轮回转的春天

我蹲在路边,把旧式提包里的东西翻出来

半瓶可乐,几个空啤酒瓶

压到下面的书,总是能翻出些重新变得有趣的段落

我就蹲在那里看

我想重新开始生活

父亲帮我把那些瓶子扔掉

我们说,买点草莓和牛奶吧

安静的牛奶,草莓的刺儿在生气

有教师模样的人走过来

好奇地问我笔记上的公式

那是抄的卷子,还没有做完

他说,做吧,别人都在做

这是春天,周围没有人,我还蹲在路边

# 9. 你的声音

冬天薄暮,集体宿舍改造成的住宅走廊里
更加暗淡了,邻居们回家的声音
炉子相继点燃的噼啪声,红红的炉火
一层层腐烂的白菜和土豆生芽的气味
呢子大衣上粘着的雪花和你头发上的雪花
你们说着工厂里的事情,说着便宜货
幼儿园和孩子,你的声音
还是现在的样子,不年轻,也不年老
你不变的声音,带来了北方的冬天
带来了十二月党人的风雪和远方
带来了我们早已不复存在的生活
你的声音,在狭窄漆黑的走廊里响着
一直响着,温暖而明朗
仿佛除了这个普通的薄暮
世界上不存在饥饿,劳烦和分离
屋子里只有一张大床
靠着窗户的暖气片,一个孩子睡在那里
枕着我的黑色皮夹克
等我把它从他头下轻轻抽出
发现他陌生的脸微微转过去,他是谁的孩子
他不属于我们。凌乱的屋子等待着你的手
而你的声音,还在走廊里响着
模糊而明朗,像炉火摇曳着
保证着这午后的睡眠终会醒来

保证着我们贫穷而踏实的生活
像你的声音不会改变

## 10. 亡友尔乔

自从你去了另一个地方

也许是另一个星球

河流就拐了一个弯

水声也时断时续

堤坝上那些听水声的人彻夜不眠

激动得像鸙鹩

城里好像突然布满了人

每一个都像你

背着意大利软皮包

里面可能还放着厚厚一打你的资料

缩着脖子,戴着大眼镜

有点鬼头鬼脑

走得飞快

你看到这首诗

会不会和以往那样

无论当时在哪里

都会温暖地说,永波啊

## 11. 梦见迪金森的梦

道路通向无人的山顶

她在路上走着,前面有一个洞

她掉了进去，她费力地
爬出来。接着走

路上什么都没有，除了
一个比一个更大更深的洞
她看见掉下去
她爬出来的时候，山顶上的月亮
像一间闪闪发光的空屋子

四周荒凉起来
每当道路似乎接近山顶
都会拐一个弯，坠入低谷
总会有笑声从草丛惊起
像彩色的雉鸡掠过头顶

没有人走在路上
路上也没有洞
她的白衣服在慢慢变灰

## 12. 关于花开、旅行和朋友妻子的梦

在一辆没有座位的车上颠簸着
经过公路翻修留下的泥塘
总是抵达同一个陌生的街区
已经是深秋，树上的花才刚刚绽开
它们盛开后即变成满树的叶子
定睛看去，居然是淡黄色纸一样薄的鸟

透过学校的玻璃窗

朋友的妻子一边讲课

一边焦急地望着我

她得给我做晚饭

朋友始终没有出现

她抱怨地脸冲着墙躺下

她的儿子不停地和我推推搡搡

直到我的身体触到她的身体

也许我们还羞愧地干了别的

我记不清暗中的事情了

这样过了很多年

我仍然天天长途去看她

为找不到朋友而焦虑

季节仿佛总也没有过完

花开了就变成叶子和鸟

不停地飞走

房子的颜色刷新了几回

灰,黄,粉。但公路始终在翻浆

我望着学校等她出来

我一直住在这里,这座称为家的房子

我抵达的只是它的另一种时间


# 13. 和人争吵的梦


她像烧红的果实和他争吵

他从精金的宝座上站起身

在他所爱的人中间绕了一周

他沉默的眼睑是汉白玉的帷幕

在她和宝座之间,一条白色的水流
没有一点泡沫,像一条巨蛇吞噬自己的尾巴
那白银的漩涡和水晶的泡沫
在它身躯扭动下形成另一条河流
流向人世。她不知道
这河流由她而起又流回她身上

那无辜的白母牛在殿堂一角尽量隐藏自己
但在她闪电的目光中,婴儿一样赤裸
波涛刚刚从她的四肢退去尘世的羞怯
她不知道那只是语言,悬在她角上狂奔
直到她的双角被幸福的谷粒所充满

而他不会轻易承认
他的心像多余的装饰悬在胸前
忽明忽暗,照亮了她的嫉妒
照亮了广阔的四周,像一句无人说过的话

她还有什么可说的呢。她轻蔑的目光
把云彩烧成了灰。只要他的私生儿女
减少一成,她就愿意让大地的收成
增加七倍。她不说话我们就没有语言
这一幕三角恋爱的戏剧也不会结束
我们就没有机会回到暗中
把梦中的事情再干一遍

## 14. 三 个 梦

还未到春天的时候,我们相遇了
你家的窗子旁又开了一扇窗子
蓝色的窗棂没有玻璃
风涌了进来,带着花粉
落在你凉凉的鼻尖上
你看见了花园,一个套一个
越来越高,直到变成五色的云彩
一个有精神病的女邻居就在花园里
抖动十几条旧床单,一上午
丝一样的灰尘像花粉沾在窗上

过了些日子,江上跑冰排了
你走向江边,我跟在你身后
江上仍跑着冰排,夹杂着一阵阵
小马的尸体,流速极快
你知道,有些生命正在成为过去
水中的固体越来越少,江面开阔极了
你的心情也好起来

然后你扶着母亲,艰难地
走在一条崎岖的小径上
黎明前的黑暗使万物显出层次
微雨中,你身旁缓缓走着
一队穿纯白和灰色长袍的人

他们没有言语,面容安详

似乎他们的脚步也是无声的

你和母亲踟蹰着。前面是更深的黑暗

是群山、树丛、河流

人们在河边登船离去

你向另一边望去,大路上灯火通明

路边排满辉煌的建筑,仿佛集市一般

人们在喧哗、沉醉。你厌恶的人一个个出现

向你招手,带着现实中没有的善意和快乐

在尘世的道路和心灵的道路之间

是大片漆黑飘雨的田野


这是个多风的春天

我们无声地坐在一群陌生人中祈祷

又过了些日子,我们分手了


# 15. 地下王国


灰色的早春,我在薄暮中散步

在一条从未光顾过的街巷

有脚步声从身边匆匆掠过

一页纸像一束光从空飘落


我弯腰拾起,一张朱红的请柬——

宴会今晚继续举行,一切免费

我推开毛玻璃的转门,里面一片通明

仿佛有一万人在推杯换盏

沙皇时代的建筑半埋在地下,门角尿渍斑斑
看不见的仆人端着盘子往来穿梭
腰背笔挺的看门人躬身问着晚安
他胸前挂着一排跳蚤市场上卖的奖章

他的目光透过我望着我身后
脸上恢复了退役军人的严肃
仿佛我不是一个人,而是一大群人
我慢慢在大厅里巡游,脚步轻缓

只听见灰色的春风在纠缠打旋的红色纸片
没有人影的圆形大厅布满毛玻璃的小门
门内有的喧声不断,有的一团漆黑
有的露出斑驳的石墙,有的通向又一个大厅

欢宴的喧声越来越高,诱惑我接近光明的中心
红色长桌上摆着面包与酒浆
每个空位前都燃着一根蜡烛
尽头的宝座上钉着公告:国王已驾崩,欢宴可以继续

## 16. 在异乡梦见双亲

有多少年了,我没有梦见你们了
有时间的一半那么久远了吧
我以为我已经不再需要你们的注视
昨夜,你们到来,把我带入另一个生活
我们乘坐颠簸的长途汽车

爸爸有些单薄,我把外衣脱给他
我说到了南京会更冷
我和妈妈去地窖里取食物
她还是那么小巧灵活,毫不费力
姐姐在乡下,一个人,不说话
我们似乎有什么事情要做
有些欢喜,有些焦急
许多人,许多屋子,许多不存在的事物
今晨,我却怎么也想不出你们的模样


## 17. 画　梦

一个寂静的深夜,突然……


从左边上去,右边是黑墙
一双大脚缓慢而沉重
从蓝黑到果青到晕黄
油彩一队队变成鱼鳞
时而那脚在一张脸孔前停下
那张脸孔便门一样微微波动
门后蛛网网住尘马
尘土很庄严地寂静着
而长廊尽处,一只
半青半红的苹果
摇曳着一条细线,旋转


赤着的大脚逐渐加速

从右边下去,左边是白色的臀部
木梯上方开始下雪


雪地上,一行温暖的红印渡向西北方向
木楼缓缓沉入土里

# 18. 拖 死 狗

毁灭有多么容易———一瞬间
被雨变黑的草屋顶乱发披散
房梁上的燕子窝被完整地端了下来
里面还残留着温暖的破碎
阳光终于露出了微笑
却是一丝轻蔑的怜悯
一脚踹塌的锅灶下
驼背的铁锅挂着串串煤灰
还在不甘地摇晃
扒了皮的土炕露出熏黑的空腔
房间还原为框架
麻袋里的蝴蝶一下子成了飞蛾
抖着呛人的粉末向你的脸扑来
什么都没有了,老家具的尸体
被拖死狗一样拖走
四肢磕碰着坚硬发白的水泥路
那些木头板子里咬牙坚持的钉子
那些碎混凝土里钢筋绝望的眼神
很快,倒在地上的门框里

填满纠结仇恨的野草

很快,我们拖着断手断脚的玩偶

向街道尽头的白光走去

# 19. 我们共同的白银时代

大概有十年,甚至更多

我们几乎整天泡在一起

泡在泥泞的小酒馆中

泡在散发霉味又美妙无比的堆了满地的书中

那些幽灵都是我们的食物

甚至那些书中呛人的灰尘

十年,甚至更多

那是一个怎样的年代

我们漫游在哈尔滨的大街小巷

我们热烈地争论着一个细节

在街头拐角上站到夜色深沉,周遭无人

我们也会为了一个细节

很多天各自关在自己的屋子里生气

生气,也是一种能量和激情

我们曾一同在风雪中歌唱

把钢琴搬到大街上

我们热爱或发誓热爱的

是心灵的自由,是苦难的广大国土

那里只有木头座椅的老式慢车

穿过无边的暗夜

我们把冰凉的啤酒直接灌进肚子

我们相信,生活总会一往无前

在轰隆隆的列车从我们头上掠过时

我们会停下,让烟灰继续延长

我们不相信没有远方

不相信远方一无所有

如今这一切都已消失

那座我又爱又恨的小半年都是冬天的冰城

我们也只是生活在它的过去

我早已离开了它,离开了它寒冷而高贵的发音

那么你呢? 我的黑海边的老伙计

你是否还在坚持你的梦想

坚持早已没人相信的美

如今在愁惨的金陵,在日渐凋零的梧桐树下

我所有的,只是满怀的凄凉

仿佛我们这一生,已经过完

我们已被生活各自流放


# 20. 又见母亲


你还在为儿女们操劳

你还是老年时的模样

是六十岁以后

而不是我童年已经记事时的模样

我们在院子外的雪地上安置了很多床

我们打扫床底下

我们重新锯床板

雪很白,雪里的垃圾很硬

没有缝隙让它们消失

你敏捷的动作让我变得很小

我们又扫又锯

把家门前铺满了床

可甚至在梦中

我都难以宽恕

那冬天的贫困和无能

## 21. 重回工厂

电梯还是到十三楼

但在停下之前总会无规律地水平运动一段

和在煤矿的巷道里一样

停之前还总要跳一跳

像一个人鼓着腮帮子抵御严寒

结果总是无法与地面齐平

有时电梯没有墙

只有我靠着的一角背风

能看见钢缆上的锈和油泥

办公室在最里面

中间要经过一个个埋头画图的同事

他们仿佛对我的归来毫不意外

只在我经过时依次抬起头

没什么表情,或者淡淡一笑

窗外依然是那条日渐枯瘦的松花江

更远处依然是只有死者能爬上去的大肚子烟囱

依然是一片灰绿分不出季节的田野

我侧身坐下,展开放在斜桌上的一张蓝图
抖开折痕,努力辨认自己所在的位置
却怎么也看不清那年深日久褪色的线条
我必须把它们看清楚,这很重要
没有领导来安排工作
这正是我感到焦虑的地方

## 22. 梦见元正

起初有一大帮朋友,热热闹闹的
开完会或看完电影出来
没有人张罗喝酒,我捏捏兜里的钱
很薄,发黏,不够领一帮人喝的了
转眼,城里就布满了街道
每条街道上都消失着一个人
我们两个蹲在站台上等车
面前突然变出来两瓶啤酒,我们手把瓶
蹲在那里吹,季节好像是初秋
后来我一个人走向陌生的黑暗深处
你仿佛一直在我身边,走得很慢
我们几乎没有说话,不知那是哪一个城市
到处是稀疏的篱笆,小细脖子的向日葵
灯都灭了,只有公共厕所还亮着
连你也变得那么疲倦
我不知道后来我去了哪里

## 23. 梦见麦可

我们漫步在哈尔滨春天的街道上
倾斜的街道顶端白昼在闪烁火花
迎面而来的一排排绿色雕像高踞空中
那些来自黑海以远的异族英雄
我们的肩膀时而碰到一起
仿佛那一年我刚刚失业
我们在明亮的杂货店坐下
爱着同一个面目不清的姑娘
我们还是那么亲密,而我心怀歉意

## 24. 不知身在何处的梦

一个没有灯光的大屋子
一个人,不知道是在哪个城市
向窗外望去,一样是黑的
邻居家的窗户都是黑的
没有什么标志能让人分辨自己在哪里
屋子里的大床冰冷
形似单身宿舍用的铁床
面积却大了好几倍
几乎把屋子占去了一大半
一个半截的模特贴墙站着
只有腰部以下,我知道
那本是我自己的一半,已经僵硬

我把它挪动一下,抱歉地说

下次出门再用你吧

然后找了把扫帚

在屋子里到处挥动

驱赶着什么不祥之物

## 25. 死者梦见自己腐烂了

死者梦见自己腐烂了

只有一点骨盆拖在泥里


手还在,可是不能动

不能抚摸

大脑还在,可是一滴水在里面呐喊

心脏还在,在肋骨的笼子里

火炭一样红着

可是梦,像水一样漫上来

## 26. 面 试 者

面试者,窗口的女同性恋

嘴角互相接近,眼神如锡

在酸奶、吊兰和本地人的神秘中间

穿过雨幕跑回家,巷口拦路的长毛野人

用土涂抹腋下,用土豆擦身

阴暗的废园,春韭明亮

## 27. 入冬时的梦

梧桐树的阔叶落在小轿车上
等树叶落光,那车的颜色就会变白
并从星星那里接受逝者的信号
让仪表盘在变暗的车内开始闪烁

许多天,和大姐在院子里修一个大灶台
春节要到了,好像有很多人来吃饭
很久,母亲终于回来了
我像中国人那样有些害羞地去拥抱她

她还是小小的,蓝衣服上落满了雪
我用帽子给她掸雪,一边掸雪一边化
让她的蓝棉猴蓝色斑驳
她什么也没说,表情平静而严肃
她去了哪里,似乎有什么事悬而未决

而往往是这样,深夜回家
路过梧桐树下的小汽车
还能感觉到车体微微发热
好像刚刚平静下来的情人的身体

## 28. 凶　年

起初与伊看天上金龙出现

满县城的人用焰火照射

焰火熄灭它又恢复成乱云几片

突然感到冷,我还光着夏天的腿

贴在伊的后背上

把她胸前不断蹦出来的小动物塞回去

转过街角,便剩下我一个人

在大雨将至的街道

没有出租,开摩的的都是瘸子

叫也不应,只拉本地人

三角口袋里一下子书压在背上

问车站在哪儿,路边卖菜的指指我来的方向

一座老高的烟囱后面

膝盖咯吱作响,攀爬裸露预制板的楼梯

整个车站如未完工的工地

难民觊觎我背上包裹,眼光如利刃

地上扔着报纸和心理学专著

一声不吭的小孩领我打开未粉刷的小屋

一个套一个,都没有窗户

似乎唯一的用途是关押人质

一个个穿过去,栅栏入口

两个穿制服的拿着票夹子

汽车回南京,一百公里,要一千八百块

把兜里所有的钱去贿赂其中的瘦子

他邻居一样躲闪,不给票据

旋见妻子在灯下补锅

嘟囔着退休哪也不去

在家活到七十九

死去经年的连襟和岳母一直红着脸安慰我
本命之年,窗外火光一片
从噩梦中醒来,我起身去看月亮
如临深渊

## 29. 两座阳台

一座阳台是楼房拉出的抽屉
朝向大街,落地窗中
还有更高的楼在不断地将套筒望远镜拉开
下雨的晚上,工地上的灯照进屋中
姐姐就靠墙坐着,像乡村露天电影银幕下固执的小孩
黑暗中,唱机上的小灯幽蓝地呼吸
没有声音,水龙头也已经关好
有时我们离开,姐姐就会出现在
另一座阳台,它是屋子分娩出的屋子
对着一圈楼房围着的即将干涸的水洼
姐姐在模糊的玻璃深处坐下,坐下,坐下
马原和妈妈,从上面下来
拎着菠萝和冰川

## 30. 梦见十年前的马原

他在雪地里开车,轮子打滑
他后脑勺上的黑头发湿湿的,很香
我和一个陌生人推算马原的年龄
我没有外套

我们要去新开街大走廊的家

书架摆在屋外的雪地上

紧挨着低矮而熏黑的食杂店

满满一架子厚厚的英文书

没有人拿走

也没有被风吹雨打所损害

我们要把书收回家里

门钥匙摸不到了

管理员不在,我怎么也辨认不清

串在大圆铁环上的备用钥匙的数字

醒来,窗外阳光直立

像行刑者头上稀疏的毛发

我迷迷糊糊地去做饭

马原的屋里只有电流轻微的嘶嘶声


# 31. 哈尔滨之春


雪水增加着路边的凉意

白桦树都发出汩汩的声响

黄色低矮的俄式旧居

爬山虎的卷须刺探着空气的分子

我蹲在马路边,清理鞋底

蘸着路上坑凹里的积水

用一把旧铅笔刀

挖皮鞋后跟深深花纹中的硬泥和煤渣

它们足足有七双

空气长了翅膀

傍晚的空气是有轨电车里摇晃的酒

照着手风琴键盘上的光,脸上淡黄色的绒毛

那时我多么年轻,渴望着爱情

抠着鞋跟上的泥巴

它们来自无名的早早变黑的小巷

小巷通往春天的大街

那时我年轻,一掷千金


## 32. 梦见小蝉


那偏远的县城,城郊外都是青葱的小山

像巨人过沼泽时踩踏的落脚处

还是初秋,他们就在耕地上建筑别墅

一点也没有显出北方县城

通常的那种被时代抛弃的凄凉

我们在县城唯一的书店会面

你的朋友们都是当地的官员和名人

你似乎就在书店工作

我微微有些得意地说

我还在出版社做副编审

因为这个位置似乎还能帮到你

梦里还有很多人,一批朋友

元正在开宴前要去买碗,说便宜

我问起别墅的价格,还不到两千

还记得我拉着马原他妈的手

说退休了来这里住,她不干

我就又说,那我们就纽约巴黎和富锦

414

轮流住,千万不住南京那不大不小的地方

这个被乱梦纠缠的秋天

我常常梦见故人,年轻时候的风雨

我想起那年你来找我,我正好出差

马原他妈给你下的饺子

你一直还记着,那个冬天

我们把那娘儿俩打发回娘家

我们在我那半壁江山里过冬

你做的馒头不是白的,是透亮的

硬得能打死人,你在阿橹那里喝醉了

回来踹门,我们高高低低晃荡在哈尔滨

迷宫般积雪的街道上,不知能去哪里

那一年冬天的黄酒和姜丝

缓解了你的抑郁,我们一起写诗

你抱怨和我在一起啥也写不出来

我则抱怨一起投稿,总是你中我不中

去年夏天我去双鸭山,好容易打通了你电话

你说什么也不出来,你说你彻底不写了

你说你们写诗的也整起社会那套了

你说"你们",你把我也包括进来了

你早已不在《三江晚报》干了

你是彻底地不适应这个社会了

我还在艰难地适应,为了养活自己和孩子

朋友告诉我,你住在老家的村子里

靠种地的哥哥接济

每当村子里有红白喜事

你总会把自己喝个烂醉

小蝉,作为诗人,你比我纯粹得多

## 33. 梦见尚田

街道上的雪潮湿松软,风吹着

我们去取存在夜总会的酒

你听从了我,我们找一个温暖的小窝子去喝

我们坐爬犁,留下两道溜滑的黑色水痕

在中山路的斜坡上,快速路过一个个逐渐亮起灯光
　　的小黄房子

快过春节了,大衣可以敞着

清新的雪和风,雪和黑暗

在一个我们都回不去的故乡,喝酒到透明的深夜

## 34. 我们在拥挤的大街上亲热

我们在一起,在拥挤的大街上亲热

你的主动和热烈让我害羞

你扳过我的头,灵巧而有力

几乎把我放倒在地上。今晨起来

好像天气凉了许多。我想着

在梦中你穿了一件大红的衣裳

还有那包裹着我的柔软、湿润和暖

## 35. 长　河

落日浑圆,一条红色长河

没有渡船,河面一望无际
只有云彩直立如城堡,边缘发亮
只有反光在水上密集如鱼脊

似乎可以踏着锋利的鱼脊到对岸去
而焦虑像一排茅草渐次推开
你的呼吸如云彩充满了大脑的房间
天地,一片血红中恍若有歌声如飞艇若隐若现

老夫人在水边洗着什么
像面具一样,她把一张张人脸捞出
每一次抖动,河水都泛出一片红光

她把人脸一张叠一张戴在自己脸上
每一张脸都消失在另一张脸中
每一只眼睛都在别的眼睛中向外张望

长河无尽。无尽的人脸从水中浮起
软软地颤抖。"我帮你洗吧,母亲。"
她抬起头,面孔空白如一扇黎明的窗
你捂住脸,尖叫从指间滑落
像一张底片,在显影液中渐渐融化

# 36. 锈　水

一尺高的草,半尺深的水
干得发白的路笔直无尽

天上没有一只飞鸟,没有太阳

没有云彩,但仍然很亮

仿佛一场暴雨刚刚结束


你的女人手提渔网逶迤而来

"你怎么在这儿?"

你听不到任何声音,包括你自己

锈水冰凉,你的脚激不起一丝涟漪

水中没有鱼,没有睁着眼睛的呼吸


灰白的土路,笔直的草茎

越走越快的你无法消失

而你的女人到处出现,拖着一张

因雨水而沉重的黑网

仍是白昼,没有云彩,没有风

你的脸在网中,鱼一样倾斜下沉


## 37. 双 梦 记


一间空旷寒冷的屋子

你蜷缩在床上,病体沉重

你正在消失,消失在自己的身体里

"亲爱的,快起来,和我去外面活动活动吧"

再不活动你会消失得更快

你还是那么固执

把头缩到臂弯里,不看我

早上醒来,我打电话告诉你

你哈哈哈地笑着,嘲笑着我

过了两天,你梦见了你的妹妹

她死了,可你仍能看见她

蜷缩在床上,固执地不肯活动

你吻着她冰凉的唇,她的手

她说她还活着,哈哈哈地嘲笑着你的眼泪

可你知道她已经死了

这个妹妹和你最像


你哭着打电话告诉我

那是你的灵魂在召唤你

想唤回一颗正在变成石头的心

我没有说话

明晃晃的冬天正在逼近

我们的屋子在另一个星球上

分别暖和起来


# 38. 那 以 后


那以后,天色暗下来

她在另一个房间睡去

他继续读书,有时走动

仿佛他们能一直这样下去

可他慢慢发现,在他和她之间

多出来的房间越来越密

形成一座迷宫

他知道她还在那里

他向窗外望去，一片汹涌的蔚蓝

他一个人在海上散步，偶尔说话

在已经亮灯的远处的方舟上

她白色的手臂像风暴后的桅杆一样逐渐倾斜

## 39. 血中的字

观光电梯成了一个孤零零透明的房间

被一架老吊车从背后揪着脖子轻轻一拎

码在沿铁轨飞驰的大平车上

摇摇晃晃不倒，玻璃也还挺结实

向后倾倒的风景重新凝聚成树木之后

我们扒开手风琴一样的折叠拉门

一座陌生的车站，周围都是等待拆迁的空房子

组成一片还在延伸的迷宫，泥泞，没有人迹

我们绕过半倒的铁丝网，继续向前

煤渣，污水，地下间歇性冒出来的白色蒸汽

走了很久，我们来到一座并不很高的悬崖

同行的年轻人纷纷踏着脚窝走上更高的台地

甚至几个始终不辨面目的女子，唯独我

要从一侧的缓坡上去，上面一大片空场

没有任何建筑的遗迹，没有植物，草都没有

空场一眼望不到边，只有一大摊血

还在蠕动蔓延，血中有一个字闪闪发光

却怎么也看不清楚，也有可能是岩浆

这似乎是此次公差的目的，也许

我们正是从此地出发的,可我们是谁
没有太阳,没有风声,天色阴晴不定
只有我一个人,站在黏稠的血泊之中

## 40. 暴雨夜梦见父母双亲

高大的山门,白色的玉雕

年代久远,已有些破损

山路上青石的台阶和残枝败叶

似乎刚刚经历过一场地震

山门后面的高处,远远的

我的父母双亲端坐于宽大石座上

我一步一叩,满心欢喜

顾不得碎石和双膝疼痛

急切地想投身于那宝座之前

承欢膝下,像终于归家的浪子

父亲始终端坐,面容清癯严肃

路程已过半,我那美貌的母亲

婉转离开座位,轻灵地奔下山路

托住我的手肘,把我抢在怀里

我发烫流血的额头紧靠在她的臂弯

羞愧得不敢抬头仰望慈颜

就那样静静地跪在溜滑的台阶上

仿佛黑王子和他早已心软的母亲

在等待父亲说话,等待宽恕

雨水掩藏起泪水,母亲侧首望向父亲

父亲始终没有发话,高坐山顶

被云气环绕，面容时而清晰时而模糊
母亲扶抱着我，也始终没有说话
她树叶般清新而略带苦涩的呼吸
让我知道他们还不及我现在的年纪

2015 年 7 月 25 日

## 41. 入夜时梦见空无一人的家

海边上的废墟里点着孤零零的灯
你在那里等我回家去取煤油
一路上，退潮的海滩上都是水坑
游动着星星，指甲大的螃蟹
像白发稀疏的脑壳到处乱爬
我在庙里看灯芯快乐地喝煤油

忘记了废墟一块块在崩落，在海浪中
暮色的桌布停止流动，被花瓶压住
我还小，还有时间飞奔起来
踩着白水沫，海的墨绿色玻璃
堆积起来，一下子就变得干燥

每一层都夹着星空的馅，色彩斑斓
西天越来越低，仿佛在追赶
要抓住我的肩头，家里的一个房间
刚刚被你收拾过，未看完的书倒扣着
你仿佛就在隔壁，是我现在的年纪
我们要趁着夜还未深去酒厂
用破皮的葡萄换酒，我终于醒悟

废墟那边等待的,并不是你

那女子面孔模糊如同早晨采下的花束

大海和黑夜在一盏灯里平静下来

你不在任何地方,房间里

摆满了亮晶晶的玻璃灯

我还是那么小,我不敢出门找你

2015 年 7 月 31 日

## 42. 迷　失

另一个遥远陌生的郊区

我在公交车上丢了行李,证件

幸好钱还在,钱成了安全的保证

乘客下车后转眼就消散了

似乎从来没有存在过一样

司机坐在座位上一动不动

呆视着停车场的黑暗

估计报警也没人管,天色已晚

已经没有车回城里,灯在一盏盏熄灭

没有战争,却到处萧条冷清

人们似乎都各有去处

路边暗影里,本地人窃窃私语

靠着比他们还矮的土屋屋檐

当你问路时又板起脸转过头去

我一条街一条街走下去

没有出租停下,它们都提前转弯

似乎刻意躲避，或急于驶向更黑的地方

道路越来越黑暗泥泞

秋天从头顶掠过，闪着寒光

我找不到这片城区的中心

我向城里的方向慢慢行去

知道不可能徒步走回去

知道城里也没有一个熟人

前面出现了大片荒地，工厂废墟

发亮的水洼和雾气弥漫的公路

我进退两难，不知道自己为什么

要来这个无政府状态的郊区

2015 年 8 月 1 日

## 43. 梦见小驴

作协和一个拥挤的医院一样

我和母亲和另一位女士等待接见

我要给小驴的《天涯》杂志

写个一千一百字的但丁随笔

要他信箱，他似乎总有事岔过去

我便让他写下来，一张纸掉到地上

我帮他捡起来，拿着纸等着

母亲站起来，建议他们写点别的

我赶紧拦住母亲，说人家都是

当代著名作家，他没作声

气氛有点尴尬，他换了身衣服

急着去打球

我们还在等待,像病人等待医生

从人群的缝隙投来漫不经心的一瞥

我去卫生间洗堵塞的鼻子

满脸通红,地板下的空气吱吱嘎嘎

2015 年 9 月 13 日

## 44. 孤岛游乐场(一)
### (中秋夜之梦)

这个巨大的游乐场应有尽有

一座孤岛,上有铁路

周围的疆界无人探查过

也许被海洋环绕

一座大厦年代久远

有些楼层或部分已经封闭

我们似乎从一开始就置身其中

似乎是有很多单位野游

人很多,各自成团游戏

有的每人占据一桌吃喝

有的围在一起谈笑

又不时因为什么而轰然散开

就像人群中投入了一个炮仗

或者仅仅是因为一个笑话

或者是一个同事倒了霉

我几乎没有熟人

但似乎可以加入任何一个团体

也不会有人过问

大厦为铁质骨架,哥特式

外表黝黑,长如绿皮火车的车厢

又如不带玻璃穹顶的老旧 shopping mall

灯光时明时暗

我从一个场所转到另一个场所

各种餐厅赌场会堂,楼梯转角平台

没有人服务,却都热闹非凡

各种喧哗都仿佛被消了音

笼罩在雾蒙蒙的宁静之中,只见动作

作为过渡的广场可见天光

又晨昏莫辨,人们安心玩乐

唯有我心怀不安

想找到离岛的车站

却唯见单排空车轮如硬币直立运行

摇晃而不倒,迅速不知所终

我要回到城里,岛上灯光昏暗

马上就要收车了

所有的公共服务似乎都无人值守

激流逐渐将岛屿分割

大厦越来越孤立

岛上回荡着懒洋洋、空洞的报站声

我站在潮湿的碎石路基上四下张望

大厦没有一丝光线透出来

仿佛熄灯的海鲜市场

2015 年 9 月 28 日

## 45. 梦见兰臣

我和另一个人知道

同事兰臣已不久于人世

无法直接告诉他

我们建议他去美国待一年

似乎换个地方就可以避开死神

兰臣说一个月才一千块补助

还不如在车辆厂挣得多

我们知晓他人的命运

却改变不了任何东西

不久,兰臣真的走了

我们把他的房间清空

发现地上满是吃剩的东西

各种颜色包装的碎片

屋子似乎从来没有人住过

这是个老房子

高度超过了长度和宽度

黄色的墙,拱形的彩窗

之后,我和另一个人

去满是这种老房子的街区

找点好吃的

疲惫得说不出话来

这另一个人非常熟悉

却始终面目模糊

2015 年 10 月 20 日

## 46. 梦见父亲的秋天

天近黄昏，我和父亲

走过城南积水的街道

低矮漆黑的似乎连绵无尽的店铺

去找大哥，却只知道大概方位

一片棚户区，前面隔着

巨大的煤堆，都是流沙粉末

我和父亲必须滑下陡坡

其他无路可走，煤粉下

不时有坚硬岩块让滑行变得危险

我们始终没有翻过煤山

就到了掌灯时分

我们回到无人的家中

挪动用烛泪粘在桌布上的蜡烛

大哥始终没有音信

父亲始终一言不发

我习惯了和父亲沉默地待在一起

无事可做，又若有隐忧

二十五年的梦中

父亲从来都不说话

也没有什么表情

很冷的玻璃房子里

只有我和父亲

他似乎另有住处

在一座绿树遮蔽

位于十字路口的小山上
他只是临时来我这里
似乎并不情愿
大哥似乎刚刚参加工作
这是一座陌生的城市
在城南,总是有走不到尽头的
漆黑的街巷,和纸灰样闪耀的人

2015 年 10 月 26 日

## 47. 孤岛游乐场(二)

还是一座孤岛,隔着山谷
只能望见游乐场寂静的后院
灰色木头栅栏和紧闭的后门
同行的人已不知去向
他的相机还拿在我手上
我也不急于寻找
只顾拍照,转眼就上了大坝
它贯穿全岛,将我和游乐场隔开
大坝高得无法从斜坡下去
林中还有最后的光影
如果赶在天黑之前进入游乐场
就能从它的地下隧道回城
孤岛周围或是荒野或是大水
无法探查,没有任何交通工具
怎么来的忘得精光

景色和植物分不清南方还是北方

人们到处乱跑,抢购各种门票

不像是旅游,倒像是逃难

我站在大坝上观望

因为无路可走,反而放下心来

有沙沙的声音从远处爬过来

像海潮的叹息,也像风声

转眼,一个人都没有了

仿佛一场急雨消失在黑暗的地下

2015 年 10 月 27 日

## 48. 小镇迷局

婴儿车加速推向

即将歇市的黑暗的露天市场

仿佛到了那里

一切就有了解决

最后几个不耐烦的小贩

像站累了的马

用双腿轮流转移着重心

袖着手,天气已经转凉

我们先是躺在你的大床上

望着房顶的天窗

四壁和天花板

都用透亮的淡红色绸子

蒙成过去年代婚房的样子

我们什么也不干
就是望着房顶,也不说话
这是第一次我来到你的城市
后来我们一起下楼
出门你就不见了
只有一辆婴儿车等着我
车上有一棵蒙着布的白菜
我向冷冷清清的市场推去
你的电话总是无法打通

2015 年 11 月 19 日

## 49. 感恩节早上梦见马原

你在耐心地教我怎么
打开红色小手机玩游戏
又告诉我不要做后悔的事
好像有个青年诗人留给我
许多本诗稿,我爱惜地翻着
琢磨着怎么帮他发表
我不知道你的劝告到底是什么意思
反正我放弃了帮助别人的念头
又好像有大虫子绕着我的脖子爬
我打得满手红色碎渣
喊着让你看看我打死的是啥
还有些细节像紫烟融化在海水里
我早早醒来,愉快地看见

窗玻璃上蒙着的哈气

和模糊中透过的红色晨光

它证明屋子比外面暖和

谢谢大马原，谢谢你一直

在教我笨拙地做一个父亲

谢谢你耐心地等待我长大


*2015 年 11 月 26 日感恩节早晨*

# 50. 母亲不再说话了

无论我说什么

母亲都不说话

也不用正眼看我

一直在用粗糙开裂的手搓谷穗

用棒子又碾又砸

我只能看清她的侧脸和短发

是她在世界上最后的样子


回家的路变成了沟渠和新的房屋

家只是一个大概的方位

食品厂和豆腐坊都已关闭

胡同变得更窄了

房后根下流着黏稠的污水

不时有不知来历的浓烟

遮住放假的学校和寒冷的露天市场

空中不时闪现白字的红布条幅：

"假期愉快，注意安全。"

南边的水泡子干了
垫上了新土，母亲开辟了小园子
北边用向日葵做栅栏
其他三面是木板障子
谷子收成不多
母亲让二哥送到城里给我
用大牛皮纸口袋装着

梦中的母亲不再说话
像别人的母亲

2015 年 12 月 3 日

## 51. 寒食节午后的噩梦

我有一个孤独愤怒的父亲
突发急病，只叫了两声肚子好痛
就昏倒在地。我一直抱着他
父亲信任地靠在我的肩膀上
脸上突出的骨头磕碰着我的锁骨
我抱着裹在薄被子里的父亲
赶到医院，遇见一个庸医
排在我们前面的女人，总是看不完
又没什么大病，他们不着边际地扯着
近乎打情骂俏。好不容易

到我们了,我把父亲放在地上躺平

我已经不知道父亲是否还活着

他微微侧着脸,看不见是否睁着眼睛

庸医垂着听诊器,体温也不给量

扫了地上两眼,就说父亲只是腹泻

还说人的呼吸停止不能超过一分钟

然后他就开始掐表,还笑嘻嘻的

我说,这就看完了吗

没有什么别的检查了吗

他耸耸肩膀,像个假洋鬼子

父亲一动不动了,我不敢去看

那庸医身体强壮,还在咧嘴笑着

我一把掏向他湿漉漉的下体

不知何时他已经浑身赤裸

他拼命夹住双腿,往回缩缩

我的手奋力向外掰开

我要把他活活撕成两半

他赘肉累累的中年的大腿

拼命踢蹬,露出丑陋黑红的一片

都说胳膊拧不过大腿

我感受着筋腱强韧的力量

像父亲一样,既愤怒又孤单

2016 年 4 月 3 日

## 52. 异象:黑色向日葵

一棵巨大的向日葵高耸于

群山、大海与日出之上

不断地升高，扭着虬筋百结的花茎

仿佛一个厌倦了生命的人要绞死自己

它继续升高，放大，慢慢张开

像朝鲜轮盘机枪断续地发射

黑色的子弹，向一切造物

向早晨的雾气，波浪攫取的手

向雾气中正在消融的太阳

摆动它头颅周边愤怒的黑发

它高过了所有的一切

在宇宙中心停住，同时收敛起

它黑色的光焰，变得苍白

仿佛一个羞愧的学生，安静下来

今晨，我从这异象中惊醒

泪流满面，仿佛一个不孝之子

终于把苍白的脸靠在父亲的双膝之上

我无须去看他威严慈祥的面容

而是暗暗回顾业已走过的漫漫长途

2016 年 7 月 11 日

## 53. 小镇迷失

从一座大城一路飞驰

城里还是秋天，小镇已是深冬

开摩托的小美女，衣服很滑

是我一个已经毕业改行的学生

她不说话，但也没有不耐烦

小镇上似乎马上要过节了

学校操场上的雪无人清扫

一个做教师的朋友陪我

沿围墙转了一圈，到处冷冷清清

几乎没有行人和灯火

木柴堆上，新雪和旧雪交叠

我们在学校门房，围着铜盆子取暖

盆子里的热水换了又换

开摩托的女生不知去向

朋友晚上要上最后一课

讲怎么吹制鸭梨形玻璃灯泡

他满脸歉意，我离开日本老房子

改造的学校，在镇上转悠

只有一家花店亮着粉红的灯光

我的女学生原来正在那里

和女老板一起照镜子，浑身暖洋洋的

她们是同学，她不回城里了

我只得继续转悠，焦急地找车

天空冷得像寒假的办公室

街道只有一条，闭合成环形

我又回到了学校，天上掉下来

一块块坚硬的煤，闪着寒光

我不知道自己为什么来到这里

2016 年 10 月 2 日

## 54. 上　课

傍晚的人流,小摊,积雪,电线杆
人群中突出一个我熟悉的死者
装作没看见我,还像活着一样从容
死者都像是哲学家,不说话
但什么都知道,装作自己还活着

我找不到教学楼,到处都黑着灯
这是第一次上课,在学生的指点下
我绕过雪地上的铁栅栏
一座古旧的红砖大楼,窗户也都黑着
有的没了玻璃,大门俯临
一个很深的工地,就像悬崖
门厅很大,不明来处的微光
照亮地上黄色和白色的箭头
一个自言自语的女清洁工
端着盆子,发着牢骚,在修理龙头
我洗了洗手,水停了
水管里残存的水努力滴答了几声

没带教材,也没有讲稿
"人权法概论",这门课我根本不懂
上到二楼,焕然一新,红色帷幕低垂
阶梯形多功能厅,学生黑压压
也都是不说话,好像在等着

开联欢大会,或是教堂做礼拜
我在过道边坐下,试图镇静下来
我谁也不认识,好像我也是学生

一着急就醒了过来
屋里漆黑一团,有点冷
天已经彻底黑了
稀落的雨滴声,我站在暗中
望着别人家明亮的窗口
过了好一阵子,才把灯打开

2016 年 10 月 2 日傍晚

## 55. 谁动了我的桌子

还是车辆厂十三楼那间大办公室
外间是几排桌子,里间是电脑室
我的座位始终在靠西窗的角落
明亮的大玻璃窗,宽大的窗台
一抬头就能看见松花江大桥
和四季分明的江景,柳树和榆树
桥上玩具般大小闪光的车
仿佛我离开了单位一段时间
出差或者是病休,再回来
屋里所有的桌子都打乱重排了
有的将棕色和黄色的拼在一起
我怎么都找不到我的棕色写字台

还有上锁的抽屉,那里放着
朋友们寥寥无几的信件
一些以为什么时候有用
其实可能一辈子用不着的东西
它的写字台已经解体
与其他写字台重新组合了
我想,只要找到抽屉
哪怕里边有一张有我字迹的废纸
我就能证明自己属于这里
就像奥德修斯腿上的伤疤
可所有桌子的抽屉都是空的
只有细微的木屑和灰尘
档案柜靠墙立着,还是铁灰色的
屋子里见不到别的同事
只有一个处长模样的人走来走去
视而不见,任我到处翻腾
我继续寻找,拉开每一个
棕色的抽屉,可都是徒劳
它们一模一样,空空如也
那个处长志得意满地来回踱步
各种歪扭的抽屉不断地
从我的身体里拉出一半
没有什么能证明我的身份
我似乎并不存在,我无处可去

2016 年 10 月 19 日中午

## 56. 寻找父亲

夏天的时候,我的母亲亡故了
夏天我在海上
自由的浪花无尽地开向天涯
蝴蝶随船旅行,时时停在船舷

很久以后我回到陆地
哥姐们正在忙乱,打点行装
他们不向我透露要去哪里
我从他们躲闪的语言中猜出了不幸
不会生活的父亲没有和他们在一起
孤单地留在另一个地方
不生火,不开灯,不说话

隔着晃动的黑暗,我看见他站在
磨掉了红油漆的柜子前
那是父母结婚时仅有的东西
父亲静得像一件旧家具

我要再次出发去寻找父亲
可我不知道要去哪里
也不知道自己在哪里
又是泥泞微寒阒无人迹的黄昏
白杨瑟瑟有声

站在黑暗中,我猛地想起

我的父亲早于母亲六年离开了人世

而我的母亲已故去整整二十个春秋

2016 年 10 月 19 日午后

## 57. 有 客 来

梦见自己的家在另一个房子里

楼层很高,有很多窗户看见外面

电梯总是不好使,还总有个小孩

反复乘坐电梯玩耍,季节是冬天

到处是灰色的雪,门厅的泥脚印

和彩色碎屑,勉强制造着欢乐气氛

不知道具体航班,我只能等待

临近傍晚,朋友电话过来

说已经在另一个酒店住下

她和她的女友,我说一起吃晚饭

酒店很远,她们还得先洗澡

最后也没定死。饭店背面的风扇

满是黑色油污,呼呼地转着

我似乎失业了,城里没有熟人

家里似乎也只有我一个人

人们都在忙着什么事情

我无所事事,有朋从远方来

并没有使我感到快乐

灰色的寂静夷平了所有屋顶

我和一个似乎很熟的孩子
一遍遍来回坐电梯上上下下
电线杆上的大喇叭里卡着石头
我们的身体在半空里犹豫

2016 年 11 月 9 日

## 58. 尴 尬

一帮诗友不知为了什么,走来走去
只有我一个人把裤子忘在服装店
居然没发觉,就随着他们
去拜访一个老诗人,老人家拿出
一个我讨厌的诗人的大短裤
又瘦又小,好容易套上了
那家人家在杭州郊区,小院幽静
奇怪的是大门上的花环聚满苍蝇
不过院子里花草茂盛,有如园林
我们似乎也没什么要紧的事
到处转转,也没啥话题好说
大家对我的尴尬似乎无动于衷

2016 年 11 月 8 日

## 59. 鸟

不知怎么,就到了一个陌生村庄

认识的两个人出现了一会儿就不见了

剩下我一个,住在高大空旷的房子里

无政府状态的村庄更像是南方

人们走来走去很少说话

风景看完了,我不知道该干些什么

但又无法离开,村庄虽小

但每走一次,房屋似乎就多出一些

街道不停地分成更多的街巷

村中央是一座萧条的菜市场

似乎总是在聚集更多的黑暗

我既无法离开,又无法安顿下来

我剩下的日子只有一件事可做

就是摸索到村边,再见到绿色田野

那里常有几只鹈鹕飞来飞去

大嘴黝黑沉重,似乎找到它们

我就能回到来时的那条土路上

2016 年 12 月 7 日

## 60. 无尽的工厂

工厂改革后重新回去上班

因为裁员,厂子里人迹稀少

一个个巨大的车间彼此相连

看不到什么工人,烟囱寂静

但显然还在开工,你想出去

回到有彩色市场的生活区

但是一个个车间无尽地铺展开去
有运货的小火车从墙洞里
钻到隔壁,却没有人行的道路
可以过去,总是走着走着
路就到了煤渣山顶,下面
是常年的废水潭,滋生着各种怪物
炉火闪烁,汽锤铿锵
有时你好不容易从泥沼中挣脱出来
来到两排白杨夹峙的小道
它却通向一座巨大的没有入口的
红砖厂房,只听得里边热火朝天
却不得而入,它挡在那里绕不过去
大院里似乎容纳了众多的山川河流
没有围墙,你却永远走不出去
偶尔遇见几个人也一声不吭
矮如猪,倏忽而没,工厂无边无际
它不停地生产着一些不明用途的东西
每个车间只生产一个部件
却看不到一个最后总装起来的成品
各种灰黑色的形状不停地堆积成山
似乎只是为了让你的跋涉
多一些起伏,将地平线继续推开
你找不到厂办大楼,工厂没有中心
也没有制高点可以一窥全貌
你只能继续乱走,而天色已经暗了下来

2016 年 12 月 12 日

# 61. 房 子

又是克山县八街十六组那座
带院子的小平房,门锁上
贴着封条,但又被钥匙捅破了
我打不开门,我趴窗户往屋里看
北炕上被子高高隆起着
非常像有人睡在里边
我感觉应该是大姐或者母亲
我不知道我从哪里回来
我有多大年纪,一切都静得可怕
家门锁着,亲人不知去向
我不知道该去哪里,白昼持续着

梦中场景转换,终于回到了家
却是一座陌生的房子,只有大哥在
给我用水瓢舀水,倒在我手上
让我洗脸,洗脸架上放着的
还是小时候带花的搪瓷盆子
后来有火车呼哧呼哧从胡同里经过
火车头的几个大轱辘
像挽着手臂的巨人倾斜着身体冲刺
我们跑出去看,见满大街都是乌龟
爬着咬人脚,它们在水里
软弱无能,到了陆地却很凶
我和大哥就去打乌龟

不停地把它们打翻
打得手都酸了

2016 年 12 月 28 日

## 62. 白日见鬼

功力见长, 我现在白天也能见鬼了
一间简陋的板条房, 我在外间
明明与一个黑乎乎的水桶状的鬼
睡一张床上, 他背对着我裹着大花被
似乎只要你不动, 他就不动
虽然和平共处, 也让我啥都干不了
里间还有几个人住, 有门锁着
似乎安全一些, 里间有个人
功力更高, 他能把鬼全吞掉
再直接排泄到地狱里
这个人不停地拉, 变得越来越瘦
像个棕色的小孩, 整天蹲在黑洞上面
我忽生一念, 想把同床之鬼整死
可那家伙身体硬邦邦, 根本掐不动
他黑树枝般的手反倒把我的手揪住
我只好连声道歉, 然后奔回里间
那门, 却怎么都闩不上了

2017 年 1 月 24 日

## 63. 平　房

我从北边闪着潮湿黑光的田野而来

那一片平房还是童年的样子

我的头几乎与屋檐齐平

有的是砖房，青色的铁皮屋顶

有的是草房，苫的草都发黑了

我不停地从北向南一路奔跑

我不知道自己要去哪里

不知道要寻找什么

时间也许是清晨或傍晚

我越跑越快，经过一个个胡同

哪些房子属于哪个邻居

哪个同学，我还能记得一些

既没有人追我，也没有人召唤我

我只是跑过那些胡同

向每一个窗口快速地张望

有的没有玻璃，有的窗帘半掩

我想看到有人睡在里面

所有的屋子都没有开灯

但可以清晰地看到里面的东西

好像没有人居住在这里

但我能听到屋里水罐的震动

我能感觉到有人无声地转动脖颈

到处是寂静，人们都去了哪里

我像放学回家晚了的学生

我知道自己必须不停地跑

跑遍所有胡同,于是我继续奔跑

可是一切都晚了,我已经消失了

2017 年 3 月 6 日

## 64. 雾　霾

我和父母哥姐在一个奇特的房子里

它是大楼某层一角斜切出的房间

周围都是窗户,房间彼此连通

我像小时候搬家一样兴奋

跑来跑去,一会儿看看后门

父亲独自坐在那里,靠着黄铜色的门

紧锁的门后就是破烂的水泥楼梯

父亲始终坐在那里,也不说话

我又去看姐姐布置房间

五颜六色温馨的布罩和帘子

母亲不停地拿起又放下一些东西

自言自语,从不回答我的问题

我们不知道从哪里搬来

似乎是在一场战争后来到此地

这个家更像是临时的堡垒

谁都不提发生了什么

生活似乎只是一家人待在屋子里

什么也不干,等着一件更可怕的事发生

我还不太懂事,我只觉得好玩

我溜到外面,外面早晨一样黑

这座楼孤零零的,看不到别的建筑

道路上弥漫着一层没到脚踝的雾气

但更应该说是胶水一般透明的流质

我觉得有毒,站在路边不敢过去

这时大哥从对面的雾气深处出来说

这东西是从所有的老鼠洞里来的

积攒了太多年头,又臭又暖和

2017 年 3 月 18 日

## 65. 泥　河

河很宽,但只有靠近岸边

才有一线白亮亮的水

河中都是油黑的泥,鼓起着

像是发酵了,又像是搁浅的巨大海豚

河边的街道呈梯形,重重叠叠

从门前,就可以登上前院人家的屋顶

木窗格还含着宿雨,植物静谧的气息

两岸的居民通过一道罗马式水道桥

熙熙攘攘五色杂陈地在河上穿梭

有来有往,但似乎一下桥就消失不见了

桥上的人始终不见减少

桥上岸上都是静悄悄,每家每户

似乎都没人在家,屋檐阴暗

街道无尽地延伸向高处的云雾

我从一个不是自己家,却非常
熟悉的屋子里出来,下到河边
我判断不了这是个什么时代
没有任何典型的物品作为提示
河边不多的水中,养着许多黑鱼
活泼地泼溅着水花,没人在意
桥上的人都低头走动,也不出声
黑泥上模印着事物模糊的雏形
我想起但丁,死亡竟毁灭了这么多人
这些从没有生活过的可怜家伙
于是,越过人头攒动的大桥
我向河流消失的山口久久凝望

2017 年 4 月 4 日清明

## 66. 鞋 丢 了

大学时代的教室,乱哄哄
一个郊区农民样子的教师
和我年纪差不多,一个劲从我的
《西方文化概论》讲稿上
抄一些重要段落显示在投影上

我的同桌小墩,是个胖乎乎的丫头
直吵吵冷,我便把红色抓绒衣服
给她披上,她变得很瘦
我给她挠后背肩带勒出的印子

惹来一个小罗锅,不停地跳前跳后
嚷嚷,小墩是你老婆小墩是你老婆

下课了,大家乱成一团找自己的鞋
我脚上套了双臭烘烘的紫色棉拖
我的皮鞋不见踪影,满地的鞋
都不知道谁丢的,我于是挑大的试
教室马上就要清场,演下一个节目

越急越穿不上,只穿上一只
贡多拉似的长尖翘起的青色小丑鞋
另一只怎么也解不开鞋带,鞋油味儿熏人
光着一只脚让我感觉软弱,像个婴儿
那学校比荒废的幼儿园还要遥远

2017 年 4 月 4 日

## 67. 神　话

一群巨人的灰白色光头从山上
一路滚到海里,一个咬着一个
后面的掰开前面的头颅
生出一个新的戴头盔的面孔
在海水中如同岩浆凝固
它们伪装成檐口,柱头和喷泉
废墟上的苔藓,雨和光
散乱的残肢静止,隔得远远的

似乎再也拼不出一个完整的形象

人群如同在假日的游乐园中

被灯笼,木马和草地上的彩虹吸引

可是,又一个可怕的形象出现了

一个巨大如城市的黑色十字架孤悬半空

漆黑的雨水从它的两臂倾泻下来

源源不断,它上面什么都没有

而地上那些巨人的雕塑全都不见了

像是隔夜的玛哪,或是飓风前的鹌鹑

这里没有可以让你命名的东西

最后一只天鹅呼吸着死者的气息

它弯曲的翅膀遮住大地,巨大而肮脏

如同一堆正在融化的雪

2017 年 4 月 10 日

## 68. 父亲的秘密

我们失踪了两年的父亲回来了

正是夏天,在一个翠绿潮湿的小丘

我们三兄弟像是在《贺拉斯之誓》中那样

面对父亲,不知道这两年他都去了哪里

他闭口不提,他头发花白

指节粗大,目光明亮,尚在中年

更像是一个大战归来的老兵

我们接过他泥泞的背包

他搭着我们的肩膀轻声说,真有点累了

一条美丽的林荫道,燕子拉的车

一辆辆过去,尖声鸣叫,露出窄窄的脸

我们年轻的母亲安静地等在家中

一切似乎都恢复了平静

但是父亲流浪的原因和经过

他突然的衰老,也许只有母亲知道

烟囱根发热,父亲在他高处的房间里

不和我们说话,好像在瞒着什么

母亲整天奔来奔去,修缮房子

父亲很少露面,我们无所事事

有时陪着母亲,有时就坐在楼下

在家族画像和静物中间

倾听父亲房间里的动静

等待他出现,和我们说些什么

2017 年 4 月 12 日

## 69. 艺 术 村

一个逐渐恢复成荒野的艺术村

屋子很大,地面凹凸不平

仿佛是一堆逐渐变得平坦的坟

从深不可测的羊角形烟囱里

我掏出黑煤球上颤抖的红花

把地面铲平,踩实,安排桌椅

一次没有作品,人便是作品的画展

平日冷清的村子突然冒出很多人

每个人都捧着自己的黑白照片

女画家和她相貌平庸的老公

背着木头锅盖,大家都住在井里

揭露社会的黑幕

流水席上什么吃的都没有

只有人流不断,挨桌坐一会儿

又串到下一桌,互相指名道姓

每个人的生活都有一点神秘

都像是重新做人,但又无所事事

在这个季节停在初秋的村子里

我好像为寻找某个失踪者而来

没有人意识到我这陌生人的存在

我一直逗留下去,夜里我去井边

听空木桶在黑暗中摇晃磕碰的声音

等待井水再次干涸,露出新鲜的淤泥

2017 年 4 月 13 日

## 70. 抵  抗

敌人在一座大山顶上建立了基地

然后在周围光秃秃的小山上

建起一个个小小的工作站

将本地所有物质转换成能量发射走

我们的任务是采取逆向手段

把能量再还原成物质

山上树木稀少,山下都是平原

没有人耕种,他们在山体里藏着升降梯

但从外面找不到入口

这些外星敌人数量不多

可我们的技术已经落后了

逆转的速度亟待提高

敌人每建完一个工作站

就向前推进,只在大山山顶

有时能看见有灰蓝色的钢盔闪动

他们身体瘦小,从不说话

倒像是温和的电工穿着灰色工作服

我们跟在后面,一个个地搞破坏

田野中的电线杆子越来越多

村庄静悄悄,天边上一座大城

孤独地闪烁着嶙峋的弧光

我们必须在敌人抵达那城之前

破坏所有的工作站,重新组装

各种颜色的导线,磁核,电路

抵抗军似乎只剩下了我们这个小组

我们手脚笨拙,皱巴巴的图纸上

标着断续难解的词句,而那些敌人

已经进化出了翅膀,瓢虫一样飞了起来

我们焦急地借着暗蓝的弧光

想把那些句子连成一个有意义的咒语

一次性逆转敌人所有的进程

让闪电蜿蜒地从黑色树根退回到树梢


2017 年 4 月 16 日复活节中午

# 71. 牧 蛇 女

牧蛇女用竹枝赶着两条大蛇
一路缓缓而行,她戴着养蜂人的兜帽
脸上垂着白纱,不知道要去往哪里
也不知道从何而来,她似乎突然
就出现在山坡上,已经是春天
有时,两条蛇会纠缠成一个花环
她便用竹枝把它们分开
有一条落后了,她便轻轻打一下
让它改变性别,加快速度
两条蛇不断地交换性别
它们是光秃秃的山坡上唯一的色彩
闪烁着某种混乱而痛苦的荣耀
蜿蜒前行,嘶嘶地流下半透明的口涎
它们滚圆的身体里藏着花籽
让它们万分难受,又无法摆脱
那牧蛇女的眼睛早已成了石头
只要她不知道自己的身份
那蛇腹里毒花的种子就无法播种
大地和人类就能幸免于难
那两条巨蛇就必须再等上七年

2017 年 4 月 18 日

456

## 72. 罢　园

即将过季的果菜突然多起来
红红绿绿,无尽地堆积在路边
便宜得像白给的一样
紫茄子,青椒,卵石般的小柿子
夏末秋初的北方,早晚已有凉意
一样样大地的出产相继罢园
先是黄金钩豆角,有条纹的香瓜
里面的甜汁稀释,变浑
一摇咔啦直响,像是即将爆炸的手雷
然后黏玉米变老,好像短短十几日
你就把它们一样样吃没了
此后它们变得稀少而昂贵
鸟儿开始在日渐荒芜的园子里
对着什么东西大叫
我买了几麻袋的柿子,要运到乡下
堆在园中唯一的苹果树下
等它们腐烂,彻底消失
那今年没有开花的苹果树就会复活
这件困难的事似乎从来没有做过
深夜的火车,我去向父亲告别
他坐在高高的房间里还在写材料
他没有起身,只是若有所思地看着我
我也没有听见他说什么,家里的人
都已等在车站露天检票口的外面

脸庞闪着潮湿的光,为我感到悲哀

仿佛我没有必要明白这一切的原因

仿佛有一辆坦克开过了高高的葵花田

2017 年 4 月 20 日

## 73. 与母亲争吵

雾气弥漫,路上静悄悄

万物高大,出现又消失

仿佛有什么事情就要发生

放学后我回到父母的老房子里

屋子里越来越冷,父亲穿着整齐

盖着被子躺在南炕上,我穿着灰毛衣

在屋子里走来走去,抱怨着寒冷

空调打不开了,我朝母亲嚷嚷

说父亲冷成这样,就不能换个新空调吗

母亲在幽暗的北炕上没好气地说

要换你换,我没钱

我说,那用得了几个钱,一两万就够了

父亲一声不吭,但似乎还醒着

母亲自己在温暖的云南买了房子

我们都知道,但谁都不提这事儿

一种模糊的不安的气氛在家中弥漫

傍晚的雾气依然没有散去

母亲不停地给收音机调台

各种刺耳的噪声忽大忽小

没有人说话,那是我和母亲

唯一的一次争吵,它在梦中发生

梦中的我既是那个少年又是现在的我

我从未和母亲争吵过

这个凄凉的梦却让我感到安慰

因为我很少能同时梦见父亲和母亲

2017 年 5 月 28 日

## 74. 强　暴

一个什么文学会议,奇怪自己

居然会出席这么个乱七八糟的活动

正无聊间,一个相貌平庸

还带着个孩子的畅销书女作家

在电梯门边,一个劲地缠着我

力气很大,我几乎挣不脱

无奈中给她递小话,说她的书

千万人读,我只写了些没人读的破诗

干吗要和我过不去呢

可她依然纠缠不休,非得要和我

行那苟且之事,我好不容易

才拿她孩子做挡箭牌,避免了被强暴

醒来后回想梦中这个短粗胖女人

似乎很像我认识但不熟的一个上海人

这个梦象征着诗歌在文化中的处境

以及一个诗人的无奈与悲哀

2017 年 6 月 4 日

# 75. 单身宿舍

宿舍重新装修,走廊里都是刷墙的架子
墙的下部已经刷了清新的绿漆
宿舍是很外观破旧的三层红砖楼
就在工厂一号门外的左侧
光线很暗,我似乎很久没回宿舍了
我摸索着,却怎么也打不开门
铝钥匙很软,走廊里也没有什么人
而且,因为焦急,我渐渐确定不了
自己到底住在哪个房间了
只有个大概,我逐个去试
钥匙都能顺利地插进去,可就是打不开
最后只剩下几个似乎留出来的房间
微光中看见墙上贴着白纸的告示
称这些房间是杂物间棋牌室和图书室
醒来想起,我住的是 310 房间
正好是走烟道的房间,一楼有食堂
一面墙上半凸着方形的烟囱
每天固定的时辰那墙都很热
厂里的大学生结婚都会占宿舍
我和大玲旅行回来,把两张铁床一并
就算是婚房了,马原半岁的时候
我用草垫子把烟道蒙住,洒上水降温
马原热得脑门上都是痱子
不能用电,我便在屋地里用湿毛巾抡

驱赶热气,让他们娘儿俩能睡着

这宿舍连同那座中东铁路总工厂

早已消失在人心惶惶的九十年代

还有我从二十二岁到四十岁的十八年时光

当年的同事大多也都和我一样流落四方

我还记得他们年轻而亲切的模样

2017 年 6 月 8 日

## 76. 信　念

一个年轻的佛学大师住在石头城堡里

开办研修班一样招募信众

学习的内容却是传统书画

兼之念诵不见于任何经典的经文

或者抱着满地的佛头摇晃,哭泣

城堡里到处是根雕,宣纸,墨迹

白雪,脚印,蜡烛,我很奇怪

自己居然会带信主的小猱来

而她学得还很快,我察觉不妙

便赶紧带着她离开,夜色已深

回城区的公交已经收车

回头望去,城堡像冰块一样闪耀着

我们在一家没打烊的咖啡馆躲避严寒

小猱说起她因为揭露南方药业的黑幕

一直遭人骚扰,也没人肯和她结婚了

这时,她似乎又恢复了信仰的纯正

我小声劝她要保护好自己
把信仰藏在内心
我知道我的想法是错误的
我们打算继续往城里走
却发现自己还是在冰冷的城堡里
那个长出青头发茬的骗子面带微笑
独自一人，还在案前不停地书写咒语

2017 年 6 月 9 日

## 77. 看不见面目的人

一条粗壮野蛮的胳膊始终横在面前
截住我的去路，我无论怎么突然
转身改变角度，也无法看见它的主人
只能听见身后紧贴着的咻咻的气息
一股热烘烘酸臭的气息
一个臃肿如死猪的大肚子顶着我
他身体不洁的部位紧紧地粘在我身上
我用手狠掐，那东西却像隔夜的烂面条
一段段掉落，剩下的继续粘在我腿上
我感到无助，这似乎是个无人的教室
我在桌椅间的过道上拖曳着脚步
始终无法摆脱这个看不见脸孔的家伙
始终只有一条粗壮的胳膊拦着我
他不会放过我，就像人世间总有一些
猥琐而强大的小人暗中作祟

用他们黏糊糊的脏让你无法与世隔绝

2017 年 6 月 16 日

## 78. 短 棍 党

大学,晚上第五大节上课前

我在带柱廊的礼堂外面

用油擦吉普车玻璃,黄油慢慢淌下来

刮雨器下面总是擦不干净

两个外院的辅导员交头接耳

故意让我听见,用阴阳怪气的本地口音

嘲讽着我外地人的笨拙,铃声响了

他们遁入人群,我和发小老武

偷偷找出两根两尺来长的铁棍

用超长的随礼用的大红信封裹着

准备下课天黑趁人多混乱

对这两个家伙下死手

看人老实就可劲欺负,那是自己找死

如果没有法律和上帝

某些人早都死上几个来回了

2017 年 6 月 17 日晨

## 79. 上课途中

已经是晚上八点五十五,我和兴贵

忍着饿,口袋里只有几张绿色毛票子

时间紧迫,我们要穿越车辆厂外面

那一片黑暗的街区,赶进厂子上课

到处是迷宫般黑灯瞎火的房屋

结冰的坡路,我们经过有外国人

穿戴盔甲在练习剑术的营地

我们赤手空拳,他们手持锋利的重剑

一路狐疑地跟随我们,数念字母

又翻过一道冰城堡溜滑的拱桥形长城

男女老少如过奈何桥般争先恐后

不时地有人群像泼在雪地上的脏水

流到我们脚前停住,一个韩国妇女

多次从人群中奔出来,拦住我们

说昨晚听到我们在"时代之声"中的访谈

然后又笑着回到人群中,我们的行程

不断被打断,走着走着

兴贵不见了,我焦急地打通了电话

兴贵说,马上就下来,我以为

他先于我抵达了厂门口的职工宿舍

他说,自己马上从一个亭子里下来

到处黑暗而混乱,上课肯定是晚了

那座微光闪烁的工厂怎么也走不到

2017 年 6 月 22 日晨

## 80. 大　水

天下大水,遍地泽国

戏楼和渔村的饭馆都半没于水
前门后门不知深可几许
水似乎不再流动,黏稠如黑泥
可以清楚地看见"喇嘛庄"的金色牌匾
尚有穿着连体黑水靴的农人拿扎枪
在泥浆中缓慢行走,剩余的农田
彩衣闪动,我找不到回城的路
田头小径,向一个村姑求助
她面目姣好,有点像大学生村官
人们陆续聚集,随她走进村中
转眼便一哄而散,她指着一个
仅剩烧黑框架的建筑,说我住在那里
然后暗笑着飞快闪进一个院落
我赶紧跟过去,进屋,只见她
靠墙而立,屋里什么家具都没有
她的脸上现出闪着红光的伤疤
变得狰狞,我还把她当作她
继续请求帮助,复又带我出门
门外一线黑水茫茫,她套了马车
车没有轮子,我们都佯装不知
谁也不说话,她脸上的疤痕淡了
像是葡萄酒软木瓶塞的裂痕在愈合
泥地的裂缝里嵌着大大小小的白鱼
水在消退,稀疏的玉米苗已有一巴掌高

2017 年 6 月 23 日午后

## 81. 飞天骷髅

从岛上弄来一个水手箱子
里面飞出一个缩小的骷髅
属于一个已被消灭的敌人
受魔法支配,它到处乱飞
发出嘲讽的笑声,始终跟着我们
似乎也没多大危害
就是时时让你吃惊一下
我们必须找到它的真身
彻底消灭它,但每一次
它都会变化成我们中间的一个人
它好像有无数个外壳
一层层套起来,每一次打击
只能让它变形,而不是瓦解
战斗在持续,地点不断转移
我身边的战友越来越少
它把我的战友们的身体像衣服一样
一层层穿起来,我狠下心
无论它以谁的样子出现,都坚决打击
我要找回那口箱子,把它锁住
送回岛上,但是战斗已经深入内陆
这狡猾的骷髅始终捕捉不到

2017 年 6 月 20 日

# 82. 战 争

早上,天空一片漆黑,隐隐有雷声
随着亮起的彤云,发现
黑气中满是一层层大大小小的飞行物
随后,我方数量稀少的几架战机
雨打的蜻蜓一样翅膀折断,坠落
整个国家几分钟沦陷
我随着越跑越少的人群逃进一座工厂
躲避让血肉瞬间成灰的红色扫描线
零星的抵抗者东躲西藏
被辐射污染的人迅速变成奴隶
肢体畸形,入侵者和本国人外表一样
只是语言不同,脸色更白一点
我捡到一把枪,只要手里有枪
入侵者就以为是押运俘虏的自己人
但是不能说话,我转入另一个地下车间
从搭了木头架子的竖井爬上地面
到处焦土一片,我越过小河
垂直爬上一个平行星球,上面冰雪覆盖
属于俄罗斯,在一户人家的窗台外面
我捡到一个皮夹,里边有一张身份证
和一张认不出数额的红色纸币
几张购物或是洗衣服的票据
夜色已深,我正在犯愁到何处存身
纸条上的字母依稀是一个熟悉的名字

遂又想起至少我可以使用英语

我将作为流亡者向前走去

灯光一盏盏熄灭，我必须去找到

城市深处始终亮灯的图书馆

孤独中心存一丝被善待的希望

2017 年 7 月 15 日晨

## 83. 打 工

北京,你和地铁之间始终隔着

广大的废墟,工地,和怎么也走不出去的街区

那些人似乎就生活在众多死胡同里

热闹非凡,热情得有些让你尴尬

他们会耐心地为你规划诸多路线

并彼此争执不休,最后把你撇在一边

你得赶紧抵达设在大庙里的公司

它更像一个私塾,你的岗位

是考取各种证书,因为你没有技能

女老板很年轻,等你终于抵达时

发现自己没穿上衣,你得陪她去相亲

在干燥的乡下,她的父母如黑泥鳅

刁钻古怪,嘟嘟囔囔,出来进去

你只能光着上身尴尬地等在院子里

蒲棒颜色变深时,你们终于回到城里

又一次,你找不到地铁入口

同行的人踏上转盘,迅速消失在地下

地面迅即愈合,于是你重新攀登废墟

想到高处看一下自己到底在哪里

除了废墟,只有几座孤零零的红色大庙

矗立在连绵无尽的废墟之中

偶尔点缀着几棵头发蓬乱的绿树

和吊死鬼似的,小幅度悠荡着

从废墟下面传来机器通风的呼呼声

2017 年 8 月 3 日

## 84. 春　丽

一间陌生的办公室

排满倾斜的制图桌

门边的一张红油漆斑驳的木头柜子

她微微弯身,给桌上每个人的

搪瓷缸子里的开水加白糖

没人让她这么干

她的背影成熟挺拔

米黄色裤子随着她微微的动作

出现美好的褶皱

她什么都不说

我们也没人说话

似乎大家都在看着她这么做

她也始终没有回头看我们

等她像我们的姐姐一样出去

柜子上的花纹已经模糊不清

注：吕春丽比我大两岁，我们都在设计处

她是标准化组，我是计算机室

有段时间我们天天中午打扑克

一起在大锅炉上热饭

铅饭盒，或者去买盒饭或包子

那段日子我们四五个同事很开心

吕春丽，死于乳腺癌，已经十几年了

2018 年 1 月 1 日

## 85. 拆　迁

我好像是出差回来

发现车辆厂的宿舍已被夷平

一片灰白瓦砾，我无处可去

钥匙在手中微微发热

找不到任何负责的人

似乎我和这个单位，这个城市

没有任何关系

也没有人知道我的身份

可是那把钥匙和那个熟悉的地点

还有我清楚的记忆

包括宿舍里都存了些什么书

告诉我自己的确属于这里

废墟还在不断扩大。我在周围转悠

在裹着塑料布小棚子

买了一个冻馒头，啃在嘴里发甜

馒头渣掉在我干净的黑皮鞋上

我希望有人能认出我来

在一个布满管道的空车间里

红锈如鳞片的粗大水管中

有热水的流动声,这里似乎

有人居住,拼凑的家具,没有邻居

一个陌生的女人回来了

拿着硬邦邦的刀鱼

她似乎知道我是谁

她什么都没有问

似乎一切都很自然

我们收集寒冷的碎片

把闪光的零件悬挂在各处

在砖头上画出火把

在车间一角布置春节的氛围

从不靠近火光闪烁的熔炉

也不知道外面发生了什么

似乎还会有人亲切地回到这里

呵着手跺脚,在铁管子上晾衣服

用袖套擦掉玻璃窗上的水汽

和我们一起望着外面无人的雪

2018 年 1 月 31 日

## 86. 洞　穴

我独自住在一个木头老房子里

在一条坡路的顶端,几乎没人
从那条路经过,我似乎没有什么职业
也很少外出,似乎不需要任何东西
就能活着,这种状况被一个女人的出现
打破了,她瘦小平常,完全陌生
拿着一张照片,证明那就是她
照片上的人和她完全是两个人
我同样认不出来,她的名字
却是我一个多年诗友的名字
她住进我的家里,不知道
她来到这座城市为了什么
她很少和我说话,我也似乎
听之任之,可自从她到来
我就会反复梦见房子下面
有一个很深的洞穴,我光着脚
在洞穴里行走,洞里很亮
怎么也走不到头,每次醒过来
我的生活似乎又恢复到
那个女人出现之前的样子
渐渐地我有点分不清自己
到底是梦是醒,于是我开始
寻找我熟悉的东西,读过的书
它们没有任何变化,不多也不少
而总在我找书的时候,那个女人
又会出现,带回来一些东西
说不上有什么用途,它们迅速
消失在房子里,我偷偷寻找过

但一无所获,我继续装作一切正常
观察她到底要干什么,可除了
每天带回来一些没用的东西
她似乎和我一样无所事事
而我继续梦见房子下面的洞穴
向更深处延伸着,我从洞中醒来

2018 年 2 月 28 日

# 87. 与父亲在船上

船非常高大,有暗红色的铁甲板
我们向下望去,一个狭窄的港口
像是一个长方形的洋铁水槽子
几艘船歪斜地半浸在水中
我问父亲,它们是在沉没吗
父亲说不是,它们只是停在那里

天边涌来一排波浪,一个跃过一个
像是在玩跳背游戏,我们继续观望
这时紧贴着我们的船,呼隆一下
冒出来一艘同样暗红色的大船
像一口巨大的棺材越升越高
甚至要高过我们所在之处

赶紧走!我们的船侧陡如悬崖
我正自张皇无措,只见父亲

已从悬梯下到地面,我背身而下
因为有他在下面望着而感觉安全

我们离开水边,走进一个村子
村子里似乎没有什么人,都是饭店
每家门前都竖着一根旗杆
上面叉着一只不知死活的猫

父亲再也没有说话,神情严肃
我们默默地走着,天色阴暗
分不清时辰,我们不知要去向哪里

2018 年 3 月 5 日

## 88. 回 克 山

一片没有色彩的平房,院落
一个套一个,院墙都是用土坯垒成
半人来高,可以看清所有生活的痕迹
每一户人家的窗户都是黑的
似乎没有人在家,街巷开始变窄
堆积在一起,院落也变得不规则起来
它们扭曲,合并,形成诸多死胡同
你再也走不出去了,你要找的老家
就在这个方位和区域,可是那些房子
全无可以分辨的特征,屋顶低矮
苫房草已经部分腐烂和脱落

你突然就置身于许多年前的寂静之中
几个少时同学围成一圈蹲在地上
画着什么意义晦涩的图案
天色越发阴暗,不辨晨昏
你的手机里怎么也找不到家人的号码
那些同学转眼消失在各处,你的周围
布满了大大小小的池塘,闪着沉闷的光

2018 年 3 月 26 日

## 89. 梦见丹妮

丹妮姐小小的身体又坐在那把高高的
可以旋转的椅子上,背对着门
工厂街《诗林》编辑部的那座俄罗斯老房子
磨得发白的紫红色地板嘎吱作响
我必须抬起僵硬的膝盖才能爬上阶梯
奇怪的是,阶梯设置在屋里
丹妮的工作台像个四面都是台阶的祭坛
她一脸严肃,拒绝接受几位诗友的邮件
我向她解释,这几位都支持过
她的遗著《远山有雪》的出版
不属于那种忘恩负义的作者
我一直在费力地为朋友们争取
让丹妮能接受和发表他们的诗
丹妮表现出和她有生时的宽容完全不同的态度
地板在我沉重的身体下继续嘎吱作响

我不敢稍微移动一下
我似乎始终站在那些很少的几级台阶下面

2018 年 11 月 24 日

## 90. 工厂里的雪

不知怎么就置身于工厂之中了
寒冷的早晨,雪停了,风还很硬
钢结构空旷黑暗的车间
一个熟悉的穿淡绿色臃肿工装的女人
她一直背对着我,直到我转到她面前
原来是大玲,她的脸上全是红色的包
我赶紧把棉帽子摘下来给她戴上
她平静地说,你回家吧,饭还热着
她和几个沉默的工友继续等待嘎吱作响的大货梯
我独自离开,走着走着却发现
我走到了工厂更深处,四下无人
只有废弃的铁轨,枯草,无人踏足的雪
雪上撒了细小的煤灰,暗淡臃肿
我怎么都找不到出去的门了
回头看去,刚才路过的车间也消失在白色中

2018 年 12 月 20 日

## 91. 夜里回应我去世的父亲的指令

凌晨,父亲的指令终于到达了

让我们全家去与他会合
父亲的部队已经抵达了一个地方
把我们这些随军家属落在了后面

大院里人喊马嘶,锅碗瓢盆叮当乱响
大姐分给我们每人一个三角兜子
装着干粮,我的木头枪磨得油光锃亮
母亲花了很长时间穿衣,黎明前的黑暗中
我们姐弟四人都在等着母亲出来

已是深秋季节,幽暗漫长的路途
马车吱嘎吱嘎,穿过收割后的留茬地
我回头望着留在窗沿下的酱缸
我用石头砸了好几下,也没砸破
那里还残留着发红的雨水

最后,我们到达了四方台小镇
只有父亲一个人站在那儿
站在薄雾笼罩的路口
他身后六十年代的小镇时隐时现
他孤身一人,武装带上挂着沉重的枪

他静静地抽着烟,似乎有点不安
他的部队已经向苏联方向进发了
只把作为指挥官的他留在后面
我们为什么迟迟到达? 父亲没有问
也许是我们,把他留在了某处

2019 年 6 月 9 日

## 92. 无限工厂

你突然就置身其中了
你不知道自己是怎么进来的
但显然你不属于这里
你似乎有什么公事要办
阳光时有时无,很难判断时辰
工厂既现代又破旧,它的各个部分
似乎并不知道其他部分的存在
每个车间都自成一体,形成无数的死胡同
你始终找不到作为中心的厂办大楼
它似乎并不存在,你遇见的人无一知晓
这是什么工厂也无从判断
人们似乎并不关心最终的产品是什么
你在灰尘、烟火和绿树中间乱走
你已想不起来到这里的目的了
你想快些找到出口离开,但无人知道
也无人在意,似乎他们并不需要出去
一片片或水泥或玻璃的厂房中
发出红光和各种嘈杂的声响
路上的人渐渐稀少,谈笑声
渐渐消失在树丛后和看不见的路上
你绝望地想摸索到围墙
发现围墙外正常的居民区
可依然是一排排重复的厂房

甚至先前的灯光也一处处熄灭

2020 年 3 月 13 日

## 93. 口　角

你突然就置身于车辆厂

宽敞临江的十三楼的办公室

你和坐在角落里的主任请假

要下楼修收音机,身形如蛇

工会出身的他不满地嘟囔了一句

那句话很损,你都学不上来

你回骂了他一句,气冲冲下楼

来到雪地里,摆弄油污的螺丝

周围还有几个同事,收音机的音量

终于大了起来,这时武俊德从旁路过

穿了一件漂亮的绿色条绒上衣

笑呵呵的,我的气还没消——

"工会团委的哪有好东西

那种邪恶地方混出来的怎么能有好人

再欺负人,我把他们全杀了

因为哥已经知道活着是怎么回事了。"

然后,和老武一起走了一段

我问他工作的事,他笑着说

被辞退了,给了一千块钱

我问他下一步去哪? 好莱坞

我羡慕极了,说,哥都著名翻译家了

可连国都没出过。到这里
梦戛然而止,我非常清楚这梦的逻辑
在车辆厂那些年,没少受那个
天津知青出身的主任刘树森的气
后来他调到铁道部,再后来跳楼自杀
车辆厂也早已解体,不复存在
可那些伤害依然没有从我的心中消散

2020 年 12 月 20 日

## 94. 迷失在开心馆中的 K

在任何时间,空间,领域
他都像一个走错门的人
每个屋子里都有一群人
热烈地谈论着什么
他们或者继续谈论
并且故意提高声音
显得气氛更加热烈
或者暂时停下,看着他
不说话,也不动作
无论是哪种情况
他都听不懂他们在说什么
也搞不懂他们为什么那么严肃
他只来得及向屋子里看一眼
有的金碧辉煌,枝形吊灯
红色帷幕,香烟缭绕

有的简陋破败，没有窗

地上都是旧报纸和彩色纸屑

有的如中产阶级的客厅

塞满了胸像和来自海难的纪念物

所有的屋子看似独立，实际上

却是在同一座巨大的房子里

他不知道自己怎么到了这里

也不知道自己来这里干什么

这里没有他认识的人

那些人似乎认识他

但没有一个人有任何表情

2021 年 8 月 31 日凌晨两点

## 95. 和葛大爷读《资本论》

九十年代中期，单位门口

我和葛大爷一起坐着，下班后

建筑马上显得破旧，甚至失去了色彩

葛大爷和陈导演替单位搞三产

成立了一个马戏团，演出剧场

就在单位旁边，空荡荡的

像一个表彰大会散场后的礼堂

我和他一直坐在那里，也不说话

我们都已经下岗

收发室白炽灯的光线

落在我们膝盖上摊开的发黄的《资本论》上

似乎其中的劳动异化理论

能让我们理解自己的处境

我们似乎也没有失业的那种恐慌无助

只是发觉身边的人一下子全都不见了

天黑得很快，可我一直能看清书页上的字

坚实的铅印字体和笔画的凹痕

我们和这个不知道是干什么的单位

已经没有了关系，可我们还是一直坐在大门口

像是看门人一样，急切地在书中翻检

突然，一首诗出现，庄严古朴

我拼命想记住它，哪怕一个句子

我就能开始写一种完全不同的诗

我翻到扉页，书的作者变成了密尔

书名也变成了《论人的——》，显然不完整

我想把书名抄下来，却找不到笔

只有葛大爷的光头还在夜色中闪亮

他的蓝布衫蓬松发皱，他似乎没有身体

今晨醒来，我迷惑了很久才想起密尔就是缪勒

他的实证主义和自由学说我早已生疏

只记得他和休谟一样

认为人只能认识到现象

无法获得普遍必然的知识

无法经验到事物之间的必然联系

我终于明白了这个梦的大致含义

2021 年 10 月 4 日

## 96. 几个朋友

老刘、老钢和另一个人
突然出现在屋中
我正在打点行装准备回南京
我从提包里掏出一个个
破旧的档案袋,摞在书架上
里边都是未完的书稿
和一些不想带走的民刊
有重样的我顺手递给他们
老钢还是那么周到,帮着我整理
老刘躺在椅子上,眼窝深陷
一边翻看那些小册子一边说
都还是捣鼓自己那套文化
我说,每个人只能捣鼓自己那套
这不是常识嘛
老刘说,论常识,我比谁都常识
混乱中我的手机不见了
老钢和我翻开紫色地毯
找到了,却马上要没电了
大玲肩膀上披着雪花
进来问我在搞什么
我没好气地说,没看见我这几个
尊贵的客人在等我吗
我着急在出发前带他们去喝酒
另一个人始终没吭声

站在一边，我判断是老韦

他们曾是我青年时代的朋友

如今老钢脑出血，情况不明

老刘早已不再写诗

至于老韦，已死去有十四年了

2021 年 1 月 16 日晨

# 97. 我们这儿有假的

我和永平在一座山上

山上有学校的礼堂

远人来做讲座

我们满山找他

手机里居然搜不到他的号码

永平要在山顶餐厅请他吃饭

这是梦的第一个段落

主题还是我多年常有的"迷失"

可转眼我和永平就到了一个

用途不明的房间，门敞开着

像办公室又像简陋的旅社

我俩坐在那里聊天

这时我在梦里想起永平已经死了

我努力想看清他的脸

很正常，还是小黄脸，有点瘦了

我好奇地问他一天都干啥

他说，吃饭，练功，然后又嘟囔了一句

"我们这儿有假的。"

这时，门口挤进来两个有点变形的人

我一下子明白了永平说

"有假的"是什么意思了

我想用脚把他们踹出去

却使不出力气

这时大玲也出现了

无能为力坐在那里

只听其中一个人说"买这个"

便拖住我一条腿

两人就把我往麻袋里塞

永平也无能为力地不吭声

我想喊出"哈利路亚"，就能破了这邪祟

却怎么都喊不出声

一着急醒了，凌晨三点

远远地，不知从哪条沟壑里

传来微弱的火车的鸣叫

2021 年 11 月 28 日凌晨

# 98. 黄昏空无一人

下班和放学的人流喧嚷着

在每条大街流动，渐渐分散到

各个胡同，消失在各种小门后

人声也渐渐微弱，消失

黄昏突然变得很静

我从炕上醒来,仿佛只有我

白天没有上学,家里没人

也不知道他们干什么去了

一些痕迹表明,母亲离开得很是匆忙

厨房的灶下还有木柴的火光

在绿色门斗的玻璃上闪烁

带火凤凰的大镜子前

还有母亲长久站立的寂静

似乎她的气息还在一些物件上

温暖地缭绕,焦虑如灰白的木栅栏

一排排立起来,又一排排融化

我把作业本塞进书包

随手抓起一大把削好的

长长短短的铅笔,仿佛想奔去学校

挽救旷课的灾难,突然又想起父亲

他住在另一个地方,不和我们在一起

我想打电话给他,但手机里

怎么也搜不到他的号码

于是又想,家属的微信群里

一定有父亲,就这样一着急

醒了过来,天色正是黄昏

家里空无一人,我不知该去哪里

2022 年 8 月 21 日

## 99. 一种忧虑弥漫开来

晚上我要值夜班

我对永平说,今晚别想睡了
我们站在下午的厌倦中
在一个阴暗的食杂店
永平一直站在那里,脸色发白

于是我又说,你上楼去吧
上楼舒服地去睡呗
我们是在遥远的北方
秋阳在毛玻璃里燃烧

他不吭声,他一直焦急地
在手机上编写一个短信
写了又删,删了又写
也不知是要回答谁

我看不见短信的具体内容
但从他严肃忧虑的面容
我知道他有了一件为难的事
我对他说,没事,有我呢

过去我经常对他这样说
这是我至今心怀羞愧的原因
在梦中,他什么都不和我说

2022 年 8 月 9 日

## 100. 和一个去世多年的
## 朋友走过红房子

时间总是深冬,灰色的街道

和薄如锡纸的行人,那些房子

在雪中静得像冬天河道上的船

我们走过我曾住过的街区

陡峭的路,车辙压出的溜滑的冰

我们小心翼翼地挪动着脚步

手里拿着印了一些面孔的宣传手册

我们不知道要寻找什么,只是

一边走一边辨认着周围

我们刚刚看完一场战争电影

冲锋的激情还在血管里骚动

人们都在匆匆回家,只有我们

无所事事,倾斜街道的顶端

就是空空的木教堂,我要陪你走上去

我们一路上默不作声

似乎心事重重,冬天的酸味

提醒我这是九十年代初期

还没有市场经济带来的人心惶惶

朋友们还可以随时成为

彼此的不速之客,两条冻鱼

就可以喝到雪地上只剩下月亮

黄昏工厂的大铁门哗啦啦敞开

在人流中我们显得异常高大

你一米九九,我一米八八

我们像两根洪水中的柱子

无法动弹半步,也许

自从遵循了那至高者的规则

我们已经告别了人世间的温暖

包括这些红房子里的灯光和酒

它们所包含的无数的事物

已被水与火抹去,我们爱过的

已将我们遗忘,还有空间和时间的无情

2022 年 9 月 16 日

## 101. 在北方的农场里

在父亲军队的农场里

我和姐姐站在田垄旁

我们拉着手,姐姐的手很暖

略微带有劳动的粗糙感

我们既是童年,又是成年


分不清季节,那片田野倾斜着

像一只大鸟的翅膀

防风林分割开地块

我们望着坡下面蒸腾的雾气

四下里很静,只有我们俩

没有红旗,没有父亲,没有黄军装

军队似乎已经撤走

单单把我们忘在那里

我们先是挖老鼠洞收集黄豆

欣赏老鼠一家的绝望

然后又在垄沟里追逐鹌鹑

它们像一个个褐色的土块


当游戏变得令人厌倦

我们便站在那里说话

似乎只要不停地说话

就什么事都不会发生


我安慰着姐姐:"他们不会忘记我们的

他们会在诗中找到我们

这就是一首诗。"

我这么说的时候,姐姐的眼睛很亮

像正在从田野下方升起的晚星


2022 年 9 月 17 日

## 102. 婚 事

我和作家纪德在青年时代的

一个夏天,在干涸的河床中央

看人们从两侧尚存的河水中捞鱼

这时上游的大水缓慢地流下来

河床逐渐被乱流分割

我催他逃离,进入岸上的村庄

都是黄泥巴屋的小咖啡馆

粗木的桌子歪歪扭扭

泥巴的味儿混合着热乎乎的咖啡香

我们谈起写作的速度问题

他说自己必须快写,赶上这一波

去拍电影,他着急去城里找书

我说我慢就慢吧,被撤下更好

我可以把那点苦一点点熬成渣子

我们回到我的家中

每个房间都住着一个待嫁的女子

我都不认识,她们行动诡秘

大多时候不见踪影

我必须让纪德挑选一个成亲

似乎这就是我作为兄长的责任

他一边试红衣服一边说

那也得先逐一和她们生活一段

才能决定,那些女人都躲在房间里

不出声,像一些鼠辈,于是

我砰地推开其中一扇门

一个老同事模样的女人

正慌乱地把几条银鱼塞进灶坑

2022 年 10 月 4 日

## 103. 战争的预感

尽力在你呼吸中保持烛焰静止

如果你不能把门关上
如果你不能教会镜子说谎
如果你不能阻止愤怒的父亲
带着一个哥哥出去寻找人群
你刚刚六岁,你一直在装睡
把脸靠近玻璃,像鱼缸里的章鱼
把弹射的宝石收回来吮吸
外面发生的一切
像幻灯片的白色屏幕被点燃
一个烟草色的影子移动
擦除一个个交战的场景
他们始终在瞒着我,一阵骚乱
家人说话的声音渐渐远去
我还是继续睡吧,让寒冷
将眼球绷紧,盯住起火的屏幕
那些扭曲的影子是无声的承诺
院子里的动静让我保持清醒
母亲回来了,脱下灰色外套
穿着带小碎花的白衬衣
用铁盆子不停地洗手,她失败了
院子里,大哥扶着光秃的旗杆
用半截铅笔抠着鞋底纹路里的泥
他们忽略了我卷来卷去的
众多柔软苍白的手指做出的手势

2022 年 10 月 8 日

492

# 104. 钢克的旅行

你突然出现在我面前

身体已经康复,甚至有了点黑发

你还是穿着那身蓝色牛仔衣

神情严肃,你说要过另一种生活

绝对不能被关在狭窄的空间

你要出去漫游,顺道看看各地的朋友们

我说,好啊,到了南京我全包

你说,那还不如一起出游

这时,身后突然出现一辆三轮车

于是我说,我们来垫点稻草

我俩轮流蹬,仿佛真的

有另一种生活在等着我们

解冻的风轻轻地吹着

那是早年的哈尔滨寒冷的早春

我们脚下的土地隆起成山丘

我们像列柱上昂首的无名雕像

梦境就此瓦解,十年前

我们失去了联系,两年前

听闻钢克脑出血,1988 年

我刚大学毕业两年

他不知从什么渠道知道我写诗

曾来单身宿舍访我不遇

留纸条邀请我参加

他们"荒流"诗社的活动

整个九十年代和新世纪头十年

我们交流密切,同病相怜

作为龙江先锋诗歌的主要力量

钢克为人沉稳而诗风诡秘

但愿这个深秋的梦是在预言

他已康复,过上了另一种生活

不再与诗纠缠,那恐怕是他

此生最为隐秘的痛苦

2022 年 10 月 13 日

## 105. 初　冬

屋子里没有生火,有点冷

于是带父母去露天市场

年关将近,下着小清雪

市场上人来人往,白炽灯耀眼

紧靠着老回民商店的蓝色屋檐

父母要吃炸的东西

各种炸果子炸鱼,金黄,嗞啦响

吃完我们出来,县城一下子

出现了很多高楼,全都灯火辉煌

我们站在那里仰望,发现父亲棉袄的衣襟

油光闪亮,一定是平时擦手磨的

我们似乎一直那样站着,也不说话

父亲始终在冷冷地嗑瓜子

母亲忧虑地望着我,什么都不说

2022 年 10 月 28 日

## 106. 古 城

我去找你,在中原的一座古城
你的家有很多用途不明的房间
有的只在窗前放了一只黑沙发
有的狭长如走廊,什么都没有
你也不知道尽头的门通向哪里
另一个房间的红地板
被经常挪动的家具磨出了坑
奢华而略显破旧
如同你有时漫不经心的清高
你给我看你带暗花的笔记本
上面记着一些莫名的数字
你有一些乖巧的女友
既单纯又成熟,来自小家族
古城里开满白色的梨花,安静
似乎从来没有发生过任何事情
似乎你并不是真的住在这里
我们到处漫游,经过空空的古戏台
后来我们去了郊外,你穿了一身
淡灰色的长裙,高出女伴们一头
回来的路,突然被大水淹没
水越来越深,直到胸口
我怎么都找不见你,只有
我的呼喊如一件衣服越漂越远

2023 年 3 月 26 日

# 突然想和大哥说说话

大哥,2020年1月,在克山把你送走
回到哈尔滨,疫情就开始了
我在儿子家度过了整个寒假
我写沉思死亡的长诗
试图暂时忘记你的死亡
我整夜在手机上读《圣经》
试图让自己相信
我们终究还会团聚在天国
突发的瘟疫让我不知所措
甚至没觉得它会如此严重
会持续到现在,整整三年
依然看不到乐观的前景
有时我好奇地想,如果你还活着
而不是刚好走在疫情之前
这三年你会有怎样的想法
面对层出不穷的乱象
面对人性中沉渣泛起的邪恶
你会怎么想
也许文明的崩溃就和创世一样
是一瞬间的事,背后的力量
谁也说不清源自何处
个人更加孤立,无依无靠
2021年春天有过短暂的松弛

我还能带着大玲到处转转

我们去了奉化溪口,剡溪边

住沈水波的高级会馆,吃溪坑鱼

雪窦山的春天像入静的美貌尼姑

我答应带你去,但未能如愿

你最喜欢山了,我把你的诗集

放在了那里,三叠瀑依然

像人生的三个阶段一样

流淌,积聚,飞泻

小玲带着大嫂也去了

我陪她拜访了一些高明的法师

她居然能记诵数千字没有意义

只有发音的楞严神咒

她的执着受你的遗传

我相信她会在修佛的路上终有所成

她喜欢栖霞山,我记不清

我俩去过栖霞山没有

你在南京时我们几乎游遍了风景

你说阳山碑材阳气最旺

我和大玲还去了湖州、苏州、扬州、厦门、福州

住了还非大哥的乡间别墅

院子里的荔枝比岭南的还好

还非也是我一直想让你们见面的好大哥

他已经七十多岁了,比你还大

我们去大樟溪和十八重溪

讨论知音和知己的差别

采路边的野茶,他亲手炒制

这三年我磕磕绊绊学上网课

很庆幸这份教职尚可谋生

这让我对他人疾苦有了更多同情

虽然同情也没有个鸟用

今年是疫情的第三年

春天大玲又来南京陪了我几个月

今年我没带她出去玩儿

我整夜整夜翻译庞德

陆陆续续用了两年时间

这项工作让我能够安然度过

一段动荡不安的时光

像有了压舱物的小船

庞德用文明的碎片拼凑的天堂

在我看来与弗兰肯斯坦无异

但凡意图建立人间天国的理想

带来的却都是地狱

大玲天天去挖竹笋,采荠荠菜

采集本身的乐趣超过了实用

她把野菜和面做成菜团子

让我吃得脸发绿,实在难吃

其他时间她得在马原家带孙子

说起玉堂,他已经四岁了

非常健康,无忧无虑,有点倔

似乎对人类社会这场巨大变革

毫无所知,

他长大后

通过历史记载会吃惊地认识到

一切是如此复杂，

但愿他能看到真实的记录

在诗歌界，伪善占了绝大部分

有良知的诗人屈指可数

我的不共戴天之感日益加深

可是对诗的热爱还暂时无法放弃

只能避世隐居，不闻不问，埋头工作

独善其身也实属无奈

跳梁小丑到处横行，欺行霸市

我时常凝视窗外的梧桐

绿了又黄，黄了又绿

转眼就是一年，收获的

只是几片无声无息的落叶

我想你也只能苦笑和叹息

智慧似乎已经无济于事

我们沉浸一生参详的各种思想体系

面对暴力，都已丧失了作用

那些长篇大论的哲学

那些夸夸其谈的文学

似乎都成了脱离所指的词语

生活缩减成生存本身

人与人，国与国，渐行渐远

万物一体的情怀仅仅成了情怀

分崩离析，不是一声轰鸣

而是一声唏嘘

这人间你所记挂的人已寥寥无几

永刚脑梗了，说不了话

几乎死掉,幸好医治及时
大超我很少看见,还住在江北
艰难谋生,我不去看他
是因为帮不上他,看见会更辛酸
晓锋动了癌症手术
幸运的是恢复得很好
这得益于他的乐观
建民从西安搬回了西宁
我早晚会去看他
他还在写发表不了的小说
远人这几年的历史小说和随笔
大放光彩,我们偶尔说几句
兴贵这两年过于沉默
微信都不发,他说写了诗
也不想贴,贴了,朋友们
还得给点赞,太麻烦
他的说法让我大为惊奇
元正冬天还在卖苹果
夏天才能写点诗,今年
他卖一种叫花牛的苹果
等我寒假回去尝尝
大家的情况基本就是这样
我有时会安慰地想到
你避开了瘟疫,另外
你的诗,已无人记起
我也不敢轻易翻开
我知道你不会在意

你本来就是写着开心的
你不想被人记住
现在我也是这么想
这个人世,其实
也配不上我们的诗

2022 年 11 月 30 日

# 年代志：1989 年至 2003 年

1989 年 5 月底，我和大玲
去北戴河参加了集体婚礼
大玲连个戒指都没有
我们去进乡街登记的路上
她一直在发抖，我到现在
也不明白其中原因，也许
她的直觉告诉她，她将随着
一位诗人度过的日子
将会充满不确定性，她将
像俄罗斯女人那样
沿着一条细长弯曲的小路
和他一起走向人生的战场
犹记得司仪问我最喜欢做什么
我回答，一个人待着
他说，那你结婚干啥

1990 年春天，儿子马原降生
作为生活的低能儿
我常为孩子生于贫困之家感到不安
但是生命的蓬勃力量
不是客观条件所能限制的
马原度过了快乐的童年
这证明，小时候吃点苦挺好

老年的安逸才是正道

同年 7 月,在我生日那天

我的父亲死于膀胱手术综合征

死亡让我愤怒而无力

生与死神秘的契合促使我

写下长诗《父亲挽歌》和《亡灵的散步》

《诗林》主编范震飙先生私下曾言

谁家要是有我这样的孩子

那该多么幸福。那年我二十六岁


1991 年,香港文光出版社的

新世纪诗人丛书出版了

我的第一本诗集《红鸟》

收录有早期重要长篇组诗《存在的深度》

同年冬天,诗人王小蝉从富锦

来哈尔滨投奔我,当时

我住单身宿舍的半拉屋

就是一间宿舍用胶合板隔成两间

隔壁是新结婚的同事小焦

晚上马原一哭,那边就叹气

小蝉来了,我把妻儿赶回娘家

我和小蝉住,那年流行喝黄酒

我们蒸馒头,面发不起来

馒头呈青黑色,硬得能打死人

小蝉总说我俩气场犯冲

在我身边他写不出诗来

我是照写不误。那时阿橹还没有杀人

有时我们三个还一起聚聚

1992年,一家三口蜗居在
新开街大走廊十几米的小屋
进门就上床,朋友们拎着民刊
和冻鱼来,直接就上窗台上坐着
诗人韩兴贵来,我俩用煤油炉子
冷水下面条,再搅里两个鸡蛋
没有生活常识才能成为诗人
换句话说,别的干不了,只会写诗

1993年,冒懵给《诗刊》梅绍静投稿
因为读大学时喜欢她的诗
她好像也在陕西工作过
结果马上被邀出席当年的"青春诗会"
何拜伦说我是走后门
开会时去了河南焦作云台山
头回吃炸得和虾差不多的蝎子
同舍的大解最初看到我的
十四行组诗《存在的深度》
脸色当时惨白,缓了一会儿说
他还能够克制自己的嫉妒之心
《诗刊》不发,他在《诗神》给我发
我翻译的英美诗歌
不少也是他编发的
《诗刊》发的是《亡灵的散步》
同年,和两个中学同学

做台湾宏碁电脑黑龙江总代理
证明了自己根本不是做生意的料

1994年,我三十岁,写出
叙述诗学经典《小慧》
彻底将汉语诗歌从抒情老路
引领到经验写作的新路上来
与阿什贝利的相遇可能也始于那一年
或者是再早一两年,译出整本
《凸面镜中的自画像》,汉语首译

1995年,写出《词语中的旅行》
探索词与物之间的关联域问题
同年在团市委《青年之友》
任记者,采访摇滚巨星崔健
访谈录发表后,在流行音乐界
引起巨大反响,张楚、张广天、窦唯等
纷纷加入论战,伊沙借此成名

1996年,另一首叙述诗学长诗《电影院》
问世,生活继续平淡而艰辛
雪和黑暗吸引着我

1997年,母亲于春天过世
我亲手用乌黑的铁车
把她的优雅送入熊熊众火
悲痛绵延至今,同年写出长诗

《眼科医院：谈话》
《本地现实：必要的虚构》
《响水村信札》


1998年，以《伪叙述：镜中的故事或其谋杀》
开启汉语元诗歌实践的新路
对被泛化的叙述诗学进行纠正
同年，天下大水，松花江水
漫上最后一级台阶，上堤抗洪
从1992年开始译的两卷美国
后现代诗选，迟迟未能出版
责编说，稿子可能被大水冲走了
他的玩笑话却让我躺床上哭了一宿
感觉五六年的生命白白没有了


1999年，生存再次陷入窘境
赴北京打工，妻儿送我到车站
马原哭着说："爸你把我放你
提包里带走，我不占地方。"
不适应公司工作，证明了
打工这条路也走不通
便在北大旁边野地里
租农民盖的平房，一桌一榻
开始翻译诗歌之外的书糊口
诗友黄以明叮嘱我
挣到点钱就赶紧寄回家
译《未来的灾难》和《自救书》

却救不了自己更救不了别人
灰溜溜滚回哈尔滨,学会上网
同年,北师大终于在"八年抗战"后
出版了《1940年后的美国诗歌》
《1970年后的美国诗歌》
系汉语里最早规模最大的
美国后现代诗歌的译介
桑克说我拿这两本书就可以横行了
可至今我都译了快一百本了也没横行
横行的反倒是一些鼠辈
我专门去北京取稿费
大玲给我在衣服的腋下缝了口袋
宋迪非说我拿麻袋去取钱去了


2000年,大型组诗《凉水诗章》问世
成为汉语生态诗歌经典
同年开始研究美国生态文学
主攻山约翰、鸟约翰
和奥斯汀的沙漠美学
为多年后攻读博士后埋下伏笔


2001年最重要的事是与相玲老师结缘
在她委托下翻译梅·萨藤日记
想调进北方文艺出版社未果
原因是一位副社长在上会时说
马永波写诗翻译都够了
做编辑还不够。与此同时

百年老厂车辆厂即将解体

实行买断，一万数千名职工

只剩两千来人，我处于息工状态

月工资六百五十元，生存再次成了问题

人心惶惶，东北重工业下岗潮

我亲历了其剧烈的阵痛

至今还记得有一家两口子

都下岗了，孩子说馋肉了

父亲没钱，只买了半斤肉

窝囊得回家就下毒，三口人都死了

还有一个人，偷小棚子里的

粮食，被楼上的物主发现

得知他是下岗的，没有活路

就任由他一冬天缺吃的

就自己去棚子里拿

充分彰显了底层人的人性光辉


2002 年创办"流放地"网站

倡导"难度写作"。命运的惨烈

达到以无辜的死亡来衡量的程度

中国诗人集体向一个幸存者扔石头

浪子说，没有一个人说一句公道话

彻底体会到什么叫世态炎凉

从此对诗人之谊不抱任何幻想


2003 年，命运发觉这个家伙

骨头挺硬，便改了主意

伸出橄榄枝,我无聊时在网上瞎聊天

结识了哈师大中文系一位

在读研究生,经他介绍

认识了他的硕士生导师

第二年便顺利考上了文艺学博士

从此结束车辆厂十八年寒窑苦熬

走上康庄大道,继续死不改悔

走无产阶级道路,蔑视当权派

写诗,译诗,评诗,编诗,教诗

在哈尔滨和南京之间奔来奔去

春秋凉爽时就在变成金陵的南京

教书写作,炎夏苦寒时

就回冰城避暑猫冬,来去自如


回顾这十五年作为诗人的个人编年史

唯一值得欣慰的是

无论多苦,都坚持写诗

其实也不是坚持,纯粹是

别的啥也不会干,只能

靠写诗抵抗绝望,逃避生活

或可谓将时代风云与个人内心

呼应与契合,将一切悲喜

都化为生命树的老根里

那一片深沉的寂静


2022 年 12 月 6 日凌晨三点半

# 庞德诗章

## 1. 比萨六月

五月,游击队把他从家里抓走
关进惩戒训练营,铁条的猩猩笼
暴露于自然元素,太阳与热风
油田那边吹来灰尘和臭气
晚上大灯照着他在地上蜷缩

泔水桶,暴雨后安的小床
占了一半空间,军警和囚犯路过
盯着看,不许任何人和他说话
裤子松垮,没有袜子,不系鞋带
来回走,玩一个乒乓球或网球
左手弹到右手,比比画画
和影子击剑,打太极
几小时坐着埋头看中文
凝视蚂蚁的半人马怪物,黄蜂筑巢
或是牛群在古道上缓慢行进

一个喜欢诗的士兵靠近笼子
里面传出一个动听的声音
"能给我点硼酸吗?
我用水洗洗眼睛。"

强光和灰尘,红肿发炎的眼睛
同样的红胡子,灰头发,表情紧张
仿佛正在巨大的压力下
凝聚起一个思想,短暂失忆
嘴脸线条坚硬,脸颊瘦削

诗句成型,在这透明的铁笼中
农夫般弯曲的肩膀上
是巨大的梦的悲剧
《比萨诗章》的最初十行
以铅笔写在两张手纸上
然后抄在中文书的内封
是他被捕时匆忙抓起来的

五十九岁半,笼子里关了二十五天
失去人格弹性,转到"医疗场"
有了金字塔形的帐篷
精神病专家来了又去,不知道
为抵抗疯狂,他沉浸于儒家经典
构思新的诗章,工余时间
药房里的打字机,便疯狂作响
两根食指愤怒敲打着夜晚
还有音调很高的哼哼声

偶尔和执勤的士兵谈谈
如果理解了金钱的本质
战争就能避免

隔着铁丝网和受训人员
交换无恶意的玩笑
分析四十八个军事术语
用旧扫帚把当手杖大踏步于草地
抽打小石头,军用板条箱用于
白天的写作阅读,"给啥读啥"
从地中海版《星条旗》
海外版《时代》获取新闻


六月,七月,八月,营地以外
没人知道他关在哪里
数千页的调查报告,可填满
FBI 十四盒卷宗,他以为
材料越多,越能显示他是为了美国
"任何私人律师都做不到。"
"停止一般调查,绝对需要
为每条公开的叛国行为
找出两条证据!"


艾略特这老负鼠提醒他
"你不擅长向头脑简单的人
解释自己,你的律师
必须准备读完你所有作品
并尝试理解它们。"
这是人间不可能有的智力
你飞驰的思想会耗尽所有人的耐心

尽管你有众多心怀恶意的敌人
他们说能读懂那么难的
中文的人，准没有问题
但你也剩下不多几个朋友
他们会竭尽全力。"尽管在政治上
没人会站在你这一边
但是友谊的纽带和文学价值
定能超越很多东西。"
海明威说你疯了，只有疯子
才会在电台说那样愚蠢的傻话
是的，你的确疯狂了
你疯狂于人类伟大的梦幻
总体化的乌托邦天堂
疯狂于你钟爱的白色的纯洁
白蜡树，白牡鹿，伊希斯的莲花
德墨忒尔的罂粟，珀尔塞福涅的白色新酒
你的疯狂和伟大，就是
要在大地上建造一个天堂

孔子译完了，《诗章 74—84》
也完成了，你这文化怪人
一心以为能够纠正世界
所有的经济病根，拯救宪法
可是总统不理你，艾米
也嘲笑你是在用坚硬的手杖
——抽飞玫瑰花的脑袋

十一月,吉普车穿过阴冷刺骨的夜

凌晨四点四十五分抵达钱皮诺机场

四引擎飞机先后经停布拉格

布鲁塞尔,英格兰波维顿,亚速尔,百慕大

肮脏的衬衫和囚服,你安静而厌倦

直到黎明阵营的血红长矛出现

你跳起来,俯视动荡不安的大洋

你这是第一次飞越它

像一个被拖出黑洞的野人

你在飞机过道上踱步

大声朗诵狂想的诗篇

下飞机时你还是戴着黑色宽檐帽

右手持手杖,左手是有点破损的皮箱,戴着手铐

装着你的中文书,五本日记

儒家经典译文的打字稿和新诗章


你将在华盛顿被控叛国罪

十二月,你将被诊断为精神病

送往圣伊丽莎白,此后十二年

你在那里继续接受朝拜


2021 年 8 月 24 日于哈尔滨三合路

## 2. 小 杂 志

小杂志的影响和坚持委屈

雨无法命名,它下了一夜而不为人知

直到它使黎明提前到来

幽暗的屋子里水光荡漾

我读一本巴掌大的小书

多年前读过,这次却总是读不完

遗忘更新了它,小的是美的

比如十五岁就知道自己三十岁

将成为活着的人中最懂诗的人

八十美元和运牲口的轮船

徒步去伦敦的经济学的美

比如一百本《燃尽的细烛》,印刷费八美元

《圣诞的两星期》也是一百本,比如

和威廉斯一样,很多年只在小杂志上发东西

几乎都是通过别人的评论和读者交流

这些小杂志有五十多种,《小评论》《自我主义者》

《日晷》《爆炸》《新女工头》《最时髦》

《教唆》《莫拉达》《手掌》《新时代》《新大众》

《新世界》《关于……的评论》《跨大西洋评论》

《本季度》《猎犬与猎号》《蓝色物》《杂录》

《尺度》《过渡》(这两种在中国有复制品)——

我总想知道更多它们的名字,而现在

美国的各种杂志多以"某某评论"命名

这些名字里包含着——狂飙与部落的传说

侧影与分叉的枝干,铁屑玫瑰与悲剧的友谊

劳动和高利贷,赋格与壁画与镜子大厅

丝绸上的太阳,星球的敌人

山上的城市与道路的呼唤

庞德说:"当代文学的历史是在这种小杂志中写就的。

商业杂志在一二十年后依然满足于捡拾其牙慧。
杂志的营运费用越高,越是承担不起实验艺术。"
比如用一年写成两行的《地铁车站》
比如连翻译都无法摧毁的诗中之"诗"
比如二十五首诗手工制作的《希尔达的书》
和她的眼睛里"泰山的云"
比如承认尼采说的是真的
可是突然,在烟雾腾腾挤满老处女的
茶室外面的街道上,看见一个雏妓
有着大英博物馆饱学之士的眼睛

2021 年 9 月 20 日晨雨中

## 3. 观庞德英译白居易有感

你可以把浔阳写成阴阳
让它们在芦苇丛中重叠
可我不能。我也不能省略
那凄惨的身世,衰老的红颜
你可以让一半的约会过期
可我不能,满头珠翠何其沉重
你可以让她的罗裙开衩
可我不能,我不知唐代的裙子
是否像旗袍那样开衩
我也不能把深红的酒随意洒在上面
你把一个苦难的盛世缩小成一幅中性的风景画
可我不能。我也不能把

"我们在酒中饮下离别"
归化成"饮下离别的酒"
那样肯定违背了你的原意
所以我继续,写下
"天空中充满了秋天"
而不是"秋意",并向你召唤——
庞德,你也来吧,来看看这个词
像打开一把别人捐弃的扇子

2022 年 4 月 21 日

## 4. 霜降日的旅行

旅行的又一站,现在到了一座陌生而破败的城市
它古老的屋顶上立着红砖的烟囱和风向鸡
一条河像"美与魅惑的腰带"环绕住
它松弛的肚腹,那些曾经与守护神立约的碑刻
已被拆除,铺设在反光的街路之上,花纹模糊
有一些花园和一些石室,在山坡上层叠而下
我们把不耐烦的马拴在城外的白杨树下
它们喷出白色的鼻息,脊背上冒出热气
天空深处,那些巨轮、枢轴、齿轮和铰链
升降咬合的声音不再那么急切而嘈杂
运转终于在恢复正常。城中只有几条街道
它们平行着,由一些风连接起来
看不到什么人,偶尔有人在花园劳动
直起腰,望着河对面更高的山上的闪光

或者虚无,他们和我们在罗马郊区遇见的
沉思哲学的农民十分相似,几家酒馆
阴暗低矮,几乎像是半地窖,窗户歪斜
劣质的龙舌兰发出腐烂仙人掌的气息
没有我们要找的人,似乎也没有人在等我们
沙漠那边的热风,绲边的袍子和隐约的传闻
还有我们剑柄上的花纹也在日益模糊
甚至慢慢地,我们彼此遗忘了对方的名字
家乡,旅行的目的,只有铠甲上的霜
太阳一出,就消失无踪,留下一点潮湿
没有指令,也没有地图,杯子边缘的闪光
像那些狡猾村女的眼神。或许在这里住下
当一切都已做完,还有什么比
翻土,播种,移植小树,嫁接果木,收割干草
看着草籽随着波浪上下翻滚,更接近事物的本质
伟大的能量在脚下无形地汹涌
每一个块根和嫩芽能做到和不能做到什么
及其背后的原因,都让我们入迷
这里的一切,都在用同一种声音歌唱
它们并不理解的东西,也许,这同样是我们的难题
到处都不缺一只酒具,如今有各种材质的杯盏
到处罗列,用各种闪光把感觉汇聚起来
围绕着我们。铅制排水管上的人名
曾属于沙龙里一个因不间断地思考
而脸部变形的人,人类的悲欢不再折磨他
我们不知道要找谁,要带给他
或从他那里获悉什么样的信息

我们也早已忘记了出发前的指令
那或许是另一个失败者吊篮里的胡话
只有无尽的山河,风霜,远路和狂飙
既然无希望转身,也无法在任何一处停下

2021 年 10 月 23 日

# 5. 否定之诗

从否定开始,言述那不可言说者
向高处移动的否定,直到"云的无知"
倾听海浪在沙滩沟槽里的涌动和消失
泡沫和鹅卵石的涌动,或者推开控制力的边缘
从"我看见"的巨大的穹顶形大脑
到房间反对历史,所有人反对所有人
从傍晚的云彩反射的紫红
到一系列似乎有些羞愧的静止的众神
或白色的惊愕,从最后的玫瑰的幻觉
到安于凝视,不超出凝视蒸馏出的空间
和没有意义的绿色和黄色
直至最后的沉默,这所有诗人的命运
那可确定之物,闪现的羊蹄
在不辨晨昏的微光中,交错的心跳
鱼鹰带着鲑鱼的粉色的翅膀
橄榄树叶明暗交替的闪烁
从同时是晚星和晨星的更寂静的歌曲
从吕底亚街头的步态

分辨出自己的母亲。不,任何语言都不能
将朝露与迷雾分开,将洁白的脚踝与羊蹄分开
咒语的急切和祈祷的呼求唤起的
只是那胸脯被儿子的箭无意中划伤的母亲
不可言说的愤怒
无穷的圆周率,吸收所有的潮汐
神圣内化于存有,这最高的诗
超越了肯定与否定,存在与非存在
它是与神圣的同一,依靠对自身的否定
是在午夜向正午致敬
或者审判所窗花格的变形与光
坚持可爱的错误而不是干燥的
政治正确的蝗虫的空壳
不,橡皮擦在纸上反复擦掉
人的言说而留下——一团模糊的涂鸦
这就是诗人最后的结局,不知悲喜
它本就是鹅卵石的网捕获的大教堂
一片你从来没有去过的亚洲田野里
一台旧收音机,听不懂的断续的哀鸣
灰色的去年的幽灵,看见你在楼梯拐弯处
寻找弯曲的青铜钥匙,什么样的手臂
举得起这样的重担,既然没有一只手
来帮助我们,也没有一张暗中的嘴
来催促我们经过,而经过,仅仅是
替换风景的一部分,人和风景都佯装不知
仅仅是雪在落地前,犹豫地说着一个谎言
我们已经耗尽了黑暗,慢慢抬起的黑色的眼睑

从桥上流过的黑色的行列

它从伦敦桥上,从佛罗伦萨的桥上

因为一切规定都是否定,条件、处所、时间

把树枝削去树叶变成旗帜

似乎就能活着,似乎像静物亏欠了世界

现实那不认真的想象,多彩的玻璃穹顶

网,镜子,脆弱的纸,现在的碎片状态

抓不住一个思想的两面

或者最大的泉眼崩溃,无死亡的尸体

直到手持燃烧的蜡烛保持的正直

让位于偏头痛的烛泪

直到"不知道"是唯一正确的答案

一个偏僻的写字者的古典的冥世

不确定中的确定,一个一肘见方的血坑

喝了就能认出自己,认出河流入海安息的地方

不,这仅仅是等待,绷紧了肘部

仅仅是空间的相邻性所决定的沙漠

和具有革命性的时间,一个不被拯救的涟漪

不断扩大的无用的思想与行动之间的剪影

冥想创造出它自己的对象

而非先有对象,然后有冥想

不,这还远远不够,颠簸的船舱

一盏灯压住的海图上暂时被照亮的区域

线条与线条的交织中多出来的阴影

和其他女人那无用的不安

缓慢地燃烧,正义所要求的残酷

吃掉我们吧,伟大的父亲,克洛诺斯

既然集市或剧场,都不能

上演你完整的哑剧,既然我们不能

独自完成自己,完成赞美和哀悼

既然我们不知道自己来自哪一层灰色的皱褶

既然我们可以随时开始,却不能随时结束


2022 年 5 月 1 日


# 6. 白色研究

手握白色石头的色雷斯人和克里特人

从泰山到日落,露台上的群星苍白如云朵

曙光绯红的足尖滑过大理石神殿的深处

巨大的白色贝壳在海浪上生长,随风转向塞浦路斯

白色的浪沫,泳者的白色胴体在银亮的鞘中

白色的赐福之手,使人安睡的雕像的线条

白色的词语,花瓣撒在溪流的薄膜上

白胸脯的燕子带来去年的音信和白雪

白色的雄鹿,林间白色的思想

白罂粟,白色山茱萸,白色峭壁上

乳白色少女伸展的腰身

白色的竖井,白色花瓶,白百合的杯盏

活在种子里的白色,铅灰大海上的白色雨滴

山茶花,白色羊皮纸上的黑

白色尼古丁,白色的城

白色的苹果花瓣和纸窗上的阳光

"在这样的白色之上还能添加什么白色?"
我们这些涉过忘川的人


狮子向白色的公鸡匍匐,车辇,族徽,旗帜
白马拉的战车进入罗马,帽盔上的白羽毛
柏拉图用白色描绘诸神
观音用柳枝驱散雾霭
新娘的纯洁和老年的仁慈
白象走过白色的街道,无人触摸的白
法官貂皮袍上的白色
雪白的公牛在通往圣伊丽莎白的路上对着水洼沉思
大腿之间推不开的天鹅,毛茸茸白色的光荣
墙壁上裂开的语言,白色分叉的火焰
白麻布,白色大宝座上白如羊毛的基督


"在这样的白色之上还能添加什么白色?"
我们这些涉过忘川的人


白鲸之白令以实玛利丧胆
白令海上戴着铁手套的白旋风
大群北极熊从船舷边滚滚而去
白色信天翁带来不安的预兆
麻风病人和白化病人的白
幽灵出没于睡谷,白色的尖帽和飘荡的白床单
白鲨歪斜的笑,死者脸上的苍白
把死者留在冰冷的厨房里过夜
让我们继续狂欢,用塑料布裹住白色的纸花

让我们骑着白色的驴子去往大马士革
对白色的不确定性的坚定确信
宇宙无情的空虚和广阔
万物皆是光，光归于白色

"在这样的白色之上还能添加什么白色？"
我们这些涉过忘川的人

2022 年 5 月 26 日

## 7. 手稿研究

历史从谋杀和奴役开始，而非从发现开始。
——威廉斯《永恒的青春之泉》

手稿中划掉的句子发出固执的抗议
它们揭示出理智所不情愿的东西——
"两种情况都没有给春天
增加什么意义。我想得太远了。"
一屋子的寂静睁开密密麻麻的眼睛
显然，这是个失败的隐喻，你的诗里
"寂静"太多了，还有"黑暗"，寂静的黑暗
全副武装的读者会向你的坟墓里窥视
使万物向星群上升的力量，"春意融融"
成语，感知的结石。窗外下起了小雨
而不是"细雨霏霏"，这是卡夫卡的榜样
把"颜色革命"换成"时间的革命性"

清晰而缓慢,那印第安式的坚持

"被迫害者以丝毫未减的精力开始

又一轮迫害。"积雪消融在怀斯的画中

删去了"如白癜风在缩小"

这个比喻像是一种杂食性的报复

"既不听也不看,如今她静止而无力。"

深夜里的声音,"像怒涛,鼓点,狂飙

从中分辨出了人的叹息"——

诗是它本身多出来的东西,大力神纺线

漂移的雪堆。在对完整性的忠实和玄学姿态之间——

在我和世界之间,诗总是多出来的东西

真理将受到表意过程的修正甚至扭曲

跨行——意义的剩余物,云彩的岩石

"他不会结束他的探索",在后院

随火车刹闸而结束的假期,再也没有人

找到"从自然到玄学的戏剧性转变"

研究庞德的十三个化名,坎佐尼的韵式

反复排列六节六行诗的行末重复词

朱庇特,手,脸,青草,金色,太阳

"混乱比明晰更能给人希望。"

在午夜门廊上刻下自己的名字

通过歧视来前进,偏见有力量,对他人

看法的看法,是金属味儿的汽笛

弥尔顿的苹果可能是山楂,火红的乳房

文学治愈虚无——文学什么都治愈不了

其反叛意识来自文化共同体的时尚与压力

与个体处境无关。"我这少许的,少许的

灰烬,也要被人夺去……甚至我这一生

运用的诗的技能也失去了……不快又不慢。"

百年博览会,不受事件进程的影响

继续研究《诗章》第六章中的家谱

埃莉诺与金雀花王朝,一本黑色的小书

"艰难之事并非必要"——死亡

一条熟睡的狗,可以蹑足溜过去

H. D. 在病中写下:"折磨结束了——

雪落在他的头上。但他没有胡子,那时……"

那时,他们还年轻,而我们尚未诞生

2022 年 12 月 22 日冬至

## 8. 来自……的声音

来自田野,街道,灰尘,另一个世界

爆炸,战争,天空,泰坦尼克

生锈的皮带,来自内部,灾难

月亮,日本能剧,丛林及其法则,加莱义民

远方,过去,滑铁卢,半岛电台

创造性翻译,俄国革命,玫瑰革命,雪茄革命

没有土地! 没有房子! 没有投票……交响乐频道

将本土知识整合进可持续的高地农业耕作

持异议者,下一个女性时代,可靠的奴隶叙事

舌头分叉的众神,超然对岸的更高的台地……

俘虏,囚禁,从西伯利亚到关塔那摩

华盛顿的进军,商店地板上的开阖门陷阱,雇佣关系

灰尘的开始之歌,种族灭绝的幸存者叙事

熊耳朵,熊抱,在圣地上寻找公共地块

口述历史,疙瘩之战,没人讲的故事

废墟,神正论与秋日传奇,波尔布特

过去,眼泪的轨迹,沉默的一代,复活节起义

荒野,颌针鱼,妇女自由工程,残废,外围

圆柱体表面,周缘,春天的芬芳,未完成态

流亡,现代玛雅人,生而不养,开放空间

家庭前线,草根,流散人口,访谈集

给儿童的二战故事,持续的贫困,锡安山之旅

全球的边缘,酷儿,伪币,性暴力,词语的暴力

概念的暴力,反激进的激进,永恒的中间

新兴的声音,光谱,时间之鸟,奈都夫人

叫作和平的孤寂,与站立的岩石站立在一起

男人对女人的亏欠,正确时刻的诗,起身反抗

开放资源,阿拉伯的口语诗,恢复的声音

轻骑兵的冲锋,日德兰半岛,插图,登陆日

弗雷德里克斯堡,死亡彩虹,大瘟疫

下边,保留地,黑水,面纱之内,之外

对系统的系统化反思,另一边,颤抖的桥

世界中心,双塔,黑塔,碎塔,布鲁克林桥

跳水者的弧线,星球联盟,看不见的松果体

华沙贫民窟,为了安全的旅行,厄瓜多尔的瓢

长方形会堂,法外之地,光荣革命,玫瑰经

甘蔗地,青纱帐,民歌,底层逻辑,垂衣而治

自组织系统,祖先,日常伦理,尼哥底马

古中国的爱与战争,雪中的化装舞会,红绳

芳香疗法,巫毒,磁力环,像分水岭一样思考

西方沙漠,直到统治者屈服,新世纪思潮

储物柜里的酷儿理论,撤销投资,天使山的蕨菜

现在我知道谁是我的同志了,因特网地下黑拳

聚焦被排干的波浪,视野,女修院,正念

移动的边界,圣伊丽莎白,茅草屋顶的缺口

跨性别社区,次要的中心,同性恋的贝壳

在小丑骨头里弯曲的蜡烛,问题的严重性

目前形势和我们的方针,帐篷里的露水之夜

草丛中跳了整整一夜的褐色思想

你准备好了吗? 这些词语在伸向你,而你是谁

崇拜你身边的陌生人,你是谁,我就是谁

2023 年 4 月 25 日

## 9. 庞德的旅行

我们的旅行已到中途

你即将进入我目力所不及的地方

和但丁的顺序相反

从古典和中世纪的天堂到当代的炼狱

至于地狱的寒冰法则,它只在你心灵最深处

是我没有勇气和资格涉足的地方

只有死者才能给予我们公正的评价


当希腊隽语的蔚蓝出于敬意而压低波浪

女人却成了一种至高的狂怒

你的厌女症的根源来自斯坦的自以为是
艾米这老处女的精力过剩和财大气粗
还有希尔达的"背叛",尽管她缠绵病榻时
为你写下了不乏深情的《折磨结束了》
在肉身死亡之前我们都会先死上两次
——不再爱和不愿被人爱

青春的绿色蔓延在山楂树下
在塔楼守夜人忠诚的警告声中
鸟儿唱起了晨歌,卡图卢斯和普罗佩提乌斯
庄严就是庄严,不是当代文件庄严的荒谬
在但丁和卡瓦尔坎蒂的轻舟上
我们可以只歌唱爱情本身
不需要我们的爱人陪在身边
(她们总喜欢大惊小怪)

普罗旺斯的热风、宫堡和典雅之爱
实际上却非常坦率,比如
把手放在她的斗篷下,也时常是战略的伪装
"拼凑起的美人",束腰的弗兰肯斯坦
还有日本禅房的清凉,影子剧院
中国的龙和别离,都是些涂彩的形容词
而你要的是清晰准确的名词
中国的古代真的那么好吗
唐代的诗人就没有流放
不被皇帝"以倡优蓄之"
可以秉烛攀登雅各的天梯?

"在《奥德赛》里是新的,现在也还是新的"
维多利亚的抽象和情感的蛇行
果真能够被俳句治愈？文学治愈虚无
也就意味着,文学什么都治愈不了
时间消耗它创造的东西
就像克洛诺斯吞掉自己的孩子
我们如何能拿到那把巨大的镰刀
并事先藏在母亲的子宫里,等待父亲进来
啊,早年的恶癖,暮年的欢愉
都不过是圣伊丽莎白十二年后日益的沉默
是飞蛾背着骷髅头跳舞

然后是当代生活的戏班子
乱糟糟,尾巴上系着大量闪光的碎石
是打油诗人俱乐部,我总是想
把它翻译成"押韵者"酒馆
谁又能在黄昏分发黎明的光
"事实结束,试试虚构"
连古典青春的谨慎的妓女也会有前程
果真是厅堂里傻瓜啁啾,花园里小丑走动
永远无法生活,除了通过祂
永远无法说话,除了通过祂
戴紫色睡帽的人偷偷接近了那座高塔
里面囚禁的是镀金的巴甫洛娃
还是一个用纸卷喇叭高声宣布自己性别的人

"去弄皱假装正经的女人的裙子"

地狱的《诗章》，一个碎片组成的漩涡

几打硬事实的马赛克碎片

就能包含整个世界，用声音把意义捆扎起来

这是你不得不重新动用的天堂遗产

那知识与想象并重的人

奥西里斯散落的肢体

我们跟随白色的大女神去收集它们

收集周围散落的我们自己的残骸

把它们拼贴，折射，散射，互相反射

构成一个小漩涡

以抵抗原始混沌的大漩涡

但我们依然在它之外

这依然是我们的"行动的习惯"

以换喻替代隐喻，也无法治愈

把所有坚实之物变成抽象的"时代象征病"


正义要求残酷

但我们对词语是不是也过于残酷了

修辞的叮当和浮华的放纵

依然是诗歌的敌人，和一百年前一样

你的"铁屑玫瑰"，变不成我们褪色的纸花

我们何时才能，在蓝调葬礼上

把穿礼服的穿内衣的，连同炖得没肉的汤

连同没人敢于触摸的婴儿一同泼掉

打碎所有多彩的玻璃穹顶

把我们与死者隔开的无限反射的镜子

干燥的悲哀，作为共同体经济的诗

让愤怒的公牛在苹果花上射精

让文学成为道德行动的第一步


啊，这依然是个过于认真的想象

它只能带来不那么认真的现实

把自己埋进去的尸体再挖出来

让诗歌安于词语的游戏

不为任何社会问题作真实的抗争

远离现象的多样性与复杂性

进入抽象的整体，那光辉的原型

或者像叶芝那样，将历史循环的顶点

设定在一个微笑的年轻的斯芬克斯身上

她守护一只摇荡不息的摇篮

里面是一只未孵化的蛋

啊，不要打扰他吧，让他在继续前

缓缓回顾那些擦亮的形象

那些让大海匍匐而颤抖的形象

那让人得以穿过常规的存在

品尝到永恒瞬间的不断分叉的火焰


他要深入的地方非我们凡人所能及

让我们留下，像傲慢的小野兽，不知羞耻，不穿衣服

永远站在他的强光中

愉快地接受他的创伤


2021 年 9 月 23 日写于即将完成庞德前《诗章》期诗
歌翻译之际

# 附录：文学年表

## 1964—1980

1964 年 7 月 17 日生于黑龙江伊春市一个军人家庭。父亲为典狱长，正团级，全军大比武亚军，篮球队长，精通俄语、化学，曾做过多年军政教官，常自编教材、讲义。我们家住过的地方有衡阳、兰州、石家庄、武汉、哈尔滨等。六岁时随父亲军队换防转到克山县。上小学后随父亲与大哥永平习武，练擒敌拳和蔡龙云的华拳，同时学习水彩、水粉画创作。初中时因绘画特长进了文艺班。早年最喜欢的读物是《星火燎原》和尤金的《哲学词典》。初三起便是全县成绩最好的学生。高一时开始文学创作，散文、小说和剧本，然后才是诗歌，喜欢宗白华、冰心、纪伯伦、泰戈尔等。剧本有《昭君出塞》和《秋天的幻想曲》，并尝试投稿，均未中。

## 1981

高考发挥失常，未能如愿考入北京大学化学系，而是以全县总分第二的成绩，进入西安交通大学计算机系。背《笠翁对韵》，和诗友比赛背唐诗，按词牌子填词。

## 1982

加入话剧队和星火文学社。读到《白色花》和《九叶集》，对后者情有独钟，刘湛秋译的叶赛宁，几乎改变了我的感性。我遇到了远帆、徐启东、彭晓南、张强华、顾宜凡、仝晓锋、王冰、仝红、张云海、王建民、潘文峰、杨于军、邹保民、李周仁、屠本健、陈刚、许青安等校园诗人,尤其是宜凡和晓锋,他们的诗才、个性和友谊,都给了我毕生的影响。

**1983**

写出《古瓶》等具有鲜明现代性的诗作,后被朱子庆收入宝文堂版《新生代诗赏析集》。

**1984**

写出《父亲老了》《我生死相依的泥土》《不系之舟》等早期代表性作品。

**1985**

与仝晓锋联合创办《年轻的城》校园文学期刊,整理多种个人诗册与合集《皇帝》等。写出名作《情诗》《太阳七章》等大量作品。

**1986**

即将毕业时,在《草原》发出"处女作"《我生死相依的泥土》。夏天分配到铁道部哈尔滨车辆工厂计算中心做软件工程师。

**1987**

发表作品:《秋天的面影》《自传》《风之秋》《背景》《画意》,《飞天》第 4 期;《秋天我会疲倦》《极地》《近处的手》,《草原》第 5 期;《读诗》(3 首),《诗歌报》9 月 6 日。

## 1988

伯莱的深度意象让我着迷,于是翻译了他完整的诗集《身体周围的光》,其组织意象的简洁使我逐渐摆脱了朦胧诗的影响。从此我的营养已不是汉诗,而是英语系统的诗歌,尤其是美国诗,我接受了它们的开放、丰富与活力。写下叙述诗学经典之一《寒冷的冬夜独自去看一场苏联电影》等重要作品,显示出坚实、细腻、冷静的美学倾向。

发表作品:《半坡母亲》《女娲》,《飞天》第 2 期;《寒冷的冬夜独自去看一场苏联电影》《二战大战后的东部德国》,《诗歌报》3 月 21 日;《冷杉树》《雨中》《信》《友谊》《睡着的男孩》《早上的声音》,《诗林》第 3 期;《白杨》《又见春天》《睡着的男孩》《倾听阳光》,《草原》第 10 期;《瓮棺》《听二泉映月》,《滇池》第 12 期。

## 1989

与陈光玲结为夫妻。在《人民文学》第 6 期发表组诗 5 首。

## 1990

春天,儿子马原呱呱落地。自印诗集《只不过是人》,标明对神性妄想的失望与怀疑,开始考虑人的有限性:尘世开始从天堂与地狱的双重探险中凸显出来,认识到"永恒"必须还原为具体事物。开始创作跨文类的"当代浮士德"《炼金术士》。父亲于 7 月 17 日病逝,该天正是我的生日,这种重合让我对生与死有了新的理解:一切也许并不是我们看见的那样。开始创作大型系列组诗《存在的深度》。

发表作品:《秋末黄昏》《星》《黑鸟》《无题》《这一刻》,《诗林》第 1 期;《我时常望着远方》《看山》《迎接秋天》《上午的阳

光》《潮湿的夜》,《草原》第 3 期;《夜琴》《雪意》《雪月》《醉果》,
《飞天》第 9 期。

**1991**

出版诗集《红鸟》(香港文光出版社)、传记《智慧的生长》
("中外名人少年时丛书"之思想家卷,黑龙江少年儿童出版社)。

发表作品:《献给父亲》(长诗),《诗林》第 2 期;《大河汉子》
《关于这条河》《秋水》,《绿风》第 2 期;《纸鹤》《亡灵》《客》《锡
箔》,《作家》第 8 期。

**1992**

与北京师范大学出版社马朝阳确定了"外国后现代经典"书
系的选题,开始系统翻译、研究英美后现代诗歌,译稿盈尺。完
成从 1990 年开始创作的大型系列组诗《存在的深度》。出版传
记《创业的开端》("中外名人少年时丛书"之企业家卷,黑龙江
少年儿童出版社)。

发表作品:《新生》(长诗),《诗林》第 3 期;《远离那个夏天
的正午》《液体的早晨》《通往大海的路上》,《江南》第 2 期。

**1993**

出席第十一届"青春诗会"。

发表作品:《在一个中午梦想古老希腊的喷泉》《中午》《秋
天的父》《蝴蝶》,《诗刊》第 2 期;《雪天》《亡灵的散步》(长诗),
《诗刊》第 12 期。

**1994**

开始复调写作的实验,文本重视客观的观察、散点透视、多

语境混杂以及叙述的准确、有效、自否。计有百行诗《夏日的躯体》等十数件。一周内译出英语系统最难的大诗人阿什贝利的诗集《凸面镜中的自画像》，承受住了其高智力对我头脑的压迫，失眠数日，"地狱般的经历"。作品被选入台湾《创世纪十年诗选》。答沈奇若干诗学问题（台湾尔雅出版社《中国当代诗人如是说》）。出版两卷散文诗《如梦年华》《潇洒人生》（黑龙江少年儿童出版社）。

发表作品：《新月》《梦中的女孩》《无题》，《诗神》第 1 期；《对一个夏天的回忆》《度过一个真实的夏天》《在山中过夏》，《诗潮》第 9—10 期；《天使》《一生的工作》《远离那个夏天的正午》《液体的早晨》，《诗刊》第 9 期。

## 1995

写作注重现时性。倡导"难度写作"。翻译毕肖普大量作品。

发表作品：《夏日的躯体》（长诗），《鸭绿江》第 1 期；《夏日的知识》（长诗），《诗潮》第 3—4 期；《眺望》《春天》《梦见诗歌》《度过一个想象的夏天》，《花城》第 5 期；《秘密美人之歌》《黑暗中的雨水》《魔术师之歌》，《飞天》第 11 期。

## 1996

翻译的三千行美国后现代诗歌被收入《外国后现代经典丛书·诗歌卷》（敦煌文艺出版社），包括汉语首译阿什贝利《凸面镜中自画像》。《青年文学》发出叙述诗学经典《小慧》。诗人麦可病逝，受其亲属委托，与诗友共同编选其遗作《麦可诗选》（辽宁民族出版社）。

发表作品：《散失的笔记》（长诗），《厦门文学》第 2 期；《在

一个中午梦见古老希腊的喷泉》（长诗）《一个人走了》《是的继
续》《另外的躯体》《秘密美人之歌》《它》《永生者言》《散步》（长
诗），《作家》第 7 期；《小慧》，《青年文学》第 9 期；《奇妙的收藏》
《秋湖谈话》，《湖南文学》第 9 期。

## 1997

母亲于四月去世。

发表作品：《附近的人》《山中》《屋顶上没有猫》《菊花》《纯
粹的工作》，《湖南文学》第 2 期；《哈尔滨十二月》，《诗刊》第 3
期；《以两种速度播放的音乐》（长诗），《诗神》第 10—11 期。

## 1998

《山花》第 8 期发表重要文论《诗歌中的复调与客观化倾
向》，系我独创的"客观化诗学"的纲要，从此开启了汉语诗歌从
主体性向主体间性的转折。复调、散点透视、伪叙述等语言态
度，已成为当今多维诗歌写作的重要依据，其后汉诗中后现代手
段的重重繁衍多与此有关。

发表作品：《眼科医院：谈话》（长诗），《湖南文学》第 1 期；
《春天谈话》《寒冷的午餐》，《长江文艺》第 2 期；《1993：挽歌之
夏》（长诗），《西藏文学》第 2 期；《本地现实：必要的虚构》（长
诗），《山花》第 8 期；《献给陶潜的八首短诗》（选二）、《梦中的女
孩》《黑暗中的雨水》《南风》，《诗歌报月刊》第 9 期。

## 1999

诗集《以两种速度播放的夏天》被选入"大陆先锋诗丛"，由
台湾唐山出版社出版。重要文论《谈近年写作的客观化倾向》被
收入该诗丛的文论卷《地下的光脉》。汉语中最早的元诗歌代表

性作品《伪叙述：镜中的谋杀或其故事》发表于《今天》杂志第 3 期。出版译著《1940 年后的美国诗歌》(北京师范大学出版社)，系汉语里第一本"后现代诗歌"选集，具有填补空白的开创性贡献。

代表作品：《对应》《随便谈谈》，《诗神》第 1 期；《给儿子》《冬日的旅行》《时间流逝带来的不安》《正常的言谈》，《诗刊》第 5 期。

## 2000

出版译著《1970 年后的美国诗歌》(北京师范大学出版社)，系汉语里第二本"后现代诗歌"选集，诗集中的诗作均为汉语首译，为汉诗当代写作的后现代转型提供了最为权威的参照。

发表作品：《词语中的旅行》(长诗)，《中国诗人》秋之卷；《灵魂致沉默的肉体》《岁末》《冬日的光落在干燥的柳树上》《每一年》《比喻与动机》，《山花》第 11 期。

## 2001

出版汉语首译梅·萨藤日记两卷《过去的痛》《梦里晴空》(北方文艺出版社)。

发表作品：《白日酒吧》(长诗)，《诗林》第 1 期；《伪叙述：镜中的谋杀或其故事》(长诗)，《诗林》第 2 期；《致永恒的答谢辞》(长诗)，《人民文学》第 7 期；《保持蛙皮干燥：美国后现代诗歌概观》(论文)，《诗林》第 1 期。

## 2002

修订《阿什贝利诗选》，补译新诗近 3 000 行，从其 11 本诗集中选译出迄今第一个中文译本。修订、新译企鹅版《英国当代诗选》。新译权威选集《1950 年后的美国诗歌：革新者和局外人》。

翻译艾米·洛厄尔诗歌140首。答《诗选刊》21问。写作总题为《一个极少主义者的日常生活》系列组诗,诗题含义为将自己的诗歌风格由20世纪90年代的繁复减少到"冬天的几何学",直接、简明,力求以最少的词语表达最深切的悲哀。

3月30日,开通"流放地"诗歌论坛。先是在"乐趣园"免费论坛,经过一个夏天的打理,流放地以严肃、宽容、清洁的面貌立于网络诗歌之林,成为诗人交流的安静场所。9月由论坛升级为网站,开设有新诗、评论、校园三大论坛。网站专栏部分有诗人专栏、评论家专栏、翻译家专栏。《流放地》纸刊创立,迄今共出版五卷(2002年、2005年、2008年、2013年、2016年),在平面化、商业化、浮浅化泡沫写作泛滥的时代环境中,首倡以精神高度、经验宽度和思想深度为目标的"难度写作"。

发表作品:《纪录片》《譬如》《秋天的蛾子》《薇薇》,《诗歌月刊》第1期;《有时我一个人在世上感到孤单》《我越来越难了》《夜雨》,《草原》第2期;《凉水诗章》(选八),《中国铁路文学》第5期;《绣水》《三个梦》《梦见迪金森》,《星星》第7期;《答〈诗选刊〉21问》,《诗选刊》第8期;《痕迹》《午睡醒来》《秋天》(一、三、五)《夏日的雨滴》,《芳草》第11期。

## 2003

由河北教育出版社出版《1950年后的美国诗歌:革新者和局外人》《英国当代诗选》《约翰·阿什贝利诗选》(上下卷),至此,英美的后现代诗歌全貌得以在汉语中呈现,阿什贝利系汉语首译,产生巨大影响。

发表作品:《午夜的散步》《松下》《晨雾》《露水雨》《黄昏》《恍惚》《瞬间》《交谈》《村庄》《古镜》《湖与夜》《中午的土路上》《想象》《我来到生命的尽头》,《红岩》第2期;《虚构的风景》(长诗),《诗歌月刊》第 2 期;《纪录片》《秋天的蛾子》《一年的最后一天》《冬天的夜行列车》《这一切是怎么开始的》《有时我一个人在世上感到孤单》《我越来越难了》《那看似降临的》《日子如一队沉默的僧侣》《艾米莉·迪金森》《我从不曾祈祷》《乌鸦鸽子与麻雀》(12 首),《诗林》第 3 期;《给马原的信》《五月的事物》《致某个朋友》《尤利西斯》《卡夫卡》《早上的声音》,《诗潮》年第 7—8 期;《词语中的旅行》《11/20/1994》《断章》(长诗 3 首)《真实与虚构》(诗论),《诗歌月刊》第 10 期。

## 2004

考入哈尔滨师范大学中文系文艺学专业,攻读博士学位。

发表作品:《电影院》,《星星》第 2 期;《不会再有痛苦了》《顿悟》《现在就是晚年》《有所思》《午夜的声音》《雨中曲》《寻找我的萨福》《车停午夜》《启程》(9 首),《扬子江诗刊》第 2 期;《我的博尔赫斯》(论文),《世界文学》第 2 期;《启程》《寻找我的萨福》《午夜认识的真理》《流放地九诗人点评》,《红豆》第 6 期;《绣水》《长河》《地下王国》《和人争吵的梦》,《西湖》第 10 期。

## 2005

出版译著《为美而死》(艾米莉·狄金森双语诗选,哈尔滨出版社)。牵头创办《东三省诗歌年鉴》,迄今已由作家出版社、中国戏剧出版社、华夏翰林出版社、吉林出版集团推出五卷,共收录东北诗人八百余人次,五卷总页数达两千页之多,是不可多得的历史资料,全面公正地呈现了东北诗人的写作实绩。作为一本当代性与历史性并重、包容诸种风格、名宿与新手兼顾的选集,引起了广泛关注。年鉴全文由中国知网收录,付费阅读。

发表作品:《唯一的事实》《内心哭泣的孩子》《满地的黑蟋

蟑是活棺材在爬》《双梦记》《雪落在雪上》，《扬子江诗刊》第 1
期；《与奥丽娅一日谈》（访谈），《诗林》第 1 期；《松下》《蝴蝶》
《林中小溪》《露水雨》《秋千》《瞬间》《湖与夜》《中午的土路上》
《崖葬》《在初秋的阴影中》，《诗刊》第 8 期（上半月刊）。

## 2006

王晓华教授在其专著《在现代和后现代之间：文学艺术的转
型》（黑龙江人民出版社）第三章第二节中专论马永波的客观化
诗学探索，他认为，从囿于固定立场（意识形态中心主义、启蒙、
解构）到建构面向事物自身的因缘之诗，是当代中国诗歌最重要
的转折。作为推动这转折的代表性人物，马永波对汉诗最大的
贡献是通过多样化的语言实验使之具有了复杂的结构，使向来
以单纯著称的汉语走向自我指涉和自我映射，可以在言说世界
的同时反观自身。这种由汉诗的革命推动的汉语的革命必将改
变中国人的致思方式。

出版译著《诗人与画家》（奥登等，山东画报出版社）、《肖邦
在巴黎》（新星出版社）。

发表作品：《奇妙的收藏》《纯粹的工作》《春天谈话》，《红
豆》第 1 期；《冬末读弗罗斯特》《那些夜晚又回来了》《大哥在
1990》，《北方文学》第 2 期；《东三省诗歌印象》（评论），《诗林》
第 2 期；《启程》《失眠》《早晨的原罪》《另一个》《呻吟》《春天的
一个瞬间》《可以互换的角色》，《文学界》第 4 期；《关于诗歌的
诗歌》（论文），《当代外国文学》第 3 期；《客观化写作》（论文）
《电影院》（长诗），《诗探索》第 1 期。

## 2007

博士毕业，论文为《九叶诗派与西方现代诗学》。9 月，南下

执教,任教于南京理工大学诗学研究中心。策划主编"儿童冒险大王丛书"4卷,山东文艺出版社,2007年1月版,计有《狼孩毛格利》(吉卜林)、《吹牛大王历险记》(拉斯伯)、《小飞侠》(詹姆斯·巴里)、《海盗的故事》(霍华德·派尔)。出版译著《美第奇家族》(新星出版社)。

发表作品:《想象》《迷途》《时间之流》《整个是寺庙的湖心岛》《消失》《山间溪流》《秋葵》《还要再走一里》《在僧舍的台阶上》《转弯》,《诗林》第2期;《启程》《夏天中午的老人》《它》《雷雨中为马原的简短祈祷》《儿子的睡眠》《睡前写下的十行半诗》《这一切是怎么开始的》《第一场雨》《给儿子》《午夜的短歌》《顿悟》《在音乐中》,《红岩》第6期;《窗上的霜》《雨中曲》《雪落在雪上》《门前的白马》,《诗刊》第8期(下半月刊);《巴勃罗·聂鲁达》《父亲》《信》《我时常望着远方》《白杨》《这些冬日的早晨》,《作品》第9期;《野地天堂》《每天我走进密室》《傍晚在酒店门口等待朋友》《芳邻》《春日下午和一位可爱的女士交谈至晚》《春日的家居景象》《乌鸦鸽子与麻雀》,《青年文学》第12期。

## 2008

主编并主译"美国生态文学译丛"4卷,百花文艺出版社,2008年8月版,计有《典型的日子》(惠特曼)、《无界之地》(玛丽·奥斯汀)、《鸟与诗人》(约翰·巴勒斯)、《山间夏日》(约翰·缪尔)。主编《最适合中学生阅读诗歌年选》(2008年卷),北方妇女儿童出版社。

发表作品:《元诗歌论纲》,《艺术广角》第5期;《袁可嘉诗学思想探源》,《江汉大学学报》第1期;《奥登与九叶诗派的新诗戏剧化》,《江汉大学学报》第5期;《疯邻居》(11首),《西湖》第

10 期;《极少主义》(9 首),《文学港》第 6 期;《再卑微的存在也妄图建立自己的秩序》(长诗),《山花》第 9 期;《新山水诗》(6首),《国家人文地理》第 12 期。

## 2009

4 月,博士后进站,合作导师为著名学者、福建师范大学中文系孙绍振教授。在中国国际广播出版社出版双语版《谦卑者的财富》(梅特林克)、《法兰西之旅》(亨利·詹姆斯)、《少雨的土地》(玛丽·奥斯汀)、《典型的日子》(惠特曼)、《格列佛游记》(斯威夫特)。

发表作品:《局部与抽象》(长诗),《花城》第 1 期;《凉水诗章》(9 首),《广州文艺》第 1 期;《断章》(长诗)《开封》《云台十日》《滴水山庄》,《诗歌月刊》下半月刊第 1 期;《与一位女诗人的通信》(11 首),《诗歌月刊》第 3 期;《在一个雨天想起潘狄翁和他的女儿》《秋湖谈话》《为一个普通日子的悼词》《快照》,《上海文学》第 3 期;《林中小溪》《林中蜂蜜》《湖与夜》《消失》《龙胆花》,《诗刊》上半月刊第 5 期;《当代汉诗中的元文学意识》,《海南师范大学学报》第 1 期;《去年的黄花》《黄昏雨》《一只黑鸟引导我》《流杯渠》《午后降雪》《扫树叶》,《诗潮》第 7 期;《白马诗章》(选七)《随笔两则》《从自我到自性》(创作谈),《绿风》第 5期;《龙江当代翻译文学考察》,《文艺评论》第 5 期;《生态整体主义与新诗发展的一个可能路向》,《扬子江评论》第 6 期。

## 2010

出版学术专著《九叶诗派与西方现代主义》(东方出版中心)、《文学的生态转向》(吉林人民出版社),译著《漫步巴勒斯坦》(新星出版社)。主编《最适合中学生阅读诗歌年选》(2008

年卷,北方妇女儿童出版社)、《龙江当代文学大系·翻译文学卷》(北方文艺出版社)。

发表作品:《七夕于南下列车上所作》《如何做,怎么办》《刮鱼鳞》《每当我独卧》《深渊与石头》《冬雨中的书写者》《大房子》《冬蛾》《剩下一个土豆》《距离的抽象》《中午的神学》《紫金山的初夏》,《青年作家》第 11 期;《冬天的岛》《午夜的车站》《客厅》《为一首没有写出的诗辩护》《给马原的信》《凌晨读书,读到世界之恶》《亡灵之年》《在你的好梦里》《中秋节与妻书》《北方的沙果红了》,《诗江南》第 3 期;《客观化写作——复调、散点透视、伪叙述》,《当代文坛》第 2 期;《答广东诗人杨勇问》(访谈)《连通器:一道做错的物理题》《秘密美人之歌》《纯粹的工作》《奇妙的收藏》《致青年诗人薇薇》《亡灵之年》《又一个早晨》《秋天的玻璃马车》《问题》《主与客》《尸体、语言和石头》,《山花》第 5 期;《现代性与生态危机》,《文艺评论》第 5 期;《中秋节与妻书》《后半夜的游戏》《深秋窗上的呵气》《摇篮中的摩西》《肚肚疼》,《诗刊》第 9 期上半月刊。

## 2011

博士后出站,出站报告《文学的生态转向》。出版译著《生存的习惯——弗兰纳里·奥康纳文论随笔集》(新星出版社)。

发表作品:《薇薇》《亡灵之年》《我孩子浪费我所剩无几的生命》《窗上的霜》《雨中曲》《梦魇》《寻找我的萨福》《车停午夜》《我纯洁得还不够》《有所思》《屋顶上的雪》,《延河》第 12 期;《七夕于南下列车上所作》《如何做,怎么办》《刮鱼鳞》《每当我独卧》《深渊与石头》《冬雨中的书写者》《大房子》《冬蛾》《剩下一个土豆》《距离的抽象》《中午的神学》《紫金山的初夏》,《青年作家》第 4 期;《母亲的失眠症》《黎明的火车》《哈尔滨之春》

《你的声音》,《诗选刊》第 5 期;《复杂性理论与当代诗歌中的不确定性》,《山花》第 10 期。

## 2012

修订完成省作协重点扶植项目《江苏当代诗歌研究》(22万字)。

9 月 15 日,在北京出席"绿色经典生态文学丛书"(安徽人民出版社)首发式暨生态文学研究学术研讨会。会议由中国生态批评家协会、北京时代书局主办。作为该丛书主编和主要译者作了主题发言。该丛书是迄今为止最为隆重的生态文学的译介,重点遴选约翰·巴勒斯、玛丽·奥斯汀、约翰·缪尔等三位世界生态文学名家 14 种经典作品,意在探寻、拓展自然与人的多维关系,唤醒人的生态意识,促使人们去理解文化对自然的影响,并从社会和文化的深层次内涵和动因剖解人与自然的生态关联,从自然生态的探索中寻求人类走出生存困境的深刻智慧。会议综述全文刊登于《鄱阳湖学刊》第 5 期。

散文集《荒凉的白纸》被收入"独立文丛",由北京工业大学出版社出版。译著《生存的习惯》(弗兰纳里·奥康纳)由新星出版社出版。

发表作品: 在《文学与人生》杂志开设随笔专栏,全年共 12期;《漂流的酒杯》《母亲的失眠症》《冬日阳光》《黎明的火车》《你的声音》《每当我独卧》《凌晨读书》,《读到世界之恶》《冬雨》,《西湖》第 3 期;《艾米莉·迪金森: 为美而死》,《名作欣赏》9 月上旬刊;《客观化的因缘之诗》,《红岩》特刊之《重庆评论》第 3 期。

## 2013

《树篱上的雪》被收入商务印书馆"当代诗人随笔丛书"。出版艾丽丝·门罗两卷小说《爱情,婚姻,恨,友谊,追求》《女孩和女人们的生活》(译林出版社)。

6月1日下午,"难度写作"学术研讨会在北京市朝阳区东八里庄1号莱锦创意产业园CN16号蓝海电视大楼举行,研讨会由中国青年生态批评家学会、深圳大学文艺学中心、蓝海电视共同主办,王晓华和马永波联袂主持,来自各地的60多位学者、诗人出席了会议。

暑假新译惠特曼诗歌101首。

## 2014

主编"文学大师送给孩子们的礼物"5卷,由新疆青少年出版社出版,收录有《蜜蜂公主》(法朗士)、《青鸟》(梅特林克)、《小银和我》(希梅内斯)、《奇迹书》(霍桑)、《丛林故事》(霍桑)。

7月24日开设"中西现当代诗学"公众号,具有广泛的影响,是微信平台上最早以"诗学"冠名的公众号。推出众多诗人作品、译作和理论文章,尤其推举了大量"90后"诗人。

## 2015

出版诗集《词语中的旅行》(花城出版社)、译著《诗人眼中的画家》(江西美术出版社)。写作十万字论述视觉艺术与诗歌关系的论文。

## 2016

出版译著《过去的痛》(梅·萨藤,广西师范大学出版社)。

发表作品:《客观化诗学的生态维度》,《语言与文化研究》第五辑,光明日报出版社;《重回生命之树的苹果》,《当代中国生态文学读本》第1期,花城出版社;《里尔克的罗丹》,《当代中国生态文学读本》第 2 期;《如果没有他,我们的内心世界将是不完整的》,《当代中国生态文学读本》第 3 期;《对肉身缺席的反抗》,《当代中国生态文学读本》第 4 期。

## 2017

与王霆章合作创办《汉语地域诗歌年鉴》(东方出版中心),展现全球汉语诗歌创作的原生态和主要成就。编辑并筹资出版已故诗人陈丹妮诗文录《远山有雪》(北方文艺出版社)。出版译著《四季随笔》(乔治·吉辛,国际广播出版社)、《灵魂的时刻:惠特曼散文选》(花城出版社)、《白鲸》(湖南人民出版社)。从马永平两万行诗歌中按照题材编选出其诗集《漫步在星月之上》。

发表作品:《庞德的出位之思》,《随笔》第 2 期。

## 2018

主编"21 世纪诗与诗学典藏文库",由浙江工商大学出版社出版,收录有远人、萧英杰、张晓民、王建民、韩兴贵、董辑、马永波七部个人诗集。出版译著《我所触摸的事物:华莱士·史蒂文斯诗文录》(商务印书馆)。

## 2019

出版译著《约翰·阿什贝利自选诗集》(双语全三卷,人民文学出版社)。

发表作品:《我看见》(组诗 7 首),《扬子江诗刊》第 4 期。

## 2020

1 月 10 日,家兄、诗人永平因脑出血猝然离世,数年前由我编定的其诗选《漫步在星月之上》由长江文艺出版社出版。出版译著《白鲸》(中信出版集团)。

发表作品：《在异乡梦见双亲》(5 首)，《花城》第 6 期。

## 2021

出版译著《白鲸》(台湾时报文化)。

发表作品：《马永波亲情诗》(11 首)，《诗选刊》第 4 期。

## 2022

出版译著《惠特曼给孩子的诗：有个孩子天天向前走》(重庆出版社)。

## 2023

出版译著《佩特森》(威廉斯，人民文学出版社)、《和孩子一起读诗》(中国国际广播出版社)。启动"美国诗人访谈录"项目，已完成特里·汉默、保罗·胡佛、简·赫斯菲尔德、玛克辛·切尔诺芙的访谈。

发表作品：汉语首译庞德《希尔达之书》，《江南诗》第 6 期；汉语首译罗桑娜·沃伦诗选，《延河》第 11 期；汉语首译戴夫·史密斯诗选，《浙江诗人》第 4 期；浮士德时刻(4 首)，《雨花》第 8 期；《庞德的"面具"诗与非个性化诗学》(论文)，《随笔》第 5 期；诗歌代表作品选(11 首)，《诗潮》第 12 期；《日常生活的神秘性》(6 首)，《特区文学·诗》第 12 期。

## 2024

与印度诗人、哲学家贾尼尔·辛格·阿南德博士(Jernail Singh Anand)出版中英双语诗合集《爱跨越国界》。出版《不系之舟：朗诵诗集》(中国国际广播出版社)、《诗歌总集》、学术专著《中西诗学源流》(东方出版中心)、译著《你为美而死：艾米莉·狄金森诗文录》、《巨匠之光：埃兹拉·庞德诗文录》(商务印书馆)等。

# 后 记

作为四十年诗歌创作的总结,在编选过程中,我体验更深的是自身的有限性和可能性,因此,我只想对这四个十年自己在诗歌中都做了什么,予以简单的梳理和交代。

20世纪80年代至90年代中期,倡导以呈现复杂个体经验为主导的叙述诗学,以抵抗(更确切地说是平衡)中国诗歌过于强大的抒情传统,以期实现(趋近)诗歌的"及物"性,在经验诗学的探索上具有前瞻性。

90年代中后期,察觉"叙述"的泛化造成个体化写作的私己化以及大面积的精神萎靡,便对"叙述"诗学进行纠正,提出"元诗歌"概念,暗合了后现代主义的自反意识,提倡区别于传统基于主体性哲学的书写,而强调以主体间性哲学、过程哲学及生态整体主义为理论依据的"客观化诗学",从解构性后现代走向建设性的后现代。

在21世纪,鉴于当代欲望化平面化书写的泛滥对于诗歌精神的削弱,我又对以自身为主导的后现代写作进行反思,率先倡导元现代主义的"难度写作",以精神的高度、经验的宽度、思想的深度为标准,对汉语诗歌的流弊予以纠正,得到了广泛呼应,为纯正汉语诗歌精神起到了示范作用。

回头看来,我走过了一条极其清晰的路线,就如同亚伯拉罕在荒野牧羊时走出的曲折但坚定的轨迹一样。我不断地倡导新的理念,在一段时间的实践后,一旦发现它的先锋性已经由于他者的大量跟从而被削弱，以至于成为写作的常态，并使得起初的优势逐渐变为弊端之时，我就会对包括自己在内的汉诗写作进行无情的反思和革命。

所以，这本诗集既是对自己的总结，也是对当代汉诗核心问题的清理，下一步的写作，我会更为自由，空间更为宽敞。我最喜欢的永远是自己尚未写出的那些诗，是它们在左右我的人生。

最后，我要借此机会郑重感谢多年来始终不离不弃的我大学时代的诗友们，我们基本都是西安交通大学"星火"文学社的成员——于向国、远帆、刘谦、徐启东、徐锋、郑文斌、彭晓南、张强华、顾宜凡、仝晓锋、王冰、西沐、蔡劲松、方兴东、方兴、杨于军、仝红、邹保民、夜林、木矛等。他们与我一路同行，就有如暗夜行路，虽然看不见彼此的身影，但能听到其他的脚步声和偶尔的呼唤声，自己会走得更加稳健。

要感谢的人和事太多，恕不一一赘述。最要感谢的是诗神缪斯，她的指引让我这四十年的历程艰辛又美好。

最后，感谢夫人陈光玲和爱子马原，没有他们的支持和陪伴，我不可能一直固执地写诗。

2024 年 1 月 13 日于南京孝陵卫罗汉巷